ro
ro
ro

Tiana Faber lebt mit ihrer Familie in Hamburg. Sie schrieb bislang Kriminalromane unter ihrem Mädchennamen. «Die Tochter des Würfelspielers» ist ihr erster historischer Roman. Derzeit arbeitet sie an der Fortsetzung.

TIANA FABER

Die Tochter des Würfelspielers

HISTORISCHER ROMAN

ROWOHLT TASCHENBUCH VERLAG

Originalausgabe
Veröffentlicht im Rowohlt Taschenbuch Verlag,
Reinbek bei Hamburg, Juni 2008

Umschlaggestaltung
any.way, Hannah Krause
(Fotos: Sotheby's/akg-images;
Peter Willi/Artothek, Archiv any.way)
Karte im Innenteil: «Eigentlicher Grundriß der
Königlichen Stadt Prag», Matthäus Merian,
Basel um 1650
Satz Adobe/Garamond PostScript (InDesign) bei
Pinkuin Satz und Datentechnik, Berlin
Druck und Bindung CPI – Clausen & Bosse, Leck
Printed in Germany
ISBN 978 3 499 24630 2

DIE TOCHTER DES WÜRFELSPIELERS

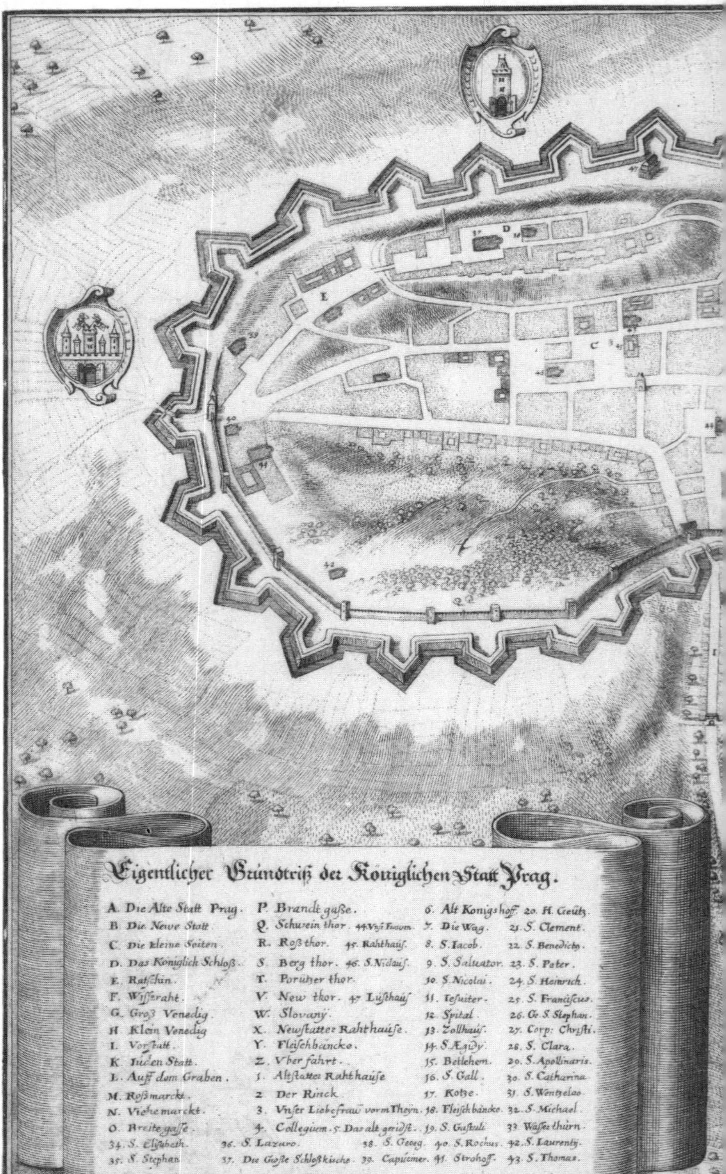

Eigentlicher Grundtriß der Königlichen Statt Prag.
A. Die Alte Statt Prag.
B. Die Newe Statt.
C. Die kleine Seiten.
D. Das Koniglich Schloß.
E. Ratschin.
F. Wisseraht.
G. Groß Venedig.
H. Klein Venedig
I. Vorstatt.
K. Juden Statt.
L. Auff dem Graben.
M. Roßmarckt.
N. Viehemarckt.
O. Breite gasse.
P. Brandt gaße.
Q. Schwein thor.
R. Roß thor.
S. Berg thor.
T. Porutzer thor.
V. New thor.
W. Slovany.
X. Newstatter Rahthause.
Y. Fleischbäncke.
Z. Vber fahrt.
1. Altstatter Rahthause
2. Der Rinck
3. Vnser Liebefraw vorm Theyn.
4. Collegium.
5. Das alt gericht.
6. Alt Konigshoff.
7. Die Wag.
8. S. Iacob.
9. S. Saluator.
10. S. Nicolai.
11. Iesuiter.
12. Spital.
13. Zollhaus.
14. S. Ægidy.
15. Betlehem.
16. S. Gall.
17. Kotze.
18. Fleischbäncke.
19. S. Gastuli
20. H. Geütz.
21. S. Clement.
22. S. Benedicty.
23. S. Peter.
24. S. Heinrich.
25. S. Franciscus.
26. Gr. S. Stephan.
27. Corp: Christi.
28. S. Clara.
29. S. Apollinaris.
30. S. Catharina
31. S. Wentzelao
32. S. Michael.
33. Wasser thürn.
34. S. Elisabeth.
35. S. Stephan
36. S. Lazaro.
37. Die Große Schloßkirche.
38. S. Georg.
39. Capuciner.
40. S. Rochus.
41. Strohoff.
42. S. Laurenty.
43. S. Thomas.
45. Rahthaus.
46. S. Niclaus.
47. Lusthaus

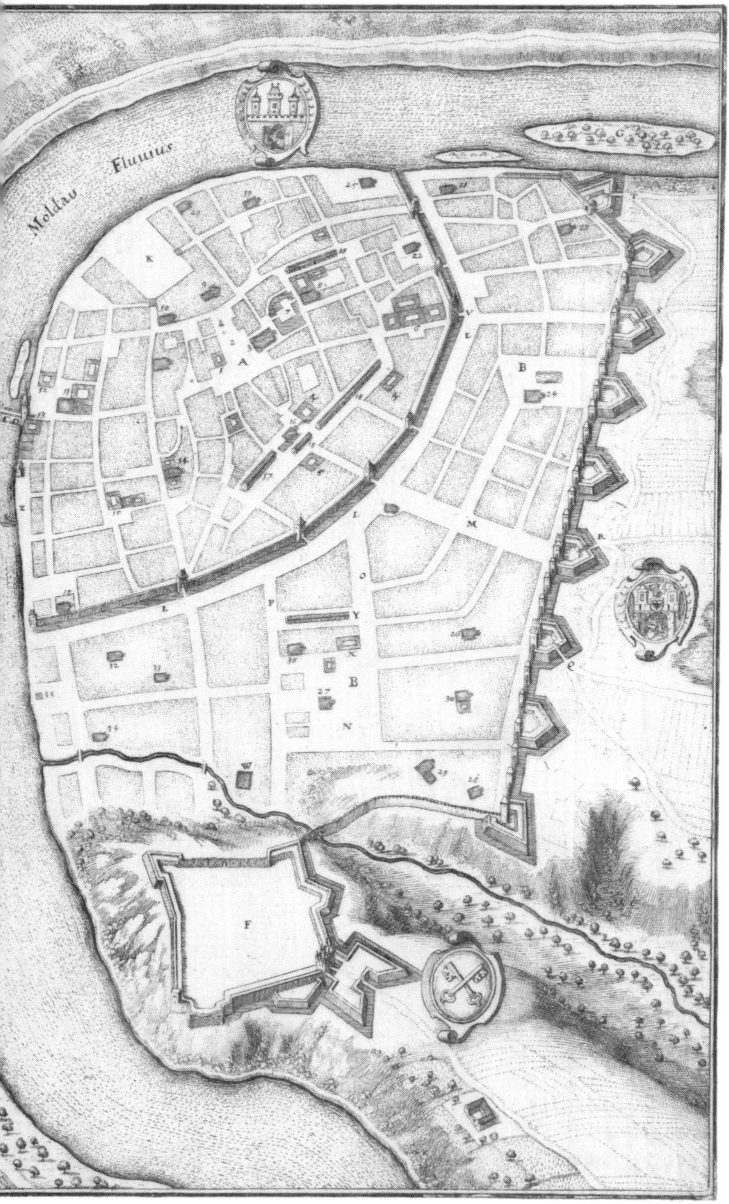

Moldau Fluuius

ERSTER TEIL

April – September 1618

«Wer sich auf den Spielplatz begibt zu spielen, derselbe begibt sich in eine Gefahr, darinnen er nicht allein sein Geld, sondern auch sein Leib, Leben, ja was das allerschrecklichste ist, sogar seiner Seelen Seligkeit verlieren kann. Ich sage dir dieses zur Nachricht, liebster Simplici, weil du vorgibst, das Spielen sei dir unbekannt, damit du dich all dein Lebenlang davor hüten sollest.»

aus: Hans Jakob Christoffel von Grimmelshausen, *Der Abentheuerliche Simplicissimus Teutsch,* 1669

I

Die Dämmerung legte sich über Prag wie ein dunkelgefärbtes Tuch. Dichter Nebel stieg an diesem kalten, ungemütlichen Apriltag von der Moldau auf und kroch langsam, ganz langsam durch die Gassen der Altstadt, bis er alles in ein trübes Grau getaucht hatte.

Karola Kusenius fröstelte. Sie wagte einen flüchtigen Blick aus dem Fenster ihrer Stube und setzte sich hastig zurück an den eichenen Tisch. Vor ihr lagen ein Skizzenblock und die Rötelstifte, die der Vater ihr einst von einer Reise nach Rom mitgebracht hatte. Nicht ohne Stolz betrachtete sie das Gewand, das sie an diesem Nachmittag gezeichnet hatte. Wie schön es aussah!

Es war das zweite Kleid, das sie jemals zu Papier gebracht hatte. Das erste, das trug sie bereits fertig genäht am Leib. Es war entstanden aus Karolas Abneigung gegen die üppig bauschenden Röcke, die direkt unter der Brust begannen und in denen jede Frau aussah, als stecke sie im gespreizten Gefieder eines Riesenvogels.

Tereza, ihre Magd, hatte zwar gemault und sich zunächst geweigert, ihrem Schützling ein Gewand mit einer derart unschicklich tief angesetzten Taille zu schneidern.

«Aber ich bin es leid, Kleider zu tragen, die so entsetzlich viel Stoff haben, dass sie mich wie eine Schwangere aussehen lassen», hatte sie der Magd zu erklären versucht. Murrend hatte Tereza sich schließlich darangemacht, es zu nähen, dabei aber heimlich wieder ein paar Lagen Stoff mehr, als von Karola vorgesehen, hinzugegeben. Auf den ersten Blick fiel es dem ungeübten Auge gar nicht auf, worin sich dieses Kleid von denen unterschied, die man zurzeit in der Stadt trug. Nur die Silhouette war ein wenig schmaler als bei den anderen, und Karola fühlte sich darin wesentlich wohler als in den herkömmlichen Gewändern.

Wieder schaute sie auf ihren Entwurf und nahm hier und da noch eine kleine Änderung vor. Wie sie es liebte, Kleider zu entwerfen! Trotzdem konnte sie sich an diesem frühen Aprilabend nicht mehr so recht auf ihre Arbeit konzentrieren. Immer wieder schweiften ihre Gedanken zu ihrem Vater. Schließlich legte sie den Rötelstift aus der Hand und begab sich voller Sorge noch einmal zum Fenster. Wenn er nur endlich heimkommen würde. Er hatte ihr erzählt, dass er noch einen Auftraggeber auf der Kleinseite, der Stadt drüben auf der anderen Seite der Moldau, aufsuchen müsste. Den Habsburger Martin von Hohenberg, der gleich links hinter der Karlsbrücke in einem prächtigen Palast wohnte. Karola hatte ihren Vater ein paar Mal dorthin begleitet und war überwältigt gewesen von der Pracht der von ihm gestalteten Fassade. Sie betete, dass der Vater ihr die Wahrheit gesagt hatte. Dass er wirklich bei dem Grafen war. Karola wollte es ihm ja nur zu gern glauben, aber es fiel ihr schwer. Warum war er zur Arbeit gegangen, ohne sein Werkzeug mitzunehmen? Vater hat sich verändert in letzter Zeit, ging ihr durch den Kopf. Er lacht nicht mehr so viel wie früher, und er unterhält mich kaum noch mit seinen fröhlichen Scherzen. Nein, er wirkt regelrecht bedrückt. Und wenn ihr Vater das Haus verließ, dann sah es aus, als würde er sich heimlich fortschleichen. Seit ein paar Monaten verschwand er manchmal für mehrere Stunden, und sie wusste nicht, wohin.

Bisher hatte er es stets geschafft, vor Einbruch der Dunkelheit nach Hause zurückzukehren. Aber heute? Der Nebel wurde immer dichter.

Karola erzitterte bei dem Gedanken, dass ihm etwas zugestoßen sein könnte, denn schon so mancher Bürger war in den nächtlichen Straßen ausgeraubt und umgebracht worden. Das hatte der Vater ihr erzählt. Sie wollte sich lieber nicht vorstellen, wie er sterbend in einer Gasse lag, allein und ohne Hilfe. Seit dem Tod der Mutter hatte sie ständig Angst um ihn.

Ihr war kalt, und sie zog ihre wärmende Schaube über das Kleid. Nein, sie würde es nicht aushalten, hier einfach nur zu warten. Sie würde ihm entgegeneilen. Sie kannte ja den Weg. Sie würde ihn auch im Dunkeln und bei Nebel finden. Aber hatte ihr der Vater nicht ausdrücklich untersagt, auch nur einen Fuß in die Gasse zu setzen, sobald der Tag vorüber war? «Warum?», hatte sie gefragt. Ihr Vater hatte geseufzt, bevor er ihr unwirsch geantwortet hatte: «Hör auf, immer *warum* zu fragen! Nach Einbruch der Dämmerung wirst du nicht ohne Begleitung durch die Gassen gehen. Die Nacht in den Gassen gehört den liederlichen Frauenzimmern!» Als sie nachgefragt hatte, was er damit meinte, hatte der Vater gesagt, das müsse ihr Warnung genug sein. Mehr brauche ein Mädchen wie sie nicht zu wissen. Karola hatte sich daraufhin an Tereza gewandt. Die Magd hatte sich zunächst geziert, aber dann hatte sie ihr eindringlich versichert, dass das höchste Gut einer jeder braven Frau ihre Jungfräulichkeit sei. Und auf jenes Gut lauerten in den nächtlichen dunklen Gassen Gefahren. Karola hatte nicht lockergelassen. «Was für Gefahren? Du sprichst in Rätseln!» Tereza hatte sie einen «neunmalklugen Quälgeist» genannt und ihr schließlich zögernd erklärt, dass es Männer gäbe, die sich dieses Gut einfach nähmen. Und dass die liederlichen Frauenzimmer ihre Unschuld feilböten wie die Marktfrauen ihr Obst.

Damals hatte Tereza ihr Angst gemacht. Aber heute? Sie war schließlich schon erwachsen, warum sollte sie sich fürchten? Entschlossen ergriff sie ihre warme Haube, um das Haar zu bedecken. Sie wollte das Haus schon eilig verlassen, als ihr einfiel, dass Tereza sie bestimmt nicht gehen lassen und auch nicht zögern würde, ihren Schützling mit Gewalt zurückzuhalten. Die Magd war klein und rundlich, doch sie hatte mehr Kraft in den Armen, als man ihr zutraute. Also musste Karola erst einmal herausfinden, ob sich die Magd in Hörweite befand.

Karola vermutete Tereza in der Küche und rief nach ihr, doch sie bekam keine Antwort. Wenn sie auf mein Rufen nicht antwortet, wird sie gar nicht hören, dass ich das Haus verlasse, frohlockte Karola zunächst, aber dann beunruhigte sie der Gedanke mit einem Mal zutiefst. Tereza hörte immer alles. Wenn ihr nun etwas geschehen war? Wenn sie so leblos am Boden lag wie Karolas Mutter damals vor sechs Jahren?

Auf Zehenspitzen schlich Karola zur Küche und warf einen Blick hinein. Tereza hockte auf einem Schemel neben dem Ofen, den Kopf vornübergebeugt, und schnarchte leise. Karola musste unwillkürlich grinsen. Tereza hatte die besten Ohren der Welt, aber wenn sie schlief, dann war sie durch nichts mehr zu wecken. Karola legte der Magd das Tuch, das zu Boden gefallen war, fürsorglich um die Schultern. Plötzlich fiel ihr wieder ein denkwürdiges Gespräch zwischen ihrem Vater und der Magd ein, das sie neulich heimlich mitgehört hatte, als sie unbeobachtet hinter dem Ofen gehockt hatte. Voller Sorge hatte ihr Vater zu Tereza gesagt: «Sie ist wunderschön, aber so uneitel. Sie merkt nicht einmal, wie die Leute auf ihr Haar starren, das wie Seide glänzt.» Tereza hatte daraufhin lamentiert: «Ach, sie wird der armen Herrin immer ähnlicher. Dieser herzförmige Mund, diese ebenmäßige Haut und diese klaren grünen Augen.»

«Darum mache ich mir ja solche Sorgen», hatte ihr Vater heftig erwidert. «Sie strahlt nur so vor Sinnlichkeit. Manchmal wünschte ich, sie wäre schon einem Mann versprochen und könnte bald in dessen Haus leben.»

Diese Worte ihres Vaters brachten Karola auf eine Idee. Vorsichtig nahm sie Terezas kratziges Tuch an sich, zog ihre Schaube aus und legte sie der Magd um die Schultern. Mit dem Tuch in der Hand begab sie sich in Terezas Kammer und kleidete sich dort bis auf die Unterröcke aus. Vom Schemel griff sie sich Terezas ungleich schlichtere Kleidung zum Wechseln und kleidete sich Stück für Stück in deren Röcke aus grobem Stoff samt dem Mieder und der Bluse. Zum Abschluss band sie sich das braune Tuch um und zog es so weit nach vorne, dass ihr Gesicht fast ganz verhüllt war. So würde man in ihr auf den ersten Blick gewiss kein junges Mädchen erkennen.

In der Kleidung ihrer Magd verließ Karola schließlich unbemerkt das Haus und eilte mit gesenktem Kopf die Lange Gasse entlang. Entschlossen schlug sie den Weg nach links ein. Nach wenigen Schritten erreichte sie den Marktplatz, der menschenleer vor ihr lag. Bald würde sie an der Karlsbrücke sein, doch dann verlor Karola für einen Augenblick die Orientierung. Nach links, ich muss nach links, glaubte sie. Entschlossen bog sie in eine breite Gasse ein.

Sie zog das Wolltuch noch weiter ins Gesicht und sah sich um. Sie war mutterseelenallein unterwegs. Kein Mensch außer ihr schien sich an diesem unwirtlichen Abend allzu weit vom heimischen Feuer zu entfernen. Bis auf sie und ihren Vater. Was war das? Die breite Gasse endete plötzlich, und sie konnte nur nach rechts abbiegen. Sie ging schneller und fand sich nun in einer engen, dunklen Gasse wieder. Plötzlich wusste sie nicht mehr, wo sie war. Sie konnte ihren Atem unter dem Tuch rasseln hören. War sie doch in die falsche Richtung gegangen? Hinaus aus der Stadt? Die Stadtmauer, die sich gespenstisch aus dem Nebel erhob, ließ darauf schließen, dass sie sich bei den Fleischbänken befand. Das war mit Sicherheit der falsche Weg. Sie blieb abrupt stehen, lauschte, kehrte hastig um und begann zu laufen. Ihr Herz klopfte wild. Plötzlich lichtete sich der Nebel ein wenig. Sie wollte schon erleichtert aufatmen, doch in diesem Augenblick ahnte sie, dass die Gefahr noch nicht gebannt war.

Die beiden Männer, die ihr entgegenkamen, sahen alles andere als vertrauenerweckend aus. Solche zerlumpten Gestalten hatte Karola noch niemals zuvor zu Gesicht bekommen. Nicht einmal auf den Märkten. Was sollte sie tun? Sich umdrehen und weglaufen? Die Männer würden sie bestimmt einholen. Am besten, sie ging rasch weiter. Vielleicht würden die Kerle sie gar nicht beachten.

Ein eiskalter Schauer durchfuhr sie, als zwei Paar trübe Augen sie anstarrten. «Bitte, lass sie vorbeigehen, o Herr!», murmelte sie, aber ihre Gebete wurden nicht erhört.

«Schau mal, das Vögelchen!», rief der eine und stellte sich ihr in den Weg. Er roch nach Schwarzbier. «Was verlangst du, wenn du uns alle beide mitnimmst?»

Karola würgte unter ihrem Wolltuch und wandte den Kopf ab. Sie würde einfach nicht antworten. Vielleicht ließen die Gestalten sie dann ja in Ruhe.

«Bist du stumm, oder sind wir dir etwa nicht gut genug?», fragte der andere, ein düsterer Kerl mit dunklem Bart und stechendem Blick. Er trat auf sie zu, schubste sie gegen eine Hauswand und griff ihr mit einer Hand um die Taille.

Karola schrie laut auf. Der Mann zog seine Hand erschrocken weg, aber dann griff er brutal nach dem Wolltuch und zerrte es ihr vom Kopf. Die finsteren Gesellen starrten sie an wie ein Wunder. Der eine streckte seine Zunge heraus und leckte sich die Lippen. Der andere tat es ihm gleich.

«Bitte, lasst mich gehen», flüsterte Karola heiser. Sie zitterte am ganzen Körper. «Ich suche nur meinen Vater …»

«Deinen Vater … Was du nicht sagst?», rief der Düstere aus und stierte sie mit einem Blick an, der Karola starr vor Angst werden ließ.

«Was meinst du, eine Jungfrau kommt nicht alle Tage vorbei», lachte der andere heiser. Auch in seinem Blick lag etwas, das Karola zutiefst erschreckte.

Nein, das waren keine menschlichen Gesichter mehr, sondern entstellte Fratzen, wie Karola sie manchmal auf Kupferstichen gesehen hatte. Fratzen, wie sie nur der Leibhaftige besaß. Karola schloss die Augen und versuchte zu beten.

«Ich zuerst», bestimmte der Düstere. «Du hältst so lange Wache. Danach bist du dran.»

Karola spürte, wie sich eine eisige Kälte in ihr ausbreitete. Dieser Mann würde sie töten. Dann merkte sie nur noch, wie sich zwei Lippen grob auf ihre drückten. Karola wurde speiübel. Sie würgte.

«Du kleine Hexe, es nützt dir nichts, wenn du dich wehrst», raunte der Düstere und versetzte ihr einen Schlag ins Gesicht. Karola spürte, wie ihr Blut in den Mund lief. Bitte, lieber Gott, lass es schnell gehen, flehte sie. Wie hatte der Prediger immer gesagt? Jemand wie du, der kommt in den Himmel. Aber sie war doch noch so jung! Sie dachte an ihren Vater und dass es ihm das Herz brechen würde, als der Düstere grob an ihrer Bluse zu zerren begann. Ihr gellender Schrei durchdrang die Stille der nebligen Nacht. Dann wurde ihr schwarz vor Augen.

2

Friedrich Kusenius schwitzte. Seine Wangen waren vor Anspannung gerötet, als er die zwei Würfel hektisch in seiner Hand schüttelte, um sie dann mit einem Schwung auf den Tisch zu werfen. Mit glänzenden Augen blickte er auf den Wurf. Als könnte er es nicht fassen. Zwei Augen. Die zusammen mit der Eins machten drei Augen. Damit hatte er schon wieder gewonnen.

Seit Stunden saß er bereits in dem düsteren Keller der Schwarzbierbrauerei und spielte im Schein der flackernden Kerzen Quinquenove. Er war in den letzten Runden der Bankhalter gewesen und hatte fast alle Spiele gewonnen. So viel Glück hatte er noch nie gehabt. Es grenzte an ein Wunder, dass er ständig drei oder elf Augen oder Dubletten warf. Vor ihm auf dem Tisch stapelten sich die Joachimsthaler, und Kusenius rieb sich die Hände. Dieses Mal würde er seinen Gewinn mit nach Hause nehmen. Dieses Mal würde er ihn nicht einsetzen und alles wieder verlieren.

Die Burschen, mit denen er dieses Spiel machte, blickten finster drein. Dennoch hatte Kusenius keine Angst vor ihnen. Beim ersten Mal, als er zögernd die morschen Holzstufen in diesen Keller hinuntergestiegen war, da hatte es ihn ein wenig gegraust vor den grobschlächtigen Handwerksburschen mit den struppigen Haaren und den buschigen Brauen, aber sie sahen schlimmer aus, als sie waren. Und selbst wenn es anders wäre, was sollte er tun? Er brauchte dringend Geld, und woher sollte er es nehmen, ohne es zu stehlen? Dabei wäre es ein Leichtes für ihn, Karolas Erbe anzutasten. Schließlich hatte er über das nicht unbeträchtliche Vermögen, das seine Frau Anna ihrer gemeinsamen Tochter hinterlassen hatte, bis zu deren Heirat die volle Verfügungsgewalt. Er aber würde sich eher die Zunge herausreißen und die Hände abhacken lassen, als auch nur einen Taler oder ein Schmuckstück davon anzurühren. Da blieb ihm nur das Spielen an solch zweifelhaften Orten, die er früher niemals im Leben freiwillig betreten hätte. Er schnaufte und wischte sich den Schweiß von der Stirn. Bei seinem Übergewicht kam er schnell ins Schwitzen. Und dann die Sorge, beim Spiel ertappt zu werden.

Das Glücksspiel um hohe Einsätze war zwar zurzeit in

Prag verboten, aber jedermann tat es. Besonders die Adeligen, doch zu den Hinterzimmern in deren Palästen hatte er keinen Zutritt. Er arbeitete zwar für die katholischen Edelmänner, die sich drüben auf der Kleinseite prächtige Paläste hatten erbauen lassen, aber er würde niemals in ihre Kreise gelangen. Schon gar nicht seit Ferdinand der Zweite im letzten Jahr König von Böhmen geworden war. Kusenius hatte das mit großer Besorgnis verfolgt. Der von Jesuiten streng erzogene Ferdinand galt nämlich als übler Protestantenfresser. Und diese Haltung breitete sich wie ein schleichendes Gift auch bei den wohlhabenden Habsburgern auf der Prager Kleinseite aus. Einige langjährige Kunden des Baumeisters wollten sich seit neuestem nicht einmal mehr die Innenräume ihrer Paläste von ihm verschönern lassen. Und doch war es nicht der König, der ihm die größte Angst machte. Es war Marie, die, so befürchtete er, einer brennenden Fackel gleich, nicht eher ruhen würde, bis er, Kusenius, vernichtet war. Er wusste, dass sie überall Stimmung gegen ihn machte. Wahrscheinlich besuchte sie unermüdlich seine besten Kunden, nur um dort verlauten zu lassen, dass es nicht mehr zeitgemäß sei, einen Lutheraner als Stuckateur zu beschäftigen. Sogar sein bester Kunde, der Graf von Hohenberg, hatte neulich bedauernd erklärt, er könne ihn nicht mehr beschäftigen. Er hatte Kusenius zum Abschied noch ein paar Taler in die Hand gedrückt.

Der Baumeister nahm die Würfel in die Hand und stieß einen tiefen Seufzer aus. Wie so oft in letzter Zeit hatte er das Gefühl, dass es ein Fehler gewesen war, sich Annas wegen in Prag niederzulassen. Sofort wurden seine Augen feucht, wie immer, wenn er an seine viel zu früh verstorbene böhmische Frau dachte. Manchmal wünschte er sich nichts sehnlicher, als dort droben im Himmel wieder mit ihr vereint zu sein. Er wischte sich mit dem Ärmel entschlossen über das Gesicht.

Jetzt galt es, die bösen Gedanken zu verscheuchen und noch ein paar Taler zu gewinnen, damit Karola nicht merkte, wie es mit dem Geschäft stetig bergab ging.

Er fühlte die Würfel in seiner Hand immer heißer werden. Bitte, Gott, hilf!, dachte er und fragte sich im selben Moment, ob der Herr ihm bei dem verderbten Glücksspiel überhaupt behilflich war. «Bitte, lass es eine Fünf und eine Sechs werden», murmelte er. Nur noch ein Mal gewinnen! Und dann aufhören. Für immer. Mit diesen Gedanken und einem laut pochenden Herzen ließ er die Würfel mit Schwung über den Tisch rollen. Eine Zwei und – Kusenius hielt den Atem an – noch eine Zwei. Er atmete auf. Auch eine Dublette war dazu geeignet, ihm den Sieg zu bescheren. Kusenius jubelte innerlich, aber er war bemüht, sich seinen Triumph nicht anmerken zu lassen. Das könnten seine Mitspieler womöglich als Hohn empfinden. Da griffen sie bereits mürrisch in ihre Beutel. Mit grimmigen Mienen warfen sie Kusenius die Taler auf den Tisch.

In seiner Begeisterung nahm Friedrich Kusenius nur mit einem flüchtigen Seitenblick die drei feingekleideten Herren wahr, die abseits standen und das Geschehen an dem Spieltisch genau beobachteten. Er wandte sich schon wieder dem Spiel zu, doch dann stutzte er. Sein Herz schlug auf einmal schneller, wusste er doch genau, dass sich Männer wie sie nur aus einem Grund hierher verirrten: Sie waren Spitzel des Königs, die dem «teuflischen Spiel», wie es die Priester von den Kanzeln predigten, Einhalt gebieten sollten.

Vorsichtig drehte Kusenius sich noch einmal um und zuckte zusammen. Nicht nur, weil er befürchtete, die Männer könnten jeden Augenblick zu ihm kommen und das auf dem Tisch liegende Geld einziehen, sondern auch weil ihm plötzlich so übel im Magen war. Er überlegte fieberhaft, ob er sein Geld an sich nehmen und weglaufen sollte, aber da war es bereits zu spät, denn sie bewegten sich auf den Spieltisch zu und blieben nur wenige Meter davor stehen.

«Wer ist der feine, wohlgenährte Herr dort zwischen all den Ohrfeigengesichtern?», raunte der größte und stattlichste der drei Männer seinen Freunden in deutscher Sprache zu.

Das Herz des Baumeisters krampfte sich zusammen. Er versuchte, die Fremden nicht anzustarren. Unauffällig behielt er sie aus dem Augenwinkel im Blick, besonders den einen. Er schaut aus wie ein Edelmann mit seinen dunklen Locken und seinem kantigen Gesicht, dachte Kusenius, wenn da nicht diese Augen gewesen wären, die zu engen Schlitzen zusammengekniffen waren und etwas Hinterhältiges ausstrahlten.

«Ich habe euch gefragt, wer der Wohlbeleibte dort ist?», hakte der Dunkelgelockte an die Adresse seiner Begleiter nach.

Erschrocken drehte sich Kusenius zu den Männern um. Sein Blick und der des Wortführers trafen sich. Kusenius fuhr der Schreck in alle Glieder. In den Augen des Mannes lag die nackte Gier. Kusenius wandte sich hastig ab. «Ich glaube, das ist der Baumeister Kusenius», antwortete einer der beiden anderen Männer zögernd.

Kusenius spürte, wie seine Hand, in der er die Würfel hielt, feucht und klebrig wurde. So viele pfälzische Baumeister mit einem ähnlich klingenden Namen gab es wohl nicht in der Stadt. Die nächste Frage des Dunkelgelockten ließ ihm das Blut in den Adern gefrieren.

«Und? Ist bei ihm etwas zu holen?»

Kusenius, der an der Reihe war, ließ die Würfel los, ohne sie vorher zu schütteln, sie zu beschwören und ohne um Gottes Beistand zu bitten. Wie durch einen Nebel vernahm er die geflüsterten Worte: «Ja, er besitzt ein ansehnliches Haus in der Langen Gasse.»

Der Baumeister schluckte. Er sah sich seinen Wurf nicht

einmal an, sondern erstarrte, als einer der Männer lüstern raunte: «Und eine sagenhaft schöne Tochter im heiratsfähigen Alter soll er haben, so sagt man jedenfalls. Ich habe sie noch nie gesehen. Es heißt, er hütet sie wie seinen Augapfel.»

Erst das triumphierende Lachen seiner Mitspieler lenkte Kusenius' Aufmerksamkeit an den Spieltisch zurück. «Das Glück hat unseren gnädigen Herrn verlassen. Das wurde aber auch Zeit», dröhnte einer der Handwerksburschen und hielt seine behaarte Pranke auf, um seinen Gewinn in Empfang zu nehmen.

Kusenius blickte auf seinen Wurf und weigerte sich, zu glauben, was er sah. Eine Fünf und eine Vier. Damit hätte er als Pointeur gewonnen, nicht aber als Bankhalter. Seine Glückssträhne war vorüber. Das jedenfalls sagte ihm eine warnende innere Stimme. Er sollte auf keinen Fall ein neues Spiel wagen, sondern schnell nach Hause eilen. Vor allem, als der Dunkelgelockte seinem Freund befahl: «Dann geh und hole einen Krug Schwarzbier für unseren erfolgreichen Spieler!», Kusenius dabei jovial auf die Schulter klopfte und fragte: «Ein Spiel unter Freunden gefällig?»

Auf keinen Fall!, mahnte seine innere Stimme. Verabschiede dich höflich und geh nach Hause. Ja, das würde er tun. Er würde den Herren erklären, dass er bereits mit den Handwerksburschen gespielt hatte. Er setzte zu sprechen an, aber plötzlich spürte er einen stechenden Schmerz in der Schulter. «Ich … das da … dort», stammelte er.

«Ich spiele schon mit denen dort», brachte er schließlich mühsam hervor. Der Dunkelgelockte grinste, warf jedem der jungen Burschen einen Taler hin und gab ihnen ein Zeichen, dass sie verschwinden sollten. Einer nach dem anderen stand auf und verließ grußlos den Tisch. Kusenius legte sogleich schützend die Hand auf die Taler, die ihm noch geblieben waren, und murmelte: «Ich muss Euch jetzt leider verlassen.»

Er war erleichtert, dass er seine Sprache so schnell wiedergefunden hatte. Friedrich, geh, so schnell dich die Füße tragen, riet ihm sein Verstand. Er wollte aufstehen, doch bevor er sich erheben konnte, hatte ihn der Dunkelgelockte bereits grob zurück auf den Schemel gedrückt.

«Ein Spiel nur!», forderte er in scharfem Ton und lachte. Dabei dünstete der Fremde bei jedem Wort Schwaden von Starkbier aus.

«Ich möchte gehen», wiederholte Kusenius schwach. Der angetrunkene Fremde machte ihm Angst. Und dennoch, tief in seinem Innern spürte er die Lust, sich mit ihm am Würfeltisch zu messen. Da war es wieder, dieses gewisse Kribbeln bei dem Gedanken, das Schicksal herauszufordern und zu gewinnen. Nein, verdammt, er sollte gehen, und zwar sofort. Kusenius holte entschlossen seine Geldkatze hervor, um den Gewinn einzustecken.

«Ihr wollt doch nicht, dass man sich morgen überall in der Stadt erzählt, Baumeister Kusenius treibt sich in dunklen Kaschemmen herum und mehrt aus teuflischer Gewinnsucht sein Geld beim verpönten Hasardspiel?», höhnte der Fremde. Er hob seinen Krug voller Schwarzbier, drückte Kusenius einen zweiten in die Hand und sagte laut: «Auf Euer Wohl!»

Kusenius spürte einen Druck auf seiner Brust, als würde er unter einem Mühlstein zerquetscht. Noch mehr Schweißperlen bildeten sich auf seiner Stirn. Er ahnte, dass jeder Widerstand gegen die Spitzbuben im feinen Zwirn zwecklos wäre. Wenn er doch nur wüsste, wer der Mann war! Dann würde er es ihm mit gleicher Münze heimzahlen und ihm drohen, ihn seinerseits als Glücksspieler anzuschwärzen, aber so?

Kusenius zitterte innerlich. Er redete sich schließlich ein, dass er keine andere Wahl hatte, als mitzuspielen. Die Fremden wirkten gefährlich Und tief im Innern reizte ihn der Gedanke sogar, die Herausforderung anzunehmen. Einen Sieg gegen diesen überheblichen Kerl nur, dann würde er den Spieltisch als Sieger verlassen und niemals mehr hierher zurückkehren. Wenn er diesen Kerl besiegte, dann würde er das als Zeichen nehmen und die vermaledeiten Würfel niemals mehr anrühren. Er nahm einen großen Schluck von dem schwarzen Gebräu, das er sonst mied wie der Teufel das Weihwasser.

«Nicht so schüchtern, Kusenius», ermutigte ihn der Fremde, noch einmal den Krug anzusetzen, was er widerspruchslos tat. Das Getränk hatte eine beruhigende Wirkung auf ihn und wärmte ihm den Magen.

«Ich bin gleich wieder bei Euch», sagte der Fremde und sprang auf.

Und während sich der Dunkelgelockte vor dem Spiel noch einmal vom vielen Biergenuss erleichterte, dachte Kusenius nach. Noch konnte er weglaufen, denn die Freunde des Mannes hatten ihn begleitet. Er nahm die Würfel zur Hand und bewegte sie langsam zwischen den Fingern. Sie fühlten sich gut an. Warm und vertraut. Während er sie zwischen seinen Fingern knetete, gingen ihm allerlei Gedanken über seine Zukunft durch den Kopf. So kann es auf keinen Fall weitergehen, dachte er. Eines Tages würde Karola dahinterkommen, dass sich ihr Vater in finsteren Spelunken herumtrieb. Das würde ihn zutiefst beschämen. Er wollte seinen kleinen Augenstern um keinen Preis enttäuschen. Kusenius seufzte.

Vielleicht sollte er die Stadt verlassen, bevor es zu spät war und er gar keine Arbeit mehr hatte. Vielleicht sollte er mit seiner geliebten Tochter nach Sachsen gehen, wo er wieder richtige Häuser bauen würde. Wo er sich nicht wie ein Stuckateur damit bescheiden musste, die Häuser der Reichen von innen mit Schleifwerk oder gar Putten aus vergoldetem Holz zu verzieren. Vor allem gab es dort jede Menge protestantischer Ehemänner für sein geliebtes Kind. Es wurde langsam

Zeit, dass sie heiratete. Mit ihren knapp siebzehn Jahren war sie bald reif für die Ehe …

Ja, wenn er allein auf der Welt wäre, er wüsste, was er zu tun hätte. Er würde weit fort gehen. Nach Rom! Immer wenn er an seine Lehrzeit bei Baumeister Carlo Maderno dachte, war es ihm, als würde die Sonne in sein Herz scheinen. Meister Maderno hatte sich stets köstlich darüber amüsiert, dass sein eifrigster Schüler ein Protestant war. «Tief in Eurem Herzen seid Ihr ein Katholik», hatte er ihn manchmal geneckt. Und als Kusenius ihm mitgeteilt hatte, dass er nach Prag gehen würde, hatte das seinem Meister gar nicht gefallen. «Bis man dort oben jenseits der Alpen so bauen wird, wie ich es Euch gelehrt habe, sind wir beide schon lange tot», hatte er ihn gewarnt. «Ihr werdet kein einziges Haus im italienischen Stil errichten. Vielleicht lassen sie Euch mal einen Putto schnitzen oder eine Säule gipsen.» Und tatsächlich ist alles so eingetreten, wie der Meister es vorausgesehen hat. Als hätte er in die Zukunft blicken können, dachte Kusenius.

Er drückte die Würfel noch fester in seiner Hand. Rom … Das würde ein Traum bleiben. Dort würde sich für sein Töchterchen wohl kaum ein aufrechter protestantischer Ehemann finden lassen.

Oder sollte er nach Amberg zurückkehren? Von dort war er einst fortgegangen, als man ihn mehr oder minder hatte zwingen wollen, Calvinist zu werden. Das jedoch lag Friedrich Kusenius mindestens genauso fern, wie zum Katholizismus zu konvertieren. Wieder stieß er einen tiefen Seufzer aus. Wo er auch immer hingehen würde, er hatte mit einem Mal das starke Gefühl, dass seine Tage in Prag gezählt waren. Er liebte diese Stadt, aber die Habsburger, die sie beherrschten, liebten ihn nicht mehr! Ein verstohlener Blick auf die Taler ließ ihn plötzlich innerlich lächeln. Sein heutiger Gewinn und das, was ihm der Verkauf des Hauses einbrachte, würde genügen für einen Neuanfang, wo auch immer der sein würde. Und wenn er ihn noch mehren konnte, indem er ein paar Spielchen gegen die Herren gewann, die sich gerade wieder lärmend zu ihm an den Tisch gesetzt hatten und ihn erwartungsvoll anstarrten, warum nicht?

Er atmete noch einmal tief durch und wischte sich hastig mit dem Handrücken den Schweiß von der Stirn. Das Glück wird zurückkehren! An diesen Gedanken klammerte er sich mit aller Macht. Die Würfel in seiner Hand schienen zu brennen.

Gerade als er werfen wollte, schmiss der Fremde ein paar Gulden auf den Tisch. «Wir wollen uns doch nicht für die paar lumpigen Taler anstrengen.»

Kusenius konnte es nicht fassen. Das, was jetzt auf dem Tisch lag, war ein Vielfaches von dem Einsatz, um den er mit den Handwerksburschen gespielt hatte. Ein echtes Vermögen! Sein Herz klopfte bis zum Hals. Wenn er nur ein einziges Mal gewann, dann brauchte er sich gar keine Gedanken mehr um die Zukunft zu machen. Kusenius nickte, während sein rechtes Augenlid zu zucken begann und sich erneut eine Schnur von Schweißperlen den Weg von seiner Stirn über das Gesicht bahnte. Nur noch ein Mal drei oder elf Augen, betete er. Er klammerte die zwei Würfel in seiner Hand fest, als wolle er sie zerquetschen. Täuschte er sich, oder lag in den Augen des Dunkelgelockten der Ausdruck eines Siegers, der sich seiner Sache ganz sicher war? Um seine aufkeimende Angst zu verbergen, schüttelte Kusenius die beiden Würfel nun wie besessen. Wieder und immer wieder, als wollte er sie niemals mehr loslassen, bis sie mit einem lauten Knall auf den Tisch fielen. Er wagte gar nicht erst, hinzusehen, denn tief im Innern wusste er bereits, dass er verloren hatte. Stöhnend zwang er sich, der bitteren Wahrheit ins Auge zu sehen, und starrte so furchtsam auf die Würfel, als wären sie wilde Tiere, die gerade auf dem Sprung waren, ihn anzugreifen. Eine Zwei und eine Drei. Noch war der Berg an Talern vor ihm erfreulich anzusehen, auch wenn er jedem der drei Männer nicht gerade wenig davon abgeben musste. Revanche! Den Gewinn würde er ihnen beim nächsten Spiel gewiss wieder abnehmen. Dessen war er sich sicher. Dann würde er das Geld einsammeln und gehen. Nur noch dieses eine Spiel, hämmerte es in seinem Kopf.

«Darauf trinken wir!», befahl der Fremde mit dem gierigen Blick.

Kusenius hörte seine innere Stimme deutlich mahnen: Lauf weg, solange du noch kannst! Das brachte ihn auf den Boden der Tatsachen zurück, und er stammelte, während er seine Geldkatze hervorzog: «Danke, Ihr Herren, aber für mich ist es heute genug.» Er versuchte aufzustehen, doch seine Beine versagten ihm den Dienst. Er fühlte sich plötzlich so schwach, und dann war da dieser Mühlstein auf seiner Brust. Er wollte tief durchatmen, aber es gelang ihm nicht. Ob das vom Bier kam? Panik überfiel ihn, aber er wollte sich keine Schwäche anmerken lassen. Der Fremde drückte ihm ungeduldig die Würfel in die Hand. Kusenius würfelte mechanisch und musste mit ansehen, wie sich die Herren noch einmal an seinem Geld bedienten. Und er konnte nichts dagegen tun. Er wollte protestieren, aber wie durch einen dicken Nebel nahm er wahr, dass er weiter und weiter würfelte, bis kein Taler mehr übrig war. Kein einziges Mal kam eine Drei, eine Elf oder gar eine Dublette.

«Wie ist Euer Einsatz?», hörte er den Fremden fragen. Dass die Männer mit ihren eigenen Würfeln spielten, merkte er nicht. Sie gewannen mühelos Spiel um Spiel.

«Nehmt alles!», antwortete eine Stimme, und Kusenius nahm entfernt wahr, dass es seine eigene Stimme war. Und doch war ihm, als gehörte sie nicht mehr zu ihm. Seine Brust drohte zu zerspringen. Ihm war so entsetzlich übel. Er hatte die Macht über seinen Körper verloren.

Mechanisch würfelte Kusenius weiter und weiter. Ihm war alles so entsetzlich gleichgültig. Er wollte nur noch eines: Der Schmerz sollte aufhören, und er wollte wieder atmen. Er brauchte Ruhe und Schlaf, und während er sich nach seinem Bett sehnte, fasste er sich mit einem Aufschrei an sein Herz und ließ den Kopf langsam auf die Schulter des Fremden sacken.

Kusenius spürte noch, wie er hochgezogen wurde, wie Hände an ihm herumzerrten und wie er die Stiege hinauf nach draußen getragen wurde. Die frische Luft ließ seine bleierne Müdigkeit für einen kurzen Augenblick verfliegen. Auch seine Brust schien einen Luftzug lang wieder zum Leben zu erwachen, aber seine Augen, warum konnte er sie nicht mehr öffnen? Ein Gedanke durchzuckte ihn. Was hatte er nur getan? Und plötzlich wusste er, dass er sterben würde.

«Bringt mich nach Hause», brachte er unter großen Mühen hervor.

«Aber sicher, Kusenius.» Die Stimme des gierigen Fremden war ganz nah an seinem Ohr. «Aber du musst noch unterschreiben, dass du Schulden bei uns hast.»

«Hör auf! Der Mann ist nicht mehr bei Sinnen. Er ist sterbenskrank. Lasst uns verschwinden, bevor er uns verreckt», sagte eine andere Stimme. Das ist der lange Dürre, schoss es Kusenius durch den Kopf.

«Hasenfuß!» Das war wieder der Wortführer. «Was kann uns Besseres passieren, als dass er stirbt?» Er lachte. «Wenn ich meinem bigotten Bruder eine Braut und ein eigenes Haus präsentiere, schlage ich zwei Fliegen mit einer Klappe. Er muss mir meines Vaters Erbe auskehren!»

«Das kannst du nicht machen! Das geht zu weit. So viel Schwarzbier kannst du gar nicht getrunken haben, dass du dich so versündigst», raunte die Stimme des Dürren missbilligend.

«Los, schreib, Alter!», befahl der Anführer barsch.

Kusenius spürte, wie ihm eine Feder in die Hand gedrückt wurde. Er wollte etwas sagen, den Herren erklären, dass er nicht bei sich gewesen war, dass er nichts unterschreiben würde, aber er hatte keine Kraft mehr.

«Ihr wollt doch, dass Eure Tochter einen guten Mann bekommt?», hörte er die Stimme des Anführers.

Friedrich Kusenius wehrte sich nicht mehr, als einer der Männer – wahrscheinlich der Dunkelgelockte – seine Hand führte. Dann schwanden ihm die Sinne, und sein letzter Gedanke war: Gott schütze Karola!

3

Karola Kusenius schlug die Augen auf. Ihr erster Gedanke war: Jetzt bin ich im Himmel. Sie blickte in zwei wunderschöne haselnussbraune Augen, die sich in ihren festzusaugen schienen. Ob das die Augen eines Engels waren? Niemals zuvor hatte sie solche Augen gesehen. Gut, sie kannte die kleinen mausgrauen Äuglein ihres Vaters, aber das hier, so spürte sie mit jeder Faser ihres Körpers, das war etwas anderes.

«Wie geht es Euch?», fragte eine tiefe, volle Stimme, deren Klang Karola wohlige Schauer durch den Körper rieseln ließ.

«Wo bin ich?», brachte sie mit schwacher Stimme hervor.

«Ihr seid in einer dunklen Gasse nahe bei der Stadtmauer. Erinnert Ihr Euch? Zwei finstere Gestalten wollten Euch überfallen.»

«Gott sei Dank, ich lebe», erwiderte sie zögernd.

«Ja, Ihr lebt!» Die haselnussfarbenen Augen schimmerten

im Mondlicht. Dichtes, lockiges schwarzes Haar umrahmte ein kantiges Gesicht. Der Mann trug sein Haar länger, als die jungen Männer es gewöhnlich taten.

«Und das habe ich Euch zu verdanken, nicht wahr?»

«Das hätte jeder getan», erwiderte er hastig. «Kommt, ich helfe Euch auf und bringe Euch nach Hause.» Der Fremde reichte ihr seine Hand und zog sie vorsichtig hoch.

Karola verlor das Gleichgewicht und drohte zu stürzen, aber er fing sie auf. Sie ließ es zu, dass er sie mit seinen Händen an den Hüften packte und auf sein Pferd hob. Wie von selbst griff sie nach den Zügeln und setzte sich gerade hin. Täuschte sie sich, oder traute sich der Fremde nicht, seine Hände wegzunehmen?

«Ich halte mich schon fest», sagte Karola. Lag Erstaunen in seinem Blick? Glaubte er, sie habe noch niemals auf einem Pferd gesessen?

«Wo wohnt Ihr?», fragte er mit belegter Stimme.

«In der Langen Gasse», entgegnete Karola, die immer noch die schützende Wärme seines Körpers spürte, obwohl sie jetzt allein auf seinem Pferd saß. Er nickte, hob einen schwarzen Schlapphut auf, setzte ihn auf den Kopf, packte das Pferd am Zügel und dirigierte es schweigend durch die Gassen. Wie von Geisterhand war der Nebel verschwunden, und Karola erkannte, dass sie kurz hinter dem Markt in die falsche Richtung gelaufen war. Jetzt waren auch wieder Menschen in den Gassen, aber Karola nahm sie nur wie von ferne wahr. Als sie vor dem Haus ihres Vaters ankamen, bedauerte Karola zutiefst, dass ihr Ritt auf seinem Pferd schon zu Ende war.

«Hier ist es», sagte sie heiser.

Der Mann ließ das Pferd anhalten und hob sie herunter. Ihre Blicke trafen sich. Sah sie in seinen Augen auch Bedauern, dass sie sich nun trennen mussten, oder bildete sie sich das nur ein?

«Habt Dank», hauchte Karola und ging zur Tür. Dort drehte sie sich noch einmal um, doch sie traute sich nicht, ihren Lebensretter nach seinem Namen zu fragen. Stumm sahen sie einander an. Dann stieg er in den Sattel, gab seinem Pferd die Sporen und ritt in Richtung Karlsbrücke davon.

Warum hat er mich nicht gefragt, wie ich heiße?, dachte Karola bedauernd, doch dann fiel ihr Blick auf den groben braunen Stoff ihres Rockes, und sie glaubte zu wissen, warum er sich nicht nach ihrem Namen erkundigt hatte. Er hatte sie für eine Magd gehalten. Und er, dessen war sich Karola sicher, wohnte auf der Kleinseite. Genauso wie er waren nämlich die besten Kunden ihres Vaters gekleidet, die reichen Habsburger, die auf der gegenüberliegenden Seite der Moldau prächtige Häuser besaßen. Was für schöne Augen er hat, dachte Karola, und betrat das Haus mit einem beseelten Lächeln auf den Lippen.

4

Tereza stieß einen spitzen Schrei aus, als sie Karola in ihren Kleidern und mit ihrem wollenen Tuch in der Hand erblickte. «Kind, was ist geschehen? Sagt doch etwas! Euch …» Sie sah ihre Herrin aus schreckensweiten Augen an. «Euch ist doch keine Gewalt angetan worden, oder?»

Statt zu antworten, packte Karola ihre Magd einfach an den Hüften und wirbelte sie in der Diele herum. «Ach Tereza, ich war im Himmel!»

«Rasch, zieht mein Kleid aus und wascht Euch das Gesicht.» Tereza schüttelte ungläubig den Kopf. «Euer rechtes Auge hat die Farbe der Veilchen, wie sie auf dem Markt feilgeboten werden. Und Eure Lippe ist blutverkrustet. Wer hat Euch das angetan?»

«Zwei Männer tauchten im Nebel auf, der eine wollte mich umbringen. Er stank ganz entsetzlich nach Bier und riss an meinem … ich meine, an *deinem* Kleid. Als ich schrie, schlug er mich …»

«O Herr, lass diesem Menschenkind kein Elend widerfahren sein!», unterbrach Tereza sie und reckte die Hände theatralisch gen Himmel.

«Es ist alles gut. Ein Fremder kam und rettete mich. Ich lebe! Nur leider vergaß ich, ihn nach seinem Namen zu fragen.»

Tereza hatte Tränen in den Augen. «Dann lasst uns zum Dank beten.» Sie fiel auf die Knie.

«Komm, steh auf. Mir ist jetzt nach Tanzen und Singen zumute», erwiderte Karola und drehte sich mit ausgebreiteten Armen im Kreis.

In diesem Augenblick klopfte es laut an der Haustür. Karola blieb erschrocken stehen. Vor lauter Gedanken an den edlen Retter hatte sie ihren alten Vater vergessen. Es bedeutet nichts Gutes, wenn jemand um diese Zeit klopft, dachte sie. Ihr Herz begann laut zu pochen, und sie war, bevor sich Tereza auf den Weg machen konnte, bereits die Stiege hinunter in die Diele gerannt. Dort blieb sie atemlos stehen und band sich hastig das braune Tuch wieder um. Sie hatte so ein merkwürdiges Gefühl. Auch wenn sie tief im Herzen hoffte, es möge der Edelmann sein, so schwante ihr Übles.

Als sie die Tür öffnete, erschrak sie. Ihr Vater hing wie leblos in den Armen dreier fremder Männer.

«Was ist geschehen?», stammelte sie.

Die Fremden antworteten nicht, sondern traten ein und ließen stöhnend den leblosen Friedrich Kusenius wie einen nassen Sack auf den Boden der Diele fallen.

Karola kniete sich zu ihm auf den Boden. «Bitte, wach auf!», flüsterte sie. «Bitte, wach doch auf!» Ihr Vater sah zum Gotterbarmen aus. Aber er atmete noch, wenn auch nur schwach. Bestimmt würde er gleich aufwachen, sie necken und rufen: *Na, Töchterchen, hast du schon Sorge um deinen alten Vater gehabt?* Ja, sie betete, dass er gleich wieder lachen würde. Dass er sie mit seinen Scherzen erheitern würde.

«Lass das Gejammer!», sagte eine Stimme grob, dann wurde sie unsanft am Arm nach oben gerissen und festgehalten. «Er wird nicht mehr, Mädchen, hör auf. Bring den Herren lieber einen Krug Wein.»

Karola sah den Mann mit den dunklen Locken fassungslos an. Wie redete er denn mit ihr?

Sie suchte Terezas Blick.

«Ja, Ihr Herren, ich hole Euch Wein», sagte die Magd in böhmischer Sprache, in die sie stets verfiel, wenn sie aufgeregt war.

Der Mann mit den dunklen Locken ließ Karola los und warf Tereza einen abschätzigen Blick zu. «So weit reicht mein Böhmisch, um zu verstehen, dass du uns deine Dienste anbietest, aber wir verzichten.» Mit diesen Worten schubste er sie zur Seite und bellte: «Die deutsche Magd wird gehen. Und du, schaff mir die Tochter des Baumeisters her, von der überall behauptet wird, sie blende alle Männeraugen mit ihrer Schönheit.» Er lachte schallend, als wäre das ein Scherz.

Karola wollte ihm gerade erwidern, dass er sich zum Teufel scheren solle, doch Tereza kam ihr blitzschnell zuvor. «Die Tochter des Baumeisters ist bei Verwandten ihres Vaters in Amberg und wird erst in ein paar Wochen zurück sein.»

Karola hielt den Atem an. Die drei Männer waren ganz sicher keine Spitzbuben wie die vorhin auf der Gasse, aber sie führten wohl trotzdem nichts Gutes im Schilde. Und außerdem stanken sie genauso widerlich nach Bier.

«Ich gehe schon, Ihr Herren!», flötete Karola übertrieben freundlich und eilte hinaus. An der Kellertreppe blieb sie mit klopfendem Herzen stehen und stieß ein Gebet aus: «Lieber Gott, mach, dass die Kerle verschwinden und der Vater wieder gesund wird!» Wie gut, dass sie schon manches Mal Wein für ihn aus dem Keller geholt hatte. So wusste sie wenigstens, was sie zu tun hatte.

Sie kehrte mit einem vollen Krug zurück, nahm drei Zinngefäße aus dem Schrank, goss Wein hinein und brachte jedem der Fremden einen Becher. Dabei machte sie gehorsam einen Knicks, wie sie es bei Tereza gesehen hatte, wenn diese vornehme Gäste des Vaters bediente.

«Das Vögelchen ist also ausgeflogen?», fragte der Wortführer der Männer lauernd. Er war überhaupt der Einzige, der redete. Die beiden anderen hielten sich im Hintergrund und schienen dem Treiben ihres Kumpans mehr mit Sorge als mit Freude zuzusehen, zumindest der lange Dürre. Karola wandte den Blick von den stummen Begleitern ab und sah sich stattdessen den Anführer näher an. Er war groß und schlank, hatte lockiges schwarzes Haar und braune Augen. Merkwürdig, er erinnerte sie entfernt an ihren Retter. Das Haar war kürzer, doch er hatte dieselbe stattliche Statur. Aber seine Augen strahlten etwas ganz anderes aus. Sie besaßen zwar dasselbe Haselnussbraun, aber es lag keine Wärme darin, sondern etwas Gewöhnliches und Verschlagenes. Darüber täuschte auch seine vornehme Kleidung nicht hinweg. Er war in teures Tuch gewandet. Keine Frage. So etwas sah Karola sofort, wenngleich seine Kleidung so gar nicht ihrem Geschmack entsprach. Sie mochte es durchaus, wenn Männer etwas auf sich hielten, aber bei diesem hier schien es ihr übertrieben. Er trug einen Samtrock, breit verschnürte karmesinrote Hosen, schwarze Strümpfe, einen Mantel aus schwarzem englischem Tuch mit Samtkragen und Schnüren und einen breiten Hut. Er war auffällig, aber nicht geschmackvoll gekleidet, eher protzig, wie Karola feststellte. Ihr Retter hatte viel eleganter gewirkt mit seinen Stiefeln, seinen Hosen aus glattem schwarzem Samt und der eleganten Schaube aus aschfarbenem Tuch mit dem schwarzen Samtkragen und … Erschrocken unterbrach sie ihre Gedanken. Was ist bloß los mit mir? Unverschämte Fremde bringen meinen armen Vater nach Hause, und ich denke an meinen Retter und seine Kleidung, schalt sie sich. Noch einmal warf sie dem Schwarzgelockten einen prüfenden Blick zu. Ein Habsburger von der anderen Seite der Moldau? Vielleicht war er ja nur ein harmloser Kunde ihres Vaters, der gar nichts Böses im Sinn hatte, dessen Benehmen nur zu wünschen übrig ließ.

«Was ist geschehen?», fragte sie mit zitternder Stimme.

«Er ist beim Würfelspiel ganz plötzlich umgefallen. Ich glaube, es ist sein Herz, aber was geht es dich an, Magd?»

«Beim Würfelspiel?», wiederholte Karola ungläubig.

«O Herr, vergib ihm!», flüsterte Tereza.

«Ich habe dich was gefragt, du! Ich will wissen, ob der Vogel ausgeflogen ist?» Der Schwarzgelockte sah Karola durchdringend an. Sie hielt das Tuch mit beiden Händen krampfhaft zusammen, damit er nur ja ihr Gesicht nicht sehen konnte. Ein leises Stöhnen drang vom Dielenboden an ihr Ohr. Sie blickte erschrocken auf ihren wie leblos daliegenden Vater. Wie gern würde sie sich zu ihm auf den Boden hocken und ihm über das aschfahle Gesicht streicheln, doch das würde sie verraten. Es beruhigte sie, dass sich sein Brustkorb noch senkte und hob. Er lebte, und das war die Hauptsache.

«Bist du von den Blattern entstellt, oder warum verhüllst du dich?», fragte der Fremde und fing dröhnend zu lachen an. Seine Begleiter fielen zögernd ein. «Womöglich hast du eine ansteckende Krankheit und bringst uns die Pest. Packt eure Sachen und schert euch fort, alle beide!», befahl der Wortführer jetzt mit schneidender Stimme.

Karola erschrak. Sie konnte ihren Vater doch unmöglich

mit diesen Fremden allein lassen! Und überhaupt, wohin sollte sie gehen? «Aber Herr, das Haus gehört dem Baumeister, und wenn uns jemand fortschickt, dann er», widersprach sie. Sie achtete nicht auf Terezas warnenden Blick.

«Der haucht gerade seinen letzten Atem aus», sagte der Schwarzgelockte unbarmherzig.

Karola spürte, dass ihre Augen feucht wurden. Sie nahm all ihren Mut zusammen, baute sich vor dem Fremden auf und erklärte laut und deutlich: «Selbst wenn Ihr recht habt, dann wird das Haus seiner Tochter gehören, und ich glaube, sie würde Euch bitten, es auf der Stelle zu verlassen. Vielleicht wollt Ihr einen Taler dafür, dass Ihr den Herrn hergebracht habt.»

Der Dunkelgelockte sah sie einen Augenblick lang verblüfft an, bevor er erneut in schallendes Gelächter ausbrach. «Sie scherzt! Einen Taler!»

Karola biss sich auf die Lippen. Sie durfte vor diesem Ungeheuer auf keinen Fall in Tränen ausbrechen. Der Mann lachte immer noch. Wieder fielen seine Kumpane mit Verzögerung in sein Lachen ein, aber schwächer als er, viel schwächer. Plötzlich hörte der Anführer auf und erklärte mit einem vernichtenden Blick auf Karola: «Du irrst. Es ist meins!» Mit diesen Worten holte er ein Schriftstück aus seinem Wams.

Karola riss es ihm aus den Händen.

«Oho, Ihr könnt doch nicht etwa lesen?», spottete er.

Karola hörte nicht hin, sondern starrte auf die dürren Wörter. Sie wurde leichenblass unter dem braunen Tuch. *Mein Haus und mein ganzes Vermögen soll bei meinem Tod in das Eigentum von Christoph Sahrenburg übergehen …*

«Was habt Ihr getan, Christoph Sahrenburg?», schrie sie auf und fing an, den Mann mit ihren Fäusten zu traktieren. Hatte ihr Vater nicht gerade vor ein paar Tagen noch gesagt, das alles werde einmal ihr gehören?

Christoph Sahrenburg packte sie grob an den Händen und schüttelte sie. «Bist du von Sinnen? Ich werde dich gleich eigenhändig auf die Straße setzen. Du Kröte …» Plötzlich sah er sie forschend an. «Wieso bist du überhaupt des Lesens mächtig?» Karola antwortete nicht, sondern befreite sich wortlos aus seinem Griff.

«Der Herr Baumeister hat es ihr beigebracht», erwiderte Tereza rasch. «Sie war so ein aufgewecktes Mädchen, und weil sie doch entstellt ist, sollte sie wenigstens lesen können, meinte unser Herr, der Baumeister.»

In diesem Augenblick vernahm Karola wieder das leise Stöhnen ihres Vaters. Sie konnte kaum an sich halten. Wie gern würde sie sich zu ihm auf den Boden hocken, seinen Kopf in ihren Schoß legen und über seine faltige Wange streicheln. Sie hatte den Gedanken noch gar nicht zu Ende geführt, als der gefährliche Fremde sie von sich schubste. «Wenn du mich noch einmal anpackst, dann brauchst du deine Sprache gar nicht mehr, Weib!»

Karola taumelte, fing sich wieder und beugte sich mit flehendem Blick zu ihrem Vater hinunter. Er hatte jetzt die Augen geöffnet. Sein Blick irrte hin und her. Es sah zum Gotterbarmen aus. Karola konnte sich nicht länger beherrschen. «Vater!», rief sie aus und fiel auf die Knie. «Vater, bitte sag etwas. Sag diesen Kerlen, sie sollen sich davonscheren.»

Friedrich Kusenius öffnete den Mund, aber er brachte keinen Ton heraus. Nur ein leises Stöhnen entrang sich seiner Kehle. Karola ahnte, dass er etwas sagen wollte, aber was?

«Vater, ganz ruhig», brachte sie schluchzend hervor. «Ich bleibe bei dir, und du sagst mir, was geschehen ist, ja?» Tränen liefen über ihre Wangen. «Vater», bettelte sie. «Vater, bitte hilf mir!» Immer wieder streichelte sie über sein gequältes Gesicht.

Plötzlich spürte sie einen stechenden Schmerz an ihrem

Kopf. Jemand riss sie an ihren Haaren hoch. Es war dieser Teufel von einem Mann! Brutal zog er ihr das Tuch vom Kopf.

«Die junge Kusenius ist also in Amberg? Ihr Weiber wolltet mich täuschen, aber das wird euch schlecht bekommen. Ihr gehört mir genauso wie das verdammte Haus!»

Karola sah ihn mit weitaufgerissenen Augen an. «Ich gehöre niemandem!», spie sie aus. «Schon gar nicht einem so widerlichen Spitzbuben wie Euch!»

Er trat dicht an sie heran und fasste ihr unter das Kinn.

«Lasst mich los!», protestierte sie, aber er griff nur noch fester zu. Karola konnte nichts dagegen tun. Tereza wollte ihr zu Hilfe eilen, aber der kleinere Kumpan hielt sie fest. «Wenn Ihr dem Kind auch nur ein einziges Haar krümmt, bekommt Ihr es mit mir zu tun!», schrie sie und strampelte mit den Beinen. Die Männer beachteten sie nicht.

«Wer von euch hat mir gesagt, der Baumeister habe eine sagenhaft schöne Tochter?», fragte Christoph Sahrenburg seine beiden Freunde voller Verachtung. «Den strafe ich Lügen. Seht doch nur, wie sie mich anfunkelt, statt den Blick züchtig abzuwenden und auf den Boden zu richten. Und die Lippen und das Auge erst. Mit wem hast du dich denn geschlagen, Weib?» Wieder lachte er dröhnend über seinen Scherz. «Ihr seht aus wie ein Straßenmädchen und benehmt Euch wie ein Gassenjunge. Hier, lest selbst!» Der Fremde hielt ihr ein Blatt Papier unter die Nase.

Zögernd griff Karola danach und traute ihren Augen nicht. Immer und immer wieder las sie den Satz: … *und ich gebe Euch meine einzige Tochter.* Darunter stand in krakeliger Schrift: *Friedrich Kusenius.*

«Mein Vater würde mich nicht verspielen!», schrie sie.

«Oh, Ihr irrt. Verzweifelte Würfelspieler sind zu allem fähig», erwiderte ihr Peiniger kalt.

Sie standen einander gegenüber wie zwei Krieger, die nur darauf lauerten, dem anderen den Todesstoß zu versetzen. Karolas Wangen glühten feuerrot, und ihre grünen Augen funkelten wie die einer Raubkatze.

«Ihr könnt mich nicht besitzen!», schleuderte sie ihm voller Verachtung ins Gesicht.

«Hätte ich gewusst, wie hässlich Ihr seid, hätte ich lieber einen alten Gaul gewonnen! Aber nun muss ich mit Euch vorliebnehmen!», schimpfte er.

Karola wollte ihm gerade entgegenschleudern, dass er ein Spitzbube sei, als Friedrich Kusenius einen Laut von sich gab, der sie von dem widerlichen Kerl ablenkte. Verzweifelt warf sie sich neben ihren Vater auf den Boden, umarmte ihn und hielt sich an ihm fest, als würde sie so ihrem Schicksal entkommen können. «Vater, bitte sag doch etwas. Sag, dass du mich nicht beim Würfeln verspielt hast. Bitte, sag, dass er lügt. Bitte!» Ihr Flehen ging in ein lautes Schluchzen über.

Friedrich Kusenius hob langsam, ganz langsam den Arm. «Er will etwas aufschreiben!», schniefte Karola voller Hoffnung, dass sich gleich alles aufklären würde: «Er will etwas aufschreiben!» Schon war sie aufgesprungen und hatte eilig Feder, Tinte und ein Papier herbeigeholt. Ihr Blick traf den des vorlauten Anführers. Täuschte sie sich, oder schaute er mit einem Mal ängstlich drein? Sie half ihrem Vater, sich aufzurichten. Mit ihren zarten Armen hielt sie ihn fest. Friedrich Kusenius wollte nach der Feder greifen, doch bevor er zupacken konnte, fiel sein Arm schlaff zur Seite, und seine Augen waren weit aufgerissen.

Karola schrie: «Bitte, verlass mich nicht!» Sie wollte nicht begreifen, dass ihr Vater für immer von ihr gegangen war. Er wurde immer schwerer in ihrem Arm, aber sie hielt ihn fest, drückte ihn an sich, während sie von Weinkrämpfen geschüttelt wurde.

Tereza hockte sich zu ihnen auf die Erde und stammelte: «Ihr wart immer so gütig, warum habt Ihr das getan?»

«Der Alte kann Euch nicht mehr antworten», sagte Christoph Sahrenburg kalt und versuchte Karola hochzuziehen. «Kommt jetzt!», befahl er ihr.

Sie klammerte sich weinend an ihren Vater. Gleich wird er wieder aufwachen und die Männer energisch des Hauses verweisen, hoffte sie, doch ein Blick in seine erloschenen Augen zeigte ihr, dass kein Funken Leben mehr in ihm war. Ganz langsam ließ sie seinen leblosen Körper zu Boden gleiten. Sie faltete ihm die Hände, schloss ihm mit zitternden Fingern die Augen und strich ihm über das dichte graue Haar. Währenddessen betete sie stumm, dass man ihn im Himmel aufnehmen möge, was auch immer er auf Erden getan haben mochte, und dass er nicht dazu verdammt war, im Höllenfeuer zu schmoren. Sie weigerte sich beharrlich, daran zu glauben, dass er sie jemals verspielt hatte, und sie schwor sich in diesem Augenblick, dass eines Tages dieses Unrecht gesühnt und ihr Vater von dieser Schuld auf alle Ewigkeit befreit sein würde.

«Kommt endlich!», rief Christoph Sahrenburg voller Ungeduld.

«Aber wir müssen nach dem Prediger schicken», wandte Tereza ein.

«Sorgt dafür, dass die böhmische Magd sofort aus meinem Haus verschwindet!», befahl der Anführer seinen Kumpanen. Grob schubste er Tereza zur Seite, packte Karola mit den Worten «Nun kommt!» am Arm und versuchte sie mit Gewalt von ihrem Vater wegzuziehen. Karola aber wehrte sich mit Händen und Füßen. «Und du gehst mir aus den Augen!», befahl er Tereza, die aber nur tief Luft holte und rief: «Ich gehe mit, wohin Ihr sie auch immer verschleppen mögt!» Zur Bekräftigung stampfte sie energisch mit ihrem hölzernen Schuh auf.

«Was meint Ihr, soll ich meiner Mutter eine Magd zum

Geschenk machen? Eine der ihren ist doch gerade von uns gegangen», fragte Christoph Sahrenburg seine Kumpane mit einem spöttischen Grinsen auf den Lippen. Nur der Gedrungene nickte zustimmend. Der Dürre verfolgte alles regungslos und blieb stumm.

«Wir müssen uns sputen. Um den Alten kümmern wir uns morgen.» Brutal wollte er Karola nun endgültig von ihrem toten Vater fortreißen. Sie aber schrie, kratzte, schlug um sich und trat ihm gegen das Schienbein. Erst als sie mit ihm kämpfte, merkte sie, dass er nicht mehr sicher auf seinen Beinen stand. Er kam ins Wanken, und sie hoffte schon, er würde aufgeben. Verzweifelt klammerte sie sich an dem Körper ihres Vaters fest, doch der betrunkene Verbrecher war stärker. «Pass auf, du Hexe, einen Laut noch, und ich jage deine Magd fort und nehme dich allein mit!», drohte er.

«Nein!», schluchzte Karola. Tränenblind wandte sie sich von ihrem toten Vater ab.

Christoph Sahrenburg packte sie grob am Arm und schob sie fluchend vor sich her. «Nehmt ihr die Magd», befahl er seinen Kumpanen. Dann blieb er noch einmal stehen und wandte sich an Tereza: «Pack ihr ein paar Kleider ein. So kann ich sie wohl kaum meiner Mutter vorstellen. Aber beeil dich.»

Tereza eilte die Treppe hoch und kam wenig später mit Karolas Reisetruhe wieder herunter. Der große Dürre wollte ihr helfen, aber Christoph Sahrenburg bellte: «Hilf mir lieber, dieses widerspenstige Ding auf den Wagen zu laden.»

Wie Vieh wurden Karola und ihre Magd schließlich auf den Wagen verfrachtet, mit dem die Männer zuvor den halbtoten Kusenius hergebracht hatten.

Karola wehrte sich nicht mehr. Sie war wie versteinert und betete, dass sie schnell aus diesem Albtraum erwachen möge.

5

Wo würde man sie hinbringen? Man hatte ihnen ein paar alte, stinkende Decken übergeworfen, sodass Karola nichts sehen konnte, aber ihre Nase war frei. Sie schnupperte und erkannte nun, dass sie den Fluss überquerten. Es war diese Mischung aus dem Geruch des Schlamms und der Frische des Wassers, die ihr jedes Mal vertraut in die Nase stieg, wenn sie an die Moldau kam. Und an der Art, wie das Klappern der Pferdehufe plötzlich heller wurde und in der kalten Nachtluft widerhallte, wusste sie auch, wo sie waren: auf der Karlsbrücke. Gleich würden sie auf der Kleinseite sein, dort, wo die reichen Habsburger wohnten.

Nach einer Weile hielt der Wagen. Erst wurde Tereza heruntergehoben, danach Karola. Sie blickte auf die breite Fassade eines Palais. In der Dunkelheit wirkte sie streng und abweisend. Was hatte dieser Spitzbube hier zu suchen?

Tereza trat beherzt auf ihren Entführer zu. «Bitte, Herr, vergesst nicht, morgen einen Prediger zu holen und dem Herrn Baumeister ein Begräbnis zu gewähren. Das Kind muss doch gebührend Abschied von seinem Vater nehmen.»

«Ich lasse unseren Jesuiten Lobowitz holen. Der kann uns auch gleich trauen», knurrte er.

Karola, die keinen einzigen Ton mehr von sich gegeben hatte, erwiderte kämpferisch: «Wir wollen keinen Jesuiten. Wir wollen einen protestantischen Prediger!»

Christoph Sahrenburg sah Karola an, als wäre sie eine Aussätzige. Er war kreidebleich geworden und begann so zu schwanken, dass er sich am Wagen festhalten musste.

«Ihr seid …? Zum Teufel damit!» Seine Stimme überschlug sich, als er brüllte: «Wenn ich das gewusst hätte, hättet Ihr meinetwegen in der Hölle schmoren können. Eine Lutheranerin!»

Niemals zuvor hatte Karola dieses Wort gehört, aber die Art, wie er es aussprach, ließ keinen Zweifel daran, dass es ein Schimpfwort war.

«Bitte schickt nach dem lutherischen Prediger von Sankt Salvator», mischte sich Tereza ein. «Er hat schon die Ehe zwischen dem Baumeister und seiner Frau geschlossen. Und er hat dieses Kind getauft.» Sie zeigte dabei auf Karola und fügte hinzu: «Und er hat ihre arme Mutter beerdigt. Und genau so eine Beerdigung steht auch ihm zu. Meinem Herrn. Ihrem Vater!»

Ihr Entführer wandte sich an seine Kumpane: «Holt morgen den Totengräber und lasst den Alten verscharren. Das reicht.» Wieder und wieder schüttelte er den Kopf. Er sah aus, als hätte er einen Geist gesehen. Er griff sich an die Stirn und murmelte: «Eine Lutheranerin. Was mache ich nur? Meine Mutter bringt mich um.» Dann blickte er den langen Dürren flehend an. «Johann, sie ist eine verdammte Ketzerin. Ich kann sie nicht mit in unser Haus nehmen und sie meiner Mutter als mein Weib vorstellen. Bitte, nimm du sie mit. Ich behalte die Magd.»

«Nein, Christoph, dieses Mal bist du zu weit gegangen. Du hast sie zur Frau haben wollen.»

«Aber nur, weil einer von euch gesagt hat, dass sie wunderschön ist. Und weil ich dann mein Erbe bekomme. Ich habe doch nicht geahnt, dass sie eine … Außerdem war mein Verstand vom Bier vernebelt. Bitte, ich schenke sie dir!»

«Wenn du sie loswerden willst, bring sie in ihr Haus zurück, vernichte das Papier und vergiss die ganze Sache», erwiderte der Dürre streng.

«Niemals, verdammt nochmal, nein, das Haus gebe ich nicht mehr her!»

«Dann sieh zu, wie du das deiner Mutter erklärst!» Mit diesen Worten entfernte sich der Dürre.

«Ein schöner Freund bist du!», rief Christoph Sahrenburg ihm nach. Dann wandte er sich an den Dicken, doch der wehrte sofort ab: «O nein, nein, nein, das musst du verstehen, lieber Freund. Ich bin von den Jesuiten streng erzogen. Ich kann meinem Vater keine Lutheranerin mitbringen. Ich würde dir gerne helfen, aber das geht nicht.» Er hatte es plötzlich sehr eilig und verabschiedete sich rasch.

«Was zum Teufel soll ich mit ihnen anfangen?», murmelte Karolas Peiniger. Er sah die beiden Frauen hasserfüllt an. «Geht in Gottes Namen, aber geht!»

Sofort hielt Karola ihre Hand auf. «Den Schlüssel!»

«Habt ihr den Verstand einer Haselnuss? Das Haus gehört mir! Ihr werdet schnellstens die Stadt verlassen. Geht nach Sachsen. Da seid ihr unter euresgleichen», donnerte er.

Da baute sich Tereza trotzig vor ihm auf. «Nein, das werden wir nicht tun. Ihr werdet uns nicht wie herrenlose Tiere auf die Straße jagen. Wo sollen wir denn hin? Wir haben keinen Menschen in der Stadt, bei dem wir Unterschlupf finden. Sie ist doch noch ein halbes Kind!»

Der Entführer raufte sich die Haare. «Seid leise. Nicht dass sie euch hören. Ich brauche einen klaren Kopf. Ich kann gar nicht mehr denken. Passt auf, ihr beiden dummen Weiber, ich werde euch jetzt einen Platz zum Schlafen geben. Währenddessen überlege ich mir, wie wir das Problem zu unser aller Zufriedenheit lösen können. Und solltest du, Frauenzimmer, auch nur einen Laut von dir geben, dann verspreche ich dir eines: Ich werde deine Magd an der tiefsten Stelle der Moldau ertränken. Hast du mich verstanden?»

Karola sah ihn mit hochgezogenen Brauen an. Ein vertrauliches du? Er ist ein Rüpel, der nicht einmal weiß, wie er sich Frauen gegenüber zu benehmen hat, dachte sie verächtlich.

Er aber wandte sich drohend an Tereza. «Aber *du* hast mich verstanden, will ich hoffen?»

Tereza nickte schwach. Erst jetzt begriff Karola, dass er es anscheinend ernst meinte.

«Kommt, wir gehen durch den Eingang für die Knechte und Mägde.» Mit diesen Worten hob er die schwere Reisetruhe vom Wagen und drückte sie Tereza in den Arm.

Karola wollte ihr helfen, doch er knurrte: «Hände weg! Das schafft sie schon allein!»

Stumm folgten ihm die beiden Frauen um das Palais herum, bis sie zu einer kleinen Holztür in der Seitenfront gelangten. Der Entführer öffnete die Tür und schubste die beiden Frauen in einen düsteren Gang. Er ließ sie offen, damit ihnen das fahle Mondlicht den Weg wies. Wenig später zog er eine knarrende Tür auf und befahl: «Da hinein! Und keinen Laut. Schlaft jetzt. Morgen sehen wir weiter!» Er stieß die beiden Frauen in die düstere Kammer. «An Essen wird es euch hier nicht mangeln!», fügte er lachend hinzu, bevor er die Tür hinter sich zuzog. Dann war alles still.

Karola wagte nicht sich zu rühren. Sie hörte, wie Tereza laut ächzte, als sie die Truhe abstellte.

«Ich habe sie bis zum Rand gefüllt, damit es Euch an nichts fehlt», schnaufte die Magd und atmete tief durch.

«Ich habe nicht vor, mich hier häuslich einzurichten. Das darfst du mir glauben.» Karola redete gegen die Übelkeit an, die sie mit Macht überfallen hatte, kaum dass sie diese Kammer betreten hatte. Es stank entsetzlich. «Tereza, was riecht hier so streng?», fragte sie und hielt sich die Nase zu.

«Das ist Stockfisch!», erwiderte die Magd fachkundig. «Aber jetzt kommt und schlaft. Ich habe mein Tuch auf dem kalten Boden ausgebreitet. Ich wärme Euch.»

Karola streckte ihre Arme aus und tastete sich vorwärts. Plötzlich berührte sie etwas Weiches, und Tereza schrie auf: «Eine Ratte! Hilfe, eine Ratte!»

«Ich bin es doch nur», beruhigte Karola sie und ertastete

sich den Platz neben ihrer Magd. Gemeinsam legten sie sich auf das Tuch nieder. Karola schmiegte sich in den Arm ihrer Magd und versuchte zu schlafen, aber die Gedanken an diesen schrecklichen Tag ließen sie nicht zur Ruhe kommen. «Warum tut jemand, der so ein prächtiges Palais besitzt, so etwas? Warum nimmt er einem ehrbaren Bürger dessen Haus beim Würfelspiel? Und dessen Tochter? So prunkvoll, wie das Haus von außen wirkt, kann er doch nur ein reicher Habsburger sein», mutmaßte Karola. Und er war ja auch gar nicht so übel anzusehen, wenn da nur nicht seine kalten Augen und seine protzige Kleidung gewesen wären. Plötzlich musste Karola an ihren Lebensretter denken. Allein der Gedanke an seinen warmherzigen Blick ließ ihr Herz höher schlagen. Jetzt müsste er kommen und sie noch einmal retten …

«Tereza, du glaubst doch auch nicht, dass Vater mich verspielt hat, oder?», fragte sie unvermittelt.

Die Magd seufzte müde: «Natürlich hat er das nicht, aber nun schlaft. Morgen sieht die Welt schon wieder anders aus. Vielleicht bedauert dieser Kerl im nüchternen Zustand, dass er Euch geraubt hat, und bringt uns unversehrt in Euer Haus zurück.» Das klang wenig überzeugend.

Karola schmiegte sich noch tiefer in Terezas Arm und bat sie, wie sie es als Kind oft getan hatte, wenn sie Trost brauchte, ihr die Geschichte ihrer Mutter zu erzählen. Sie wusste, dass Tereza nichts lieber tat.

«Eure Mutter, Eure wunderbare Mutter …», begann sie sogleich. «Sie ist früh Waise geworden. Ihr Vater, ein reicher böhmischer Tuchhändler, hatte ihr zwar etwas vererbt, aber sie hatte keine Verwandten und war mutterseelenallein auf der Welt, das arme Kind. Freunde ihres Vaters nahmen sie auf und ließen sie wie eine eigene Tochter aufwachsen. Aber eines Tages muss es zu einem Streit gekommen sein, ich weiß nicht, worum es dabei ging, denn es war vor meiner Zeit. Ich glaube, ihre Zieheltern hatten etwas gegen ihre Liebe zu deinem Vater, aber sie heiratete ihn trotzdem. Danach trat ich in ihre Dienste. Sie war die anmutigste Frau, die ich jemals kennengelernt habe. Und dein Vater war ein gutaussehender Mann damals, immer zu einem Scherz aufgelegt. Wie er sie vergöttert hat! Ein schönes Paar. Die damalige Magd war schon alt und gebrechlich, und so fragte sie eines Tages meine Mutter, ob ich nicht in die Dienste des Baumeisters Kusenius treten wollte.» Tereza senkte ihre Stimme. «Und ich wusste doch, dass ich keinen Mann mehr bekommen würde. Nach der Schande. Mein Verlobter, ein Gerbergeselle aus Südböhmen, war bei Nacht und Nebel verschwunden. Eure Mutter hat mich so herzlich aufgenommen, und immer, wenn wir allein in der Küche waren, haben wir böhmisch miteinander geredet. Euer Vater hat stets Wert darauf gelegt, dass Ihr beides lernt. So haben Eure Eltern auch häufig deutsch miteinander gesprochen. Eines Tages erzählte sie mir auch die traurige Geschichte, dass sie keinen Menschen mehr hätte außer Eurem Vater. Und sie erzählte mir von ihrer Mutter, deren Familie aus Mainz stammte und die sie die deutsche Sprache gelehrt hatte. Meine Mutter stammte aus Schlesien, und sie hat mir als Kind ihre Sprache beigebracht. Und dann kamt Ihr, der Augenstern meiner Herrin. Sie war überglücklich. Ihr wart so kräftig und ein so wunderschönes Kind, aber es müsse das letzte sein, hatte die Hebamme gewarnt. Eure Mutter hat sich streng daran gehalten, aber eines Tages ist sie doch wieder schwanger geworden und hat das Kind austragen wollen. Euren Bruder. Und eigentlich hat alles so gut ausgesehen, bis zu jenem Morgen, an dem sie tot in der Küche lag in all ihrem Blut.»

Tereza hielt inne, wischte sich die Tränen aus den Augen und lauschte. Karola atmete gleichmäßig. Sie war vor lauter Erschöpfung eingeschlafen.

6

Als Karola erwachte, wusste sie zuerst nicht, wo sie war. Vorsichtig bewegte sie sich. Alle Knochen taten ihr weh. Sie wollte sich umdrehen und stieß gegen etwas Weiches. Mit einem spitzen Schrei schreckte sie hoch.

«Was ist?», fragte eine schläfrige Stimme.

«Tereza! Gott sei Dank, du bist es! Wo sind wir?» Ein beißender Geruch kitzelte in ihrer Nase, und ihr fiel alles wieder ein. Dass ihr Vater gestorben war, dass der Fremde sie und Tereza unbarmherzig aus ihrem Haus geschleppt und wie Tiere in dieser dunklen Kammer eingesperrt hatte! Tränen stiegen ihr in die Augen.

Plötzlich hörten sie, wie ein Schlüssel im Schloss umgedreht wurde. Die Tür flog mit Schwung auf, und flackerndes Licht drang in die Kammer. Christoph Sahrenburg war zurückgekommen. Er hielt eine Kerze in der einen, einen Nachttopf in der anderen Hand, und er schien bester Laune zu sein. Sein Schatten an der kalkigen Wand sieht aus wie der des Leibhaftigen, durchfuhr es Karola. Sie wandte den Blick von seinem unerträglich grinsenden Gesicht ab und sah sich um. Anscheinend hatten sie die Nacht in einer Vorratskammer zugebracht. Überall lag dieser ekelhaft stinkende getrocknete Fisch herum, ein paar Hasen hingen mit gebrochenem Blick von der Decke herunter, und in den Ecken standen Säcke, wahrscheinlich voller Gewürze. Riechen konnte man sie nicht, weil der Fisch alles übertünchte.

«Habt ihr gut geruht?», fragte Christoph Sahrenburg mit hämischem Unterton und stellte den Nachttopf neben den beiden Frauen ab. «Für eure Notdurft, wenn ihr sie nicht schon verrichtet habt! Es stinkt bestialisch!»

Karola wandte sich ab. Sie spürte mit jeder Faser ihres Körpers, dass er gefährlich nah auf sie zutrat. Wenn er mich nur noch einmal anzufassen wagt, schreie ich, schoss es ihr durch den Kopf. Er aber berührte sie nicht. Betont langsam drehte sie den Kopf und sah ihn direkt an, um ihm zu zeigen, wie sehr sie ihn verabscheute. Ihre Augen glühten. Das konnte ihn aber nicht schrecken. Sein Grinsen war wie eingemeißelt.

«Ich habe eine gute Nachricht. Zieh dir ein schönes Kleid an und steck dir das Haar auf!», befahl er mit einem Blick auf ihre rotblonde Mähne, und er fügte spitz hinzu: «Man erwartet, dass ich eine hübsche Braut heimgeführt habe.»

«Braut?», brachte Karola voller Entsetzen hervor.

«Ja, mir wäre es auch lieber, du würdest aus meinem Leben verschwinden oder allenfalls den Küchenboden in meinem neuen Haus putzen, aber vielleicht können wir das ja sogar miteinander verbinden ...» Er lachte.

«Niemals werde ich Euch heiraten, und es ist immer noch *mein* Haus!», fauchte Karola zurück.

«Oho! Sie zeigt wieder das Temperament eines Gassenjungen.» Drohend trat er auf sie zu. «Wenn du nicht gleich fertig angezogen bist und strahlend schön dastehst und wenn du meiner Familie gegenüber auch nur einen Misston gegen mich äußerst, dann, meine Liebe, wirst du deine Magd nicht lebendig wiedersehen, verstanden? Die Moldau hat schon ganz andere Weibsbilder für immer verschlungen! Und glaube ja nicht, dass ich leere Drohungen ausstoße.» Er warf Tereza einen warnenden Seitenblick zu. «Du solltest deiner Herrin beibringen, dass ich nicht zu scherzen pflege!»

«Ja, Herr», gab Tereza tonlos zurück.

«Dann ist es ja gut. Wahrscheinlich habt ihr keine Substanzen bei euch, um die Haarfarbe der Braut ein wenig dunkler zu machen, oder?»

Karola lief bei seinen Worten knallrot an. «Wenn Ihr darauf anspielt, dass es zurzeit Mode ist, die Haare wie das Gefieder einer Krähe zu tragen, dann seid gewiss, dass ich meine natürliche Haarfarbe niemals verändern werde! Und schon gar nicht für Euch!»

«Meine liebe Braut, du musst noch viel lernen. Denk doch nur daran, dass du schnellstens der Ketzerei abschwören und in den Schoß der Gläubigen zurückkehren wirst!» Dann vernahmen sie nur noch sein dröhnendes Lachen.

«Tereza, was meint er damit?», fragte Karola.

«Wenn Ihr ihn heiratet, müsst Ihr katholisch werden», antwortete sie leise.

«Falsch!», entgegnete Christoph Sahrenburg mit listigem Blick. «Sie *ist* schon katholisch. Warum sollen wir meine arme Mutter so quälen? Ich heirate dich. Allerdings als gute Katholikin, versteht sich. Ich habe die ganze Nacht gegrübelt. Dabei ist es so einfach. Du bist eine Katholikin. Hörst du, Weib?»

Karola war fassungslos. «Gebt mir mein Haus zurück. Ich werde nicht Eure Frau. Nicht in tausend Jahren.»

«Nicht so laut!», flüsterte er. «Du wirst dir jetzt dein schönstes Kleid anziehen. Und du wirst wiederholen, was ich dir sage: *Ich bin eine gläubige Katholikin.* Ich höre. Sprich mir nach. Meine Mutter wird dich fragen, und du wirst sagen: *Ich bin eine gläubige Katholikin.* Nicht mehr, nicht weniger. Ansonsten hältst du den Mund. Denk an deine Magd!» Er fasste ihr unter das Kinn.

Karola schlug seine Hand weg und schrie ihm aus Leibeskräften entgegen: «Ich bin im Glauben Luthers erzogen. Ich bin eine Protestantin!»

Christoph Sahrenburg hob den Arm, um sie zu schlagen, als eine schrille Stimme rief: «Wer ist da?» Erschrocken fuhr er herum. «Mutter, ich komme gleich!»

Er sprang zur Tür und hielt sie von innen zu, weil jemand versuchte, sich Einlass zu verschaffen. Er drehte sich noch einmal zu Karola um und keuchte mit hassverzerrtem Gesicht: «Keinen Ton mehr, oder ich ersäufe eigenhändig deine Magd!

Ich habe es schon mit Katzen gemacht, warum nicht mit ihr? Wartet hier, bis ich zurückkomme.» Rasch drückte er Karola die Kerze in die Hand. Dann öffnete er die Tür einen kleinen Spaltbreit und schlüpfte auf den Gang hinaus.

Gebannt hörten Karola und Tereza zu, was sich draußen vor der Kammer abspielte.

«Lass mich durch!» Das war wieder die schrille Stimme einer Frau.

«Mutter, ich schwöre, ich sage alles, aber bitte lasst es mich zuerst erklären, bevor Ihr die Weiber anhört.»

«Weiber?»

«Was ist denn hier los?», fragte eine dritte Stimme, die eines Mannes.

«Christoph wird uns Rede und Antwort stehen. Aber nicht hier im Keller. Kommt in den Salon!», befahl die Frauenstimme.

Dann verhallten die Schritte.

«Tereza?», fragte Karola in die Stille hinein. «Dieser Unhold kann mich doch nicht zwingen, seine Frau zu werden, oder?»

Die Magd seufzte. «Ich kenne mich nicht aus in rechtlichen Dingen, aber was machen wir ohne Schutz und ohne Geld? Immerhin lebt er in einem hochherrschaftlichen Haus und gehört zu einer reichen Familie.»

«Und wenn er der Kaiser persönlich wäre, ich würde lieber in die Moldau gehen, als diesen Teufel zum Mann zu nehmen!», protestierte Karola.

«Versündigt Euch nicht!», mahnte Tereza und bekreuzigte sich.

«Sobald ich diese stinkende Kammer verlassen habe, werde ich geradewegs in mein Haus gehen», zischte Karola und fügte nicht ohne Schadenfreude hinzu: «Hast du gesehen, wie dem Kerl alle Farbe aus dem Gesicht gewichen ist? So gibt es doch zumindest einen Menschen, der ihn vor Angst zum Schlottern bringt. Seine Mutter!» Wider Willen musste Karola kichern. Tereza sah sie vorwurfsvoll an. Karola erklärte entschuldigend: «Es ist einfach gut zu wissen, dass auch der Teufel seine verletzliche Ferse hat.»

Tereza zuckte mit den Achseln: «Was uns aber im Moment wenig nützt. Mir scheint, sie ist uns Protestanten nicht gerade gewogen.»

«Und was sollen wir jetzt tun?»

«Wir sollten erst einmal seinen Anweisungen folgen und dir ein schönes Gewand anziehen.» Tereza öffnete die Kiste und nahm ein besonders prachtvolles Kleid heraus. Karola warf ihr einen skeptischen Blick zu. Dabei war es ihr Lieblingskleid. Jenes, das Tereza nach ihrem ersten Entwurf genäht hatte. Schlicht war es, aus dunkelrotem Tuch, mit einem Einsatz für einen gestärkten weißen Kragen, an den Ärmeln hatte es breite Spitzenmanschetten. Karola seufzte. Sie musste an den Streit denken, als Tereza heimlich wieder mehr Stoffbahnen als von ihr gewünscht verwendet hatte. Karola selbst hatte es wieder ändern wollen, denn mit Nadel, Faden und Schere konnte sie so geschickt umgehen, als hätte sie dieses Handwerk erlernt, aber Tereza hatte es ihr verboten. «Das schickt sich nicht für Euch», hatte sie gesagt. Das schöne Kleid erinnerte Karola schmerzlich daran, wie friedlich und beschaulich ihr Leben bis gestern noch gewesen war. Und wieder wünschte sie sich, dies alles wäre einer dieser bösen Träume, aus denen man glücklicherweise noch rechtzeitig erwachte.

«Herr, bitte mach, dass ich diesen Mann nicht heiraten muss!», betete sie grimmig, und während sie sich das Kleid anzog, murmelte sie immer wieder: «Ich denke ja gar nicht daran, mir mit Holundersud die Haare dunkel zu färben!»

Tereza holte noch ein paar Perlenschnüre aus der Kiste, die sie ihrem Schützling ins Haar knotete und wie eine Kette um den Hals legte.

«Ich will mich nicht für ihn schmücken», protestierte Karola widerwillig, aber sie ließ Tereza ihr Werk zu Ende bringen.

7

«Was heißt, du hast zwei Frauenzimmer dort unten in der Kammer versteckt?», fragte Maria Sahrenburg mit schriller Stimme. Christoph wich ihrem Blick aus.

«Würdest du deiner Mutter bitte eine Antwort geben!» Matthias Sahrenburg war sehr gespannt darauf, was sein jüngerer Bruder diesmal verbrochen hatte. Es verging kein einziger Tag, an dem nicht irgendwelche Klagen kamen. Es grenzte an ein Wunder, dass er noch nicht im Kerker saß, aber das hatte er wohl nur dem guten Namen ihres Vaters zu verdanken. An einen Sahrenburg traut man sich nicht so leicht heran, vermutete Matthias. Trotzdem, es war ein Kreuz mit Christoph. Außer unkeuschen Frauenzimmern, Trinkgelagen und Schlägereien hatte sein Halbbruder nichts im Kopf. Das Schlimmste daran war, dass Christophs Mutter immer neue Ausreden erfand, wenn ihr Liebling etwas angestellt hatte. Was hatte sie neulich gesagt? Der arme Christoph wäre erst durch den Tod des Vaters aus der Bahn geworfen worden.

Wie oft hatte sich Matthias in den letzten Monaten gewünscht, endlich nach Wien zurückkehren und seine Stellung beim Grafen Schwarzenberger wieder aufnehmen zu können. Sein Mentor, ein alter Freund seines Vaters, hatte ihm gute Aussichten eingeräumt, dass er einmal bei Hofe arbeiten würde. Und wenn Ferdinand erst einmal Kaiser wäre, würde er ihm, Matthias, bestimmt einen Adelstitel verleihen. Das allerdings schien nun in weite Ferne gerückt. Sein Vater hatte ihn vor nunmehr einem Jahr nach Prag befohlen, als es mit ihm zu Ende gegangen war, und er hatte auf dem Sterbebett verfügt, dass Matthias sein gesamtes Vermögen erben und sich darum kümmern solle. Dafür musste er allerdings in Prag bleiben. Matthias liebte diese Stadt über alles, aber er war nach dem Studium geflüchtet, um nicht mit seiner Stiefmutter und ihrem verantwortungslosen Sohn Christoph unter einem Dach leben zu müssen. Allein aus diesem Grund hatte er eine berufliche Laufbahn in Wien eingeschlagen, nicht in Prag. Und nun saß er hier fest und trug auch noch die Verantwortung für seine Familie. Für seinen nichtsnutzigen Halbbruder und seine Stiefmutter, die sich wie eine habsburgische Adelige aufführte. Für sie war es immer noch die größte Schmach, dass Matthias' Vater das Angebot Kaiser Rudolfs, ihn wegen seiner Verdienste im letzten Türkenkrieg in den Adelsstand zu erheben, nicht angenommen hatte. Maximilian Sahrenburg hatte es vorgezogen, sich mit dem Palais auf der Kleinseite und einem nicht unbeträchtlichen Vermögen zu begnügen. Er war ein Stadtmensch durch und durch gewesen. Was hätte er mit Ländereien anfangen sollen? Matthias schluckte bei dem Gedanken an seinen Vater, der am heutigen Tag fast genau ein Jahr tot war.

«Was sind das für Weibsbilder da in meiner Kammer? Haben deine Freunde dir verbotene Weiber ins Haus gebracht? Jetzt sprich endlich!» Seine Stiefmutter riss ihn mit ihren bohrenden Fragen an Christoph aus seinen Gedanken. Matthias kannte das schon. Die Schuld hatten in ihren Augen immer andere. So wütend wie jetzt hatte Matthias sie allerdings selten erlebt. Er verkniff sich ein Schmunzeln. Natürlich, es ging um Frauenzimmer. Da kam sicher noch eine gehörige Portion Eifersucht hinzu.

«Beruhigt Euch doch, Mutter!», antwortete Christoph mit schuldbewusster Miene. Er sah tatsächlich zerknirscht aus. Matthias konnte nicht umhin, eine gewisse Schadenfreude zu empfinden. Sein Stiefbruder strotzte an diesem Morgen nicht gerade vor Selbstsicherheit, wie er es sonst immer tat. «Es ist eine gute Nachricht», brachte er schließlich zögernd hervor. «Ich werde sie heiraten. Ein gutes katholisches Mädchen!»

Weiter kam er nicht, weil seine Mutter ihn schroff unterbrach: «Katholisch? Dass ich nicht lache! Mein Sohn, ich bin nicht taub. Ich habe deutlich gehört, wie eine Frauensperson schrie, dass sie Protestantin sei. Was hat das zu bedeuten? Oder soll ich in den Keller hinuntersteigen und sie selber befragen?»

Christoph wurde rot. Nur das nicht. «Nein, Mutter ... ja, Mutter ... Ich bin doch genauso verwirrt wie Ihr. Ich will sie heiraten, das heißt, ich *wollte* sie heiraten, weil ich dachte, sie kommt aus gutem katholischem Haus, aber dann fand ich heraus, dass sie eine Lutheranerin ist! Das hatte sie mir verheimlicht, ich schwöre es! Und so habe ich mich entschlossen, dass sie *nicht* meine Frau wird!»

Matthias schüttelte den Kopf. «Wenn sie nicht deine Frau werden soll, was hat sie dann in unserer Speisekammer verloren? Und wie ist sie dort überhaupt hingekommen? Und was heißt, sie ist protestantisch, und du kannst sie nun nicht heiraten? Vielleicht möchte sie dir zuliebe deinen Glauben annehmen? Hast du ihr denn schon ein Eheversprechen gegeben?»

«Und wenn sie hundert Mal deinen Glauben annimmt. Das dulde ich nicht!» Maria Sahrenburg war außer sich vor Zorn.

«Habt Ihr etwas gegen Konvertiten, Mutter?», fragte Matthias. An ihren funkelnden Augen erkannte er, wie sehr er sie damit getroffen hatte. Und wenn er ehrlich war, er hatte es mit voller Absicht getan, denn seine Stiefmutter maß gern mit zweierlei Maß. Sie verabscheute Konvertiten, obwohl sie selber eine war. Oder vielleicht gerade deshalb. Maria Sahrenburg war, um seinen Vater zu heiraten, von einer böhmischen Ultraquistin zu einer habsburgischen Katholikin geworden, die nur noch deutsch sprach und alles Böhmische hasste. Inzwischen war sie allerdings habsburgischer als alle Habsburger zusammen und bis in die Haarspitzen katholisch. Ja, sogar ihren böhmischen Vornamen Marie hatte sie einst in Maria geändert. Sie ließ keine Gelegenheit aus, den Kindern gegenüber zu betonen, wie gläubig sie war. Einerseits achtete Matthias sie wegen ihrer Verbundenheit mit seinem verstorbenen Vater, andererseits fürchtete er ihre verbohrte Frömmelei. Es ging etwas Ungesundes davon aus, das wenig mit Gott zu tun hatte. Auch er war ein gläubiger Katholik, aber seine Stiefmutter trug ihren Glauben wie ein Schwert vor sich her, mit dem sie alles richtete, was anders dachte. Matthias würde sich hüten, ihr das offen zu sagen. Seine Stiefmutter konnte entsetzlich rachsüchtig sein, aber jetzt ging es um Christoph, und Matthias hatte es so satt, diesem verantwortungslosen Burschen mal wieder aus der Klemme zu helfen.

«Du hast meine Frage noch nicht beantwortet. Warum hast du sie in unserer Kammer versteckt? Oder hast du sie etwa entführt?», hakte Matthias nun ungeduldig nach.

Christoph blieb ihm eine Antwort schuldig und suchte den Blick seiner Mutter.

«Aha, du hast sie also entführt!», konstatierte Matthias. «Wahrscheinlich gegen den Willen ihrer Eltern, nicht wahr? Und sie hat mit dir unter einem Dach geschlafen? Dann, lieber Bruder, wirst du sie heiraten müssen. Ob lutherisch oder katholisch. Du weißt doch wohl, wie hart der Raptus bestraft wird, oder? Selbst wenn sie freiwillig mitgegangen wäre! Man könnte dich zum Tode verurteilen, wenn du ihr gar die Jungfräulichkeit genommen haben solltest!»

Matthias sah seine Stiefmutter herausfordernd an. Es war höchste Zeit, dass sie endlich etwas sagte, aber sie schwieg.

«Und wer ist die andere?»

«Ihre Magd!», gab Christoph kleinlaut zu.

Maria Sahrenburg war bei Matthias' mahnenden Worten weiß um die Nase geworden, doch statt ihren Stiefsohn zu unterstützen, murmelte sie nur: «Es muss doch eine andere Möglichkeit geben, diese Lutheranerin verschwinden zu lassen.»

«Ich habe sie nicht angerührt, das schwöre ich bei Gott!», stammelte Christoph.

«Das ändert nichts an der Tatsache, dass die Schwere der Schuld allein durch die Eheschließung zu mindern ist. Und jetzt hol sie bitte her, deine Braut, denn ich gehe davon aus, dass du ein Ehrenmann bist und sie, gleich, welcher Konfession sie anhängt, heiraten wirst! Bedenke, im Fall deiner Eheschließung wirst du auch dein Erbe bekommen.» Matthias hielt erschöpft inne. Es war gar nicht so einfach, der Diplomat in der Familie zu sein. Viel lieber hätte er sich seinen missratenen Halbbruder vorgeknöpft und ihn mit seinen Fäusten davon überzeugt, dass er nicht ständig den Ruf der Familie Sahrenburg aufs Spiel setzen sollte!

Christoph wollte etwas erwidern, aber dann stutzte er, und ein Lächeln huschte über sein Gesicht. «Und ich bekomme wirklich mein Erbe, auch wenn meine Braut eine Lutheranerin ist? Selbst wenn Mutter dagegen ist?»

Matthias nickte.

Christoph wandte sich seiner Mutter zu und erklärte in gespieltem Bedauern: «Es ist nicht mein freier Wille, aber ich kann mich seinem Befehl nicht widersetzen. Er ist jetzt Herr im Haus. Und außerdem fürchte ich, dass es stimmt, was er über den Raptus sagt. Er muss es wissen, er hat schließlich die Rechte studiert …»

«Zum letzten Mal: Bitte, hol das Mädchen!», unterbrach Matthias ihn schroff. «Bevor ich sie nicht angehört habe, werde ich hier gar nichts entscheiden. Auch nicht über das Erbe. Hast du verstanden?»

«Zu Befehl, Herr Stiefbruder!», erwiderte Christoph. Er deutete eine Verbeugung an, warf seinem Bruder einen übertrieben unterwürfigen Blick zu und verließ das Zimmer.

«Das hättest du mir nicht antun dürfen!», giftete Maria Sahrenburg.

«Wir waren einmal eine ehrbare Familie», erwiderte Matthias und fügte trocken hinzu: «Und das soll auch so bleiben. Oder würdet Ihr Euren Sohn lieber im Kerker sehen oder seinen Kopf gar unter dem blitzenden Schwert des Henkers? Die Entführung mit unkeuscher Absicht wird von unseren Richtern sehr streng beurteilt, liebe Mutter!»

«Du hasst ihn, und du hasst mich. Gib es doch zu. Sonst würdest du dir etwas einfallen lassen, wie diese Ketzerin aus meinem Haus entfernt werden kann, ohne dass Christoph ein Leid zustößt.»

«Ihr irrt. Ich habe Hochachtung vor Euch, weil Ihr einen Witwer mit einem Säugling geheiratet habt und Ihr mir immer wie eine Mutter wart. Aber wenn Ihr Christoph weiterhin alles durchgehen lasst, dann, glaubt mir, nimmt es ein schlimmes Ende mit ihm. Er muss lernen, dass sein Verhalten Folgen hat!»

«Es ist nicht recht, wie du ihn zwingst, diese Lutheranerin zu heiraten. Und ich schwöre dir, es wäre mit ihm nicht so weit gekommen, wenn dein Vater nicht dich zum Alleinerben eingesetzt, sondern euch zu gleichen Teilen bedacht hätte. Jetzt nimmt er sogar eine von der Straße zur Frau, um endlich zu seinem Recht zu kommen. Das hat er nicht verdient.»

Matthias lag eine passende Erwiderung auf der Zunge, aber er verzichtete darauf. Wehmütig dachte er an seinen Vater und dessen eindringliche Worte auf dem Sterbebett. *Glaube nicht, dass ich Christoph nicht liebe, aber er trägt etwas Zerstörerisches in sich, und ich dulde nicht, dass alles, was ich für euch aufgebaut habe, eines Tages unwiederbringlich verloren ist. Des-*

halb bekommt er nur einen geringen Teil seines Erbes, den du für ihn verwaltest, und nun schreib: Dein Erbe wird dir, lieber Christoph, an dem Tage ausgezahlt, an dem du eine ehrbare Jungfrau und ein anständiges Mädchen heiratest. Matthias hatte es niedergeschrieben, und sein Vater es schließlich mit zittriger Hand unterzeichnet.

Anständig? Das konnte man wohl kaum von einem Mädchen behaupten, das mit einem Tunichtgut wie Christoph aus dem Elternhaus floh, dachte Matthias. Er machte sich keine allzu großen Hoffnungen, was das Frauenzimmer betraf, das sein Stiefbruder ihnen ins Haus gebracht hatte. Wahrscheinlich haben sie einander verdient, dachte er und beschloss, dem Glück der beiden nicht im Wege zu stehen. Ob ehrbar oder nicht! Er würde seinem Bruder das Erbe anstandslos auszahlen, wenn er dieses Mädchen heiratete, und keine Fragen zu dessen Lebenswandel stellen.

Maria Sahrenburg ballte stumm die Fäuste. In was für eine Lage hatte ihr einziger Sohn sie nur gebracht? Eine Lutheranerin? Aber gut, immer noch besser, sie zu heiraten, als mit dem Kopf auf dem Richtblock zu liegen. Mein Sohn, dachte sie verbittert, warum hast du mir das angetan?

8

Als Christoph Sahrenburg die Kammer betrat, stutzte er. So zurechtgemacht sah sie gar nicht übel aus, wenngleich auch etwas ungewöhnlich. Auch ihr Auge schimmerte nicht mehr so bläulich. Trotzdem erwärmte ihr Anblick sein Herz nicht. An seiner Abneigung gegen die junge Frau hatte sich nichts geändert. Viel lieber würde er sein freies Leben weiterleben und sich vielleicht Tag und Nacht von ihr bedienen lassen, sie scheuchen und sie demütigen, die Böden ihres eigenen Hauses schrubben lassen … Nein, *meines* Hauses, frohlockte Christoph. Und *meine* Frau, die ich mir nach Bedarf nehmen und wie eine Magd halten werde. «Du kommst mit und schweigst still! Meine Mutter weiß, dass du eine Lutheranerin bist. Wenn du nicht gehorchst, wird deine Magd dafür büßen!», bellte er.

Karola folgte ihm zur Kammertür hinaus. Als Tereza Anstalten machte, mit ihnen zu gehen, schubste Christoph sie grob zurück. «Du bleibst als Pfand hier. Wenn deine Herrin sich nicht anständig beträgt, werdet ihr beide euch niemals wiedersehen. Und keiner wird dich je vermissen, wenn du für immer verschwindest! Ihr wisst doch, wozu ich fähig bin.» Er schloss die Tür und verriegelte die Kammer von außen.

In diesem Augenblick beschloss Karola, ihren Mund zu halten, was auch immer geschehen mochte. Nie wieder würde sie ein Wort sprechen. Mit gesenktem Kopf folgte sie ihm die breite Treppe hinauf.

«Schau nicht so drein, als würdest du einen Toten begraben!», zischte er ihr wütend zu. «Ich muss ja schließlich auch gute Miene zum bösen Spiel machen. Und kein Wort zu meiner Mutter über gestern. Denk an deine Magd, die ansonsten in die Moldau geworfen wird! Das Reden überlasse getrost mir. Es schickt sich nicht, wenn du ungefragt das Wort an meine Familie richtest. Ab jetzt bin ich dein Herr!» Er stöhnte auf. «Du sollst deinen Blick züchtig senken, aber nicht auf den Boden heften! Los, sieh mich verstohlen an, als wäre es das größte Glück für dich, jemanden wie mich zum Manne zu bekommen.»

Karola biss bei jedem seiner Worte die Zähne nur noch fester aufeinander, um nicht laut loszuschreien.

Den Kopf starr auf ihre Füße gerichtet, betrat sie den Salon der Sahrenburgs. Christoph gab ihr unauffällig einen Stoß in die Seite, der sie dazu auffordern sollte, seine Familie strahlend wie eine glückliche Braut zu begrüßen, aber Karola dachte nicht daran. Sie senkte den Kopf noch tiefer, sodass niemand ihr Gesicht sehen konnte. Ihr Blick saugte sich an den Dielen aus Eichenholz fest.

«Liebe Mutter, ich habe Euch in letzter Zeit große Sorgen bereitet, aber da ist sie, meine Braut! Wir sind uns einig und möchten möglichst bald vermählt werden», verkündete Christoph schleimig. Karola wurde speiübel.

«Und ihre Eltern? Sind die einverstanden?», fragte eine tiefe Stimme. Karolas Herz begann sofort heftig zu pochen. Täuschte sie sich, oder klang sie wie die Stimme ihres Retters? Trotzdem sah sie nicht auf. Zu groß war ihre Angst, in ein zweites verlogenes Gesicht zu blicken.

«Eine traurige Geschichte, lieber Bruder», antwortete Christoph hastig. «Die Arme war Halbwaise, und gestern ist nun auch noch ihr Vater verstorben, aber er konnte gerade noch schriftlich Zeugnis darüber abgeben, dass er mit dieser Ehe einverstanden ist. Wenn du möchtest, zeige ich dir das Papier.»

«Aber dann hast du sie doch gar nicht entführt und kannst sie einfach wieder zurückbringen», mischte sich eine Frauenstimme ein.

Karola biss sich auf die Lippen. Lange würde sie dieses unwürdige Spiel nicht mehr aushalten. Ob er Tereza wirklich etwas antun konnte? Sie traute es ihm zu.

In diesem Augenblick spürte sie, wie eine eiskalte Hand unter ihr Kinn griff und es unsanft nach oben drückte. Ihr blieb nichts anderes übrig, als in ein Paar mausgraue Augen zu blicken, in denen sie nur eines lesen konnte: die pure Verachtung! Karola zuckte unmerklich zusammen, aber sie konnte sich gerade noch beherrschen, nicht nach der knochigen Hand zu schlagen, die nun ihr Kinn wie in einem Schraubstock festhielt. Wortlos und schwer atmend ließ sie diese entwürdigende Prozedur über sich ergehen. Noch war sie ihrem Vorsatz treu, stumm zu bleiben, aber wie lange noch? Sie war kurz davor, laut aufzuschreien, doch da ließ die große, dunkelhaarige Frau mit den raubvogelähnlichen Zügen und dem weiten, schicklichen Gewand, das ihre knochige Gestalt dennoch nicht kaschieren konnte, ihr Kinn abrupt los. Die schreckliche Frau trat einen Schritt zurück und betrachtete sie genauso abschätzend wie die Bauern auf dem Markt das Vieh, das man nur aus dem einen Grund kaufte: um es bald möglichst zu schlachten! Karola lief ein eisiger Schauer über den Rücken, denn dieser Frau stand der Abscheu vor ihr förmlich ins Gesicht geschrieben.

«Das ist also deine Lutheranerin?», spie sie aus.

Christoph nickte und beeilte sich zu sagen: «Das ist sie. Begierig darauf, lieber heute als morgen meinen Glauben anzunehmen.» Er war bemüht, seiner Stimme einen weichen Klang zu verleihen, während er über sie sprach. Hätte er nicht Tereza als Pfand, Karola würde ihm lieber jetzt als gleich die Augen auskratzen.

«Und du willst dem Ketzerglauben wirklich abschwören?», hakte die Alte nach, trat wieder einen Schritt auf Karola zu. Ihr Blick heftete sich auf deren Busen. «Ohne Kragen? Das ist entsetzlich!», sagte sie fassungslos.

Karola griff an die Stelle, an der ein zusätzlicher Spitzenkragen ihren Ausschnitt züchtig verhüllen sollte, aber da war nichts. Sie hatte es im Halbdunkel der Speisekammer nicht bemerkt, und auch Terezas Adleraugen war es offensichtlich entgangen.

«Christoph, bist du dir sicher, dass dieses Mädchen keine Dirne ist?», fragte die alte Frau scharf. Sie starrte immer noch auf Karolas Kleiderausschnitt.

«Mutter, Ihr geht zu weit», hörte Karola nun die Stimme sagen, die eben schon ihr Herz zum Klopfen gebracht hatte.

Ihr Blick glitt suchend durch den Raum, und sie erstarrte. Sie sah in jene Augen, die ihr in der dunklen Gasse noch wie ein Geschenk des Himmels erschienen waren. Ihr Retter blickte sie an, aber seine Augen waren nicht voller Wärme, wie Karola sie in Erinnerung hatte, sondern voller Entsetzen. Sein erschrockener Blick traf sie so sehr, dass sie zu taumeln drohte. Karola wankte zu einem der Stühle und ließ sich darauf fallen. Ein Zittern ergriff ihren ganzen Körper.

«Ja, Mutter, ich gebe Matthias recht! Sprecht nicht so von meiner zukünftigen Frau», bekräftigte Christoph, trat auf Karola zu und legte seinen Arm besitzergreifend um seine angebliche Braut. Karola zuckte zusammen, und ganz langsam drang in ihr Bewusstsein, dass kein Mensch sie je aus den Klauen dieser Ungeheuer befreien würde, denn ihr Retter war einer von ihnen. Sie konnte nichts dagegen tun. Tränen schossen ihr in die Augen. Dafür hörte das Zittern so plötzlich auf, wie es gekommen war. Wie von ferne hörte sie die böse Frau seufzen: «Gut, Christoph, wenn sie dein Glück ist, dann werden wir sie in die Obhut von Bruder Lobowitz geben. Der wird ihr den Irrglauben aus ihrem Ketzerhirn schon austreiben.»

«Mutter, bitte!», sagte Matthias missbilligend, bevor er sich Karola zuwandte. Er sah sie an, als hätte er sie noch niemals zuvor gesehen. «Er hat Euch also nicht entführt? Dann frage ich Euch jetzt: Ist es Euer freier Wunsch und Wille, meinen Bruder zu heiraten?»

Karola sah ihn fassungslos an, aber sie schwieg.

«Ist es Euer freier Wille, meinen Bruder zu heiraten? Bitte sprecht! Ich muss ausschließen, dass er Euch entführt hat!», wiederholte Matthias.

Karola biss sich so heftig auf die Lippen, dass es blutete.

Matthias holte ein Schnupftuch hervor und reichte es ihr wortlos.

«Wie heißt deine Braut eigentlich?», fragte Maria Sahrenburg, die Karola die ganze Zeit über unverwandt anstarrte, mit einem merkwürdigen Unterton in der Stimme. Karola fragte sich, was er seiner Mutter wohl antworten würde. Woher sollte er ihren Vornamen kennen? Er hatte sie weder danach gefragt, noch war er in dem Dokument erwähnt. Nicht ohne Schadenfreude beobachtete sie, wie Christoph sich wand. Er fingerte nervös nach dem Dokument in seiner Wamstasche. Offenbar hatte er sogar ihren Nachnamen inzwischen vergessen.

«Sie heißt Ku…, ja, sie … Möchtest du deinen Namen nicht selber nennen?», richtete er das Wort nun verlegen an sie. Karola aber schwieg hartnäckig, und sie sah ihrem Peiniger an, dass er sie in Gedanken gerade genüsslich erwürgte. Sie dachte an ihre Magd, aber noch war Tereza in Sicherheit. Erst wenn Christoph den Raum verlassen würde, müsste sie sich Sorgen machen.

«Christoph, bitte, tu, worum Mutter dich bittet. Nenn du uns ihren Namen», verlangte Matthias, während er seinen Bruder durchdringend musterte.

«Sie heißt, sie heißt …», stammelte Christoph zögernd. Er warf Karola einen warnenden Blick zu.

«Bitte, sagt doch etwas. Möchtet Ihr meinen Bruder aus freien Stücken zum Manne nehmen?»

Karola schüttelte stumm mit dem Kopf.

«Ihr wollt es also nicht?», fragte er bohrend. Täuschte sie sich, oder klang das erleichtert?

«Doch, ja, sie will», antwortete Christoph verärgert. Karola merkte ihm an, dass er das hier schnellstens hinter sich bringen wollte. Empört wandte er sich an seinen Bruder: «Was fragst du überhaupt so? Sonst wäre sie doch nicht hier!» Matthias aber überhörte die Worte seines Bruders und fragte sanft: «Euren Namen?» Karola schwieg. «Kennt mein Bruder Euren Namen vielleicht gar nicht?» Karola nickte.

«Natürlich will sie ihn. Er ist doch ein stattliches Mannsbild. Aber sie muss ihm einen Erben schenken, einen *katholischen* Erben», mischte sich die Mutter mit hochrotem Kopf ein.

«Ich möchte es aus ihrem Munde hören, es sei denn, sie wäre taub und stumm», verlangte Matthias mit Nachdruck.

«Doch … ja … Ich wollte es nur nicht gleich in alle Welt hinausschreien. Sie hört wirklich nicht gut, und sie spricht auch nicht viel», log Christoph.

«So so, die Arme ist also taubstumm?» Matthias sah seinen Bruder durchdringend an.

Karola schluckte. Sie blickte gespannt von einem zum andern. Nun würde sich ja zeigen, ob ihr Retter die offenkundige Lüge seines Bruders hinnahm.

Christoph wähnte sich wohl schon in Sicherheit, doch da stöhnte seine Mutter auf. «Mein Sohn, bitte, bleib bei der Wahrheit. Ich habe doch mit eigenen Ohren gehört, wie sie in alle Welt hinausschrie, dass sie Protestantin ist. Bitte, mach es mir doch nicht so schwer.» Sie wandte sich an Karola. «Und du sagst jetzt endlich, dass du ihn zum Manne willst!»

Christoph zog triumphierend das Dokument aus dem Wams und hielt es Matthias hin: «Hier steht es doch: Er gibt mir seine Tochter! Ihr Vater hat sie mir zum Weibe versprochen!»

«Christoph, sei nicht dumm!», erwiderte Matthias. «Die Zeiten der Muntehe sind vorüber. Ein Vater kann seine Tochter nicht einfach verschachern, wenngleich das in den Häusern unserer Regenten immer noch geschieht, aber wir halten uns an die Gesetze. Sie muss es wollen. Und wenn sie stumm ist, wie du sagst, dann kann sie es ja aufschreiben.» Der Spott in seiner Stimme war nicht zu überhören.

«Es ist einfach unglaublich, dass du ihr Einverständnis so hartnäckig anzweifelst. Sie wäre doch nicht hier, wenn sie mir nicht ihr Jawort gegeben hätte!», schimpfte Christoph und schnaufte vor Zorn. In diesem Augenblick hasste er seinen Bruder mehr als alles andere auf der Welt. Er führte sich auf, als wäre er des Vaters würdiger Nachfolger. Allein dieser abschätzige Blick, mit dem Matthias ihn zu mustern pflegte, brachte Christophs wildes Blut zum Kochen. Er hatte es so satt, sich von seinem Bruder gängeln zu lassen. Wie er es hasste, dass sich dieser eingebildete Rechtsgelehrte mit der edlen Gesinnung seit dem Tod des Vaters als Herr im Haus aufspielte. Er wollte seinem verhassten Bruder gerade in aller Deutlichkeit die Meinung sagen, als er hörte, wie Matthias das rotblonde Frauenzimmer noch einmal eindringlich fragte: «Wollt Ihr meinen Bruder heiraten?»

«Hast du immer noch nicht genug? Dir geht es wohl nur darum, mich vor Mutter bloßzustellen. Du bist …», fauchte Christoph.

Weiter kam er nicht, denn unvermittelt wandte sich Karola mit bebender Stimme an Matthias: «Kann ich mich darauf verlassen, dass er meiner Magd nichts antun wird?»

«Deiner Magd etwas antun?», wiederholten Matthias und Maria Sahrenburg wie aus einem Mund.

«Er hat damit gedroht, dass er sie in die Moldau stößt, wenn ich die Wahrheit sage», entgegnete Karola schon ein wenig mutiger.

«Keinem Menschen wird hier ein Leid geschehen. Bei meinem Leben!», beeilte sich Matthias zu versichern.

«Sie lügt!», schrie Christoph und näherte sich ihr drohend, aber das schreckte Karola nicht mehr. Etwas im Blick ihres Retters gab ihr den Mut, zu sprechen. In seinen Augen meinte sie Ermunterung zu lesen.

«Bevor ich den da zum Mann nehmen muss, springe ich lieber in die Moldau!», begann sie mit vor Zorn bebender Stimme.

«Schick sie weg! Was haben wir mit dieser Lutheranerin zu tun, die gegen deinen Bruder wettert und ihn nicht zum Manne will? Es ist nicht unsere Angelegenheit.» Die Stimme der Mutter überschlug sich.

«Doch Mutter, es *ist* unsere Angelegenheit. Dieses Mädchen hat heute Nacht unter unserem Dach geschlafen, und Christoph behauptet, sie sei seine Braut, aber sie will ihn gar nicht heiraten. Er behauptet, sie wäre taub und stumm, aber sie ist der Sprache mächtig. Ich befürchte, sie ist nicht freiwillig hier. Sagt uns ohne Angst, wie es wirklich gewesen ist.» Er nickte Karola aufmunternd zu und fügte hinzu: «Wollt Ihr uns nicht endlich Euren Namen sagen?»

Karola zögerte.

«Dann sagt uns wenigstens Euren Vornamen.»

«Karola … Mein Name ist Karola. Ich werde alles sagen, aber erst will ich wissen, ob ich Euch auch wirklich trauen kann.» Ihr Herz klopfte zum Zerspringen. Man hatte ihre Gebete erhört. Sie hatte ihn wiedergetroffen, und sie hatte das sichere Gefühl, dass er ihr auch dieses Mal helfen würde.

«Mein Ehrenwort, Karola, ich bin Matthias Sahrenburg!», antwortete er mit belegter Stimme.

Karola wollte ihm ja von Herzen glauben, aber da war sein Bruder, der sie hasserfüllt anstarrte. Und da war seine Mutter, der anzusehen war, dass sie Karola am liebsten eigenhändig und auf der Stelle in die Moldau werfen würde. «Das genügt mir nicht! Holt meine Magd aus der Kammer und sorgt dafür, dass er ihr nichts anhaben kann.» Wieder zitterte sie am ganzen Körper.

Matthias ging zur Tür, behielt dabei aber seinen Bruder und seine Mutter im Auge. Er öffnete sie und rief nach einer Sophie. Keiner sprach ein Wort. Christoph und seine Mutter tauschten stumme Blicke, die nichts Gutes verhießen. Karola hatte jedoch nicht mehr ganz so große Angst vor ihnen, hoffte sie doch von Herzen, dass ihr Retter, der endlich einen Namen besaß, ein Ehrenmann war.

«So, und jetzt sagt mir bitte endlich, was geschehen ist?», bat Matthias.

«Was wird schon geschehen sein? Christoph hat zwei Dirnen mitgenommen und sich nicht getraut, uns die Wahrheit zu sagen. Das ist nicht richtig, das kann hart bestraft werden, aber …», warf seine Mutter verzweifelt ein.

«Er kam gestern …» Karola brach ab und überlegte, ob sie sagen sollte, dass es geschehen war, kurz nachdem Matthias sie vor den finsteren Gestalten gerettet und nach Hause gebracht hatte, aber etwas hielt sie davon ab. Bestimmt hatte er gute Gründe, warum er seiner Familie gegenüber so tat, als hätte er sie noch niemals zuvor gesehen. Denn dass er sie erkannt hatte, daran hegte Karola inzwischen keinen Zweifel mehr.

«Er kam gestern in unser Haus. Zusammen mit seinen Kumpanen brachte er meinen sterbenden Vater. Euer Bruder behauptete, er habe mein Haus und auch mich beim Glücksspiel gewonnen.»

«Beim Glücksspiel? Euch? Gewonnen?» Matthias sah seinen Bruder ungläubig an. In das angespannte Schweigen hinein klopfte es an der Tür, und eine Magd trat ein.

«Sophie, geh zur Kammer hinter der Küche, öffne sie, und gib der Magd zu essen und zu trinken. Und bring unseren Gast in das freie Zimmer im ersten Stock, das unser Vater einst bewohnte. Richte ihr alles her, damit sie sich wohl fühlt.»

Die Magd sagte: «Ja, Herr!», knickste und wandte sich um.

Karola zögerte, ihr zu folgen, doch Matthias ermunterte sie, sich ein wenig auszuruhen von den Strapazen der letzten Nacht. «Ihr könnt mir vertrauen, Karola, weder Euch noch Eurer Magd wird etwas geschehen. Dafür verbürge ich mich.»

Ihre Blicke trafen sich. Karola konnte in seinen Augen nichts erkennen, was auf Gefühle hindeutete, die er für sie hegen könnte. Nein, es war der undurchdringliche Blick eines Ehrenmannes, der ihr beweisen wollte, dass er das Benehmen seines Bruders ganz und gar nicht guthieß.

Schweigend folgte Karola der Magd.

9

«Hört, hört, ihr feiner Vater hat sie also beim Glücksspiel verscherbelt!», höhnte Maria Sahrenburg.

«Ja, und dieses dumme Kind möchte es einfach nicht wahrhaben, aber der vermaledeite Würfelspieler hat es mir schriftlich gegeben!», triumphierte Christoph.

Matthias entgegnete mit schneidender Stimme: «Du brauchst dich gar nicht so über ihn zu erheben, lieber Christoph. Was bist *du* denn, wenn nicht auch ein vermaledeiter Würfelspieler?»

«So sprichst du nicht mit deinem Bruder!», schimpfte die Mutter. «Er ist da bestimmt von seinen Freunden hineingezogen worden. Du willst ihm doch nicht zum Vorwurf machen, dass ein vermaledeiter Würfelspieler ihm Haus und Hof als Gewinn überlassen hat?»

«Christoph wird das Haus nicht annehmen, weil ich die junge Frau und ihre Magd jetzt umgehend dorthin zurückbringen werde», sagte Matthias entschlossen.

Sein Bruder sah ihn entgeistert an. «Du … du kannst doch nicht verlangen, dass ich auf meinen Gewinn verzichte!»

«Das Glücksspiel aus Gewinnsucht ist laut polizeilicher Verordnung nicht erlaubt. Um es genau zu sagen: Dem Adel steht es frei, bis zu einem Taler zu spielen, und dem Bürger bis zu zwölf Groschen. Das fällt noch nicht unter Gewinnsucht. Ein Haus aber, mein Lieber, ist ein paar Tausend Schock Groschen wert. Kein Gericht wird dir dieses Haus zusprechen. Und außerdem wirst du es gar nicht einklagen können, weil auch du dann des verbotenen Würfelspiels überführt bist. Es kann dir sogar passieren, dass man den Gewinn konfisziert. Wie du weißt, greifen sie gerade zurzeit besonders hart durch. Jedenfalls bei den kleinen Leuten. Daran ändert auch nichts, dass ihr Vater es schriftlich niedergelegt hat. Im Gegenteil, das wird sie vielleicht erst recht veranlassen, den Gewinn einzuziehen.»

Christophs Antwort war ein hässliches Lachen. «Ach, mein armer Bruder, dem die Gesetze mehr bedeuten als seine Familie, wer spricht denn hier von Glücksspiel? Man hat mir das Haus vererbt. Bitte, überzeug dich selbst.» Er holte das Dokument noch einmal hervor und drückte es Matthias in die Hand.

Der las es wieder und wieder. «Aber du hast doch selber gesagt, dass dieser …» Er sah noch einmal auf die krakelige Unterschrift und versuchte sie zu entziffern.

«… dieser Kusenius damit seine Spielschuld hat begleichen wollen.»

Maria Sahrenburg sprang wie eine Furie auf ihn zu, riss ihm das Papier aus den Händen und heftete ihren Blick darauf. Im Nu bildeten sich überall auf ihrem Gesicht rote Flecken, als habe sie Fieber. «Ich habe es geahnt», murmelte sie, taumelte rückwärts und ließ sich auf einen der Stühle fallen, doch sie stand sogleich wieder auf.

Matthias und Christoph beobachteten nun entsetzt, wie ihre Mutter auf die Knie sank, die Hände faltete und gen Himmel sah. Dabei flüsterte sie unverständliche Gebete. Sie hielt die Augen geschlossen und schien nicht mehr ansprechbar.

Christoph fing sich als Erster und wandte sich seinem Bruder zu: «Du hast die Wahl. Du kannst jetzt endlich aufhören, mir Vorschriften zu machen, und mich in Frieden mit meiner

Braut in mein neues Haus ziehen lassen, oder du kannst vor Gericht gehen und versuchen, deinen Bruder um seinen wohlverdienten Gewinn zu bringen. Ich bin kein Rechtsgelehrter wie du, aber ich glaube, deine Aussichten auf Erfolg stehen schlecht, denn das ist der Beweis.» Er hob das Papier auf, das seine Mutter hatte zu Boden fallen lassen, und gab es seinem Bruder. «Du willst doch wohl nicht leugnen, dass es dort geschrieben steht. Er vererbt es mir!»

«Ich werde sie fragen, ob es die Unterschrift ihres Vaters ist», entgegnete Matthias mit versteinerter Miene.

«Mach dir keine Mühe, ich bin nicht so dumm, sie zu fälschen. Außerdem habe ich zwei Zeugen. Johann und Peter.»

«Wenn es die Unterschrift von jenem Kusenius ist, dann gibt es vonseiten des Rechts keinen Zweifel daran, dass er dir dieses unsittliche Versprechen gemacht hat.» Noch einmal las Matthias die Zeilen auf dem Papier. «Es sieht in der Tat aus wie der Letzte Wille.»

«Worauf ich vor Gericht allerdings auch bestehen würde. Ich würde sagen: Glücksspiel? Ich? Sie lügt. Ihr Vater hat mir das Haus vererbt, weil er davon ausging, dass ich seine Tochter heiraten und für sie sorgen werde. Glücksspiel? Nein. Und wer sollte der Tochter eines Würfelspielers schon Glauben schenken? Dazu einer Lutheranerin? Mein lieber Bruder, da weht zurzeit ein anderer Wind. Das Ehrenwort eines angesehenen Habsburgers gegen das Wort einer mittellosen Lutheranerin. Was meinst du wohl, wer glaubwürdiger erscheint?»

«Schweig!», befahl Matthias. Er legte seine Stirn in Falten und ergänzte gequält: «Ich befürchte, das Haus gehört dir.»

«Was du offensichtlich bedauerst!»

«Wie recht du hast. Du kannst von Glück sagen, dass ich unsere Familie nicht unnötig in einen Prozess hineintreiben werde, bei dem wir nicht nur viel Geld, sondern auch unsere Ehre verlieren würden. Mit dem Ergebnis, dass dir das Haus gehört und das arme Mädchen wie eine Lügnerin dasteht», brachte Matthias stockend hervor.

«Oh, mein Bruder kommt langsam zur Vernunft. Ich hatte schon befürchtet, meine Braut hätte dir den Kopf verdreht.»

«Verdammt, ob sie deine Braut ist, das wird sich noch weisen. Wir können sie nicht dazu zwingen. Ich kann ihr nur den Ernst der Lage deutlich machen. Dass sie ohne Schutz ist, ohne Heim. Ohne Vermögen. Ich kann sie doch nicht einfach auf die Straße setzen. Das wird sie verstehen. Sie hat doch gestern am eigenen Leibe erfahren, welche Gefahren dort draußen auf sie lauern …» Erschrocken über sich selbst verstummte Matthias. Er hatte sich so in Rage geredet, dass er sich wie ein dummer Junge verplappert hatte. Niemals hätte er Christoph verraten wollen, dass er Karola schon einmal begegnet war.

Mit hochrotem Kopf suchte er Christophs Blick, in der Hoffnung, sein Bruder hätte seinen Ausrutscher überhört, aber es war vergebens. In dessen Augen funkelte es verdächtig.

«Gestern? Höre ich aus deinen Worten, dass du meine Braut bereits kennst? Sprich, woher?»

Matthias blickte verlegen zur Seite.

«Jetzt ist es an dir, mir eine Antwort zu geben! Ich will die Wahrheit. Die ganze Wahrheit. Was wird hier gespielt?» In seinem Blick lag eine Mischung aus Neugier und Triumph. Man sah ihm an, wie sehr er es auskostete, seinen Bruder endlich einmal einer Lüge überführt zu haben.

Matthias schluckte, bevor er murmelte: «Ich habe dieses Mädchen gestern aus den Händen übler Burschen gerettet.»

«Übler Burschen? Wo hat sich meine Braut denn herumgetrieben?», fragte Christoph lauernd.

«Ich habe sie sicher nach Hause gebracht. Mehr gibt es nicht zu sagen», erwiderte Matthias zögernd.

«Oho! Das ändert die Lage natürlich. Vater hat verfügt, dass ich eine ehrbare Jungfrau heirate. Das steht nun wohl in

Frage.» Er machte eine Pause und warf seiner Mutter einen triumphierenden Blick zu. Die aber hielt immer noch Zwiesprache mit dem Herrn.

In gespielter Demut wandte er sich wieder seinem Bruder zu. «Ich werde mich trotz allem als Ehrenmann erweisen und sie heiraten. Ich glaube, nun hat die Arme keine Wahl mehr. Wer möchte schon ein Mädchen mit zweifelhaftem Ruf? Allerdings muss ich darauf bestehen, dass sie sich vor der Hochzeit einer Untersuchung unterzieht, die mir die Gewissheit verschafft, dass sie noch unberührt ist. Ich möchte kein faules Ei in meinem Nest!»

Matthias starrte Christoph fassungslos an. Die Erkenntnis traf ihn wie ein Blitz. Sein Halbbruder war nicht nur ein verantwortungsloser Spieler und Schläger, sondern er verabscheute dieses Mädchen abgrundtief. Wie die Zeilen auf dem Papier auch immer zustande gekommen sein mochten, seinem Bruder schien allein an dem Haus und dem Erbe gelegen, an das er – und daran hegte Matthias keinen Zweifel – auf unlautere Weise gelangt war. Und wenn die junge Kusenius sich nun einen Kriegsvogt suchte, der die Familie Sahrenburg in ihrem Namen verklagte? So wie er sie einschätzte, würde sie seinem Bruder niemals das Jawort geben. Und wenn doch? Was, wenn Christoph sie wirklich zu einer derartigen Untersuchung zwang? Es würde bald in der ganzen Stadt bekannt sein, dass im Hause Sahrenburg seltsame Dinge vor sich gingen. Wie er es drehte und wendete, durch diese ruchlose Tat seines Bruders würde der Ruf der Familie Sahrenburg in jedem Fall Schaden nehmen, es sei denn …

«Lass es sein, Christoph, es fällt auf uns alle zurück, wenn es ruchbar wird, dass sich deine Braut in den Gassen herumgetrieben hat, ganz gleich, ob sie eine Jungfrau ist oder nicht. Und außerdem steht zu befürchten, dass sie dir trotz allem das Jawort verweigern wird.»

Christoph sah seinen Bruder skeptisch an. «Willst du mir diese Ehe etwa ausreden, damit ich nicht an mein Erbe komme? Und warum hast du mir verheimlicht, dass du sie kennst?»

«Lieber Bruder, verzeih, dass ich es dir nicht gleich gesagt habe. Ich hatte sie nicht sofort erkannt, und dann wusste ich nicht, wie du darauf reagieren würdest. Was hätte ich dir auch sagen sollen? Mit Verlaub, als ich deiner Braut gestern in der Gasse begegnete, wirkte sie auf mich wie ein Straßenmädchen.»

Christophs Antwort war ein böses Lachen: «Du willst doch bloß verhindern, dass ich sie heirate und du mir mein Erbe auszahlen musst. Du hältst mich wohl für dumm? Aber da hast du dich getäuscht. Ich werde sie heiraten, wenn die Untersuchung ergibt, dass sie noch unberührt ist …»

Matthias unterbrach seinen Bruder barsch: «Und wenn es sich herumspricht, an was für ein lockeres Frauenzimmer du da geraten bist? Das schadet dem Ruf unserer Familie. Pass auf: Als Zeichen meiner Aufrichtigkeit werde ich dir dein Erbe entgegen Vaters letztem Willen auszahlen, ohne dass du den heiligen Bund der Ehe eingehen musst. Du bekommst dein Geld sofort.»

Christoph stutzte, doch dann strahlte er über das ganze Gesicht. «Das meinst du ernst? Dann ist doch alles geregelt. Wir jagen sie weg, und alles ist gut!»

Matthias funkelte seinen Bruder wütend an. «Deine Tat kann uns immer noch ins Verderben reißen, mein Lieber. Wenn wir sie einfach davonjagen, wird sie bestimmt gegen uns vor Gericht ziehen. Stell dir vor, sie macht öffentlich, dass du sie entführt hast. Wenn man ihr Glauben schenkt, kann man dich tatsächlich wegen des Raptus belangen und …»

«Was schlägst du vor? Wie werden wir sie los, ohne dass sie unserer Familie schaden kann?»

Betont sachlich und ohne das geringste Anzeichen eines Gefühls erklärte Matthias: «*Ich* werde sie heiraten.»

In diesem Augenblick erhob sich Maria Sahrenburg und verkündete mit Grabesstimme: «Ich dulde dieses Weib nicht unter meinem Dach.»

Christoph sah seine Mutter strafend an. «Habt Ihr nicht gehört, was Matthias sagt? Wir kommen nicht so einfach aus der Sache heraus, und was er vorschlägt, das klingt doch vernünftig! Oder wollt Ihr, dass man mich in den Kerker wirft?»

«Nicht unter meinem Dach!», wiederholte sie.

«Richtig!», entgegnete Matthias. «Nicht unter diesem Dach. Das ist mein Plan. Sie muss weit fort. Ich bleibe deshalb nur noch so lange in Prag, bis hier alles in Vaters Sinne geregelt ist. Dann gehe ich allein nach Wien, kümmere mich dort um meine Angelegenheiten und komme zurück, um sie zu heiraten. Danach gehen wir gemeinsam nach Wien. Während meiner Abwesenheit hat meine Braut genügend Zeit, meinen Glauben anzunehmen.»

Christoph sah ihn dankbar an. «Das ist anständig von dir! Ich muss Abbitte leisten. Ich dachte schon, das Wohl dieser kleinen Kröte liegt dir mehr am Herzen als das deiner Familie. Da, nimm sie hin!»

«Im Gegensatz zu dir nehme ich mir nicht einfach eine Frau gegen ihren Willen!», entgegnete Matthias zornig. Entschieden fügte er hinzu: «Ich werde sie jetzt fragen. Erst wenn ich ihr Jawort habe, darfst du aufatmen, mein Lieber. Und ich kann dir nur eines raten: Benimm dich in den nächsten Monaten anständig und wage nicht, die Ehre unserer Familie noch einmal zu beschmutzen!»

Matthias drehte sich um und ging zielstrebig zum Schlafgemach im oberen Stockwerk.

10

Es war ein prächtiges Gemach, in das die Magd Karola gebracht hatte. Die Tapeten waren dunkelgrün und mit klaren Blumenornamenten verziert. An einer Wand stand ein Himmelbett mit Vorhängen aus grünem Samt und geschnitzten Pfosten, in der Ecke eine riesige Truhe. Vor dem Fenster befand sich ein großer Tisch, um den vier mächtige ungepolsterte Stühle gestellt waren. Trotz der edlen Einrichtung vermochte sich Karola hier nicht heimisch zu fühlen. Ein Knecht hatte ihre Reisetruhe heraufgebracht, aber Karola hatte nichts von ihren Sachen ausgepackt. Stattdessen ging sie rastlos hin und her und überlegte angestrengt, wie sie diesen ungastlichen Ort so schnell wie möglich verlassen konnte. So wie Matthias Sahrenburg sich in rechtlichen Dingen auszukennen schien, würde er ihr sicherlich das Haus zurückholen können, und dann würde alles wie vorher sein … Wirklich?, dachte sie erschaudernd und gab sich selbst die Antwort. Ohne ihren Vater würde nichts mehr so sein wie zuvor.

In diesem Augenblick pochte es an die Tür. Karola zuckte zusammen und rief laut: «Bitte!»

Sie erwartete Tereza, aber als sie sah, wer da Einlass in ihr Zimmer begehrte, spürte sie die Hitze in ihr Gesicht schießen. «Was führt Euch zu mir?», fragte sie förmlich, und sie ergänzte hastig: «Bringt Ihr mir die Schlüssel zu meinem Haus?»

Matthias räusperte sich sichtlich verlegen. «Nein, und ich darf Euch versichern, dass es mir aufrichtig leidtut, aber um mir ein abschließendes Urteil zu bilden, muss ich wissen, ob das die Unterschrift Eures Vaters ist.» Mit diesen Worten reichte er ihr das Dokument.

Sie würdigte es keines Blickes, denn sie kannte die Unterschrift. «Es ist seine Unterschrift, aber mein Vater hat mich nicht verspielt. Das darf ich *Euch* versichern. Mein Vater hat mich geliebt, und er hätte nie zugelassen, dass ich in die Hände eines solchen Taugenichts gerate, wie Euer Bruder einer ist. Und solltet Ihr gekommen sein, mich davon zu überzeugen, ihm das Jawort zu geben, dann darf ich Euch versichern: Nicht einmal, wenn Ihr mich mit glühenden Zangen traktiert, werde ich seine Frau!» Täuschte sie sich, oder huschte der Anflug eines Lächelns über sein Gesicht? Nein, sie hatte sich wohl getäuscht, denn nun blickte er sie wieder mit dem Ernst eines Rechtsgelehrten an.

«Ihr habt Euren Widerwillen überzeugend vorgebracht. Seid gewiss, kein Mensch kann und wird Euch zu einer Hochzeit zwingen. Und doch, bedenkt: Nach dem Gesetz gehört das Haus ihm. Leider. Ihr steht also ohne Vermögen und männlichen Schutz da. Ihr werdet verstehen, dass ich Euch nicht auf die Straße setzen kann …»

Karola musterte ihn. «Wann habt Ihr mich eigentlich erkannt?»

Matthias erwiderte, ohne zu zögern: «Gleich, als Ihr Euer Gesicht gezeigt habt …»

«Ich habe die Kleider meiner Magd genommen, damit mich kein Strolch belästigt, wenn ich meinem Vater entgegeneile. Er hat mich nicht verspielt. Hört Ihr?»

Matthias seufzte. «Das will ich Euch ja glauben. Und ich möchte mich bei Euch in aller Form für das schändliche Verhalten meines Halbbruders entschuldigen. Er hätte Euch niemals aus Eurem Haus fortbringen dürfen!»

«Halbbruder? Ist die Frau gar nicht Eure Mutter?», rutschte es ihr neugierig heraus.

«Nein, sie ist die zweite Frau unseres verstorbenen Vaters.» Er lächelte versonnen. «Meine Mutter war das genaue Gegenteil, sie war sanftmütig und …» Er stockte. «Sie ist bei meiner Geburt gestorben, aber Vater hat mir viel von ihr erzählt.» Karola sah ihn voller Mitgefühl an, aber Matthias straffte die

Schultern und wurde wieder förmlich. «Kommen wir auf unser Problem zurück. Mein Bruder hat Euch großes Unrecht angetan, und wenn das an die Öffentlichkeit gerät, leidet der Ruf unserer Familie.»

«Soll ich vielleicht den Ruf Eurer Familie retten und meinen Peiniger zum Dank dafür gar ehelichen?», unterbrach Karola ihn trotzig.

«Nein!», erwiderte Matthias mit fester Stimme. «Das will ich nicht von Euch verlangen, aber es geht nicht nur um uns. Es geht auch um Euch. Ich kann Euch nicht einfach fortjagen, und selbst wenn ich Euch Geld geben würde, dann bestünde immer noch die Gefahr, dass Ihr …»

«Also doch. Ihr habt Sorge, dass ich, solange ich frei herumlaufe, das Vergehen Eures Bruders öffentlich machen könnte und damit eine Gefahr für Euren Ruf darstelle.»

Matthias wand sich. «Ja und nein. Es geht darum, eine Lösung zu finden, die uns allen zugutekommt. Selbst mit ein wenig Geld lauft Ihr Gefahr, ohne Schutz dazustehen.»

Karola sah ihn fragend an. «Und was schlagt Ihr vor? Wer soll mich in Zukunft schützen vor solchen Spitzbuben wie Eurem Bruder?»

Matthias atmete tief durch. «Ich!»

«Ihr?», gab Karola verblüfft zurück.

«Karola Kusenius, wollt Ihr meine Frau werden?»

Sie glaubte sich verhört zu haben. Hilflos in der Gasse liegend, schwebend zwischen Traum und Wirklichkeit, da hätte sie ein beseeltes Ja gehaucht, ohne ihn überhaupt zu kennen. Inzwischen wusste sie zwar, dass er ein Ehrenmann war, doch niemals würde sie in diesem Haus leben wollen. Allein schon wegen dieser schrecklichen Frau und seinem verbrecherischen Bruder nicht. «Ihr glaubt doch nicht allen Ernstes, dass ich mit Euch unter diesem Dach der Niedertracht leben werde?»

Matthias blickte ihr offen in die Augen. «Das würde ich

Euch auch niemals zumuten. Ich gehe mit Euch nach Wien. Dort werde ich hoffentlich wieder in die Dienste des Grafen Schwarzenberger treten. Bis ich alles geregelt habe, bleibt Ihr in diesem Haus, und ich verbürge mich dafür, dass Ihr ein Gast seid, dem es an nichts fehlen wird.»

Karola hielt seinem Blick stand. Wenn doch nur ein Funken Herz aus seinen Augen sprechen würde, sie würde es wagen. Aber so? Wie er, so redeten die Händler auf dem Markt, wenn sie Tereza einen Kapaun aufschwatzen wollten. Nicht die Spur von Wärme strahlte aus seinen Augen. Karola überlegte fieberhaft. Wenn er sie mit den Augen der Liebe betrachten würde, sie würde nicht im Traum daran denken, diesen überraschenden Antrag abzulehnen. Im Gegenteil, sie würde sich mit Freuden in seine Arme werfen. Seinetwegen hatte sie getanzt und gesungen ... auch wenn ihr das schon eine Ewigkeit her zu sein schien. Ja, wenn es nur den geringsten Hoffnungsschimmer gäbe, dass er ihre Zuneigung erwiderte, sie würde es wagen. «Gut, ich werde Eure Frau», hörte sie sich leise sagen.

«Ihr werdet Euren Entschluss nicht bereuen», erwiderte Matthias in dem Ton eines Rechtsgelehrten, der gerade einen Vertrag abgeschlossen hat, und er fügte rasch hinzu: «Die Hochzeit wird in zwei Monaten sein! Spätestens im Juli!»

Karola sah ihn fragend an.

«Ich möchte in Wien alles vorbereiten. Ich brauche meine Stellung zurück und ein Haus, bevor ich Euch mitnehmen kann. Während dieser Zeit werdet Ihr im katholischen Glauben unterwiesen. Ich werde Euch in die Hände von Pater Markus von Sankt Thomas geben, der mich einst getauft hat. Er ist ein wahrer Christenmensch. Und seht Euch vor, wenn meine Stiefmutter Euch den Jesuiten Lobowitz schmackhaft machen will. Meidet ihn wie die Pest! Der kann selbst einem guten Katholiken wie mir den rechten Glauben austreiben.

Seid höflich zu meiner Mutter. Sie wird den Tag herbeisehnen, an dem ich Euch nach Wien hole. Ich glaube, sie ist nur froh, dass ihr lieber Sohn Euch nicht heiraten muss. Mein Schicksal ist ihr gleichgültig.»

Karola hörte ihm stumm zu. Mit jedem seiner Worte verflüchtigte sich ihr Hoffnungsschimmer mehr und mehr. Diesem Mann ging es einzig und allein um eine vernünftige Lösung eines Problems. Und das Problem war sie! Und wie seelenlos er über sie verfügte. Welcher von den beiden Priestern sie auch immer unterrichten würde, er würde ihre Seele nicht bekommen. Im Herzen würde sie für alle Ewigkeit dem Glauben ihres Vaters treu bleiben. Wie hatte er immer gesagt? *Ablass ist Betrug an der Seele.* Und dann hatte er gerne Luther zitiert. *Man lehre die Christen, dass, wer dem Armen gibt oder dem Bedürftigen leiht, besser handelt, als wer Ablass löst.*

Bei dem Gedanken, dass ihm offensichtlich gar nichts an ihr lag, wurde Karola traurig. Noch einmal suchte sie in Matthias' Blick ein wenig Wärme und Zuneigung, aber alles, was sie sah, war Gleichgültigkeit. Er hatte in der Tat nichts mehr mit ihrem Retter gemein. In der Gasse, da hatte sie wenigstens Sorge in seinen Augen gelesen. Die Demütigung, die sie durch seine Gleichgültigkeit erlitt, schmerzte sie mehr als die, mit der Christoph sie verletzt hatte. Wie hatte sie sich nur so täuschen können?

«Habt Ihr noch einen Wunsch?», fragte Matthias sachlich.

Ja, dachte Karola, gebt mir mein altes Leben zurück, aber dann fiel ihr etwas Wichtiges ein. «Ich verlange, dass mein Vater ein solches Begräbnis bekommt, wie es einem wahren Christenmenschen zusteht. Euer Bruder wollte es ihm verwehren.»

«Selbstverständlich!», entfuhr es Matthias. «Wir sind doch keine Barbaren! Ich werde sofort das Nötigste veranlassen und Euch als Euer Bräutigam dorthin begleiten.»

«Danke», sagte Karola knapp, nahm seine Hand, die er ihr hinstreckte, um das Geschäft zu besiegeln, entgegen und schüttelte sie in der Art, wie man einen Handel abschloss.

11

Karola saß an diesem Morgen, wie an all den Tagen zuvor, auf einem Stuhl am Fenster und starrte hinaus in die Freiheit. Das war zurzeit ihr größtes Vergnügen, ihren Blick in die Ferne schweifen zu lassen und sich vorzustellen, dass nur die Moldau sie von ihrer Heimat trennte. Es war ein sonniger Tag, und alles dort draußen schien wie in ein goldenes Licht getaucht. Das war mehr, als sie ertragen konnte. Was hätte sie darum gegeben, mit den anderen durch die Gassen zu flanieren. Drei Tage waren nun vergangen, seit sie von ihrem Retter auf so herzlose Art und Weise um ihre Hand gebeten worden war. Sie fühlte sich ganz und gar nicht wie eine Braut, die voller Glückseligkeit ihrer Hochzeit entgegenfieberte, sondern war innerlich leer und ausgebrannt. Selbst am Grab ihres Vaters hatte sie keine Tränen vergießen können. Zu unwirklich war das alles, was sie gerade erlebte.

Ihr einziger Trost war Tereza, die ihr in all den schweren Stunden nicht von der Seite gewichen war und an deren Brust sie sich am Abend nach dem Begräbnis in den Schlaf geweint hatte.

Matthias hatte inzwischen einen Teil ihrer persönlichen Sachen und ihre Kleidung aus dem Haus in der Langen Gasse in das Palais bringen lassen, doch das hielt Karola nicht für eine besondere Heldentat. Wahrscheinlich macht er sich die Mühe, damit sein Bruder schneller in mein Haus ziehen kann, mutmaßte Karola. Ein paar Mal hatte Matthias ihr angeboten, mit ihr an die Moldau hinunterzuschlendern, aber sie hatte es stets trotzig abgelehnt. Bestimmt tat er es nur, damit jedermann denken musste, was für ein harmonisches Brautpaar sie beide doch waren. Ein Spaziergang für den guten Ruf der Familie. Nein, sie strafte sich und ihn, indem sie auf ihrem Zimmer Trübsal blies und sich standhaft weigerte, sich mit der Familie an einen Tisch zu setzen.

Es klopfte, und Tereza trat ein. Sie schleppte eine große und eine kleine Kiste, stellte sie ächzend mitten im Zimmer ab und lächelte verschmitzt. Es scheint ihr hier sehr gut zu gefallen, dachte Karola missmutig, doch als Tereza ihr die kleine Kiste in die Hand drückte, wurde Karolas Stimmung schlagartig besser. Das war die Kiste mit ihrem Skizzenblock und den Rötelstiften.

«Wie schön!», rief sie erfreut aus und nahm ihre beiden Entwürfe vorsichtig heraus. «Wie kommen die denn hierher?», fragte Karola erstaunt.

«Ich war noch einmal mit dem jungen Herrn in der Langen Gasse und habe alles eingepackt, was Euch am Herzen liegen könnte», erwiderte Tereza.

«Mit welchem Herrn?» Karolas Ton wurde spitz.

«Mit Matthias Sahrenburg, Eurem Bräutigam!»

Karola funkelte Tereza wütend an. Matthias war in den letzten Tagen ein ständiger Zankapfel zwischen ihnen beiden gewesen. Tereza hatte doch tatsächlich behauptet, dass er ein feiner Mensch sei! «Ein feiner Mensch? Der mittellose Mädchen heiratet, nachdem sein Bruder sie vorher bestohlen hat?», hatte Karola daraufhin empört erwidert. Aber Tereza hatte sich nicht von ihrer Meinung abbringen lassen. «Bedenkt, wer Euch in diese Lage gebracht hat! Das war nicht der junge Herr, sondern ein alter Narr!», hatte sie entgegnet.

Karola funkelte Tereza kampfeslustig an. «Dass er mir meine Stifte und die Zeichnungen geholt hat, das hat mein

Herr Bräutigam sicherlich nicht meinetwegen getan, sondern weil sein Bruder den Platz braucht für seine Würfel und sein Schwarzbier!»

«Nein, er mag Euch.»

«Ach ja?»

«Er weiß nur selber nicht, wie sehr.»

Karola verdrehte die Augen. Warum war Tereza in dieser Angelegenheit nicht auf ihrer Seite? «Das habe ich für einen kurzen Augenblick lang auch gehofft …», murmelte sie.

Tereza kicherte. «Jetzt habt Ihr es zugegeben. Ihr mögt ihn also doch.»

«Mögen?» Karola schnaubte verächtlich. «Diesen edelmütigen Herrn, der mich einfach gekauft hat?»

«Nun seid nicht ungerecht. Ihr habt ihm immerhin Euer Jawort gegeben.»

«Was hätte ich denn machen sollen, nachdem er mir deutlich gemacht hat, dass ich ohne männlichen Schutz verloren bin?»

«Er fragt alle naslang nach Eurem Befinden.»

«Weil er Angst hat, dass ich es mir anders überlege und weglaufe und dass es auf seine edle Familie zurückfällt!», antwortete Karola schnippisch, weil jedes Gespräch über ihren Bräutigam diese starken Gefühle in ihr auslösten. Sie wollte keine Almosen von ihm. Es ärgerte sie maßlos, dass er noch mehr unternommen hatte, um in Terezas Augen gut dazustehen. Ihre Magd ließ sich vielleicht blenden, sie nicht!

«Wollt Ihr denn gar nicht wissen, was in der Schatulle ist?», fragte Tereza. «Ich platze vor Neugier. Der Herr hat sie unter dem Bett Eures Vaters gefunden und gemeint, sie sehe wie eine Schmuckschatulle aus. Die sei in Euren Händen besser aufgehoben als in denen seines Bruders.»

«Ach, hat er das gesagt? Aber ich muss dich enttäuschen, ich weiß nicht, was darin verborgen sein könnte …» Sie stutzte. «Warte mal! Vor ein paar Wochen sagte Vater zu mir: *Karola, wenn ich einmal nicht mehr bin, greif unter mein Bett. Dort findest du das Erbe deiner Mutter …* Und du bist sicher, mein Herr Bräutigam hat keinen Blick hineingeworfen?»

Tereza schüttelte den Kopf. «Ja, ich war doch dabei. Er war nicht einen Wimpernschlag lang allein in der Kammer Eures Vaters, aber nun spannt mich nicht länger auf die Folter, und öffnet sie!»

Karola traute sich kaum, den Deckel der mit wertvollen Malereien verzierten Holzkiste zu öffnen. Schließlich fasste sie sich ein Herz, schloss die Augen, hob den Deckel und öffnete die Augen wieder. Welch ein Glanz! Die Kiste war bis zum Rand gefüllt mit glitzernden Ketten, Broschen und Ringen. Die Edelsteine funkelten herrlich in ihrer Farbenpracht. Und dann waren da noch die vielen Goldmünzen. Das alles hatte offenbar ihrer Mutter gehört. Karola wusste zwar nicht, was dieser Schatz wert war, aber sie ahnte, dass sie damit in den Besitz eines kleinen Vermögens gelangt war. Ihr Herz klopfte bis zum Hals. Das war ein Zeichen. Mit dem Inhalt dieser Schatulle änderte sich ihr Schicksal schlagartig. Sie würde nicht die ungeliebte Frau eines Mannes werden, der ihr Herz einst so berührt hatte, dessen eigenes Herz aber aus Stein war. Nun verfügte sie über die Mittel, ihrer eigenen Wege zu gehen.

«Ihr seid reich, Karola», bemerkte Tereza ergriffen und fügte rasch hinzu: «Was werdet Ihr tun? Werdet Ihr gehen?»

«Ich weiß es nicht. Es kommt so plötzlich», erwiderte Karola ausweichend.

«Ach, da wäre übrigens noch etwas, das der Herr mir aufgetragen hat!», sagte Tereza unvermittelt, nachdem sie sich an den Edelsteinen sattgesehen hatte.

«Womit hat er dich denn noch geködert?», erwiderte Karola unwirsch. Schon im selben Augenblick tat es ihr leid. «Entschuldige, aber ich bin nicht gut auf diesen ach so edlen Herrn zu sprechen.»

Ein Lächeln huschte über Terezas Gesicht. «Er bat mich, Euch auszurichten, dass er heute Eure Anwesenheit beim Essen wünscht.»

Karola erschrak. Bislang hatte sie immer auf ihrem Zimmer speisen dürfen. Nun verlangte er von ihr, dass sie sich an den Familientisch setzte? Und Tereza machte sich zu seinem Boten? «Sag ihm, ich werde nicht kommen!», erwiderte sie entschieden.

«Auch nicht, wenn ich Euch sage, dass er mir aufgetragen hat, Euch inständig zu bitten, es ihm zuliebe zu tun?»

«Das hat er wirklich gesagt? *Ihm zuliebe*?» Karolas Herz klopfte wild.

«Bitte, gebt Eurem Herzen einen Stoß. Es ist das Abschiedsmahl für unseren Herrn. Morgen reitet er nach Wien. Es soll ein festliches Mal werden. Die Sahrenburgerin beaufsichtigt persönlich die Köchin und lässt sie wie bei einem Fürstenmahl streng nach dem Rumpolt kochen. Das Kochbuch dieses Marx Rumpolt muss ein herrliches Werk sein. Ich kann zwar nicht lesen, aber ich muss Euch unbedingt einmal etwas daraus kochen …»

Karola unterbrach Terezas Schwärmerei. «Sag ihm, ich werde kommen.» Plötzlich sah sie am Himmel ihrer Wünsche wieder einen winzigen Hoffnungsschimmer. Wenn er mir heute Abend ein Zeichen gibt, dass er wirklich etwas für mich empfindet, so werde ich ihn zum Mann nehmen, beschloss Karola, sonst nicht! Mit dem Wissen um das Vermögen hatte sie die Wahl. Sie bat Tereza, ihr das wertvollste Kleid herauszusuchen, das sie besaß.

Als sie sich wenig später in dem Traum aus blauer Seide drehte, seufzte sie: «Wenn das nur nicht diese schrecklich hohe Taille hätte.»

Tereza verdrehte die Augen: «Wie gut, dass Ihr noch solche Gewänder besitzt, die Eure schlanke Taille schicklich verbergen. Aber denkt daran: Ihr müsst noch den Spitzenkragen anlegen.»

Über Karolas Gesicht huschte ein triumphierendes Lächeln. «Ich bedaure. Ich werde ihn leider vergessen!»

«Aber Kind, nicht dass sie denken, Ihr wärt ein liederliches Frauenzimmer.»

«Liebe Tereza, ich trage nur das zur Schau, was die Dame des Hauses ohnehin von mir denkt. Dass ich eine Dirne bin.»

Tereza stöhnte auf. «Macht Euch doch nicht unnötig Feinde!»

Karola lächelte. «Keine Sorge. Zwei Feinde habe ich bereits in dieser Familie. Und wenn Matthias etwas Abfälliges über mein Gewand sagt, dann weiß ich doch, dass er mir nicht wohlgesinnt ist, oder?»

«Ach Kind, Ihr seid unmöglich!», schimpfte Tereza, aber sie konnte nicht umhin, still in sich hineinzulächeln. Woher hat sie das bloß?, dachte sie zärtlich. Sie musste unwillkürlich an Karolas Mutter Anna denken, deren Sturheit sie manchmal zur Weißglut gebracht hatte.

12

Karola betrat hocherhobenes Hauptes das Esszimmer der Sahrenburgs und nahm flüchtig die schlichte Eleganz wahr, die dieser Raum ausstrahlte. Die Tapete war in edlem Weinrot gehalten, und in der Mitte des Zimmers stand ein Tisch aus Kirschholz, zu dem sechs schwere ungepolsterte Stühle gehörten.

Matthias starrte einen Augenblick lang entgeistert auf ihren Ausschnitt, doch dann sprang er von seinem Stuhl auf, trat auf sie zu, nahm galant ihren Arm und führte sie zu dem freien Platz an seiner Seite.

Erst als Karola sich setzte, bemerkte sie den Fremden ihr gegenüber am Tisch. Es war ein älterer Herr mit graumeliertem Haar, einem gütigen rundlichen Gesicht, kurzgestutztem Bart und wachen Augen, die sie interessiert betrachteten.

«Meine Braut Karola Kusenius, und das ist der Advokat Stefek», stellte Matthias sie einander vor. Dann räusperte er sich und sagte: «Jetzt, wo alle da sind, möchte ich Euch mitteilen, weshalb ich den Advokaten Stefek heute eingeladen habe.» Er legte eine Pause ein und sah in die Runde. Karola folgte seinem Blick. «Ihr sollt den Mann kennenlernen, der das Vermögen unseres Vaters in meiner Abwesenheit verwalten wird.»

Christoph Sahrenburg, der eben noch unverschämt auf Karolas Ausschnitt geschielt hatte, sah seinen Bruder nun voller Entsetzen an und konnte sich offenbar nicht mehr beherrschen. «Entschuldigt, werter Stefek, es geht nicht gegen Euch persönlich, aber warum brauchen wir einen böhmischen Advokaten? Es ist das Vermögen meines Vaters!»

«Das möchte ich Euch auch nicht schmälern», antwortete Stefek in deutscher Sprache.

Karola spürte es beinahe körperlich. Die Stimmung im Salon der Sahrenburgs war angespannt. Maria Sahrenburg kniff die Lippen zusammen, ihre Züge waren noch härter geworden. Jetzt konnte auch sie ihren Unmut nicht länger zurückhalten. «Ich verstehe das auch nicht, mein lieber Sohn. Christoph wird doch während deiner Abwesenheit in Prag bleiben, er ist dein Bruder, und er kann dich bei der Verwaltung des Vermögens besser vertreten als jeder Fremde und ...»

In diesem Augenblick öffnete sich die Tür, und der Fasanenbraten wurde hereingetragen. Karola ließ ihren Blick über die fürstlich gedeckte Tafel gleiten. Obgleich sie noch niemals bei Hof gespeist hatte, so konnte sie sich doch lebhaft vorstellen, in welchem Prunk man dort schwelgte. Auf Gläser zum Trinken, für jeden einen Teller und eine Gabel, darauf hatte auch ihr Vater stets bestanden, selbst wenn er der Einzige bei Tisch gewesen war, der die Gabel nicht nur zum Auflegen des Fleisches, sondern zum Essen benutzt hatte. Trotzdem wirkte diese Tafel ungleich prächtiger als zu Hause, weil alles aus reinem Silber war. Außerdem war nicht auf dem Holz des Tisches gedeckt worden, sondern auf einem üppigen Stück von weißem Linnen.

Maria Sahrenburg forderte die Tischgesellschaft nun auf, das Tischgebet zu sprechen. Auch Karola faltete ihre Hände, wie sie es von Kindheit an kannte, und senkte den Kopf, aber da tönte die schneidende Stimme der Hausherrin durch den Raum: «Du schweigst. Ich bete nicht zusammen mit Ketzern. Ach, wärest du mir doch schon aus den Augen.»

Karola schluckte und ließ ihre Hände unter den Tisch sinken. Sie wagte nicht, den Blick zu heben, doch in diesem Augenblick spürte sie, wie sich eine Hand auf ihre legte und sie kurz drückte, doch ehe Karola sich's versah, war es vorüber.

Es konnte kein anderer gewesen sein als Matthias Sahrenburg, der ihr damit ein zärtliches Zeichen gegeben hatte. Wie von ferne hörte sie die anderen um den Segen zu diesem Mahl bitten, während sie nur darum bat, dass sie sich nicht getäuscht hatte.

Kaum war das Gebet zu Ende gesprochen, bemerkte Christoph lauernd: «Meine Mutter und ich haben keine Zweifel, werter Stefek, dass Ihr Eure Arbeit vortrefflich macht, aber wie meine Mutter bereits bemerkte, bin ich ebenfalls der Erbe meines Vaters.»

Stefek sah Christoph Sahrenburg ernst an und erwiderte: «Euer Erbteil wird Euch ausgezahlt, abweichend vom Vermächtnis Eures Vaters, ohne dass Ihr vermählt sein müsst, aber alles Übrige gehört allein Eurem Stiefbruder, der mich beauftragt hat, die Verwaltung in seinem Namen zu übernehmen, solange er in Wien ist.» Dann wandte er sich genüsslich dem Fasanenbraten zu.

Karola aber brachte keinen Bissen herunter und musste sich zwingen, dem Gespräch bei Tisch zu folgen. Ihre Gedanken kreisten nur um die eine Frage: Was hatte diese heimliche Geste unter dem Tisch zu bedeuten? Hatte Matthias sie daran hindern wollen, der Mutter Widerworte zu geben, oder war es aus Zuneigung geschehen? Sie horchte erst auf, als sie den Advokaten mit Nachdruck sagen hörte: «Ich teile Eure Ansicht, dass unser Glaube der allein von unserem Herrn gewollte, rechtmäßige Glaube ist und dass die Andersgläubigen irregeleitet sind, aber es ist nicht rechtens, dass ihre Kirchen zerstört werden, wie es jüngst in Klostergrab geschehen ist.»

«Seid Ihr etwa für den Majestätsbrief, der den Protestanten erlaubt, sich auszubreiten wie die Ratten? Und den sie dem armen Rudolf förmlich abgepresst haben?», fragte Maria Sahrenburg empört.

«Nein, ich denke nur, dass die protestantischen Ständevertreter nicht kampflos hinnehmen werden, wenn ihre verbrieften Rechte derart beschnitten werden. Es gibt ein paar Hitzköpfe unter ihnen. Besonders mit dem Grafen Thurn ist nicht zu spaßen. Ich warne nur davor, dass Gefahr in der Luft liegt.»

«Gefahr? Was für eine Gefahr?», ereiferte sich Maria und fuhr dem Advokaten, als er ihr eine Antwort geben wollte, entschieden über den Mund. «Endlich greift jemand durch. Es war unser Glück, dass wir Ferdinand zum König bekommen haben. Die anderen waren doch nicht Fisch, nicht Fleisch. Dieser Schwächling Rudolf. Er hätte handeln müssen, aber er hat sich zu diesem Papier hinreißen lassen. Und unser Kaiser hat bislang auch nicht durchgegriffen gegen die protestantischen Ketzer. Wir brauchen einen wie Ferdinand. Dann droht uns überhaupt keine Gefahr mehr, aber den unverschämten ungläubigen Böhmen umso mehr!»

Der böhmische Advokat sah sie zweifelnd an. Auch Matthias schüttelte missbilligend den Kopf. «Mutter, dem Schwächling Rudolf, wie Ihr ihn nennt, haben wir unser gesamtes Vermögen zu verdanken. Seid doch froh, dass Vater es verstanden hat, sein Vermögen auch noch unter den Kaisern Rudolf und Matthias zu mehren. Er hat das Kunststück vollbracht, sich niemals in die hohe Politik einzumischen und beiden Kaisern trotzdem zu Diensten zu sein, ohne in deren Brüderzwist zermahlen zu werden. Ob im Feld oder als Diplomat.»

«Willst du etwa zusehen, wie wir diesen Ungläubigen Tor und Tür öffnen?», fragte Maria bissig.

«Natürlich nicht, aber trotzdem muss das Recht eingehalten werden. Sie haben auf dem Protestantentag im März doch nur ihrem Unmut Ausdruck verliehen, dass sie ihre verbrieften Rechte bedroht sehen. Und es ist nicht klug, dass Kaiser und König ihnen, statt eine Antwort auf ihre Beschwerde zu geben, in Zukunft jegliche Versammlungen untersagen. Das schürt den Geist des Aufruhrs. Ich persönlich halte nichts von dem Majestätsbrief, aber man kann ihn nicht erst ausstellen und sich dann nicht daran halten. Das Recht zur freien Ausübung der böhmischen Konfession ist nun einmal kaiserlich verbrieft», betonte Matthias.

«Genau!», pflichtete ihm der böhmische Advokat bei. «Es ist immerhin die Mehrheit der Böhmischen Stände, die dem protestantischen Glauben anhängt. Und es kann doch nicht rechtens sein, dass die Stadträte dazu aufgefordert werden, an der nächsten Versammlung der Protestanten im Mai gar nicht erst teilzunehmen. Dabei wollen sie sich doch nur treffen.»

«Nur? Es wird allerhöchste Zeit, dieses Ketzerpack ein für allemal zum Schweigen zu bringen! Die wollen sich doch nur zusammenrotten und die Unsrigen aus der Stadt verjagen! Auf wessen Seite stehst du eigentlich, Matthias? Und was, mein lieber Sohn, was wird Graf Schwarzenberger dazu sagen? Er ist, so sei gewiss, ein wahrer Protestantenfresser!», bemerkte Maria Sahrenburg scharf.

Karola konnte sehen, wie Matthias blass wurde, aber seine Mutter setzte nach: «Oder willst du vielleicht zu ihrem Glauben wechseln? Nun, dann solltest du gleich mit deiner Braut nach Sachsen reisen. Am Hof in Wien wird so etwas nicht geduldet.»

Dabei musterte sie Karola mit einem Blick, dass es Matthias' Braut angst und bange wurde. Dass diese Frau sie nicht mochte, hatte sie inzwischen begriffen, aber der Hass, der nun in ihren Augen lag, war Karola unheimlich. Sie sah diese Frau heute zum zweiten Mal in ihrem Leben. Was hatte sie ihr bloß getan, dass dieser Hass noch derart gewachsen war?

Karola durchfuhr ein kalter Schauer. Morgen in aller Frühe würde Matthias nach Wien reiten und sie hier ohne seinen Schutz zurücklassen. Tief im Herzen hoffte sie, dass er ihr wenigstens zum Abschied die Gewissheit geben würde, dass sie mehr als nur ein Werkzeug gewesen war, um den Ruf der Familie Sahrenburg nicht in Misskredit zu bringen, doch ihr Hoffen schien vergebens. Das Essen war vorüber, die Tischgesellschaft löste sich auf, und Matthias machte nicht die geringsten Anstalten, sich angemessen von Karola zu verabschieden.

Er murmelte nur: «Lebt wohl!», bevor er sich wieder in das Gespräch mit Stefek vertiefte.

Enttäuscht über Matthias' abweisendes Verhalten warf sich Karola, kaum dass sie wieder in ihrem Zimmer war, aufs Bett und ließ ihren Tränen freien Lauf. Sie tat sich selber ganz entsetzlich leid und haderte mit ihrem Schicksal. Sie hatte sich doch so sehr gewünscht, dass er ihre Liebe erwiderte, aber nun hatte sie den Beweis: Sie war ihm gleichgültig! Deutlicher hätte er es niemals zeigen können. Tereza sollte ihr bloß nicht noch einmal mit ihrem Geschwätz darüber kommen, dass ihr Bräutigam seine tiefen Gefühle für sie nur nicht zu offenbaren vermochte. Es verging eine ganze Weile, in der sich ihre Gedanken ständig im Kreis bewegten, bis sie plötzlich nur noch das eine dachte: fort von hier, weit, weit fort von hier! Aber wohin? Sollte sie sich zu den Bettlern in die Gassen gesellen? Dann hielt sie mitten im Schluchzen inne. Die Schatulle! Natürlich! Sie war ja keine mittellose Gefangene mehr! Wie hatte sie das vergessen können? Sie würde keine Zeit mehr verschwenden und noch vor Matthias das Haus verlassen! Leise begann Karola, das Nötigste in ihre Reisetruhe zu packen. Nur so viel, wie sie würden tragen können, bis sie Pferde gekauft hatten. Zuletzt würde sie Tereza wecken und sie vor die Wahl stellen: Wollte sie hinter dem warmen Ofen dieses ungastlichen Hauses bleiben oder ihre Herrin in die Welt hinaus begleiten? Karola hatte auch schon ein Ziel vor Augen: Sie würde nach Amberg reisen, wo der Bruder ihres Vaters wohnte, den sie zwar noch niemals persönlich kennengelernt hatte, der aber ihr einziger noch lebender Verwandter war. Der Kleidermacher Kusenius!

13

Nachdem er noch ein paar geschäftliche Dinge mit Stefek besprochen hatte, begab sich Matthias eilig auf sein Zimmer. Jetzt war es an der Zeit, den Ring aus der Geheimlade seines Schranks hervorzuholen und ihn Karola als Zeichen seiner Zuneigung zu überreichen. Der Plan war schon länger in ihm gereift. Seit er wusste, dass sie bald seine Frau würde, spürte er eine innere Erregung. Er konnte nicht sagen, ob es Liebe war, die er für sie empfand, aber es war eine tiefe Zuneigung, die weit mehr in ihm auslöste als freundschaftliche Empfindungen. Aber musste Karola nicht glauben, dass sie ihm völlig gleichgültig war? Er wusste nicht viel über die Frauen, aber bestimmt brauchten sie wärmende Gefühle. Matthias lächelte. Und er? Brauchte er sie nicht auch? Er hoffte, dass sie das heimliche Zeichen seiner Zuneigung unter dem Tisch richtig gedeutet hatte.

Die Vorstellung, sie in Prag bei seiner Mutter und Christoph zurückzulassen, behagte ihm ganz und gar nicht, aber was sollte er tun? Er musste in Wien mit dem Grafen klären, ob er seine Stellung zurückbekam, ein Haus suchen und, wenn alles geregelt war, mit einer katholischen Ehefrau zurückkehren. Seine aufkeimenden Gefühle für seine Braut würde er vor seiner Familie tunlichst verbergen. Sie würde ihm sein Glück nur missgönnen. Besonders Christoph!

Mit klammen Fingern schloss Matthias das Geheimfach auf und holte ein kleines Kästchen hervor. Plötzlich flackerte die Kerze unruhig. Er fuhr herum und starrte zur Tür. Hatte sie sich bewegt? Nein, er hatte sich geirrt. Da war nichts. Er lauschte noch einmal angestrengt, doch alles blieb still. Er hatte absichtlich so lange gewartet, bis die übrigen Hausbewohner in tiefem Schlummer lagen. Vorsichtig öffnete Matthias das Kästchen. Da lag er in seiner ganzen Pracht vor ihm: der Ring seiner Mutter. Diesen Ring wollte er Karola heute noch an den Finger stecken. Danach sollte sie ihn sofort wieder abnehmen und unbemerkt aufbewahren, bis er aus Wien zurückgekehrt war. Sie durfte sich auf keinen Fall damit zeigen. Das musste er seiner Braut unbedingt einschärfen. Seine Stiefmutter kannte den Ring sehr genau. Sie hatte seinem Vater stets in den Ohren gelegen, er sollte ihn ihr vermachen, aber er hatte ihm, Matthias, diesen Ring auf dem Totenbett in die Hand gedrückt und ihn gebeten, ihn einst seiner Braut an den Finger zu stecken. Ganz zart, als wäre es zerbrechlich, nahm Matthias das Schmuckstück in die Hand, führte es langsam an seine Lippen und küsste es.

Als er das Zimmer verlassen wollte, fiel sein Blick auf die Verbindungstür zu dem unbewohnten Nachbarraum. Er stutzte. Die Tür war seit dem Tod seines Vaters stets fest verschlossen gewesen. Jetzt war sie nur angelehnt. Merkwürdig, dachte er, aber da waren seine Gedanken auch schon wieder bei Karola und der bangen Frage, wie sie wohl auf sein Geschenk reagieren würde.

Mit pochendem Herzen machte sich Matthias auf den Weg zu ihrem Zimmer. Vor ihrer Tür zögerte er einen Augenblick, bevor er sich zu klopfen traute.

Karola fuhr erschrocken zusammen. Wer konnte das sein? Die Hausherrin? Oder ihr verbrecherischer Sohn Christoph? Hatte man ihren Fluchtplan entdeckt, bevor sie ihn in die Tat umsetzen konnte? Zitternd und blass vor Angst öffnete sie die Tür. Es war Matthias. Wortlos ließ sie ihn eintreten. In seinem Blick lag nichts Kaltes und Abweisendes mehr, vielmehr fand sie die gleiche Wärme und Sorge, die sie damals in der Gasse gesehen hatte und die sie für immer verloren zu haben glaubte.

«Verzeiht», entschuldigte sich Matthias für sein nächtliches Eindringen und sah sich verlegen um. Sein Blick blieb an der gepackten Reisetruhe hängen. Dann entdeckte er die immer noch geöffnete Schatulle. Er wurde kalkweiß im Gesicht. «Ihr wollt uns verlassen?»

«Werdet Ihr mich daran hindern?», fragte Karola mit belegter Stimme.

«Nein, wie ich sehe, verfügt Ihr über die Mittel zu reisen», sagte er heiser. «Ich werde Euch sicher aus der Stadt begleiten, aber …» Er stockte und atmete tief durch. «Aber lasst Euch bitte vorher sagen, was mich mitten in der Nacht hergeführt hat.»

«Euch führt nicht die Ahnung her, dass ich fliehen werde?» Sie sah ihn erstaunt an.

Ohne den Blick von ihr abzuwenden, griff er in die Tasche seines Wamses und holte ein funkelndes Schmuckstück hervor. «Ich wollte Euch als Zeichen meiner Wertschätzung einen Ring geben, damit Ihr die Gewissheit habt, dass ich Euch bald nach Wien hole … Aber wie ich sehe, braucht Ihr keine solchen Geschenke», stammelte er verlegen.

Mit tonloser Stimme brachte sie hervor: «Euer Ring hat gewiss eine andere Bedeutung als der Schmuck, den meine Mutter mir hinterlassen hat. Und wenn es unseren Entschluss besiegeln soll, dass wir Mann und Frau werden, dann nehme ich ihn von ganzem Herzen an.» Sie reichte ihm ihre Hand.

Vorsichtig steckte Matthias ihr den kostbaren Ring an den Finger. Leise fügte er hinzu: «Glaubt mir, ich wünschte, der Tag unserer Hochzeit wäre schon gekommen! Aber leider muss ich mich bald auf den Weg machen.» Er hielt ihre Hand noch immer fest.

«Und Ihr wollt gar nicht wissen, ob ich gehe und Euer Haus mit meinem Vermögen verlasse oder nicht?», fragte Karola voller Erstaunen.

Ganz langsam ließ Matthias Karolas Hand los und erwiderte: «Das überlasse ich Euch, liebe Karola. Ich möchte eine Frau, die auf mich wartet, weil sie mich zum Manne möchte. Das ist alles. Überlegt es Euch gut. Wenn ich zurück bin, und Ihr erwartet mich voller Freude, dann weiß ich, dass Euer Herz für mich schlägt. Wenn nicht …»

Karola starrte ihn an. Wie gern hätte sie ihm ihre Antwort mit auf den Weg gegeben, aber sie spürte einen Kloß im Hals, der sie am Sprechen hinderte. Hoffentlich sieht er die Antwort in meinen Augen, betete Karola, als Matthias sie noch einmal voller Wärme anschaute, bevor er zur Tür ging. Dort drehte er sich noch einmal um. «Wenn Ihr bleibt, bitte versteckt Eure Schätze, bis ich wieder da bin. Ich kann mich nicht dafür verbürgen, dass man Euer Zimmer nicht betritt. Doch sollte Euch in diesem Haus Unrecht geschehen, so wendet Euch bitte an Pater Markus von Sankt Thomas. Er ist ein alter, weiser Mann, der keinem Geschöpf Gottes etwas zuleide tun würde. Ich habe ihm gesagt, dass er Euch mit unserem Glauben vertraut machen soll.»

«Matthias!» Karolas Stimme bebte. «Matthias!»

Er zögerte, doch dann ging er auf Karola zu. Er streichelte ihr über die Wange, nahm sie in beide Arme und berührte mit seinen Lippen zart ihren Mund. Heiße und kalte Schauer rieselten durch Karolas Körper. Seine Lippen fühlten sich so weich an wie der Samt ihres Kleides. Plötzlich spürte sie, dass seine Zunge die Spitze der ihren berührte, und sie zuckte erschrocken zurück. Ihre Blicke trafen sich. Er lächelte sie an. Dann nahm er sanft ihr Gesicht in beide Hände und zog es vorsichtig zu sich heran. Karola schloss die Augen und bot ihm ihre Lippen zum Kuss. Dieses Mal zuckte sie nicht zurück, sondern erwiderte das Spiel seiner Zunge, und was sie dabei empfand, ließ sie bis in die Fußspitzen hinein wohlig erzittern. Ich liebe ihn, durchfuhr es Karola, ich liebe ihn!

Die beiden konnten nicht voneinander lassen und küssten sich mit immer größer werdendem Verlangen – bis Matthias sich nach einer halben Ewigkeit sanft von ihr löste. «Ich muss gehen», stöhnte er heiser, «denn Eure Nähe könnte mich vergessen lassen, dass Ihr noch nicht meine Frau seid, aber glaubt mir, ich werde jede Nacht in Gedanken an Euch einschlafen und die Tage zählen, bis ich Euch endlich wieder in meine Arme schließen darf.»

Rasch drehte er sich um und verließ ihr Zimmer.

Karola betastete vorsichtig ihre Lippen. Ihr war, als hätte dieser Kuss in ihrem ganzen Körper ein wärmendes Feuer entfacht.

14

Maria Sahrenburg lief mit hochrotem Kopf in ihrem Zimmer auf und ab. Sie hatte Karola Kusenius nicht mehr zu Gesicht bekommen, seit Matthias fortgeritten war, aber das befreite sie nicht von ihrer Pein. Sie spürte deren Anwesenheit im Haus in jeder Pore, und der Drang, ihr etwas anzutun, wurde von Tag zu Tag mächtiger. In ihr brodelte es. Natürlich war es eine Genugtuung für sie, dieses Kind bald in einer Ehe mit einem ungeliebten Mann zu wissen, und auch ihr Mitgefühl für Matthias hielt sich dabei in Grenzen. Immer noch besser, *er* musste diese Frau ertragen als ihr eigener Sohn. Und dennoch, Maria wollte sie selbst mit eigenen Augen leiden sehen. So wie sie einst gelitten hatte. Selbst Friedrichs Tod verschaffte ihr nicht jene Genugtuung, die sie sich erhofft hatte. Nein, sie musste der Frucht dieser unsäglichen Liebe ein Leid antun. Wenn nur Lobowitz endlich von seiner Pilgerfahrt zurück wäre. Er würde dem Mädchen Angst und Schrecken einjagen. Maria ballte die Fäuste. Vielleicht fiel ihr heute in der Kirche während des österlichen Hochamtes etwas ein. Das Hochamt. Maria stutzte. Der Besuch in einer katholischen Kirche würde das dumme Ding sicher ein wenig verschrecken können. Nur zu gut erinnerte sich Maria an ihr erstes Mal in der großen, düsteren Kirche, und wie fremd und unheimlich ihr alles vorgekommen war. Damals, als sie noch nicht gewusst hatte, dass Gott allein dort wohnte und nicht anderswo. Ihre Laune stieg, als sie sich auf den Weg zu Karolas Reich machte.

Seit Matthias' Abreise hatte Karola fleißig einige neue Entwürfe zu Papier gebracht. Nicht nur für Kleider, sondern auch für Schauben. «Kind, wozu zeichnet Ihr das alles?», hatte Tereza sie gerade gestern erst gefragt.

«Damit du das für mich nähst, wenn wir erst in Wien sind», hatte sie lachend geantwortet.

An diesem Morgen schien die Sonne so strahlend vom Himmel, als wollte sie den Winter endgültig aus der Stadt jagen. Versonnen betrachtete Karola den Ring an ihrem Finger. Ihre Magd hatte sie davor gewarnt, ihr Glück allzu offen zur Schau zu stellen. «Aber die sind doch froh, dass sie mich bald los sind. Ich trage ihn ja nur hier in meinem Gemach, und das betreten sie doch nicht!», hatte Karola übermütig erklärt. Ihre einzige Sorge galt im Moment ihren Malstiften, die zur Neige gingen. Wo sollte sie Werkzeug zum Zeichnen herbekommen? Sie konnte wohl kaum Maria Sahrenburg danach fragen.

Ein Klopfen an der Tür riss sie aus ihren Gedanken. Tereza? Sie wusste doch, dass sie jederzeit eintreten durfte. Da klopfte es wieder, diesmal heftig und fordernd. Karola erschrak. Wer konnte das sein?

«Tretet ein!», rief Karola und starrte gebannt zur Tür, die mit einem Ruck aufflog. Sie erschrak, als sie erkannte, wer ihr plötzlich gegenüberstand: Maria Sahrenburg! Karola spürte, wie ihr Herz schneller schlug. Eines war sicher: Etwas Gutes konnte dieser Besuch nicht bedeuten. Geistesgegenwärtig streifte sie den Ring vom Finger und ließ ihn unauffällig in einen auf dem Tisch stehenden Zinnbecher gleiten.

«Was kann ich für Euch tun?», fragte Karola mit einem leichten Zittern in der Stimme. Sie fürchtete sich vor dieser Frau, besonders jetzt, da sie sich ohne Matthias schutzlos fühlte.

Maria Sahrenburg aber betrachtete sie nur prüfend von

Kopf bis Fuß, bevor sie mit fester Stimme erklärte: «Ich komme als Mutter, nicht als Feindin!»

Karola glaubte sich verhört zu haben. Als Mutter?

«Solange unser Bruder Lobowitz noch auf Pilgerreise ist, werde ich mich deiner annehmen», sagte sie betont freundlich, während ihre Augen eine andere Sprache sprachen. Sie strahlten Kälte und Verachtung aus. Karola erschauderte.

«Meiner annehmen?», wiederholte sie tonlos.

«Du wirst mich heute in die Kirche begleiten.»

Etwas in Karola sträubte sich mit aller Macht dagegen, ihrem Befehl zu folgen. «Verzeiht mir, aber mir ist nicht wohl», versuchte sie sich herauszureden.

Maria Sahrenburg funkelte sie wütend an. Die Fassade aus mühsam gespielter Freundlichkeit brach zusammen. «Du gehst also nicht freiwillig?», herrschte sie Karola an.

Die schüttelte den Kopf.

«Das wirst du noch bitter bereuen!», drohte Maria Sahrenburg. «Dann will ich dir zeigen, was es heißt, meine Schwiegertochter und die Ehefrau eines anständigen Katholiken zu sein. Zieh dich schicklich an. Heute feiern wir das Osterfest. Wir gehen gemeinsam zur Kirche. Keine Widerrede. Das ist ein Befehl, dummes Ding!»

«Aber … aber ich … ich möchte gar nicht …», widersprach Karola, was ihr jedoch nur ein hässliches Lachen ihrer angehenden Schwiegermutter einbrachte.

«Sie will nicht. Ja, was will sie denn? Sie schlägt mein großherziges Angebot aus. Du wirst noch lernen, was es heißt, den wahren Glauben anzunehmen, wenn Bruder Lobowitz erst von seiner Pilgerreise zu Sankt Johann unter dem Felsen zurück ist. Der wird in der richtigen Stimmung sein, dir den Teufel auszutreiben. Aber so lange kann ich nicht warten. Heute soll dir ein kleiner Vorgeschmack zuteilwerden. Wir werden gemeinsam am Hochamt teilnehmen. Danach wirst du zur Beichte gehen. Und wenn ich dich eigenhändig dorthin schleifen muss.»

In diesem Augenblick betrat Tereza zögernd das Zimmer. «Such ihr etwas Züchtiges heraus!», befahl ihr die Alte, bevor sie zornig an ihr vorbeirauschte.

«Sie sieht aus, als wäre sie dem Leibhaftigen begegnet», flüsterte Tereza, kaum dass die Tür hinter Maria Sahrenburg zugeklappt war.

«Das wird sie mir nie verzeihen», seufzte Karola.

«Was wird sie Euch nicht verzeihen?»

«Sie verlangt, dass ich freiwillig mit ihr zur Kirche gehe.»

«Und nun?», fragte Tereza ängstlich.

«Nun wird sie mich zwingen! In die Kirche und zur Beichte.»

Die Magd schlug die Hände über dem Kopf zusammen und murmelte: «Oh, wenn doch bloß alles gutgeht, bis der junge Herr zurückkehrt. Ich kann mir nicht helfen, aber ich traue dieser Frau alles zu.»

Karola nahm ihre Magd tröstend in den Arm und sagte mit fester Stimme: «Sie kann mir nichts anhaben. Ich stehe unter Matthias' Schutz.»

Tereza seufzte. «Aber wenn man dem Gerede der Dienstboten Glauben schenkt, dann ist es mit ihrer Liebe zu ihrem Stiefsohn nicht weit her.»

«Ach, liebe Tereza, es ist bald vorbei. Und nun will ich mich von meiner tapferen Seite zeigen. Wie sagte Vater immer? *Dort, wo Gott wohnt, ist Licht.* Und warum soll er nicht auch in einer katholischen Kirche zu Hause sein?»

Wider Willen musste Tereza lächeln. Sie lässt sich nicht unterkriegen. Genau wie ihr seliger Vater, dachte sie.

«Gib mir mein dunkelstes Gewand», bat Karola und zog ihr schönes Kleid aus. «Was macht man eigentlich bei der Beichte?»

«Ihr müsst von Euren Sünden berichten. Dann sind sie Euch vergeben. Sagt dem katholischen Pfaffen doch einfach, dass Ihr Euch der Völlerei hingegeben habt.»

«Völlerei? Ich?» Karola fing laut zu lachen an. Das passierte ihr ständig, seit Matthias ihr seine Zuneigung gestanden hatte. Manchmal durchzuckten Blitze ihren Körper, wenn sie nur an ihn und seinen Kuss dachte. Ob er auch manchmal an mich denkt?, fragte sie sich, während sie sich widerwillig das dunkle Kleid überstreifte.

15

Maria Sahrenburg und Karola Kusenius betraten die Kirche Sankt Thomas durch ein marmornes Eingangsportal, das noch strahlend weiß glänzte, denn es war erst vor kurzem fertiggestellt worden. Maria Sahrenburg schien bekannt zu sein, denn viele Gläubige grüßten in ihre Richtung.

Karola befürchtete einen Augenblick lang, sie würde ersticken, als sie, kaum dass sich die schwere Eichentür hinter ihnen geschlossen hatte, in einen Nebel aus fremden Düften gehüllt wurde. Sie waren so intensiv, dass sie ihr die Luft zum Atmen nahmen. Entsetzt sah sie Maria Sahrenburg an.

«Du wirst dich an Weihrauch gewöhnen müssen», bemerkte ihre zukünftige Schwiegermutter spitz.

Karola nahm sich fest vor, keine Schwäche zu zeigen, auch wenn sie spürte, wie ihr ganz weich in den Beinen wurde. Tapfer begleitete sie die Alte bis zu ihrem Platz und sah sich neugierig in der fremden Kirche um. Allein die Malereien an den Wänden und das Altarbild waren dazu angetan, sie von den Schwaden, die immer wieder über ihre Bank zogen, abzulenken. Ihr Blick blieb an einem goldenen Engel hängen, der über dem Altar zu schweben und sie anzulächeln schien. Er gefällt mir, dachte Karola, als Maria Sahrenburg sie unsanft aus ihren Gedanken riss.

«Hör gut zu! Und merk dir jedes Wort! Das nächste Mal wirst du mit uns beten!»

Dann begann die Predigt, die der Priester in deutscher Sprache hielt. Eine Wohltat zwischen all den lateinischen Gebeten, denen Karola nicht folgen konnte. Der Priester hatte schlohweißes Haar und ein gütiges Gesicht. Er muss schon sehr alt sein, dachte sie und wunderte sich über seine klare, tiefe Stimme, die gut zu einem jungen Menschen gepasst hätte, doch plötzlich erstarrte sie. Er sprach von dem gefährlichen Glücksspiel und von denen, die ihm verfallen waren, diesen armen Seelen, die sich verführen ließen. Er mahnte jene, die ihre Seele an Karten und Würfel verkauften, und prangerte die an, die dem Müßiggang frönten, statt ihr Geld mit ehrlicher Arbeit zu verdienen. Der Prediger schloss seine Predigt mit der ausdrücklichen Warnung, dass das Hasardspiel Teufelswerk sei. Karola fing zu zittern an. Hatte Maria Sahrenburg diese Predigt eigens für sie bestellt? Karola rechnete jeden Augenblick damit, dass Matthias' Stiefmutter ihr einen höhnischen Blick zuwerfen würde, aber sie hatte den Kopf gesenkt und hielt die Augen geschlossen. Wieder waberten Schwaden des schweren Rauches durch das Innere der Kirche. Karola hielt die Luft an. Aus lauter Sorge, dass sie sich sonst würde übergeben müssen.

Kaum hatte die Alte mit dem Beten aufgehört, drängte sie Karola aus der Bank, deutete schweigend auf einen schmucklosen schrankartigen Kasten und befahl mit eisiger Stimme: «Geh!»

In diesem Augenblick eilte ihnen der Pfarrer entgegen und begrüßte Maria Sahrenburg freundlich: «Wie schön, Euch zu sehen!»

«Die Freude ist ganz auf meiner Seite», erwiderte sie, aber Karola hörte an dem Ton ihrer Stimme, dass ihr diese Begegnung missfiel.

«Und Ihr seid sicherlich Karola, deren Erziehung im Glauben Matthias in meine Hände legen möchte.»

Sie wollte gerade erwidern, dass Matthias mit warmen Worten von ihm gesprochen hätte, doch Maria Sahrenburg ging scharf dazwischen: «Guter Pater Markus, das tut mir leid. Hat er Euch nicht mehr gesagt, dass er als Lehrer für seine Braut nun doch den Jesuiten, Bruder Lobowitz, vorzieht? Aber nichts für ungut. Sie wird jetzt zum ersten Mal beichten.»

«Beichten? Liebe Maria, ich glaube kaum, dass das ein guter Anfang ist, ein Menschenkind in unserem Glauben zu unterweisen.»

«Das glaube ich aber doch!», widersprach Maria mit unterdrücktem Zorn in der Stimme.

«Wie Ihr meint, liebe Maria, dann werde ich sie jetzt damit vertraut machen. Kommt mit, mein Kind, wir gehen beichten.» Der Pater zog sie fort in Richtung des hölzernen Ungetüms.

«Setzt Euch da hinein, ich gehe auf die andere Seite und spreche mit Euch durch ein Gitter.» Der Pater besaß eine so freundliche, gütige Ausstrahlung, dass Karola seinen Anweisungen widerspruchslos folgte.

«Mein Kind, keine Angst, hier drinnen hört sie uns nicht!», ertönte seine vertraute Stimme.

«Ich habe eigentlich keine Angst, aber trotzdem, es ist alles so fremd. Ich war noch nie zuvor in einer Eurer Kirchen, und ich weiß auch gar nicht, was ich Euch erzählen sollte», flüsterte Karola.

«Ich weiß mehr über Euch, als Ihr glaubt. Ihr seid Karola Kusenius, die Tochter des Baumeisters. Nicht wahr?», fragte seine beruhigende Stimme.

«Ja, aber woher wisst Ihr das?»

«Ich kannte Euren Vater, und ich habe ihm immer gesagt, an ihm wäre einer von uns verlorengegangen!», erwiderte die Stimme amüsiert.

«Warum habt Ihr das gesagt? Dass an ihm einer von Euch verlorengegangen wäre?», fragte Karola zaghaft.

«Weil ich keinen Protestanten kenne, der bei einem katholischen Baumeister gelernt hat und der mit solcher Inbrunst Putten herstellen konnte. Ich habe ihn hier in der Kirche die eine oder andere Arbeit verrichten lassen, aber das war unser Geheimnis. Schaut Euch nur den goldenen Engel über dem Altar an. Das war sein Werk. Ist er nicht wunderbar? Und in welcher Kirche könnt Ihr sonst schon solche Engel bewundern? Ach, er war ein großartiger Mann! Wir haben uns sehr gemocht.»

Karola musste unwillkürlich lächeln, doch dann wurde sie wieder ernst. «Dann habt Ihr in Eurer Predigt also nicht von meinem Vater gesprochen?»

«Nein, warum sollte ich? Er war ein aufrichtiger Mann und hätte sich niemals dem Glücksspiel ergeben, aber nun sprecht.»

Karola wurde blass. Wenn er nur wüsste, dachte sie. «Ich weiß nicht, was ich Euch sagen soll. Helft mir doch. Habe ich gesündigt, weil ich im Herzen meinem Glauben gar nicht abschwören möchte?»

«Mein Kind», antwortete der Pater. «Das Wichtigste ist, dass Ihr auf unseren Herrn vertraut und reinen Herzens seid.»

«Ja, ich glaube an ihn, aber warum lässt er zu, dass seinen Kindern so viel Leid geschieht? Warum musste mein Vater sterben?», fragte sie verzweifelt.

Die Antwort war ein langer Seufzer. «Das Leid auf Erden? Das habe ich mich auch schon oft in meinem langen Leben gefragt, aber ich habe gelernt, zu glauben, dass alles zu unserem Besten ist, was uns auf der Erde widerfährt. Gott sei seiner Seele gnädig!»

«Ist das die Beichte, was wir jetzt hier tun?», fragte Karola schüchtern.

Die Antwort war ein tiefes Lachen. «Nicht ganz, mein Kind, aber jetzt tut mir bitte einen Gefallen. Haltet Euer Ohr ganz dicht an das Gitter.»

Karola gehorchte und nahm jedes seiner geflüsterten Worte voller Erstaunen und Schrecken auf: «Matthias hat *mich* gebeten, Euch in seinem Glauben zu unterrichten, aber seine Mutter wird Euch nun in die Hände des jesuitischen Bruders Augustin Lobowitz geben. Das ist ihr geistlicher Vertrauter. Lasst Euch gesagt sein, dass mein jesuitischer Glaubensbruder niemanden duldet, der anders denkt als er. Erregt niemals seinen Zorn, Karola Kusenius! Er ist ... Wie soll ich sagen? Er ist bekannt dafür, dass er in jedermann den Teufel vermutet und sich dazu berufen fühlt, selb gen auszutreiben. Er ist, obwohl er im Vergleich zu mir altem Esel ein junger Mann ist, in seinen Gedanken weit hinter der Zeit zurück. Für ihn hat es Euren Luther niemals gegeben. Böse Zungen in den Reihen meiner Augustiner-Brüder behaupten, er wäre selber vom Teufel besessen wegen des schwarzen Mals in seinem Gesicht, aber das ist dummes Geschwätz. Trotzdem, seht Euch vor, und wenn Ihr Hilfe braucht, meine Kirche steht Euch immer offen. Und nun geht. Sonst wird sie argwöhnisch.»

Erleichtert stand Karola auf und murmelte: «Habt Dank!», aber der Geistliche antwortete nicht mehr. Maria Sahrenburg stand schon wie ein Racheengel vor dem Beichtstuhl und wartete auf sie. Karola bemühte sich um einen demutsvollen Blick.

Das schien der Alten zu gefallen. «Das war erst der Anfang», raunte sie. «Bruder Lobowitz wird Euch schon zeigen, was es heißt, eine Ungläubige zu sein.»

Ohne nachzudenken, rutschte Karola wütend heraus: «Ich werde mich nicht von diesem Jesuiten in Glaubensdingen unterweisen lassen. Ihr lügt, wenn Ihr behauptet, Matthias wünsche ihn als Lehrer für mich. Er hat mir mit auf den Weg gegeben, dass ich mich von ihm fernhalten soll. Und ich werde den Anweisungen meines Bräutigams folgen. Das werdet Ihr doch sicher verstehen.»

Maria Sahrenburg wurde puterrot im Gesicht. Sie hob ihre rechte Hand, als wollte sie Karola ins Gesicht schlagen, doch dann ließ sie sie wieder sinken und keuchte: «Dann werdet Ihr mit mir vorliebnehmen müssen, denn Pater Markus ist zu alt, um es mit einer aufmüpfigen Ketzerin wie Euch aufzunehmen.»

Karola zuckte zusammen. Was hatte sie dieser Frau nur getan, dass sie so bösartig war und sie immerzu beleidigte? Es konnte doch nicht allein an ihrem Glauben liegen. Vielleicht hatte Tereza recht, und sie sollte sich in Zukunft vor dieser finsteren Person in Acht nehmen und ihr Herz nicht mehr auf der Zunge tragen.

16

Christoph Sahrenburg saß schon seit Stunden in seinem Zimmer und spielte gedankenverloren mit seinen beiden Würfeln. Immer wieder ließ er sie auf den Tisch rollen, aber er schaute gar nicht hin. Er wusste ja, dass sie nichts anderes anzeigen konnten als das, was ihm den sicheren Sieg bei jedem Spiel bescherte. Zusammen neun Augen. Die richtige Zahl für den Pointeur. Auch wenn er Bankhalter war, besaß er die richtigen Würfel. Sie waren von einem fahrenden Gesellen extra für ihn angefertigt worden.

Er überlegte, ob er an diesem Tag allein losziehen sollte. Seine Freunde hatten ihn seit der Sache mit dem Baumeister nicht mehr zu den Glücksspielen begleitet. Diese Feiglinge! Hatten sie doch bis dahin gerne den Gewinn mit ihm geteilt. Aber jetzt? Der dürre Johann hatte ihm mit mahnenden Worten erklärt, dass es ein Unterschied sei, ob man einen kräftigen Burschen betrog und den Gewinn gleich mitnahm oder ob man einen kranken alten Mann um Haus und Hof brachte, indem man ihm die Hand führte. Besonders die Sache mit dem Mädchen hatte Johann missfallen. Er war geradezu erleichtert gewesen, als Christoph ihm erzählt hatte, dass er sie nicht heiraten würde. Was sie in Herrgottsnamen nur alle mit diesem Weib hatten? Selbst sein ach so vernünftiger Bruder …

Wieder kam ihm das seltsame Bild ins Gedächtnis zurück, das ihn seit jenem Abend verfolgte. Wie Matthias einen Ring geküsst hatte! Christoph sah alles so deutlich vor sich, als wäre es gestern gewesen. Eigentlich hatte er nur vorgehabt, seinen Bruder vor dessen Abreise, wenn nötig mit Gewalt, davon zu überzeugen, *ihn* das Vermögen des Vaters verwalten zu lassen und nicht diesen windigen böhmischen Advokaten. Und dann hatte er ihn, den sonst so besonnenen Matthias, heimlich vom Nebenzimmer aus beobachtet, wie er mit verklärtem Gesichtsausdruck ein Kästchen aus der Lade nahm, es öffnete, einen Ring herausnahm und ihn voller Inbrunst und Zärtlichkeit küsste. Er hatte nicht gleich gewusst, was das zu bedeuten hatte. Erst als Matthias das Zimmer verlassen hatte und er ihm unauffällig gefolgt war, hatte er begriffen. Sein ehrbarer Bruder war nämlich vor der Tür zum Zimmer der Kusenius stehen geblieben. Dann war die Tür wie von Geisterhand geöffnet worden, und Matthias war dahinter verschwunden. Da war es ihm wie Schuppen von den Augen gefallen.

Wie so oft in den letzten Tagen musste Christoph nun an

diese Szene denken. Es wurmte ihn, dass sein Bruder diese Karola offenbar liebte, aber seiner Mutter und ihm gegenüber scheinheilig so tat, als würde er sich für die Familienehre opfern. Zum Dank durfte er die Frau seines Herzens auch noch ehelichen! Das missgönnte Christoph ihm aus tiefster Seele. Es war nicht gerecht, dass der Bruder alles bekam, was er wollte. Das Erbe des Vaters und die Frau, die er begehrte. Wie oft hatte er schon überlegt, seine Mutter in dieses Geheimnis einzuweihen, aber bisher hatte er noch gezögert. Wäre es nicht viel besser, wenn er sein Wissen versilbern würde? Er wusste zwar noch nicht, wie, aber vielleicht konnte er Matthias damit erpressen …

Wütend schleuderte Christoph die Würfel auf den Tisch. Eine Neun. Das Problem war, dass er weder Geld noch einen Plan besaß, sich welches zu besorgen! Dieser Stefek hatte ihm zwar inzwischen seinen Anteil am Erbe ausgekehrt, aber den hatte er bereits bei den Dirnen gelassen. Da nützte ihm auch das Haus des Alten wenig. Er hatte alles bis unter das Dach nach ein wenig Barem durchsucht, aber er war nicht fündig geworden. Das Einzige, was darauf hindeutete, dass dieser Baumeister einst ein wohlhabender Mann gewesen sein musste, war dieses Buch, das vor Christoph auf dem Tisch lag. Darin hatte der Alte akribisch eingetragen, was er eingenommen und ausgegeben hatte. Die Einnahmen waren immer weniger worden. Vielleicht sollte ich das Haus verkaufen und mich wieder mit diesem Zimmer begnügen?, dachte er und verwarf seinen Gedanken sofort wieder. Nein, das Haus gab ihm die Freiheit, dort Feste mit Weibern und Wein zu feiern, von denen seine Mutter nichts erfahren durfte. Allerdings ging auch der Wein im Hause Kusenius allmählich zur Neige.

Vor Christoph auf dem Tisch stand ein Krug mit dem guten Tropfen, den sein Vater in Fässern im kühlen Keller hatte lagern lassen. Er wollte sich noch einen kräftigen Schluck davon zu Gemüte führen, doch er musste feststellen, dass der Krug leer war. Als er aufstand, um sich einen neuen zu holen, merkte er, dass er ein wenig zu schwanken begann. «Ich habe wohl zu viel getrunken», murmelte er in sich hinein, was ihn nicht davon abhielt, breitbeinig durch das Zimmer zu wanken, als wäre er an Bord einer Galeone. «Einen Krug noch», sprach er sich selber gut zu. «Nur noch einen Krug.»

Lauthals stolperte er zur Zimmertür, riss sie auf und stutzte. Er hörte Schritte auf der Treppe und zog sich leise zurück. Die Tür ließ er jedoch einen Spaltbreit offen, gerade so weit, dass er beobachten konnte, wer die Treppe heraufkam. Es war die Lutheranerin! Sie sah aus wie ihre eigene Ahnherrin: ganz in Schwarz gekleidet, hochgeschlossen, wie ein düsterer Vogel. Ihr wollte er auf keinen Fall begegnen.

Christoph schloss hastig die Tür und wankte an den Tisch zurück. Lustlos klappte er noch einmal das Buch des Baumeisters auf, blätterte seufzend darin, bis sein Blick an einer Eintragung hängen blieb. Es ging um eine Schatulle, deren Inhalt auf dem Papier aufgelistet war und der ihm das Wasser im Mund zusammenlaufen ließ. Edelsteine, Schmuckstücke, Goldtaler. Darunter eine kleine Anmerkung: *Kusenius, wenn du auch nur einen Groschen vom Erbe deiner Tochter nimmst, sollst du verflucht sein. Du wirst es hüten und darauf schlafen.* Darauf schlafen? Christoph hatte doch das ganze Haus auf den Kopf gestellt. Unter jedem Bett und unter jedem Schrank hatte er vergeblich nach versteckten Schätzen gesucht. Er stutzte. Wenn diese Schatulle nicht in der Langen Gasse war, wo befand sie sich denn dann? Wenn der Baumeister den Inhalt nicht doch verspielt hatte, dann konnte sie nur noch … Sein Herz klopfte. Karola Kusenius? Ob *sie* im Besitz der Schatulle war, die jetzt ja ihm gehörte? Christoph dachte nach. Was konnte er tun? Das Beste wäre wohl, die Kusenius so zu erschrecken, dass sie die Schatulle freiwillig herausrückte. Also sollte er keinen Wein mehr aus dem Keller holen, sondern schnellstens handeln.

Christoph schlich vorsichtig auf den Flur und horchte. Alles war still. Langsam schwankte er zu Karolas Gemach und drückte die Türklinke hinunter. Mit einem Satz stand er in ihrem Zimmer.

Die Lutheranerin trug nur noch ihre Unterröcke. Mit glasigem Blick betrachtete er sie. Sie hatte eine besser geformte Taille als die meisten käuflichen Weibsbilder. Und auch ihre Brüste, so weiß und üppig, waren schöner anzusehen. Für seinen Geschmack war sie ein wenig zu schmal, aber ihr Blick, der gefiel ihm umso mehr. In ihren Augen entdeckte er die nackte Angst, und das erregte ihn. Sie öffnete ihren Mund, aber er war schneller und legte seine Hand darauf. «Versuch nicht, zu schreien!», drohte er.

Als er seine schweißnasse Hand langsam wieder wegnahm, schwieg sie tatsächlich. Stattdessen sah sie ihn hasserfüllt an. Grob umfasste er ihre Hüften, presste sich an sie und schob sie rückwärts zum Bett, bis sie nach hinten fiel und er mit seinem ganzen Gewicht auf ihrem weichen Körper landete.

«Komm, wehr dich! Ich mag es, wenn die Weiber kratzen und beißen!», flüsterte er ihr vor Erregung zitternd ins Ohr, aber sie bewegte sich nicht. Er spürte, wie es unter seinen Beinkleidern augenblicklich schlaff und weich wurde. Nichts blieb von der fordernden Härte, die ihn sich gerade eben noch wie ein ganzes Mannsbild hatte fühlen lassen. Dafür stieg die nackte Wut in ihm auf. «Wo ist die Schatulle?», fragte er bohrend.

«Welche Schatulle meint Ihr?», fragte Karola scheinbar arglos zurück. Fieberhaft überlegte sie, wie er von ihrem Erbe wissen konnte?

Christoph ließ von ihr ab, setzte sich auf und zog ein Heft

unter seinem Wams hervor. «Er hat alles akribisch notiert. Einnahmen und Ausgaben. Und er beschreibt sehr ausführlich, was in dieser Schatulle ist.»

«Er … er hat das Geld ausgegeben», stammelte sie.

Seine Antwort war ein breites Grinsen. «Hat er nicht! Hier, lies selber. Du bist ja schließlich des Lesens mächtig.»

Mit zittrigen Fingern nahm Karola das Heft zur Hand und starrte auf die mahnenden Worte, die ihr Vater hineingeschrieben hatte.

«Unter seinem Bett war die Kiste aber nicht», bemerkte Christoph. «Sie gehört *mir*. Sein Haus und sein Vermögen hat er *mir* überlassen. Also her damit!»

«Ich habe sie nicht mitgenommen», log sie mit heiserer Stimme.

«Ich habe das verdammte Haus in der verdammten Langen Gasse von oben bis unten durchsucht. Da war keine Schatulle mit diesem wertvollen Inhalt. Meinst du, die Kiste hätte sich von allein aus dem Staub gemacht?», fragte er höhnisch.

Bei diesen Worten legte er sich bäuchlings auf das Bett, um einen Blick darunter zu werfen. Karola hielt den Atem an. Sie hatte bisher in der Tat keinen besseren Platz gefunden als den unter ihrem Bett. Ihr blieb keine Zeit mehr, um den Dieb daran zu hindern, sie noch einmal zu bestehlen. Sie musste jetzt alles auf eine Karte setzen und stieß einen mörderischen Schrei aus.

Christoph hob den Kopf und sah sie fassungslos an. In seiner Überraschung spürte er nur noch, wie er vom Bett hinuntergestoßen wurde und polternd auf dem Boden landete.

Flink wie ein Wiesel war Karola aus dem Bett gesprungen und zur Tür gelaufen. «Helft mir doch, bitte, helft mir! Ein Unhold!», schrie sie und stürzte aus dem Zimmer.

Wie betäubt erhob sich Christoph vom Boden, strich seine Kleidung glatt und folgte ihr, so schnell er konnte. In seinem

Kopf drehte sich alles. Die Wirkung des Weins machte sich bemerkbar. Außerdem schmerzte sein Hinterkopf, mit dem er auf den Boden geknallt war. Als er aus dem Zimmer trat, musste er feststellen, dass er zu langsam gewesen war. Ihr Geschrei hatte das ganze Haus aufgeweckt. Vor ihm auf dem Flur standen diese böhmische Magd mit der am ganzen Körper bebenden Lutheranerin im Arm und, einem Höllenhund gleich, seine Mutter. Alle Blicke waren auf ihn gerichtet.

«Was ist geschehen?», fragte Maria Sahrenburg tonlos.

«Nichts, ich habe sie auf der Treppe gesehen und sie in ihr Gemach begleitet. Sie wollte es so!», log Christoph mit belegter Stimme und warf Karola einen warnenden Blick zu.

Aber sie ließ sich nicht einschüchtern und erklärte klar und deutlich: «Er stand mit einem Mal in meinem Zimmer und hat versucht …»

«Schweig!», fuhr Maria Sahrenburg sie an und wandte sich ihrem Sohn zu. «Und du folgst mir augenblicklich, ich muss mit dir reden!»

Sie ließ die zitternde Karola auf dem Flur stehen und stolzierte davon. Christoph folgte ihr stumm und mit gesenktem Kopf.

17

Tereza ließ sich, kaum dass sie die Zimmertür hinter sich geschlossen hatten, von der immer noch am ganzen Körper bebenden Karola in allen Einzelheiten schildern, was geschehen war. Ihren Schützling hielt sie dabei fest im Arm und wiegte ihn beruhigend hin und her.

Karolas Stimme überschlug sich vor lauter Wut: «Es war genauso wie in der Gasse, nur dass die Gasse das Palais war und er nach Wein und nicht nach Schwarzbier stank. Er war wie ein wildes Tier, aber ich glaube, er wollte mich nur erschrecken, denn seine Gier galt allein der Schatulle.»

«Da gibt es nur eines: Ich werde, bis Euer Bräutigam zurückkehrt, hier im Zimmer schlafen und über Euch wachen», versprach Tereza mit finsterem Blick.

«Das ist vernünftig, aber noch vernünftiger ist, wenn du die Schatulle mitnimmst und unter deinem Bett versteckst. Darauf wird keiner kommen», flüsterte Karola listig. Sie fasste unter ihr Bett und überreichte ihrer Magd den Schatz. Tereza verließ daraufhin das Zimmer und kehrte wenig später mit einem großen Bündel unter dem Arm zurück.

«Ich richte mir einen Platz zum Schlafen ein, und wehe, der Spitzbube setzt noch einmal einen Fuß in dieses Gemach, dann prügele ich ihn, bis er nicht mehr gehen kann.» Zur Bekräftigung holte Tereza den Schürhaken vom Ofen und legte ihn neben ihr Lager, das sie sich vor Karolas Bett auf dem Boden bereitete.

Karola musste wider Willen lächeln. Was würde sie nur ohne ihre treue Magd machen?

Als sie beide unter ihren Decken lagen, fragte sie in das Dunkel hinein: «Tereza? Warum tun Männer so etwas?»

Die Antwort war ein lautes Stöhnen.

Karola setzte sich auf und beschloss, nicht eher Ruhe zu geben, bis Tereza ihr die Wahrheit gesagt hatte. «Hat dein Gerbergeselle das auch getan?»

«Mein Gerbergeselle?», fragte Tereza schläfrig.

«Ja, dein Gerbergeselle aus Südböhmen, der nach der Verlobung auf und davon ist?»

«Nein, natürlich nicht. Ich habe den Burschen geliebt und wollte ihn heiraten. Und er mich …»

Dann schwieg Tereza. Karola spürte, dass ihre Magd nicht weiter darüber reden wollte, aber sie hatte genug davon, dass so ein Geheimnis daraus gemacht wurde, was zwischen Mann und Frau vor sich ging.

«Und warum konntest du keinen anderen heiraten, wenn er doch fortgelaufen ist?», fragte Karola hartnäckig nach.

«Ich habe mich ihm mit Leib und Seele hingegeben, weil ich glaubte, er würde mich heiraten.»

«Wie ist das? Wenn man sich mit Leib und Seele hingibt? Was genau hast du getan?», hakte Karola nach. «Nun sag schon!»

«Ich habe ihm nicht nur mein Herz geschenkt, sondern alles, was ich besaß», erwiderte sie stockend.

«Du meinst, du hast ihm deine Jungfernschaft gegeben? Das, was du nur deinem Ehemann geben darfst?», folgerte Karola.

«Glaubt mir, ich wollte es nicht, aber es war ein sommerlicher Tag. Marek war mit mir in den Wald gegangen, weit außerhalb der Stadt. Dort saßen wir beide ganz allein auf einer Lichtung und redeten. Bis Marek mich plötzlich in seine Arme nahm und seine Lippen sanft auf die meinen presste. Und mir war auf einmal, als würde mein ganzer Körper in Flammen stehen …»

Karola spürte, dass ihr Herz zu klopfen begann. Wie bei mir und Matthias, dachte sie. Wie ich es immer noch fühle, sobald ich mir vorstelle, wie sich unsere Lippen aufeinandergepresst und unsere Zungen einander berührt haben … «Bitte, erzähl weiter», bettelte sie aufgeregt.

«… und dann zog er mich hinunter in das noch warme Moos und zeigte mir den Schatz des Mannes.»

«Was für einen Schatz?»

Tereza stöhnte auf, als wäre sie schon viel zu weit gegangen, aber Karola ließ nicht locker: «Ich bin kein kleines Kind mehr! Also, was ist der Schatz eines Mannes?»

«Ihr werdet es noch früh genug erfahren, in Eurer Hochzeitsnacht, aber lasst Euch sagen: Habt keine Angst. Es bereitet mehr Freude als Schmerz.» Zum Schluss hatte die Magd nur noch geflüstert, als hätte sie Sorge, jemand könnte hören, worüber sie sprachen.

«Nun sag schon, was hast du mit dem Gerbergesellen getan?»

«Das Moos wurde zu unserem Ehelager, ich habe ihm alles geschenkt, unsere Körper verschmolzen zu einem … Nun ist es genug!», sagte sie entschieden.

Karola musste mit einem Mal an Matthias' Worte denken, bevor er sich in jener Nacht viel zu früh von ihr verabschiedet hatte. Was hatte er gesagt? *Eure Nähe könnte mich vergessen lassen, dass Ihr noch nicht meine Frau seid.*

«Bitte, nur noch das eine. Warum hast du keinen anderen geheiratet?», fragte Karola zaghaft.

«Er wurde nie wieder in Prag gesehen. Kein anderer Mann hätte mich danach genommen, nun, da ich meine Jungfernschaft an diesen Burschen verloren hatte, aber trotz alledem: Heiratet nur einen Mann, bei dem das Feuer brennt!»

«Und wenn mich noch einmal ein Mann berührt, den ich verabscheue?»

«Dann bringt ihn lieber um, bevor er Euch Eure Jungfernschaft stiehlt», sagte Tereza und fügte kämpferisch hinzu: «Aber keine Angst, bis Ihr verheiratet seid, erledige ich das für Euch. Dieser Nichtsnutz soll es ja nicht wagen, noch einmal einen Fuß in dieses Gemach zu setzen. Und jetzt schlaft.»

Damit war das Gespräch endgültig beendet, doch nach einer Weile fragte Karola leise in die Stille der Nacht hinein: «Tereza? Glaubst du, dass Matthias auch dieses Feuer fühlt?»

Die Antwort war ein Brummen, das in lautes Schnarchen überging.

18

«Du benimmst dich wie ein verblödeter Bauerntölpel, der nichts anderes im Kopf hat als Wein und Weibsbilder. Was hat sie denn bloß an sich, dass du so unbesonnen handelst? Nimm dir deinen Bruder zum Vorbild, der die Angelegenheit mit diesem Frauenzimmer vom Verstand her entscheidet und nicht ... Ach, ich hätte nicht von dir gedacht, dass du in die Schlafkammer der Braut deines Bruders steigen wirst. Ich werde schweigen, aber lass dir gesagt sein, es wird ein schlimmes Ende mit dir nehmen, wenn du dich wie ein Tier benimmst ...»

Christoph saß bereits seit einer halben Ewigkeit auf einem Stuhl im Salon und ließ die Tiraden seiner Mutter klaglos über sich ergehen, doch eben gerade, da war sie entschieden zu weit gegangen. Voller Wut ballte er die Fäuste. Zu behaupten, dass Matthias bei der verdammten Lutheranerin seinen Kopf gebrauchte. Nein, so edel war er nicht. Im Gegenteil! Der konnte wahrscheinlich jenen Tag kaum mehr erwarten, an dem er ihr die Unschuld nehmen würde. Der verdammte Heuchler hatte ihn und seine Mutter in die Irre geführt und stand nun als Retter der Familie da. Das konnte und wollte Christoph nicht auf sich sitzen lassen.

«Und Ihr glaubt wirklich, dass Matthias die Entscheidung, die Lutheranerin zu heiraten, nur getroffen hat, weil er Schaden von der Familie abwenden wollte?», fragte er lauernd.

Maria Sahrenburg sah ihren Sohn strafend an. «Dem Himmel sei Dank. Jeden Tag ergötze ich mich an dem Gedanken, dass sie einen Mann heiraten muss, der sie nicht liebt. Das ist würdelos, glaube mir. Und ich kann auch nicht behaupten, dass ich großes Mitgefühl mit Matthias habe. Ich finde, so eine Vernunftehe passt zu ihm. Er wird sich schnell mit Mätressen trösten. Sie aber wird darunter leiden. Tag für Tag. Stunde um Stunde. Am Anfang wird sie noch glauben, dass es ihr nichts ausmacht, aber dann, wenn sie die Spuren entdeckt, dass seine Leidenschaft einer Hure gehört, wird sie wünschen, diese Ehe niemals eingegangen zu sein. Schade, dass ich ihr Leiden nicht miterleben darf.»

Christoph wunderte sich ein wenig über die Heftigkeit, mit der seine Mutter der Lutheranerin alles erdenklich Schlechte wünschte. Er hatte allen Grund dazu, diese Karola aus tiefstem Herzen zu hassen, aber sie? Gut, sie konnte keinen andersgläubigen Menschen leiden, aber dies war anscheinend mehr als nur ihre übliche Abneigung gegen Protestanten.

Da fiel ihm ein, wie sie sich gebärdet hatte, als sie den richtigen Namen des Mädchens erfahren hatte. War sie da nicht nahezu in einen Wahn verfallen? Gab es vielleicht etwas im Leben seiner Mutter, das er nicht wusste?

«Mutter, warum seid Ihr so außer Euch? Hattet Ihr je etwas mit dem Kusenius zu schaffen?»

Ein Blick in das Gesicht seiner Mutter genügte, um zu erkennen, dass er auf der richtigen Spur war. Ihr Gesicht hatte die Farbe einer gekalkten Wand angenommen. Dabei war die steile Falte auf ihrer Stirn noch tiefer eingekerbt als sonst. Und in ihren Augen funkelte es so wirr, als kämpfte sie gegen Dämonen.

«Mir könnt Ihr getrost die Wahrheit sagen», ermunterte er sie.

Maria Sahrenburg schwieg eine Weile, bevor sie gequält hervorstieß: «Du hast recht. Dir, mein Sohn, kann ich mein Geheimnis ungestraft anvertrauen, aber es ist nicht so einfach, darüber zu sprechen. Ich hatte es so viele Jahre tief in meiner Seele verborgen, aber dieses verdammte Frauenzimmer hat mich daran erinnert, als wäre es gestern gewesen. Schon in dem Augenblick, als sie zur Tür hereinkam, habe ich es gewusst. Ja, ich habe es gewusst! Sie ist ihrer Mutter wie aus dem Gesicht geschnitten!» Sie stockte und rang nach Luft.

Christoph sah seine Mutter gebannt an. Er konnte es kaum erwarten, dass sie weitersprach und ihm ihr Geheimnis enthüllte. Danach erst würde er ihr verraten, was er heimlich beobachtet hatte.

Zögernd fuhr sie fort: «Du weißt, dass meine Eltern, Gott hab sie selig, hier in der Nähe gelebt haben und dass mein Vater Baumeister war?»

Christoph wusste es nicht, aber er nickte trotzdem.

«Zu ihm kam eines Tages ein junger Baumeister, der in Italien gelernt hatte und anbot, Häuser im neuen italienischen Stil zu bauen …»

«Und das war Kusenius?», unterbrach Christoph seine Mutter ungeduldig.

«So warte doch ab. Meinem Vater gefielen diese neuen Formen und Farben, und er ermunterte den jungen Baumeister, den reichen Familien anzubieten, ihnen die Innenräume ihrer Palais zu verzieren, weil er niemanden fand, der so ein Haus haben wollte. Anfangs hat sich keiner getraut, aber nach und nach wollten es alle: ein bisschen Schleifwerk da, eine vergoldete Putte dort …»

Christoph konnte sich vor lauter Ungeduld kaum noch auf seinem Stuhl halten.

«Ich war damals achtzehn, und es war an der Zeit, einen Mann zu finden. Da machte mir Kusenius den Hof. Er war ein stattlicher Mann, und ich dachte, es würde nicht mehr lange dauern, bis er mich fragte, doch dann …» Sie atmete schwer, bevor sie keuchend fortfuhr: «… doch dann sah er *sie*.»

Wen?, hätte Christoph am liebsten gefragt, aber er blieb stumm, denn ihr Anblick erschreckte ihn zutiefst. Seine Mutter weinte. Das erste Mal, seit Christoph denken konnte. Nicht einmal beim Tod seines Vaters hatte sie eine Träne vergossen.

Entschieden wischte sie sich die Tränen aus den Augen.

Ihre fest zusammengepressten Lippen zitterten immer noch. Schließlich sprach sie weiter: «Sie hat mir alles genommen. Von Anfang an. Von dem Tag an, an dem meine Eltern sie nach dem Tod ihrer Eltern – unsere Väter waren alte Freunde – in die Familie aufgenommen hatten. Eine Fremde. Wie ihr eigenes Kind.» Sie lachte höhnisch auf. «Alle liebten sie. Es verging kein Tag, an dem sie mir nicht als Vorbild vorgehalten wurde. *Schau, wie anmutig Anna sich bewegt! Sieh her, wie liebreizend sie ihr Haar trägt!* Ich hasste sie! *Sie ist deine Schwester*, wurde mir ständig gesagt, aber sie war nur eines: meine Feindin! Eines Tages gab es ein Fest in unserem Haus. Man sagte mir, es sei eine Überraschung. Meine Eltern strahlten vor Glück. Friedrich Kusenius und Anna hatten sich ihr Eheversprechen gegeben. Ich schrie auf und weinte unaufhörlich. Schließlich stellte ich meine Eltern vor die Wahl: sie oder ich! Eine von uns beiden musste das Haus auf der Stelle verlassen. Ich war ihre Tochter, also warfen sie Anna aus dem Haus. Die Entscheidung fiel ihnen mit Sicherheit sehr schwer. Ich glaube, sie haben sie nie wieder gesehen. Ich auch nicht. Mir ist zu Ohren gekommen, dass sie von einem Lutheraner getraut wurden und dann hinüber in die Altstadt gingen. Ich habe ihr, ihm und ihren Kindern ewige Verdammnis gewünscht. Und immer, wenn ich jemanden traf, der Kusenius beschäftigen wollte, habe ich das zu verhindern versucht. Lange Zeit ohne Erfolg, aber als den Protestanten endlich ein schärferer Wind ins Gesicht blies, hat sich so mancher bei mir für diesen Rat bedankt. Denk doch nur an den Grafen Hohenberg, der ständig sein Palais ausbauen ließ. Der hat bestimmt nicht gern auf die Dienste des Baumeisters verzichtet, aber er hat sich gefügt. Ja, das waren noch Zeiten, in denen die unverschämten Protestanten in die Schranken verwiesen wurden …» Erschöpft hielt sie inne. «Jetzt weißt du, woher ich Kusenius kenne», fügte sie leise hinzu.

«Und jene Anna ist Karolas Mutter?», fragte Christoph fassungslos.

Sie nickte. «Vielleicht kannst du jetzt verstehen, dass ich ihr diese freudlose Ehe mit Matthias von Herzen wünsche, damit es ihr nicht besser geht als …» Maria Sahrenburg hielt sich erschrocken die Hand vor den Mund, doch da war es schon zu spät.

Christoph hatte sie sehr wohl verstanden. «Du hast *ihn* geliebt und nicht meinen Vater!»

«Und dein Vater hat Matthias' Mutter geliebt!» Sie lehnte sich erschöpft zurück. «Nun, sprich! Sag etwas! Sag, dass ich nicht bei Sinnen bin. Das denkst du doch, oder?»

Christoph kaute nervös auf seiner Unterlippe herum. Er überlegte hin und her, ob er es wirklich riskieren sollte, seiner Mutter in diesem Augenblick die Wahrheit über Matthias und die Lutheranerin zu offenbaren. Nicht dass diese Nachricht sie endgültig um den Verstand brachte. Andererseits war es seine Pflicht, ihr reinen Wein einzuschenken und nicht tatenlos zuzusehen, wie eine Tochter dieser verhassten Anna den Stiefsohn seiner Mutter zum Manne nahm …

«Du würdest Annas Blag also nicht wünschen, dass sie den Mann heiratet, für den ihr Herz schlägt?» Seine Stimme hatte einen einschmeichelnden Klang.

«Warum fragst du das? Nein, sie soll in der Hölle schmoren! Sie soll das erleiden, was ich an der Seite deines Vaters erleiden musste, weil ihr Vater mich verschmäht hat …» Wieder hielt sich Maria Sahrenburg erschrocken die Hand vor den Mund. Es war nicht recht, ihrem Sohn zu erzählen, dass sein Vater sich Huren genommen hatte. «Bitte verzeih mir, dein Vater und ich haben eine gute, eine wirklich gute Ehe geführt», stammelte sie entschuldigend, aber Christoph hörte ihr gar nicht mehr zu.

Er sah seine Mutter durchdringend an. «Dann müssen wir

verhindern, dass sie Matthias zum Manne nimmt!» Er hoffte, seine Mutter würde ihn sogleich verstehen, aber sie fragte ahnungslos: «Was willst du mir damit sagen? Matthias ist dieses Weib gleichgültig …»

Christoph schüttelte mit dem Kopf.

Maria Sahrenburg stockte und sah ihren Sohn mit schreckensweiten Augen an. «Christoph, sprich! Warum muss ich diese Ehe verhindern?»

Christoph holte tief Luft und berichtete seiner Mutter in allen Einzelheiten, was er mit eigenen Augen gesehen hatte in jener Nacht, bevor Matthias nach Wien geritten war.

Als er seinen Bericht beendet hatte, raunte Maria: «Diese Ehe wird es nicht geben. Niemals!» Sie war noch weißer im Gesicht als sonst, und ihre Augen quollen hervor, als ob sie gleich aus ihren Höhlen springen würden.

«Wie wollt Ihr das verhindern, Mutter?»

«Vertrau mir! Ein guter Freund ist mir noch einen Gefallen schuldig. Sie wird ihn nicht heiraten. Sie wird stattdessen in der Hölle schmoren!», antwortete Maria Sahrenburg gefährlich ruhig.

19

Karola fühlte sich am Morgen leicht und beschwingt. Sie war in Gedanken an Matthias eingeschlafen und voller Sehnsucht nach ihm aufgewacht. Christoph mit seinem stinkenden Atem hatte sie schon fast wieder vergessen. Mit Tereza im Zimmer fühlte sich die junge Braut sicher. Sie reckte und streckte sich wohlig und rief nach Tereza, aber die war wohl schon unten in der Küche, um ihr einen Becher Milch mit Honig zu holen. Im Nachtgewand und mit bloßen Füßen lief Karola zum

Fenster, riss die Flügel weit auf und atmete die für den Monat Mai ungewöhnlich kühle Luft ein. Sie nahm sich fest vor, Tereza heute auf die Märkte zu begleiten. Sie wollte sich gerade ankleiden, als es an ihrer Tür klopfte.

Zögernd rief sie: «Tretet ein!», und spürte sogleich ein ungutes Gefühl im Magen. Das verstärkte sich, als Maria Sahrenburg das Zimmer betrat.

«Hast du gut geruht?», fragte sie eine Spur zu freundlich und fügte hastig hinzu: «Ich komme, um dich um Verzeihung zu bitten für das Verhalten meines Sohnes. Dergleichen wird nicht mehr vorkommen unter meinem Dach. Es bleibt dir unbenommen, es deinem Bräutigam zu berichten …»

«Nein!», unterbrach Karola sie entschieden. «Es ist ja nichts geschehen, außer dass er mich sehr erschreckt hat. Ich denke, das würde den Zwist unter den Brüdern nur unnötig schüren. Darf ich sicher sein, dass er mein Zimmer nicht mehr ungebeten betreten wird?»

«O ja, das darf ich dir versichern. Dass du weiterhin zusammen mit ihm unter einem Dach lebst, ist bestimmt nicht zu deinem Nutzen. Ich glaube, es ist besser für dich, wenn du an einem anderen Ort zur Ruhe kommst.»

«An einem anderen Ort?», wiederholte Karola und schöpfte Hoffnung, dass man sie vielleicht hinüber zu ihrem Haus bringen würde.

«Ja, im Kloster. Dort bist du sicher vor den Nachstellungen meines Sohnes», erwiderte Maria Sahrenburg schnell.

Welches Kloster? Karolas Knie wurden weich. Sie konnte die Gefahr riechen, wenngleich die Alte in einem betont mütterlichen Ton zu ihr sprach. «Was für ein Kloster?», fragte sie mit belegter Stimme.

«Wir werden dich in Obhut der Schwestern des Klosters Chotesov bei Pilsen geben und …»

«Nein!», unterbrach Karola sie heftig. «Nein, ich warte hier auf meinen Bräutigam! Ich rühre mich nicht von der Stelle …»

«Einer muss dich ja im rechten Glauben unterweisen. Dass wir dich in die Obhut des guten Lobowitz geben, entspricht ja nicht Matthias' Willen, wie du behauptest. Und ich selbst fühle mich überfordert, dich zu unterrichten. Ich bin kein allzu geduldiger Mensch», entgegnete Maria Sahrenburg scharf, doch dann wurde ihr Ton sofort wieder geschmeidiger: «Du wirst dich doch nicht den Anweisungen deines Bräutigams widersetzen wollen?»

Karola war so überrascht, dass sich ihr Gesicht selbst bei der bloßen Erwähnung seines Namens aufhellte. «Was hat Matthias damit zu tun?»

«Er hat mir einen Brief geschickt und mich gebeten, man möge dich in das Kloster schicken, wo er dich dann abholen und hierher zur Hochzeit bringen wird, bevor ihr gemeinsam nach Wien geht. Er ist der Meinung, dort würde man dich am besten in deinem neuen Glauben unterweisen können.»

«Dann wird mir sein Wunsch Befehl sein», erwiderte Karola. Sie war so froh, nicht länger unter diesem Dach leben zu müssen, dass sie völlig vergaß, Vorsicht walten zu lassen. Sie strahlte über das ganze Gesicht, obwohl es sie verwunderte, dass Matthias seiner Mutter einen Brief geschrieben und ihr nicht wenigstens einen kleinen Gruß gesandt hatte.

«Dann pack ein paar Sachen ein und kleide dich zur Reise an. Der Kutscher wird gleich vorfahren.»

Karola erwiderte aufgeregt: «Gleich? Aber ich muss doch erst meine Reisetruhe packen und …»

«Nein, das ist nicht nötig. Im Kloster brauchst du wenig Kleidung. Deine Truhe nimmst du mit, wenn ihr nach der Hochzeit von hier aus nach Wien reist. Ich lasse dir inzwischen ein Gewand zur Hochzeit anfertigen.»

«Das braucht Ihr nicht», entgegnete Karola. Sie war fast ein wenig beschämt durch die unverhoffte Großzügigkeit ihrer zukünftigen Schwiegermutter. Vielleicht meint sie es dieses Mal wirklich gut mit mir, dachte sie und eilte voller Glück, dass sie dieses schreckliche Haus endlich mit Matthias' Segen verlassen durfte, zu ihrer Kiste und holte ein Blatt Papier hervor, auf dem sie gestern erst ihr Hochzeitskleid fertig gezeichnet hatte. Sie hatte mit dem Rötelstift angedeutet, welche Farbe es haben würde. Rot!

«Seht her! Das wird Tereza für mich zu einem Kleidermacher bringen», verriet sie arglos und hielt Maria Sahrenburg die Zeichnung hin.

Täuschte sie sich, oder verfinsterte sich der Blick der Frau, die ihr eben noch so zugewandt erschienen war?

Dieser Blick brachte Karola unverzüglich ins Bewusstsein zurück, dass sie gerade dabei war, einen großen Fehler zu begehen und sämtlichen Argwohn fallen zu lassen. Es würde an ein Wunder grenzen, wenn Maria Sahrenburg es wirklich so gut mir ihr meinte, wie sie vorgab.

Karola wandte sich deshalb hastig von ihr ab und wollte den Entwurf wieder zurücklegen. «Ich werde ihn gleich Tereza geben», murmelte sie, doch da sagte Maria Sahrenburg bereits in einem Ton, der keinen Widerspruch duldete: «Gib her, denn deine Magd ist zum Markt gegangen, und sie wird erst zurückkommen, wenn du nicht mehr da bist.»

Fordernd streckte sie ihre knochige Hand aus. Karola verspürte einen starken Widerwillen, den Entwurf in die Hände der Alten zu geben, aber was sollte sie tun? Während sie noch mit sich kämpfte, riss Maria Sahrenburg ihr die Zeichnung ungefragt aus den Fingern und eilte wortlos hinaus.

20

Karola hatte so ein merkwürdiges Gefühl, als der Wagen vorfuhr, ein einfacher Einspänner ohne Verdeck – und der einzige Platz war neben dem Kutscher. Der Kutscher trug einen braunen Mantel mit einer Kapuze, die er dermaßen tief ins Gesicht gezogen hatte, dass man seine Züge nicht erkennen konnte. War er jung, war er alt? Karola versuchte, ihre ängstlichen Gedanken zu verdrängen. Wenn alles gutging, würde sie bei den Nonnen in Ruhe leben, bis Matthias sie abholte.

Maria Sahrenburg brachte sie zur Kutsche. Karola entging keineswegs der scheele Blick, den die Alte auf ihre prallgefüllte Geldkatze warf. Karola hatte zur Sicherheit einige Taler aus der Schatulle genommen, auch wenn sie diese vielleicht gar nicht brauchte auf ihrer Reise zum Kloster.

Karola meinte Erleichterung in den Augen ihrer zukünftigen Schwiegermutter zu lesen, als sie endlich neben dem Kutscher Platz genommen hatte.

«Sagt mir nur noch eines. Welchen Tag haben wir heute?», fragte sie zum Abschied aufgeregt.

«Warum fragst du danach?», entgegnete Maria Sahrenburg unfreundlich.

«Damit ich die Tage zählen kann, bis er mich abholt!»

«Es ist der dreiundzwanzigste Mai», sagte die Alte und zum Kutscher gewandt: «Ihr könnt fahren. Worauf wartet Ihr noch?»

Die Kutsche setzte sich rumpelnd in Bewegung.

Karola hatte die aufkeimende Angst für einige Augenblicke verdrängt, nun kroch sie wieder in ihr hoch. Sosehr sie auch daran glauben wollte, dass alles mit Matthias' Einverständnis geschah, vor dem Verlassen des Hauses hatte sie noch schnell über ein besseres Versteck für ihre Schatulle nachgedacht. Matthias' Warnung war ihr nicht aus dem Sinn gegangen. Dort, wo sie jetzt lag, war es am sichersten. Nun wartete der Schatz ihrer Mutter unter Terezas Bett auf ihre Rückkehr. Ach, die gute Tereza! Wie schade, dass ich mich nicht mehr von ihr verabschieden konnte, dachte Karola bedauernd. Wahrscheinlich wird es ihr das Herz brechen, wenn sie erfährt, dass ich schon fort bin. Ich muss ihr gleich nach meiner Ankunft eine Nachricht zukommen lassen.

Dieser Gedanke beruhigte Karola ein wenig. Doch der Blick auf den stummen Kutscher machte dieses Gefühl sogleich wieder zunichte. Eingeschüchtert saß sie da und verfolgte das lebhafte Treiben in den Gassen der Stadt. Händler waren mit ihren Karren unterwegs, dazwischen feingekleidete Herrschaften und ganz im Unterschied zur Altstadt, die einmal ihre Heimat gewesen war, viel weniger Bettler. Plötzlich flatterte ein Blatt Papier vor ihr im Wind und landete direkt auf ihrem Schoss. Der Kutscher musste es auch gesehen haben, aber er starrte weiter nach vorn, als wäre nichts gewesen. Karola nahm die Flugschrift in die Hand und zog ihren Mantel enger um sich. Es war bitterkalt an diesem Tag.

Ihr Blick fiel auf die Überschrift. Es war eine Warnung an den böhmischen König Ferdinand, nicht gegen den Majestätsbrief zu verstoßen. Darunter waren ein Adler und der böhmische Löwe abgebildet, die einander kampfbereit gegenüberstanden. Karola wollte gerade den Text lesen, als der Kutscher ihr die Flugschrift wortlos aus der Hand riss, einen flüchtigen Blick darauf warf und sie dann zu Boden fallen ließ. Karola wollte protestieren, aber eine innere Stimme warnte sie. Der Kutscher war ihr mehr als unheimlich.

Also schwieg sie und vertiefte sich in den Anblick der Bauten, an denen sie vorbeifuhren. Ein Palais war prächtiger als das andere. Zum ersten Mal spürte sie so etwas wie Traurigkeit, dass sie diese Stadt, in der sie geboren und aufgewachsen war, bald für immer würde verlassen müssen.

Sie näherten sich gerade dem Sankt-Rochus-Tor, als der Kutscher unvermittelt anhielt. Wahrscheinlich, um sein Pferd vor der langen Reise noch einmal an die Tränke zu lassen, mutmaßte Karola. Sie beobachtete den Mann, wie er vom Bock stieg und auf ein Haus zuging. Für einen Augenblick schob er seine Kapuze vom Kopf, und sie konnte das Gesicht eines Mannes in den besten Jahren erkennen. Etwas in diesem Gesicht beunruhigte sie sehr, aber was? Plötzlich spürte sie, wie ihr ein Frösteln vom Nacken durch den ganzen Körper in die Beine rieselte. Gut, es war kalt an diesem Tag, aber diese Kälte kam aus ihrem Innersten. Und plötzlich wusste sie, was es war. Das Mal! Das schwarze Mal an seiner Wange. Es leuchtete wie ein Fanal des Bösen aus seinem wachsweißen Gesicht hervor.

21

Kaum war Maria Sahrenburg wieder zurück im Haus, da ließ sie ihren Sohn zu sich rufen. Sie zitterte vor innerer Erregung bei dem Gedanken, das Mädchen für den Rest seines Lebens hinter dicken Mauern zu wissen, im Kloster, wo es sich nur mit einem Einzigen vermählen durfte: mit Christus!

«Du hattest recht!», flüsterte sie, während sie ihm den Entwurf des Hochzeitskleides zeigte. «Die junge Braut konnte es gar nicht mehr erwarten, im Bett meines Stiefsohnes zu liegen!»

Er warf einen spöttischen Blick auf die Zeichnung. «Dann bleibt nur noch zu hoffen, dass sie es niemals tragen wird.»

«Dieses Kleid wird es gar nicht erst geben!», erwiderte seine Mutter scharf. Sie nahm die Zeichnung wieder an sich, riss sie in der Mitte durch, ließ die Hälften zu Boden gleiten und trat genüsslich mit dem Schuh darauf herum.

«Aber wenn sie es vermisst?», gab Christoph zu bedenken, dem das Treiben seiner Mutter nicht ganz geheuer war.

«Sie wird nichts mehr vermissen!» Während Maria Sahrenburg das sagte, überschlug sich ihre Stimme vor lauter Erregung, sodass Christoph es mit der Angst bekam.

«Mutter bitte, mir scheint, Ihr verliert den Verstand.»

«O nein, mein Sohn, ich bin klarer denn je. Mein Freund Lobowitz wird sich der Angelegenheit ganz in unserem Sinne annehmen.»

«Er ist Euch ergeben, das weiß ich, aber ich glaube nicht, dass er für Euch ein Unrecht begehen wird», erwiderte Christoph skeptisch.

«Er würde alles tun, um als Gelehrter am Jesuitenkolleg unterzukommen, aber das wird ihm nur gelingen, wenn er ein Leben in Keuschheit führt und darin ein leuchtendes Vorbild ist.»

«Wenn nicht Lobowitz, wer dann?»

«Auch der, der reinen Glaubens ist, kann der Sünde nicht immer widerstehen.»

«Ihr sprecht in Rätseln.»

«So? Und wenn ich dir sage, dass ich, als ich ihn einst in einer Angelegenheit des Glaubens aufsuchte, mit ansehen musste, wie er in einer dunklen Ecke mit einer Schwester der Benediktinerinnen von Sankt Georg kopulierte?»

«Lobowitz? Mit einer Nonne?»

«Ich wusste, dass sich mein Schweigen eines Tages bezahlt machen würde. Glaubst du mir jetzt, dass er mir jeden Dienst erweist? Mehr möchte ich allerdings nicht verraten. Ich habe schon viel zu viel preisgegeben. Je weniger du weißt, desto besser für dich. Nur so viel: Wir werden diese Kusenius niemals wiedersehen.»

Christoph nickte schwach und versicherte seiner Mutter, dass er ihr grenzenlos vertraute, aber dann fügte er nachdenklich hinzu: «Meint Ihr nicht, dass Ihr übertreibt, liebe Mutter?»

Maria Sahrenburg sah ihren Liebling missbilligend an. «Das aus deinem Munde? Solange die Gefahr besteht, dass sie wieder auftaucht, bist du deines Lebens nicht sicher. Du hast sie um ihr Haus gebracht, du hast sie nächtens überfallen. Für dich ist es von großem Vorteil, wenn sie nie wieder zurückkehrt. Oder willst du mir etwa weismachen, dass die ganze Sache mit dem Würfelspiel rechtens war? Ich habe diesen Kusenius mehr als alles auf der Welt gehasst, aber ich weiß, dass er Annas Tochter niemals in die Hände eines fremden Spielers getrieben hätte.»

«Mutter, es war so, dass …», wollte er zu seiner Verteidigung vorbringen, aber sie sagte nur barsch: «Schweig! Ich will es nicht wissen, aber lass mich zu Ende bringen, was ich zu tun habe. Ich werde an ihrer Tochter vollenden, was ich ihr selber gern angetan hätte. Selbst dass Anna tot ist, gibt mir keinen Seelenfrieden. Ihre Brut soll auf ewig verdammt sein. Diese Karola soll sich vom heutigen Tag an wünschen, nie geboren zu sein. Und ich schwöre dir: Das wird sie. Was für keusche Mädchen die Erfüllung auf Erden ist, wird für dieses Geschöpf, das sich mit Körper und Seele nach einem Mann aus Fleisch und Blut sehnt, eine ewige Qual werden. Und weil ich mich jeden Tag an diesem Gedanken ergötzen werde, kann ich wieder ruhig schlafen. Verstehst du?»

Christoph schluckte. Ihr perfider Plan machte ihm Angst. Er fürchtete, ihr Hass würde ihr langsam, aber sicher den Verstand rauben, doch er hütete sich davor, ihr noch einmal zu widersprechen. Und wenn er es sich recht überlegte, war es wirklich besser, dass diese Person auf Nimmerwiedersehen verschwand. Und noch besser war, dass er nichts damit zu schaffen hatte.

22

Karola zitterte bei dem Anblick des schwarzen Mals so sehr, dass sie keinen klaren Gedanken mehr fassen konnte. Wenn dieser Mann der Jesuit Lobowitz war, weshalb trat er ihr nicht offen gegenüber, sondern versteckte sich unter dem Umhang eines Kutschers? Was es auch immer zu bedeuten hatte, eines war gewiss: Sie war diesem Mann, der selbst von den Seinen mit Skepsis beäugt wurde, hilflos ausgeliefert. Und hatten Pater Markus und sogar Matthias sie nicht eindringlich vor ihm gewarnt? Karola fuhr ein lähmender Schrecken durch Mark und Bein. Dieser Mann war ein enger Vertrauter von Maria Sahrenburg, die sie lieber heute als morgen loswerden wollte. Und wenn er sie nun tatsächlich ohne Matthias' Wissen in ein Kloster brachte? Eine innere Stimme warnte sie davor, sich in die Hände dieses Mannes zu begeben. Noch befanden sie sich innerhalb der sicheren Stadtmauern. Ihr Mund war derart trocken, dass sie nicht einmal würde schreien können, wenn er jetzt zurückkäme und mit ihr zum Stadttor hinausfahren würde. Aber sie hatte Glück, er verschwand, ohne einen Blick zurückzuwerfen, hinter einem Haus.

Er fühlt sich sicher, durchfuhr es Karola, und sie rutschte mit klopfendem Herzen von ihrem Sitz. Als sie festen Boden unter den Füßen hatte, zitterten ihre Beine so sehr, dass sie fürchtete, sie würde keinen Schritt machen können, doch sie sprach sich Mut zu: «Lauf, Karola, lauf um dein Leben!» Das half, denn sie schaffte es, einen Fuß vor den anderen zu setzen. Erst langsam, dann immer schneller, bis sie in eine Gasse einbog, die voller Menschen war. Immer wieder drehte sie sich um, aus Angst, er könnte ihre Flucht schon bemerkt haben und sie zu Fuß verfolgen, aber «das schwarze Mal», wie sie ihn in Gedanken nannte, war nirgendwo zu sehen.

Völlig außer Atem erreichte Karola Kusenius schließlich

einen Platz, auf dem sich eine große Menschenmenge versammelt hatte. Jetzt erst erkannte sie, wo sie war. Es war der Platz vor dem Kleinseitner Rathaus. Hierher hatte sie früher einmal ihren Vater begleitet, doch was gab es an diesem Tag so Spannendes zu sehen? Spielten dort vorne etwa Gaukler auf? Vorsichtig drängelte sie sich durch die Menge, bis sie ganz vorne angekommen war, aber dort konnte sie nur einen einzelnen Mann erkennen, der auf einem Fass stand, Reden schwang und dabei wild mit den Armen gestikulierte. Noch konnte sie nicht hören, was er sagte, doch dann kamen vereinzelte Wörter bei ihr an. Er sprach böhmisch. Da sie früher im Alltag vorwiegend die Sprache ihrer Mutter gesprochen hatten, beherrschte sie diese ebenso perfekt wie die Sprache ihres Vaters, und so verstand sie schließlich jedes Wort.

Die Stimme des Mannes überschlug sich ein paar Mal vor Aufregung, während er davon berichtete, dass man oben auf der Burg zwei kaiserliche Statthalter aus einem Fenster in den Tod geworfen hätte. Ein Raunen ging durch die Menge, doch da rief ein edelgekleideter Mann: «Die Kaiserlichen sind gar nicht tot. Sie haben den Sturz überlebt! Man hat ihnen noch ein paar Schüsse hinterhergeschickt, aber sie sind im Zickzack fortgerannt wie die Hasen. Ich habe es mit eigenen Augen gesehen.»

«Wahrscheinlich sind sie in einem Misthaufen gelandet statt im Burggraben!», höhnte jemand in Karolas Nähe.

«Sagt das nicht noch einmal!», brüllte daraufhin ein anderer wütend, stürzte sich auf den Mann und schrie: «Das war eine göttliche Fügung! Die himmlischen Heerscharen waren mit ihnen und haben sie vor den Unchristen geschützt!»

Schon wälzten sich die beiden Streithähne im Dreck. Im Nu hatten sich etliche andere Männer dazugesellt und rauften miteinander. Ein reicher Bürger versuchte, den Streit zu schlichten, aber er wurde von den anderen niedergebrüllt.

«Es geht nicht gegen den Kaiser, sondern nur gegen die, die ihn gegen uns Protestanten beeinflussen», gab er mit heisergeschriener Stimme zu bedenken, aber da stürzte sich bereits ein anderer edelgewandeter Mann auf ihn, riss ihn zu Boden und brüllte: «Du musst dich entscheiden. Habsburger oder Mörder!»

«Sie sind spurlos verschwunden! Das ist Gottes Fügung!», schrie wieder ein anderer, und ein weiterer rief in die Runde: «Das ist kein Wunder. Die Feiglinge sind bestimmt unter die katholischen Röcke von Frau Polyxenia geflüchtet!» Auch diese beiden Männer ließen die Fäuste sprechen.

So gern Karola mehr darüber erfahren hätte, was dort oben auf der Burg wirklich geschehen war, sie wandte den Blick von den sich prügelnden Männern ab und lief hastig weiter. Ihr war plötzlich unwohl inmitten all dieser fremden Menschen. Die Stimmung war aufgeheizt, und außerdem fürchtete sie, dass Lobowitz doch noch von irgendwoher kommen und sie greifen würde. Sie versuchte, einen klaren Gedanken zu fassen. Wo sollte sie hin? Zurück in das Palais der Sahrenburgs? Und wenn dieser Jesuit auf Maria Sahrenburgs Geheiß handelte?

In diesem Augenblick drehte sie sich um und erstarrte. Das schwarze Mal! Sie sah Lobowitz direkt ins Gesicht. Er verzog keine Miene und kam ganz langsam auf sie zu. Er trug keinen Kutschermantel mehr, sondern eine schwarze Soutane.

Da ertönte aus der Menschenmenge hinter ihr ein lauter Schrei: «Werft die Jesuiten aus der Stadt. Hinaus mit ihnen!»

In Lobowitz' Gesicht zuckte es leicht, aber er zögerte nicht und versuchte Karola am Arm zu packen. Da hörte sie sich selber so laut schreien, wie sie nur konnte. «Hier ist einer von ihnen. Helft! Ein Jesuit!»

Daraufhin drehten sich Dutzende Menschen mit erhitzten Gesichtern um und gingen drohend auf Lobowitz zu. Der ließ Karola auf der Stelle los und verschwand eilig in der Menge.

Karola musste erst einmal ihr klopfendes Herz wieder beruhigen, bevor sie ihren Weg fortsetzen konnte. Sie war sich fast sicher, er würde es nicht wagen, sich ihr noch einmal zu nähern, solange sie sich inmitten der aufgewühlten Menge verbarg. Doch wohin sollte sie gehen? Sie wusste ja nicht einmal, welche Richtung sie einschlagen sollte. Auf der Kleinseite kannte sie ja nur wenige markante Gebäude: das Palais der Sahrenburgs mit den umliegenden Gassen und Märkten, das Palais von Hohenberg, die Kirche Sankt Thomas, zu der sie mit Maria Sahrenburg am Ostertag zu Fuß gegangen war, und die protestantische Kirche der Heiligen Dreifaltigkeit. Sie wusste nicht einmal, ob sie sich vom Markt aus nach Norden oder nach Süden bewegen sollte. Sie entschied sich, erst einmal in einer der belebten Gassen zu bleiben, denn ihre Angst, dass hinter einer der dunklen Ecken Lobowitz auf sie lauerte, war noch immer nicht verschwunden.

Karola folgte der Gasse eine ganze Weile, bis sie plötzlich die Moldau vor sich in der Sonne glitzern sah. Das Palais der Sahrenburgs würde sie von hier aus finden, denn zur Linken konnte sie in der Ferne die Karlsbrücke erkennen. Dort in der Nähe musste es sein, aber in das Palais zurückzukehren schien ihr die denkbar schlechteste Lösung zu sein. Vielleicht wartete Lobowitz dort bereits auf sie …

23

Karola blieb ratlos stehen und überlegte fieberhaft. Prüfend sah sie noch einmal von links nach rechts und entschied sich schließlich, doch lieber den Weg durch den Kern der Stadt in Richtung Karlsbrücke einzuschlagen und nicht den am Ufer der Moldau entlang. Sie war erst ein paar Schritte gegangen, als ein altes Hutzelweib an ihren Röcken zupfte. «Möchtet Ihr in die Zukunft sehen, schönes Kind?», fragte sie mit knarrender, brüchiger Stimme. Karola schüttelte heftig den Kopf, aber die Alte ließ ihre Röcke nicht los. «Aber es kann Euer Leben retten», ächzte sie. Karola glaubte, sie wolle nur Geld, griff in ihren Beutel und gab der Alten einen Groschen.

Karola wollte weitereilen, aber das alte Weib hielt sie immer noch am Rock fest. Voller Verachtung spuckte sie auf den Boden und krächzte mit ihrer schnarrenden Stimme: «Ich will Euer Geld nicht. Ich habe Euch etwas Wichtiges zu sagen. Es war mir wie eine Erscheinung, als ich eben an Euch vorübereilen wollte. Der Tod ist Euch auf den Fersen. In vielerlei Gestalt. Also seht Euch vor, dass er Euch nicht einholt.»

Endlich ließ die Alte Karolas Rock los, biss auf den Groschen, steckte ihn hastig ein und humpelte von dannen. Karola blieb regungslos stehen. Sie wollte nicht an solchen Zauber glauben, aber dennoch ängstigten sie die Worte der Alten. Nachdenklich ging sie weiter.

Überall auf ihrem Weg traf sie auf Menschen, die aufgeregt miteinander sprachen und dabei wild gestikulierten. Was sie auch immer an Wortfetzen aufschnappte, es ging ausschließlich um die beiden kaiserlichen Beamten, die aus dem Fenster gestoßen worden waren. «Das lässt sich Kaiser Matthias nicht gefallen. Das gibt Krieg!», rief gerade ein Fischhändler seinen Kunden in böhmischer Sprache zu, woraufhin einer seiner Kunden zurückbrüllte: «Sie sind zu weit gegangen!» Das wiederum veranlasste einen Dritten zu Hohngelächter und den Worten: «Das ist erst der Anfang. Wir werden die Habsburger aus der Stadt vertreiben, und dann werden wir ihre Kirchen zerstören, wie sie es mit unseren gemacht haben, und ihr Vermögen werden wir einziehen. Wir werden in ihren Prachtbauten wohnen!» Daraufhin schrie ein anderer: «Die Urteile gegen Martinitz und Slavata sind willkürlich. Ein Verbrechen!

Sie haben nichts Unrechtes getan. Aus dem Fenster! Das ist unmenschlich!» Der Disput endete in einem Tumult, aber Karola hörte es nur noch aus der Ferne.

Sie traute sich nicht, stehen zu bleiben, wenngleich ihre Sorge schwand, dass Lobowitz sie aus einem Hinterhalt überfallen würde. Sie war inzwischen kreuz und quer durch die Gassen gelaufen, und außerdem schrien immer mehr Menschen: «Treibt die Jesuiten aus der Stadt!»

Während Karola sich weiter durch die aufgebrachte Menschenmenge in Richtung Karlsbrücke schob, fiel ihr plötzlich das Gespräch im Hause Sahrenburg am Abend vor Matthias' Abreise nach Wien ein, und sie fragte sich: Wer waren diese Herren, die sich getraut hatten, gegen den Kaiser aufzubegehren? Waren es die böhmischen Adeligen mit ihrem Anführer Graf von Thurn gewesen? Würde man die Protestanten jetzt nicht noch mehr verfolgen als zuvor?

«Stellt Euch vor, sie haben sogar einen kaiserlichen Schreiber hinterhergeworfen!», hörte sie im Vorübergehen. «Das gibt Krieg!»

Unvermittelt gelangte Karola in eine ruhigere Gasse, und sie fand sich vor einer Kirche wieder, die ihr sehr bekannt vorkam. Es war die erst vor ein paar Jahren errichtete Kirche der Heiligen Dreifaltigkeit, in die sie ein paar Mal mit ihrem Vater zur Predigt gegangen war. In einer protestantischen Kirche bin ich bestimmt sicher, dachte Karola und betrat das Gotteshaus. Wie anders es hier drinnen doch aussieht als in jener Kirche, die ich mit Maria Sahrenburg zu Ostern besucht habe. Der Altar der Kirche war schlicht und schmucklos, und an den weißgekalkten Wänden gab es nur ein paar wenige Bilder. Mit einem Mal fühlte sie sich geborgen. Endlich hatte sie etwas Vertrautes wiedergefunden. Eilig durchschritt Karola das Kirchenschiff und setzte sich erschöpft in die erste Reihe der einfachen hölzernen Bänke.

Sie wollte sich gerade in ein Gebet vertiefen, als sie hinter sich ein angeregtes Flüstern vernahm. Erschrocken drehte sie sich um. Ob das schwarze Mal sie sogar bis hierher verfolgt hatte? Doch statt in das verschlagene Gesicht des Jesuiten blickte sie in die freundlichen Gesichter zweier junger Männer, die sich zum Verwechseln ähnlich sahen. Der eine trug über seiner normalen Kleidung eine schwarze ärmellose Soutane. Er lächelte sie entschuldigend an. «Verzeiht, dass wir Euch mit unserem Geschwätz gestört haben, aber mein Bruder kommt gerade von einer langen Studienreise zurück, und ich treffe ihn nach Jahren der Abwesenheit zum ersten Mal wieder. Es gibt so viele Neuigkeiten zu berichten, aber wir werden unser Wiedersehen woanders fortsetzen», flüsterte er.

Die beiden jungen Männer standen von ihrer Bank auf und schlichen nach draußen. Karola musste unwillkürlich lächeln, obwohl ihr Herz doch eigentlich so unendlich schwer war. Sie betete zu Gott, er möge sie bald wohlbehalten in Matthias' Arme sinken lassen. Sie fühlte sich ein wenig getröstet, doch als sie die Kirche verließ, breitete sich sofort wieder diese lähmende Angst in ihr aus. Sie wusste noch immer nicht, wohin sie gehen sollte. Vielleicht ist es ratsam, einen Prediger um Rat zu bitten, überlegte sie, als sie die beiden jungen Männer erblickte. Sie waren immer noch in ein angeregtes Gespräch vertieft. Sie redeten sehr schnell und dazu in böhmischer Sprache mit einem Zungenschlag, den sie von zu Hause nicht kannte. Karola hatte zunächst Mühe, ihrem Gespräch zu folgen, aber nach ein paar Sätzen verstand sie jedes Wort.

«Vater ist unduldsam geworden gegenüber seinen Glaubensbrüdern. Er ist der Meinung, wir müssten die Habsburger endlich zum Teufel schicken. Jetzt will er sogar zum Calvinismus übertreten», sagte derjenige der beiden Brüder, der sie in der Kirche angesprochen hatte, voller Besorgnis in der Stimme.

«Ist er immer noch so voller Gram? Ich würde wirklich

gerne wissen, wohin das noch …» Der andere unterbrach sich hastig und starrte Karola an.

«Sucht Ihr etwas?», fragte er höflich.

«Ja, den Prediger», antwortete Karola zögernd.

Der Bruder in der Soutane schenkte ihr ein ermunterndes Lächeln. «Welchen wollt Ihr denn? Unter dem Dach dieser Kirche predigen einige. Es gibt einen Lutherischen, einen Böhmischen Bruder und neuerdings sogar einen Calvinisten …» Letzteres sagte er mit einem Unterton, als behage ihm das gar nicht. Er warf seinem Bruder einen wissenden Blick zu, bevor er fortfuhr: «Ja, und meine Wenigkeit. Ich bin ein einfacher calixtinischer Prediger.»

Karola erwiderte sein Lächeln. «Ich bin nach Luthers Lehren erzogen, aber meine Mutter war eine von Euch. Eine aufrechte Böhmin. Sie war so stolz darauf, dass die Familie ihres Vaters einst mit den Hussiten gekämpft hat.»

«Dann seid herzlich willkommen. Ich heiße Pavel», sagte er immer noch lächelnd und ergänzte mit einem Seitenblick auf seinen Bruder: «Und das ist mein jüngerer Bruder Jan. Er ist Medicus und kommt just von seinen Studien zurück. Er war in Wittenberg, Heidelberg und Padua.»

Karola zögerte. So zuvorkommend und freundlich der Prediger auch war, aber sollte sie sich ihm wirklich anvertrauen? Er lächelte sie immer noch aufmunternd an. Das nahm ihr schließlich jede Scheu.

Sie holte tief Luft, bevor sie hervorstieß: «Pavel, ich … ich werde verfolgt, und ich weiß nicht weiter und nicht, wohin!»

«Ihr werdet verfolgt?», fragte er ungläubig. Das Lächeln schien ihm vergangen.

Karola nickte. Wahrscheinlich würde er ihre Geschichte sehr merkwürdig finden oder gar für ein Ammenmärchen halten, aber sie blieb tapfer dabei. «Es ist so. Ich fürchte, ein Jesuit wollte mich aus der Stadt entführen.»

Wie erwartet, sah Pavel sie voller Skepsis an und bat sie, ihm in die Kirche zu folgen. Sein Bruder wollte sich verabschieden, aber Karola sagte hastig: «Bleibt nur. Es ist kein Gespräch, das Ihr nicht hören dürft.»

Der Jüngere schloss sich ihnen zögernd an. Karola betrachtete die beiden aus den Augenwinkeln. Auf den zweiten Blick war die Ähnlichkeit zwischen den Brüdern gar nicht mehr so groß. Pavel, der Ältere, war von stattlicher Statur, und seine blonden Haare waren lockig, während der Jüngere schmaler gebaut war, glattes Haar und weichere Gesichtszüge besaß. Es war dieses auffallend helle, fast weiße Blond ihrer Haare, das sie im ersten Augenblick so ähnlich hatte aussehen lassen.

Pavel bat Karola, sich neben ihn zu setzen. Jan nahm an ihrer anderen Seite Platz. Karola fühlte sich merkwürdig sicher und beschützt zwischen diesen beiden fremden Männern. «Euch verfolgt also ein Jesuit?», fragte Pavel zögernd. Die Skepsis stand ihm immer noch ins Gesicht geschrieben.

Sie lief rot an und überlegte, ob sie nicht einfach aufstehen und gehen sollte, weil ihr ja doch niemand Glauben schenken würde.

«Bitte sprecht!», ermunterte Pavel sie nun, sodass Karola ihre Zweifel beiseiteließ und ihre Geschichte ohne Umschweife zu erzählen begann. Erst ein wenig zögerlich, doch dann immer mutiger. Sie ließ nichts aus. Weder die Vorgeschichte mit Christoph und die bevorstehende Eheschließung mit Matthias noch die «Beichte» bei Pater Markus.

Pavel kratzte sich nachdenklich am Kinn, als sie ihre Erzählung beendet hatte. Jan hingegen sah sie fragend an.

«Ein Jesuit als Spitzbube? Ich gebe zu, ich habe nicht viel für diese Brüder übrig. Obgleich ich ihnen viel Böses zutraue, aber Entführung von Andersgläubigen? Ich weiß nicht ... Ich glaube, das Beste wird sein, wir bringen Euch sicher zu Pater Markus. Mir scheint, er ist ein guter Christ, wenn er auch der falschen Konfession anhängt», bemerkte Pavel schließlich mit einem schelmischen Lächeln.

«Vielleicht sollte ich sie lieber mit nach Hause nehmen?», schlug Jan plötzlich mit heiserer Stimme vor.

Sein Bruder sah ihn tadelnd an. «Jan, das ist keine gute Idee. Du weißt doch: Wen hasst Vater mehr als die Katholiken?»

Jan schien die Bedenken seines Bruders sofort zu verstehen, denn er nickte. Auch Karola glaubte zu verstehen, was der Prediger damit sagen wollte. Wie oft hatte sie ihren Vater auf die Brüder Calvins schimpfen hören, die ihn aus seiner Heimat gejagt hatten. Schon als Kind hatte Karola den Disputen zwischen ihrem Vater und seinen Freunden um den rechten Glauben aufmerksam zugehört. Am Ende hatte ihr Vater stets ausgerufen: *Die Schlimmsten von allen sind die Konvertiten!*

«Euer Vater mag also keine lutherischen Protestanten wie mich», murmelte Karola, aber Jan widersprach ihr heftig: «Nein, eigentlich ist er gar nicht so!» Verlegen wandte er sich ab.

«Unser Vater hasst Euren Glauben, weil meine Mutter ihn wegen eines fahrenden Gesellen verlassen hat, der Euren Glauben predigte. Aber das soll Euer Herz nicht beschweren. Ich halte es trotz allem nicht für gut, Euch ausgerechnet in sein Haus zu bringen», sagte Pavel.

«Ihr habt recht, ich glaube, bei Pater Markus wäre ich besser aufgehoben.» Karola sah von einem Bruder zum anderen. In Pavels Augen las sie Zustimmung, Jan hingegen schien nicht zufrieden zu sein, aber er schwieg. Er war rot bis über beide Ohren und sah nun verlegen zur Seite.

«Dann bringen wir sie also nach Sankt Thomas», schlug Pavel vor, aber Jan erklärte ihm knapp, er müsse jetzt nach Hause zum Vater. Schließlich hätte er ihn drei Jahre lang nicht mehr gesehen. Mit einem knappen Gruß ging er seines Weges. «Erschrick nicht!», rief Pavel hinter ihm her. «Er ist alt geworden.»

Dann bat der junge Prediger Karola, sich ihm anzuvertrauen.

24

Karola und der Prediger machten sich angeregt plaudernd auf den Weg nach Sankt Thomas. Er erzählte ihr, wie er Prediger geworden war und nicht Kleidermacher wie sein Vater. Karola lauschte seiner Geschichte mit großem Vergnügen, denn der Prediger konnte ausgesprochen lebendig erzählen. «Glauben soll Freude bereiten, und ich bin ein lustiger Geselle!», schloss er seine Schilderung.

«Und Euer Bruder, ist der auch so lustig? Er mag mich nicht, oder?», fragte Karola zögernd.

Pavel lachte. «Das würde ich nicht sagen. Ich glaube, er mag Euch ganz besonders. Er ist nur sehr schüchtern und traut sich nicht, es allzu deutlich zu zeigen. Wie heißt Ihr eigentlich?»

«Karola Kusenius», antwortete sie. Sie zog es vor, ihn nicht weiter nach seinem Bruder zu fragen. Trotzdem ging ihr der seltsame junge Mann nicht mehr aus dem Sinn. Jener Jan hatte sich in der Tat ungewöhnlich verhalten. Und das sollte ein Zeichen von Zuneigung sein? Karola bezweifelte das.

In Pavels Nähe fühlte sie sich so geborgen, wie sie es noch nie an der Seite eines Fremden erlebt hatte. Bis auf Matthias, aber das war ganz etwas anderes. Da hatte ihr Herz in Flammen gestanden. An Pavels Seite erlebte sie jene Sicherheit wieder, die sie als kleines Kind gespürt hatte, wenn sie an der Hand ihres Vaters durch die belebten Gassen geschlendert war.

«Wisst Ihr eigentlich schon, dass sie zwei kaiserliche Statthalter zum Tode verurteilt und anschließend aus einem Fenster der Burg geworfen haben?», fragte Karola nun unvermittelt.

«O nein!», entfuhr es Pavel. Er blieb abrupt stehen.

«Die Menschen in der Stadt reden von nichts anderem!»

«Aus einem Fenster der Burg? Wer hat das getan?», fragte er aufgeregt.

«Ich habe es so verstanden, dass es die Leute von Graf Thurn waren, die protestantischen hohen Herren», erwiderte Karola.

«Das habe ich befürchtet. Es musste ja Aufruhr geben, aber dass sie die Kaiserlichen gleich umbringen, das gibt Krieg.»

«Sie haben den Sturz anscheinend überlebt und sind geflohen.»

Pavel schien das nicht zu beruhigen. Im Gegenteil, diese Nachricht beschäftigte ihn offenbar so sehr, dass er für den Rest des Weges in grüblerisches Schweigen verfiel. Er war derart in Gedanken versunken, dass Karola das marmorne Portal von Sankt Thomas als Erste erblickte.

«Habt Dank, dass Ihr mich sicher hierhergebracht habt», sagte sie artig und reichte ihm zum Abschied die Hand.

Pavel schreckte aus seinen Gedanken auf und ergriff sie geistesabwesend. «Soll ich Euch sicher bei ihm abliefern?», fragte er, aber er schien nicht bei der Sache zu sein.

Er ist plötzlich so ernst. Wo ist sein ansteckendes Lächeln? Offenbar beschäftigt ihn nachhaltig, dass man die beiden Statthalter aus einem Fenster der Burg geworfen hat, dachte Karola.

«Damals gab es auch Krieg», murmelte er.

«Was ist denn damals geschehen?»

«Damals, vor nunmehr zweihundert Jahren, warfen meine Glaubensbrüder katholische Ratsherren zum Fenster hinaus, direkt in die Spieße der wartenden Massen. Und das, liebe Karola, das ist der Unterschied: Damals war es das Volk, das sich auflehnte, heute sind es allein die Adeligen. Oder seht Ihr

Menschenmengen in den Gassen, die sich gegen die Habsburger auflehnen?»

Karola schüttelte den Kopf: «Nein. In den Straßen prügeln sie sich, weil sie uneins sind, ob es richtig oder falsch war, was die hohen Herren getan haben», antwortete sie zögernd und fügte hastig hinzu: «Aber Pavel, ich muss nun gehen. Lebt wohl!»

Karola hatte plötzlich nur noch einen Wunsch: endlich mit Pater Markus zu sprechen. Schließlich ging es um ihr eigenes Leben! Die hohe Politik musste warten.

«Habt vielen Dank!», verabschiedete sie sich, aber Pavel war bereits wieder in Gedanken versunken, sodass er ihre Abschiedsworte nicht wahrnahm.

«Lebt wohl, Pavel!», wiederholte sie ein wenig lauter, wandte sich ab und ging zielstrebig auf das Kirchenportal zu. Als sie es fast erreicht hatte, hörte sie ihn rufen: «Karola Kusenius, wenn Ihr nicht mehr wisst, wohin, dann sucht mich in der Kirche auf. Ich bin immer für Euch da. Ich kann Euch auch eine Schlafstelle besorgen bei zuverlässigen Glaubensbrüdern.»

Karola drehte sich noch einmal um und winkte dem freundlichen Prediger zu, bis er hinter einer Ecke verschwunden war. Dann betrat sie die Kirche und blickte sich suchend um. Kein Gläubiger war zu sehen, und auch den Pater konnte sie nirgendwo entdecken. Natürlich wartet er nicht auf mich, dachte Karola traurig, als ihr ein junger Mann in einer bodenlangen Soutane entgegenkam.

«Möchtet Ihr zur Beichte?», fragte er.

«Nein, ich suche Pater Markus.»

Der junge Priester legte seine Stirn in Falten – sorgenvoll, wie es schien –, bevor er leise sagte: «Bruder Markus fühlt sich nicht wohl. Er liegt drüben in seiner Kammer. Ich weiß nicht, ob er Besuch empfängt, aber Ihr könnt seine Magd fragen.

Geht nur hin. Es ist das kleine Haus linker Hand vom Hauptportal.»

Karola dankte ihm und verließ eilig die Kirche. Zaghaft klopfte sie an die Tür des kleinen Häuschens. Es dauerte eine Weile, bis eine krächzende Stimme von innen rief: «Ja, ja, ich komme schon.» Karola erschrak bis ins Mark, als die Haustür geöffnet wurde und das Hutzelweib aus der Gasse vor ihr stand. Die Alte brauchte wohl auch einen Augenblick, um sich von ihrem Schrecken zu erholen, doch dann griff sie rasch nach ihrer Geldkatze, die sie am Rock befestigt hatte, und holte einen Groschen hervor. «Der gehört Euch. Ihr wart so schnell verschwunden, dass ich ihn Euch nicht zurückgeben konnte, denn ich würde niemals auch nur einen einzigen Groschen von Fremden annehmen!»

Karola glaubte ihr kein Wort, nahm aber dennoch ihren Groschen zurück, um der Alten nicht zu zeigen, dass sie sie durchschaut hatte. Sie wirkt gar nicht mehr so hutzelig wie vorhin in der Gasse, dachte Karola. Vielleicht liegt es an ihrer Kleidung. Sie trug jetzt ein sauberes Kleid aus grauem Tuch.

«Was führt Euch denn hierher?», fragte die Alte neugierig.

Karola nahm all ihren Mut zusammen. «Ich möchte zu Pater Markus.»

«Und was wollt Ihr von ihm?»

«Sagt ihm, Karola Kusenius, die Protestantin, sei da.»

Die Magd wich einen Schritt zurück und ächzte: «Da seid Ihr an der falschen Tür. Die Schäfchen meines Herrn sind keine Ketzer. Aber nun verstehe ich, warum ich bei Euch den Tod gesehen habe. Es wird Euch nicht gut bekommen, dass Ihr unsere Kaiserlichen aus dem Fenster geworfen habt.»

«Ich habe keinen Menschen aus dem Fenster geworfen!», widersprach Karola trotzig und funkelte die Magd wütend an. Sie war es allmählich leid, dass sie ständig wegen ihres Glaubens beschimpft wurde. Wütend fügte sie hinzu: «Und jetzt geht und sagt Eurem Herrn, dass ich gekommen bin, wie er es mir befohlen hat. Sonst überlege ich mir, ob ich nicht doch jemanden aus dem Fenster werfen sollte. Und zwar Euch! Oder sollte ich ihm vielleicht lieber erzählen, womit Ihr Euch ein Zubrot verdient?»

Karolas Drohung verfehlte ihre Wirkung nicht.

«Wartet hier. Ich will sehen, was mein Herr dazu sagt», krächzte die Alte.

Wenig später kehrte sie zurück und bat Karola in unterwürfigem Ton, einzutreten. Karola konnte nicht umhin, in sich hineinzulächeln. Natürlich würde sie die Magd nicht verraten, aber dass ihre Worte, die Worte einer Protestantin, solcherlei Wirkung zeigten, amüsierte sie. Sie folgte der Alten durch einen düsteren Raum und eine wacklige Stiege hinauf bis zu einer Stube im Obergeschoss.

Dort lag der Pater blass und verschwitzt in seinen Kissen. «Schön, dass Ihr gekommen seid», sagte er mit heiserer Stimme und krächzte beinahe genauso wie seine Magd. Dann fing er ganz erbärmlich an zu husten. Seine Magd stand lauernd in der Tür und machte keinerlei Anstalten zu gehen. Der alte Pater aber wedelte mit dem Arm in ihre Richtung, als wollte er eine lästige Fliege verscheuchen, woraufhin die Alte laut murmelnd verschwand. Sie hätte wohl zu gerne erfahren, was die Protestantin bei ihrem Herrn suchte.

«Wenn ich dem alten Quacksalber Glauben schenken darf, ist meine Krankheit nicht ansteckend. Kommt ruhig näher.» Pfarrer Markus winkte sie mit seinem runzeligen Finger zu sich. Karola setzte sich auf einen wackeligen Schemel neben sein Bett. Sie bedauerte sehr, dass sie überhaupt hergekommen war. Wenn sie gewusst hätte, dass der Pater so krank war, sie hätte ihn niemals mit ihrem Kummer belästigt. Er war so blass, sein gütiges Gesicht so eingefallen, dass Karola fürchtete, der Tod müsse schon um das Haus schleichen.

«Ich möchte Euch nicht die Zeit stehlen. Ich … ich werde besser gehen», stammelte sie, aber der alte Mann ergriff hastig ihre Hand.

«Kind, sagt mir, was geschehen ist. Ihr seht aus, als wäre der Teufel hinter Euch her. So blass und furchtsam!»

Karola schluckte, und dann erzählte sie ihm zögernd alles über den Kutscher mit dem schwarzen Mal.

«Nun, mein Kind …», stöhnte der alte Pater und wurde von einem bösen Hustenanfall unterbrochen. Nach einer Weile fuhr er mit klarer Stimme fort: «Ich kann es mir nicht erklären. Es mag ihn zwar niemand, aber so etwas? Lasst also Vorsicht walten bei Eurem Verdacht. Es gibt in Prag doch sicherlich nicht nur einen einzigen Menschen mit einem schwarzen Mal im Gesicht.»

«Er trug die schwarze Soutane der Jesuiten und rannte fort, als ich schrie: *Ein Jesuit. Helft!*», erwiderte Karola aufgeregt.

Der Pfarrer schwieg eine Zeit lang und grübelte. Karola fürchtete schon, er sei eingeschlafen, als sie ihn langsam und bedächtig sagen hörte: «Ich muss über alles in Ruhe nachdenken und dabei ein wenig ruhen.» Wieder schüttelte ein Hustenanfall seinen geschwächten Körper, doch dann sagte er mit heiserer Stimme: «Ich mache Euch einen Vorschlag. Ihr lasst Euch von meiner Magd etwas zu essen geben, und danach kommt Ihr zu mir, und wir finden eine Lösung. Dann entscheiden wir, ob Ihr in das Haus der Sahrenburgs zurückkehren könnt oder ob wir einen sichereren Ort suchen, an dem Ihr in Frieden auf Euren Bräutigam warten könnt.»

«Warum hasst sie mich nur so sehr?», murmelte Karola kaum hörbar, während sie seine faltigen Hände vor Dankbarkeit vorsichtig drückte, doch Pater Markus hatte ihre Worte sehr wohl verstanden.

«Maria Sahrenburg war schon als junge Frau sehr, sehr unglücklich. Ich habe Maximilian und sie vermählt, aber böse

Zungen behaupteten damals, beide trauerten ihrer wirklichen Liebe nach. Es gab sogar Menschen, die behaupteten, sie habe Euren Vater geliebt.»

Karola sah den Pater fassungslos an. «Sie hätte meinen Vater geliebt?», fragte sie ungläubig.

«Ach, ich gebe nichts auf solches Geschwätz, aber ich glaube, dass Menschen, die im Herzen hart sind oder hart geworden sind, manchmal nicht wissen, was sie tun, nachdem sie von der Liebe enttäuscht wurden. Aber selbst wenn sie Euch hat fortbringen wollen, ich glaube nicht, dass sie Euch nach dem Leben trachtet.»

Karola hätte den Pater gern gefragt, ob er nicht Näheres über ihren Vater und die Sahrenburgerin wusste, aber er sah so entsetzlich erschöpft aus, dass sie es nicht wagte. Mit letzter Kraft rief er nach seiner Magd, die erstaunlich schnell zur Stelle war. Karola vermutete, sie hatte die ganze Zeit hinter der Tür gelauscht.

«Gib ihr zu essen, Jitka, und dann bring sie wieder zu mir. Ich muss ein wenig schlafen.»

Jitka nickte und bat Karola, ihr zu folgen.

«Schlaft wohl», flüsterte Karola, aber der Pater antwortete nicht mehr. Der Schlaf hatte ihn übermannt.

«Er schläft sich gesund», murmelte Karola, als sie den dunklen Flur entlanggingen, doch Jitka knurrte nur: «Euer Wort in Gottes Ohr!»

In der Küche angekommen, reichte die Magd Karola einen Topf Suppe und paar Scheiben schneeweißes Brot, das es bei Karola zu Hause nur an Festtagen gegeben hatte. Beim Anblick der köstlichen Speise spürte sie, wie ausgehungert sie war. Unter Jitkas kritischem Blick löffelte sie die warme Suppe direkt aus dem Topf und verschlang das Weißbrot bis auf den letzten Bissen. Die Magd hatte ihr auch einen Krug Wein hingestellt. Durstig, wie sie war, bediente sie sich reichlich.

«Was seht Ihr mich so an?», fragte Karola, nachdem sie den letzten Krümel mit einem kräftigen Schluck Wein hinuntergespült hatte.

«Ich sehe, dass der Tod Euch nicht mehr auf den Fersen ist, aber er wird Euch noch in vielerlei Gestalt begegnen. Ihr werdet stets die Wahl haben: ihm direkt in die Arme zu laufen oder Euch zu widersetzen. Solange Ihr kämpft, wird Euch nichts geschehen», raunte Jitka.

Karola griff seufzend in ihren Beutel und gab der Magd einen Groschen. «Nehmt ihn. Ihr habt ihn Euch redlich verdient».

Jitka griff zögernd zu und murmelte: «Dieser Sahrenburgerin, der dürft Ihr nicht trauen. Ich weiß, wer sie ist. Und sie hat den bösen Blick. Sie wird Euch wie ein Schatten verfolgen, aber Ihr könnt sie besiegen, wenn Ihr nur den richtigen Weg einschlagt. Kämpft und hört immer auf Euer Herz!»

Karola musste wider Willen lächeln. «Aber jetzt bringt mich zurück zu Eurem Herrn», bat sie.

Jitka führte sie stumm zu der Kammer des Paters. «Er schläft noch», sagte sie.

«Ich setze mich trotzdem an sein Bett und bewache seinen Schlaf», entgegnete Karola und rückte sich leise den Schemel zurecht. Besorgt sah sie in sein blasses altes Gesicht. Jitka war in der Tür stehen geblieben. Alles war still. Zu still, wie es Karola nun mit Schrecken zu Bewusstsein kam. Warum hörte sie seinen Atem nicht mehr, dessen Rasseln vorhin noch den ganzen Raum erfüllt hatte?

«Jitka», flüsterte sie leichenblass. «Jitka, er atmet nicht mehr.»

Die Magd eilte zum Bett, nahm die Decke beiseite und legte ihren Kopf auf die Brust des Paters. «Er war ein so guter Mensch», jammerte sie, während sie sich Karola zuwandte. Ihre Augen waren schreckensweit aufgerissen, und Tränen rannen ihr über das Gesicht. «Ich hole den jungen Priester», schluchzte sie und ging hinaus.

Karola war wie erstarrt. Sie blieb regungslos auf ihrem Schemel sitzen. Seinen Rat hatte der gute Pater mit in die Ewigkeit genommen. Was soll ich bloß tun?, dachte sie, bevor sie seine kalten Hände nahm und sie faltete. Dann versuchte sie sich vorzustellen, was er ihr wohl geraten hätte. Geht zurück! Habt keine Angst, mein Kind, meinte sie, seine gütige Stimme zu hören, aber sie wusste, dass es Einbildung war. Sie musste jetzt selber eine Entscheidung treffen. Ich gehe zurück, beschloss Karola, mir kann nichts geschehen, wenn ich Maria Sahrenburg ab jetzt misstraue. Und selbst wenn sie behaupten sollte, dass sie mich nach Wien bringt, werde ich ihr nicht glauben. Langsam erhob sie sich, sagte dem Pater ein letztes Lebewohl und machte sich auf zum Palais. Es wurde schon dunkel, aber Karola hatte keine Angst mehr, in die Dämmerung hinauszutreten.

25

«Und Ihr seid sicher, dass sie nicht mehr zurückkommen wird?», fragte Maria Sahrenburg. Bruder Lobowitz nickte schwach. Sie war außer sich vor Zorn gewesen, als der Jesuit vor ihrer Tür gestanden und gebeichtet hatte, dass Karola ihm entkommen war. «Und wie könnt Ihr so sicher sein, dass sie nicht mehr zurückkehrt?», hakte sie nach.

«Sie ist bestimmt nicht so dumm, zu glauben, dass ein Fremder sie ohne Grund aus der Stadt bringt. Sie wird Angst vor Euch haben!», versuchte Bruder Lobowitz sie zu beruhigen.

Sie sah ihn wütend an. «Wie konnte Euch das nur passieren?»

Er stöhnte laut auf. «Das habe ich Euch schon hundertmal gesagt. Die ganze Stadt ist auf den Beinen wegen der Statthalter. Und die Stimmung gegen uns Jesuiten ist aufgeheizt. Da habe ich ihre Spur verloren. Ja, und dann habe ich es vorgezogen, mich im Klementinum in Sicherheit zu bringen.»

Maria Sahrenburg sah ihn verächtlich an. «Pah, jetzt tut doch nicht so, als könnte uns diese schändliche Tat der Protestanten in Angst und Schrecken versetzen! Ich bin sicher, Ferdinand wird Köpfe rollen lassen. *So* geht man mit Verrätern um, anstatt vor ihnen wegzulaufen.»

«Ferdinand ist weit weg, liebe Maria, die Burg verwaist, weil er unbedingt in Wien residieren will. Ich bete, dass Ihr recht habt, aber diesem Thurn ist alles zuzutrauen.»

«Jetzt malt nicht den Teufel an die Wand. Sagt mir lieber, wo Ihr die Gewissheit hernehmt, dass wir diese Kröte los sind?»

Bruder Lobowitz straffte die Schultern und sagte mit klarer Stimme: «Maria. Seht doch nur nach draußen. Bald ist es Nacht. Wenn sie hätte zu Euch kommen wollen, wäre sie schon längst da. Ich glaube, sie ist fort. Bei Verwandten vielleicht.»

«Sie hat nur einen Onkel, und der wohnt in Amberg», erwiderte Maria Sahrenburg finster.

«Und da fragt Ihr noch, wo sie steckt? Sie hat sich auf den Weg aus der Stadt gemacht … Aber ohne Geld?» Er stockte.

«Sie hatte eine gefüllte Geldkatze bei sich», erwiderte Maria Sahrenburg eisig. «Ich habe es gesehen und mich noch gefragt, woher sie die Taler hat. Jetzt, nachdem ich eigenhändig die Kammer der Magd ausgeräumt habe, weiß ich es. Diese verlogene Kreatur, die …»

«Guten Abend, Mutter!», hörte Maria eine ihr wohlbekannte Stimme hinter sich, und sie fuhr blitzschnell herum.

Karola kam auf sie zu und sagte betont verschüchtert: «Der Kutscher war mir unheimlich. Stellt Euch vor, er war doch tatsächlich ein Jesuit! Und da bin ich weggelaufen.» Mit gespieltem Erstaunen wandte sie sich nun an Bruder Lobowitz. «Da ist er ja. Verzeiht, aber Pater Markus und mein Bräutigam warnten mich so eindringlich vor einem Jesuiten mit einem schwarzen Mal im Gesicht. Verzeiht, dass ich Euch weggelaufen bin. Matthias wird sicher böse auf mich sein. Wo es doch sein dringlichster Wunsch war, mich hinter Klostermauern zu sehen.»

Maria Sahrenburg brauchte einen Augenblick, bis sie ihre Fassung wiedererlangt hatte. «Hör auf mit diesem Spiel!», schrie sie Karola an. «Und verlass dieses Haus, sonst …»

Karola hielt Marias Blick stand. «Sonst? Was werdet Ihr mir antun? Ich bleibe in diesem Haus, bis Matthias mich holt. Ihr könnt mir keine Angst mehr einjagen. Jetzt, wo ich weiß, dass Ihr auch nur eine verbitterte Frau seid, die einst einem Mann vergeblich ihre Liebe schenken wollte …»

Karola hatte den Satz noch nicht zu Ende gesprochen, da schlug ihr die Alte mit der flachen Hand ins Gesicht. Karola spürte ein Brennen auf ihrer Wange, doch sie wollte keine Schwäche zeigen. «Ihr solltet Euch in Zukunft besser überlegen, ob Ihr so mit mir umgeht. Die Zeiten haben sich geändert.» Sie sah Bruder Lobowitz herausfordernd an.

«Freut Euch nicht zu früh!», bellte er. «Eines Tages werden wir Euch aus der Stadt prügeln.»

«So wie es heute in den Straßen aussah, solltet lieber Ihr Euch vorsehen, dass man Euch nicht verjagt.» Hocherhobenen Hauptes verließ Karola den Salon.

Kaum war die Tür hinter ihr zugefallen, lief ein Zittern durch ihren ganzen Körper. Es würde nicht leicht werden, unter diesem Dach auf Matthias zu warten, aber sie würde es schaffen. Mutig ging sie nach oben zu ihrem Zimmer. Sie öffnete die Tür und blieb wie versteinert stehen. Das Zimmer war leer. Weder ihre Reisetruhe noch ihre Malutensilien befanden sich an ihrem Platz. Irgendjemand hatte alles ausgeräumt. Man war also davon ausgegangen, dass sie niemals mehr zurückkehren würde. Karola spürte, wie ihr übel wurde bei dem Gedanken, welches schreckliche Schicksal man für sie vorgesehen hatte. Ob sie wohl für immer hinter Klostermauern hatte verschwinden sollen?

Als sie sich vom ersten Schrecken erholt hatte, fiel ihr Tereza ein. Sie musste unbedingt mit ihrer Magd sprechen. Sie klopfte an deren Kammertür, und als sie keine Antwort bekam, trat sie ein. Erneut fuhr ihr der Schrecken durch alle Glieder. Auch diese Kammer war leer, als hätte hier drinnen niemals jemand gewohnt. Mit klopfenden Herzen bückte sich Karola und tastete unter das Bett. Vergeblich. Die Schatulle war nicht mehr dort. Mit weichen Knien begab sie sich geradewegs in Marias Salon. Der Jesuit war immer noch da, aber Karola sah durch ihn hindurch und wandte sich an ihre zukünftige Schwiegermutter: «Wo ist meine Magd?»

Die Antwort war ein schrilles Auflachen. «Deine Magd, liebes Kind, ist weit weg. Ich habe sie zu einem hohen Herrn auf sein Schloss außerhalb von Prag geschickt. Dort steht sie in seinen Diensten. Sie war außer sich, als ich ihr mitteilte, dass du dich freiwillig in ein Kloster begeben wirst. *Aber sie holen mich doch, wenn sie nach Wien gehen?*, hat sie gejammert. Ich habe ihr gesagt: *Aber natürlich werden sie dich holen*. Dann ist es mitgefahren, das dumme Ding.»

Karola konnte kaum an sich halten. Wie gern hätte sie sich auf diese Frau gestürzt, die aussah wie ein alter Raubvogel, und ihr die Federn einzeln ausgerissen. Stattdessen atmete sie tief durch. «Wir werden sie holen. So wahr ich hier stehe. Und da wäre noch etwas. Meine Schatulle!» Karola sah Maria Sahrenburg durchdringend an, und ihr Blick blieb an deren faltigem Hals hängen. Dort glitzerte ein Jadestein, und Karola war sich sicher, dass sie ihn schon einmal gesehen hatte. Und sie wusste auch wo: in der Schatulle ihrer Mutter.

«Gebt mir mein Erbe zurück!», forderte sie mit eisiger Miene und ließ den Jadestein nicht aus den Augen.

Die Antwort war ein hässliches Lachen. «Du irrst, mein liebes Kind. Der Schmuck gehört dir nicht. Es gehört *mir*, und ich werde ihn niemals wieder hergeben. Vielleicht gebe ich dir das Geld aus der Schatulle zurück. Allerdings nur unter einer Bedingung: Du verlässt noch heute Nacht mein Haus. Es wird genügen für eine prächtige Aussteuer, wenn du einen der Deinen heiratest. Einen Ketzer!»

Karola sah die Alte entgeistert an. Sie hatte sich verrechnet. Diese Frau war in der Tat eine gefährliche Gegnerin, die vor nichts zurückschreckte. Und Karola war sich nun ganz sicher, dass diese Frau ihren Vater einmal geliebt haben musste und dass die Liebe schließlich in Hass umgeschlagen war. Das erklärte ihre abgrundtiefe Abneigung gegen sie, seine Tochter. Karola räusperte sich, bevor sie tonlos sagte: «Ich werde warten, bis Matthias kommt. Ich bin gespannt, was er dazu sagt, dass Ihr mich entführen lassen wolltet. Ihm werdet Ihr meine Schatulle gewiss aushändigen. Und vergesst nicht, den Jadestein wieder zurückzulegen.»

Maria Sahrenburg starrte sie sprachlos an. Dann schrie sie: «Du Närrin!», und ihre Stimme überschlug sich vor lauter Erregung: «Dieser Schmuck gehört nicht dir. Und Matthias wird dir dein wirres Gerede ohnehin nicht glauben. Er wird denken, du seiest krank. Eine Entführung und eine gestohlene Schatulle mit einem Vermögen darin, das wird er für die Ausgeburt deiner Phantasie halten. Glaube mir, ich kenne ihn länger als du. Er ist ein besonnener Mann des Kopfes. Überlege dir gut, was du tust.»

«Eure Drohung kann mich nicht schrecken. Seid gewiss, Matthias wird mir jedes Wort glauben. Er hat die Schatulle selber gesehen und mir geraten, sie vor Euch zu verstecken. Das habe ich befolgt, aber leider war mein Versteck nicht sicher genug. Wenn er kommt, werde ich ihm davon berichten, wie mein Zimmer leer geräumt und ich meines Erbes beraubt wurde. Das will ich Euch schwören!»

Mit diesen Worten wollte Karola das Zimmer verlassen, doch an der Tür drehte sie sich noch einmal um. «Würdet Ihr bitte dafür sorgen, dass man mir meine anderen Sachen wieder heraufbringt?»

Maria Sahrenburg blieb schwer atmend zurück und ballte die Fäuste. Dann funkelte sie Bruder Lobowitz an, der das Ganze wie versteinert verfolgt hatte, und forderte ihn auf, ihr dieses Weib unverzüglich vom Halse zu schaffen. Er habe schließlich versagt.

Der Jesuit erwiderte jedoch mit sanfter Stimme: «Ihr werdet doch nicht von mir verlangen, dass ich mir an diesem Tag die Hände an einer Lutheranerin schmutzig mache? Ich glaube, Ihr wisst nicht, wie es dort draußen zugeht, doch ich verspreche Euch: Der Tag wird kommen, an dem ich mit diesem Weib abrechne, doch jetzt muss ich gehen. Meine Mitbrüder werden sich sorgen, wenn ich heute so spät zurückkehre.»

Maria Sahrenburg machte eine wegwerfende Handbewegung. «Ach, behaltet Eure leeren Versprechungen für Euch. Aber ich schwöre Euch, so wahr ich hier stehe, diese Person wird aus unserem Hause verschwunden sein, bevor Matthias nach Prag zurückkehrt!»

26

Fast zwei Wochen waren seit Marias Sahrenburgs Schwur vergangen. Sie hatte Karola seitdem nicht mehr zu Gesicht bekommen. Die Magd Sophie berichtete ihr, dass die junge Frau nicht ein einziges Mal das Zimmer verlassen habe und mit Feuereifer dabei sei, ein Gewand zu zeichnen. Maria ahnte, um was für ein Gewand es sich handelte. Aber auch das wirst du niemals tragen!, dachte sie bitter, als sie sich in dieser Juninacht aus ihrem Bett erhob. Sie hatte gewusst, dass sie kein Auge zutun würde, und ihr schwarzes Gewand gar nicht erst ausgezogen. Sie seufzte. Ihre Hoffnungen, dass man die Protestanten umgehend und mit aller Härte bestrafen würde, hatten sich nicht erfüllt. Im Gegenteil, diese Aufrührer hatten sich erdreistet, eine Regierung zu bilden, der sie den hochtrabenden Namen *Direktorium* gegeben hatten. Dreißig der Aufrührer saßen dort beisammen. Einen großen Umsturz hatten sie angekündigt, aber noch war in der Stadt Prag fast alles beim Alten. Selbst im Kleinseitner Rathaus regierten noch jene Personen, die man im Jahr zuvor gerade wegen ihrer Loyalität zu Ferdinand in ihre Ämter berufen hatte. Maria kannte einen von ihnen, und der hatte ihr alles erzählt. Trotzdem war Maria nicht mehr davon überzeugt, dass die Aufrührer das Regiment freiwillig wieder abgeben würden. Immerhin hatten sie es gewagt, den Prager Erzbischof aus der Stadt zu jagen. Und nun sollten ihm einem Dekret zufolge alle Angehörigen des Jesuitischen Ordens folgen. Für Maria Sahrenburg war das der größte Frevel, den sie sich als gute Katholikin vorstellen konnte, und ein herber persönlicher Verlust. Wenn sie Bruder Lobowitz auch immer noch ein wenig gram war, weil er Karola hatte entkommen lassen, so war er in diesen umstürzlerischen Tagen doch immerhin ihr seelischer Beistand. Allein der Gedanke daran, dass sie nicht mehr gemeinsam die neuen Verhältnisse würden beklagen können, ließ sie erschaudern. Sie presste ihre knochigen Finger zusammen, bis es knackte. Dann verließ sie schwerfällig ihr Gemach und trat in den dunklen Morgen hinaus, aber sie war nicht allein. Überall huschten Schatten durch die Gassen, die sich genau wie sie den Auszug der Jesuiten nicht entgehen lassen wollten. Maria hatte es bis zum Schluss nicht glauben wollen, dass sie wirklich gehen würden, aber Augustin Lobowitz hatte es ihr gestern eindringlich bestätigt: «Wenn Ihr mich noch einmal sehen wollt, dann seid zur dritten Stunde am Klementinum und begleitet uns durch die Altstadt auf dem Weg, auf dem wir Anno 1555 im Juli unter Kaiser Ferdinand dem Ersten in die Stadt gekommen sind.» Kämpferisch hatte er hinzugefügt: «Aber keine Sorge! Wir kommen wieder!»

Maria folgte einem Haufen schwarzgekleideter Menschen, die nun über die Karlsbrücke zogen. Am Klementinum, dem Jesuitenkolleg, hatte sich eine große Menge von stillen Zuschauern versammelt, und Maria schaffte es, sich in die vordere Reihe zu drängeln. Und da kamen sie auch schon angefahren. Vier schwerbeladene Wagen, in denen die Höchsten der Glaubensbrüder saßen. Dahinter folgten die Jüngeren zu Fuß mit einem schwarzen Kreuz, wie bei einer Prozession. Maria spürte, wie ihre Augen feucht wurden, als sie plötzlich ganz in ihrer Nähe hörte, wie jemand lauthals und hämisch rief: «Wie die feigen Raben!»

Irgendwie kam ihr diese Stimme bekannt vor. Dann hörte sie lautes Gelächter. Alle drehten sich um. Maria folgte ihren Blicken, und sie wollte nicht glauben, was sie dort sah: ein paar feixende junge Burschen und in deren Mitte Christoph, der in diesem Augenblick noch einmal in die Trauerstimmung hineingrölte: «Wie die Raben!» Maria wäre am liebsten vor Scham im Erdboden versunken. An Christophs rotem Gesicht war unschwer zu erkennen, dass er reichlich dem Alkohol zugesprochen hatte. Maria raffte ihr Kleid und flüchtete durch die Menge zurück zur Brücke. Mit letzter Kraft erreichte sie ihr Palais. Sie quälte sich die Treppe hoch in ihr Gemach und schaffte es gerade noch, sich auszuziehen und auf ihr Bett fallen zu lassen. Der Gedanke, der durch ihren Kopf dröhnte, konnte das Gefühl von Schwäche, das sich in ihrem ganzen Körper wie ein schleichendes Gift ausbreitete, nicht lindern. Christoph, warum tust du mir das an?, fragte sie sich wieder und wieder. Mit jeder Minute, die sie an ihren Sohn dachte, fühlte sie sich schwächer. Dass er sich mit protestantischen Burschen herumtrieb, war für sie schon wie ein Schlag ins Gesicht, aber dass er die Jesuiten öffentlich mit Häme überschüttete, war unverzeihlich. In diesem Augenblick ließ sich die Wahrheit nicht länger verdrängen: Christoph war nichts weiter als ein haltloser Lebemann ohne Prinzipien, der vor nichts und niemandem Respekt hatte. Genau das hatte Maximilian ihr einst prophezeit. Wie recht er hatte! Christoph war in der Tat nichts heilig, nicht einmal sein Glaube. Bei dem Gedanken an sein schändliches Verhalten und wohin das noch führen sollte, wurde ihr augenblicklich übel.

27

Als Sophie am nächsten Morgen wie gewohnt die heiße Milch für Karola brachte, blieb sie einen Augenblick länger als gewöhnlich vor deren Bett stehen. Sie schien mit sich zu kämpfen. Karola sah sie aufmunternd an. «Sprich nur. Ich sehe doch, dass dir etwas auf der Seele liegt.»

Die junge Magd räusperte sich. «Es ist wegen der Herrin. Sie mag nicht aufstehen, und da habe ich den Medicus holen lassen. Er sagt, es sei Schwäche, und er hat ihr strenge Bettruhe verordnet. Sie spricht auch nicht. Nicht einmal mit ihm. Und nun wollte ich Euch fragen, ob Ihr uns sagen könnt, was wir tun sollen?»

Karola war von Natur aus kein Mensch, der sich am Leid anderer erfreute, aber die Aussicht, in diesem Haus bis auf weiteres die Rolle der Herrin zu übernehmen, gefiel ihr mehr, als dass sie sich vor der Verantwortung fürchtete.

Kaum hatte die Magd das Zimmer verlassen, sprang sie aus dem Bett und zog sich an. Ihr erster Gang führte sie zum Schlafgemach ihrer zukünftigen Schwiegermutter. Bleich und hohlwangig lag sie in ihren Kissen. Karola wollte angesichts dieses Schwächeanfalls die Streitereien begraben, aber Maria Sahrenburg zeigte durch ihr Schweigen, dass sie an einem Waffenstillstand nicht interessiert war. Mit einem vernichtenden Blick wandte sie sich um und drehte Karola den Rücken zu.

In diesem Augenblick trat Sophie ein und flüsterte Karola zu, dass der Graf von Hohenberg die Herrin zu sprechen wünsche. Karola überlegte einen Augenblick, dann sagte sie leise: «Führe ihn in den Salon. Ich komme.»

Der alte Graf rieb sich verwundert die halbblinden Augen, als er eine junge Frau in den Salon der Sahrenburgs treten sah. «Aber seid Ihr nicht die kleine Karola? Was macht Ihr denn hier im Hause einer Habsburger Familie?»

Karola lächelte den alten Grafen gewinnend an. «Ich werde Matthias Sahrenburg heiraten.»

Der Besucher stutzte. «Ihr wollt in diesen Zeiten einen Habsburger heiraten? Wisst Ihr denn gar nicht, dass wir eine protestantische Regierung haben und das Blatt sich gewendet hat?»

Karola erwiderte mit ernster Miene: «Ich weiß wohl, dass sich der Wind gedreht hat, aber ich bin kein Blättchen im Wind, müsst Ihr wissen.»

Graf Hohenberg kam aus dem Staunen nicht heraus. «Seid Ihr es wirklich? Noch gestern wart Ihr ein unwissendes Kind.»

Karola entgegnete lächelnd: «Verzeiht, aber mein letzter Besuch bei Euch ist schon eine Weile her.»

Bei diesen Worten blickte der alte Mann verlegen zu Boden und stammelte: «Ja, das war gar nicht rechtens von mir, den guten Kusenius ziehen zu lassen, aber Eure Schwiegermutter ist nicht ganz unschuldig daran. Sie hat mich mehr oder weniger vor die Wahl gestellt: Entweder ich schicke den Baumeister weg, oder sie wird in der Gesellschaft überall herumposaunen, dass ich einen Lutheraner beschäftige. Also wirklich, mein Kind, gerne habe ich das nicht getan. Nicht dass Ihr mir das jetzt übel nehmt und mich bei den Herren dort oben anschwärzt …»

Karolas Miene verfinsterte sich. «Heißt das, Ihr habt meinem Vater keine Arbeit mehr gegeben?»

Hastig erwiderte er: «Ja, aber nicht nur ich, ich gehörte zu den Letzten, die ihn noch für sich haben arbeiten lassen … Bestellt Eurem Vater einen schönen Gruß. Ich habe ihn lange nicht gesehen.»

Karola atmete tief durch, um ihm nicht ins Gesicht zu schreien, dass der Gruß zu spät kam. «Er ist tot», sagte sie mit eisiger Stimme und fragte dann: «Was kann ich der Herrin ausrichten? Sie ist unpässlich und empfängt keinen Besuch.»

Graf Hohenberg war verunsichert. «Ja, also ich …», stammelte er, «… ich möchte mich von ihr verabschieden. Meine Familie und ich verlassen demnächst die Stadt. Ich meine, wir sind hier ja jetzt sozusagen im Feindesland, denn Gerüchte besagen, dass die Protestanten bereits eine Söldnerarmee aufstellen, obwohl sie immerzu versichern, dass sie keinen Krieg gegen Kaiser Matthias führen wollen. Das sind aber nur Lippenbekenntnisse. Die werden früher oder später gegen Wien ziehen …» Er stockte. «Ist Euer Bräutigam nicht in Wien? Dann macht Euch darauf gefasst, dass er erst wiederkommt, wenn er im Gefolge des Kaisers gegen Prag zieht. Seid Ihr sicher, dass er in diesen Zeiten eine Lutheranerin heiraten wird? Aber nichts für ungut. Richtet der Herrin schöne Grüße aus.

Sie sollte es sich auch überlegen. Es ist stadtbekannt, dass die Sahrenburgs es mit dem Steiermärker halten. Ich glaube, sie wäre in Wien besser aufgehoben.»

In diesem Augenblick trat Maria Sahrenburg wie ein Racheengel in den Salon. Sie trug ihr Nachtgewand und stützte sich auf einen Stock. «Hohenberg, wie schön, Euch zu sehen!»

Er sah verlegen von einer Frau zur anderen. «Wie ich Eurer Schwiegertochter bereits sagte, werde ich die Stadt verlassen, und ich wollte mich von Euch verabschieden.»

Er wollte ihr die Hand reichen, doch statt sie zu nehmen, presste sie mit spitzer Zunge hervor: «Die Ratten verlassen das sinkende Schiff. Ihr lauft vor diesen Ketzern weg. Ihr habt kein Rückgrat …» Sie begann zu taumeln, und Karola konnte gerade noch verhindern, dass sie zu Boden fiel. Die Alte aber zeterte: «Fass mich nicht an!»

Karola blickte den Grafen hilflos an. Der sprang sofort hinzu und übernahm es, Maria Sahrenburg zurück in ihr Schlafgemach zu bringen. Ungeachtet der wüsten Beschimpfungen, die sie ihm an den Kopf warf, weil er die Stadt kampflos den Aufständischen überließ, stützte er sie und wollte mit ihr am Arm das Zimmer verlassen. An der Tür drehte er sich noch einmal um und verabschiedete sich in aller Höflichkeit von Karola.

Sie aber blieb kühl, und als er gegangen war, ließ sie sich erschöpft auf einen der Stühle fallen. So war es ihrem Vater also ergangen! Man hatte ihm die Arbeit genommen, und schuld daran war diese furchtbar verbitterte Frau, deren Anblick sie glücklicherweise nicht mehr lange würde ertragen müssen.

28

Von jenem Tag an suchte Karola die Sahrenburgerin nicht mehr in ihrem Schlafgemach auf. Was sollte sie auch dort? Sich beschimpfen lassen? Notgedrungen kümmerte sich Sophie um die Alte und berichtete Karola seit Wochen immer dasselbe. Maria Sahrenburg lag im Bett und starrte die Decke an. Wenn sie überhaupt redete, dann nur mit sich selber, und immer wiederholte sie den Satz: «Raus aus meinem Haus!» Ein einziges Mal war Christoph bei ihr am Bett gewesen, aber Sophie behauptete, dass die Alte ihm lediglich wüste Beschimpfungen ins Gesicht geschleudert und dann kein Wort mehr mit ihm geredet hätte.

Karola hatte jeden Tag mehr Freude daran, den Haushalt zu führen. Das Hochzeitskleid war inzwischen auch fertig entworfen. Der Entwurf war ihr noch prächtiger geraten als der, welchen man ihr entwendet hatte.

Große Sorge bereitete ihr allerdings, dass der Juli schon lange vorübergegangen war, ohne dass sie eine Nachricht von Matthias erhalten hatte. Dafür bekam seine Mutter manchmal Post von ihm, die Karola jedes Mal schweren Herzens ungeöffnet an Sophie weitergab. So auch an diesem Tag. Ihr entfuhr ein langgezogener Seufzer, als sie Sophie den Brief in die Hand drückte, woraufhin diese listig fragte: «Ihr würdet gern wissen, wie es ihm geht, nicht wahr?»

Karola fühlte sich ertappt und lief rot an, aber sie sagte nichts und machte sich rasch an die Arbeit, um sich abzulenken. Es mussten Einkaufslisten geschrieben werden für die Mägde und Knechte. Als sie damit fertig war, stand Sophie plötzlich vor ihr und reichte ihr einen Packen geöffneter Briefe. «Sie ist gerade eingeschlafen, und ich kenne ihre Gewohnheiten inzwischen mehr als genau. In einer Stunde wird sie wieder aufwachen. Also beeilt Euch!»

Das ließ Karola sich nicht zweimal sagen. Sie nahm die Briefe entgegen und las sie hastig durch. Siehe da, er ließ sie sogar in aller Form grüßen und bat seine Mutter bereits im Juni, ihr mitzuteilen, warum sich seine Ankunft in Prag verzögern und er niemals im Juli daheim sein würde. Er war im Gefolge Ferdinands mit zu dessen Krönungsfeierlichkeiten zum König von Ungarn nach Pressburg gereist. Nun war er gerade erst zurück in Wien. In dem letzten Brief versprach er, seine Braut alsbald zu holen, obwohl Graf Schwarzenberger ihm angesichts der Verhältnisse in Böhmen die Reiseerlaubnis immer noch versagte. Karola faltete die Nachrichten aus der Ferne gehetzt wieder zusammen, bevor sie zu Sophie ging und sie bat, die Briefe schnell zurückzulegen.

Sie wollte sich gerade ein wenig zur Ruhe begeben, als ein Bote den Besuch des Advokaten Stefek ankündigte. Karola ließ ihm ausrichten, dass sie ihn zum Essen erwarte und dass Maria Sahrenburg leider erkrankt sei. Dann begab sie sich in die Küche und nahm das von Tereza so hoch gepriesene Kochbuch des Marx Rumpolt zur Hand. Wie immer, wenn sie an ihre Magd dachte, überfiel sie eine dumpfe Traurigkeit. Die Sahrenburgerin hatte sich geweigert, Karola Näheres über den Verbleib der treuen Tereza zu verraten. Sie seufzte. Sie musste sich in Geduld üben, bis Matthias kam. Der würde sich nicht mit Ausflüchten abspeisen lassen. Zum Glück hatte sie in der jungen Sophie eine Magd gefunden, die ihr treu ergeben war.

Karola suchte ein Rezept heraus, bei dessen Lektüre ihr das Wasser im Munde zusammenlief. Für die Küchenmägde las sie es noch einmal langsam vor: «Gedämpftes Wildbret. Steck das Fleisch an einen Spieß und brat es ab. Wenn es halb gebraten ist, so ziehe es ab vom Spieß, tue es in den Hasenkessel und schneide Zwiebeln darauf. Nun gieße darüber eine Rindfleischbrühe, reibe Ruckenbrot darein und lass es miteinander sieden. Gieß ein wenig Essig darein und pfeffer es mit gestoßenem Pfeffer. Zerklopf ein wenig Wacholderbeer, tu sie dazu und lass es miteinander sieden. Mach eine kurze Brüh daran.» Schon rief Sophie, die Karola ein verschwörerisches Lächeln zuwarf, den Küchenmädchen laut zu: «Habt ihr nicht gehört, holt ein schönes Stück Wildbret vom Markt und bereitet es zu, wie die Herrin befiehlt.»

Stefek war begeistert, als Karola ihn mit einem üppigen Essen empfing. Er aß gerne. Das sah man ihm auf den ersten Blick an. Er hatte ein kleines Bäuchlein angesetzt. «Euch scheinen die neuen Zeiten gut zu bekommen», neckte Karola ihn.

«Das mögt Ihr wohl sagen. Als frischgebackener Protestant mit allerbesten geschäftlichen Beziehungen zur Regierung lasse ich es mir gutgehen.»

Sie lachten, als eine scharfe Stimme sie plötzlich unterbrach: «Und Ihr wagt es, mein Haus zu betreten, Ihr Verräter?»

Erschrocken drehten sich die beiden um und erblickten eine bis auf die Knochen abgemagerte Maria Sahrenburg. Das schwarze Gewand schlotterte um ihren dürren Leib. Sie war um Jahre gealtert und schaute noch verbissener drein als je zuvor. Stefek überhörte ihre Bemerkung und ging ihr stattdessen höflich entgegen. Er reichte ihr seinen Arm und führte sie zu einem leeren Platz, was sie knurrend geschehen ließ.

Als Sophie hereinkam und eine Suppe servieren wollte, hätte sie beinahe die Terrine vor Schreck zu Boden fallen lassen. «Ich … äh … ich ahnte ja nicht, dass Ihr wieder genesen seid», stammelte sie, doch ihre Herrin befahl nur: «Bringt mir einen Teller!»

Die leichte Stimmung am Tisch war im Nu verflogen. Karola fühlte, wie ihr kalt und heiß wurde, und der Advokat griff zu einem Schnupftuch und wischte sich den Schweiß von der Stirn.

«Was führt Euch Konvertiten her?», fragte die Hausherrin scharf.

«Die Geschäfte Eures Sohnes», erwiderte er.

Maria Sahrenburg blickte nur den Advokaten an. Karola schien unsichtbar für sie zu sein. «Bitte sprecht!»

Er räusperte sich und warf Karola einen bedauernden Blick zu. Jetzt erst wagte Karola, die Sahrenburgerin genauer anzusehen, und ihr Gesicht versteinerte. Um den Hals trug sie doch tatsächlich wieder den Jadestein ihrer Mutter! Karola schluckte hinunter, was ihr auf der Zunge lag. Nun, da sie wusste, dass Matthias' Ankunft nicht mehr fern war, würde sie auch das noch überstehen.

«Es geht um das Vermögen Eures Sohnes Matthias. Wie Ihr sicher wisst, war es bis jetzt für die Regierung nahezu unmöglich, das Vermögen kaisertreuer Habsburger zu konfiszieren. Nun hört man Gerüchte, dass sie Rudolfs Anordnung, in der er die Beschlagnahme von Gütern untersagt hat, umgehen. Man erzählt sich in der Stadt, sie würden behaupten, die Euren hätten ihre Steuern nicht bezahlt. Dann nämlich hätten sie ungehindert Zugriff auf Güter und Vermögen der Katholiken. Und nun hört gut zu: Man erwägt, auch Matthias Sahrenburg um sein Vermögen zu bringen.»

«Verbrecher! Das sind alles Verbrecher, und Ihr gehört dazu!», schimpfte die Alte voller Zorn. In diesem Augenblick wurde das Wildbret serviert, und Stefek geriet schon beim bloßen Anblick der duftenden Köstlichkeit in Verzückung. Die Hausherrin würdigte das Essen jedoch keines Blickes und schob den Teller, den Sophie ihr eilig gebracht hatte, angewidert zur Seite.

«Ich bin hier, um Matthias' Vermögen vor fremdem Zugriff zu schützen. Es muss nur so aussehen, als gehörte es mir», erklärte der Advokat.

Maria Sahrenburg lachte schrill auf. «Ich sage doch, Ihr seid ein raffgieriger Spitzbube. Ihr wollt Euch unser Vermögen aneignen.»

«Nichts liegt mir ferner. Und außerdem: Es handelt sich nicht um Euer Vermögen, sondern um das Eures Sohnes», widersprach Stefek spitz, und auch Karola konnte sich nicht länger zurückhalten. «Würde der Advokat sich mit uns an einen Tisch setzen, wenn er hinterhältige Gedanken hegte? Er kommt in bester Absicht, und wir sollten seine Hilfe annehmen.»

Maria Sahrenburg sah Karola zum ersten Mal an, seit sie ins Zimmer gekommen war. «Wer hat dich gefragt? Du hältst den Mund! Und außerdem ist mir zu Ohren gekommen, dass du dich als Hausherrin aufspielst. Das dulde ich nicht unter meinem Dach. Verstanden? Und nun geh!»

Stefek wollte etwas erwidern, aber Karola gab ihm zu verstehen, dass er schweigen sollte. Die Alte machte eine wegwerfende Handbewegung in Karolas Richtung, um sie vom Tisch zu scheuchen, aber sie blieb sitzen.

Stefek räusperte sich verlegen. «Ich wollte Euch nur davon in Kenntnis setzen, dass ich das Nötige veranlassen werde, um Matthias' Vermögen in Sicherheit zu bringen. Ich werde ihm schnellstens eine Nachricht zukommen lassen, dass ich seine Unterschrift benötige.» Mit diesen Worten kratzte er hastig den letzten Bissen vom Teller und stand energisch auf. «Karola, es tut mir leid, aber es schmeckt mir nicht unter diesem Dach.»

«Wer ist denn der Verräter? Ihr oder ich?», rief die Alte giftig, doch weder Karola noch der Advokat beachteten sie.

Auch Karola erhob sich und brachte Stefek zur Haustür.

«Nehmt Euch bloß in Acht. Mir scheint, sie verliert langsam den Verstand», warnte er Karola zum Abschied, aber sie flüsterte zurück: «Es wird nicht mehr lange dauern. Heute kam eine Nachricht, dass Matthias mich bald holen wird. Ich erwarte ihn jeden Tag, und dann gehe ich mit ihm!»

«Und Ihr wollt in diesen Zeiten wirklich einen Habsburger heiraten? Ihr wisst, dass Thurns Truppen vor Wien stehen?»

Karola nickte lächelnd. Und wie sie das wollte! Dagegen konnten alle Heere der Welt nichts ausrichten. Dennoch, er ist schon der Zweite, der mich binnen weniger Wochen vor einer Hochzeit mit einem Habsburger warnt, dachte sie ein wenig beklommen.

29

Schweren Schrittes ging Maria Sahrenburg zu ihrer Truhe und öffnete sie. Ganz oben lag die Schatulle. Vorsichtig holte sie diese hervor, öffnete sie, vergrub ihre Hände in dem Schmuck, legte dann die Kette mit dem Jadestein hinein und griff stattdessen nach einem Halsgeschmeide mit Karfunkeln. Je länger sie es betrachtete, desto lebendiger kam die Erinnerung zurück. Wie schrecklich hatte sie damals gelitten, als ihre Eltern Anna dieses Schmuckstück zum sechzehnten Geburtstag geschenkt hatten. Glühend hatte Maria sie um diese Kette beneidet. *Sie passt so schön zu ihrem güldenen Haar!*, hatte ihre Mutter vor Begeisterung ausgerufen. Und wieder einmal hatte die Eifersucht Maria schier zerfressen. Sie spürte ihre damals erlittene Pein noch so intensiv, als wäre es gestern gewesen und nicht vor vielen, vielen Jahren. Noch heute war ihr, als würde man sie mit heißen Eisen foltern. Keiner hatte gemerkt, wie der Hass schon damals in ihr gelodert hatte.

Genüsslich legte sie sich die Kette um den Hals und betrachtete sich im Spiegel. Sie war niemals so anmutig gewesen wie Anna, aber jetzt gehörte die Kette ihr, sie war die rechtmäßige Eigentümerin.

Es klopfte an der Tür, und sie schaffte es gerade noch rechtzeitig, die Schatulle verschwinden und den Deckel der Truhe zuklappen zu lassen, bevor sie laut «Tretet ein!» rief.

Es war Christoph. Sie hatte ihn nicht mehr zu Gesicht bekommen, seit sie ihm bei seinem letzten Besuch an ihrem Bett sein schändliches Verhalten beim Auszug der Jesuiten vorgeworfen und ihn dann mit Schweigen gestraft hatte. Er sah entsetzlich aus. Sein unkeuscher Lebenswandel stand ihm wie ein Fanal ins Gesicht geschrieben. Wie seine Mutter von einem Knecht hatte ausspionieren lassen, feierte er in der Langen Gasse ständig wilde Gelage. Dennoch war sie froh, als sie ihn in diesem Augenblick in ihr Zimmer treten sah. Sie brauchte ihn. Matthias' Ankunft nahte, und es wurde höchste Zeit, dass sie ihren Schwur in die Tat umsetzte. Wenn sie nur schon wüsste, wie. Bisher wusste sie nur eines: dass sie Christophs unbedingte Hilfe einfordern würde! Schließlich hatten sie es allein ihm zu verdanken, dass dieses Mädchen zum Problem geworden war. Er hatte sie gegen ihren Willen hergeschleift. Jetzt sollte er sie auch wieder aus dem Hause schaffen! Und zwar für immer! Damit würde er auch seine frevelhafte Trunkenheit in jener Nacht, als die Jesuiten aus der Stadt gezogen waren, wiedergutmachen können. Ohne Umschweife richtete sie das Wort an ihren Sohn: «Das Mädchen muss weg. Und zwar schnell. Und für immer. Matthias kann jeden Tag hier eintreffen, und wenn ihm die Kusenius berichtet, was ihr in diesem Hause widerfahren ist … Wahrscheinlich wird er mich aus dem Palais jagen. Und wo soll ich hin in diesen Zeiten? Zu unseren Nachbarn kann ich nicht und will ich auch nicht: Die meisten konvertieren feige oder leben in ständiger Sorge …» Atemlos hielt sie inne und sah ihren Sohn anklagend an.

Christoph schien ihr gar nicht zuzuhören, sondern starrte sie mit einem merkwürdig gierigen Blick an, der sich an ihrem Hals festzusaugen schien. Mit Schrecken fiel ihr ein, dass sie immer noch die Kette mit den Karfunkeln trug. Schützend griff sie nach dem wertvollen Schmuckstück.

«Mein Sohn, schön, dass du mich besuchen kommst, wir müssen uns endlich überlegen, was wir mit dem Weib machen. Sie ist schon viel zu lange hier», fügte Maria nun betont vertraulich hinzu, als wäre nichts zwischen ihnen beiden geschehen.

«Wir?», fragte Christoph tonlos und sah sie durchdringend an.

«Du und ich.» Maria irritierte sein merkwürdig starrer Blick, aber sie versuchte trotzdem zu lächeln.

«Liebe Mutter, meinetwegen kann er sie ruhig holen. Dann sind wir sie endlich los.» Er grinste provozierend. «Edle Steine tragt Ihr», murmelte er. «Karfunkel, wenn ich mich nicht täusche.»

Maria wurde aschfahl, aber sie tat so, als hätte sie gar nichts gehört. «Willst du dich etwa weigern, mir zu helfen?» Maria verschränkte ihre Finger ineinander, wie sie es oft tat, wenn sie zornig war. Es gab ein hässliches Knacken, als würden sie einzeln brechen.

«Ich will damit sagen, dass Ihr allein das Problem mit der Kusenius habt, nicht ich», entgegnete er und fügte lauernd hinzu: «Karfunkel sind wertvoll, nicht wahr?»

«Was willst du eigentlich?», fragte sie in scharfem Ton.

«Ich? Ich möchte mich den angenehmen Seiten des Lebens hingeben und mich nicht mit der Braut meines Bruders befassen müssen. Ich brauche nur eines: Geld!»

«Christoph, bitte, was hat sich denn verändert? Wir haben doch immer zusammengehalten, nichts konnte uns trennen. Du bist doch das Wertvollste, was ich habe auf dieser Welt», jammerte sie plötzlich.

«Ist das so?», fragte Christoph, trat dabei einen Schritt auf seine Mutter zu und berührte flüchtig den funkelnden Edelstein an ihrer Kette. «Steht Euch gut.»

«Ich habe doch nur dich! In diesen schrecklichen Zeiten, in

denen Barbaren unsere Stadt regieren», presste Maria stockend hervor.

«Habt Ihr mir vielleicht etwas zu sagen, etwas, das Ihr mir bisher verheimlicht habt? Gibt es vielleicht etwas, das Ihr mit mir teilen möchtet?», fragte er nun. Sein Ton bekam etwas Bedrohliches.

Maria Sahrenburg schüttelte heftig den Kopf.

Christoph stöhnte laut auf. «Mutter, es ist wirklich eine besonders schöne Kette, die Ihr da um den Hals tragt. Wieso habe ich sie noch nie zuvor an Euch gesehen?»

Seine Mutter schluckte. Allmählich schwante ihr, worauf ihr Sohn die ganze Zeit anspielte, aber woher sollte er von dieser Schatulle wissen? Sie überlegte fieberhaft. Was, wenn er nun auf Umwegen von diesem kleinen Vermögen erfahren hatte und erwartete, dass sie ihm etwas davon abgab? Wie sollte sie ihm begreiflich machen, dass der Schmuck nicht dazu da war, dass er oder sie sich daran bereicherte, sondern dass ihr endlich das gehörte, was ihr seit vielen Jahren ohnehin zustand, und dass sie es nie wieder aus der Hand geben würde.

Maria räusperte sich und log ihrem geliebten Sohn vor, ohne rot zu werden: «Da du dich so sehr für diese Kette interessierst, darf ich dir verraten, woher ich sie habe. Es war ein Geschenk meines Vaters zu meinem sechzehnten Geburtstag. Und wenn du dich weigerst, mir zu helfen, dann geh nur. Dich drängt es ja sicher nach deinen Gelagen.»

«Ach, Mutter, was denkt Ihr nur! Ich werde mich heute zusammen mit anderen Bürgern bei einem der Sammelpunkte einfinden, um bei der Befestigung der Stadtmauern mitzuhelfen, falls das kaiserliche Heer gegen Prag zieht.»

Maria sah ihn mit großen Augen an und stammelte: «Aber … aber das kannst du nicht tun. Du versündigst dich gegen Kaiser Matthias und Ferdinand, wenn du seinen Feinden, diesen Aufrührern, hilfst! Vergiss nie, sie haben unseren rechtmäßigen König beleidigt, aber Ferdinands Rache wird fürchterlich sein. Du bist einer der Unsrigen!»

Christoph lächelte spöttisch. «Jeder fünfte Bürger wird zwangsverpflichtet, und man kam drüben in das Haus in der Langen Gasse, um mir das mitzuteilen.»

«Aber du bist katholisch!», entgegnete Maria voller Entsetzen.

«Da wird jetzt kein Unterschied mehr gemacht. Wir sind zuallererst Prager Bürger.» Mit diesen Worten drehte sich Christoph um und ging pfeifend hinaus.

Maria Sahrenburg blieb am ganzen Körper bebend zurück. Ihr eigen Fleisch und Blut! Wie betäubt nahm sie die Kette ab und warf sie achtlos in die Schatulle, als jemand, ohne zu klopfen, ihr Zimmer betrat. Hastig fuhr sie herum. Es war Christoph, in der Hand einen Brief.

«Nun? Ist Euch etwas eingefallen, wie Ihr sie loswerden könnt?» Er wedelte ihr mit dem Brief vor der Nase herum. «Er wird wohl nicht mehr lange auf sich warten lassen! Eine Nachricht meines werten Bruders.»

Mit versteinerter Miene griff Maria danach. Der Brief war noch ungeöffnet, und sie faltete ihn mit zitternden Händen auseinander. Ihr schwante Übles. Mit trockenem Mund las sie seine Worte immer und immer wieder laut vor: *«Verehrte Mutter, bitte bereitet alles für die Hochzeit vor. Ich werde am Fünfundzwanzigsten des Monats bei Euch sein und wünsche, von Pater Markus gleich am nächsten Tag getraut zu werden. Wir werden auf Festlichkeiten verzichten müssen, und meine Braut und ich werden unter den gegebenen Umständen nur mit dem Segen des Paters sofort wieder nach Wien zurückkehren. Lasst Karola alle ihre Sachen packen. Ich darf Euch versichern, dass ich den Tag nicht herbeisehne, aber ich halte mich an mein Versprechen …»*

Maria ließ den Brief sinken und spie förmlich aus: «Heuchler, dieser verdammte Heuchler! Will uns weiterhin glauben machen, dass er sie verabscheut. Dabei wird er sich Nacht für Nacht unruhig in seinem Bett wälzen, weil er es nicht mehr aushält vor lauter Ungeduld!»

Christoph erwiderte ungerührt: «Liebe Mutter, Euer Gezeter wird Euch nicht dabei helfen, seine Ankunft zu verzögern. Ihr solltet lieber dafür sorgen, dass die gute Karola unser Haus rechtzeitig verlässt.» Er wirkte belustigt, fast so, als würde ihm Matthias' baldige Rückkehr Freude bereiten.

«Das darf nicht sein», murmelte seine Mutter. «Das darf alles nicht sein.» Sie kämpfte mit sich. Der Gedanke, ihrem Sohn von der Schatulle zu erzählen, behagte ihr ganz und gar nicht. Sie fürchtete sich vor seiner Maßlosigkeit. Andererseits war er ihre letzte Hoffnung. Sie brauchte ihn. Sie musste ihm ja nicht alles offenbaren. Bestimmt würde er sich schon über ein paar Goldtaler freuen.

«Ich könnte dir etwas geben, wenn du mir hilfst», presste Maria tonlos hervor.

Christoph erwiderte lauernd: «Was habt Ihr denn schon zu bieten? Über ein großes Vermögen verfügt Ihr ja dank Vaters Erbe nicht. Den Löwenanteil hat er seinem guten Jungen zugeschustert … Aber sprecht, was habt Ihr für mich?»

Maria zuckte unmerklich zusammen. In den Augen ihres Sohnes lag die nackte Gier. «Aber nur, wenn du sie noch heute für immer aus dem Weg räumst!»

Christoph hob abwehrend die Hände. «Mutter! Ihr wollt mich doch nicht etwa dazu anstiften, selber Hand anzulegen? Ich mag ein Spieler sein, aber ein Mörder bin ich nicht!»

«Dann flehe ich dich an: Bitte sage mir, wie können wir sie sonst loswerden?»

Christoph legte die Stirn in Falten und überlegte. Nach einer Weile, in der seine Mutter vor lauter Ungeduld die Luft anhielt, sagte er mit einem Lächeln: «Ich würde einen Brief an die Braut schreiben lassen, in dem steht, dass der edle Matthias sie wegen der abscheulichen Verbrechen, die ihre Glaubensbrüder gerade gegen seinen geliebten Kaiser und Namensvetter begehen, niemals wiedersehen möchte.»

«Gut, aber kannst du die Schrift deines Bruders so zu Papier bringen, dass sie wie echt aussieht? Vielleicht erzählen wir ihr einfach, dass er sie nie mehr sehen möchte?»

Christoph lachte höhnisch auf. «Das wird sie uns niemals glauben, bei allem, was Ihr ihr angetan habt. Sie vertraut uns gewiss nicht mehr.»

«Dann wird sie auch daran zweifeln, dass der Brief von ihm ist!»

«Nicht, wenn es seine Schrift ist. Dann werdet Ihr der Guten eben zum Vergleich ein Schriftstück zeigen, das von ihm stammt, und sie wird es glauben *müssen*.»

«Aber wer sollte das vollbringen? Das müsste ein wahrer Künstler sein. Wer ist denn zu so etwas in der Lage?», fragte Maria zweifelnd.

«Lasst mich nur machen. Ich kenne da einen Burschen, der könnte selbst päpstliche Bullen unseres Oberhirten Paul fälschen, wenn er denn welche zu besiegeln wünschte. Und jetzt gebt mir meinen Lohn. Ansonsten werde ich mich morgen auf eine kleine Reise begeben und den Besuch meines Bruders leider nicht miterleben.» Er lachte trocken auf.

«Aber du kannst mich doch jetzt nicht alleinlassen», entgegnete Maria erschrocken und fügte schwach hinzu: «Gut, dann lass deinen Fälscher zur Tat schreiten. Wir haben keine Zeit zu verlieren.»

«Dann schlagt ein, Mutter, und ich will kein Unmensch sein, wir teilen ihr Erbe!»

Maria wurde kalkweiß im Gesicht. «Erbe? Welches Erbe? Wovon sprichst du?», stammelte sie, aber Christoph murmelte nur: «Ohne Erbe keinen Fälscher, ohne Fälscher keinen Brief, und ohne Brief wird sie noch hier sein, wenn der feine Herr kommt, und ihm brühwarm von Euren Schandtaten berichten!»

Stöhnend drehte Maria ihm den Rücken zu und trat an ihre Truhe. Sie hob den Deckel hoch, holte die Schatulle heraus, stellte sie vor Christoph auf den Tisch und öffnete sie. «Bedien dich! Es ist Karolas Erbe», sagte sie mit Grabesstimme.

«Ich weiß. Kusenius hat Buch darüber geführt. Von Rechts wegen gehört es mir. Warum wolltet Ihr mir das eigentlich vorenthalten?», fragte Christoph scharf, während er in die Kiste langte und den Schmuck und das Geld genüsslich durch seine Finger rinnen ließ. Maria zog es vor zu schweigen. Christoph nahm ein paar Schmuckstücke in die eine und ein paar Gulden in die andere Hand.

«Das sind noch echte Goldstücke», schwärmte er nun, während er die Münzen in seiner Hand wiegte.

«Warum nimmst du nicht gleich alles?», fragte Maria voller Zorn, aber Christoph ließ sich die gute Laune nicht von seiner griesgrämigen Mutter verderben.

«Ein, zwei Gulden davon werden genügen, um mich von der Verpflichtung freizukaufen, den Aufständischen dabei zu helfen, die Stadtmauer zu befestigen. Was zurzeit nämlich noch mehr als Kampfgeist gefragt ist, das ist Bares. Ich vermute, ihre Kassen sind leer, und mit leerem Bauch kämpft es sich nun einmal nicht gut», erklärte er lachend und zwickte seiner Mutter beim Hinausgehen übermütig in die Wangen. An der Tür drehte er sich noch einmal um.

«Ich gehe jetzt etwas trinken, und Ihr schreibt einen Brief, bei dessen Lektüre Karola Kusenius das Heulen und Zähneklappern bekommt. Ich bin bald zurück mitsamt dem Fälscher, der Eure Worte in Matthias' Schrift zu Papier bringen wird. Denn bedenkt, viel Zeit haben wir nicht mehr!»

«Und wenn sie trotz allem in unserem Haus bleiben und ihn persönlich zur Rede stellen will?», fragte Maria ängstlich.

«Dann habt Ihr nicht die rechten Worte gefunden, die eine junge Liebende lesen muss, damit sie vor Verzweiflung in die Moldau geht», erwiderte er grinsend.

30

Karola stand in ihrem Lieblingskleid, das Haar frisiert und mit einer Perlenschnur verziert, am Fenster und blickte sehnsuchtsvoll hinaus. Das pflegte sie in den letzten Tagen ständig zu tun. Seit Maria Sahrenburg wieder das Zepter im Hause schwang, war ihre Hilfe nicht mehr erwünscht.

Karola wollte sein Pferd als Erste sehen. Immer wieder malte sie sich aus, wie er vor ihr stehen würde. Verschwitzt vom langen Ritt, staubig von der Landstraße, aber mit einem glücklichen Lächeln auf den Lippen. Und die würden nur danach dürsten, ihre zu berühren. Sie spürte wieder dieses Brennen in ihrem Bauch und stieß einen kleinen Seufzer aus. Hinter ihr räusperte sich jemand. Erschrocken fuhr sie herum.

Vor ihr stand Maria Sahrenburg, in der Hand einen Brief. Die Alte verzog ihr Gesicht zu einem schiefen Lächeln und überreichte ihr das Schreiben mit den Worten: «Er kann es wohl gar nicht mehr erwarten, dass er Euch noch von unterwegs schreibt, oder hat man ihn etwa noch einmal aufgehalten?»

Karola starrte fassungslos auf den Brief. Ihr wurde übel vor Enttäuschung. Sie wartete schon seit Tagen auf seine Ankunft, aber nun kam nur eine Nachricht. Vielleicht hatte die Sahrenburgerin recht, und er hatte voller Ungeduld einen Boten vorausgeschickt, aber so unvernünftig würde er nicht sein.

Ihm war es doch wichtig, dass er seine Gefühle vor der Familie verbarg.

«Wollt Ihr denn gar nicht wissen, was Euer Bräutigam Euch zu sagen hat?», fragte Maria Sahrenburg lauernd. Karola zögerte. Wenn sie den Brief schon öffnen musste, dann bestimmt nicht vor den Augen dieser Frau. «Ich möchte allein sein», erwiderte sie mit belegter Stimme.

«Nun gut», entgegnete die Alte und verließ zögernd das Zimmer. Kaum war sie gegangen, trat Karola ans Fenster und blickte hinaus. Der Brief in ihrer Hand fühlte sich an wie eine schwere Last.

Die Dunkelheit legte sich wie ein Schatten über die Stadt, und von der Moldau kroch Nebel durch die Gassen. Karola fröstelte. Ihr war, als hätte sie das alles schon einmal erlebt. Mit jeder Faser ihres Körpers spürte sie, dass ihr Gefahr drohte. Sie versuchte, gegen dieses Gefühl anzukämpfen, denn schließlich war gar nichts geschehen, außer dass Matthias ihr geschrieben hatte, aber sie konnte nichts dagegen tun. Ihr war unheimlich zumute. Wahrscheinlich ist er wirklich aufgehalten worden und hat mich nicht weiter beunruhigen wollen, redete sie sich gut zu.

Sie atmete noch einmal tief durch, bevor sie den Brief beherzt auseinanderfaltete und laut zu lesen begann: *«Karola Kusenius, ich schäme mich dafür, dass ich meine Familie Euretwegen so hintergangen habe. Dass ich Euch für ein liebenswertes Geschöpf Gottes hielt. Ich hoffe, mein Gott wird mir das verzeihen, denn angesichts der schrecklichen Untaten, die von Euren Glaubensbrüdern gegen meinen Kaiser begangen werden, möchte ich lieber tot umfallen, als mit Euch die Ehe einzugehen. Ich sage nur eines: Kommt mir nie wieder unter die Augen! Ich kehre nach Prag zurück, aber nur, um meine Mutter aus den Klauen der Ungläubigen zu retten. Sollte ich Euch bei meiner Ankunft in meinem Hause vorfinden, ich schwöre Euch, ich vergesse mich.*

Ich verfluche den Tag, an dem ich glaubte, Euch zu lieben. Nein, ich verabscheue Euch zutiefst, und ich würde nach allem, was die Euren verbrochen haben, niemals eine Lutheranerin zur Frau nehmen.»

Karola zeigte keine Regung. Im Gegenteil, sie las den ganzen Brief noch einmal. Seltsam unberührt, als ginge sie das alles nichts an. Erst beim dritten Mal stockte sie mitten im Lesen und starrte stumm auf die vernichtenden Zeilen.

In ihrem Kopf war alles leer. Sie konnte keinen klaren Gedanken mehr fassen, aber dann drang es langsam in ihr Bewusstsein: Die Zeiten hatten sich geändert. Seine Liebe war nicht stark genug, um dafür zu kämpfen. Nein, so konnte sie sich nicht in ihm getäuscht haben. Das hatte er nicht geschrieben, nicht Matthias!

Entschieden erhob sich Karola von ihrem Stuhl, um Maria Sahrenburg aufzusuchen. Sie trat ein, ohne zu klopfen. In der Hand hielt sie den Brief.

«Das ist niemals von Matthias verfasst!», schrie sie.

Die Alte sah sie mit gespieltem Erstaunen an. «Wovon sprichst du?»

Karola drückte ihr den Brief in die Hand. «Ich spreche von diesen Zeilen. Die sind nicht von ihm.»

Maria Sahrenburg las die Worte, die sie dem Fälscher vorgegeben hatte, ungerührt. «Erwarte kein Mitgefühl von mir. Ich bin froh, dass mein Sohn sich noch richtig besonnen hat.» Mit diesen Worten gab sie Karola den Brief zurück.

«Es ist nicht seine Schrift», wiederholte Karola, aber wie auf ein Stichwort hin drückte die Alte ihr ein paar Dokumente in die Hand. Zu schnell und zu bereitwillig, aber das nahm Karola nicht mehr wahr. Alle Papiere waren unterzeichnet von Matthias Sahrenburg, alle in genau derselben Schrift wie auf dem Brief!

Ein letzter Rest von Kampfgeist bäumte sich in ihr auf. «Ihr habt mir einst Euer Wort gegeben. Wenn ich Euer Haus verlasse, dann bekomme ich das Geld meiner Mutter zurück. Ich gehe.» Karola hielt die Luft an.

Die Alte aber brach in ein hämisches Lachen aus. «Alles gehört mir! Mir allein! Anna hat alles von meinen Eltern bekommen. Wie eine Schwester lebte sie in unserem Haus, aber sie musste ja alles haben. Alles! Ihr könnt Eure Kleider mitnehmen, aber mehr nicht!»

Wortlos drehte Karola sich um und rannte aus dem Zimmer der Sahrenburgerin. Auf dem Flur blieb sie atemlos stehen. Keine Sekunde länger wollte sie in diesem Haus bleiben. Ihr Vater hatte ihre Mutter also einst dieser Frau vorgezogen. Jetzt gab es keinen Zweifel mehr! Und Maria Sahrenburgs grenzenloser Hass verschlang nun auch sie, das Kind dieser Liebe. Einer Liebe, die der Sahrenburgerin nicht vergönnt war.

Karola setzte sich langsam in Bewegung und ging wie ein Geist zur Haustür. Sie besaß nichts mehr auf dieser Welt, und Matthias verhöhnte sie als Ketzerin! Ohne ihre Schaube über das Kleid zu ziehen, verließ sie wie betäubt das Haus.

Sie taumelte auf die Gasse hinaus. Der Nebel war so dicht, dass sie kaum die Hand vor Augen sehen konnte. Einen winzigen Augenblick lang musste sie daran denken, wie sie vor nunmehr fünf Monaten durch die Gassen geirrt und in die falsche Richtung gelaufen war. Wenn jetzt dunkle Gestalten aus dem Nebel auftauchen würden, es wäre ihr gleichgültig, so entsetzlich gleichgültig. Karola versuchte, eilig zur Moldau hinunter zu gelangen, und mit einem Mal sah sie zu ihrer Linken auch schon das Glitzern des Wassers. Der Nebel lichtete sich ein wenig, und sie ging, ohne zu überlegen, geradewegs in den Fluss hinein, bis sie bis zu den Knien im Wasser stand. Es war gar nicht so kalt, wie sie gedacht hatte. Noch ein paar Schritte, dann würde sie den Boden unter den Füßen verlieren, und der gnädige Fluss würde sie von ihrem Leiden erlösen.

Der Fluss, dessen Geruch Karola einst über alles geliebt hatte, stank auf einmal nach Tod und Verderben. In ihrem Innern war sie wie erfroren. Gefangen in dieser Kälte, in der sie nichts mehr fühlte, setzte Karola einen Fuß vor den anderen, bis eine kleine Welle kam und ihr das kühle Nass in den Mund spülte. Sie bekam keine Luft mehr, schluckte und hustete. Der Schreck, der ihr in alle Glieder fuhr, ließ sie erkennen, in welch furchtbarer Gefahr sie sich befand. Und dass sie nicht bei Sinnen gewesen sein musste, als sie den Weg in den Fluss wählte, der sie erbarmungslos verschlingen würde. Auf einmal war ihr nicht mehr gleichgültig, was mit ihr geschah. Das Herz, das eben noch wie ein Stein in ihrer Brust gelegen hatte, begann wie wild zu rasen.

Vorsichtig, ganz vorsichtig, setzte sie einen Fuß zurück, aber er fand keinen Grund mehr. Ganz deutlich spürte Karola Kusenius in jeder Faser ihres Körpers, dass sie leben wollte. Mit aller Kraft drehte sie sich um in Richtung Ufer und versuchte noch einmal, Halt zu finden, doch da fühlte sie schon, wie ihr Fuß langsam in dem schlammigen Boden einsank. Mit zusammengebissenen Zähnen versuchte sie, aufrecht stehen zu bleiben, obwohl das Gewicht der Röcke sie nach unten zog. Sie machte einen großen Schritt nach vorne. Und noch einen. Die Kleider zerrten und zogen an ihr, sodass sie all ihre Kraft aufbringen musste, um nicht doch noch vom Fluss verschluckt zu werden. «Nur noch ein paar Schritte», sprach sie sich selbst Mut zu und betete stumm, dass sie es schaffen würde.

Ihr Gebet schien erhört zu werden, denn das Wasser wurde immer flacher. Schließlich erreichte sie mit dem rechten Fuß das rettende Ufer. Sie atmete auf, doch in diesem Augenblick zogen die nassen, schweren Röcke noch einmal so kräftig an ihr, dass sie das Gleichgewicht verlor und nach hinten zurück ins Wasser kippte. So sehr sie sich auch bemühte, sie schaffte es nicht mehr, sich aus eigener Kraft wieder ans Ufer zu ziehen. Sie japste und keuchte, weil ihr Kopf immer und immer wieder unter Wasser gedrückt wurde. Es war so eisig kalt. Wenn ich nicht ertrinke, dann erfriere ich, dachte Karola noch, bevor das flache Wasser zum letzten Mal über ihrem Kopf zusammenschlug.

ZWEITER TEIL

24. September 1618 – Dezember 1619

Als am Abend die Wassernixe aus dem Wasser stieg, erblickte sie den Jungen an der Seite seiner Mutter. Und wie die Mutter die Nixe sah, setzte sie sogleich zu schimpfen und zu schreien an: «Du Bestie, du begehrst meinen Sohn? Zurück ins Wasser mit dir und such dir da einen Wassermann oder sonst ein Ungetier, das deinesgleichen ist!» Da glitt die Wassernixe wie ein Fisch zurück in den Teich – doch aus der Tiefe drang ihr lautes Jammern und Heulen. Der Jüngling aber stand für eine Weile wie versteinert da, dann sprang er hinter seiner Liebsten her. Und über ihm schloss sich das Wasser für immer.

aus: *Die Wassernixe aus dem Teich* (alte Prager Legende)

31

Die Brüder Czernin waren bei Anbruch der Dunkelheit mit gemischten Gefühlen zu ihrem Sammelplatz gegangen, um «Krieg zu spielen», wie Pavel es scherzhaft ausdrückte. Ihr Vater Wenzel hatte sie als *Habsburger Knechte* beschimpft, als sie offen angezweifelt hatten, ob dieser Probealarm in der Nacht wirklich dazu geeignet wäre, für den Ernstfall gerüstet zu sein. Die Regierung hatte die Bürgerbereitschaft organisiert, um sich so auf einen möglichen Angriff der kaiserlichen Truppen vorzubereiten.

Wie Jan und Pavel nicht anders erwartet hatten, herrschte an ihrem Sammelplatz auf der Kleinseite ein großes Durcheinander. Es kostete Pavel deshalb in dem schlechtorganisierten Gewühle keine allzu große Mühe, Jan zu überreden, sich schnellstens aus dem Staub zu machen. Allerdings hielten sie es für besser, ihrem Zuhause noch ein wenig fern zu bleiben, damit ihr gestrenger Vater nicht merkte, dass seine Söhne sich vor der Pflicht drückten, die Stadt gegen den Angriff der Kaiserlichen – und wenn er auch nur gespielt war – zu verteidigen. Ihr Vater nahm diese Übung bitterernst, und er hätte wohl sein Leben gegeben, um dabei sein zu dürfen, aber man hatte ihn wegen seines hohen Alters gar nicht erst aufgefordert, zum Sammelpunkt zu kommen. Der Probealarm in dieser Nacht war eine Übung für die jungen und gesunden Männer Prags.

«Er hat es wirklich getan!», stöhnte Pavel, während er mit seinem Bruder zur Moldau hinunterschlenderte. Es war eine kalte Nacht, und sie hatten es nur ihren hochgeschlagenen Pelzkragen zu verdanken, dass sie nicht froren. «Unser Vater ein Calvinist! Das kann ich meinen Freunden nicht erzählen. Wir haben einen erstklassigen Ruf als ehrbare Hussitenfamilie zu verteidigen. Unsere Vorväter haben für ihre Sache gekämpft, und jetzt konvertiert er zur Konfession der Härte. Keiner der Unsrigen war je Calvinist! Was ist bloß mit ihm geschehen?»

«Er hasst die Katholiken. Genau wie die Lutherischen. Ich glaube, er will unbedingt beim Aufstand dabei sein und setzt nun auf den calvinistischen Pfälzer als unseren neuen König. Es ist doch nur eine Frage der Zeit, wann sie den Habsburger Ferdinand endgültig absetzen», antwortete Jan und runzelte die Stirn.

«Und was denkst du? Ist der Pfälzer ein guter Kandidat?»

Jan zögerte mit seiner Antwort. Er war sich nicht sicher. Ihm wäre der Sachse wesentlich lieber, aber Georg war offensichtlich schlau genug, sich nicht vor den Karren der Aufständischen spannen zu lassen. Wer legte sich schon gern mit dem zukünftigen Kaiser an? Und das würde Ferdinand nach Matthias' Tod mit Sicherheit werden.

«Träumst du?», hakte Pavel nach.

«Nein, nein. Ich hätte natürlich lieber den Georg als König, aber selbst der Pfälzer Friedrich wird besser sein als der Steiermärker. Der würde nichts lieber tun, als der Böhmischen Konfession den Todesstoß zu versetzen», erwiderte Jan zögernd.

«Du hast ja recht, aber was ist das für eine Konfession? Confessio Bohemica? Die Lutherischen können uns nicht leiden, und wir die Lutherischen ebenso wenig. Die Böhmischen Brüder kochen ohnehin ihr eigenes Süppchen. Ich glaube, es krankt an unserer Uneinigkeit», seufzte Pavel und fügte nach einer Weile, in der sie schweigend an der Moldau entlanggegangen waren, nachdenklich hinzu: «Wie viel besser wäre es, wenn die Aufständischen mehr Rückhalt bei den Prager Bürgern hätten! Dann hätten sie auch nicht solche finanziellen Sorgen, weil die Bürgersleute nicht auf ihrem Geldsack sitzen würden, denn sie würden begreifen, dass es ihre Sache ist.»

«Schau, wie der Mond uns den Weg weist», antwortete Jan, der für heute genug von der großen Politik hatte und seinen Blick über den glitzernden Fluss schweifen ließ. In diesem Augenblick entdeckte er etwas im Wasser, das auf den ersten Blick wie ein toter Körper aussah. Ohne zu zögern, rannte er hinunter zum Ufer. Im flachen Wasser lag eine Frau, ihr Kopf halb unter Wasser. Jan zögerte nicht. Er ging ins Wasser, das ihm nur bis zu den Knöcheln reichte, packte die Frau unter den Achseln und zog sie an Land.

Pavel kam ihm zu Hilfe. «Das ist doch …», entfuhr es ihm voll Schrecken, und er hockte sich neben die leblos daliegende junge Frau, die sie neulich in der Kirche getroffen hatten.

Der junge Medicus legte seinen Kopf auf ihre Brust und lauschte. Sogar durch das Kleid konnte er ihren Herzschlag noch hören. «Sie lebt!», rief er erleichtert aus.

«Hat sie viel Wasser geschluckt?», fragte sein Bruder besorgt, aber da hatte Jan sie bereits auf den Bauch gelegt und hielt ihren Kopf in seinen Händen. «Das werden wir gleich sehen», erklärte er und wartete darauf, ob sie Wasser spucken würde. Nachdem sie unter lautem Husten einen Schwall Flüssigkeit von sich gegeben hatte, war alles totenstill. Jan zog seine Schaube aus und umhüllte damit die ohnmächtige junge Frau.

«Wir müssen uns sputen», drängte er und forderte seinen Bruder auf, sie hochzuheben.

«Bringen wir sie in die Kirche?», fragte Pavel.

«Damit sie dort jämmerlich erfriert?», gab Jan zurück und fügte entschlossen hinzu: «Wir bringen sie nach Hause, damit ich sie dort gesund pflegen kann.»

«Und Vater? Was wird Vater dazu sagen, dass wir ihm eine Lutherische aus der Moldau ins Haus bringen?»

Jan stöhnte auf: «Wer sagt ihm denn, dass sie eine ist?»

«Recht hast du», erwiderte Pavel, während er ihre Füße packte.

Sie war gar nicht so leicht zu tragen, aber das, so vermutete Pavel, lag weniger an ihrem Körpergewicht, als vielmehr an ihren schweren Röcken, die sich in der Moldau mit Wasser vollgesogen hatten.

«Was meinst du, Jan, sollen wir ihr nicht die schweren Kleider ausziehen?», fragte Pavel schnaufend.

«Niemals! Stell dir nur vor, sie wacht auf und ihre Kleidung ist nicht mehr da. Und außerdem sind wir bald zu Hause. Du wirst doch wohl nicht unter dem Gewicht eines Mädchens zusammenbrechen!», entgegnete Jan mit gespielter Strenge. Auch sein Atem ging schneller.

Nachdem die Brüder ihren Fund schnaufend und ächzend durch die halbe Stadt getragen hatten und erleichtert durch die Diele ihres Hauses stolperten, stellte sich ihnen ihr Vater in den Weg.

«Was ist denn das da?», fragte er mit einem abschätzigen Blick auf das leblose Frauenzimmer, das seine Söhne trugen und aus deren Röcken unablässig Wasser auf die Holzdielen tropfte. Als er keine Antwort bekam, fasste er ungeduldig nach: «Habt ihr eine Hure vor dem Ertrinken gerettet? Dann werft sie gleich wieder zu den Fischen! Oder was ist das sonst für ein unkeusches Weibsbild?»

«Vater, bitte, redet nicht so von ihr!», widersprach Jan entschieden, während sie das Mädchen an ihm vorbei die Stiege hinaufhievten.

«Wo bringt ihr sie hin?», fragte der kleine, hagere Mann mit dem verbitterten Zug um den Mund, aber sie blieben ihm eine Antwort schuldig.

«Wir legen sie in meine Kammer», schlug Jan vor. Sie verschwanden eilig mit ihr in Jans Kammer und schlossen die

Tür hinter sich. Ächzend legten sie die leblose Frau mit der tropfnassen Kleidung erst einmal auf den Boden.

«Was macht Ihr bloß für Dummheiten, Karola Kusenius?», murmelte Pavel, als er die junge Protestantin so bleich daliegen sah.

«Du kennst sogar ihren Namen?», fragte Jan verblüfft.

Pavel nickte. Diesen Tag vor nunmehr fünf Monaten würde er niemals vergessen. Der Tag der Defenestration. Und sie hatte ihm als Erste davon berichtet. «Sie heißt Karola Kusenius!»

Jan sah das halb ertrunkene Bündel Mensch, das nun einen wohlklingenden Namen hatte, voller Besorgnis an. «Ich glaube, wir müssen ihr die nassen Kleider ausziehen. Sonst kann sie nicht warm werden, und sie wird uns unter den Händen wegsterben.» Seine Stimme klang belegt.

«Und worauf wartest du dann noch?», fragte Pavel. Er bückte sich und machte sich daran, ihr Mieder zu öffnen.

Jan blickte verlegen zur Seite und stammelte: «Ich … ich … bisher … habe ich immer nur Männer behandelt und …»

«Hast du etwa noch nie ein nacktes Weib gesehen?»

Jan schüttelte verlegen den Kopf.

Pavel mochte kaum glauben, was er da hörte. «Du bist neunzehn! Warst du denn noch niemals bei einer Dirne?»

Jan funkelte seinen Bruder wütend an. «Wie kannst du es wagen, sie mit einer Hure zu vergleichen? Du sprichst ja schon wie unser Vater!»

Pavel stöhnte laut auf. «Ich vergleiche sie doch gar nicht mit einer Dirne. Ich frage mich nur, ob du so lange warten willst, bis der Tod sie geholt hat, nur weil du dich nicht traust, ihr die nassen Kleider auszuziehen?»

Jan schluckte. Er hielt den Kopf gesenkt und blieb seinem Bruder lieber die Antwort schuldig. Nein, er hatte noch niemals eine Frau ohne Kleider gesehen. Ganz im Gegensatz zu seinem Bruder, wie er in diesem Augenblick erkennen musste. Der machte sich nämlich ohne jegliche Scham und so geschickt, als hätte er schon so manches Mieder geöffnet, an ihrem Kleid zu schaffen. Jan zögerte. Seine Hände zitterten allein bei dem Gedanken, und diese Unsicherheit versuchte er vor Pavel zu verbergen, doch sein großer Bruder befahl einfach: «Los, fang du bei den Schuhen und Strümpfen an.»

Jan atmete tief durch und machte sich dann, so forsch er nur irgend konnte, ans Werk. Während er sie auszog, stellte er sich vor, sie sei irgendein kranker Mann, der ihn um Hilfe gebeten hatte.

«Hol ihr schnell etwas Trockenes zum Anziehen, etwas Warmes von deinen Sachen», ordnete Pavel an, während er den Oberkörper der Frau entblößte, als würde er nie etwas anderes tun. Jan versuchte nicht hinzusehen, doch dann konnte er nicht mehr anders. Beim Anblick ihrer weißen Haut und der üppigen Brüste stockte ihm der Atem. Er wandte sich hastig ab, ging zu seiner Truhe, öffnete sie und kehrte mit einer Hose und einem Wams zurück. Pavel hatte ihr inzwischen das nasse Kleid ausgezogen, und auch die Unterröcke lagen bereits auf dem Boden.

Jan hatte einen Augenblick lang das Gefühl, er müsste ohnmächtig werden. Diese ebenmäßige weiße Haut, die leichte Wölbung des schlanken Bauches, die schmale Taille … Höher wagte er nicht mehr zu blicken. Auf keinen Fall wollte er noch einmal diese Brüste betrachten.

«Sie ist wirklich hübsch», stellte Pavel ungerührt fest, während er seinem Bruder die Kleidung aus der Hand nahm.

Jan stand wie erstarrt da. Genauso gut kann er von einem gut abgehangenen Hasenbraten sprechen, schoss es ihm durch den Kopf. Wie kann Pavel nur so unbeteiligt von diesem Wunder der Natur sprechen? Natürlich wusste er aus seinen Studien, was das Weib vom Manne unterschied, aber das hier, das war etwas völlig anderes.

In diesem Augenblick stöhnte Karola leicht auf und hustete.

Jan beugte sich besorgt über sie. «Kommt, wacht endlich auf!», flehte er, aber mehr als ein gequältes Stöhnen und Husten kam nicht aus ihrem Mund. Jetzt erst sah er, dass ihre Lippen blau angelaufen waren. Sie zitterte am ganzen Körper. Nein, es war mehr als nur ein Zittern. Sie schüttelte sich wie im schlimmsten Fieber. Ihr Atem ging schneller, und sie hustete noch einmal trocken. Dabei verzerrte sich ihr Gesicht vor Schmerz, aber die Augen blieben geschlossen, während die Lider flatterten. Sie war noch nicht wieder bei Bewusstsein.

«Schnell!», rief er. «Die Kleidung, und dann die Decke.»

Geschwind zogen sie Karola an, hoben sie in Jans Bett und packten sie in dicke Decken. Es dauerte nicht lange, da standen Schweißperlen auf ihrer Stirn, und die Blässe ihres Gesichts verwandelte sich in ein ungesundes Rot.

«Wird sie überleben?», fragte Pavel voller Besorgnis.

«Los, bring mir nasse Tücher!», befahl Jan, legte vorsichtig seine Hand auf ihre Stirn und zog sie sogleich erschrocken zurück. Der Kopf des Mädchens glühte wie ein loderndes Feuer. Zum ersten Mal, seit er sie dort unten an der Moldau gefunden hatte, bekam er es mit der Angst, und er fürchtete, dass sie für immer von ihnen gehen könnte. Ihm wurde übel. Er schwor verzweifelt den heiligen Eid, dass er sie nicht würde sterben lassen, nicht jetzt, wo sie gerade wieder in sein Leben getreten war.

Pavel hielt ihm die feuchten Tücher bereit, und Jan wurde nicht müde, ihr damit die Stirn zu kühlen. Pavel sah ihm skeptisch zu, und Jan ahnte, was er dachte. Er glaubte offenbar nicht daran, dass diese Behandlung das Fieber würde senken können. Ob Pavel diese wunderschöne Frau schon aufgegeben hat?, fragte sich Jan. Das spornte ihn nur noch mehr an. Er würde es schaffen, Gevatter Tod dieses junge Leben, nach dem dieser bereits mit eisiger Kralle griff, wieder zu entreißen!

32

Die Brüder Czernin rührten sich in den folgenden Stunden nicht von Karolas Lager. Dabei vergaßen sie alles andere um sich herum. Sie wussten nicht einmal, ob es noch Nacht war oder schon wieder Morgen. Karolas rasselnder Atem war das einzige Geräusch, das die Stille, die in der Kammer herrschte, durchbrach.

Plötzlich aber wurde die Tür unsanft aufgerissen, und Wenzel Czernin platzte wie ein Rächer herein. Jan und Pavel, die gerade ein wenig vor sich hindösten, fuhren erschrocken hoch.

«Ihr seid mir noch eine Antwort schuldig. Wer ist dieses Frauenzimmer? Doch wer sie auch immer sei, bringt sie ins Spital zum Sterben. Wir sind kein Hospiz für Huren.»

«Sie wird nicht sterben», antwortete Jan tonlos und fügte nachdrücklich hinzu: «Und eine Hure ist sie auch nicht!»

Pavel bat den Vater, zu gehen und sie in Ruhe an ihrem Bett wachen zu lassen, aber Wenzel Czernin dachte nicht daran. Er baute sich angriffslustig vor Pavel auf und fragte streng: «Wer ist sie? Ist sie eine von deinen Straßenmädchen?»

Pavel überlegte noch, was er seinem Vater antworten könnte, ohne dessen Zorn allzu sehr zu erregen, als er Jan mit sanfter Stimme antworten hörte: «Das tapfere Mädchen wollte sich nicht nehmen lassen, mit den Männern den Alarm zu proben. Sie ist eine glühende Gegnerin der Habsburger Herrschaft und kämpfte mit wahrem Heldenmut.»

«Kämpfen? Frauen gehören versteckt, wenn die Habsburger kommen! Kämpfen ist Männersache!», knurrte ihr Vater.

«Sie konnte es aber nicht ertragen, daheim tatenlos zu warten. Sie möchte dem Feind, wenn er kommt, Widerstand leisten …»

«Ist sie etwa Lutheranerin?», unterbrach er Jan mit verächtlicher Stimme.

«O nein! Niemals!» Jan antwortete mit gespielter Empörung und fuhr einschmeichelnd fort: «Sie ist Calvinistin!»

«Dann müsst ihr ihre Eltern holen», antwortete Wenzel Czernin, und es klang schon ein wenig versöhnlicher.

Jan stöhnte auf. Offenbar fiel ihm so schnell keine neue Lüge ein, mit der er den Vater beschwichtigen konnte, aber da kam ihm sein Bruder mit sichtlichem Vergnügen zu Hilfe: «Ach, Vater, das wäre schön, wenn wir es könnten, aber sie ist erst kürzlich mit ihren Eltern aus der Pfalz hergekommen, und jetzt hat eine schlimme Krankheit Mutter und Vater dahingerafft. Sie ist ganz allein auf der Welt. Sie hat nur noch uns. Was würde unser Herr dazu sagen, wenn Ihr dieses arme, kranke Geschöpf auf die Straße jagtet? Ich glaube nicht, dass es sein Wille wäre.»

Jan nickte seinem großen Bruder anerkennend zu Die Geschichte war gut, sehr gut sogar, aber ob der gestrenge Vater sie ihnen auch abnehmen würde?

Wenzel Czernin legte seine Stirn sorgenvoll in Falten, als müsste er eine schwere Entscheidung fällen. «Nun gut», brummelte er schließlich. «Kein Christenmensch wird zu so etwas fähig sein. Es ist recht, dass ihr sie gesund pflegt. Wenn es ihr wieder besser geht, dann überlegen wir, was zu tun ist.» Er versuchte, unauffällig einen Blick auf das Mädchen zu erhaschen, aber er sah nur Tücher und Decken. Grübelnd verließ er die Kammer. Er fühlte, dass an der Geschichte etwas faul war. Seit er zum rechten Glauben gewechselt war und seine Söhne sich geweigert hatten, mit ihm zu konvertieren, war ihr Verhältnis zueinander gespannt.

In diesem Augenblick fiel ihm ein, was daran nicht stimmen konnte und warum.

Leise öffnete er die Kammertür. Mit innerer Befriedigung bemerkte er, wie Pavel und Jan zusammenfuhren, als er nun mit donnernder Stimme, die dem Jüngsten Gericht zur Ehre gereicht hätte, fragte: «Eure Geschichte will mir wohl gefallen, aber warum waren ihre Kleider nass? Es hat keinen Zweck zu leugnen. Ihr habt sie doch aus der Moldau gefischt!»

Pavel erholte sich als Erster von dem Schrecken. «Richtig, Vater, wir mussten sie aus den Fluten der Moldau retten. Stellt Euch vor: Sie war so mutig wie ein Kerl, und als unsere Söldner, die als Kaiserliche über die Karlsbrücke geritten kamen, sie greifen wollten, ist sie zum Ufer der Moldau entkommen und hineingesprungen.»

Wenzel Czernin sah skeptisch von einem zum anderen. Die Geschichte klang merkwürdig, zu merkwürdig für seinen Geschmack, und er nahm sich vor, andere zu befragen, wie es bei dem Probealarm zugegangen war. Ob wirklich Söldner als Kaiserliche über die Brücke geritten waren? Nein, nein, das kam ihm höchst seltsam vor. Und gnade ihnen Gott, wenn sie ihn belogen hatten! Aber erst einmal würde er vorgeben, dass er ihnen glaubte, damit sie sich in Sicherheit wiegten. «Nun gut», murmelte er. «Aber solltet ihr euch nicht endlich zur Ruhe legen?»

Wie aus einem Munde antworteten sie: «Wenn sie wieder bei Bewusstsein ist.» Als sich die Tür hinter dem Vater schloss, atmeten sie gleichzeitig auf.

«Ob er etwas gemerkt hat?», fragte Jan ängstlich. «Das mit den Söldnern, die als Kaiserliche verkleidet über die Brücke geritten kamen, ist in der Tat abenteuerlich, obgleich, vielleicht war es wirklich so. Wir sind ja vorher gegangen.»

«Er war nicht argwöhnisch. Wenn er auch nur das Geringste geahnt hätte, hätte er es fertigbekommen, sie noch in dieser Nacht hinauszuwerfen. *Eine Lutheranerin in meinem Hause, das dulde ich nicht!*» Pavel ahmte die Stimme seines Vaters nach und wedelte übertrieben mit den Armen, womit er seinen Bruder herzlich zum Lachen brachte. Doch dann wurde Jan sofort wieder ernst: «Aber in einem hat er recht. Wir sollten uns nicht alle beide die Nacht um die Ohren schlagen. Schlaf du erst einmal, dann wecke ich dich, und du kannst Wache halten.»

Pavel, dem die Lider schon ganz schwer waren, ließ sich das nicht zweimal sagen. Er legte sich auf den Boden und murmelte: «Ein wahrlich vernünftiger Vorschlag, aber in meiner Kammer bekomme ich kein Auge zu. Lasst mich bei euch bleiben.» Dann rollte er sich auf der Erde zusammen wie ein Neugeborenes.

Nach einer Weile hörte Jan seinen Bruder schläfrig fragen: «Ist deine Sorge um Karola die eines Arztes um seine Patientin, lieber Bruder, oder geht deine Fürsorge darüber hinaus?»

Jan fühlte sich ertappt, hatte er die schöne Karola Kusenius doch die ganze Zeit über mit dem Blick der Liebe angesehen. Seit er sie unbekleidet gesehen hatte, spukte nur noch ihr schöner Körper durch seine Gedanken. Er fühlte sich schlecht, weil er, obwohl ihr Leben an einem seidenen Faden hing, wollüstigen Gedanken nachhing.

«Träumst du, Bruder?», hörte er Pavel fragen. Und da wusste Jan, dass er endlich mit jemandem darüber sprechen musste.

«Ich sehe die Versuchung in ihr. Schon bei unserer ersten Begegnung, aber ich verachte mich ob dieser Begierde», antwortete er verschämt. Er ließ den Blick nicht von seiner Patientin, die nun in immer kürzeren Abständen von starken Hustenanfällen gepeinigt wurde. Trotzdem schien sie immer noch in einer Art Dämmerzustand zu verharren.

«Du sagst das so, als wäre es eine Todsünde. Dabei sprichst du von der Liebe, und die kann nicht schlecht sein.»

«Aber ich bin nicht reinen Herzens. Mein Körper ist in hellem Aufruhr, seit ich sie in der Kirchenbank habe sitzen sehen. Während sie davon sprach, dass sie einem anderen gehört, wollte ich sie besitzen. Während sie voller Angst von dem Jesuiten berichtete, sah ich sie in meinen Armen liegen. Das kann doch nur eine Sünde sein!»

«Jan! Warum quälst du dich so? Karola ist ein bezauberndes und durch und durch sinnliches Geschöpf, bei deren bloßem Anblick kein Männerherz unberührt bleiben kann.»

«Deines auch nicht?», rief Jan erschrocken aus.

Pavel lächelte. «Das könnte ich dir nicht versprechen, wenn ich nicht schon für ein wunderschönes weizenblondes Mädchen, die Tochter eines Predigers, entflammt wäre.»

«Das heißt, du begehrst Karola nicht?», fragte Jan erleichtert.

«Nein, ich begehre meine Alena, wenn es dich beruhigt, aber ich gebe zu, sie ist nicht die Erste, die ich zu besitzen gewünscht habe. Aber bislang habe ich meinen Körper nur mit denen der Huren vereint. Alenas Vater würde mich in der Moldau ertränken, wenn ich seine einzige Tochter unkeusch berühren würde. Ich glaube, ich muss sie bald heiraten. Sonst verbrenne ich.»

Letzteres sagte er übertrieben dramatisch, setzte sich auf, hockte sich vertraulich vor Jans Schemel auf den Boden und fragte ungläubig: «Und du hast wirklich noch niemals eine Frau berührt? Auch nicht während deiner Studien?»

«Nie», gab Jan zögernd zu. Er musste an das hübsche brünette Mädchen aus Wittenberg denken, die Tochter seines Mentors, die er bei jedem Besuch im Hause des Medicus heimlich betrachtet hatte. Er hatte sich aber nicht einmal getraut, sie anzusprechen. Und zu den Huren hatte es ihn niemals gezogen. Dazu hatten sich die warnenden Worte seines Vaters viel zu tief in sein Herz eingegraben. *Meide die Huren, das Glücksspiel und das Schwarzbier. Das alles ist Teufelswerk und nur dazu angetan, dir deine reine Seele zu rauben. Und nimm dich in Acht vor Frauen, die deine Sinne betören, mein Sohn, die sind verrottet und schlecht. Such dir ein braves Mädchen, das dir eine gute Gefährtin sein wird.*

«Jan? Was ist mit dir?», riss Pavel ihn mit besorgter Stimme aus seinen Gedanken.

«Ach, ich muss an Vaters Worte denken. Von der Verderbnis der schönen Weiber.»

«Verderbnis? Du weißt, warum Vater so über Frauenzimmer spricht?»

«Wegen unserer Mutter, deren Name nicht mehr über unsere Lippen kommen darf.» Jan stöhnte laut auf.

«Ja, unsere Mutter Marianne. Seit sie ihn für diesen fahrenden deutschen Prediger verlassen hat, hasst er alle Frauen, die hübsch anzusehen sind. Und Mutter war wunderschön. Er könnte es nicht ertragen, uns mit einer Frau zu sehen, die wir lieben, ehren und zugleich begehren. Er würde uns am liebsten mit Hutzelweibern verheiratet sehen. Also gib nichts auf sein Geschwätz. Wenn du dieses Mädchen liebst, versuche dein Glück.»

«Ich verspreche es. Wenn sie wieder zu sich kommt, dann werde ich mein Glück machen.» In diesem Augenblick sahen die beiden, wie Karolas Augenlider zu flattern begannen. «Ein Zeichen! Du solltest dein Glück sogleich versuchen», raunte Pavel seinem Bruder zu.

Jan, der Medicus, aber starrte Karola nur voller Panik an und brachte keinen einzigen Ton heraus. Das nervöse Flattern der Lider war ein sicheres Zeichen, dass der Tod noch immer in der Kammer umherschlich!

33

Karola Kusenius vernahm von ferne leises Stimmengemurmel. Diffus und nicht verständlich, aber irgendwie vertraut. Sie versuchte, sich an das Geschehene zu erinnern, und es fiel ihr nach einer Weile wieder ein. O nein! Der Schrecken fuhr ihr durch alle Glieder. Sie war in die Moldau gegangen. Wegen Matthias' Brief. Es tat ihr so unendlich leid. Niemals hätte sie mit klarem Kopf eine solche Todsünde begangen, aber sie schien trotzdem nicht in der Hölle zu sein. Ob das, was sie jetzt hörte, die himmlischen Heerscharen waren, und sie gleich vor dem Jüngsten Gericht stehen würde? Sie verstand nicht, was die Stimmen genau sagten, aber sie klangen irgendwie menschlich. Beinahe wie die beiden jungen Männer, die sie im Mai in der Kirche getroffen hatte. Vielleicht sprachen alle Engel so?

Karola versuchte ihre Augen zu öffnen, aber die Lider lagen schwer auf ihren Augäpfeln. Außerdem verspürte sie einen stechenden Schmerz in ihrer Brust. Sie atmete ein paar Mal tief durch, was ihre Qual jedoch nicht linderte. Im Gegenteil, sie hatte das Gefühl, als würde jemand mit Fäusten auf ihrer Brust herumtrommeln. Gab es im Jenseits solche unerträglichen irdischen Schmerzen? Vielleicht war sie doch in der Hölle gelandet? Noch einmal wollte sie tief durchatmen, doch sie bekam einen so heftigen Hustenanfall, dass sie fürchtete, sie müsste ersticken. Sie dachte plötzlich an den alten Pater von Sankt Thomas. Der hatte auch so schrecklich gehustet, kurz bevor es mit ihm zu Ende gegangen war. Noch einmal versuchte sie, die schweren Lider zu heben. Dieses Mal schaffte sie es.

Sie öffnete die Augen und blickte wie durch einen Nebelschleier in die besorgten Gesichter des Predigers und seines Bruders. Das waren keine himmlischen Erscheinungen. Die beiden waren eindeutig aus Fleisch und Blut.

«Wie bin ich hierhergekommen?», fragte sie heiser, während sie verunsichert von einem zum anderen blickte.

«Ihr seid wohl in die Moldau gestürzt, und wir haben Euch gefunden, als Ihr ohnmächtig am Ufer lagt. Und mein tapferer Bruder hat Euch aus dem Wasser gezogen», antwortete Pavel.

«Wo bin ich?», fragte sie. Wieder wurde sie von einem Hustenanfall geschüttelt.

«Habt Ihr Schmerzen in der Brust?», fragte Jan.

Sie nickte und merkte, wie eine bleierne Müdigkeit Besitz von ihr ergriff.

Vier Tage und Nächte lang sollte sie noch zwischen Wachen und Dämmern in dieser Kammer liegen. Jan und Pavel wichen nicht von ihrem Lager. Sie wechselten sich ab. Am fünften Morgen, nachdem er Karola aus der Moldau gefischt hatte, hegte Jan zum ersten Mal die Hoffnung, dass sie endlich außer Lebensgefahr war. Die vorangegangenen Nächte hatte sie im Fieber vor sich hin gedämmert, aber heute schien es ihm, als wäre es ein wenig gesunken. Ihr Kopf glühte nicht mehr wie ein Feuerball, und ihr Atem ging ruhiger.

Jan betrachtete sie gerade, als sie die Augen aufschlug. Es waren klare dunkelgrüne Augen, die gar nicht mehr so fiebrig glänzten und die ihn interessiert musterten.

«Ich nehme an, dass ich Euch mein Leben zu verdanken habe. Wenn ich mich recht entsinne, seid Ihr ein weitgereister Medicus.»

Jan errötete vor lauter Freude. Dass sie das noch wusste! «Wie geht es dem Schmerz in Eurer Brust?», fragte er, um zu verbergen, wie froh es ihn gemacht hatte, dass sie sich überhaupt noch an ihn erinnerte.

«Er ist kaum mehr zu spüren», antwortete Karola.

«Dann seid Ihr wieder genesen, und wir können Euch bald nach Hause schicken», entgegnete Jan.

Sofort legte sich ein Schatten über ihr blasses Gesicht. Sie rang nach Worten. «Ich habe kein Zuhause mehr. Ihr solltet daher wissen, dass ich Euch nicht einmal etwas dafür geben kann, dass Ihr mir mein Leben gerettet habt. Man hat mich bestohlen. Ich besitze nichts außer den Kleidern, die ich am Körper trage», brachte sie zögernd heraus. Dabei fiel ihr Blick auf das Wams, das sie trug. «Und nicht einmal die gehören mir.»

«Ihr seid überfallen worden?», fragte der junge Medicus.

«Nein, man hat mich auf noch gemeinere Art und Weise um mein Vermögen gebracht.»

«Aber wenn Ihr wisst, wer Euch bestohlen hat, dann können wir es doch von den Spitzbuben zurückholen.»

«So einfach ist das nicht», stöhnte Karola und ergänzte hastig: «Bitte respektiert, dass ich nicht darüber sprechen möchte. Allein der Gedanke daran zerreißt mir das Herz.»

«Darf ich denn fragen, was Ihr zu tun gedenkt, wenn Ihr wieder auf den Beinen seid?», fragte er stattdessen.

Karola antwortete seufzend: «Ich werde wohl zu meinem Onkel nach Amberg reisen.»

«Aber das ist gefährlich in diesen Zeiten! Überall in Böhmen wird gemordet und geplündert», erwiderte Jan besorgt.

«Aber ich weiß doch nicht, wohin ich sonst gehen soll. Ich habe keinen Menschen mehr, dem ich vertrauen kann.» Während Karola diese Worte sprach, schimmerte es verdächtig feucht in ihren Augen. Wieder spürte Jan das dringende Bedürfnis, sie zu trösten. Plötzlich überfiel ihn ein Gedanke, dessen Kühnheit ihn zugleich erschreckte und beflügelte: Er wünschte sich nichts sehnlicher, als sie zu besitzen. Und um dieses Ziel zu erreichen, gab es nur den einen Weg. Sein Herz pochte mächtig bei dem Gedanken. Ich muss auf der Stelle über meinen Schatten springen, sprach er sich Mut zu.

«Karola, ich …» Er konnte nicht weitersprechen. Die

Stimme versagte ihm den Dienst. Er räusperte sich, bevor er zögernd fortfuhr: «Karola, Ihr spracht damals von Eurem Verlobten, dem Habsburger. Wenn Ihr sagt, Ihr seid allein, bedeutet das, dass er Euch nicht heiraten wird?»

Karola nickte schwach. Sie spürte, wie ihr schon allein bei der Erwähnung seiner Person die Augen feucht wurden. Schließlich konnte sie sich nicht mehr beherrschen. Ungehindert flossen die Tränen über ihr von den Leiden der letzten Tage gezeichnetes Gesicht.

Jans Herz klopfte bis zum Halse. Jetzt oder nie! Wenn er diese günstige Gelegenheit nicht nutzte, würde er sich seine Feigheit niemals verzeihen. Er holte noch einmal tief Luft, bevor er sich traute. «Karola, was würdet Ihr dazu sagen, wenn ich Euch einen Antrag machte?»

Sie sah ihn überrascht an. Ihr Schluchzen verebbte. «Ihr würdet mich heiraten?», fragte sie so ungläubig, als hätte sie sich verhört.

«Bitte werdet meine Frau!», stieß er aus und ergriff ihre Hand, die sie sogleich hastig zurückzog.

«Ich wollte Euch nicht zu nahe treten», entschuldigte sich Jan verunsichert über ihre heftige Abwehr. Er fragte sich, ob er ihre Reaktion bereits als Ablehnung seines Antrags würde verstehen müssen. Und wenn schon, dachte er, ich werde nicht aufgeben. Noch nicht! Aufgeregt stammelte er: «Ich weiß, Ihr liebt mich nicht, aber ich würde Euch Zeit geben und Euch nicht bedrängen, auch wenn Ihr meine Frau seid.» Er sah sie flehend an.

Karola stammelte ungläubig: «Aber … aber … ich kenne Euch doch gar nicht. Und Ihr mich nicht. Und ich dachte eigentlich, Ihr mögt mich nicht besonders.»

«Das ist nicht wahr!», widersprach er heftig. «Seit unserer ersten Begegnung in der Kirche ist kein Tag vergangen, an dem ich nicht an Euch gedacht habe. Und wenn Ihr nicht von diesem Habsburger erzählt hättet, der Euch holen wird, ich ... Karola Kusenius, mein Herz gehört Euch von der ersten Stunde an. Ich werde dafür sorgen, dass Euch kein Mensch jemals mehr ein Leid zufügen wird. Und bedenkt! Was könnt Ihr sonst schon ohne Geld und ohne Schutz anfangen?»

Prüfend betrachtete sie den jungen Mann mit dem blonden glatten Haar und den weichen Gesichtszügen. Er hat ein bisschen was von einem Mädchen, dachte Karola und erschrak bei dem Gedanken, dass er niemals würde ein Feuer in ihr entfachen können. Ist das wirklich alles, dieses Feuer?, fragte sie sich streng. Schließlich hat er mein Leben gerettet, und ich bin ihm zu Dank verpflichtet. Und wenn es ihn glücklich macht, dass ich seine Frau werde, dann kann ich ihm diesen Wunsch doch erfüllen. Jetzt, wo der Mann, den ich von Herzen geliebt habe und immer noch liebe, mich einfach verstoßen hat. In ihrem Kopf schwirrte alles durcheinander. Sie räusperte sich. «Ich weiß Euren Antrag zu schätzen, aber werdet Ihr mich nicht eines Tages hassen, weil meine Gefühle für Euch die einer Schwester sind und nicht die einer liebenden Frau?»

Sie sahen einander an. In seinen Augen stand statt des blanken Entsetzens so etwas wie freudige Überraschung geschrieben. «Ihr würdet meinen Antrag also annehmen?»

Karola musste den Blick abwenden. Das war alles so unwirklich. Ich sollte es ihm ausreden, dachte sie, und sie antwortete gequält: «Wenn ich es tue, dann müsst Ihr wissen, wie es um meine Gefühle bestellt ist. Dann will ich unsere Ehe nicht mit einer Lüge beginnen. Ich könnte Euch nur heiraten, wenn Ihr nicht sogleich auf Eurem ehelichen Recht besteht. Und ich würde verstehen, dass Ihr Euch darauf nicht einlassen könnt.»

«Aber das verspreche ich Euch!», erklärte er überschwänglich. «Ich lasse Euch alle Zeit, die Ihr braucht, und ich werde

Euch zu gar nichts zwingen! Niemals, das schwöre ich Euch bei meinem Leben!»

Karola schluckte. Er schien sie um jeden Preis heiraten zu wollen. Hatte sie denn überhaupt eine andere Wahl? Sie besaß ja nicht einmal die Mittel, nach Amberg zu reisen, und sie konnte den ruhigen Medicus eigentlich recht gut leiden. Wahrscheinlich war das der einzige Weg für sie, um überhaupt zu überleben. Wer weiß, vielleicht würden sie, wenn sie sich erst einmal aneinander gewöhnt hatten, sogar glücklich miteinander werden und eine richtige Familie haben. Irgendwann, wenn die alten Wunden verheilt waren.

Karola rang sich zu einem Lächeln durch und sagte: «Ich sollte vielleicht erst einmal Euren Namen wissen, bevor ich mir die Frage stelle, ob ich Eure Frau werden könnte.»

Er lächelte zurück, und dieses Lächeln hatte durchaus etwas Gewinnendes. Karola war fest davon überzeugt, dass er ein guter, ehrlicher Mann war.

«Ich heiße Jan», erwiderte er und strich ihr dabei flüchtig und zart über die Wange. Dieses Mal wehrte sie sich nicht. Dazu war es auch viel zu schnell gegangen.

«Jan, ich werde noch eine Nacht darüber schlafen und Euch morgen meine Antwort geben», sagte sie schließlich. Es rührte sie, zu sehen, wie glücklich ihn allein schon die Hoffnung machte. Seine Augen leuchteten. Sie konnte es sich zwar nicht erklären, was er an ihr fand, an einer Fremden, die ihm ins Gesicht sagte, dass sie seine Gefühle nicht erwiderte, aber er schien trotzdem außer sich zu sein vor Freude, denn er versicherte ihr nun: «Glaubt mir, ich werde Euch auf Händen tragen und nicht anrühren, wenn Ihr es nicht wollt. Ich will nur bei Euch sein und …»

In diesem Augenblick betrat Pavel die Kammer. Jan unterbrach erschrocken seine Rede.

«Unserer Patientin scheint es ja wieder recht gut zu gehen», scherzte der Prediger, als er Karola aufrecht im Bett sitzen sah. Mit einem Blick auf seinen Bruder fragte er lachend: «Und was ist dir Gutes widerfahren? Du strahlst ja wie die Sonne selber. Hat sie dir die Ehe versprochen?»

An Jans erschrockenem Blick konnte er unschwer erkennen, dass seine spaßig gemeinte Bemerkung offenbar bitterer Ernst war. «Ihr wollt doch nicht wirklich heiraten?», fragte er sicherheitshalber noch einmal nach.

«Doch, sie wird meine Frau!», antwortete Jan entschlossen.

Karola stutzte. Hatte sie ihm nicht eben gerade deutlich gemacht, dass sie noch eine Nacht darüber nachzudenken wünschte?

«Ich wusste gar nicht, dass mein Bruder ein solcher Draufgänger ist. Ich dachte schon, ich wäre schnell in der Liebe», rief Pavel scherzhaft aus.

Karola überlegte noch, ob sie ihm sagen sollte, dass sie sich noch nicht entschieden hatte, ob sie einen Mann heiraten durfte, der so gar nichts in ihr zum Klingen brachte, aber da legte Jan bereits den Arm um sie und sagte voller Stolz: «Manchmal bedarf es eben keiner großen Worte, um zu wissen, dass man füreinander bestimmt ist.»

Karola stieß einen tiefen Seufzer aus. Vielleicht war es sogar von Vorteil, dass er die Entscheidung traf. Ihr Verstand riet ihr zwar zu dieser Ehe, aber ihr Herz hätte sich wahrscheinlich niemals zu einem Jawort durchringen können.

«Weiß Vater es schon?», entfuhr es dem großen Bruder.

Täuschte Karola sich, oder zuckte Jan bei dieser Frage zusammen? Dann schüttelte er mit dem Kopf und brummte: «Ich werde es ihm mitteilen, sobald meine Braut wieder auf den Beinen ist.»

«Unser Vater wird Euch bestimmt mögen», bemerkte Pavel schnell, aber er konnte nur mit Mühe verbergen, dass er selber nicht an seine Worte glaubte.

Karola überlegte hin und her, ob sie den Brüdern nicht doch erzählen sollte, wie man sie um Haus und Erbe gebracht hatte. Ein Mann an ihrer Seite könnte sogar als ihr Kriegsvogt vor Gericht ziehen. Andererseits würde sie, wenn sie das Haus erwähnte und damit auch die Sahrenburgs, vor Jan kaum verbergen können, wie heftig ihr Herz noch immer für Matthias schlug. Besser wäre es, die Sache auf sich beruhen zu lassen und ein neues Leben anzufangen. An der Seite eines Mannes, der sie offenbar wirklich liebte, wie sie unschwer an seinem zärtlich besorgten Blick erkennen konnte.

«Aber ich muss doch nicht Euren Glauben annehmen?», fragte sie zaghaft.

Pavel sah sie erstaunt an: «Nein, ich kann Euch in Eurem Glauben vermählen. Es ist nur so, dass unser Vater noch nicht weiß …»

In diesem Augenblick klopfte es, und Wenzel Czernin betrat die Kammer. Karola erschrak. Seine Erscheinung erinnerte sie unwillkürlich an die Sahrenburgerin. Er war ganz in Schwarz gekleidet, hatte ein hageres, beinahe ausgezehrtes Gesicht und kleine dunkle Augen. Das Weiß in seinen Augen besaß einen Stich ins Dunkelgelbliche. Sein Gesicht war zerfurcht, und besonders die Falte zwischen seinen Augenbrauen hatte sich tief in seine Stirn eingegraben.

Bevor er den Mund aufmachen konnte, erklärte Jan mit fester Stimme: «Lieber Vater, Karola Kusenius und ich werden heiraten.»

Wenzel Czernin funkelte seinen Sohn verächtlich an. «Ich möchte, dass du ein braves Mädchen zum Eheweib nimmst und nicht so eine Person. Sieh sie dir doch an, ihr Haar fällt unzüchtig auf die Schultern, ihr Blick ist verschlingend, und sie trägt ein Männerwams.»

Karola zog die schützende Decke hoch bis zum Hals.

«Vater, ich möchte nicht, dass Ihr so abschätzig über meine

Braut sprecht», sagte Jan. Dabei griff er nach ihrer Hand und hielt sie ganz fest. Sie ließ ihn gewähren.

Da mischte sich auch Pavel ein: «Lassen wir die beiden allein. Sie haben sich das Jawort gegeben, und es wäre nicht rechtens, wenn Ihr diese Ehe zu verhindern sucht.»

Wenzel Czernin wischte den Einwand seines Ältesten mit einer abwehrenden Handbewegung weg und wandte sich an Jan. «Du rennst in dein Unglück, denn sie hat den Teufel im Leib. Ich sehe doch auf den ersten Blick, dass das Weib dort sein Leben nicht in den Dienst des Herrn stellen wird.» Er trat ganz nah an Karola heran. Sie konnte seinen Atem riechen. Der Alte schien einen faulenden Zahn zu haben, denn er stank aus dem Mund.

«Erzähl mir doch etwas über Calvins Lehre!»

Jetzt stand er fordernd vor ihrem Bett und sah sie an, als wüsste er schon, dass sie nichts dazu sagen konnte, weil sie diese Lehre gar nicht kannte.

Karola hörte, wie die Brüder tiefe Seufzer ausstießen. Sie aber hielt dem Blick des alten Mannes stand und antwortete, ohne zu zögern: «Ich kann Euch etwas über Luthers Lehre sagen, wie es mich mein Vater gelehrt hat.»

Einen Augenblick lang herrschte Totenstille in der Kammer. Plötzlich fing Wenzel Czernin an, sich die schütteren Haare zu raufen und zu klagen: «Herr, ich wusste, dass man mich in meinem eigenen Hause belügt und hintergeht. Es gab keine Söldner, die in der Nacht des Probealarms über die Karlsbrücke ritten! Aber dass mein eigen Fleisch und Blut es auch noch wagt, mir eine Lutheranerin ins Haus zu bringen, das, o Herr, wirst du hart bestrafen müssen!»

Karola hielt den Atem an. Sie fühlte sich seltsam beschützt von den zwei tapferen Brüdern.

«Lasst sie in Ruhe! Hört Ihr? Sie ist eine Christin wie Ihr und ich. Und Ihr werdet jetzt nicht weiter Euer Gift versprühen!», fauchte Pavel wie ein wildes Tier, das sein Junges verteidigte. Dabei hatte er einen Schritt auf seinen Vater zugemacht. Fast sah es so aus, als würde er ihn gleich packen und eigenhändig aus der Kammer werfen.

Der Vater scherte sich jedoch nicht um die Worte seines Ältesten. «Dass du gegen mich bist, das weiß ich, aber dass du deinen Bruder jetzt mit in die Hölle ziehst, das ist ein Verbrechen. Warum nimmst *du* sie nicht zur Frau? Das wäre doch eine feine Frau für einen Prediger, wie du einer bist.»

«Karola wird *meine* Frau, und das wird unserem gemeinsamen Gott eine wahre Freude sein», protestierte Jan energisch und drückte Karolas Hand wie zur Bestätigung noch einmal ganz fest.

«Und mir wird es eine wahre Freude sein, den beiden den kirchlichen Segen zu geben», fügte Pavel kämpferisch hinzu.

Der schwarzgekleidete Vater der Brüder maß Karola mit einem vernichtenden Blick, presste seine schmalen Lippen noch fester zusammen und verließ mit gebeugtem Rücken die Kammer. Dabei stieß er laute Verwünschungen aus.

Die drei schwiegen eine Weile, bis Pavel schließlich erklärte: «Macht Euch nichts draus, Karola Kusenius, es geht nicht gegen Euch. Unser Vater wurde von unserer Mutter verlassen. Sie war so schön und blühend wie Ihr. Der Mann, dem sie folgte, war lutherischer Prediger. Das hat unseren Vater zu dem gemacht, was er heute ist. Mürrisch und unduldsam. Deshalb hält er es jetzt ja auch mit den Calvinisten, weil er glaubt, so den weltlichen Dingen am besten entsagen zu können.»

«Ich bin Euch so unendlich dankbar, aber darf ich von Euch erwarten, dass Ihr Euch meinetwegen mit Eurem Vater überwerft?», fragte Karola mit Tränen in den Augen.

«Seit er konvertiert ist, streite ich fast jeden Tag mit ihm. Auf einen Zwist mehr oder weniger kommt es nicht an. Es ist also keine Heldentat, die ich vollbringe», lachte Pavel.

Karola blickte von einem Bruder zum anderen. Plötzlich fiel ihr siedendheiß ein, dass sie überhaupt nicht wusste, wo sie sich überhaupt befand. War sie in der Altstadt oder in der Neustadt? War die Familie arm oder besaß sie Vermögen? Was sie in der Kammer sah, zeugte weder von Armut noch von Reichtum. Alles war einfach und schmucklos, aber ordentlich und sauber.

Karola versuchte zu lächeln, als sie zögernd fragte: «Verzeiht mir, aber ich wüsste gern, wo ich hier bin und wer Ihr seid.»

Pavel machte eine übertriebene Verbeugung und sprach wie ein Gaukler: «Ich bin der böhmische Prediger Pavel Czernin, und das ist mein kleiner Bruder, der große Arzt Jan Czernin, der nicht, wie es ihm seine Bildung – o ja, er hat sogar bei dem berühmten Jan Jessenius gelernt – erlauben würde, medizinische Werke zu verfassen und zu forschen bereit ist, sondern der als Arzt in der Stadt arbeiten wird. Und der am liebsten selber Hand anlegen und derlei Eingriffe vornehmen würde, die unseren Barbieren vorbehalten sind. Ihn fasziniert die Chirurgie, und es juckt ihn in den Fingern, aber er wird sich darauf beschränken müssen, sich mit dem Inneren des Menschen zu beschäftigen. Kurz, Ihr werdet die Frau eines kleinen Genies, das seine Fähigkeiten selbstlos in den Dienst der Menschheit stellt.»

Karola musste unwillkürlich lachen. «Das habe ich doch gar nicht gemeint. Ich möchte wissen, bin ich auf der Kleinseite oder gar in der Neustadt, ist Euer Vater vielleicht Prediger oder Barbier? Bin ich hier in einem Bürgerhaus, einer Hütte oder einem Palais?»

Pavel lächelte: «Unser Vater Wenzel Czernin ist Kleidermacher.»

Karolas Augen fingen zu glänzen an. «Kleidermacher? Wie mein Onkel. Das gefällt mir!»

Pavel grinste. «Dein Onkel ist Kleidermacher? Das ist eine

Fügung des Himmels! Verzeih, dass ich dich so vertraulich anrede, aber du gehörst ja jetzt zur Familie! Das solltest du ihm unbedingt sagen. Ich glaube, das könnte den alten Griesgram sogar deinen Glauben vergessen lassen. Er hält Kleidermacher nämlich für die besseren Menschen. Unser Haus auf der Kleinseite ist kein Palais, aber ein überaus vorzeigbares Bürgerhaus, wenngleich unser Vater, seit er konvertiert ist, darauf achtet, dass kein Schmuck diese Behausung ziert, damit wir nicht der ewigen Verdammnis anheimfallen, aber eigentlich können wir seiner Meinung nach ohnehin nichts dagegen tun. Gegen die Verdammnis! Das glaubt er jedenfalls.» Pavel machte eine Pause, um tief Luft zu holen, dann fuhr er nicht minder vergnügt fort: «Denn, liebe Karola, du musst wissen. Der Gott der Calvinisten hat die Menschen in eine Gruppe der Auserwählten und eine Gruppe der Nicht-Auserwählten geteilt. Für die Auserwählten hat Gott die Wiedergeburt vorgesehen. Die Übrigen bleiben unwissend. Laut diesem Calvin sind Letztere von Gott verdammt zum Weg in die ewige Hölle. Die Gründe, warum Gott einige erwählt hat, sind unbekannt. Die armen Nicht-Auserwählten können aber nichts dafür tun, um ein besseres Ende zu finden. Nicht einmal gute Werke helfen ihnen. Also könnte Vater auch tanzen und Bilder aufhängen, aber er hält sich eh für einen Auserwählten. Sollte er dich also noch einmal nach der Prädestinationslehre fragen, hau ihm das um die Ohren!»

Mit einem schelmischen Grinsen beendete der Prediger Pavel seinen Monolog über die calvinistische Lehre. Karola konnte nicht umhin, laut aufzulachen. So erheiternd war Pavels Vortrag gewesen.

34

Wenzel Czernin wagte kaum zu atmen. Nachdem er voller Wut einmal durch das ganze Haus gestapft war, war er zur Kammer seines Sohnes Jan zurückgekehrt, um ihm ins Gewissen zu reden. Was von dort drinnen für ketzerische Worte bis auf den Flur hinaus drangen, traf ihn bis ins Mark. Unfassbar, wie sein Ältester seinen Glauben verhöhnte! Er überlegte noch, ob er hineinplatzen und seinen Sohn wegen dieser schändlichen Worte zur Rechenschaft ziehen sollte, doch da hörte er Pavel fragen: «Sag mir, Karola, was ist eigentlich mit deinem Haus in der Langen Gasse?»

Wenzel Czernin meinte Erschrecken in der Stimme dieses Weibes zu hören, als es zögernd antwortete: «Ihr wisst, ich meine, du weißt von meinem Haus?»

Pavel erwiderte unbekümmert: «Du hast uns doch damals in der Kirche davon erzählt, dass dir dein Haus von diesem Habsburger weggenommen wurde.»

Wenzel Czernin hatte Mühe, seinen Zorn zu unterdrücken. Damals in der Kirche? Seine Söhne kannten dieses Frauenzimmer also schon länger und hatten ihn von Anfang an belogen. Er lachte höhnisch in sich hinein. Wahrscheinlich waren alle beide den Reizen dieses Weibes verfallen und drohten den Verstand zu verlieren.

«Mein Haus, das haben sie mir gestohlen», sagte Karola gequält.

«Dann hol es dir doch zurück», erwiderte Pavel.

Das Weib besaß ein Haus in der Langen Gasse? Ein Grund mehr für Wenzel Czernin, dem Gespräch zu lauschen. Er benötigte dringend mehr Raum für seine Näherinnen, denn die Nachfrage nach Schauben mit Pelzkragen war in den letzten Jahren ständig gestiegen. Kein Wunder, wo es doch manchmal bis weit in den Mai hinein noch erbärmlich kalt war. Da kam ihm ein Haus in der Altstadt gerade recht, wenn er sein Geschäft erweitern wollte. Die Lange Gasse war eine gute Lage. Sehr gut sogar!

Wenzel Czernin presste sein Ohr an die Tür.

Täuschte er sich, oder weinte sie jetzt? Er hielt den Atem an. Tatsächlich, sie schluchzte laut auf und sagte mit tränenerstickter Stimme: «Ich kann ohne männliche Protektion niemals vor Gericht ziehen, und ich fürchte mich davor, die Sahrenburgs zu verklagen. Dann käme nämlich zur Sprache, dass mein Vater das Haus angeblich beim Glücksspiel verloren hat, aber das glaube ich nicht. Niemals wäre er zu so etwas fähig.»

Czernin sog vor Empörung zu viel Luft ein, sodass ihn ein heftiger Hustenreiz überfiel, den er aber gerade noch unterdrücken konnte. Er lief zwar im Gesicht rot an, doch kein verräterisches Geräusch drang aus seinem Mund. Das wird ja immer schöner, dachte er, mein gutgläubiger Sohn hat sich die Tochter eines Würfelspielers eingehandelt. Andererseits erhöht das die Aussichten, sich das Haus zurückzuholen. Kein Gericht würde einem Spieler einen solchen Gewinn belassen. Und dann noch einem Habsburger. Nein, die hatten ausgespielt.

Er rieb sich schon die Hände bei dem Gedanken an das Haus, hielt dann aber erschrocken inne. Nicht dass sie ihn doch noch dabei ertappten, wie er hinter Türen lauschte. So etwas taten nur neugierige Frauenzimmer!

«Aber dennoch, du kannst doch nicht tatenlos zusehen, wie sie dich um dein Vermögen prellen!», hörte er seinen Sohn Pavel energisch antworten. Ihr Schluchzen wurde heftiger. Dann ertönte die sanfte Stimme seines Sohnes Jan.

«Bitte, Pavel, lass meiner Braut so viel Ruhe, wie sie zur Genesung benötigt, und verschone sie bitte mit diesen Dingen. Du siehst doch, dass es ihr nicht guttut, darüber zu sprechen.

Wozu brauchen wir ihr Haus? Wir haben ein Dach über dem Kopf.»

Dieser verdammte Narr!, dachte Wenzel Czernin zornig. Will er diese unnütze Person etwa durchfüttern? Von welchem Geld denn? Ach, Jan war ein naiver Träumer. Medicus wollte er werden. Wer hatte ihm das bloß eingeredet? Was für ein dummer Plan seines Sohnes! Sich der Kranken in der Stadt anzunehmen. Schon der Gedanke daran verursachte ihm Übelkeit. Seit Generationen übten sie das ehrbare Handwerk der Kleidermacher aus, und sein Vater hatte es unter Kaiser Rudolf als Hoflieferant zu einigem Wohlstand gebracht. Warum ehrten seine Söhne das Werk ihrer Vorväter nicht? Je mehr er darüber nachdachte, desto wütender wurde er. Diese ungeratenen Söhne! Prediger? Arzt? Pavel ist doch nur Prediger geworden, um mich zu ärgern, dachte Wenzel Czernin erbost. Vielleicht sollte ich alle beide enterben und mein gesamtes Vermögen für den Aufstand hergeben. Natürlich nur, wenn Präsident Roupov und seine Leute endlich den Pfälzer holen. Böhmen ohne König, das kann doch nur eine Übergangslösung sein. Es wird Zeit, dass der Steiermärker endgültig aus dem Land getrieben wird und der Pfälzer mit seinem Hofstaat aus Heidelberg kommt und auf der Burg residiert.

Wenzel Czernin musste sich zusammenreißen, um angesichts dieser quälenden Gedanken nicht laut aufzuseufzen. Für die Errettung von Jans Seele würde er notfalls kämpfen. Er liebte seinen Jüngsten auf eine Weise, die er sich selber nicht erklären konnte. Nein, Jans Seele war noch nicht verloren. Ganz im Gegensatz zu der seines älteren Bruders, der schon allein mit seinen derben Späßen zeigte, dass sie nicht mehr zu retten war. Prediger nannte er sich. Dabei war er nichts anderes als ein Possenreißer, dem es am wahren Glauben fehlte.

Aber nun wollte er mehr über dieses Haus erfahren. Von drinnen drang jedoch nur noch ein leises Schluchzen zu ihm.

Das interessierte den Kleidermacher allerdings nicht. Er musste unbedingt herausbekommen, was es mit dem Haus auf sich hatte, und wenn es auch nur annähernd für seine Zwecke geeignet wäre, würde er es sich holen. Von einem Habsburger. Das sollte kein Problem mehr sein! Er benötigte nur noch die Ermächtigung dieses Weibsbildes, für sie vor Gericht zu ziehen. Bislang hatte er jeden Prozess gewonnen, den er angezettelt hatte. Dabei machte es ihm nicht das Geringste aus, dass man schon über ihn lachte, weil er ständig vor Gericht zog. Ein Kunde, den er vor dem Richter wiedergesehen hatte, weil er nicht zahlen konnte, hatte ihn neulich erst einen «raffgierigen Teufel» genannt, aber was kratzte es ihn? Der Mann war im Kerker gelandet, nicht er, Wenzel Czernin!

Seine Laune stieg, und er schüttelte den lästigen Gedanken, ob es wohl unchristlich wäre, die Taler zu scheffeln wie die Bauern ihr Korn, einfach ab. Wer hart arbeitete, der durfte auch den Lohn seiner Arbeit einstreichen. Jawohl, daran glaubte er fest. Und an die Keuschheit! In diesem Augenblick verfluchte er, wie schon so oft, dass er viel zu spät auf den rechten Pfad der Tugend gefunden hatte. Hätte er damals schon mehr von den Auserwählten Gottes gewusst, er hätte sein Herz nicht an diese verdammte Schlange verloren, deren Namen er niemals wieder in den Mund nehmen würde. Und der sein Ältester dermaßen ähnlich sah, dass es ihn jedes Mal schmerzte, wenn er ihn ansah.

In diesem Augenblick hörte er tief in seinem gequälten Innern die Mutter seiner Kinder singen, wie sie es so oft getan hatte, und er hielt sich die Ohren zu, aber das half nichts. Das Lied hatte sich in seine Seele eingebrannt. *Ein feste Burg ist unser Gott.* Er hatte ihr verboten, dieses lutherische Lied zu singen, wie er ihr überhaupt verboten hatte, deutsch zu sprechen oder zu singen, aber sie hatte es immer wieder getan. Und einmal hatte er ihr deshalb mitten ins Gesicht geschlagen.

Am nächsten Tag war sie fort gewesen, und er hatte sie niemals wieder gesehen. Nun sang sie beinahe jede Nacht in seinen Träumen inbrünstig und mit glockenheller Stimme: *Ein feste Burg ist unser Gott*. Wie er dieses Lied hasste!

Er straffte die Schultern. Jetzt galt es, sich nicht von den Geistern der Vergangenheit irre machen zu lassen. Er musste handeln. Entschlossen klopfte er an die Kammertür.

Seine Söhne sahen ihn mit großen Augen an, als er eintrat und sie bat, die Kammer zu verlassen. Sie zögerten. «Ich muss mit der Braut unter vier Augen sprechen», sagte er in einem Ton, der keinen Widerspruch duldete. Unwillig standen die Brüder auf und verließen die Kammer, nicht ohne Karola aufmunternd zuzulächeln.

35

Wenzel Czernin betrachtete die junge Frau mit dem auffallend herzförmigen Mund neugierig, als er endlich mit ihr allein war.

Es schüttelte ihn, als er spürte, was dieses Mädchen selbst in ihm auslöste. Sie erregt die Sinne der Männer, dachte er voller Verachtung. Dann versuchte er, sich von ihrem Anblick loszureißen.

«Ich habe im Vorbeigehen zufällig gehört, dass Ihr ein Haus in der Langen Gasse besitzt, das Euch genommen wurde und das Ihr gerne zurück hättet.» Seine Stimme klang einschmeichelnd.

Karola nickte. «Es ist mein Elternhaus, und ein Habsburger hat es, so behauptet er, beim Würfelspiel gewonnen. Er besitzt ein Dokument, das mein Vater unterzeichnet und worin er ihm angeblich dieses Haus vererbt haben soll.»

Wenzel Czernin runzelte die Stirn. «Es dürfte in den neuen Zeiten, in denen wir leben, kein allzu großes Problem sein, das Haus zurückzugewinnen.»

«Aber ich weiß nicht, ob ich gegen seine Familie kämpfen möchte», gab Karola zu bedenken.

«Mein liebes Kind. Betrachtet es als Geschäft. Ihr gebt mir die Vollmacht, für Euch vor Gericht zu ziehen, und ich lege Eurer Eheschließung mit meinem Sohn keine Steine in den Weg.»

Karola seufzte. Hatte sie eine andere Wahl, als auf diesen Handel einzugehen? Sie konnte ihm ja schlecht sagen, dass sie selber große Zweifel hegte, ob sie diese Ehe eingehen sollte, weil sie einen anderen liebte. Doch an diese verlorene Liebe wollte sie nicht mehr erinnert werden. Der Gedanke schmerzte zu sehr. Und vielleicht half es sogar, ihre Wunden zu heilen, wenn das Unrecht, das Christoph ihr angetan hatte, endlich gesühnt würde.

«Dann versucht Euer Glück», entgegnete Karola schwach. Plötzlich fiel ihr etwas ganz anderes ein. «Euer Sohn sagte mir, Ihr seid Kleidermacher. Das ist mein Onkel in Amberg auch. Wäre es möglich, dass ich mir Eure Werkstatt einmal ansehen dürfte?»

Zum ersten Mal, seit sie in diesem Haus war, sah der Kleidermacher sie freundlich an. «Aber sicher, Ihr könnt so oft in die Werkstatt kommen, wie Ihr mögt. Könnt Ihr denn mit Dorn und Nadel umgehen?»

Karola nickte. «Aber meine Magd hat immer gesagt, dass es sich nicht schickt, wenn ich die Sachen selber nähe. Sie hat jenes Kleid dort nach meinem Entwurf für mich geschneidert.» Karola deutete auf ihr Lieblingskleid, das über einem Schemel hing. Czernin stand neugierig auf und nahm es zur Hand. «Ihr habt die Taille nach unten versetzt und weniger Stoff als üblich verwendet.»

Karola lächelte verlegen. «Ich mag diese Kleider nicht, die aussehen, als hätte man uns Frauen in ein Fass gesteckt.»

«Interessant», murmelte Wenzel Czernin. «Gerade neulich kam eine junge Frau in die Werkstatt, die mich bat, ihrem Kleid ein wenig die Fülle zu nehmen. Ich konnte ihr nicht helfen, weil ich nur die üblichen Schnitte besitze. Ich hatte keine Vorstellung, wie ich das bewerkstelligen sollte.»

Karola setzte sich vor lauter Aufregung in ihrem Bett auf. «Das Gewand ist durch das Wasser der Moldau nicht mehr so ansehnlich, aber ich würde versuchen, Euch ein neues zu nähen, das Ihr der Dame zeigen könnt. Vielleicht lehrt Ihr mich dafür, richtig mit Nadel und Dorn umzugehen.»

Wenzel Czernin hielt das Kleid noch immer in der Hand und betrachtete es wie ein Wunder. «Ich erwarte Euch in der Werkstatt, sobald Ihr genesen seid. Ihr müsst nur ein paar Schritte gehen. Sie ist im Hof hinter dem Haus, aber das werde ich Euch dann zeigen.» Er lächelte in sich hinein. Das war gut. Sehr gut sogar. Die jungen Kundinnen mit ihren Sonderwünschen hatten ihn in letzter Zeit arg gebeutelt. Wenn sie dieses Gewand mochten, dann konnte daraus tatsächlich ein großes Geschäft werden. Und wenn er dann auch noch weniger Stoff brauchte als sonst … Ja, wenn die jungen Töchter und Eheweiber der neuen Mächtigen in der Stadt Gefallen an dem Kleid fanden, stiegen seine Aussichten, zum Hoflieferanten aufzusteigen. Wie einst sein Vater. «Und nun ruht Euch aus», verabschiedete er sich väterlich und verließ die Kammer.

«Danke», hauchte Karola und sank erleichtert in ihre Kissen zurück. Bei der Aussicht, ihr eigenes Kleid schneidern zu dürfen, lächelte sie versonnen.

Als die Brüder den Kopf zur Tür hereinsteckten, wollten sie ihren Augen nicht trauen. «Ich habe erwartet, dass du in Tränen aufgelöst bist, aber du lächelst ja selig», bemerkte Pavel erstaunt.

«Er wird nicht länger gegen die Ehe mit einer Lutheranerin wettern.»

Jan sah sie erschrocken an. «Du wirst doch nicht etwa Calvinistin?»

«Gott bewahre!», erwiderte Karola. «Er wird das Haus in der Langen Gasse für mich zurückholen, und ich werde in seiner Werkstatt ein Kleid nähen dürfen.»

Pavel lachte. «Ach, daher weht der Wind. Du hast meinen Rat befolgt, ihm Honig um den Bart zu schmieren, weil er Kleidermacher ist.»

«Ich darf selber nähen», rief sie fröhlich aus. In ihrem Überschwang umarmte sie Jan, was sie allerdings schon im selben Augenblick bitter bereute. Seine leuchtenden Augen ließen befürchten, dass er ihre schwesterliche Umarmung missverstand.

36

An diesem sonnigen Tag im Dezember des Jahres 1618 pfiff ein eisiger Wind durch die Gassen Prags. Dieser Tag sollte, wie Tereza ihr einst versichert hatte, der glücklichste im Leben jedes jungen Mädchens werden, doch Karola empfand, so sehr sie sich auch bemühte, nichts als tiefe Traurigkeit.

Sie mochte am Morgen gar nicht erst aus ihrem warmen Bett kriechen. Heiße Tränen flossen ihr über das Gesicht. Sie schalt sich deswegen, doch das nützte nichts. Sie fühlte sich so undankbar. Ein schöner Tag, redete sie sich gut zu, heute ist ein schöner Tag, ich werde Jans Frau. Er hatte sich während der vergangenen Wochen als ein wunderbarer Freund erwiesen. Und auch sein Vater war die Höflichkeit in Person, seit er ihren fertigen Entwurf gesehen hatte. Er hatte ihr inzwischen beigebracht, wie man fachmännisch mit Elle und Nadel umging, und sie gelobt wegen ihrer Geschicklichkeit. Gleich nach der Hochzeit würde sie sich daran machen, ihr erstes Kleid zu nähen. Und das Allerschönste war, Wenzel Czernin hatte sie sogar gebeten, sich an dem Entwurf für eine Schaube zu versuchen. Sie fühlte sich willkommen in dieser Familie, und sie hätte gern zwei solche Brüder gehabt wie Pavel und Jan. Nur Jans Frau wollte sie nicht werden.

Ihr Blick verfinsterte sich. Sie schätzte den jungen Medicus wirklich, aber jeder noch so flüchtige Kuss ängstigte sie zutiefst. Eines Tages, da gab es kein Entrinnen, würde sie ihm ganz gehören. Und diesen Tag fürchtete sie mehr als alles andere auf der Welt. Wenn er wüsste, dass ich mich in der letzten Nacht wieder einmal hemmungslos nach Matthias verzehrt habe, dachte sie beschämt. Sie hatte schon wieder von ihm geträumt. Mit einem Brennen auf ihren Lippen war sie erwacht. Dem Brennen seines Kusses. Sie spürte es noch.

Karola schluchzte auf. Plötzlich war ihr, als würde sie Matthias verraten. Dabei hatte er sie doch verstoßen, und sie konnte sich glücklich schätzen, einen so guten Mann wie Jan Czernin zu bekommen. Und dennoch, wenn sie an die bevorstehende Hochzeit dachte, wurde ihr schmerzlich bewusst, dass sie damit die Hoffnung für immer aufgab. Welche Hoffnung eigentlich?, fragte sie sich zum wiederholten Male. Matthias hatte in Wien bestimmt längst eine andere zur Frau genommen. Und trotzdem, die Vorstellung, noch an diesem Tag in der Kirche der Heiligen Dreifaltigkeit die Ehefrau von Jan Czernin zu werden, erfüllte sie mit tiefer Verzweiflung.

Karola wischte die Tränen von den Wangen und zwang sich, ein anderes Gesicht aufzusetzen. Sonst würde ihr jeder die Spuren ihrer Seelenpein ansehen können. Sie sollte sich endlich zusammenreißen. Eine strahlende Braut sein! Doch statt ihre Vorsätze zu befolgen, drehte sie sich noch einmal um und starrte düster gegen den schweren Samtvorhang ihres Bettes.

Ein Klopfen an der Tür riss sie aus ihren Gedanken. Schüchtern und verlegen trat Jan in ihre Kammer. Mit einem Kleid über dem Arm.

«Dein Hochzeitskleid. Ich habe es von Vater nähen lassen», sagte er errötend und hielt ihr das Gewand hin.

Karola starrte entsetzt auf das schmucklose Kleid aus grobem Tuch, das in ihren Augen nichts, aber auch gar nichts Anmutiges besaß. «Das ist ja grässlich!», entfuhr es ihr. Sogleich bereute sie ihren Wutausbruch, denn Jan stand mit gesenktem Kopf vor ihr. Wie ein gescholtenes Kind.

«Es tut mir so leid, dass du es nicht magst. Vielleicht hätte ich es entgegen der Tradition dich aussuchen lassen sollen. Aber Vater hat auch nicht die Farbe genommen, die ich gewählt habe. Ich hätte es mir in einem Rot gewünscht.»

Karola stieß beim Anblick des grauen Tuchs einen tiefen Seufzer aus. Dann wandte sie ihren Blick Jan zu. Er kann doch nichts dafür, dachte sie, und sie begann sich darüber zu ärgern, dass sie nicht auf den Gedanken gekommen war, für die Hochzeit mit Jan selber ein Kleid zu entwerfen. Im Grunde ihres Herzens jedoch wusste sie, warum. Es gab eine Zeichnung. Am anderen Ende der Stadt in einem Palais. Und dass Wenzel Czernin seine zukünftige Schwiegertochter nicht mit Samt und Seide ausstatten würde, das hätte Karola sich denken können. So begierig er auf ihre Entwürfe für seine Kundinnen war, so missbilligend sah er sie an, wenn sie ihr Lieblingskleid trug.

«Ich ziehe es flugs an. Bestimmt sieht es viel prächtiger aus, als ich befürchte», versuchte Karola ihren Bräutigam zu trösten.

Jan rang sich zu einem Lächeln durch. «Ich liebe dich, ganz gleich, was du trägst.»

Karola erwiderte sein Lächeln und bat ihn, er möge sie jetzt allein lassen. Ihr Lächeln erstarb, kaum dass er ihre Kammer verlassen hatte. Voller Abscheu zog sie ihr Hochzeitskleid an und befühlte den Stoff. Sie schüttelte sich. Er war hart und kratzig. Und der einzige Schmuck war ein weißer Spitzenkragen. Fassungslos sah sie an sich herunter. Das Kleid bauschte sich hässlich um ihren Körper und ließ sie aussehen, als wäre sie kurz vor der Niederkunft. Niemals zuvor hatte Karola Kusenius ein solch trostloses Gewand besessen, und sie nahm sich fest vor, sich umgehend eine neue Garderobe zu schneidern. Sie verstand nur allzu gut, warum der Kleidermacher so glücklich über ihre Entwürfe war. Ihm fehlte offenbar das Gefühl dafür, was junge Frauen mochten, um anziehend zu wirken.

Wenige Stunden später betrat das Brautpaar Arm in Arm die Kirche der Heiligen Dreifaltigkeit. Jan warf Karola einen zärtlichen Blick zu, und sogleich fühlte sie sich schuldig. Er wirkte so ernst und strahlte gleichzeitig das vollkommene Glück aus.

Karola aber fühlte sich entsetzlich in ihrem Kleid. Sie hatte das Gefühl, das schwere, glanzlose Tuch würde an ihr ziehen und zerren. Wie einst ihre nassen Kleider im Fluss. Nur waren es nicht die Untiefen der Moldau, in die es sie zog, sondern die Untiefen ihrer verletzten Seele. Wieder fing sie einen Blick von Jan auf. Er strahlte so voller Glückseligkeit, dass es sie schmerzte.

Pavel fand wunderbare und warmherzige Worte, die Karola zwar hörte, aber ihr schien, als würden sie einer anderen gelten. Ihr Herz blieb seltsam unberührt, obwohl sie sich so sehr wünschte, endlich Jans glückliche und dankbare Frau zu werden. Doch alles, was um sie herum geschah, prallte von ihr ab wie ein Tautropfen von einem Blatt. In ihrem Innern herrschte eine Eiseskälte, die nicht weichen wollte. Selbst der Blick voller Liebe und Freude, den Jan ihr am Altar zuwarf, erreichte sie nicht. Im Gegenteil, einen Wimpernschlag lang sah sie Matthias in ihm, und sie spürte, wie ihre Knie weich wurden. Karola wünschte sich, dass die Zeremonie möglichst schnell vorübergehen würde. Sie brauchte Zeit, sehr viel Zeit. Dann war alles vorbei, und sie atmete erleichtert auf.

Das frischgetraute Brautpaar hatte die Kirche kaum verlassen, als jemand von hinten kräftig an Karolas Röcken zupfte. Erschrocken drehte sie sich um und erblickte eine schmutzige Gestalt, die ihr irgendwie bekannt vorkam. Ihr Erschrecken wich einer Mischung aus Unglauben und unbändiger Freude, als sie erkannte, wer da an ihrem Kleid gezerrt hatte.

«Tereza!», rief sie und noch einmal lauter: «Tereza!»

37

Jan und Pavel brachten die geschwächte Magd in ihr Elternhaus und trugen sie in Jans Kammer, in der auch Karola genesen war.

Es war nur ein kleiner Schwächeanfall, wie der junge Medicus schnell feststellte. Tereza hatte seit Tagen nichts gegessen, und so brachten die Mägde der Czernins das Hochzeitsessen nicht nur zur Hochzeitstafel, sondern auch in die Kammer. Am liebsten hätte Karola ihr Gesellschaft geleistet, aber Tereza befahl ihr, sich rasch zu ihrem Bräutigam zu gesellen. Dabei blitzte der Magd die Neugier aus den Augen.

«Später erzähle ich dir alles!», versprach Karola und fügte hastig hinzu: «Auch ich brenne darauf, zu erfahren, wie es dir ergangen ist, und vor allem, wie du mich hier gefunden hast.»

Dann eilte sie hinunter zu den Hochzeitsgästen. Sie straffte die Schultern und versuchte zu lächeln.

Die Tafel war in der großen Diele aufgebaut. Karola setzte

sich still neben ihren Mann und ließ ihren Blick über den Tisch schweifen. Alles war einfach und karg, das Geschirr aus Holz, kein weißes Linnen, keine Gläser, sondern nur Zinnbecher. Sieben Gäste waren geladen: zwei der wichtigsten Kunden des Kleidermachers, die wie Wenzel Czernin Calvinisten waren, und deren Frauen. Und auf Pavels besonderen Wunsch auch der ultraquistische Prediger Belzyk mit seiner Frau und seiner bildhübschen Tochter Alena.

Obwohl Czernin vor der Hochzeit immer wieder versichert hatte, dass er Feiern für Teufelswerk hielt, ließ er Berge von Gebratenem und Gesottenem auffahren. Trotzdem wollte keine fröhliche Stimmung aufkommen. Kein Lachen drang über den Tisch. Das ist nicht weiter verwunderlich bei der ernsten Miene, die mein Schwiegervater aufsetzt, dachte Karola, als er sich erhob, um eine kleine Rede zu halten. Er betonte, wie sehr er sich freue, eine geborene Kleidermacherin in seine Familie aufzunehmen, aber er war kein guter Redner. Selbst diese Worte, die nett gemeint waren, klangen wie eine Trauerrede.

Karola bedankte sich trotzdem artig für seine Worte und verfiel wieder in tiefes Schweigen. Dabei beobachtete sie Pavel und die schöne Alena, die ihr gegenübersaßen und einander verliebte Blicke zuwarfen. Karola stieß einen tiefen Seufzer aus. So sieht eine junge Liebe aus. Wie bei diesen beiden. So fühlt sie sich an. Diese Alena könnte eine gute Freundin werden, dachte Karola, als sich unvermittelt eine Hand auf die ihre legte. Sie zuckte erschrocken zusammen. Jan sah sie an. Wo eben noch Zärtlichkeit zu lesen war, meinte sie jetzt Unmut zu erkennen.

Als das Gespräch bei Tisch wieder einmal ins Stocken geriet, erhob sich Pavel und teilte der Hochzeitsgesellschaft mit, dass auch er in Kürze zu heiraten gedenke. Alenas Eltern nickten zustimmend, wohingegen Wenzel Czernins Gesicht zu einer Maske erstarrte. Abfällig betrachtete er die junge Alena und murmelte in sich hinein: «Wie unkeusch sie sich kleidet! Sie ist keine gute Frau. Das sehe ich sofort. So eine will die Tochter eines Predigers sein! Aber kein Wunder, die Ultraquisten sind von den Katholiken ja nicht mehr zu unterscheiden. Ihr steht die Sünde ins Gesicht geschrieben, mein Sohn. Sieh sie nur an!»

Alle Augen waren auf Alena gerichtet. Sie trug ein wunderschönes dunkelrotes Kleid aus Seidensamt. Karola hatte es von der ersten Sekunde an bewundert. Alenas Gesicht hatte bei Wenzel Czernins Worten dieselbe Farbe angenommen wie dieses Kleid. Die Eltern des Mädchens waren stumm vor Entsetzen. Auch Pavel schluckte, bevor er mit schneidender Stimme verkündete: «Seid mir nicht böse, wenn ich diese Gesellschaft und dieses Haus nunmehr verlasse, da mein Vater keinen Anstand mehr besitzt. Alenas Vater ist ein ehrenwerter Prediger, wie ich einer bin, und stammt wie unser Vater aus einer alten Hussitenfamilie. Verzeiht, lieber Belzyk, aber es ist nicht der Calvinismus, der meinen Vater zu solchen Worten treibt, er hat einfach vergessen, was Gastfreundschaft bedeutet. Bitte zweifelt nicht daran, dass ich Eure Tochter lieben und ehren …»

«Wir verlassen dieses ungastliche Haus!», unterbrach ihn Alenas Vater mit hochrotem Kopf. «Meine Tochter wird nicht länger im Hause eines Mannes weilen, der sie mit ehrverletzenden Bemerkungen kränkt.» Er zerrte seine Tochter vom Stuhl hoch und zog sie hinter sich her. Pavel versuchte dazwischenzugehen und das Mädchen aus dem Griff ihres Vaters zu befreien, aber Alenas Vater brüllte nur: «Wage es nicht, mein Kind anzufassen!» Fluchend verließ er den Raum und zog seine weinende Tochter grob hinter sich her. Alenas Mutter folgte ihnen. Fassungslosigkeit stand ihr ins Gesicht geschrieben.

Kaum war die Tür hinter ihnen zugefallen, da erhoben sich

auch die zwei Geschäftsfreunde Czernins hastig unter Vorwänden und brachen mit ihren Frauen auf. Es war unschwer zu erkennen, dass sie das Benehmen des Hausherrn mehr als befremdete.

Pavel saß da wie erstarrt und wollte offenbar nicht begreifen, was geschehen war. Wenzel Czernin jedoch schien es nicht das Geringste auszumachen, dass er die Gäste vertrieben hatte. Er saß weiterhin anklagend auf seinem Stuhl, als hätte er soeben einen Mörder abgeurteilt und wäre stolz darauf, ihm eigenhändig den Kopf abgeschlagen zu haben.

Karola wagte kaum zu atmen. Da half es auch nichts, dass Jan ihre Hand nahm und sie drückte. Im Gegenteil, es tröstete sie nicht, sondern beschwerte ihre Seele nur noch mehr. Nur mühsam konnte sie ihre Tränen zurückhalten. Ihre Hochzeit sollte ein Fest werden. Davon jedenfalls hatte sie einst geträumt, und nun war alles so entsetzlich traurig. Am meisten tat ihr Pavel leid, der sich nun ganz langsam wie ein alter, kranker Mann erhob und seinen Blick prüfend in die Runde schweifen ließ.

Was für leere Augen er mit einem Mal hatte! Bei diesem traurigen Anblick konnte Karola nicht mehr an sich halten. Die Tränen rannen ihr über das Gesicht, und in Gedanken verband sie sein Unglück mit dem ihren.

«Ich werde dieses Haus verlassen, in dem das Leben im Keim erstickt wird, und ich werde dieses Mädchen zu meiner Frau nehmen. Worauf Ihr Euch verlassen könnt!», verkündete Pavel mit gebrochener Stimme.

Er wollte das Zimmer schon verlassen, als Karola aufsprang und hinter ihm her eilte. Sie umklammerte ihn und bettelte: «Bitte, geh nicht!» Pavel drehte sich noch einmal um, nahm sie in den Arm und presste hervor: «Kleine Karola, du hast Jan. Der wird dich beschützen.»

«Karola, bitte komm her. Lass ihn gehen!», befahl Jan in

scharfem Ton, aber Karola hörte nicht auf ihn. «Bitte, Pavel, bleib hier!», schluchzte sie, aber der Prediger flüsterte nur: «Du bist jetzt seine Frau. Steh ihm bei. In guten und in schlechten Zeiten. Das ist dein Versprechen.»

Mit diesen Worten machte er sich von ihr los, drehte sich um und verließ das Zimmer. Karola wollte ihm folgen, doch da spürte sie, wie sie mit eisernem Griff zurückgezogen wurde. Tränenüberströmt fuhr sie herum. Es war Jans Hand, die sie daran hinderte, seinem Bruder zu folgen.

«Wir brauchen ihn nicht! Lasst uns das Mahl beenden und nicht mehr an ihn denken!», donnerte Wenzel Czernin.

Karola blieb regungslos stehen. Ein Schmerz durchfuhr ihren Körper. Jan tat ihr weh. Sie wandte sich voller Wut um und funkelte ihn an. Jan ließ sie sofort los. Er war weiß im Gesicht geworden.

«Und du lässt deinen geliebten Bruder einfach so ziehen?», fragte sie ihn voller Verachtung.

«Solche Worte hat deine Mutter auch im Munde geführt, bevor sie dem Gesellen Luthers wie eine läufige Hündin gefolgt ist. Ich habe mich blenden lassen wie du. Ich habe geglaubt, sie ist meine Gefährtin in guten und in schlechten Zeiten. Ich hatte vergessen, dass ich ihr Herr bin. Aber ich war schwach und dumm. Jan, glaube mir, Frauen brauchen eine harte Hand», schimpfte ihr Schwiegervater.

Jan war noch blasser geworden. «Das Brautgemach wartet», brachte er kalt hervor. Und er zögerte keinen Augenblick, sondern packte Karolas Hand und zog sie einfach mit sich fort.

38

Karola befreite sich erst aus Jans Griff, als er sie in ein Zimmer hineinzog, das sie zuvor noch niemals betreten hatte. Ihr gemeinsames Schlafgemach, wie sie auf den ersten Blick mit Schaudern erkannte. Vor dem großen Bett blieb sie wie angewurzelt stehen. Er würde sich doch wohl nicht zusammen mit ihr in ein Bett legen? Das war gegen die Abmachung.

Karola zitterte vor Abscheu. Schon bei dem Gedanken, mit ihm das Bett zu teilen, ekelte sie sich, und sie hätte am liebsten laut aufgeschrien. Nie im Leben wollte sie von diesem Mann angefasst werden. Ihre Hoffnung, dass die Zeit alle Wunden heilte, verschwand in diesem Augenblick.

«Jan, warum hast du Pavel ziehen lassen?», fragte sie tonlos, während er die Bettdecke zurückschlug.

«Ich glaube, es ist besser für uns alle», erwiderte er ausweichend.

Karola beobachtete voller Entsetzen, dass Jan Anstalten machte, sich zu entkleiden. «Ich bleibe nicht hier. Ich werde in meiner Stube schlafen. Du hast mir alle Zeit der Welt versprochen», machte sie ihrem Entsetzen Luft.

Jan biss nervös auf seiner Unterlippe herum, bis er ihr gequält entgegnete: «Ich verspreche dir, dich nicht anzufassen, aber das gemeinsame Lager, das müssen wir teilen.»

Karola sah ihn durchdringend an. «Wer sagt, dass wir es teilen müssen?»

Jan druckste herum und murmelte: «Wenn mein Vater erfährt, dass du in deiner Stube schläfst, dann gibt es böses Blut. Oder wünschst du dir etwa Pavel an meine Stelle? Glaubst du, ich hätte nicht gesehen, wie du ihn mit den Augen der Liebe angesehen hast? Gib es zu!»

«Pavel?», wiederholte sie ungläubig. Karolas Herz klopfte wild. Wahrscheinlich spürt er, dass ich mich tatsächlich in die

Arme eines anderen sehne, durchfuhr es sie. «Ich gehe», sagte sie leise und verließ, ohne sich noch einmal umzudrehen, das gemeinsame Schlafgemach.

Am ganzen Körper bebend, schlich sie auf Zehenspitzen zu ihrer Stube, doch dann blieb sie plötzlich stehen. Tereza! Sie war ja gar nicht mehr allein! Dieser Gedanke erwärmte ihr Herz. Vorsichtig und ohne zu klopfen, betrat sie die Kammer der Magd.

Tereza saß im Schein einer Kerze in ihrem Bett. Sie war offenbar hochzufrieden. Auf dem Boden standen ein Weinkrug und blitzsaubere Schüsseln, die sie wohl bis auf das letzte Fleischstückchen fein säuberlich ausgeleckt hatte. Als sie Karola so bleich wie ein Geist und so stumm wie ein Fisch auf sich zukommen sah, verfinsterte sich ihr Blick.

«Was ist geschehen?», fragte sie besorgt. «Warum seid Ihr nicht bei Eurem Mann?»

Karola kniff die Lippen zusammen und ließ sich erschöpft auf den Schemel neben dem Bett fallen.

«Und nun verratet mir doch endlich, warum Ihr in einem fremden Haus seid und diesen fremden Mann geheiratet habt? Was ist mit dem jungen Herrn geschehen?», fragte Tereza ungeduldig.

Karola stieß einen tiefen Seufzer aus, bevor sie Tereza von der versuchten Entführung ins Kloster berichtete und davon, wie sie dem Jesuiten entkommen war, von dem Erbe ihrer Mutter, das man ihr gestohlen hatte, von Matthias' Brief und von ihrer Rettung durch die Brüder Czernin.

«Sie machen einen freundlichen Eindruck, diese beiden jungen Männer, aber Euer Bräutigam, der ist das genaue Gegenteil von ...», rutschte es Tereza heraus, und sie legte erschrocken die Hand vor den Mund.

Karola fühlte sich durchschaut, aber sie traute sich nicht, der Magd zu sagen, dass sie einen unverzeihlichen Fehler begangen hatte. Sie hätte nicht Jans Frau werden dürfen! Um von sich abzulenken, fragte sie eilig: «Jetzt erzähl du. Wie bist du hergekommen? Wie hast du mich gefunden? Ich meine, Prag ist groß. Wieso warst du an der Kirche? Und wo bist du überhaupt die ganze Zeit gewesen?»

«Ach, das ist eine lange Geschichte», erwiderte die Magd, und in ihrem Gesicht waren plötzlich Furcht und Schrecken zu lesen.

«Warst du in Gefahr?», hakte Karola besorgt nach.

Tereza nahm einen kräftigen Schluck Wein aus dem Krug, bevor sie zögernd zu berichten begann: «Man hat mich zu einem kaisertreuen Edelmann nach Pilsen bringen lassen. Dort auf dem Schloss ist es mir recht gut ergangen, wenngleich fast alle Dienstboten katholisch waren. Nur eine junge Magd war meines Glaubens. Dennoch, man hat mich gut behandelt. Wohl wegen der Sahrenburgs. Der alte Graf, dem ich diente, hat in den Türkenkriegen Seite an Seite mit Maximilian Sahrenburg gekämpft …»

Karola hörte Tereza mit großen Augen zu. Als der Name Sahrenburg fiel, zuckte sie unmerklich zusammen. «Und dann?», fragte sie atemlos.

«Pilsen war in der Hand der Kaiserlichen. Also haben die Aufständischen die Stadt belagert und sie schließlich erobert. Sie kamen in Horden und verwüsteten das Schloss. Der alte Graf hat heftigen Widerstand geleistet. Er ist vor meinen Augen mit einer Pike erstochen worden. Auch mich wollte der Söldner töten. Ich versuchte ihm zu sagen, dass ich der Böhmischen Konfession angehöre, aber er hat mich gar nicht verstanden. Ich habe versucht, es ihm auf Deutsch zu sagen, aber er konnte mich immer noch nicht verstehen und hielt die Pike auf mich gerichtet. Er redete in einer Sprache, die ich in meinem ganzen Leben noch nicht gehört habe. Ich konnte im letzten Moment weglaufen und habe mich in einem Heuhaufen versteckt. Was ich dann sah, als die Söldner abgezogen waren …» Tereza brach ab und wollte offenbar nicht weitersprechen, aber Karola forderte sie auf, sie nicht zu schonen.

«Ich bin kein Kind mehr, Tereza, auch ich habe inzwischen einiges erlebt, und ich möchte wissen, was um mich herum geschieht. Ich bin nicht mehr Vaters und deine kleine Prinzessin.»

Die Magd sah ihren Schützling skeptisch an, aber dann fuhr sie zögernd fort: «Überall lagen sie. In ihrem eigenen Blut ersoffen. Man hatte sie regelrecht abgeschlachtet. Und die junge Magd …» Terezas Stimme wurde brüchig, als sie leise fortfuhr: «Man hatte sie geschändet, bevor man sie mit dem Schwert getötet hat, und glaube mir, man hat sie vorher ganz sicher nicht gefragt, welcher Religion sie angehört. Und sie haben alles mitgenommen, was sie greifen konnten, und was sie nicht gebrauchen konnten, das haben sie zerstört. Ich hatte Glück, ich bin mit einem kleinen Tross flüchtender Protestanten aus der Stadt hinaus und nach Prag gekommen. Die haben sich erst hinter diesen Stadtmauern sicher gefühlt. Dabei hatten sie fest daran geglaubt, dass die marodierenden Söldner sie von den Habsburgern befreien würden, aber dann sind die Plünderer auch in ihre Häuser eingedrungen. Nein, mein Kind, nach dem Glauben hat keiner gefragt.» Tereza hielt erschöpft inne.

«Dagegen ist es bei uns in der Stadt nahezu friedlich», bemerkte Karola, um ihre Magd, die offenbar noch unter dem Schock der Ereignisse stand, zu beruhigen. «Hier regieren die Aufständischen, aber keiner bringt den anderen deshalb um. Die Katholiken leben noch unbehelligt unter uns. Jedenfalls taten sie das bis zu jenem Tag, an dem ich aus dem Hause Sahrenburg geflohen bin.»

Tereza runzelte nachdenklich die Stirn. «Also, was Ihr mir von dem jungen Herrn erzählt habt, das will so gar nicht zu ihm passen. Ihr glaubt tatsächlich, der Brief war echt und kein neues Teufelswerk der Sahrenburgerin, um Euch aus dem Haus zu treiben?»

Karola stöhnte laut auf. «Natürlich habe ich daran gedacht, dass sie den Brief geschrieben haben könnte, aber sie zeigte mir etliche Schriftstücke mit seiner Handschrift. Es war ein und dieselbe. Kein Zweifel, er verlangte, dass ich das Haus sofort verlasse und ihm nie mehr unter die Augen trete. Und in diesem Augenblick muss ich den Verstand verloren haben, denn ich ging hinunter zur Moldau, und dort fanden mich die beiden wackeren Brüder leblos liegend …»

«Seid dankbar, Kind, dass sie Euch gerettet haben.»

«Ja, das will ich mein Leben lang sein», erwiderte Karola schwach.

Sie schwiegen eine Weile. Beide hingen ihren Gedanken nach.

«Ich habe sie gesehen», sagte die Magd plötzlich in die Stille hinein.

«Wen hast du gesehen?»

«Maria Sahrenburg.»

«Bitte, sag mir alles», bat Karola. Sie spürte, wie ihr schwindlig wurde.

Tereza zögerte einen Augenblick. Dann flüsterte sie: «Als ich am frühen Morgen in Prag eintraf, bin ich direkt zum Palais der Sahrenburgs gegangen. Ich hatte vermutet, Ihr wäret bereits mit …» Sie stockte, bevor sie fortfuhr: «… mit Matthias in Wien. Ich wollte nur Eure Adresse und sofort weiterziehen, um Euch zu finden. Zuerst war die Herrin nicht da, und man ließ mich in die Küche. Dort erfuhr ich allerlei. Im Palais hausen zurzeit an die zehn aufständische Söldner. Sie sind schon in der Stadt, für den Fall, dass die Habsburger kommen. Da man befürchtet, dass die Kaisertreuen im Falle eines Angriffs auf die Stadt mit den anrückenden kaiserlichen Truppen gemeinsame Sache machen, hat man, um das zu verhindern, überall in den katholischen Häusern die Söldner der Aufständischen einquartiert. Die Köchin sagte, sie fressen ihnen die Haare vom Kopf und saufen den ganzen Tag. Gerade als ich nach Euch fragen wollte, kam die Sahrenburgerin, bleich wie der Tod, in die Küche. Sie sah mich an wie ein Gespenst und schrie in einem fort: *Hinweg. Geh zu deiner Ketzerin, die nur Unglück über uns gebracht hat.*»

Karola spürte, wie ihr der Mund trocken wurde. Ihr lag nur eine einzige Frage auf der Zunge: Hatte Tereza etwas von Matthias gehört? Doch sie wollte damit nicht herausplatzen wie ein ungeduldiges Kind. Also lauschte sie weiterhin gespannt der Magd, die wie ein Wasserfall redete: «Ich habe sie gebeten, mir Eure Adresse in Wien zu geben, aber sie brüllte wie eine Wahnsinnige. Dass Ihr nicht in Wien seid, weil ihr Sohn Euch verstoßen habe. Und dann wies sie mit dem Finger zur Tür und schrie: *Scher dich fort. Geh zum Kleidermacher Czernin. Der ist ihr Kriegsvogt.* Sie erzählte wirres Zeug, dass dieser Kleidermacher einen Prozess gegen Christoph um das Haus führen wolle. Und gedroht hat sie, dass Ihr niemals Recht bekommen werdet. *Dort geh hin, zum Kleinseitner Ring, Magd, dorthin!*, hat sie noch geschrien, während sie mich zur Tür getrieben hat … Und da sah ich ihn in der Diele …»

Karolas Knie wurden weich, weil sie ahnte, wen die treue Tereza damit meinte. «Matthias?»

Die Magd nickte. «Ja und nein, er sah aus wie sein eigener Schatten. Er war blass, hohlwangig und ging schwerfällig die Treppen hinauf.»

«Hat er dich gesehen?»

«Nein, sein Blick schweifte in die Ferne, und er nahm nichts wahr. Nicht einmal seine Mutter.»

Karolas wandte den Blick ab. Ihre Gedanken flogen wild in ihrem Kopf umher.

«Ihr liebt ihn immer noch, nicht wahr?», fragte die Magd nach einer Weile.

«Er hat mich fortgejagt», war ihre wenig überzeugende Antwort.

«Und warum seid Ihr jetzt nicht bei Eurem Ehemann, wie es sich für eine junge Braut geziemt?», fragte die Magd neugierig. Als ob ihr die Frage nach der Hochzeitsnacht schon die ganze Zeit auf den Nägeln gebrannt hätte.

Karola sah verlegen zu Boden. Sie wollte Tereza nicht von ihrem Widerwillen gegen ihren Ehemann erzählen. «Ich muss gehen», sagte sie hastig, stand auf und verließ eilig die Kammer der Magd.

«O weh, o weh! Hoffentlich geht das gut», murmelte Tereza, als die Tür hinter Karola zugefallen war.

39

«Komm, steh auf, bitte! Wir müssen mit Vater am Tisch sitzen. Komm jetzt!» Eine bittende und bettelnde Stimme holte Karola aus ihren tiefsten Träumen, die alle von einem bestimmten Habsburger gehandelt hatten. Sie fuhr erschrocken hoch. Es war Jan, aber was tat der in ihrer Stube? «Was machst du hier?»

«Ich habe ein Recht, hier zu sein, ich bin dein Mann», entgegnete er trotzig. In diesem Ton hatte er noch kein einziges Mal mit ihr gesprochen. Warum hatte er gestern nicht genauso fordernd mit seinem Vater geredet?, fragte sich Karola aufgebracht, und alles, was sie erlebt hatte, sah sie noch einmal vor ihrem geistigen Auge aufblitzen.

«Komm jetzt!», wiederholte er unwirsch. Als er ihr versteinertes Gesicht sah, fügte er versöhnlicher hinzu: «Wir müssen heute Morgen mit Vater am Tisch sitzen, damit er nicht merkt, dass wir das Schlafgemach in der Brautnacht nicht miteinander geteilt haben. Und bitte, sieh mich so an wie eine junge liebende Braut.»

«Wie sieht eine junge liebende Braut ihren Mann denn an?», fragte Karola spitz zurück, doch sogleich wurde ihr bewusst, dass sie sich diesen Blick sehr wohl vorstellen konnte. Es war derselbe Blick, mit dem sie Matthias nach dem Kuss angesehen hatte. Verwirrt, verzaubert und voller Glück.

«Geh, ich muss mich ankleiden!», befahl sie Jan, der keinerlei Anstalten machte, ihre Stube zu verlassen, nachdem sie seufzend die Bettdecke zur Seite geschoben hatte. Er starrte sie unverblümt an. Schimpfend schlüpfte Karola wieder unter die Decke und erklärte ihm mit eisiger Stimme, dass sie nicht aufstehen werde, solange er sich im Zimmer aufhalte. Mit gesenktem Kopf und unter leisem Murren verließ er daraufhin ihre Stube.

Hastig kleidete sie sich an. Als sie aus ihrem Zimmer trat, wunderte sie sich im ersten Augenblick, dass ihr Mann geduldig vor der Tür gewartet hatte, aber dann fiel ihr ein, warum. Jan wollte anscheinend um jeden Preis vermeiden, dass sein Vater herausbekam, dass es keine Hochzeitsnacht gegeben hatte.

Sie hatte recht mit ihrer Vermutung. Bei Tisch sah Wenzel Czernin stirnrunzelnd von einem zum anderen. Ob er es wohl in unseren Gesichtern liest?, fragte sich Karola. Dass ich die ganze Nacht an einen anderen Mann gedacht habe und Jan sich vergeblich nach mir verzehrt hat? Auch ihr Bräutigam war ein schlechter Schauspieler, wie Karola mit einem Seitenblick auf Jan feststellte. Er wirkte unzufrieden und keinesfalls erfüllt.

Karola war froh, als Wenzel sie nach dem Frühstück aufforderte, ihn hinüber zur Werkstatt zu begleiten. Freudestrahlend folgte sie ihm. Die sechs Näherinnen, die für ihn arbeiteten, sahen neugierig von ihren halb fertigen Kleidungsstücken auf und begrüßten Karola freundlich.

«Ich werde heute auf dem Rathaus zu tun haben», teilte Czernin seinen Näherinnen mit. «Meine Schwiegertochter wird ab heute Kleider für uns nähen. Solange ich nicht da bin, fragt nur sie, wenn ihr etwas braucht.» Voller Stolz deutete er auf Karola, die rot geworden war. Das war mehr, als sie sich je erträumt hatte. Er führte sie zu einem leeren Platz. Die Werkstatt war ein fensterloser, stickiger Raum, aber für Karola schien das hier das Paradies zu sein. Auf ihrem Arbeitsplatz hatte er ihren Entwurf ausgebreitet und die Stoffe bereitgelegt, die sie benötigte, um ihr Kleid zu nähen. «Ich kann es gar nicht mehr erwarten, es der jungen Gräfin zu zeigen. Ich habe ihr das neue Gewand schon schmackhaft gemacht.»

Karola schenkte ihm ein dankbares Lächeln. Sie würde ihn niemals in ihr Herz schließen, aber sie konnte sich nicht beklagen. Am Anfang hätte sie nicht geglaubt, dass er sie je so gut behandeln würde. Mit Feuereifer machte sie sich daran, den Entwurf in die Tat umzusetzen.

Tag für Tag bis in den späten Abend hinein arbeitete sie nun an ihrem Kleid. Dass sie sich noch aus einem anderen Grund in die Arbeit stürzte, musste ja niemand wissen. Jeder Tag in der stickigen Werkstatt war ihr tausendmal lieber als das Beisammensein mit Jan. Immer, wenn sie ihm begegnete, musterte er sie lauernd. Ob er darauf wartete, dass sie sich eines Tages aus freien Stücken zu ihm legte? Da konnte er lange warten.

Der Tag, an dem der letzte Stich an dem himmelblauen Gewand getan war, wurde zu einem Fest. Wenzel Czernin ließ die junge Gräfin Susicky benachrichtigen, die sogleich herbeigeeilt kam und das Kleid anprobierte. Begeisterte «Ahs» und «Ohs» klangen durch die Werkstatt, als die böhmische Gräfin sich in dem Kleid drehte. Es passte wie angegossen.

«Ach, dazu bräuchte ich eine passende Schaube», schwärmte die Gräfin.

Wenzel Czernin erwiderte mit stolzgeschwellter Brust: «Meine Schwiegertochter wird sie Euch nach Euren Wünschen entwerfen.»

Karola nickte eifrig. Sie würde so viele Kleider und Schauben entwerfen, wie die jungen Frauen begehrten. Vor allem würde sie sich endlich ein eigenes Gewand nähen, und wenn es sein musste, würde sie dafür ganz auf Schlaf verzichten.

An diesem Abend gab es ein festliches Essen, das die Pracht ihres Hochzeitsmahls bei weitem übertraf. Jan war unterwegs bei ein paar Kranken, sodass Karola nur mit ihrem Schwiegervater am Tisch saß.

«Gibt es irgendeinen Wunsch, den ich Euch erfüllen kann?», fragte er im Überschwang des unerhofften Geldsegens, denn Karolas Kleid hatte mehr eingebracht, als er sich erhofft hatte. Und das, obwohl er ein Drittel des Stoffes hatte einsparen können.

Karola überlegte. Was sollte sie sich wünschen? Ihren Herzenswunsch, dass Matthias sie niemals verstoßen hätte, würde er ihr ohnehin nicht erfüllen können. Das konnte niemand, doch da fiel ihr Pavel ein. Sie fragte sich, ob sie es überhaupt wagen sollte, ihm diesen Wunsch zu offenbaren, aber dann atmete sie einmal tief durch. «Ich würde mir wünschen, dass Ihr Euch mit Pavel versöhnt und seine Braut in die Familie aufnehmt.»

Kaum hatte sie es ausgesprochen, bemerkte sie, wie sein Blick sich verfinsterte. «Wir werden sehen», murmelte er unwirsch und lenkte das Gespräch übergangslos auf die neuen Schauben.

40

In Prag brodelte an diesem Märztag des Jahres 1619 die Gerüchteküche, genauso wie an allen Tagen zuvor, seit die Protestanten begonnen hatten, sich gegen die Habsburger aufzulehnen. Widersprüchliche Nachrichten über den Krieg, der sich wie eine Seuche über Böhmen und Mähren ausbreitete, und was die Prager wohl erwarten würde, sickerten durch Händler und Söldner in die Stadt ein und verbreiteten sich in Windeseile. Auf Flugzetteln, mit denen die Stadt überschwemmt wurde, hieß es, die Aufständischen seien überall siegreich. Die Flüchtlinge, die in Scharen aus allen Teilen Böhmens in die Stadt einfielen, schürten hingegen die Angst, dass die kaiserlichen Truppen die Stadt bald angreifen würden, und berichteten über Gräueltaten der Söldner. Außerdem munkelte man, Kaiser Matthias sei todkrank und würde bald das Zeitliche segnen. Was dann?, war die große Frage, die die Bürger Prags beschäftigte. Vor allem hielt sich hartnäckig das Gerücht, die neue Regierung werde Ferdinand bald die böhmische Krone aberkennen. Und wer würde dann auf der Burg einziehen? Der Sachse oder der Pfälzer?

Auch im Hause Czernin verging kein einziger Tag, an dem man sich nicht darüber unterhielt, aber diese Gespräche endeten zumeist in einem handfesten Krach zwischen Vater und Sohn. So war es auch heute Morgen gewesen. Der Alte war fest davon überzeugt, die Herrschaft der Habsburger sei nun endgültig vorüber und das calvinistische Himmelreich nahe, während Jan davor warnte, dass die Gefahr noch lange nicht gebannt sei. Und Jan hatte seinem Vater ins Gesicht geschleudert, dass Ferdinand, der Protestantenfresser, nicht ruhen werde, bis alle Einwohner Prags bis hin zum letzten Unehrlichen, dem Scharfrichter, wieder katholisch seien. Das könne auch der König aus Heidelberg nicht verhindern! Sein Vater hatte ihn daraufhin als katholikenfreundlichen Schwarzseher beschimpft.

Daran musste Karola denken, als sie an diesem sonnigen Tag über die Karlsbrücke ging. Sie war auf dem Weg zu der Garnspinnerei in der Altstadt. Obgleich sie sich nie in die Gespräche der Männer einmischte, weil es sich für eine Frau nicht ziemte, sog sie jedes Wort begierig auf. Insgeheim teilte sie die Meinung ihres Mannes, der dem Frieden in der Stadt nicht so recht traute, wo es doch überall im Land bereits zu Zerstörungen und Verwüstungen gekommen war. Prag glich einer Insel des Friedens, aber wie lange noch?

Karola fröstelte, weil ihr ein eisiger Wind um die Ohren pfiff. Es war bitterkalt, und sie hatte den Kragen ihrer Schaube hochgeschlagen. Sie war sehr stolz auf diese bodenlange Schaube mit dem üppigen Samtkragen, denn sie hatte schon Dutzende davon nähen müssen. Die jungen Frauen rissen sich darum, verliehen die Samtkragen ihren Schauben doch weit mehr Eleganz als die unförmigen Pelzkragen. Außerdem setzten sie sich damit von den Schauben der Männer ab. Wenn sie an ihre Erfolge dachte, die sie beim Kleidermachen erzielte, fühlte Karola sich rundherum wohl. Immer neue Käuferinnen waren gekommen, nur um sich von der Tochter des Hauses eine Schaube oder ein Kleid nähen zu lassen. Hochzufrieden zählte ihr Schwiegervater Abend für Abend die Taler. Manchmal steckte er ihr großzügig den einen oder anderen zu. Er ist vom Geld noch mehr besessen als von seinem Calvin, dachte sie amüsiert. Das ist die Macht der Taler.

Die frische, kalte Luft tat ihr gut. Sie ging kaum mehr aus dem Haus, sondern arbeitete meist länger als die anderen und vergaß darüber Abend für Abend die Zeit.

«Ihr seht krank aus», hatte Tereza gerade heute früh gemahnt, aber Karola hatte nur lachend erwidert: «Dann wird mich der Medicus schon wieder gesund machen!»

Sie war heilfroh, dass Jan so sehr damit beschäftigt war, seine Kranken aufzusuchen. Dadurch ließ er sie gewähren und stellte ihr nicht nach. Ihr genügte schon sein Blick. Sie hatte jedes Mal das ungute Gefühl, dass er sie mit seinen Augen auffressen wollte. Und immer meinte sie darin die bange Frage zu lesen: Wann wirst du endlich mir gehören?

Sie vermied es, mit ihm allein zu sein. Jeden Abend spielte sie dasselbe Spiel: Sie ging mit Jan zum Schlafgemach und schlich dann unbemerkt in ihre Kammer zurück. Einmal war sie Tereza begegnet, der sie immer noch nicht anvertraut hatte, dass sie sich ihrem Mann nicht hingeben konnte und wollte. Tereza hatte ihr kopfschüttelnd zugeflüstert: «Passt nur ja auf Euch auf!»

Karola ahnte, dass es nicht mehr lange gutgehen würde. Ihr Schwiegervater hatte schon ein paar Mal bei Tisch unverblümt gefragt, ob sie denn nicht bald in anderen Umständen sei. Sie hatte seine Frage stets mit gespieltem Bedauern verneint und versucht, sich nichts anmerken zu lassen. Beim letzten Mal hatte Jan im Brustton der Überzeugung geantwortet: «Das, Vater, ist nur noch eine Frage von Wochen.» Daraufhin hatte der Alte sich zufrieden zurückgelehnt und Karola gefragt, ob sie ihm dann weiter die Entwürfe machen würde? Nähen könnten ja die anderen. Sie hatte schwach genickt. Wenn Karola sich dann nach so einem arbeitsreichen Tag in ihr Bett legte, schlich sich, so erschöpft sie auch immer sein mochte, Matthias in ihre Gedanken. Wann hört das endlich auf?, fragte sie sich.

Plötzlich blieb sie erschrocken stehen. Sie war bereits auf dem Altstädter Markt angelangt. Ihre Gedanken hatten sie beinahe von allein dorthin getragen. Jetzt konnte sie zur Garnspinnerei zwei Wege nehmen. Einer führte durch die Lange Gasse. Was sollte sie tun? Sie entschied sich schließlich, an ihrem Elternhaus vorbeizugehen. Der Kleidermacher hatte es zwar noch nicht zurückgewinnen können, aber ein Prozess war immerhin in greifbare Nähe gerückt. Er war so siegessicher, dass seine Planungen für eine zweite Werkstatt weit fortgeschritten waren. Dort wollte er Kleidung für die Soldaten nähen lassen. Auf der Kleinseite sollte weiter für die weibliche Kundschaft genäht werden. So jedenfalls lautete Wenzels Plan.

Noch ein paar Schritte, und ihr Elternhaus würde vor ihr auftauchen. Karolas Herz begann heftiger zu klopfen, als ein klapperndes Geräusch sie jäh aus ihren Gedanken riss. Sie blickte auf und blieb stehen. Zwei Totengräber kamen ihr entgegen. Auf ihrem Karren stand eine Kiste.

«War ein übler Bursche», murmelte der eine.

«Jetzt hat er seine gerechte Strafe bekommen», antwortete der andere, als sie an Karola vorbeizogen. Dabei machten die Räder des Karrens auf dem Pflaster der Gasse einen Höllenlärm, und Karola fröstelte mit einem Mal ganz fürchterlich.

«Wer … wer ist das?», fragte sie die Totengräber. Die beiden Männer blieben stehen und musterten sie mit unverschämten Blicken von oben bis unten. Es war plötzlich ganz still in der Gasse. Kein Klappern der Räder mehr. Karola spürte, wie sich bei dem Anblick der Kiste ihr Innerstes zusammenkrampfte.

«Oh, vermisst Ihr vielleicht Euren Liebsten?», höhnte der eine.

«Er wurde wie eine Ratte erschlagen», ergänzte der andere und raunte: «Wollt Ihr ihn sehen?»

Er legte die Hände an den Deckel, als wollte er die Kiste öffnen, aber Karola drehte sich blitzschnell um und lief davon. Ein paar Augenblicke später blieb sie stehen und sah sich voller Abscheu um. Was ist nur geschehen?, fragte sie sich ängstlich. Sie bebte am ganzen Körper. Jetzt erst stellte sie fest, dass sie direkt vor ihrem Elternhaus stand, aber sie eilte weiter, als wäre jemand hinter ihr. Wenn sie doch nur diese frostige Kälte loswürde, die in sie hineingekrochen war! Genau in dem Augenblick, als sie den Totengräbern begegnet war.

Auf dem Rückweg von der Garnspinnerei versuchte sie, die unheimliche Begegnung mit dem Toten zu vergessen, und sie bemühte sich, an ihre Arbeit zu denken. Sie war gerade wieder über die Karlsbrücke auf die Kleinseite zurückgekommen, als sich ihr ein wohlbekanntes Hutzelweib in den Weg stellte. Die Alte erschrak, als sie erkannte, wen sie gerade angehalten hatte, aber da griff Karola auch schon in ihren Geldbeutel, zog einen Groschen hervor und gab ihn Jitka, der einstigen Magd des verstorbenen Pater Markus. Mit gespielter Empörung weigerte sich die Alte, das Geld anzunehmen, und zischelte: «Nein, Karola Kusenius, nein, behandelt mich nicht wie eine Bettlerin, erst muss ich meine Arbeit tun.»

Mit diesen Worten nahm sie Karolas linke Hand, warf einen Blick hinein und starrte ihr dann gebannt ins Gesicht, wobei sie irgendwelche Beschwörungen murmelte. Karola war das alles entsetzlich unangenehm, denn die Menschen in der Gasse blieben stehen und sahen dem Tun der Alten interessiert zu.

«Ich sehe, dass der Tod Euch verschont hat, aber er lauert noch immer im Verborgenen, um Euer habhaft zu werden.»

Ein Raunen ging durch die Menge. «Sterben müssen wir alle», meckerte ein zahnloser Greis der Wahrsagerin zu und schrie: «Wenn das alles ist, was du siehst, dann sind deine Künste keinen Groschen wert!»

Karola wollte ihre Hand hastig wegziehen, aber Jitka ließ sich nicht beirren. «Ihr seid einer falschen Liebe aufgesessen, aber noch bevor die Sonne untergeht, werdet Ihr der richtigen begegnen.»

Obwohl Karola nicht an Prophezeiungen glaubte, zitterte ihre Hand, als sie Jitka nun noch einmal den Groschen reichte, den diese nach getaner Arbeit dankend annahm. «Beugt Euch zu mir herunter!», zischelte die Alte.

Karola gehorchte, und Jitka raunte ihr ins Ohr: «Nun lobt laut, dass ich Euch den richtigen Weg gewiesen habe und dass es ein Wunder ist! Und macht schnell! Ich habe kein warmes Bett im Hause des Paters mehr. Ich brauche jeden Groschen.»

Karola verstand, was die Alte verlangte, zog ein weiteres Geldstück aus ihrem Beutel und gab ihn Jitka. «Es ist ein Wunder geschehen, die Alte hat die Wahrheit gesehen!», rief sie dabei übertrieben laut.

Dann verabschiedete Karola sich überschwänglich von der Alten und eilte die Gasse entlang. Lächelnd drehte sie sich noch einmal um. Tatsächlich, ihr Lob auf die Wahrsagerin und deren Künste hatte Wirkung getan. Die Menge riss sich förmlich darum, von Jitka die Zukunft vorausgesagt zu bekommen.

Karola aber vergaß die Worte der Wahrsagerin schnell wieder und eilte weiter. Ihr Schwiegervater würde sicher schon ungeduldig auf sie und besonders auf die Ware, die sie in ihrem Korb trug, warten.

41

Maria Sahrenburg klammerte sich wie eine Ertrinkende an ihren Stiefsohn und jammerte immerzu: «Jetzt habe ich nur noch dich!»

Matthias aber befreite sich aus ihrem Griff und ging im Zimmer auf und ab. Der dürre Johann hatte ihnen soeben die Nachricht von Christophs Tod überbracht. Dabei hatte er kein Blatt vor den Mund genommen und aufgeregt berichtet, dass Christoph mit falschen Würfeln gespielt hätte. Und das mit einer Schar von Söldnern. Als die das falsche Spiel durchschaut hätten, hätten sie nicht lange gezögert und so lange mit einem Schemel auf Christoph eingeprügelt, bis er in seinem eigenen Blut ersoffen sei.

«Er lügt!», hatte Maria gezetert und den Überbringer der schlechten Nachricht unter wüsten Beschimpfungen aus dem Haus gewiesen. Matthias hatte ihn zur Tür gebracht. Dann war er zögernd in den Salon zurückgekehrt, und nichts war mehr wie vorher gewesen.

Er konnte nach allem, was er soeben erfahren hatte, nicht so recht um seinen Bruder trauern. Nicht mehr! Er blieb nachdenklich mitten im Salon seiner Stiefmutter stehen, den Schlüssel zum Haus in der Langen Gasse in der Hand. Seine Gedanken kreisten noch immer um Johanns Worte, mit denen dieser eben zum Abschied an der Tür sein Gewissen erleichtert hatte. «Bitte, hört mich an. Ich muss Euch unbedingt die Wahrheit über die Sache mit dem Baumeister Kusenius sagen», hatte er Matthias angefleht. Und *wie* Matthias ihm zugehört hatte!

Er stand noch immer unter Schock und vernahm nur von ferne, wie seine Stiefmutter immer wieder aufschluchzte: «Mein Sohn! Mein Sohn!»

Matthias war in Gedanken jedoch ganz woanders. Er kämpfte mit sich, ob er ihr den Schlüssel und die ganze Wahrheit wirklich persönlich überbringen oder ob er lieber einen Boten schicken sollte. Er wusste, wo sie wohnte. Bei einem alten Kleidermacher am Kleinseitner Ring, der sich als ihr Kriegsvogt aufspielte. Das war ja nun nicht mehr nötig. Die Ehre der Familie gebot ihm, Karola ihr Haus umgehend zurückzugeben. Ehre? Er seufzte, denn er wusste, dass dies nur die halbe Wahrheit war. Sein Bedürfnis, ihr noch einmal in die Augen zu sehen, nachdem sie sich so schändlich aus dem Staub gemacht hatte, war übermächtig. Nie im Leben würde er vergessen, wie es ihm an jenem Tag seiner Rückkehr ergangen war. Sein Atem ging schneller. Er musste doch nur an den Abend denken! Er begann zu schwitzen, denn schon hatte sie ihn wieder, die Erinnerung an den schlimmsten Augenblick seines Lebens. Als er endlich nach durchrittener Nacht Prag erreicht hatte, nur um zu erfahren, dass Karola Kusenius das Palais rechtzeitig vor seiner Rückkehr verlassen hatte. *Wenn du bei meiner Rückkehr noch hier bist, dann weiß ich, dass du mich liebst*, hatte er ihr in der Nacht vor seiner Abreise gesagt. Karola hatte sich entschieden, zu gehen. Matthias wusste, was das bedeutete, und trotzdem, er konnte und wollte es nicht glauben. Damals hätte er die Hand dafür ins Feuer gelegt, dass sie auf ihn wartete. Ja, er hatte so sehr an ihre Liebe geglaubt, dass er entgegen dem Befehl seines Dienstherrn, Graf Schwarzenberger, nach Prag geritten war, nur um seine Braut aus den Klauen der verbrecherischen Aufständischen zu retten. Beides hatte er nicht vorgefunden. Weder seine Braut noch Scharen verbrecherischer Aufständischer, wie man in Wien behauptet hatte. Nicht einmal sein Eigentum hatten sie angetastet.

Es war so verdammt schwer für ihn gewesen, zu glauben, dass sie fortgegangen war. Er war sich so sicher gewesen, dass die Zuneigung auf Gegenseitigkeit beruhte. Hunderte Male hatte er seine Braut im Geiste in seinen Armen gehalten, aber dann hatte er nur Leere vorgefunden. Wie das Zimmer, in dem sie gewohnt hatte. Er hatte sich an jenem Abend in seiner Reisekleidung auf das leere Bett gesetzt und es nicht glauben wollen. *Sie hat alles mitgenommen!*, hörte er die Stimme seiner Stiefmutter in seinem Kopf hämmern. *Sie hat alles mitgenommen!*

Matthias befühlte den Schlüssel in seiner Hand. Ich möchte ihr noch einmal in die Augen sehen, bevor ich in den Krieg ziehe, dachte er entschlossen. Morgen schon würde er sich den Truppen des Grafen Buquoy anschließen. Er war nicht dazu geschaffen, tatenlos in Prag herumzuhocken, während Böhmen in Flammen aufging. Entschlossen verließ er den Salon. Wenig später kehrte er, bekleidet mit seiner knielangen Schaube, zurück. Es duldete keinen Aufschub mehr.

«Wohin gehst du?», fragte seine Stiefmutter ängstlich, als Matthias sich hastig von ihr verabschiedete. Er blieb ihr die Antwort schuldig, aber sie hörte nicht auf zu zetern: «Wohin gehst du? Ich brauche dich. Bitte lass mich nicht allein. Ich habe doch niemanden mehr.»

Matthias sah sie mitleidig an. «Ich habe noch etwas zu erledigen.»

«Aber du verlässt mich doch nicht, oder? Morgen bekommt der arme Christoph eine prächtige Beerdigung.»

Matthias wusste auf einmal, dass er es ihr nicht länger verheimlichen konnte. «Mutter, ich ziehe morgen in den Krieg.»

Fassungslos sah sie ihn an. «Aber dein Bruder … Du musst neben mir an seinem Grab stehen …»

Matthias straffte die Schultern. «Nein, ich reite morgen in aller Herrgottsfrühe. Ich habe schon viel zu lange tatenlos herumgesessen. Aber vorher tue ich etwas, das zwar nicht die Ehre meines Bruders wiederherstellen, das aber das Unrecht zumindest im Nachhinein ein wenig mildern kann.»

Ihr Blick blieb an dem Schlüssel in seiner Hand hängen. «Was hast du vor?», fragte sie tonlos.

«Ich werde Karola Kusenius ihr Haus zurückgeben und damit die ganze Wahrheit. Christoph hat ihren Vater betrogen, das Dokument selbst aufgesetzt und dem sterbenden Mann die Hand geführt!», erklärte er ungerührt.

Maria Sahrenburg wurde weiß und ließ sich auf einen Stuhl fallen. «Aber … aber … das kannst du nicht tun!», stammelte sie, während sie aufsprang und sich an seiner Schaube festkrallte.

Matthias war von ihrem Ausbruch unangenehm berührt

und sagte mit betont ruhiger Stimme. «Bitte, lasst mich gehen!»

Sie aber schrie: «Nein, du gehst nicht zu diesem Frauenzimmer, das aus unserem Haus geflüchtet ist, um nicht dein Weib zu werden!»

Matthias sah sie erstaunt an. Woher rührte dieser Zorn?, fragte er sich. Er konnte ja nicht ahnen, dass es die nackte Angst war, die sie dazu brachte, sich noch fester an seine Schaube zu klammern.

Die Vorstellung, dass er die Wahrheit erfahren könnte, ließ sie alle Vorsicht vergessen. Er durfte es nicht erfahren! Nicht jetzt, wo sie nur noch ihn hatte! «Nein! Nein!», heulte sie auf, aber Matthias befreite sich aus ihrem Griff und tat das, was er tun musste.

Als er zum Kleinseitner Ring ritt, wollte ihn der Mut ein paar Mal verlassen, aber er redete sich ein, dass er ihr noch einmal in die Augen würde sehen müssen, um sie dann für immer vergessen zu können. Das letzte Stück des Weges war eine Qual, doch es gab kein Zurück mehr.

Plötzlich fuhr er zusammen. Direkt vor sich sah er sie auf ein Bürgerhaus zueilen. Wie betäubt glitt er von seinem Pferd.

«Seid Ihr es, Karola Kusenius?», rief er mit zitternder Stimme. Dabei hätte er sie selbst von hinten unter Hunderten erkannt.

42

Karola drehte sich erschrocken um und gab ihm ein stummes Zeichen, dass er ihr bis zur nächsten Häuserecke folgen sollte. Dort blieben sie stehen und sahen einander an. Das, was er in ihren Augen erblickte, verwirrte Matthias zutiefst. Er hatte

Kälte erwartet, Gleichgültigkeit, Zorn, dass er sie aufgespürt hatte, aber Liebe? Wollte sie ihn verhöhnen?

Karolas Herz klopfte so sehr, dass sie meinte, es müsste zerspringen. Sein Blick erschütterte sie bis ins Mark. In seinen haselnussbraunen Augen war nichts als Traurigkeit zu lesen. Sie schluckte, und wie immer, wenn sie aufgeregt war, hatte sie das Gefühl, ihre Zunge würde am Gaumen kleben. Er sieht so schrecklich bleich aus, dachte Karola und fürchtete sich vor dem Augenblick, etwas sagen zu müssen. Bestimmt würde sie keinen Ton herausbringen. Außerdem fielen ihr in diesem Augenblick ohnehin nicht die richtigen deutschen Wörter ein, weil sie im Hause Czernin ausschließlich böhmisch sprach. Ihr Schwiegervater hasste die deutsche Sprache und duldete nicht einmal, dass Karola sich in seinem Beisein mit Tereza in deutscher Sprache unterhielt, wie sie es von Kindheit an getan hatte. Mühsam suchte Karola nach den passenden Worten, aber vergeblich! Ihr Deutsch war wie ausgelöscht.

«Entschuldigt, dass ich Euch verfolge wie ein gewöhnlicher Spitzbube», begann er zögernd zu sprechen, und sie meinte, ein Zittern in seiner Stimme zu hören.

«Was führt Euch her?», fragte Karola nun, und auch, wenn ihre Stimme dabei bebte, war sie doch froh darüber, dass sie überhaupt etwas halbwegs Verständliches in deutscher Sprache herausgebracht hatte.

«Ich … ich bringe Euch Euer Haus zurück», stammelte Matthias. Er konnte den Blick nicht von ihr wenden. Wie schön sie war! Ich darf mich nicht verlieren, ermahnte er sich immer wieder und versuchte, mit aller Macht daran zu denken, wie sie ihm das Herz gebrochen hatte. Und doch. Diese Augen! Warum sind sie voller Hingabe und Liebe statt voller Kälte und Verachtung für einen Mann, der zitternd vor ihr steht? Warum ist sie so grausam? Vielleicht sollte ich winseln wie ein Hund?, schoss es ihm durch den Kopf, damit sie endlich lachen kann über einen Narren wie mich! Vielleicht amüsiert es sie ja, wenn ich ihr erzähle, dass ich meine Stellung beim Grafen Schwarzenberger verloren habe, weil ich gegen seinen ausdrücklichen Befehl nach Prag geritten bin. Ich elender Schafskopf, ich!

«Ist Euch nicht gut? Soll ich nach einem Medicus rufen?», hörte er plötzlich ihre besorgte Stimme fragen.

«Nein, ich bin nicht krank», erwiderte er schroff und wandte den Blick hastig ab. Hatte er ihr etwa die ganze Zeit in das Gesicht gestiert? Er befürchtete, dass er keinen schönen Anblick bot.

«Was wolltet Ihr damit sagen, dass Ihr mir mein Haus zurückbringt?», fragte Karola zaghaft. Er wirkt wie jemand, der mit einem Drachen kämpft, dachte sie. Warum blickt er so gequält und dann wieder unendlich traurig? Als hätte man ihm eine Pike durch die Brust gebohrt, und er weiß, dass er bald sterben wird.

Nun beobachtete sie, wie er die Schultern straffte und sein Blick etwas Unnahbares bekam. Als wäre der Kampf ausgestanden und er als Sieger daraus hervorgegangen. Und dennoch, ihn so dicht vor sich stehen zu sehen und ihn nicht zu berühren, das würde sie nicht mehr lange durchhalten.

«Ich habe Euch den Schlüssel zu Eurem Haus in der Langen Gasse mitgebracht.» Mit diesen Worten holte er tatsächlich einen Schlüssel aus seinem Beutel und gab ihn ihr. Ungläubig nahm sie ihn in die Hand. Dabei berührten sich ihre Fingerspitzen, und Karola zuckte heftig zurück. Das Feuer, dieses sengende Feuer, glühte sogar in den Fingerspitzen.

«Und das hier, das habe ich Euch auch mitgebracht.» Er zog ein Papier aus seinem Wams, bei dessen Anblick Karola der Atem stockte. Es war jenes grausame Versprechen, das ihr Vater Christoph Sahrenburg gegeben hatte. Was hatte das zu bedeuten? War der Prozess nun doch geführt worden und für die Sahrenburgs verloren? Hatte ihr Schwiegervater ihr das verschwiegen? Sah Matthias deshalb wie der Tod aus, weil die Ehre seiner Familie nun am Boden lag? War es nur die Ehre, wegen der er so litt?

Zögernd nahm Karola das Dokument, das er ihr immer noch entgegenstreckte, in die Hand. Sie wollte etwas sagen, aber plötzlich drehte sich alles in ihrem Kopf. Wenn er nun aber doch gekommen war, um sie zu retten? Sie würde, ohne zu zögern, mit ihm auf seinem Pferd davonreiten und diese Welt voller Falschheit hinter sich lassen.

«Sie haben ihn gestern Nacht erschlagen.»

Erschlagen? Um Himmels willen, wovon redete er bloß? «Wen haben sie erschlagen?», fragte sie und sah ihn mit schreckensweiten Augen an.

«Christoph», antwortete er und fuhr tonlos fort: «Er hat versucht, die Söldner zu betrügen, die bei uns Quartier bezogen haben. Er hat Nacht für Nacht drüben in Eurem Haus mit ihnen gespielt. Sie haben immer verloren, und dann sind sie ihm wohl auf die Schliche gekommen. Sie haben ihn dabei erwischt, dass er mit falschen Würfeln gespielt hat, und ihn wie einen räudigen Hund erschlagen …»

Er hatte den Satz noch nicht zu Ende gesprochen, da war Karola bereits in seine Arme geflogen, und sie stammelte: «O weh! Dann war *er* also der Tote in der Langen Gasse. Gott gebe seiner armen Seele Ruh.»

Matthias ließ sie einen kurzen Augenblick lang gewähren, dann aber befreite er sich heftig aus ihrer Umarmung und erklärte ungerührt: «Wenn Ihr erfahrt, was er Eurem Vater angetan hat, dann werdet Ihr Euch vielleicht in Eurem Bedauern mäßigen.»

Karola hatte mit einem Mal das Gefühl, ihr würden die Sinne schwinden. In ihrem ganzen Körper kribbelte es. Sie rang nach Luft, und ihr wurde schwindlig. Nicht weil sie Christoph auf seinem letzten Weg begegnet war, sondern weil Matthias sie so herzlos von sich schob. Warum tat er das? Natürlich, wie hatte sie das vergessen können? Er verachtete sie, weil sie eine Lutheranerin war! Ihre Knie wurden weich, aber sie wollte nicht noch einmal hilflos vor ihm im Staub liegen. Wie damals, als er sie gerettet hatte. Dieses Mal würde er sie mit Sicherheit liegen lassen. Karola schwankte hinüber zur rettenden Häuserwand und lehnte ihren Kopf gegen die kühlende Mauer. In diesem Augenblick wuchs die Wut in ihr dort, wo eben noch die Liebe gewohnt hatte. Vor Zorn bebend, löste sie sich von der Wand und wollte eigentlich mit aufrechtem Gang und wortlos an ihm vorübergehen, aber da hatte sie sich bereits kämpferisch vor ihm aufgebaut, funkelte ihn wütend an und zischelte: «Ihr müsst mich nicht wie einen lästigen Hund von Euch stoßen. Verzeiht, dass ich es gewagt habe, Euch zu berühren. Glaubt ja nicht, dass ich Eure Worte, wie tief Ihr mich verachtet, und Euren erklärten Willen, mich aus Eurem Hause zu jagen, vergessen habe! Kein Wort. Und nun lebt wohl!»

Sie war schon ein paar Schritte in Richtung Werkstatt gegangen, als sie ihn aufstöhnen hörte: «Das sind nicht meine Worte! Das war nie mein Wille. Ich verachte dich nicht! Niemals!»

Karola blieb regungslos stehen. Langsam drehte sie sich noch einmal zu ihm um. Mit offenem Mund starrte sie Matthias an. «Du lügst. Du hast in deinem Brief ganz andere Worte gefunden, um mich aus dem Haus zu jagen. Du wolltest mich niemals mehr wiedersehen, nach all dem, was meine Glaubensbrüder den Habsburgern angetan haben.»

Er stand nur da. Wie erstarrt und ungläubig staunend. «Zeig mir den Brief», bat er sie schließlich tonlos.

«Ich habe ihn im Palais gelassen, bevor ich weggelaufen bin», erwiderte sie.

«Karola Kusenius, ich habe dir keinen einzigen Brief geschrieben. Um auf keinen Fall den Argwohn meiner Familie zu erregen. Schließlich wollte ich sie ja glauben machen, dass ich dich allein der Familienehre wegen heirate und nicht aus Liebe.» Seine Stimme klang verzweifelt.

«Aber es war deine Schrift. Ich habe es zuerst natürlich nicht geglaubt, aber dann hat deine Stiefmutter mir Schriftstücke gezeigt mit deiner Unterschrift. Wenn *du* ihn nicht geschrieben hast, wer war es dann?»

«Es gibt ein paar Fälscher in der Stadt, die gegen Bezahlung so etwas fertigbringen.»

«Fälscher?», wiederholte Karola voller Entsetzen.

Sie sahen einander an wie zwei Ertrinkende, die jeden Augenblick von den Fluten verschluckt werden konnten. Als müssten sie um die letzten Worte ringen, die sie einander sagen konnten, die ihnen aber nicht einfallen wollten. Karola sah förmlich, wie es in seinem Kopf arbeitete, und auch ihre Gedanken gingen wild durcheinander. Wenn er mich liebt, warum können wir nicht einfach davonreiten?, fragte Karola sich verzweifelt. Wenn wir einem Betrug aufgesessen sind, dann steht unserer Liebe doch nichts mehr im Wege! Das heißt, wir können nach Wien gehen, und alles wird gut, jubelte es in ihrem Herzen. Sie verspürte ein unendliches Glücksgefühl, doch bereits im nächsten Augenblick, als sie ihren Ehering in der Sonne aufblitzen sah, befürchtete sie, von einem Sog der Verzweiflung verschlungen zu werden.

«Karola? Willst du mich immer noch heiraten?», hörte sie ihn wie von ferne fragen.

Karola holte tief Luft. Ja!, schrie es in ihrem Innern. Ja! Aber sie brachte nur gequält heraus: «Matthias, ich … ich … ich habe … einen anderen …»

Matthias sah sie fragend an, aber dann blieb sein Blick an ihrer Hand hängen. «Du hast einen anderen zum Manne genommen?»

Karola musste sich hastig abwenden. Sie konnte seinen

ungläubigen Blick nicht ertragen. Er würde sie vielleicht verstehen, wenn sie ihm die ganze Wahrheit offenbarte, aber das brachte sie nicht übers Herz. Sie konnte ihm unmöglich erzählen, dass sie seinetwegen in die Moldau gegangen und erst im letzten Augenblick gerettet worden war. Nein, das konnte und durfte sie ihm nicht sagen. Sie holte noch einmal tief Luft, bevor sie mühsam hervorbrachte: «Ich musste doch glauben, du hättest mich davongejagt.»

«Ich verstehe», entgegnete er kaum hörbar. Dann fügte er fast trotzig hinzu: «Ich habe doch auch geglaubt, du wärest fortgegangen. Aber versteh doch, ich hätte niemals so schnell eine andere Frau … Meine Stiefmutter hat es versucht, sie hat mir junge, heiratswillige Katholikinnen vorgeführt, auch hübsche Mädchen, die mir alles gegeben hätten, aber ich konnte sie nicht einmal anschauen, ohne dein Gesicht vor mir zu sehen. Deine Augen, wie du sie aufgeschlagen hast.»

Karola konnte nichts dagegen tun. Sie warf sich mit Macht in seine Arme und wiederholte in einem fort: «Jede Nacht … deine Augen … dein Kuss.» Sie klammerte sich an ihn. Dieses Mal stieß Matthias sie nicht weg, sondern drückte sie fest an sich, bis er mit trauriger Stimme murmelte: «Karola, es ist zu spät. Du hast einen Ehemann. Versteh das doch! Und ich schließe mich dem Heer des Grafen Buquoy an. Dort kann ich mich als Offizier nützlich machen.»

Erschrocken ließ sie von ihm ab. «Aber du kannst doch jetzt nicht in den Krieg ziehen!»

«Ich muss. Es gibt nichts mehr, was mich in Prag hält. Nach allem, was ich nun weiß, gehe ich sogar heute noch, denn mir steht nicht der Sinn danach, meine Stiefmutter noch einmal zu sehen. Ich möchte nicht zum Mörder werden, denn glaube mir, sie ist es, die unsere Liebe auf dem Gewissen hat, und ich könnte mich vergessen, wenn ich daran denke, was sie uns angetan hat.»

Karola starrte ihn immer noch fassungslos an, als würde sie nicht begreifen, was gerade geschah. «Deine Stiefmutter hat es getan, weil sie einst meinen Vater geliebt hat, der aber hat meine Mutter geheiratet, die wohl im Hause ihrer Eltern wie eine Tochter aufgewachsen ist», murmelte sie kaum hörbar. Dann stammelte sie laut: «Aber der Krieg! Der Krieg … ist … ist grausam, so grausam …»

«Leb wohl», sagte Matthias sanft. Er stieg auf sein Pferd und ritt ein paar Schritte davon, doch dann drehte er sich noch einmal um und rief: «Dein Vater hat dich nicht verspielt. Du hattest recht. Ein Freund von Christoph wollte sein Gewissen erleichtern und hat es mir gestanden: Mein Bruder hat jenes teuflische Schreiben aufgesetzt und deinem Vater, als er schon fast besinnungslos war, die Hand geführt. Dein Vater hat nichts von alledem gewollt.»

Karola stöhnte auf. «Ich wusste es.»

«Und noch eines: Kaiser Matthias ist gestorben. Sei sicher, in Prag wird es nicht so friedlich bleiben. Gerade für euch Protestanten. Sie werden nach Matthias' Tod Ferdinand nicht länger als ihren König respektieren. Und wenn sie es wagen, ihn abzusetzen, sobald er der neue Kaiser geworden ist, dann macht der Krieg über kurz oder lang nicht mehr vor den Stadttoren halt. Dort draußen auf den Dörfern und besonders an den Grenzen, da wird schon geplündert und gekämpft. Ich bin kein Müßiggänger. Ich habe einen heiligen Eid auf die Habsburger geschworen. Also, pass gut auf dich auf. Ich kann dich nicht mehr beschützen.»

Mit diesen Worten ritt er zu ihr zurück, sprang noch einmal vom Pferd, nahm sie in seine Arme und küsste sie innig. Karola erwiderte seinen Kuss, doch bevor sie begreifen konnte, was mit ihr geschehen war, hatte er sie schon wieder losgelassen und war davongeritten. Wie betäubt blieb sie allein in der Gasse zurück.

Jedenfalls glaubte sie, allein zu sein, denn als sie sich schließlich umwandte, war der Schatten des Mannes, der schon ungeduldig nach ihr Ausschau gehalten hatte, längst zurück in die Werkstatt gehuscht.

43

Mit weichen Knien und verquollenen Augen betrat Karola wenig später die Werkstatt. Sie erschrak, als sie ihren Schwiegervater mit einem Dorn in der einen, einer halb fertigen Schaube in der anderen Hand auf einem der Schemel sitzen und sie gefährlich anfunkeln sah.

«Mir ist nicht ganz wohl, und ich möchte mich gern für den restlichen Tag hinlegen», bat Karola ihn mit heiserer Stimme.

Ihr Schwiegervater sah sie durchdringend an. «Nur Frauenzimmer, die Kinder gebären, haben Schonung verdient», bellte er. «Was seid Ihr nur für eine liederliche Person, dass Ihr Eure Pflicht vergesst! Drüben im Haus wartet einer unserer hochverehrten Kunden mit seiner jungen Frau, die Eure Kleider zu sehen wünscht. Ich konnte nichts ausrichten, denn sie verlangen ausdrücklich nach der vielgepriesenen Tochter des Hauses, und sie waren sehr ungehalten, dass Ihr nicht anwesend wart.»

Karola hatte das Gefühl, jedes seiner Worte schneide tiefe Wunden in ihre Seele. Graf Voltany, der Bruder eines Direktoriumsmitgliedes, und dessen Frau. Natürlich, die hatten sich für den heutigen Tag angesagt. Wie konnte ich das nur vergessen?, dachte sie, doch eigentlich wusste sie die Antwort. Es gab nur eines auf der Welt, das sie ihre Pflicht vergessen ließ. Karola musste an sich halten, bei dem Gedanken an Matthias nicht schon wieder in Tränen auszubrechen. Mit gesenktem

Kopf murmelte sie: «Ich war Garn holen in der Altstadt drüben und bin aufgehalten worden.»

Die Antwort ihres Schwiegervaters war ein höhnisches Lachen. «Euch soll der Teufel holen!», murmelte er.

Karola konnte zwar verstehen, dass er eine solch hochgestellte Herrschaft, die vorzügliche Verbindungen zur Regierung unterhielt, nicht warten lassen wollte, aber warum benahm er sich dermaßen grob? Ob er den Grund ahnte, warum sie aufgehalten worden war?

Bei dem Gedanken, er könne womöglich ihr Geheimnis kennen, fühlte sie sich mit einem Mal wirklich krank, aber sie schürzte tapfer die Röcke, griff nach einem fast fertigen neuen Kleid und eilte hinüber in das Haus. Der protestantische Edelmann und seine Frau begrüßten sie überschwänglich.

«Ich habe schon so viel Gutes über Euch gehört», begann Graf Voltany und lächelte sie aufmunternd an.

«Zu viel der Ehre», erwiderte Karola und bemühte sich um ein Lächeln. «Die gebührt meinem Schwiegervater, der so freundlich war, mich unter seiner Anleitung nähen zu lassen.»

«Ihr seid zu bescheiden», widersprach der Graf und fuhr schmeichelnd fort: «Dass man erwägt, Wenzel Czernin wie einst seinen Vater zum Hoflieferanten zu machen, wenn wir erst einen neuen König haben, hat nicht zuletzt mit dem Ruf zu tun, der Euch vorauseilt. Die Damen sind jedenfalls begeistert von Euren Schauben. Sie behaupten, eine Frau wisse eben am besten, was sie schmückt. Und nun zeigt das Kleid, das meine Frau zu sehen wünscht. Ich will entscheiden, ob Ihr dergleichen für sie nähen werdet.»

Karola hielt ihnen das rote Kleid, das sie im Arm trug, so hin, dass es seine ganze Schönheit entfalten konnte, und sie sagte bescheiden: «Es ist ein einfaches Gewand …»

Weiter kam sie nicht, denn die junge Ehefrau war bereits in Entzückensschreie ausgebrochen.

«Ihr habt mich überzeugt», brummte der Graf und fügte hinzu: «Näht es für meine Frau.»

«Und vielleicht noch eine Schaube», bat die junge Gräfin und strich begeistert über die Schaube ihrer Kleidermacherin. Karola bemerkte erst jetzt, dass sie das wärmende Kleidungsstück immer noch trug.

«Gut, näht meinem Weib auch so eine Schaube, wir Ihr sie tragt.»

Karola nickte gehorsam und versprach dem Grafen, alles zu seiner und seiner Frau Zufriedenheit zu erledigen. Dann nahm sie Maß, weil sie auf den ersten Blick erkannt hatte, dass die junge Frau ungleich fülliger war als sie selbst.

Nachdem die beiden hohen Herrschaften gegangen waren, ließ Karola sich erschöpft auf einen Schemel fallen. Wenn sie nicht bald die Erlaubnis bekam, sich in ihre Stube zurückzuziehen, befürchtete sie das Schlimmste. So wie es in ihr gärte, wäre es das Beste, sie würde am heutigen Tag nicht mehr unter Menschen gehen. Sie war völlig durcheinander und befürchtete, jedermann könnte ihr den Schmerz ansehen, dass sie ihren Liebsten wiedergefunden und sogleich für immer verloren hatte.

Karola wollte sich gerade erheben, als ihr Schwiegervater zur Tür hereinkam.

«Habe ich es mir doch gedacht! Ihr seid ein faules Weib, das dem Müßiggang frönt, sobald man Euch aus den Augen lässt. Los, steht auf und geht in die Werkstatt! Es gibt viel zu tun.»

«Bitte, mir ist nicht gut. Ich kann mich kaum auf den Beinen halten.»

Karola konnte nicht begreifen, was in ihn gefahren war. Sie merkte, wie ihr schwarz vor Augen wurde. «Bitte, lasst mich in meine Stube gehen, mir ist wirklich nicht wohl.»

Statt einer Antwort riss er sie grob am Arm und brüllte außer sich vor Zorn: «Geht mir aus den Augen!»

Karola verstand das als Erlaubnis, sich zur Ruhe begeben zu dürfen, und wandte sich eilig ab, doch als sie die Stiege erreicht hatte, spürte sie plötzlich, wie sich die Finger ihres Schwiegervaters um ihren Oberarm krallten. Genauso fest, wie Jan sie neulich gepackt hatte. Karola schrie auf vor Schmerz, aber Wenzel Czernin zerrte sie wie von Sinnen und fluchend bis zur Werkstatt hinter sich her. Vor den Näherinnen schrie er sie an: «Ihr werdet diesen Raum nicht verlassen, bis Ihr das da fertig habt!» Er deutete auf ein halb fertig genähtes Gewand. Dann verließ er schnaufend die Werkstatt.

Wie betäubt setzte sich Karola auf ihren Schemel. Sie verstand beim besten Willen nicht, was in ihn gefahren war. Alle Augen waren auf sie gerichtet.

«Was ist geschehen?», hörte sie eine wohlbekannte Stimme voller Sorge flüstern. Es war Tereza, die inzwischen auch in der Werkstatt statt in der Küche arbeiten durfte.

Karola berichtete ihrer Magd stockend, wie ihr Schwiegervater sie in die Werkstatt geschleift hatte, aber sie verschwieg ihr die Begegnung mit Matthias. Das wollte sie vor den Näherinnen lieber nicht offenbaren.

«Sie soll die Kleider fertig nähen, hat der Herr gesagt», krächzte Ludmilla, eine der Näherinnen, die Älteste und die Einzige, die Karola nicht in ihr Herz geschlossen hatte. Schnell wie der Wind drehte sich Tereza zu ihr um und schimpfte: «Die Herrin wird gar nichts machen. Hast du verstanden, du alte Vettel! Oder siehst du nicht, dass sie krank ist?»

Sogleich meldeten sich alle anderen zu Wort und versprachen, die Arbeit von Karola zu übernehmen. Mit zitternden Knien schlich sie zum Haus hinüber. Hoffentlich lief sie ihrem Schwiegervater nicht in die Arme! In der Diele begegnete sie Jan, der sie erstaunt ansah.

«Ich wähnte dich in der Werkstatt.»

Karola überlegte, ob sie ihm berichten sollte, wie grob sein

Vater sie dorthin geschleift hatte, aber sie verzichtete darauf. Zu groß war ihre Sorge, sie könnte sich verraten und Jan womöglich einen Hinweis geben, was sie an diesem Tag wirklich erlebt hatte. Während sie noch darüber nachgrübelte, ob sie ihm überhaupt etwas vom merkwürdigen Verhalten seines Vaters erzählen sollte, fuhr ihr plötzlich ein Schrecken durch alle Glieder. Der Schlüssel und das Dokument! Sie trug beides immer noch bei sich! Was sollte sie nur tun? Sie begriff, dass sie keine andere Wahl hatte. Sie musste Jan und seinem Vater über kurz oder lang gestehen, dass sie Matthias begegnet war. Aber jetzt gleich? Nein, das ging über ihre Kräfte. Bestimmt würde sie sich verraten, und Jan würde begreifen, wie sehr sie Matthias immer noch liebte. Allein bei dem Gedanken daran wurde ihr ganz mulmig. Nein, in diesem Augenblick konnte sie es ihm nicht sagen, ohne ihm gleichzeitig ihre wahren Gefühle zu verraten. Sie beschloss, ein paar Tage zu warten. Dann hatte sie sich bestimmt beruhigt, und sie konnte Jan und seinem Vater in sachlichem Ton darüber berichten, dass der Habsburger ihr den Schlüssel für ihr Haus gebracht hatte.

«Karola, was ist mit dir? Geht es dir nicht gut?», fragte Jan voller Sorge.

«Ja … nein … doch … Ich fühle mich schon den ganzen Tag ein wenig schwach. Ich glaube, ich muss mich hinlegen», stammelte Karola.

«Aber, worauf wartest du noch? Du bist ja ganz blass», erwiderte Jan besorgt und legte den Arm um sie, was er all die Monate zuvor nicht ein einziges Mal gewagt hatte.

Karola zuckte zusammen. Er soll mich nicht anfassen!, schrie es in ihrem Innern, aber sie ließ ihn trotzdem gewähren. Wenn sie ihn jetzt von sich stieß, würde er bestimmt etwas merken. Behutsam führte er sie die Stiege hinauf. Karola litt Höllenqualen. Wie besorgt er um mich ist, und ich danke es ihm, indem ich mich nach einem anderen Mann verzehre, schoss es ihr durch den Kopf. Sie fühlte sich schlecht, so unendlich schlecht.

Als sie in ihrer Stube angekommen waren, hätte sie am liebsten geschrien, er solle endlich weggehen, aber er brachte sie noch bis zu ihrem Bett. Er machte auch keine Anstalten, das Zimmer zu verlassen, nachdem sie sich hingelegt hatte. Im Gegenteil, er beugte sich über sie, betrachtete eingehend ihr Gesicht und streichelte ihr sanft über die Wangen. Sie wurde rot vor Scham. Er sollte sie nicht berühren!

«Ich hoffe, du bist nicht wirklich krank», murmelte er.

Karola lächelte krampfhaft. «Nein, ich möchte nur liegen. Ich brauche ein wenig Ruhe.» Demonstrativ zog sie sich die Decke bis zum Hals.

Jan sah sie durchdringend an. Dann streichelte er ihr noch einmal wortlos über die Wangen, erhob sich und verließ hastig das Zimmer.

Karola atmete auf, bevor sie noch einmal aus dem Bett sprang, um sich auszukleiden. Den Schlüssel und das Dokument legte sie auf den Schemel neben ihrem Bett. Sie würde die Sachen vorsichtshalber Tereza geben, wenn sie nachher zu ihr schlich, um ihr von Matthias zu berichten. Nicht, dass jemand sie in ihrer Stube fand.

Schließlich legte sie sich wieder in ihr Bett und hoffte, ein wenig Ruhe zu finden, doch die Gedanken in ihrem Kopf tobten wild durcheinander. Ich sollte es ihnen möglichst bald sagen, dass ich im Besitz des Schlüssels bin, aber nicht mehr heute. Und auch nicht morgen. Dazu musste sie die überraschende Begegnung mit Matthias und das Wissen, dass ihre Liebe einer Intrige Maria Sahrenburgs zum Opfer gefallen war, erst einmal verkraften. Sofort sah sie ihn wieder vor sich, aber dieses Mal verbunden mit einem dumpfen Gefühl, dass ein großes Unheil drohte. Ob es mit Matthias' Entschluss zusammenhängt, sich dem Heer des kaisertreuen Feldherrn anzuschließen?, fragte sie sich bang.

Karola konnte es kaum erwarten, sich endlich ihrer Magd anzuvertrauen. Sie hoffte, dass sie bald deren vertraute Schritte dort draußen auf dem Flur hören würde. Sie musste ihr dringend das Herz ausschütten, das ihr so unendlich schwer zumute war, doch so angestrengt sie auch lauschte, alles blieb still.

44

Die beiden Männer setzten sich schweigend zu Tisch.

«Warum hast du Karolas Magd nicht gestattet, in ihre Kammer zu gehen?», fragte Jan seinen Vater nach einer Weile, die sie stumm von einem gebratenen Fasan gegessen hatten.

«Sie wird in Zukunft immer bei den anderen schlafen», erwiderte der Alte streng und blickte seinen Sohn lauernd an: «Und warum sitzt dein Weib nicht mit am Tisch?»

«Sie hat sich hingelegt. Sie ist ein wenig schwach», erwiderte Jan und hing wieder seinen Gedanken nach. Er fühlte, dass er seinem Ziel näher war als je zuvor. Ja, er hoffte sogar, dass er das Lager mit ihr noch in dieser Nacht teilen würde. Er hatte auch schon einen Plan.

«Sie fühlt sich also nicht wohl? Oho, ist sie vielleicht guter Hoffnung?», hörte er seinen Vater spöttisch fragen.

Jan beschloss, die Anspielung seines Vaters, dass Karola immer noch nicht schwanger war, einfach zu überhören. Wenn alles gutgeht, werde ich sie noch heute zu meiner Frau machen, dachte Jan in freudiger Erwartung auf das, was er sich für diese Nacht vorgenommen hatte. Er würde gleich nach dem Mahl unter Vorspiegelung ärztlicher Sorge noch einmal zu ihr gehen und sie zart berühren. Sie war reif für die Liebe. Ihre Wangen hatten geglüht vor Lust, als er sie vorhin gestreichelt hatte. Er wusste zwar nicht viel über die Liebe, aber er war ein Mann, und er war nicht blind. Und wie verlockend sie gelächelt hatte, als sie davon gesprochen hatte, dass ihr Körper Ruhe brauche. Ob sie es sich vorhin insgeheim gewünscht hat, dass ich in ihrer Stube bleibe und gleich zu ihr ins Bett krieche?, fragte er sich.

«Weißt du eigentlich, wo dein Weib sich heute herumgetrieben hat?» Mit diesen Worten holte sein Vater ihn aus seinen süßen Gedanken.

Warum sprach er mit solcher Bitterkeit über Karola? Sonst konnte er sie doch gar nicht genug loben.

«Ich verstehe nicht, wovon Ihr redet», erwiderte Jan.

«Du bist ein Narr! Sind deine Lenden gar zu schwach, um deine ehelichen Pflichten zu erfüllen, sodass es ein anderer für dich tun muss?»

Jan spürte, wie ihm die Zornesröte ins Gesicht stieg. «Vater! Schweigt still! Hört auf, solche Dinge über sie zu sagen. Sie ist ein treues Weib. Und sie ist ein williges Weib, wie es sich ein Mann nur wünschen kann», erwiderte Jan mit Nachdruck und sah seinen Vater zornig an. Nichts würde ihn in diesem Augenblick davon abhalten, ihm die Stirn zu bieten. Weder dessen bösartig funkelnde Augen noch die Faust, die nun auf den Tisch niedersauste. Er stand auf und sagte entschlossen: «Und ich werde jetzt zu ihr gehen, denn ihr Körper steht schon in Flammen vor Sehnsucht nach mir.»

Die Antwort seines Vaters war ein bösartiges, beinahe teuflisches Lachen, das Jan bis ins Mark erschaudern ließ. So plötzlich, wie er zu lachen begonnen hatte, so plötzlich hörte Wenzel Czernin auch wieder auf. «Wie gut, das zu hören. Und sei gewiss, sie ist ein williges Weib. Zu willig! Und ihr Körper, der brennt in der Tat, aber nicht vor Sehnsucht nach dir!», geiferte er stattdessen und stand auf.

Jan, der bereits auf dem Weg zur Stiege war, drehte sich noch einmal um. Wie der Leibhaftige stand sein Vater da. Das Gesicht zur teuflischen Fratze verzerrt, die Arme weit von sich gestreckt. «Oh, und wie das Weibsbild brennt! Sie kriecht in ihn hinein und holt sich seine Küsse, um sich ihm wieder und wieder hinzugeben.»

Jan machte einen Schritt auf seinen Vater zu. Es machte ihm Angst, was er da redete. War der Alte nicht mehr bei Sinnen? «Vater, bitte, beruhigt Euch. Ihr müsst Euch hinlegen», sprach Jan sanft auf ihn ein. Er ließ seinen Blick über die immer noch gedeckte Tafel schweifen. Dort stand auch ein leerer Krug. Sein Vater trank selten vom Wein … Hatte er heute womöglich zu viel davon genossen?

«Sie ist heute bestimmt bereit, einen Mann in ihren Schoß zu lassen, aber nicht dich, du Dummkopf! Merkst du es denn nicht?» Wieder ertönte dieses grausame Lachen, aber nicht nur das ließ Jan erschaudern, sondern auch das, was sein Vater soeben angedeutet hatte. «Was wollt Ihr mir damit sagen?», fragte er scharf. Jan musste sofort an seinen Bruder Pavel denken. Ob die beiden sich etwa heimlich trafen? Nein, das konnte und wollte er nicht glauben. Aber wen sollte sein Vater sonst mit dieser Andeutung gemeint haben?

«Vater, bitte, sprecht!», flehte Jan, aber der Alte antwortete nicht, sondern setzte sich in aller Seelenruhe zurück auf seinen Platz, nahm sich ein kaltes Stück Braten und schob es sich ganz langsam in den Mund. Genüsslich schmatzend sagte er schließlich: «Du wirst doch nicht so dumm sein, dass du nicht verstehst, wovon ich rede, aber bitte, wenn du unbedingt die Wahrheit aus meinem Munde hören willst … Dein Weib lässt sich von einem anderen besteigen.»

Jan sah seinen Vater mit offenem Mund an. Er wollte etwas erwidern, den Namen seines Bruders herausschreien, aber mehr als ein paar gequälte Laute kamen nicht über seine Lippen. Er weigerte sich, die Ungeheuerlichkeit zu glauben, die sein Vater behauptete, und doch ahnte er in den Tiefen seiner Seele, dass es nichts als die Wahrheit war. Sein eigener Bruder bekam das von Karola, was sie ihm verwehrte! Ihm wurde übel bei dem Gedanken.

«Ich habe es mit eigenen Augen gesehen», sagte Wenzel Czernin ungerührt, «weil ich dieses Weibsstück gesucht habe. Wichtige Kunden verlangten nach ihr, und da wollte ich sie holen, aber als ich um die Ecke zur Werkstatt bog, da sah ich die geifernde Hure und ihren sabbernden Hurensohn, wie sie fast ineinandergekrochen wären!»

Jan wankte zurück zum Tisch und ließ sich auf einen Stuhl fallen. Er starrte wie betäubt vor sich hin und murmelte in einem fort: «Mein eigener Bruder!»

Der Alte stutzte und schob sich wieder ein Stück Braten in den Mund, während er in unwirschem Ton erklärte: «Nein, du dummes Schaf, ein Fremder war es! Von stattlicher Statur, mit schwarzem Haar und kantigem Gesicht. Er sah aus wie ein ganzer Mann!»

Jan sah ihn fassungslos an.

«Aber wir werden nicht zulassen, dass sie mit diesem Hurensohn bei Nacht und Nebel fortgeht, wie es deine Mutter einst getan hat», fuhr sein Vater seelenruhig fort. «Wir werden uns ihre Entwürfe nehmen und die Hure vor ein Gericht zerren, um uns daran zu ergötzen, wie sie sie auspeitschen und ihr die Haut von den Staupenschlägen in Fetzen herunterhängt. Besser wäre natürlich das Schwert, dann gehen wir eben zur Hinrichtung und sehen zu, wie ihr Kopf vom Rumpf getrennt wird … Aber nein, Ehebrecher werden ja nicht mehr gerichtet, wie sie es verdient haben. Da lässt man neuerdings Gnade walten. Statt ihren Kopf …»

«Schweigt!», schrie Jan. «Ich werde sie keinem Gericht überantworten. Hört Ihr? Und auch Ihr nicht, denn dann habt

Ihr keinen Sohn mehr. Das schwöre ich Euch bei allem, was mir heilig ist. Sie wird weiterhin hier im Haus leben als mein Weib! Und wir werden endlich Kinder haben.»

Wieder lachte Wenzel höhnisch auf. «Pass nur auf, dass du nicht eines schönen Tages die Brut eines anderen aufziehst. Ich verstehe dich nicht. Warum bestrafst du sie nicht, wie es sich gehört?»

«Ihr hättet Mutter auch gern bestraft, nicht wahr?», fragte Jan zurück.

«O ja. Tausendfach habe ich bedauert, dass sie fort war und ich sie nicht zur Rechenschaft ziehen konnte. Dann tu du es wenigstens, du Feigling!» Wenzel Czernin stand auf und holte hinter dem Ofen eine Haselrute hervor.

Jan schauderte. Wie oft hatte der Vater ihn als Kind damit so lange gezüchtigt, bis die weiche Haut auf seinem Rücken und auf dem Gesäß von Striemen gezeichnet war. Und Pavel erst. Dem war manchmal das Blut den Rücken hinuntergelaufen. Der Alte drückte ihm die Rute in die Hand, aber Jan ließ sie einfach nur zu Boden gleiten.

«Du bist zu weich», höhnte sein Vater. «Wenn du ihnen nicht Einhalt gebietest, beherrschen sie dich.»

Jan aber hörte ihm schon gar nicht mehr zu. Er wusste, wie er sich Genugtuung verschaffen würde. Ohne seinen Vater auch nur noch eines Blickes zu würdigen, drehte er sich um, verließ die Diele und stieg in den Keller hinunter. Dort füllte er einen Krug mit Wein und trank ihn in einem Zug leer. Nachdem er noch einen zweiten Krug geleert hatte, fühlte er sich stark genug, um das zu tun, was er jetzt tun musste! Und er spürte deutlich, dass sein Körper mehr als bereit dazu war.

45

Karola erwachte von einem polternden Geräusch. Sie schreckte hoch und blickte in das Licht einer Kerze. In ihrem Schein stand Jan. Bleich wie der Tod. Sein Gesicht war so verzerrt, dass es kaum noch menschliche Züge besaß. Sie wollte etwas sagen, aber eine innere Stimme mahnte sie zu schweigen. In der einen Hand hielt er die Kerze, in der anderen das ihr wohlbekannte Dokument, das sie auf den Schemel gelegt hatte. Er begann laut zu keuchen: «Der Habsburger … der Habsburger ist es also!» Seine Stimme wurde immer lauter und gequälter, sodass Karola sich die Ohren zuhielt. Er aber stellte, ohne den Blick von ihr zu lassen, die Kerze auf den Schemel, ließ das Papier auf den Boden fallen, hob die Hand und schlug ihr mit voller Wucht ins Gesicht. Sie schrie laut auf, aber schon hielt er ihr den Mund zu und zischelte mit unmenschlicher Stimme: «Keinen Ton. Hörst du?»

Obwohl ihr Gesicht höllisch brannte, versuchte Karola einen klaren Gedanken zu fassen. Was war geschehen? Wutentbrannt schlug er noch einmal zu. Mitten in ihr Gesicht. In diesem Augenblick roch sie es. Sein Atem stank nach Wein. Um sich vor weiteren Schlägen zu schützen, legte sie beide Hände über ihr Gesicht. Trotz ihrer Angst, dass er sie zu Tode prügeln würde, überlegte sie fieberhaft, was das zu bedeuten hatte. Sie musste ihn unbedingt aufhalten. Sie sollte versuchen, mit ihm zu reden.

Vorsichtig nahm sie die schützenden Hände vom Gesicht und flüsterte mit heiserer Stimme: «Matthias kam herbeigeritten, um mir den Schlüssel zu meinem Haus und das Dokument zu geben. Sein Bruder ist tot. Er hat meinen Vater beim Würfeln betrogen, und nun haben ihn andere Würfelspieler erschlagen. Das Haus gehört mir. Er war nur so anständig, es mir mitzuteilen.»

In der Hoffnung, ihn mit ihren Worten zur Besinnung gebracht zu haben, sah sie ihn bittend an. Erleichtert stellte sie fest, dass sein Gesicht wieder menschliche Züge angenommen hatte. Ja, er verzog es sogar zu einem leichten Lächeln. Karola atmete auf, doch in diesem Augenblick riss Jan ihr die Decke weg.

«Hört. Hört!», bellte er. «Der Habsburger hat also einen Namen. Matthias! Dann ruf nur laut genug nach ihm, aber sei gewiss, er wird dich nicht hören. Und wenn du dich noch so sehr nach ihm verzehrst, nach seiner stattlichen Statur, seinem schwarzen Haar und seinem kantigen Gesicht … Ruf ihn nur, dein Schrei wird ungehört verhallen. Los, brüll nach deinem Habsburger!»

Karola war vor Schreck erstarrt. Was hat er vor?, fragte sie sich, aber tief in ihrem Innern ahnte sie bereits, was er mit ihr tun würde. Und da hörte sie sich auch schon leise flehen: «Bitte nicht, lass mir Zeit, ich verspreche dir, ich werde deine Frau, aber bitte tu es nicht.»

Jan stierte jedoch mit glasigen Augen auf ihren Körper, dessen Rundungen sich unter ihrem weißen Nachtgewand verlockend abzeichneten. «Dein Schoß ist bereit», murmelte er. «Nur schade für den Habsburger, dass er dich ab heute nicht mehr besitzen wird.»

Jetzt hörte sie auch, dass seine Sprache verwaschen klang. Er war betrunken. Sie überlegte fieberhaft, wie sie ihn von seinem Vorhaben würde abbringen können, als er mit einem einzigen Griff ihr Nachtgewand zerriss. Karola bedeckte ihre nackten Brüste, um sie vor seinen gierigen Blicken zu schützen. Da hatte er bereits ihre Hände gepackt und hielt sie derart fest umklammert, dass sie vor Schmerz laut aufschrie. Er ließ sie abrupt los.

Sie schöpfte Hoffnung, ihm entkommen zu können, doch schon spürte sie seine Hände grob nach ihren Brüsten fassen.

Dabei stöhnte er laut auf, und in diesem Augenblick wusste Karola, dass nichts auf der Welt ihn davon abbringen würde, ihren Körper zu besitzen. Oder doch?

Mit einem blitzschnellen Griff packte sie seine Hand und biss hinein. Er schrie auf, sah sie für den Bruchteil einer Sekunde fassungslos an, bevor er noch einmal kräftig an ihrem Nachtgewand riss, sodass sie jetzt völlig entblößt vor ihm lag.

Wieder griff er ungelenk nach ihrer Brust und knetete sie wie einen Teig. Karola schrie noch einmal laut auf. Die Antwort war ein kräftiger Schlag gegen ihre Brust, der ihr fast die Sinne raubte. Keuchend rang sie nach Luft. Sie hoffte immer noch, er werde jetzt von ihr ablassen, aber stattdessen kam sein Gesicht bedrohlich näher. Er hauchte sie mit seinem alkoholgeschwängerten Atem an. «Du wirst doch deinem eigenen Mann nicht verwehren, was du einem Fremden in den Gassen feilbietest?»

In diesem Augenblick begriff Karola endlich, was geschehen war. Er musste Matthias und sie gesehen haben und denken, dass sie ihn hintergangen hatte. Sie begriff aber auch, dass jeder Versuch, ihn vom Gegenteil zu überzeugen, zwecklos wäre. Sein Schnaufen und Ächzen verrieten ihr, dass er nicht von ihr ablassen würde, bevor er seine teuflische Tat vollendet hatte. Und sie begriff, dass jeder weitere Widerstand zwecklos wäre. Also schloss sie die Augen und versuchte sich vorzustellen, dass sie tot wäre und ihr Körper nicht mehr zu ihr gehörte, doch es gelang ihr nicht. Sein Gestöhne und seine groben Hände überall auf ihrem Körper bereiteten ihr solchen Ekel, dass ihr übel wurde. Als er schließlich seinen Mund auf ihren drücken wollte, musste sie würgen. Erschrocken ließ er von ihr ab.

Erst nach einer ganzen Weile wagte sie, ihre Augen zu öffnen, und blickte in ein fremdes Gesicht. Weib, Kind, Teufel … all das sah sie in diesem Augenblick in ihm, und sie war froh, dass es vorbei war, denn Jan war aufgestanden und stand nun breitbeinig vor ihrem Bett.

Er ist zur Vernunft gekommen, dachte Karola erleichtert, als sie erkennen musste, dass das erst der Anfang gewesen war. Mit vor Angst weit aufgerissenen Augen beobachtete sie, wie er seine Beinkleider aufknöpfte, bis er seinen Unterleib entblößt hatte. Karola war wie gelähmt, als sie seine Hand nun nach einem steil aufgerichteten Ding an seinem Körper greifen sah. So näherte er sich bedrohlich dem Bett, wobei er sich die Lippen leckte und mit der rechten Hand heftig an diesem Ding rieb. War es das, was Tereza einst so geheimnisvoll *den Schatz der Männer* genannt hatte? Immer heftiger rieb er mit seiner Hand daran herum, während er ihren bloßen Körper anstarrte und dabei unmenschliche Laute ausstieß.

Dann ließ er sich ohne Vorwarnung mit seinem ganzen Körper auf sie fallen. Er drückte brutal ihre Schenkel auseinander und versuchte, das steife und harte Ding in sie hineinzustoßen. Sie spürte nur noch einen furchtbaren Schmerz zwischen den Beinen, der sie aufschreien und ihr die Tränen in die Augen schießen ließ. Stumm ließ sie ihnen freien Lauf.

Deshalb merkte sie auch nicht gleich, dass er von ihr abgelassen hatte. «O Gott, verzeih mir, ich habe doch gedacht … er hätte … o Gott …», hörte sie ihn aufstöhnen.

Langsam wurde ihr bewusst, dass er nach dem Schmerz nicht noch einmal in sie eingedrungen war. Dafür spürte sie, wie es zwischen ihren Schenkeln feucht wurde. Es fühlte sich an wie das Blut, das einmal im Monat aus ihr heraussickerte, aber das konnte es nicht sein. Das war erst wenige Tage her, und es dauerte stets vier Wochen, bis es wieder so weit war.

Vorsichtig öffnete sie die Augen und sah mit Schrecken, dass Jan zwischen ihre gespreizten Beine starrte. Ohne dass es ihr jemand erklärt hatte, ahnte sie in diesem Augenblick, dass sie ihre Jungfernschaft verloren hatte. Und dass es Blut war, das da aus ihrem Innern tropfte. Das Teil von ihm, das eben noch wie ein Schwert aufgerichtet gewesen war, hing schlaff herunter. Sie musste den Blick abwenden, so sehr ekelte sie sich davor.

Plötzlich kehrte ihr Mut zurück, sich ihm zu widersetzen. «Hast du genug? Dann geh!»

Er aber rührte sich nicht und starrte sie weiterhin aus glasigen Augen an. «Ich habe doch gedacht, der Habsburger besitzt dich. Niemals hätte ich das getan. Glaub mir. Niemals!»

«Geh!», wiederholte sie.

Diesmal erhob er sich widerspruchslos und wankte mit gesenktem Kopf zur Tür, doch dann drehte er sich um und starrte gebannt auf ihre nackten Brüste. Dabei wuchs jenes Ding an ihm, bis es wieder steil aufgerichtet vor seinem Bauch stand.

Und bevor Karola überhaupt begriff, was geschah, hatte er sich noch einmal auf sie gestürzt und presste es gegen ihren nackten Bauch. Auf und ab. Schneller und immer schneller. Dabei schnaufte und stöhnte er. Plötzlich stieß er einen langgezogenen Schrei aus. In diesem Augenblick spürte Karola, wie sich eine heiße Flüssigkeit über ihren Bauch ergoss. Jan rollte sich von ihr herunter, und sie hörte nur noch sein lautes Aufschluchzen.

Karola stand langsam auf, nahm einen Fetzen ihres Nachtgewandes und rieb sich damit das Blut zwischen den Beinen weg und die klebrige Flüssigkeit von ihrem Bauch. Der Schmerz brannte zwar immer noch zwischen ihren Schenkeln, aber das konnte sie nicht davon abhalten, mit wackligen Beinen zum Waschtisch zu wanken, einen Streifen ihres Nachtgewandes in kaltes Wasser zu tauchen und den Schmutz, den er auf ihrem Körper hinterlassen hatte, wegzureiben. Wie von Sinnen tauchte sie den Stoff immer wieder ins Wasser und rieb damit so lange auf ihrem Bauch herum, bis er gerötet war und von dem klebrigen Saft aus seinem Körper nichts mehr übrig war. Um sein Stöhnen und Jammern kümmerte sie sich nicht. Er lag wie ein Kind da, das die Mutter um Schläge anbettelt, weil es etwas Verbotenes getan hat.

Als sie sich gereinigt hatte, zog sie sich ein frisches Nachtgewand an und verließ wortlos, ohne sich noch einmal umzudrehen, ihre Stube. Sie sehnte sich nach Terezas schützenden Armen, aber zu ihrer großen Enttäuschung war die Kammer leer. Karola versuchte, einen klaren Gedanken zu fassen, und entschied sich, den Rest der Nacht trotzdem dort zu verbringen. Das war immer noch besser als auf ihrem beschmutzten Lager.

Sie war gerade in das Bett ihrer Magd geschlüpft, als die Tür aufging und Jan hereinstolperte. Er sieht nicht mehr wie ein Teufel, sondern wie ein armseliger Halunke aus, der schlotternd vor seinem Henker steht, dachte Karola angewidert.

«Ich … ich schlage dir ein Geschäft vor», stammelte er. Seine Stimme klang nicht mehr wie die eines Betrunkenen. Als sie nicht antwortete, flehte er sie an: «Verzeih mir! Ich gebe dir mein Ehrenwort, dass ich dich niemals mehr berühre, und du teilst dafür das Schlafgemach mit mir.»

«Dein Ehrenwort ist so viel wert wie das des Abdeckers», erwiderte sie kalt und drehte ihm den Rücken zu.

«Karola, bitte, hör mich an, mein Vater hat dich mit dem Habsburger gesehen. Er hat behauptet, ihr wärt in inniger Umarmung vereint gewesen, und da musste ich doch denken, er würde dich besitzen. Glaub mir, wenn ich gewusst hätte, dass du noch unberührt bist …»

«Schweig!», unterbrach Karola ihn barsch und fuhr dann leise fort, immer noch das Gesicht zur Wand gedreht: «Vielleicht wäre ich eines Tages die deine geworden, weil ich langsam ahne, dass nur auf diese Weise Leben geschenkt wird. Aber ich schwöre dir, wenn du mich noch einmal anfasst, bringe ich dich um!»

«Hör doch, ich werde dich nicht mehr anfassen. Ich liebe dich, und ich verabscheue mich für das, was ich dir angetan habe. Allein wenn ich dein schönes Gesicht sehe, das ich durch diese Hände verunstaltet habe …»

Karola erschrak. Sie wusste nicht, wie er sie zugerichtet hatte, aber so wie ihre Lippen brannten und es an ihrem Auge pochte …

«Bitte, glaub mir, ich weiß doch, dass das alles nur Teufelswerk ist. Ich werde mich niemals mehr der Lust hingeben. Ich hasse meinen ekelhaften Körper. Karola, ich werde dich lieben und ehren, ich werde damit leben, dass wir keine Kinder bekommen, aber bitte, komm mit mir in das Schlafgemach!»

Karola, die ihm die ganze Zeit den Rücken zugewandt und stumm gegen die Wand gestarrt hatte, um diese Jammergestalt nicht mehr sehen zu müssen, drehte sich langsam zu ihm um. «Nein!», sagte sie mit fester Stimme.

«Bitte, ich verspreche dir alles! Wenn du nur bei mir bleibst.» Jetzt betrachtete er sie wieder mit jenem Blick, der ihr so vertraut war. Voller Liebe und Zärtlichkeit. Als würde er ihr gleich über die Wangen streicheln. Langsam ging er auf sie zu.

«Keinen Schritt weiter!», schrie Karola entsetzt auf. Erschrocken blieb Jan stehen.

«Ich mache dir einen Vorschlag», sagte er zögernd mit einem prüfenden Blick auf ihr zerschundenes Gesicht. «Du bleibst ein paar Tage im Bett, ich behandele deine Wunden, und wenn die Spuren meiner verfluchten Tat verheilt sind, dann wirst du wieder in die Werkstatt gehen und deine Arbeit machen. Und ich fasse dich niemals mehr gegen deinen Willen an. Ich schwöre es dir, aber bitte lass uns das Schlafgemach teilen, damit Vater nicht dahinterkommt, dass du gar nicht mein Weib bist!»

«Nicht für deinen Vater!», erwiderte sie ungerührt. Sie spürte, dass seine Reue echt war. Und so widerlich seine Tat auch gewesen war, so erniedrigend, sie empfand keinen Hass gegen ihn. Nur Verachtung, Abscheu vor seinem Körper – ja, sie mochte ihm nicht einmal mehr in sein Gesicht sehen –, und ein klein wenig Mitleid.

«Oder wirst du mit deinem Habsburger fortgehen?», fragte Jan sie mit angsterfüllter Stimme.

Kaum dass er ihr diese Frage gestellt hatte, musste sie mit schmerzhafter Intensität an Matthias denken. Ja, sie sah ihn in seiner ganzen Stattlichkeit mit seinem markanten Gesicht und seinem dichten dunklen Haar vor ihrem inneren Auge. *Gib dich nur dem Manne hin, bei dem das Feuer brennt,* hörte sie ihre treue Magd sagen. Damals im Hause Sahrenburg. Die gute Tereza!

«Noch etwas musst du mir versprechen», verlangte sie, ohne ihm eine Antwort auf seine Frage zu geben, ob sie mit Matthias weggehen würde.

«Alles!», erwiderte er und fügte gequält hinzu: «Wenn du nur bei mir bleibst.»

«Meine Magd soll wieder in meiner Nähe schlafen. Anscheinend hat man sie woanders untergebracht.»

Jan sah sie voller Dankbarkeit an. «Heißt das … heißt das, du wirst …?», stammelte er.

«Ich werde nicht mit ihm fortgehen», vollendete sie schließlich seinen Satz. Das Schicksal hatte sie an diesen ungeliebten Mann gebunden, und weder sie noch Matthias waren in der Lage, das zu tun, was Jans Mutter in ihrer Verzweiflung getan hatte. Einfach fortzulaufen. Vielleicht hätte sie es gestern getan, aber Matthias hatte sie nicht einmal vor die Wahl gestellt. Er war einfach fortgeritten. Ohne sie. Nein, sie würde Matthias niemals wiedersehen, trotzdem brannte in ihrem Herzen das Verlangen nach ihm wie eine lodernde Flamme. Das würde ihr niemand nehmen können.

Entschlossen erhob sie sich aus dem Bett der Magd und murmelte: «Ich gehe in meine Kammer.»

«Du wirst also auch nicht zum Schein das Schlafgemach mit mir teilen?», fragte er kleinlaut nach.

Karola schüttelte den Kopf und sagte mit fester Stimme: «Niemals! Mach dir keine Hoffnungen mehr. Wir werden niemals eine Familie sein.»

46

Jan stand am nächsten Morgen in aller Herrgottsfrühe auf, um ein paar Kranke zu besuchen. Sein erster Weg führte ihn zu Karola. Sie schlief tief und fest. Jedenfalls musste er das annehmen. Dass sie die Augen zusammenkniff, um ihm nicht ins Gesicht sehen zu müssen, das ahnte er nicht. Er stellte sich an ihr Bett und betrachtete seine Frau. Wie wunderschön sie ist – trotz des veilchenblauen Auges und der aufgeplatzten Lippe –, dachte er und flüsterte: «Mein Engel, ich werde dir nie mehr etwas antun. Wenn ich könnte, ich würde alles ungeschehen machen.»

Jan hatte die ganze Nacht wach gelegen und den festen Vorsatz gefasst, seine unbändige Lust in Zukunft im Zaum zu halten. Und doch spürte er schon bei diesem unschuldigen Anblick, wie sehr sie ihn erregte. Angewidert von seiner eigenen Zügellosigkeit, wandte er sich ab. Vielleicht sollte er es doch so halten, wie Pavel es einst getan hatte: zu den Huren zu gehen und dort seine Befriedigung zu suchen. Immerhin wusste er jetzt, wo sie zu finden waren. Drüben in der Neustadt! Von außen glich das Haus einer einfachen Schenke, aber in den oberen Räumen gingen Huren ihrem Geschäft nach. Das jedenfalls hatte ihm ein Kranker im Vertrauen gestanden, als er voller Angst, er könne sich mit der Syphilis angesteckt haben, zu ihm gekommen war. Ob Pavel auch dorthin gegangen war? Der Gedanke an seinen großen Bruder tat ihm weh, denn er vermisste ihn sehr. Seit er wusste, dass sein Verdacht, Pavel würde Karola begehren und sie sogar besitzen, unbegründet war, konnte er endlich wieder im Guten an seinen Bruder denken. Er wünschte sich nichts sehnlicher, als dass Pavel eines Tages in der Tür stand und alle mit seinem unwiderstehlichen Lachen ansteckte.

Mit dem Gedanken an Pavel riss Jan sich von dem Anblick der anscheinend schlafenden Karola los und verließ das Schlafgemach. Unten in der Diele traf er auf seinen Vater. Eine Begegnung, die er an diesem Morgen unbedingt hatte vermeiden wollen, doch nun konnte er ihm nicht mehr ausweichen. Breit grinsend stellte sich der Alte seinem Sohn in den Weg. «Na, hast du ihr den Hurensohn ausgetrieben?»

Jan schluckte trocken, bevor er entschlossen antwortete: «Ihr irrt Euch, Vater, sie hat sich diesem Habsburger niemals hingegeben.»

Sein Vater lachte verächtlich auf. «Ein Habsburger? Das glaube ich nicht. Sie treibt es mit unseren Todfeinden? Und du glaubst ihrem Wort? Dem Wort einer unkeuschen Verräterin, die man heute noch auf den Richtplatz schleifen sollte? Und sie hat sich ihm gar nicht hingegeben? Was für ein Märchen! Hat sie dir das geschworen? Und du Narr, du hast es ihr geglaubt?»

Jan versuchte, ruhig zu bleiben, und straffte die Schultern. «Vater, mäßigt Euch. Wagt es nicht noch einmal, so über mein Weib zu reden. Das dulde ich nicht!»

Der Alte erwiderte mit schneidender Stimme: «Du willst

mir wohl unterstellen, ich hätte gestern in der Gasse Gespenster gesehen. Der verdammte Habsburger war also eine Erscheinung? Und dass sie sich an ihn schmiegte wie eine Hure, nur ein böser Traum?»

Jan holte noch einmal tief Luft, bevor er ebenso scharf erwiderte: «Der Habsburger war aus Fleisch und Blut, aber er hatte mit seinem Besuch nichts Unkeusches im Sinn. Er ist ein Ehrenmann, auch wenn Ihr das nicht glauben mögt, der allein kam, um ihr mitzuteilen, dass sein Bruder tot ist und das Haus in der Langen Gasse ihr gehört. Weil ihr Vater von seinem Bruder betrogen wurde. Und dass er sie in seine Arme geschlossen hat, Vater, das ist nicht verwerflich, denn die beiden hatten sich einst die Ehe versprochen, und sie haben sich gestern für immer verabschiedet. Darin kann ich nichts Unkeusches erkennen.»

Ohne ein weiteres Wort griff Jan in sein Wams und holte einen Schlüssel hervor: «Das ist der Schlüssel für Euer neues Haus in der Langen Gasse, und ich würde es begrüßen, wenn Ihr bald dorthin übersiedelt, denn ich glaube, es ist für unsere Ehe von Vorteil, wenn wir fortan unseren eigenen Haushalt führen.»

Selten hatte Jan seinen Vater dermaßen fassungslos erlebt. Er brachte zunächst kein Wort heraus, doch schließlich brummte er in seinen grauen Schnurrbart hinein: «Keine Sorge! Ich werde gehen, und zwar heute noch. Ich möchte diesem Weib ohnehin nicht mehr begegnen. Außer in der Werkstatt. Wo ist sie überhaupt? Die anderen sind längst bei der Arbeit. Und sie hat sich schon gestern gegen meine ausdrückliche Anordnung einfach aus der Werkstatt entfernt. Scheuch das faule Frauenzimmer aus den Federn, und zwar sofort!»

Jan straffte die Schultern. Noch nie zuvor hatte er sich seinem Vater so ebenbürtig gefühlt wie in diesem Augenblick.

«Nein, Vater, heute wird meine Frau nicht herunterkommen. Auch nicht am morgigen Tag. Sie leidet an einem leichten Fieber, und ich verlange, dass sie sich gänzlich auskuriert. Ich werde ihrer Magd Bescheid geben. Sie soll sich um das Wohl meines Weibes kümmern, solange ich bei den Kranken weile, und die Magd wird …»

Er stockte. Sollte er wirklich verlangen, dass die Magd ihre Kammer zurückbekam? Er kämpfte ein wenig mit sich, aber dann entschied er sich dafür. Zu seinem eigenen Schutz. Die Nähe der Magd würde ihn zusätzlich daran hindern, Karola noch einmal solches Leid anzutun. «Und bitte, erlaubt Tereza, dass sie wieder in ihrer Kammer wohnt und ihre Herrin versorgt.»

Wenzel Czernin nickte widerwillig. Jan hatte in diesem Augenblick fast ein wenig Sorge um ihn. Er schien in den letzten Minuten sichtlich gealtert zu sein. Wo war sein Kampfgeist geblieben, wo sein überheblicher Gesichtsausdruck? Stattdessen stand ihm so etwas wie Respekt vor seinem Jüngsten ins Gesicht geschrieben.

«Dann schenk mir schnell einen Enkel», knurrte der Alte.

Jan fuhr erschrocken zusammen. Sein Vater verlangte den Beweis und zwar jenen Beweis, den er ihm niemals würde bringen können. Plötzlich wurde ihm klar, dass er nie Ruhe geben würde. Und tief in seinem Innern hatte Jan noch immer nicht aufgegeben. Vielleicht würden Karola und er sich ohne seinen Vater im Haus eines schönen Tages doch noch so nahe kommen, dass sie ihm ihren Körper freiwillig schenkte. Später, wenn die gestrige Sache vergessen war. Er konnte warten!

Jan verabschiedete sich von seinem Vater. Er wollte Tereza suchen, bevor er sich auf den Weg zu seinen Kranken machte. Er fand sie in der Werkstatt. Karola habe leichtes Fieber, sei im Schwindel auf den Boden gefallen und habe sich das Gesicht verletzt, behauptete er, als die Magd ängstlich fragte, was ihrer Herrin denn fehle. Daraufhin ließ Tereza alles stehen und liegen, holte eine Schüssel mit kaltem Braten und einen Krug mit Wein aus der Küche, um ihren Schützling wieder auf die Beine zu bringen.

«Um Himmels willen, was ist mit Euch geschehen?», rief Tereza bei ihrem Anblick entsetzt aus und betastete vorsichtig Karolas geschwollenes Auge. Die schrie auf vor Schmerz, und Tereza schimpfte wütend: «*Gefallen* hat er gesagt. Das sieht aber aus, als habe man Euch verprügelt. Wer hat Euch das angetan? Und erzählt mir jetzt nicht, der Schwindel wäre schuld daran! Ach, ich wusste doch, dass es ein böses Ende nimmt.»

«Bitte, nicht so laut», bat Karola und fügte leise hinzu: «Ich erzähle dir alles. Von Anfang an. Aber eines vorweg: Jan und ich sind nie Mann und Frau gewesen. Er wollte mir Gewalt antun, aber ich hasse ihn nicht dafür. Es war sein Vater, der ihm den Stachel des Misstrauens ins Fleisch gebohrt hat.»

«Ihr entschuldigt ihn noch?», empörte sich Tereza und reichte ihrem Schützling die Schüssel mit dem köstlichen Braten. Karola nahm sie entgegen und stellte sie, ohne etwas anzurühren, zur Seite.

«Sein Vater hat ihm erzählt, dass er Matthias und mich gesehen hat und dass wir unkeusch miteinander waren.»

«Aber das ist doch Unsinn!», widersprach Tereza heftig und fügte hinzu: «Wo in aller Welt solltet Ihr denn den jungen Herrn getroffen haben?»

Karola räusperte sich, bevor sie ihrer Magd berichtete, was ihr am gestrigen Tag alles widerfahren war. Sie ließ nichts aus. Weder ihre Gefühle für Matthias noch dass sie Opfer einer Intrige geworden waren.

Tereza jammerte immer wieder leise: «O weh! O weh!»

Nachdem Karola ihr geschildert hatte, dass Jan sich wie ein Wahnsinniger auf ihrem Bauch herumgewälzt und sie schließlich mit dieser klebrigen Flüssigkeit beschmutzt hätte, rief

Tereza erleichtert aus: «Dem Himmel sei Dank. Davon könnt Ihr nicht schwanger werden!»

Karola hielt inne und sah ihre Magd fordernd an: «So, und jetzt sag mir endlich: Was geschieht zwischen Mann und Frau? Ist das geschwollene Ding an ihm, welches ganz plötzlich zum Knochen wird, das, was du einmal *den Schatz des Mannes* genannt hast?»

Tereza wurde verlegen, aber sie sah ein, dass es zwecklos war, dieses Kind, dem so viel Übles widerfahren war, noch länger unwissend zu halten. Ausweichend erwiderte sie: «Es ist, wie du sagst.»

Dabei senkte sie den Kopf und fuhr verschwörerisch fort: «Nur, ich empfing meinen Gerbergesellen damals voller Liebe, und als der Schmerz verklungen war, da empfand ich Freude dabei, jedes Mal, wenn er in mich eindrang. Er war mir so nahe, versteht Ihr? Er ergoss dann im Unterschied zu dem, was der Medicus bei Euch tat, jenen Saft, von dem Ihr sprecht, in mich hinein.»

Tereza stockte. Karola sah erschrocken, wie sich Terezas Augen ganz plötzlich mit Tränen füllten. Die Magd schwieg eine Weile, bis sie flüsternd und unter Tränen mit ihrer Geschichte fortfuhr: «Es wurde heiß in meinem Schoß, und ich wusste, dass ich gesündigt hatte, aber er schwor mir, dass wir schnell heiraten würden, um mich vor der Schande zu bewahren. Ich habe es ihm geglaubt, denn ich war noch so jung und dumm. Am nächsten Tag habe ich auf ihn gewartet. Stunde um Stunde. Aber er kam nicht, nicht an jenem Tag und auch nicht an den folgenden. Ich fasste mir ein Herz und suchte seine Eltern auf, aber die warfen mich hinaus und schleuderten mir ungerührt ins Gesicht, dass ihr Sohn nach Ungarn gegangen sei. Für immer. Und so stand ich alleine da, und ich wusste doch, dass mein Bauch bald anschwellen würde.»

«Du hast ein Kind erwartet?», rief Karola entsetzt aus.

«Nicht so laut!», ermahnte Tereza ihre Herrin. Dann beugte sie sich zu Karola hinunter und flüsterte ihr ins Ohr: «Jener Saft des Mannes schenkt neues Leben, und ich spürte, wie es in mir wuchs, aber das durfte nicht sein. Mein Vater hätte mich zur Stadt hinausgejagt. Da ging ich zu einer Hebamme, die mir Tropfen des Sadebaums verabreichte. Daran wäre ich beinahe gestorben, aber so wurde ich die Frucht los, die ich ohne den Vater des Kindes nicht hatte in meinem Leib reifen lassen wollen.»

Während Tereza sich erinnerte, liefen ihr Tränen über das Gesicht. Karola nahm ihre Hand und streichelte sie.

«Ich habe das noch keiner Menschenseele je erzählt», raunte Tereza ängstlich, und sie fügte kaum hörbar hinzu: «Dafür könnte man mich an den Pranger stellen oder gar Schlimmeres mit mir tun.»

«Bei mir ist dein Geheimnis sicher aufgehoben», betonte Karola.

Als könne sie Gedanken lesen, fragte Tereza nach einer Weile: «Ihr denkt an Matthias, nicht wahr?»

Karola fühlte sich ertappt und stammelte: «Ich habe bis in den frühen Morgen hinein nur an ihn gedacht …» Sie schwieg eine Weile, dann stöhnte sie leise auf. «Der Gedanke an ihn und wie er mich geküsst hat, hat mich die schrecklichen Bilder nach und nach vergessen lassen. Matthias hätte ich alles gegeben. Verstehst du? … Aber das wird ein Traum bleiben. Ich werde Matthias niemals wiedersehen.»

«Das wird das Beste sein», pflichtete Tereza ihr bei. «Aber ist es nicht ungeheuerlich, welch teuflischen Plan sich die Sahrenburgerin ausgedacht hat? Und das Schlimmste daran ist, dass er von Erfolg gekrönt ist.»

Karola nickte schwach, obwohl sie gar nicht mehr richtig zuhörte, weil sie in Gedanken immer noch bei Matthias war.

«Ich muss Euch jetzt verlassen», murmelte Tereza bedauernd

und warf einen vorwurfsvollen Blick auf das Essen, das Karola nicht angerührt hatte.

«Ihr müsst Euch stärken», bemerkte sie besorgt, aber Karola winkte nur müde ab und bat: «Bleib doch noch!»

Tereza bedauerte sehr, nicht am Bett ihrer Herrin wachen zu können, denn der alte Czernin hatte ihr ausdrücklich aufgetragen, hinüber in die Werkstatt zu gehen, sobald sie ihrer Herrin das Essen gebracht hatte.

«Und wie soll es jetzt weitergehen?», fragte die Magd, während sie die volle Schüssel zur Hand nahm und sich ein Stück Braten in den Mund schob.

«Jan wird mich nie wieder anrühren!», erwiderte Karola in scharfem Ton.

Tereza sah ihre Herrin zweifelnd an und stammelte hastig: «Ja, ja, Jan ist ein guter Junge!», doch die Zweifel standen ihr ins Gesicht geschrieben.

47

Die Aufständischen hatten es tatsächlich gewagt, Ferdinand abzusetzen. Er war in Frankfurt am Tag seiner Krönung zum Kaiser von der Botschaft überrascht worden, dass man ihm die böhmische Krone endgültig aberkannt hatte. Und Friedrich von der Pfalz hatte es offenbar als seine Christenpflicht angesehen, den verwaisten Thron, den ihm Thurn und seine Leute angeboten hatten, anzunehmen. Er befand sich mit seinem Gefolge schon auf der Burg und sollte an diesem vierten November zum König von Böhmen gekrönt werden.

Karola hatte es trotz ihrer vielen Arbeit geschafft, sich zur Feier des Tages ein eigenes Kleid zu nähen. Sie schlüpfte aufgeregt in das frischgeschneiderte festliche Gewand und dachte nach. Eigentlich ging es ihr erstaunlich gut. Sie war heilfroh, dass ihr Schwiegervater nur noch selten im Haus am Kleinseitner Ring auftauchte. Nur Ludmilla hatte er mit in seine neue Werkstatt genommen. Alle anderen waren bei Karola geblieben und sahen sie als ihre neue Herrin an. Wenzel Czernin behandelte sie zwar mit der gebührenden Höflichkeit, aber seine feindseligen Blicke, wenn er sich unbeobachtet fühlte, entgingen ihr nicht. Er hatte, seitdem er sie mit Matthias gesehen hatte, kein freundliches Wort mehr an sie gerichtet, aber er hatte es auch nie wieder gewagt, sie zu beleidigen oder herumzuschubsen, wie an jenem schrecklichen Tag.

In den letzten Wochen war Karola kaum aus der Werkstatt herausgekommen, denn sämtliche Prager Protestanten befanden sich in einem wahren Krönungsfieber. Alle wollten noch ein passendes Gewand oder eine Schaube. An den Fingerspitzen hatte sie inzwischen glühend rote Wunden vom vielen Nähen, aber das nahm sie in Kauf. Dafür war sie zum Liebling der protestantischen Damenwelt geworden. Und sie hatte es tatsächlich noch geschafft, sich dieses prächtige Gewand zu nähen, in dem sie sich nun vor dem Spiegel drehte. Es war aus purpurnem Seidensamt. Ein Meisterstück, dachte Karola voller Stolz und musste lächeln. Ihrem Schwiegervater würde dieses Gewand bestimmt ein abschätziges Kopfschütteln entlocken. Wenn die hochwohlgeborenen Damen es dann aber beim Bankett im Palast an ihr bewunderten, würde er es in den höchsten Tönen loben.

Karola war schon sehr gespannt auf die Krönung Friedrichs von der Pfalz zum neuen König von Böhmen. Graf Voltany, dessen Frau Anezka sehr zufrieden mit Karolas Arbeit war, hatte den Kleidermacher Czernin und seine Schwiegertochter mit deren Ehemann sowohl zu der Krönung in die Große Schlosskirche eingeladen als auch zu einem anschließenden Fest auf die Burg. Dort wollte Voltany sie mit dem königlichen Tuchmacher bekannt machen, den das Herrscherpaar in seinem Hofstaat aus der Pfalz mitgebracht hatte. Voltany war fest entschlossen, Czernin zum Hoflieferanten zu machen. Und ihm damit die Heidelberger Hofdamen als neue Kundinnen bescheren. Das tat er nicht etwa aus Freundlichkeit zu dem Kleidermacher, sondern Karola zuliebe, wie er ihr unlängst im Vertrauen verraten hatte. Nicht nur, weil sie die Sprache des Tuchmachers und die der jungen Pfälzerinnen beherrschte, sondern weil seine Frau Anezka in den neuen Gewändern einfach zauberhaft aussah. Ärgerlich war nach Ansicht des Grafen nur, dass man im Hofstaat offenbar einen englischen Schneider mit nach Prag gebracht hatte, doch Voltany hatte Karola mehrfach versichert, er werde alles in seiner Macht Stehende tun, um Czernin zum königlichen Lieferanten zu machen.

Karola begegnete Voltanys vollmundigem Versprechen mit gemischten Gefühlen, weil sie schon jetzt so viel zu tun hatte. Trotzdem hatte Karola es sich nicht nehmen lassen, vor vier Tagen den Einzug der neuen Herrscher in die Stadt Prag zu bestaunen. Es war ein prächtiges Spektakel gewesen. Karola war mit Tereza zum Strahov-Tor geeilt, um dabei zu sein, wie der König und seine englische Gemahlin inmitten eines nicht enden wollenden Zuges von mehreren Tausend Menschen in ihre neue Heimat eingezogen waren. Karola und Tereza hatten ganz vorne gestanden und einen Blick auf die hochschwangere neue Königin in ihrem Wagen erhaschen können.

«Sie ist schön. Für sie würde ich gerne nähen», hatte Karola ihrer Magd zugeflüstert, aber es war im tausendfachen Ruf «Vivat Fridericus Rex!» untergegangen.

Am Strahov-Tor waren sie Zeugen des Höhepunktes dieses festlichen Empfanges geworden. Dort hatten vierhundert Vertreter des Vierten Standes das Herrscherpaar begrüßt. Diese Ärmsten der Armen hatte man nach Brauch der Böhmen mit alten Fahnen des Hussitenkämpfers Ziska ausgestattet. Man hatte sie angezogen so wie damals vor zweihundert Jahren Ziskas Soldaten. Diese Menschen, die sonst recht ärmlich gekleidet waren, trugen die schweren Brustharnische und auch die Pickelhauben jener Zeit mit großer Würde, wie Karola begeistert feststellte. Wie in einer Schlachtordnung aufgestellt, erwarteten sie den neuen Herrscher in der gesamten kriegerischen Ausrüstung, die man in den Hussitenkriegen mit sich geführt hatte. Mit Hellebarden, Armbrüsten und großen Schilden.

Jan hatte sich geweigert, Karola zu diesem «närrischen Spektakel» zu begleiten. Ihr Schwiegervater hingegen hatte unbedingt dabei sein wollen. Aber mit dem alten Griesgram zusammen hätte es keinen Spaß gemacht. Darin waren sich die beiden Frauen einig gewesen. Und so waren Karola und Tereza ihm einfach im Gewühl entwischt und eigene Wege gegangen.

Karola erschrak, als es klopfte. Sie war gerade dabei, die Röcke ihres schönen Gewandes in die richtige Form zu zupfen.

«Kommst du?», fragte Jan. Er trug seine neue Schaube, die Karola ihm für diesen Tag geschneidert hatte. Sie betrachtete ihn mit Wohlgefallen, wenngleich er schlecht gelaunt war bei der Aussicht, gegen seinen Willen an den Krönungsfestlichkeiten teilnehmen zu müssen. Er war in den letzten Monaten männlicher geworden, seine Züge kantiger, und sein Auftreten war sicherer. Und Karola ahnte auch, woran das lag. «Er geht zu den Frauenzimmern in der Neustadt», hatte Tereza ihr geflüstert. Die wusste es von dem Knecht, der ihn manchmal zu diesem gewissen Haus kutschierte. Karola war das gleichgültig. Solange er sie in Ruhe ließ, konnte er tun und lassen, was er wollte. Das hatte sie auch Tereza gesagt. Daraufhin hatte die Magd ihr erschrocken zugefüstert, wie man zurzeit mit Huren und ihren Freiern verfuhr, wenn man sie bei der Unzucht erwischte. Auspeitschen wäre noch eine der geringeren Strafen. Karola hatte kühn geantwortet, dass er sich schon nicht erwischen lassen werde.

Ja, wenn sie ihn so betrachtete, dann hatte er wirklich gewonnen, aber das änderte nichts daran, dass sie sich nicht zu ihm hingezogen fühlte.

Jan stieß einen tiefen Seufzer aus. «Vater wartet in der Diele, aber ich glaube, ich ertrage sein Gerede vom heilbringenden Calvinismus nicht. Hoffentlich hält er seinen Mund.»

Karola lächelte ihn freundlich an. «Das hoffe ich auch, denn ich gestehe, dass ich diesen Tag nur genießen möchte.» Mit diesen Worten hakte sie sich bei ihrem Mann unter.

In der Diele trafen sie auf Wenzel Czernin, der sich an diesem Festtag ungewohnt feierlich herausgeputzt hatte. Er trieb die beiden zur Eile an. Sie wollten zu Fuß zur Schlosskirche hinaufgehen, wie viele andere auch.

Ganz Prag schien auf den Beinen zu sein, und es herrschte eine gelöste Stimmung in den Gassen. Überall glitzerte es. Die Stadt war ganz in Blau und Silber geschmückt. Die Menschen in den Straßen tanzten und lachten vor Freude. Wahrscheinlich sind sie einfach nur glücklich, dass es in unserer Stadt endlich einmal wieder etwas zum Feiern gibt, dachte Karola wehmütig. Sie musste plötzlich an ihren Vater denken. Wie oft hatte er sie als Kind zu Festen mitgenommen! Ja, es hatte wirklich schon lange nichts mehr zu feiern gegeben in ihrem Leben. Deshalb freute sie sich umso mehr über den Schmuck und die gelöste Stimmung in den Gassen. Ihre eigene Laune wurde nur ein wenig durch ihre Begleiter gedämpft. Wenzel Czernin ging wie immer betont aufrecht, als hätte er einen Stock verschluckt, und machte ein Gesicht, als müsste er durch einen Sündenpfuhl schreiten, in dem sich alle außer ihm lustvoll vergnügten. Das muss eine Qual für ihn sein, dachte Karola. Wo er doch jedes noch so harmlose Vergnügen für Teufelswerk hält. Sie vermutete, dass es ihm im Grunde seiner Seele überhaupt nicht passte, dass ausgerechnet sein calvinistischer Heilsbringer anlässlich seiner Krönung solch einen weltlichen Zauber veranstaltete und Prag zu einer Stadt des Volksvergnügens machte.

Auch Jan blickte missmutig vor sich hin. «Schauen wir uns also das calvinistische Hoftheater an», brummte er nun leise, aber es war nicht leise genug.

«Hier geht es um mehr, mein Sohn, um viel mehr. Es war der Ruf Gottes, dem Friedrich sich nicht verschließen durfte. Sein einziges Ziel ist es, Gott und seiner Kirche zu dienen.»

Jans Antwort war ein höhnisches Lachen. «Ich hörte, es ginge mehr darum, dass seine hübsche englische Ehefrau Elisabeth lieber Sauerkraut mit einem König essen wolle als Braten mit einem Kurfürsten.»

«Sprich nicht so von unserer Königin! Sie hat große Strapazen auf sich genommen, hochschwanger hierher zu reisen. Zumindest steht sie im rechten Glauben», erwiderte Wenzel Czernin scharf und warf Karola einen geringschätzigen Blick zu.

«Vater, ich glaube, Ihr habt ein falsches Bild von unserer neuen Königin. Ihr eilt ein besonderer Ruf voraus. In meiner kurzen Heidelberger Zeit, aus der, mit Verlaub gesagt, meine Skepsis gegenüber dem Calvinismus herrührt, war sie bei uns Studenten in aller Munde. Sie soll sehr schön sein, und vor allem lobt man ihre Sinnlichkeit. Die beiden sollen recht verliebt sein. Friedrich soll ihren Verführungskünsten verfallen sein. In einer jungen Ehe diese große Zahl von Kindern? Sind es fünf oder gar schon sechs? Man kann sie kaum zählen …»

«Lieber zu viele als zu wenige», unterbrach der Alte seinen Sohn spöttisch, aber Jan überhörte diese Bemerkung einfach und fuhr ungerührt fort: «Solcherlei Frauenzimmer pflegt Ihr doch, lieber Vater, für gewöhnlich zu verteufeln. Behauptet

Ihr nicht immer, hinter jeder schönen Larve lauere eine verdorbene Seele? Sind die üppigen Reize, die die junge Königin so ganz und gar nicht versteckt, neuerdings mit Eurem strengen Glauben vereinbar? Man hat sich bereits in Heidelberg das Maul über die tiefen Ausschnitte ihrer Kleider zerrissen und über ihre Vorliebe, so, wie der Herr sie geschaffen hat, ein Bad im Fluss zu nehmen. Ich bin gespannt, was die Prager dazu sagen, wenn sie erst nackt in die Moldau steigt!»

Wenzel schnaufte wütend in sich hinein, doch bevor er etwas sagen konnte, bat Karola die beiden Streithähne, endlich damit aufzuhören.

«Bitte, nicht jetzt. Wir werden uns selbst ein Bild machen. Aber schön ist sie. Keine Frage. Das habe ich mit eigenen Augen gesehen. Sie hat volles braunes Haar und lebhafte, kluge Augen. Mehr konnte ich leider nicht erkennen! Sie war zu weit weg, und es ging alles so schnell.»

Jan ließ jedoch nicht locker: «Sie passen nicht zu uns. Haben wir es nötig, uns einen Glauben in die Stadt zu holen, der keinerlei Wurzel bei den Unsrigen hat?»

«Friedrich ist dem Ruf wenigstens mutig gefolgt, während dein geliebter Sachsenkönig lieber mit Ferdinand schnäbelt. Da siehst du einmal wieder, wie wenig Verlass auf die Lutherischen ist.»

Die beiden Männer waren mitten in der Gasse stehen geblieben und sahen einander kampflustig an.

«Unser neuer König, und das ist doch das Entscheidende, gehört zu den Auserwählten!», sagte der Alte trotzig.

Karola machte Jan, der im Begriff war, seinem Vater zu widersprechen, ein Zeichen zu schweigen. Er tat ihr den Gefallen. «Wir müssen uns sputen, wenn wir noch einen Platz in der Kirche ergattern wollen», sagte Karola streng. Das genügte, um auch ihren Schwiegervater zur Eile zu bewegen.

Als sie an der Schlosskirche ankamen, hatte sich bereits

eine riesige Menschenmenge versammelt. Karola befürchtete schon, dass sie unverrichteter Dinge würden zurückgehen müssen, doch da sah sie den Grafen Voltany geradewegs auf sie zueilen.

«Kommt schnell», rief er aufgeregt, betrat mit ihnen das Kirchenschiff durch die prachtvolle Goldene Pforte und zeigte ihnen, wohin sie sich hinzusetzen hatten. Es war in einer hintersten Ecke und weit entfernt vom Altar der Wenzelkapelle, wo die Krönung stattfinden sollte. Die besten Plätze sind wohl von den Familien der Ständevertreter besetzt, stellte Karola fest. Eigentlich kann man von hier aus gar nicht erkennen, was am Altar geschieht, dachte sie enttäuscht, aber immerhin sind wir bei diesem feierlichen Ereignis dabei.

«Was ist denn hier geschehen?», fragte Jan ungläubig, nachdem sie in ihrer Bank Platz genommen hatten und sein Blick über die kahlen Wände schweifte. «Die haben ja alle Bilder zugehängt!»

Sein Vater fuhr ihn wütend an: «Wir brauchen keine Bilder zum Beten, Sie haben recht daran getan. Man sollte sie allesamt abnehmen und vernichten.»

Karola war genauso entsetzt wie Jan. Die Bilder, die gehörten zu dieser Kirche wie ihre Türme. Diese Kirche war ein unverwechselbares Wahrzeichen der Stadt. Innen wie außen! Was waren das bloß für neue Sitten? Weiter kam sie nicht in ihren Gedanken, denn nun zog der neue König, begleitet von einigen Ständevertretern, in die Kirche ein. Ihnen folgten unzählige Priester in weißen Chorröcken, die dazu in blaue Mäntel mit blauen Hüten gewandet waren. Hinter ihnen schritten einige der hohen Herren mit dem Zepter und der Krone. Das jedenfalls nahm Karola an. Sie konnte es von ihrer Bank aus nicht genau erkennen, aber einige Gäste raunten voller Ehrfurcht: «Die Wenzelkrone!»

Auch wenn Karola das alles nur aus der Ferne sehen konnte, es war das Feierlichste, das sie je erlebt hatte. Nun folgte die böhmische Predigt. Die war glücklicherweise bis zu ihrem Platz zu verstehen. Gebannt lauschte Karola den Worten des Priesters. Er fand lobende Worte für den Herrn dort oben und den Herrn, der jetzt zum König gekrönt wurde und damit dem Willen des Herrn im Himmel Folge leistete.

«Der Pfälzer versteht kein Wort davon, der spricht doch gar nicht unsere Sprache», hörte Karola Jan erbost flüstern.

«Er wird das Böhmische noch lernen!», verteidigte Wenzel Czernin den König prompt.

«Das wage ich zu bezweifeln, ich glaube, so lange wird er gar nicht in Prag verweilen, um unsere Sprache zu erlernen», gab Jan zurück.

«Halt dein Schandmaul!», fauchte daraufhin Wenzel.

«Seid doch bitte endlich still!», ermahnte Karola die beiden Männer.

In diesem Augenblick ertönten Pauken und Trompeten, und die ganze Kirche vibrierte von deren Klang. Dann wurde das *Veni Sancte Spiritus* angestimmt. Unwillkürlich trieb dieser feierliche Gesang Karola die Tränen in die Augen. Matthias! Plötzlich drängte er sich wieder in ihre Gedanken. Nicht dass sie ihn in den letzten Monaten vergessen hätte, aber es war so viel zu tun gewesen, dass sie manches Mal schon abends bei Tisch fast eingeschlafen und danach wie ein Stein in ihr Bett gefallen war.

Umso heftiger schlich er sich jetzt, als in der Kirche die engelsgleichen Stimmen erschallten, in ihr Herz. Wie gern hätte sie diesen erhabenen Augenblick mit ihm geteilt, doch ihr wurde sogleich bewusst, wie dumm ihr Wunsch war. Kein Habsburger würde dieser Krönung beiwohnen. In deren Augen hatte Friedrich ihrem Herrscher Ferdinand den Thron gestohlen. Nein, für Matthias wäre das hier sicher nur die Krönung eines Verrats, aber kein Grund zum Feiern. Und trotzdem musste Karola mit einer solchen Macht an ihn denken, dass es ihr weh tat. Sie erwachte erst aus ihren Tagträumen, als jemand mit heller Stimme *Te deum laudamus* anstimmte und die Trompeten und Pauken in den Gesang einfielen.

Schließlich läuteten die Glocken, und die eigentliche Krönungszeremonie war vorüber. Karola wäre am liebsten in ihrer Bank sitzen geblieben, um allein und im Schutz des Gotteshauses noch ein Gebet für Matthias zu sprechen, damit ihm nichts zustoße in diesem Krieg, aber die Menschenmenge drängte schon zum Ausgang, um endlich ausgelassen zu feiern. Karola wurde einfach mitgerissen.

48

Auf dem Vorplatz des Schlosses, ganz in der Nähe des Eingangs zur Großen Schlosskirche, warteten Wenzel Czernin, Jan und Karola nach der Krönungszeremonie auf den Grafen Voltany, der ihnen Eintritt in die Burg und zum Bankett verschaffen würde. Dort hatten sie sich verabredet.

Als man nun zur Belustigung des Volkes Münzen in die Menge warf, hatte Karola das Glück, eine zu fangen. Sie las gerade die Inschrift *Gott und die Stände gaben mir die Krone* laut vor, da sah sie ein ihr bekanntes Gesicht in der Menge auftauchen. Ohne zu überlegen, eilte sie los und begrüßte atemlos den Advokaten Stefek.

«Karola Kusenius! Wie schön, dass ich Euch hier treffe.»

Sie nickte nur, ohne ihm zu erklären, dass ihr Name jetzt Czernin war. Er aber wusste offenbar mehr über sie, als ihr lieb war.

«Wie gut, dass man Euch das Haus freiwillig zurückgegeben hat. Die Familie Sahrenburg hätte den Prozess gegen Euren

Schwiegervater in diesen neuen Zeiten mit Pauken und Trompeten verloren, aber Ihr kennt ja Maria Sahrenburg. Gezetert hat sie bis zuletzt: *Das Haus ist unser, das Haus ist unser.* Und auch der junge Herr – Gott hab ihn selig – war uneinsichtig. Der einzige Vernünftige ist ohnehin …» Er stockte.

Karola ließ sich nicht anmerken, dass sie sehr wohl durchschaute, warum er Matthias' Namen nicht nannte. Er wusste anscheinend, dass es einen Bruch zwischen ihm und ihr gegeben hatte.

«Seht Ihr die Sahrenburgs denn noch?», fragte Karola mit belegter Stimme.

«Die Sahrenburgerin nicht mehr. Ich hörte übrigens, dass sie den Verstand zu verlieren droht. Nur mit ihm tausche ich Botschaften aus, solange das noch …» Wieder stockte er und sah sie prüfend an.

«Sprecht weiter. Bitte! Ihr könnt seinen Namen ruhig nennen, ohne dass ich Schaden nehme», flehte Karola.

«Ich werde sein Vermögen sichern, solange das irgend möglich ist», sagte er, während er sich ängstlich nach allen Seiten umdrehte

Dann fügte er flüsternd hinzu: «Aber …» Erneut unterbrach er sich und bat sie, ein Stück mit ihm zu gehen, dorthin, wo es ruhiger war. Er wird Sorge haben, jemand könne lange Ohren machen, vermutete Karola.

Sie gingen schweigend durch die Menge. Überall waren feiernde Menschen versammelt. Mit einem Mal wurden ohrenbetäubende Jubelschreie laut, als aus dem Brunnen im Burghof roter Wein und gleich darauf aus einem anderen Brunnen weißer Wein floss. Sofort begann ein Schieben und Drängeln hin zu den Brunnen. Jeder wollte der Erste sein, der daraus trank. Der Advokat und Karola hielten sich von den jubelnden Massen fern und zogen sich in eine ruhige Ecke zurück.

«Wie Ihr vielleicht versteht, muss ich sehr vorsichtig sein», erklärte er sein Verhalten. «Wenn jemand hört, dass ich, ein protestantischer Advokat, in Kontakt mit einem habsburgischen Offizier stehe … Ihr wisst, man wittert leicht Verrat in diesen Zeiten. Das letzte Mal, dass ich von ihm hörte, war Anfang Juni, nachdem er die Stadt Ende März ja Hals über Kopf verlassen hatte. Er soll nicht einmal seinem Bruder das letzte Geleit gegeben haben. Kurz darauf schickte er mir eine Botschaft. Natürlich hatten die dort oben inzwischen Wind davon bekommen, dass er dem Kaiser dient. Damit gehört er zu den Veruntreuten Söhnen der Heimat, die die Stadt Prag nicht mehr betreten dürfen. Ihr werdet verstehen, dass ich nicht gern mit ihm in Verbindung gebracht werde. Sein Vermögen aber ist sicher, denn es sieht nach außen so aus, als hätte ich es an mich gebracht. Im Juni nun schrieb er mir, dass er mit Buquoys Truppen nach Budweis unterwegs ist. Danach habe ich von ihm nichts mehr gehört. Ich weiß nur von einem Händler …», Stefek sprach noch leiser, «… dass Buquoy bei Sablat gegen die Unsrigen gesiegt hat.»

Karola war blass geworden. «Aber wenn Ihr nichts mehr von ihm gehört habt, heißt das etwa …?»

«Nein, mein Kind, macht Euch keine Sorgen, er wird gesund und munter bei seiner Truppe sein. Nur, mittlerweile ist es nicht mehr so einfach für ihn, dass er mir Botschaften schickt. Für uns beide ist es nicht ganz ungefährlich. Ich hoffe, ich konnte Euch beruhigen. Ihr seid nämlich ganz weiß um die Nasenspitze geworden.»

Sein Bericht war ganz und gar nicht dazu angetan, Karola zu beruhigen. Gerade wollte sie Stefek noch eine Frage stellen, da spürte sie eine feste Hand auf ihrem Arm, und sie hörte Jan unwirsch sagen: «Ach, hier bist du. Wir haben dich schon überall gesucht. Der Graf wird uns jetzt zum Fest bringen.» Dem fremden Mann nickte er höflich zu. «Gehabt Euch wohl.»

In seinem Innern aber brodelte es. Er hatte überall nach ihr gesucht. Was hatte sie mit diesem Fremden zu schaffen? Es passte ihm gar nicht, wie die beiden so verschwörerisch die Köpfe zusammengesteckt hatten. Nicht, dass der Fremde besonders ansehnlich war, aber diese Vertraulichkeit missfiel ihm gehörig. Was für ein Geheimnis verband sie mit diesem gutgekleideten Fettwanst, der sich jetzt höflich empfahl und hastig fortging?

«Wer ist das?», fragte er wie nebenbei, nachdem er Karola einfach mit sich fortgezogen hatte.

«Das ist Stefek, der Advokat der Familie Sahrenburg», sagte Karola nur.

Der Advokat der Sahrenburgs? Da steckt bestimmt mehr dahinter, mutmaßte Jan aufgebracht. «Ein Habsburger? Und der läuft hier einfach so bei den Krönungsfeierlichkeiten herum?»

«Er ist konvertiert. Er ist jetzt ein Lutherischer», erwiderte sie schwach.

Jan nickte, aber zufriedenstellen konnte ihn das ganz und gar nicht. Er spürte sehr genau, wie aufgewühlt seine Frau plötzlich war, auch wenn sie alles tat, um es vor ihm zu verbergen. Ihn konnte sie damit nicht täuschen. Und er ahnte auch, was sie so sehr bewegte. Bestimmt hatte der Advokat mit ihr über den Habsburger gesprochen. Allein bei dem Gedanken daran spürte Jan, wie diese scheußliche Eifersucht wieder in ihm hochkroch und sein Gemüt zu vergiften drohte. Sahrenburg? Er hasste diesen Namen. Sofort kamen ihm wieder die Bilder in den Sinn, die ihn seit damals in seinen schlaflosen Nächten hartnäckig verfolgten: Karola in den Armen dieses fremden Mannes, den er nur aus Beschreibungen seines Vaters kannte und der in seiner Vorstellung inzwischen ein dunkler Riese geworden war, ein kräftiger Kerl, der vor Männlichkeit nur so strotzte. Immer wieder sah er Karola in dessen Armen, wie sie vor Lust keuchte, während sie sich diesem Mann hingab. Dieses Bild hatte sich eingebrannt in seine Seele, und er würde es nie loswerden, selbst wenn er noch so oft heimlich zu der Schenke in die Neustadt schlich. Beim ersten Mal hatte er sich so entsetzlich geschämt und tausend Ängste ausgestanden, dass man ihn auf frischer Tat ertappen und an den Pranger stellen könnte. Aber die blutjunge Zsofia aus Pressburg, die hatte ihm seine Ängste ganz langsam genommen. *Zum Teufel mit ihren Verboten. Unser Gewerbe hat noch nie jemand erfolgreich verbieten können!*, pflegte sie immer mit ihrem lustigen Zungenschlag zu sagen. Er würde nie zu einer anderen gehen als zu Zsofia. Jedes Mal, wenn er bei ihr lag, stellte er sich mit geschlossenen Augen vor, dass er Karola besaß. Zum Glück hatte er in Zsofia jemanden gefunden, dem er von seiner Seelenpein erzählen konnte und die es ihm nicht übelnahm, wenn er manches Mal auf dem Höhepunkt seiner Begierde *Karola!* keuchte.

Wann hört das endlich auf?, fragte er sich in diesem Augenblick. Er hakte sich bei seiner Frau besitzergreifend unter und drängte sich mit ihr durch die feiernde Menschenmenge. Täuschte er sich? Erntete seine Frau lauter verstohlene Blicke von fremden Kavalieren? Er wusste ja, dass sie schön war, sehr schön sogar, aber er mochte es nicht, dass diese Männer seine Frau angafften. Seine Laune wurde noch schlechter, und er wäre am liebsten geradewegs nach Hause gegangen, aber er konnte seinen Vater auf keinen Fall allein zu dem Fest in den Palast gehen lassen. Schließlich ging es um das Geschäft. Ohne Karola würde sein Vater sich weder mit dem Tuchmacher noch mit Hofdamen unterhalten können. Sie sprachen doch alle kein Böhmisch, und er nur wenig Deutsch. Wieder sah Jan, wie ein junger Mann bewundernd seinen Blick auf Karola richtete und sie unverwandt anstarrte. Er warf dem Gaffer einen strafenden Blick zu, aber der Kerl ließ sich davon nicht einschüchtern. Grimmig führte Jan seine Frau zurück zu dem Platz, an dem sein Vater schon ungeduldig auf sie wartete.

«Was war das für ein Herr, zu dem Ihr da eben geeilt seid?», fragte der Alte unfreundlich, als er Jan und Karola auf sich zukommen sah.

«Ein Freund meines Vaters», log Karola, ohne rot zu werden, weil ihr nicht der Sinn nach einer seiner übellaunigen Reden stand. Wenn er erfuhr, dass es Stefek, der Advokat der Sahrenburgs, war, würde er seine spitze Zunge sicherlich nicht im Zaum halten können. Karola warf Jan einen Seitenblick zu, in der Hoffnung, er würde sie nicht verraten, aber da hörte sie ihn nur höhnisch bemerken: «Vater, was macht Ihr für ein Gesicht? Ihr müsst jubilieren oder einen Silbertaler fangen. Heute ist ein Freudentag!»

Sein Vater aber hörte ihm gar nicht mehr zu. Er beobachtete stattdessen eine Gruppe junger Mädchen, die in einer fremden Sprache wie die Enten miteinander schnatterten. Mit abschätzigem Blick sah er ihnen nach.

«Die werden unsere Sprache sicherlich noch lernen», spottete Jan.

«Was sprechen die denn überhaupt? Das war doch wohl kein Deutsch, oder?», fragte Wenzel Czernin zweifelnd.

«Sie sprechen englisch, Vater. Bestimmt gehören sie zum Hofstaat unserer englischen Königin. Die Bediensteten unseres Pfälzer Königs sprechen deutsch. Keiner spricht böhmisch. Das ist doch genau das, was wir hier in Böhmen brauchen, oder?»

«Sei still!», unterbrach ihn sein Vater schroff und fügte tadelnd hinzu: «Da kommt der Graf, und ich glaube, er hört es nicht gern, wenn unsere Majestäten beleidigt werden.»

Schwitzend und völlig außer Atem kam Graf Voltany auf sie zugeeilt. Er war in heller Aufregung. «Kommt schnell, das Bankett wird gleich beginnen! Folgt mir! Das königliche Paar wird allerdings nicht dabei sein. Sie speisen mit ein paar auserwählten hohen Herren und deren Frauen, aber der Tuchmacher wird da sein und hoffentlich genügend Hofdamen, um Euch und Euer Gewand, werte Karola, zu bewundern.»

Karola hakte sich auf dem Weg durch die langen Burgflure vertrauensvoll bei Jan unter. Sie war froh, dass sich ihr innerer Aufruhr wieder gelegt hatte. Auch Jan schien sich wieder gefangen zu haben. Allein der Name Sahrenburg reichte offenbar schon aus, um sie beide zu verunsichern. Jeden auf seine Art.

«Ist das nicht alles furchtbar aufregend?», raunte sie Jan zu, aber der gab ihr keine Antwort. Bedauernd stellte sie fest, dass er ihr gar nicht zugehört hatte, weil er schon wieder in düstere Grübeleien verfallen zu sein schien.

Bestimmt sinniert er darüber, was für unser Land richtig ist und was falsch, dachte Karola und ließ ihn gewähren. Sie jedenfalls freute sich auf das Fest. Schließlich betraten sie den Saal und nahmen ihre von Voltany zugewiesenen Plätze ein.

Die Tafel, an der sie saßen, war riesig, und es wurden alle erdenklichen Köstlichkeiten aufgetragen, aber Karola hatte gar keinen Appetit. Sie hatte nur Augen und Ohren für die Musik, die mitten im Saal aufspielte. Gebannt lauschte Karola den Klängen und ließ dabei versonnen ihren Blick schweifen. Vom Cembalospieler zum Lautenisten und zurück. Und dann schaute sie einmal die endlosen Reihen der Gäste entlang. Plötzlich blieb sie an einem fremden Gesicht hängen, das sie erstarren ließ. Schräg gegenüber saß ein Fremder mit einem kantigen, männlichen Gesicht, das von dunklen Locken umrahmt war. Genau wie das von Matthias. Gerade als sie verschämt den Blick senken wollte, nahm er sie wahr und lächelte. Hastig wandte Karola sich ab. Von nun an hatte sie das Gefühl, dass man sie beobachtete, und tatsächlich, als sie noch einmal zaghaft in seine Richtung sah, fing sie das Lächeln des Fremden auf. Sofort blickte sie hinunter auf ihren Teller.

Jan hatte das offenbar beobachtet, denn er beugte sich zu ihr hinüber und flüsterte ihr wutentbrannt ins Ohr: «Es macht dir wohl Freude, diese begehrlichen Männerblicke auf dich zu ziehen, oder?»

Karola erschrak über die Schroffheit in seinem Ton und lauschte wieder andächtig der Musik.

Sobald das Essen beendet war und man zum Tanz aufspielte, kam der freundlich lächelnde Fremde mit den dunklen Locken zielstrebig auf sie zu, machte eine höfliche Verbeugung und rief sichtlich erfreut in deutscher Sprache aus: «Ich hoffe, ich mache keinen unverzeihlichen Fehler, aber wenn es stimmt, was man mir berichtet hat, müsst Ihr Karola Kusenius sein! Wenn ich mich irre, verzeiht mir bitte!»

Karola konnte mit einem flüchtigen Seitenblick auf Jan erkennen, dass er nicht billigte, wie seine Frau von einem fremden Mann dermaßen vertraulich angesprochen wurde. Und sie wusste auch, dass er die deutsche Sprache nicht besonders mochte und bestimmt noch weniger diesen aufdringlichen Deutschen, sodass sie ihm kühl erwiderte: «Entschuldigt, mein Herr, aber auch wenn ich jene Karola Kusenius bin, ich glaube nicht, dass wir uns kennen.»

Das aber konnte den Fremden nicht aus der Fassung bringen. Immer noch lächelnd sagte er: «Ich bin der Tuchmachermeister Ebert aus Amberg und mit dem jungen Herrscherpaar hierher nach Prag gekommen. Ihr kennt mich nicht, aber ich habe schon viel von Euch und Eurer sagenhaften Schönheit gehört …» Er legte den Kopf schief und lächelte noch mehr. «Euer Onkel, den ich einst beliefert habe, hat mir von Euch erzählt. Er erwähnte besonders Euer Haar. Er sagte, er habe Euch noch nie von Angesicht gesehen, aber Euer Vater habe Eure Schönheit in seinen Briefen ausführlich beschrieben.» Er beugte sich ein wenig vor und flüsterte: «Ist Euer Vater jener verbittert dreinschauende Mann, der dort drüben sitzt? Der hat so gar keine Ähnlichkeit mit Eurem Onkel.» Er deutete auf Wenzel Czernin.

Jetzt musste auch Karola wider Willen lächeln. «Nein, das ist mein Schwiegervater.»

«Oho, das hat mir Euer Onkel verschwiegen, dass Ihr einen Ehemann habt, aber ich habe ihn ja auch schon mehr als zwei Jahre nicht gesehen, weil ich bei Hofe tätig war.»

Karola wurde mit einem Mal ganz aufgeregt, als sie ihn von ihrem Onkel sprechen hörte. «Aber sagt, woher wusstet Ihr denn, dass ich es bin? Prag ist groß …»

Er lachte schelmisch. «Graf Voltany hat mir gesagt, dass ich hier eine hübsche Kleidermacherin treffen solle, die das Handwerk im Blut hat und deren Vater, ein Baumeister mit Namen Kusenius, aus Amberg stammt. Und als ich Euch eben sah, da war mir klar, dass Ihr keine andere sein könnt als die Nichte von Kleidermacher Kusenius. Eine gewisse Ähnlichkeit ist sogar vorhanden. Die Nase …»

Karola strahlte ihn an. Der Gedanke, dass sie noch so etwas wie eine Familie hatte, auch wenn sie in weiter Ferne war, erwärmte ihr Herz. Dieses plötzliche anheimelnde Gefühl wurde jäh unterbrochen, als Jan mit finsterem Blick auf sie zutrat. Sie wollte den Tuchmacher gerade fragen, wie es ihrem Onkel ging, als Jans schneidende Stimme sie daran hinderte: «Entschuldigt uns. Wir wollen gehen!»

«Bitte nicht!», widersprach der Tuchmacher mit gespieltem Entsetzen und fügte eifrig hinzu: «Ich bin doch nur Euretwegen hier. Um Karola Kusenius dafür zu gewinnen, den Damen des Hofes einige Kleider zu zeichnen.»

«Der Name meiner Frau ist Karola Czernin», erwiderte Jan trocken.

«Dann seid Ihr also der Kleidermacher Wenzel Czernin? Den uns Graf Voltany als Hoflieferanten ans Herz legt?»

«Nein, der steht dort hinten. Seht!»

Karola deutete auf ihren Schwiegervater und beobachtete, wie der Tuchmacher ein ziemlich dummes Gesicht machte. Sie ahnte auch, warum. Er musste wohl oder übel erkennen, dass es jener verbittert wirkende alte Mann war, den er eben fälschlicherweise für ihren Vater gehalten hatte.

«Dann werde ich mich ihm einmal vorstellen», seufzte er.

«Geht nur!», ermutigte Jan ihn. Zögernd folgte der Tuchmacher seiner Aufforderung.

Karola machte Anstalten, ihm zu folgen, aber Jan hielt sie am Arm fest. «Wenn du diesem Herrn noch einmal schöne Augen machst, dann sieh dich bloß vor. Dann könnte ich mich vergessen!»

Sie sah ihn entgeistert an. Was war plötzlich in Jan gefahren? Die letzten Monate über war er so freundlich zu ihr gewesen, und auf einmal solche harten Worte? Wollte er ihr drohen? Oder ihr gar zu verstehen geben, dass er sich noch einmal so schändlich über sie hermachen würde wie in jener Nacht im März?

«Jan, nicht!», flehte sie ihn an, aber er wiederholte unversöhnlich: «Ich will nicht, dass du dem Fremden da schöne Augen machst!»

Jetzt wurde auch Karola wütend. «Ich mache ihm gar keine schönen Augen», gab sie bissig zurück und fügte süffisant hinzu: «Und wenn du dich einmal richtig umsiehst, dann wirst du feststellen, dass mein Ausschnitt der züchtigste ist. Bei den deutschen und englischen Hofdamen herrschen offensichtlich andere Sitten!»

«Es kommt nicht auf die Größe des Ausschnittes an, sondern darauf, was in den Augen eines Weibes zu lesen ist. Und in deinen steht die Sehnsucht nach einem Mann geschrieben. Ich werde sie dir gern erfüllen. Noch heute!», erwiderte er zu ihrem großen Schrecken.

Wie zwei gegnerische Soldaten standen sie einander gegenüber, aber dann sah Karola aus den Augenwinkeln, wie der Tuchmacher Ebert versuchte, sich ihrem Schwiegervater mit Händen und Füßen verständlich zu machen, der offenbar gar nichts von dem verstand, was der Deutsche ihm zu erklären versuchte.

«Ich werde gebraucht!», fauchte Karola, ließ Jan einfach stehen und ging auf die Männer zu, um ihnen bei der Verständigung zu helfen. Sie war hocherfreut zu hören, dass Tuchmachermeister Ebert sie demnächst einmal in der Werkstatt aufsuchen würde. In Begleitung einiger Damen und mit einer Auswahl seiner bei Hof beliebten Stoffe. Da konnte sich selbst Wenzel Czernin zu einem Lächeln durchringen. Er sah wohl schon die Taler rollen.

Jan aber hörte mit zusammengekniffenen Lippen zu, und als der Tuchmacher Karolas Kleid in höchsten Tönen lobte, stieß er unwirsch hervor: «Wir müssen gehen!» Grußlos wandte er sich ab. Karola warf dem Tuchmachermeister einen entschuldigenden Blick zu, bevor sie ihrem Mann folgte.

«Der Fremde scheint dir zu gefallen. Mit seiner stattlichen Statur, seinem schwarzen Haar und seinen herben Zügen!», zischte Jan ihr ins Ohr, als sie das Fest überstürzt verließen.

Erst in diesem Augenblick ahnte sie, was in ihren Mann gefahren war. Natürlich, die stattliche Statur, das lockige schwarze Haar und die kantigen Gesichtszüge des Tuchmachers. Genauso hatte sein Vater ihm wohl einst den Habsburger beschrieben. Ob es die entfernte Ähnlichkeit mit Matthias ist, die Jan dermaßen aufbringt?, fragte sich Karola traurig. Sollte sie Jan erklären, dass niemals ein anderer Mann, und wäre er Matthias auch wie aus dem Gesicht geschnitten, ihr Herz berühren würde? Nein, dann konnte sie ihm gleich sagen, dass sie sich nur nach einem Mann auf der ganzen Welt verzehrte: dem Mann, den Jan nie beim Namen, sondern immer nur verächtlich den *Habsburger* nannte!

49

Tuchmachermeister Ebert aus Amberg hielt Wort. Kurz vor Weihnachten machte er Wenzel Czernin und Karola seine Aufwartung in der Werkstatt. Er war in Begleitung dreier junger Damen, die sich eifrig auf Karolas Zeichnungen stürzten.

«Großartig, wie Ihr Euch um die Tonnenform der Kleider herummogelt!», rief die eine begeistert aus. Glücklicherweise sprach sie deutsch, sodass Karola sie eingehend beraten konnte.

«Aber es braucht einen größeren Ausschnitt. Sonst können wir mit den englischen Damen nicht mithalten!», bemerkte die andere kokett und deutete auf ein blaues Kleid mit silberfarbenen Verzierungen, das es ihr besonders angetan hatte.

Karola versprach den jungen Frauen, alles zu ihrer Zufriedenheit zu nähen. Sie war sehr angetan von den wertvollen Stoffen, die der Tuchmacher mit sich führte. Ihr Schwiegervater bestellte alles, was Karola verlangte. Schließlich sahen sich die Gäste die Schauben und Mäntel an, die Karola entworfen hatte.

«So mild, wie der Winter in diesem Jahr daherkommt, können wir auf solcherlei Kleidungsstücke bald verzichten», scherzte der Tuchmachermeister, was Karola mit einem lachenden «Freut Euch nicht zu früh!» kommentierte. «Denkt an das letzte Jahr. Nachher erfriert Ihr, wenn Ihr ohne Schutz in Eis und Schnee spaziert.»

Sie lachten fröhlich, und dank des lustigen Tuchmachermeisters herrschte an diesem Tag eine ausgelassene Stimmung in der Werkstatt. Wenzel Czernin zeigte sich von seiner allerbesten Seite. Er behandelte die jungen Damen mit äußerster Hochachtung, und da er sie kaum verstehen und damit nichts zum Gelingen des Geschäftes beitragen konnte, beschränkte er sich auf sein breitestes Lächeln.

Das wiederum nahm Karola zum Anlass, ihren Schwiegervater, kaum dass die Gäste, nicht ohne reichlich Bestellungen aufzugeben, gegangen waren, um etwas zu bitten. Etwas, das ihr schon länger auf dem Herzen lag.

«Was haltet Ihr davon, wenn wir dieses Jahr gemeinsam das Weihnachtsfest feiern?», fragte sie vorsichtig und hielt den Atem an. Als sie diese Bitte im letzten Jahr als junge Ehefrau geäußert hatte, da war er vor Wut ganz grün im Gesicht geworden. Niemals würden ihm solche heidnischen Bräuche über die Schwelle kommen, hatte er schließlich gebrüllt. Jan hatte ihr beistehen und seinem Vater erklären wollen, dass selbst Calvin nicht so streng gewesen sei, das Fest zu verbieten, sondern nur seine Anhänger. Aber der Alte war stur geblieben. Es war das traurigste Weihnachtsfest ihres Lebens geworden. Wie hatte sie sich nach den Festen mit ihrem geliebten Vater gesehnt, der es ganz im Sinne Luthers begangen hatte. Am fünfundzwanzigsten Dezember hatte es Geschenke gegeben, und ihr Vater hatte stets behauptet, sie seien vom Heiligen Christ gebracht. Karola hatte das natürlich geglaubt, bis sie eines Morgens ihren Vater dabei erwischt hatte, wie er eine Puppe für sie liebevoll auf den Tisch gelegt hatte, auf den der Heilige Christ seine Geschenke zu legen pflegte. Das hatte ihrer Freude an dem Fest allerdings keinen Abbruch getan. Jedes Jahr waren sie in der Nacht zuvor in die Kirche gegangen. Dort hatten sie aus vollem Herzen *Macht hoch die Tür, die Tor macht weit …* gesungen. Karola kannte immer noch jede Zeile dieses Liedes.

Wenzel Czernin blickte Karola eine Weile schweigend an und brummte dann: «Es gibt eines, wofür ich an deinem Heidenfest teilnehmen würde.»

Karola sah ihn fragend an.

«Wenn du mir sagen könntest, dass du guter Hoffnung bist, und zwar von meinem Sohn!»

Karola erschauerte. Sie überlegte, ob sie etwas erwidern sollte, aber in diesem Augenblick platzte Jan laut fluchend in die Werkstatt. Seine Augen funkelten vor Zorn, als er voller Empörung ausrief: «Wisst Ihr, was Euer Heilsbringer, der Pfälzer, durch seinen Hofprediger Scultetus anrichten lässt?»

Sein Vater zuckte mit den Achseln.

«Ihr wisst also nicht, wovon ich rede. Dann werde ich Euch berichten, dass Aufruhr in der ganzen Stadt herrscht. Mit Wissen und Willen des Königs hat jener Prediger sich an den Kunstschätzen und Bildern der Großen Schlosskirche vergriffen. Seine marodierenden Banden haben die Schätze zerstört, die Reste entweder in den Fluss geworfen oder verbrannt. Ja, sie wollten sogar das Kreuz von der Karlsbrücke holen, weil es angeblich das Auge der jungen Königin beleidigt, aber da sind die Altstädter eingeschritten. Man befürchtet, dass sie sich sogar am Grabe Wenzels vergreifen werden. Nennt Ihr das christlich?»

Wenzel Czernin sah seinen Sohn abschätzig an, während er ihm im Ton eines Predigers von der Kanzel erwiderte: «Die Häuser Gottes brauchen keinen Schmuck. Weiß und rein sollen sie sein. Leer und ohne Tand. Scultetus handelt nicht nur nach dem Willen des Königs, sondern nach dem Willen Gottes.»

«Vater, Ihr wart einmal einer von uns. Wie Eure Vorväter. Wie könnt Ihr nur so irren?», stieß Jan verzweifelt aus, aber sein Vater Wenzel erwiderte kalt: «Du bist der, der im Irrglauben lebt!»

Bei diesen Worten nahm sich der Kleidermacher seinen Mantel und sagte kalt: «Das Werk werde ich mir mit eigenen Augen betrachten. Und vielleicht solltest du, mein Sohn, dich weniger über meine Glaubensbrüder ereifern und lieber deine Frau so besteigen, dass sie endlich eine Frucht von dir im Leibe trägt.»

Karola und Jan sahen einander voller Entsetzen an.

«Er wird erst Ruhe geben, wenn du einem Kind das Leben schenkst», brach Jan schließlich das unheilvolle Schweigen.

«Und was sollen wir tun?»

Jan lief rot an. «Vielleicht könntest du … ich meine … vielleicht sollten wir …», stammelte er.

Karola spürte, wie eine grenzenlose Wut von ihr Besitz ergriff, und so schleuderte sie ihm entgegen: «Ich schwöre dir, das wird nicht geschehen! Willst du etwa dein Wort brechen? Ich höre dich noch unter Tränen versprechen, dass du mit mir auch in kinderloser Ehe leben würdest, wenn es denn sein müsste.»

Jan stieß einen tiefen Seufzer aus, bevor er schwach erwiderte: «Doch, ich habe es dir versprochen, aber ist es nicht unsere Pflicht als Eheleute, Leben zu schenken?»

Karola sah ihn nun etwas versöhnlicher an und murmelte leise: «Bitte, hör endlich auf!»

Er aber funkelte sie zornig an. «Bei deinem Habsburger würdest du nicht zögern, oder? Da hättest du schon eine Schar Kinder und könntest nicht genug davon bekommen, oder?» Plötzlich trat er auf sie zu und griff ihr unter das Kinn, um ihr direkt ins Gesicht sehen zu können. Genauso wie Maria Sahrenburg es einstmals getan hatte.

Am liebsten hätte Karola ihm ein «Ja!» ins Gesicht geschleudert, aber sie antwortete mit schwacher Stimme: «Lass mich in die Werkstatt gehen. Ich habe noch zu tun.»

Jan machte jedoch keine Anstalten, sie ohne eine Antwort gehen zu lassen. «Sieh mir in die Augen. Wenn ich der Habsburger wäre, groß und stattlich und mit wildem schwarzem Haar, dann würdest du dich aufführen wie eine läufige Hündin. Ich will ja nur, dass du es endlich zugibst!»

Karola biss die Zähne zusammen. Sie hoffte, es würde schnell vorbeigehen, aber er ließ nicht locker. «Sag es! Sag, dass du mit ihm eine Schar Kinder hättest!», schrie er wie von Sinnen.

Karola schloss die Augen, um nicht länger in sein wutverzerrtes Gesicht blicken zu müssen, doch den Griff unter ihrem Kinn spürte sie immer noch schmerzhaft. Er war hart und erbarmungslos, doch unvermittelt ließ Jan von ihr ab. Sie öffnete die Augen wieder und erkannte an seinem fiebrig glänzenden Gesicht, dass es nicht mehr lange gutgehen würde, gleich, welche Versprechen er ihr auch immer machte. Auf Dauer würde er sie trotz seines guten Willens doch nicht halten können!

«Ich verlasse jetzt dieses Haus, in dem ich nicht willkommen bin!», brüllte er. «Und sei sicher, ich gehe dahin, wo sich mir Schenkel öffnen, ohne dass ich darum bitten und betteln muss, und wo ich nicht verschmäht werde. In der Schenke drüben in der Neustadt werde ich besser behandelt als in meinem eigenen Haus!»

Er sah sie noch einmal flehend an, als würde er hoffen, dass sie ihn zum Bleiben aufforderte, aber Karola wandte sich hastig ab und wartete darauf, dass die Tür der Werkstatt endlich ins Schloss fiel. Sie war froh, dass sie nun ganz alleine war.

Ans Arbeiten war kaum noch zu denken, so durcheinander war sie. In diesem Augenblick trat Tereza ein und fragte sie, ob sie etwas zu essen wünschte. Karola schüttelte nur schwach mit dem Kopf und murmelte in einem fort: «Es geht nicht mehr lange gut …»

Erschrocken setzte sich die Magd zu ihr und flüsterte tröstende Worte, aber ihr Schützling schien sich durch nichts beruhigen zu lassen.

«Tereza, ich weiß keinen Ausweg mehr. Er bedrängt mich. Eben hat er mir gestanden, dass er zu den Huren geht. Er hat gehofft, ich würde ihn zurückhalten, aber es ist mir gleichgültig. Mir ist mit einem Mal alles gleichgültig. Würde er doch bloß niemals wiederkommen.»

In diesem Augenblick schossen ihr Tränen in die Augen. Sie konnte sich kaum daran erinnern, wann sie zum letzten Mal so geweint hatte. «Ich ertrage das nicht länger!», stammelte sie in einem fort. «Ich ertrage das alles nicht länger!»

«Beruhigt Euch, mein Kind, ich bin im Besitz eines Kräutertranks, der Euer Gemüt zur Ruhe kommen lässt. Der hilft Euch, die Dämonen der Verzweiflung zu besiegen», versprach ihr Tereza besorgt, während sie ihr über die blassen Wangen strich.

«Gut, liebe Tereza, dann gib ihn mir, wenn wir aus der Werkstatt ins Haus zurückkehren», erwiderte Karola. Es war ja noch so viel zu tun!

«Und ich helfe Euch hier.» Entschlossen griff Tereza sich eine hölzerne Elle, um ein Stück Stoff abzumessen und zuzuschneiden.

50

Es war schon lange dunkel, als Karola und Tereza ins Haus zurückkehrten. Ganz allein hatten sie beim Schein der Kerze an zwei Kleidern genäht, die unbedingt vor dem Weihnachtsfest fertig werden mussten. Mit schwerem Schritt betrat Karola die Diele und ließ sich erschöpft auf einen Stuhl fallen.

«Ich hole Euch jetzt das Mittelchen. Dann werdet Ihr wie ein unschuldiges Kind schlafen», sagte Tereza.

Karola war so müde, dass ihr Kopf auf die Tischplatte sank. Sie hatte keine Kraft mehr, an irgendetwas anderes zu denken als an ihr Bett dort oben in der Kammer. Sie wachte erschrocken auf, als sie ihre Magd sagen hörte: «Kind, hier ist die Tinktur. Und hier ist ein Becher Bier. Das wird Euch beruhigen.» Karola blickte in das gütige Gesicht ihrer Magd.

Dankbar griff sie nach dem Gefäß mit der Flüssigkeit und dem Becher.

«Es ist vom Sadebaum. Ihr werdet morgen wieder guten Mutes sein.»

Karola lächelte ihre Magd voller Dankbarkeit an. Es ist kaum zu glauben, was sie meinetwegen alles auf sich nimmt, dachte sie gerührt. Karola glaubte nicht an Zaubertränke, aber Tereza zuliebe würde sie das Mittel zu sich nehmen. Schaden wird es mir sicherlich nicht, redete sie sich ein.

Kaum dass die Magd gegangen war und Karola die Tinktur in das Bier schütten wollte, flog die Tür unter lautem Gepolter auf. Sie zuckte vor Schreck so heftig zusammen, dass sie den ganzen Kräutertrank auf dem Tisch verschüttete. Sie hatte vermutet, dass alle im Bett waren, aber nun sah sie mit einem flüchtigen Blick, dass es ihr Schwiegervater war, der rasch an den Tisch trat. Karola aber kümmerte sich nicht um ihn, sondern wandte sich ihrem Getränk zu und versuchte, die Flüssigkeit, die über den Tischrand tropfte, in dem Becher aufzufangen. In diesem Augenblick wurde ihr der Becher mit Gewalt aus der Hand gerissen, und der Alte rief triumphierend aus: «Habe ich es mir doch gedacht! Du nimmst den Saft des Sadebaums zu dir.»

Karola war viel zu müde, um etwas zu antworten, und versuchte weiter, etwas von der Flüssigkeit zu retten, aber vergeblich. Es tropfte alles von der Tischkante auf den Boden hinunter. Sie überlegte gerade, wie sie es wohl schaffen sollte, sich von diesem Stuhl zu erheben und die Stiege hinaufzugehen, als sie spürte, wie etwas auf ihren Arm niedersauste. Sie war so erschrocken, dass sie nicht einmal den Schmerz fühlte, sondern ihren Schwiegervater nur mit offenem Mund anstarrte.

«Jetzt weiß ich, warum du nicht schwanger wirst, du Hurenbalg!»

Fassungslos erkannte Karola, dass das, womit er ihr Schmerzen zugefügt hatte, eine Haselrute war. Sie war vor Schreck wie gelähmt. Was hatte er vor, dieser wahnsinnige alte Mann?

Er benetzte einen Finger mit der Tinktur und leckte daran. Dann brüllte er sie an: «Es schmeckt bitter. So bitter wie deine finsteren Machenschaften! So verhinderst du also, dass du schwanger wirst, du Hexe!» Schon hatte er ausgeholt und ihr die Rute über die Wange gezogen. Sie sah ihn fassungslos an. Sie wollte schreien, aber aus ihrem Mund drang nur ein heiseres Stöhnen.

«So entledigst du dich also deiner Kinder?», zeterte der Alte. Er war außer sich vor Zorn. Und langsam begriff Karola, wessen er sie da beschuldigte. Ich muss mich wehren, schrie es in ihr, aber sie brachte keinen Ton heraus. Sie war vor Entsetzen stumm. Ihr Schwiegervater sah sie mit teuflisch verzerrter Fratze an. «Komm, gib es wenigstens zu. Nun kann mein Sohn nicht mehr die Augen verschließen. Er muss dich endlich strafen.» Dann holte er wieder aus und schlug ihr mit der Rute noch einmal übers Gesicht. Karola brachte immer noch keinen Laut hervor. Ich darf hier nicht sitzen bleiben. Er prügelt mich zu Tode, dachte sie außer sich vor Angst, und sie sprang so heftig vom Stuhl auf, dass er mit einem lauten Krachen zu Boden fiel. «Du entkommst mir nicht», brüllte der Alte und packte sie grob am Arm.

Jan wurde durch ein Poltern geweckt, das von unten aus der Diele kam. Er war froh gewesen, dass er überhaupt hatte schlafen können, und umso zorniger war er, dass er nun so unsanft geweckt wurde. Zsofia, seine kleine Hure, hatte an diesem Abend keine Zeit für ihn gehabt, und weil er keine andere wollte, war er einsam und allein durch die Stadt gelaufen, und seine Lust, Karola zu bezwingen, hatte sich dabei ins Unermessliche gesteigert. Er hatte bei seiner Rückkehr einen

Blick in ihre Kammer geworfen, aber sie war wohl noch in der Werkstatt gewesen.

Missmutig erhob er sich, um nach dem Rechten zu sehen. Schon als er sich der Stiege näherte, hörte er ein lautes Keuchen. Sein Herz klopfte wild. Das war das Keuchen eines Mannes! Er erschrak. Was geschah dort unten in der Diele? Noch ein Schritt, dann würde er es sehen. Er aber blieb wie angewurzelt stehen. Angstschweiß lief ihm von der Stirn über das Gesicht. Und dann hörte er ein Pfeifen, ein Geräusch, das er nur allzu gut kannte und niemals würde vergessen können! Die Haselrute! Jan schnappte nach Luft. Aber wer konnte den Zorn seines unbarmherzigen Vaters so erregt haben? Sein Mund wurde trocken. Bevor er den Gedanken zu Ende gedacht hatte, wusste er, wer das Opfer war: Karola!

Mit einem Satz war er unten in der Diele. Sein Vater hielt Karola mit der einen Hand fest, und mit der anderen Hand schwang er die Rute und traf sie damit am Rücken. Jan zögerte nicht, sondern sprang hinzu, entriss seinem Vater die Rute und schleuderte sie weg.

«Was tut Ihr da?», schrie er außer sich vor Entsetzen. Sein Vater funkelte ihn verächtlich an.

Jan blickte nun seine Frau an, die zitternd und stumm dastand.

«Karola, bitte sag mir, was ist geschehen?»

Sie räusperte sich, bevor sie kaum hörbar hervorbrachte: «Er ist von Sinnen!»

«Wer ist hier von Sinnen?», keuchte der Alte «Das machen wir mit Weibern, die ihre Leibesfrucht töten und nach Habsburgern greinen!»

«Wie kommt Ihr auf diesen Unsinn, dass sie ihre Leibesfrucht tötet?», fragte Jan seinen Vater in scharfem Ton.

Der Alte deutete auf den Tisch. «Da, die Tinktur, die dein

Weib zu sich nehmen wollte, ist der Sud des Sadebaums. Riech und schmeck daran. Du bist Medicus …»

Jan aber rührte sich nicht vom Fleck und blickte seinen Vater entgeistert an. «Und wenn es so wäre, dann hat sie es sicher nicht zu sich genommen, um ungeborenes Leben zu töten.»

«Du bist dümmer, als ich dachte», giftete der Alte. «Das weiß ja sogar ich, wozu es den Frauen dient.»

«Vater, jetzt haltet endlich Euer Schandmaul, sie kann es nicht zu dem Zweck zu sich genommen haben, weil sie gar nicht schwanger werden kann, denn sie ist noch eine reine Jungfrau … Sie ist noch unberührt!» Erschrocken hielt Jan inne.

Sein Vater stand da mit offenem Mund. «Aber …»

«Vater, schweigt und leistet lieber Abbitte. Und wagt es nie wieder, ihr weh zu tun! Habt Ihr mich verstanden? Wenn Ihr sie noch einmal anrührt, dann habt Ihr keinen Sohn mehr. Den einen habt Ihr ja bereits aus dem Haus getrieben.»

«Du bist ein armer Tropf!», keuchte der Vater und ballte die Fäuste. Dann wandte er sich abrupt ab, griff nach seiner Schaube und verließ fluchend das Haus.

Erst als die Tür hinter dem Alten ins Schloss gefallen war, erwachte Karola aus ihrer Erstarrung. Tränen schossen ihr in die Augen. Schluchzend warf sie sich in Jans Arme, der ihr tröstend über den Kopf strich.

«Danke, dass du mich vor diesem Wahnsinnigen gerettet hast», hauchte sie.

«Er ist weg», sagte er leise. Auch in seinen Augen schimmerte es verdächtig feucht. «Und ich werde dafür sorgen, dass er dieses Haus nicht mehr betritt, wenn ich fort bin.»

«Wenn du fort bist?», fragte Karola mit schwacher Stimme.

«Ich suche mir in der Nähe des Feldhospitals in der Neustadt, dort, wohin jeden Tag Verwundete aus allen Teilen des Landes gebracht werden, eine Bleibe. Dann bin ich in deren

Nähe und ...» Er stockte und sah sie traurig an. «... und ich bin weit weg von dir. Du wirst niemals bereit sein, mir deine Seele und deinen Körper zu schenken. Das habe ich endlich begriffen. Und darum kann ich nicht länger mit dir unter einem Dach wohnen. Ich hätte an jenem Tag auf dich hören sollen, als du sagtest, du möchtest noch eine Nacht darüber schlafen, doch meine Angst, du könntest mir nicht gehören, war stärker.»

«Es tut mir leid. Ich hätte dich gern geliebt», gestand sie ihm mit ehrlichem Bedauern.

Vorsichtig nahm er ihre Hand in die seine und entgegnete: «Liebe kann man wohl nicht erzwingen.»

Karola erwiderte den Druck seiner Hand.

«Wirst du nun zu ihm gehen?», fragte er ängstlich.

Karola schüttelte traurig den Kopf. «Ich bleibe deine Ehefrau, bis der Tod uns scheidet. Das haben wir uns vor Gott versprochen.»

Jan ließ seufzend ihre Hand los und gab ihr zum Abschied einen flüchtigen Kuss auf die Wange.

DRITTER TEIL

März 1620 – Juni 1621

Läuft das Glücke gleich zuzeiten
anders, als man will und meint,
ein getreues Herz hilft streiten
wider alles, was ist feind.
Mir ist wohl bei höchstem Schmerze;
denn ich weiß ein treues Herze.

aus: Paul Fleming, «Elsgens treues Herz»,
Teutsche Poemata, 1646

51

Still und leise hatte das neue Jahr Einzug in Karola Kusenius' Leben gehalten. Ihr kam es an diesem milden Märztag des Jahres 1620 so vor, als wären die Wochen nur so dahingeflogen. Sie lebte allein mit Tereza und einigen anderen Mägden und Knechten im Haus am Kleinseitner Ring. Ihr Schwiegervater ließ sich zu ihrer großen Erleichterung kaum noch in der Werkstatt blicken. Und wenn er dort überraschend auftauchte, dann machte er nur kurze Erledigungen, gab schroffe Anweisungen und sah dabei durch sie hindurch. Sie hatten ein stillschweigendes Abkommen. Karola besaß die Oberaufsicht über die Herstellung der Kleider und Schauben, während sich Wenzel Czernin ausschließlich um die Soldatenkleidung kümmerte.

Jan war tatsächlich fortgegangen und hatte seitdem nichts mehr von sich hören lassen. Sein Vater erzählte voller Stolz überall herum, er sei bei den Truppen des Christian von Anhalt. Karola ließ ihn gewähren. Offenbar missfiel dem Alten, dass sich sein Sohn bei den amputierten, verätzten, verbrannten und angeschossenen Soldaten und Söldnern als Wundarzt verdingte.

Karola bekam ansonsten wenig davon mit, was im Lande vor sich ging. Das Einzige, womit sie überschwemmt wurde, waren Gerüchte aus der Burg. Sie hatte tatsächlich ein paar der Hofdamen als Kundinnen gewinnen können, und die schnatterten, wie ihnen der Schnabel gewachsen war, über alles, was am Hofe vor sich ging. Ob man die Königin unbekleidet beim Bad in der Moldau gesehen hatte, ob die Kleiderausschnitte der englischen Damen immer unzüchtiger wurden oder ob es recht fröhlich hinter den Mauern der Prager Burg zuging, seit die neuen Herrscher dort regierten. All das wurde in der Werkstatt der Kleidermacherin bei den Anproben brühwarm ausgetauscht. Es gab allerdings ein Gerücht, das von den Ehemännern der jungen Damen in die Werkstatt getragen wurde und das sich immer mehr erhärtete. Die Regierungssäckel seien leer, der König sei knapp bei Kasse, und man brauche dort oben dringend Geld.

Das Vermögen des Kleidermachers mehrte sich dagegen stetig, und das dank Karolas unermüdlichem Einsatz. Sie stand tagtäglich in aller Herrgottsfrühe auf, begab sich sofort hinüber in die Werkstatt und blieb dort oft bis in die tiefe Nacht hinein. Tuchmachermeister Ebert hatte sie erst neulich eine Zauberin genannt, die sich wahrscheinlich nächtens die Kleider von guten Geistern nähen ließ.

Wenn sie an ihrem Schneidertisch in der Werkstatt saß, musste sie zwischendurch manchmal an die schändliche Tat ihres Schwiegervaters denken. So wie in diesem Augenblick. Sie erschauderte allein bei dem Gedanken. Ich kann ja nur froh sein, dass es in meinem Gesicht keine nachhaltigen Spuren hinterlassen hat, dachte sie, während sie nachdenklich von ihrer Arbeit aufblickte. Die anderen Näherinnen steckten gerade die Köpfe zusammen und lachten. Karola aber saß neuerdings am liebsten abseits und arbeitete allein. Manchmal spürte sie die sorgenvollen Blicke, mit denen die anderen sie bedachten. Auch Tereza machte sich ständig Gedanken um sie. *Ihr arbeitet zu viel, Ihr seid zu blass, Ihr werdet zu dünn, Ihr esst zu wenig!* Karola wünschte nichts sehnlicher, als dass sie eines Tages wieder die Alte sein würde, die lachende, scherzende junge Frau, die gerne redete, aber was sollte sie tun? Wo einst ihr Herz gebangt und gehofft hatte, spürte sie nur noch einen schweren, kalten Stein. Selbst an Matthias dachte sie auf andere Weise als früher. Sie wusste, dass sie ihn liebte, aber sie litt nicht mehr, verzehrte sich nicht mehr in einem fort nach ihm und spürte ihn nicht mehr mit allen Sinnen.

Karola hatte sich gerade wieder ihrer Arbeit zugewandt, als mit einem Mal Wenzel Czernins Stimme den Raum erfüllte. Sie hatte ihn gar nicht kommen hören, aber nun führte er laute Reden im Munde: «Wir alle müssen unsere Opfer bringen. Und deshalb fordere ich euch auf, mehr zu schaffen als bisher. Nehmt euch ein Beispiel an mir. Unser König hat mich in meinem Haus aufgesucht und mich um einen Beitrag zur Verteidigung unserer Stadt gebeten. Und ihr dürft mir glauben: Ich werde ihm aus meiner Privatschatulle alles geben, damit der tapfere Christian von Anhalt, in dessen Truppen mein Sohn kämpft, unsere Stadt vor den vermaledeiten Habsburgern schützen wird. Aber nun frage ich euch: Darf ich Ihrer Majestät auch sagen, dass meine Näherinnen von heute an zusätzlich zu den Gewändern, die sie ohnehin in Arbeit haben, auch noch Beinkleid und Wams für die treuen Soldaten nähen, ohne es sich entlohnen zu lassen? Meister Ebert bringt euch demnächst das Tuch dafür.»

Von allen Seiten vernahm Karola nun ein halbherziges «Ja, Herr!». Da hörte sie schon, wie ihr Schwiegervater geradewegs auf sie zukam.

«Und was sagt unsere Habsburgerin dazu?», fragte er hämisch und ganz dicht an ihrem Ohr.

Sie senkte den Blick. Zum ersten Mal seit jener schrecklichen Nacht wagte er wieder, das Wort an sie zu richten. Er hob seinen Arm, als wollte er ihren Blick mit einem Griff unter ihr Kinn erzwingen.

Karola hob den Kopf und funkelte ihn drohend an. Dabei presste sie die Lippen fest zusammen. Wenn du mich anfasst, bringe ich dich um!, dachte sie und erwartete, dass er sie vor allen demütigen würde, aber merkwürdigerweise wich er erschrocken zurück. Er wird doch nicht etwa Angst vor mir haben?, fragte sie sich und legte noch ein bisschen mehr Verachtung in den Blick, mit dem sie ihn musterte. Tatsächlich, er wandte sich hastig von ihr ab und verließ überstürzt die Werkstatt.

Kaum war er verschwunden, kam Tereza auf sie zugeeilt. «Kind, Ihr habt ihn das Fürchten gelehrt! Ich glaube, wenn Ihr so schaut wie gerade eben, dann wird jeder Mann vor Euch weglaufen. Selbst der Leibhaftige. Das habt Ihr von Eurem Vater. Bei all seiner Gutmütigkeit und Großherzigkeit konnte er die, die ihm Böses wollten, genauso dämonisch ansehen.»

Karola musste wider Willen lächeln. Die Näherinnen hatten ihre Arbeit unterbrochen und sahen ihre Herrin bewundernd an.

«Soll ich das noch einmal machen?», fragte sie übermütig in die Runde.

«Ja bitte!», riefen die Näherinnen im Chor, und Karola versuchte sich noch einmal vorzustellen, dass Wenzel sie herablassend behandelte. Und tatsächlich, alle jubelten, als sie Karolas drohend funkelnden Blick noch einmal sahen. Nur Tereza war mit einem Mal ganz still geworden. «Ach, meine kleine Prinzessin», sagte sie mit Bedauern in der Stimme. «Ihr seid jetzt erwachsen, doch manchmal wünschte ich mir Eure Unbeschwertheit zurück.»

«Ich auch», erwiderte Karola aus vollem Herzen und machte sich wieder an die Arbeit. Das Einzige, worauf sie sich wirklich freute, war das Wiedersehen mit Tuchmachermeister Ebert. Karola hoffte, dass er es sich nicht nehmen lassen würde, die Stoffe für die Soldatenkleider höchstpersönlich vorbeizubringen.

52

Karolas Wunsch ging bereits ein paar Tage später in Erfüllung. Tuchmachermeister Ebert brachte das angekündigte Tuch. Schon als der stattliche Pfälzer eintrat, wurde die Werkstatt zu einem Hühnerstall, wie Karola belustigt feststellte. Alle Näherinnen hatten ein Auge auf den ansehnlichen Mann aus Amberg geworfen, aber der grüßte nur knapp und eilte geradewegs auf Karola zu.

Wie immer war er zum Scherzen aufgelegt und reichte ihr einen Flugzettel, den Kaiserliche nach Prag geschmuggelt und dort in Umlauf gebracht hatten. Er wollte gerade etwas zu dieser Schmähschrift auf seinen König sagen, doch dann stockte er und sah Karola mit sorgenvoller Miene an. «Karola Kusenius, Ihr gefallt mir ganz und gar nicht!»

Karola konnte gar nicht anders, sie musste lächeln. Wie oft hatte sie ihm schon gesagt, er solle sie bloß nicht Karola Kusenius nennen, wenn ihr Mann oder ihr Schwiegervater in der Nähe waren. «Ihr sollt doch nicht …»

Ebert unterbrach sie schelmisch. «Seht Ihr etwa den Kleidermacher und seinen Sohn in der Nähe? Und jetzt heraus mit der Sprache. Seid Ihr etwa krank?»

«Mir geht es gut», erwiderte Karola schnell und sah sich, um ihn von sich abzulenken, die Flugschrift näher an. «Was soll das heißen?», fragte sie und deutete auf den Zettel. Dort war der König abgebildet und darüber ein Satz, in dem alle Zahlen hervorgehoben waren.

Tuchmachermeister Ebert beugte sich über den Flugzettel und zeigte auf die Schrift. «Seht, wenn Ihr die großen Buchstaben in eine andere Reihenfolge bringt, was könnte das bedeuten?»

Karola überlegte. Dann strahlte sie übers ganze Gesicht. «Das heißt 1619!»

«Genau. Es soll heißen, Fridericus der Erste, der Winterkönig, der nicht länger als den Winter 1619 auf diesem Thron sitzen wird», ergänzte Meister Ebert.

«Aber wir haben immerhin schon März», erwiderte Karola.

«Das beweist ja die Tollheit der Kaiserlichen. Sie haben zu früh gespottet, aber die Antwort haben die Unsrigen bereits unter das Volk gebracht. Sie haben den Winterkönig in einen Löwen umgedichtet. In den Sommerlöwen», erklärte ihr Ebert lachend, doch dann wurde er auf einmal ganz ernst. «Karola, ich werde Euch jetzt zu einem Spaziergang entführen, und ich wünsche nicht, dass Ihr mir widersprecht», sagte er.

«Aber, ich …»

«Ich sagte, keine Widerrede!» Diesmal klang er wirklich streng.

Seufzend legte Karola das Gewand beiseite, an dem sie gerade nähte, zog sich ihre Schaube an und begleitete den Tuchmachermeister nach draußen. Sie spürte, wie ihr die sehnsüchtigen Blicke der Mädchen folgten.

«Kommt, lasst uns zur Moldau hinuntergehen», schlug Ebert vor.

Karola nickte und zog, kaum dass sie vor die Tür ins Freie getreten waren, die Schaube wieder aus. «Es ist seltsam warm.»

«Das ist wohl wahr. Im letzten Jahr nur Eis und Schnee und bis in den Mai hinein eine Kälte, dass man die Schaube gar nicht mehr ausziehen wollte. Und stellt Euch vor, in diesem Februar gab es vielerorts sogar schon Rosenblüten. Das Wetter spielt verrückt. Böse Zungen behaupten, es sei eine Warnung des Himmels. Dass ein schrecklicher Krieg auf uns zukomme», erwiderte der Tuchmachermeister nachdenklich.

«Und, glaubt Ihr das? Oder denkt Ihr gar, Prag wird verschont?», fragte Karola zurück.

Ebert stieß einen tiefen Seufzer aus. «Sagen wir es einmal so. Manchmal überfallen mich Zweifel, ob Ferdinand und die Seinen uns nicht doch eines Tages aus dem Land fegen werden, und mit uns alle Protestanten.»

«Das hätte ich nicht vermutet, Meister Ebert, dass Ihr so ein Schwarzseher seid», entgegnete sie überrascht.

Inzwischen hatten sie das Ufer der Moldau erreicht.

«Ist es nicht schön, wie alles blüht und gedeiht?», rief Karola begeistert aus.

«Ihr steckt Eure Nase wohl nicht mehr allzu oft in die frische Luft hinaus, nicht wahr?», fragte der Tuchmachermeister.

«Wie meint Ihr das?»

«Karola Kusenius, Ihr seid so blass wie eine Schwindsüchtige und so dürr wie eine alte Vettel. Euer Haar ist glanzlos wie bei einem toten Vogel, und Ihr macht dabei ein Gesicht wie eine trauernde Witwe.» Er sah sie durchdringend an. Karola war vor lauter Schreck stehen geblieben, aber er fuhr unbeirrt fort: «Eure Süße, Eure Sinnlichkeit, Eure Lebenskraft, alles siecht dahin, und ich frage mich, wer das wohl verbrochen hat?»

Karola wollte etwas zu ihrer Verteidigung sagen, aber er ließ sich nicht mehr bremsen: «Ich weiß, mir steht es nicht zu, Euch so nahe zu treten, aber der junge Medicus, mit dem Ihr verheiratet seid, lässt Euch verblühen wie eine Pflanze, die in der Sonne verdorrt. Und deshalb sage ich Euch: Wenn der Tag kommen sollte, an dem wir die Stadt verlassen müssen, dann möchte ich Euch mit mir nehmen und Euch wohlbehalten bei Eurem Onkel abliefern. Wenn wir aus der Stadt fliehen müssen, würde ich Euch nämlich ungern bei diesem – mit Verlaub – düsteren Gesellen zurücklassen.»

«Ihr sprecht von meinem Mann!», protestierte Karola schwach.

«Karola, seht mich an! Vor Euch steht ein Ehemann. Ich habe Frau und Kinder zurückgelassen, um mich dem Abenteuer hinzugeben, aber meine Frau, die nun für einige Zeit auf mich verzichten muss, wird hoffentlich nicht wie eine verdorrte Pflanze aussehen, wenn ich zurückkomme. Meine Gefühle für Euch sind die eines … sagen wir, die eines Vaters, und deshalb wiederhole ich: Wenn wir gehen müssen, werde ich Euch nicht schutzlos in Prag zurücklassen!»

«Aber …»

«Keine Widerrede, Karola Kusenius, wenn der Tag kommt, an dem wir Protestanten Fersengeld geben müssen, stehe ich vor Eurer Tür und nehme Euch mit mir. Ihr habt also noch genügend Zeit, es Euch zu überlegen. Das jedenfalls bleibt zu hoffen.»

Karola sah den Tuchmachermeister mit gemischten Gefühlen an. Im Grunde genommen hatte er ja recht, und jemandem wie ihm würde sie sich auch ohne Angst anvertrauen, aber war sie mit der Eheschließung nicht eine Verpflichtung eingegangen? Bei ihrem Mann zu bleiben, komme, was wolle? Und hatte sie ihm das nicht versprochen? Betont fröhlich erwiderte sie: «Werter Freund, wir sollten die Hoffnung nicht aufgeben, dass dieser Tag niemals kommen wird und wir friedlich in dieser schönen Stadt bleiben können bis an unser seliges Ende.»

«Dann sollten wir beten, dass unsere Truppen die von Ferdinand und seinen Verbündeten vernichtend schlagen, denn, ganz unter uns, das, was ihm widerfahren ist, kann sich kein Herrscher gefallen lassen. Er wird alles tun, um seinen Thron zurückzuerobern. Also bleibt mir nur noch eines auszurufen: Sieg dem Grafen Thurn und dem Fürsten Christian! Tod den Grafen Buquoy und Tilly!»

Karola wurde bei diesem Schlachtruf übel, denn sie wusste mit einem Mal nicht mehr, wofür sie beten sollte. Wenn sie dem Feldherrn Buquoy den Tod wünschte, wünschte sie damit nicht auch seinem getreuen Soldaten Matthias Sahrenburg den Tod?

«Verzeiht, dass ich Eure Seele mit meiner Schwarzmalerei

so belaste. Ihr seid ja noch bleicher geworden. Ich will Euch keine Angst machen. Glauben wir also daran, dass wir unseren Lebensabend in Wohlstand und Frieden in Prag verbringen werden.»

Ebert sah sie prüfend an und ermunterte sie, endlich einmal wieder zu lächeln. In diesem Augenblick kamen sie an einem Stand mit Naschwerk vorbei. Ebert blieb stehen und verlangte ein großes Stück von dem Kraftbrot. Er reichte es Karola mit den Worten: «Es schmeckt süß und sorgt dafür, dass Ihr wieder etwas Fleisch auf die mageren Rippen bekommt.»

Karola ahnte, dass er keinen Widerspruch duldete, und sie biss herzhaft hinein. Es schmeckte vorzüglich, nach Mandeln und Anis. Sie hatte so etwas noch nie zuvor gegessen, und so nahm sie noch einen kräftigen Bissen, was Meister Ebert mit Genugtuung zur Kenntnis nahm.

Mit einem Mal kehrten auch ihre Lebensgeister zurück. Die wärmende Sonne, die frische Luft, die vielen Menschen in den Gassen, der Geruch nach Gesottenem, der ihnen aus einem Wirtshaus entgegenschlug, all das war dazu angetan, ihre Sinne anzuregen, die in der düsteren Werkstatt allmählich zu verkümmern drohten. Außerdem war seine Gesellschaft so angenehm. Jetzt, wo er keine Katastrophen mehr heraufbeschwor.

«Karola Kusenius, ich meine natürlich, Karola Czernin, hier treibst du dich also herum?», hörte sie plötzlich eine ihr wohlbekannte Stimme erfreut rufen. Sie glaubte zu träumen, aber da sah sie ihn schon vor sich. Stattlich und besser aussehend denn je zuvor mit seinen blonden Locken. Im Arm hielt er die schöne Alena, die offenbar in freudiger Erwartung war.

Karola fiel dem Bruder ihres Mannes übermütig um den Hals. «Pavel!», rief sie, und noch einmal: «Pavel!» Dann umarmte sie auch Alena herzlich.

«Lass dich anschauen!» Pavels freundliches Gesicht verdüsterte sich bei ihrem Anblick. «Wer hat dir das angetan? Du siehst entsetzlich aus!», sagte er. Erst jetzt bemerkte er ihren Begleiter, der für alle hörbar vor sich hin murmelte: «Genau das habe ich auch gerade behauptet.»

Karola blieb Pavel eine Antwort schuldig, sondern stellte die beiden Männer und Alena einander vor.

Meister Ebert bemerkte kopfschüttelnd: «Ihr seid also der Bruder des Medicus und der Sohn des alten, verbitterten …?» Er unterbrach sich und legte erschrocken die Hand vor den Mund.

Pavel lachte laut auf und rief fröhlich aus: «Der Tuchmachermeister versteht etwas von Menschen!» Dann wurde er ernst und fragte: «Wie geht es dir wirklich? Ich war gerade eben beim Haus und habe euch alle gesucht, um euch die frohe Botschaft selbst zu überbringen.» Pavel warf Alena, die ihre Hand schützend auf ihren Bauch gelegt hatte, einen zärtlichen Blick zu.

Karola schluckte. So ein vollkommenes Glück wie diese beiden Liebenden werde ich wohl niemals erfahren, dachte sie wehmütig.

Pavel riss sie aus ihren Gedanken. «Deine Magd hat mir gesagt, Vater wohnt dort nicht mehr, Jan sei in einem Feldhospital und du wandelst an der Moldau … Und ich wollte euch doch nur bitten, dass Alena bei euch im Haus wohnen kann, bis ich wieder zurück bin. Ihre Eltern sind nach Mähren gegangen, wo sie eigentlich herkommen. Und nun ist sie ganz allein.»

«Aber nichts lieber als das», erwiderte Karola erfreut und lächelte Alena an. «Ich wohne doch allein in dem großen Haus, und es geht uns wirklich gut. Aber wo wirst du hingehen, Pavel?»

«Ich werde mich dem Heer des Fürsten Christian anschließen.»

«Aber du bist doch gar kein Soldat!», widersprach Karola.

«Gott bewahre, ich weiß noch nicht einmal eine Luntenschlossmuskete zu halten, geschweige denn, damit zu schießen. Nein, ich bin für den Glauben zuständig. Seit wir wissen, wie viele Pfaffen mit der Liga in die Schlachten ziehen, halten wir es bei den Protestanten genauso. Das soll die Kampfmoral erheblich stärken.»

Karola überlegte kurz, ob sie ihn das fragen sollte, was ihr auf der Zunge lag, aber schließlich konnte sie nicht anders. «Sag, Pavel, weißt du, wie es um das Heer des Grafen Buquoy bestellt ist?»

Die beiden Männer sahen sich verwundert an. Meister Ebert fand als Erster die Sprache wieder: «Er ist unser Feind, wollte ich nur bemerkt haben.»

«Bestimmt kann ich dir mehr sagen, wenn ich erst einmal draußen bei den Soldaten bin und mit ihnen ziehe. Ich denke, in den nächsten Tagen werde ich gehen. Vorher bringe ich dir mein Liebstes vorbei und gebe Mutter und Kind in deine Obhut.»

Karolas Züge hellten sich auf. Nicht so sehr, weil Pavel in den Krieg ziehen würde oder weil niemand etwas über Buquoys Truppen sagen konnte, sondern weil sie mit Alena ein wenig Gesellschaft bekam. Sie wandte sich ihr lächelnd zu. «Ich lasse Euch eine schöne Kammer herrichten. Am besten Pavels altes Reich», versprach sie.

Alena lächelte voller Dankbarkeit zurück und sagte schüchtern: «Ich hätte es sehr bedauert, wenn ich Euch nicht wiedergesehen hätte. Wisst Ihr, was ich damals auf Eurer Hochzeit dachte?»

«Nein, aber sagt es mir ruhig!», ermutigte Karola ihre Schwägerin.

«Ich dachte, dass ich Euch wohl gern zur Freundin hätte.»

Karola lachte. «Seht Ihr, dasselbe dachte ich auch!» Dann

wandte sie sich wieder an Pavel und wurde ernst. «Und wann wirst du wieder da sein?»

Er grinste. «Spätestens zur Niederkunft im Oktober. Ich werde doch nicht die Geburt meines Sohnes verpassen!»

53

Die mahnenden Worte von Tuchmachermeister Ebert, dass die Calvinisten und mit ihnen sämtliche Protestanten womöglich eines Tages tatsächlich dem rachsüchtigen Ferdinand unterliegen würden, gingen Karola nicht mehr aus dem Sinn. Die Gerüchte, der Zustand des Ständeheeres sei desolat, die Kriegskassen seien leer, und die Bürger der Stadt Prag zeigten sich nicht gerade spendabel, wurden allmählich zur Gewissheit.

Karola hatte allerdings kaum Gelegenheit, sich ausführlicher damit zu beschäftigen, weil sie ihre Tage und oft auch die Nächte in der Werkstatt verbrachte. Manchmal schlief sie an ihrem Tisch ein, wachte am nächsten Morgen auf und machte gleich weiter. Die wenigen freien Stunden, die ihr blieben, saß sie meist mit Alena an einer üppig gedeckten Tafel. Die junge Frau aus Mähren hatte die Oberherrschaft im Hause übernommen. Es wurden herrliche Mahlzeiten gekocht, und alles im Haus blitzte vor Sauberkeit. Auch schaffte die junge Frau ein wenig Zierrat herbei, um das karge Haus wohnlicher zu gestalten. Karola hatte zur Freude aller wieder ein wenig zugenommen und lachte öfter. «Alena tut Euch gut!», pflegte Tereza beinahe täglich zu bemerken.

Zu Karolas großem Bedauern machte sich Tuchmachermeister Ebert seit ein paar Wochen rar bei ihr, aber dafür besuchte Graf Voltany sie umso häufiger. Seine junge Frau Anezka war schier unersättlich, was neue Gewänder anging. Karola war es fast schon ein wenig peinlich, dass sie selbst immer noch dieselben Kleider trug wie vor einem Jahr, weil sie gar nicht mehr zum Nähen für sich selber kam. Und wann sollte sie auch schöne Gewänder tragen, wo sie doch kaum noch einen Fuß aus der Werkstatt setzte?

Die Gräfin Anezka und die anderen Kundinnen verlangten schon lange nicht mehr, dass Karola ihnen alle Kleider fertig genäht vorführte, sondern sie kauften sie allein nach den Entwürfen. Karola veränderte ihren ersten Entwurf immer häufiger in Formen und Farben. Die Taille war noch ein wenig tiefer angesetzt, als es die Mode verlangte, und die Röcke waren aus leichten Stoffen. Sie verwendete viel Seide, schwarzen Taft, Batist, kaum Barchent und Wolle. Sie bevorzugte matte Farben wie helles Blau und blasses Grün. Die Ausschnitte ihrer Kleider waren inzwischen größer geworden, und die Damen, denen das unschicklich vorkam, die konnten einen zweiten Spitzenkragen einknöpfen, um das Dekolleté züchtig zu bedecken. Außerdem besaßen die von Karola geschneiderten Kleider Ärmel, die schon etwas mehr vom Unterarm zeigten, als es gemeinhin üblich war, und die mit einem Seidenband zusammengeschnürt waren. Auch bei den Ärmeln verwendete Karola weniger Stoff als andere, damit die Arme schmaler wirkten. Karolas Einfallsreichtum, was die Zusammenstellung der Materialien und der Auswahl der Borten anging, war schier unerschöpflich. Sie hatte immer neue Ideen, wie sie eine Kleinigkeit verändern und damit ein besonderes Gewand zaubern konnte. Ebert hatte ihr genügend Stoffe geliefert, sodass sie eigentlich noch nicht nachbestellen musste. Aber sie würde es trotzdem bald tun, nur um den munteren Tuchmachermeister endlich einmal wiederzusehen.

An diesem Julitag war es besonders heiß und stickig in der Werkstatt, und Karola war froh, dass sie sich mit dem Grafen und dessen Frau in der kühlen Diele des Hauses verabredet hatte. Karola breitete gerade ihre Zeichnungen aus, als die Gräfin kichernd zur Tür hereinkam. Sie war noch fülliger geworden und fing sofort zu plappern an: «Stellt Euch vor, die Königin hatte uns zusammen mit ein paar bürgerlichen Damen auf die Burg eingeladen. Wir sind natürlich alle hingegangen, und jeder hat mich gefragt: *Oho, wo habt Ihr das schöne blaue Kleid machen lassen?* Ich habe sie alle zu Euch geschickt … aber diese Ausschnitte der englischen Hofdamen, Ihr glaubt es nicht! So tief!»

Die junge Gräfin schnappte nach Luft und zeigte hinunter bis zu ihrem Bauch, bevor sie fortfuhr: «Die Königin wollte Kleinodien von uns erbetteln. Wie gierig sie auf mein Halsband gestarrt hat, aber da sagte ich mit gespieltem Bedauern: *Eure Majestät, das schenkte mir der Graf zur Hochzeit. Ich glaube nicht, dass er mir verzeihen würde, wenn ich es weiterschenkte.*» Die Gräfin lachte hell auf: «Und auch die anderen, vor allem die reichen bürgerlichen Damen, hatten jede Menge Ausreden, um ihren Schmuck behalten zu können. Was sagt Ihr dazu? Hätten wir die wohl zu Herrschern gemacht, wenn wir gewusst hätten, dass sie als Bettler kommen? Sag du doch auch mal was!»

Damit meinte sie ihren Mann, der inzwischen pustend in die Diele getreten war. Er ließ sich, nachdem er Karola begrüßt hatte, schnaufend auf einen Stuhl fallen. «Was soll ich dazu sagen? Der König hat ein paar Tonnen Gold aus der Pfalz holen lassen. Und mein werter Bruder hat mich wieder und wieder gebeten, etwas von meinem Geld herzugeben. Der Krieg ist ein gefräßiger Geselle. Ich kann nicht nein sagen …»

«Was? Du hast ihm schon wieder etwas zugeschustert?», fragte die Gräfin mit schriller Stimme.

Karola hörte den beiden amüsiert zu. So wie sie Gräfin Anezka kannte, würde sie ihm vorrechnen, wie viele schöne Kleider statt Musketen man davon hätte kaufen können, aber schon hatte die junge Frau die Zeichnungen entdeckt und war in Entzückensschreie ausgebrochen. Sie hatte Karola gebeten, ihr eine Nachtgarderobe zu entwerfen. Ganz offensichtlich hatte Karola mit den schlichten Nachtgewändern aus weißem Leinen ihren Geschmack getroffen. Dann plapperte die Gräfin weiter über diesen und über jenen, doch Karola hörte ihr gar nicht mehr richtig zu. Erst als sie Gräfin Anezka sagen hörte: «Ach, der arme Tuchmachermeister! Er kann ja nur von Glück sagen, dass Euer Mann ihn gerettet hat …», horchte sie auf. Sie sah die junge Gräfin verdutzt an.

«Ihr wisst nicht, was geschehen ist?», fragte die Gräfin ungläubig.

«Nein, nein … Ich spreche meinen Mann kaum noch, weil ich nun auch die Soldatenkleider nähen muss, und er ist stets bei seinen Kranken», stammelte Karola.

«Aber man sieht sich doch im Schlafgemach, nicht wahr?», kicherte Anezka.

Karola stöhnte auf. Sie wusste nicht so recht, was sie erwidern sollte, doch da mischte sich der Graf ein: «Anezka, bitte! Du bringst unsere Kleidermacherin in Verlegenheit! Erzähl ihr lieber, was geschehen ist.»

Gräfin Anezka warf Karola einen fragenden Blick zu, aber dann berichtete sie mit sichtlichem Vergnügen, was sie wusste: «Die ganze Stadt spricht darüber! Der Tuchmachermeister soll von einer Kutsche überrollt worden sein. Drüben in der Neustadt. Vor einer Schenke. Man hat ihn wohl dort hineingetragen und nicht mehr daran geglaubt, dass er je wieder gesund wird. Der Barbier hatte ihn angeblich schon aufgegeben, aber irgendjemand hat nach Eurem Mann gerufen, der sofort zur Stelle war. Und der hat wochenlang nach dem Tuchmachermeister gesehen und dem Barbier Anweisungen gegeben, was er mit dem zertrümmerten Bein machen solle. Stellt Euch vor, Meister Ebert hütet zwar noch das Bett, aber er lebt, und bald wird er auch wieder laufen können.»

In Karolas Kopf wirbelte alles durcheinander. Sie ahnte, was dort drüben in der Neustadt geschehen war und woher Ebert an jenem Abend gekommen war. Der Tuchmachermeister und ihr Mann besuchten offenbar beide die Dirnen in der Neustadt. Deshalb war Jan auch sofort zur Stelle gewesen. Die Schenke! Bestimmt hatte man Jan von seiner Hure weggeholt, damit er dem Tuchmachermeister half.

«Da werde ich gleich meinen Mann fragen», beeilte sich Karola zu sagen, und sie fügte hinzu: «Ich möchte nicht unhöflich sein, aber ich habe noch viel zu tun.»

Graf Voltany und seine Frau versicherten ihr, dass sie ihre fleißige Kleidermacherin auf keinen Fall noch länger von der Arbeit abhalten wollten. Sie bestellten zusätzlich zu den Nachtgewändern noch zwei Kleider und verabschiedeten sich herzlich.

Karola blieb grübelnd zurück. Die Männer löschten das Feuer in ihren Lenden bei den Huren. Und sie? War ihr brennendes Verlangen nicht längst erloschen? Sie hatte sich schon lange nicht mehr nach Matthias gesehnt, aber in diesem Augenblick war alles wieder da. Stärker denn je. Sie spürte das Spiel ihrer Zungen so lebendig, dass es in ihrem Bauch zu brennen begann.

Merkwürdig, schoss es ihr durch den Kopf, sie würde sich niemals einem anderen hingeben, um zu vergessen, wie leidenschaftlich sie Matthias begehrte. Männer waren da ganz anders. Ob er wohl auch …? Nein, den Gedanken wollte sie gar nicht zu Ende denken. Sie mochte sich den Mann, den sie liebte, nicht in den Armen einer anderen Frau vorstellen.

Entschieden legte Karola ihre Zeichnungen beiseite und beschloss, an diesem Tag nicht mehr zu arbeiten, sondern Alena stattdessen zum Markt zu begleiten. Sie musste hinaus an die Sommerluft, die Sonne sehen und den Duft der Moldau einatmen. Ihre Sinne waren neu erwacht!

Alena, ihre neue Freundin, war überrascht, als Karola ihr anbot, sie zu begleiten. Wie oft hatte sie Karola vergeblich hinten dem Schneidertisch hervorzulocken versucht.

Karola und Alena hatten auf ihrem Weg zum Markt fast den Platz vor dem Kleinseitner Rathaus erreicht, als sie ein mörderisches Geschrei und Schüsse hörten. Erschrocken blieben sie stehen, aber dann rief Karola aufgeregt: «Komm schnell, wir müssen sehen, was passiert ist.»

Die inzwischen hochschwangere Alena hielt Karola jedoch am Ärmel fest und rief mit zitternder Stimme: «Der Krieg ist in der Stadt. Jetzt ist es so weit. Komm, lass uns weglaufen!»

Karola riss sich los. «Wir können nicht weglaufen!» Mutig ging sie weiter. Alena folgte ihr ängstlich.

Auf dem Platz bot sich ihnen ein Bild des Schreckens. Ein paar feine Herren zu Pferd versuchten, sich eine Horde zerlumpter Männer vom Leibe zu halten. Die Männer trugen zerrissene Kleider, in ihren Gesichtern wucherten wilde Bärte, und sie sahen verhungert aus. Nur an den Waffen, die sie bei sich trugen, war zu erkennen, dass es sich um Soldaten handelte.

«Gebt uns den versprochenen Sold!», schrie einer von ihnen verzweifelt und zog einen der feinen Herren am Bein, sodass der fast vom Pferd gefallen wäre. Die anderen stimmten in seinen Ruf ein und taten es ihrem Kameraden gleich. Sie traten auf die berittenen Herren zu und versuchten, sie von den Pferden zu ziehen. Wieder fiel ein Schuss, und einer der Soldaten sackte auf dem Pflaster zusammen. Blut breitete sich wie ein See um den leblosen Körper aus.

Kaum hatte sich Karola von ihrem ersten Schrecken erholt, spürte sie, wie Alena sie unsanft am Arm zurückzureißen versuchte. «Komm schnell, bevor sie sich gegenseitig abschlachten. Mein Kind. Das kann ich mir nicht mit ansehen!»

Karola folgte ihrer Freundin unwillig. Plötzlich schienen

alle vom Platz zu flüchten. Die Menge der Schaulustigen, die dem Spektakel zugesehen hatte, stob in alle Richtungen auseinander. «Wenn Mansfelds Leute schon auf die eigenen Soldaten schießen, dann ist der Untergang unserer neuen Herren nicht mehr weit!», hörten sie einen vorbeihastenden vornehmen Herrn entsetzt ausrufen.

Als Karola und Alena weit genug gelaufen waren, blieben sie stehen und schöpften Atem.

«Was glaubst du? Ist das ein Zeichen? Steht der Krieg schon vor den Stadttoren?», fragte Karola mit besorgter Miene.

«Ich glaube, es kommen keine guten Zeiten auf uns zu», antwortete Alena. Sie bückte sich, hob einen Flugzettel mit dem Bild Friedrichs auf und gab ihn Karola. «Lies bitte vor.»

Karola nahm den Zettel in die Hand und betrachtete versonnen das Bildnis des Königs. Ein stattlicher Mann, dachte Karola, bevor sie ihrer Freundin den Text vorlas: «Böhmischer Sommer- und Winterkönig, welcher zwar von etlichen nur die Winterzeit über König zu sein ausgeschrieben, so sich aber nunmehr durch Gottes Allmacht im Werk weit anders befindet …» Karola stockte und fragte: «Willst du die weiteren Lobpreisungen auch hören?»

Alena schüttelte den Kopf und stammelte unter Tränen: «Ich verstehe nichts von alledem, aber ich habe Angst um Pavel. Er steckt mitten im Schlachtgetümmel. Und was ist, wenn die Katholischen die Stadt erobern? Sie werden uns doch bestimmt nicht schonen …»

Karola seufzte. «Das befürchte ich auch.» Den Flugzettel ließ sie zurück auf den Boden flattern.

54

Als Alena und Karola zu Hause in die Diele traten, stutzten sie. Ein sichtlich verlegener Jan kam ihnen entgegen.

«Das ist Jan, mein Mann und Pavels Bruder», entfuhr es Karola.

«Das weiß ich doch. Von eurer Hochzeit», erwiderte Alena schüchtern.

Jan sah auf ihren Bauch und umarmte sie herzlich. «Willkommen in der Familie», sagte er.

«Dann können wir doch heute zu dritt speisen», schlug Karola hastig vor, aber Alena zog sich unter dem Vorwand, sie müsse sich hinlegen, zurück in ihre Kammer. Sie wollte das Wiedersehen zwischen Karola und Jan offenbar nicht stören.

Eine Zeit lang herrschte am Tisch peinliches Schweigen, bis Karola das sagte, was ihr die ganze Zeit auf der Zunge gelegen hatte: «Mir ist zu Ohren gekommen, dass du dem Tuchmachermeister Ebert das Leben gerettet hast, nachdem er vor der Schenke von einer Kutsche überrollt worden war …»

Weiter kam sie nicht, weil Jan erschrocken ausrief: «Was weißt du von der Schenke?»

«Du selbst hast mir vor längerer Zeit einmal zu verstehen gegeben, dass du dort willkommen bist. Aber ich will dir keine Vorhaltungen machen, dass du zu den Huren gehst, oder gar über Ebert richten, dass er es auch tut, nein, ich möchte dir danken, dass du den guten Mann gerettet hast. Ich schätze ihn sehr.»

Jan war rot geworden. «Aber … das ist doch nicht der Rede wert. Ich habe dem Barbier doch nur ein wenig auf die Finger geschaut. Das war alles», versuchte er die Sache herunterzuspielen.

Wieder breitete sich Schweigen zwischen ihnen aus.

«Das wird mir die letzten Tage in der Stadt sicherlich leichter machen», sagte Jan nach einer Weile. Er atmete schwer.

«Wie meinst du das?» Karola sah ihn mit großen Augen an.

«Ich habe mich freiwillig zu den Truppen des Christian von Anhalt gemeldet. Sie brauchen jeden Mann.»

Karola schluckte. Nicht, dass sie traurig war, weil sie ihn länger nicht sehen würde, aber es kam so plötzlich. «Dort wirst du wahrscheinlich auf deinen Bruder treffen», bemerkte sie leise.

«Pavel ist Soldat?», fragte er erschrocken.

«Nein, er zieht als geistlicher Beistand mit den Truppen», erklärte sie und berichtete ihm alles. Auch dass Alena seitdem hier wohnte. Dann aßen sie eine Weile schweigend, und jeder hing seinen Gedanken nach.

«Karola, ich habe einen Wunsch, bevor ich gehe, aber ich traue mich gar nicht, ihn an dich zu richten», brach Jan schließlich das Schweigen. «Eigentlich sind es zwei Bitten.»

«Was kann ich tun?», entgegnete sie mit fester Stimme, obwohl sie innerlich erzitterte. Wenn er bloß nicht verlangt, dass ich mit ihm zum Abschied das Lager teile und er mich besitzen darf, betete sie stumm.

Jan schien zu verstehen, welche Angst sie plagte. Hastig sagte er: «Sei unbesorgt! Mein Ansinnen ist bestimmt nicht, das zu bekommen, was du mir nicht zu geben bereit bist, und wenn es das Letzte wäre, was ich mir vor dem drohenden Tod noch wünschen würde. Nein, so vermessen bin ich nicht. Ich möchte wissen, ob du mir verzeihen kannst. Wenn ich von dieser Welt gehen muss, dann möchte ich es mit dem Gefühl tun, dass du mir verziehen hast.»

Karola sah ihn entsetzt an und flüsterte: «Ich habe dir schon längst verziehen! Aber bitte, denk nicht daran, dass du sterben könntest.»

Jan lächelte. «Ich wäre kein Mann, wenn ich glaubte, dass

der Krieg nicht auch Tod und Verderben bringen kann. Auch für mich.»

In diesem Augenblick fühlte Karola einen eiskalten Schauer in ihrem Nacken. Urplötzlich hatte sie begriffen, dass er das Schicksal absichtlich herausforderte und dass er weniger aus Treue zum König in diesen Krieg ziehen wollte, sondern weil er sich nicht vor dem Tod fürchtete. Ja, ihn vielleicht sogar suchte. Sie ahnte auch, dass ihn nichts und niemand davon abhalten konnte. Er schien zu allem entschlossen, ja, und er schien auch ein wenig stolz darauf zu sein. Deshalb schwieg sie.

«Und die zweite Bitte?», fragte sie schließlich.

«Ich habe Geld von meinem Vater bekommen. Als Zeichen seiner Anerkennung, dass ich zu kämpfen bereit bin. Du sollst den Großteil davon bekommen, wenn ich nicht mehr aus dem Krieg zurückkehre, aber einen kleinen Teil ...» Er räusperte sich verlegen, bevor er fortfuhr: «Einen kleinen Teil würde ich gerne einem Mädchen geben, einem Mädchen aus der Schenke in der Neustadt.» Wieder unterbrach er sich, weil es ihn offenbar große Überwindung kostete, ihr sein Anliegen vorzubringen. Er stöhnte gequält auf. «Sie kommt aus Pressburg, und sie hat gesagt, wenn ich nicht wiederkomme, möchte sie dorthin zurück. Das würde ich ihr gerne ermöglichen, aber es gibt nur einen einzigen Menschen, der ihr das Geld bringen könnte ... für den Fall, dass ich nicht zurückkehre.»

«Hat das Mädchen auch einen Namen?»

«Sie heißt Zsofia.»

Ihre Blicke trafen sich.

Mit belegter Stimme antwortete Karola: «Du kannst dich auf mich verlassen. Solltest du nicht zurückkehren, was ich nicht hoffe, werde ich dieser Zsofia übergeben, was immer du wünschst.»

Sie sahen einander stumm an. Und beide hatten sie Tränen in den Augen.

55

Es war ein warmer Tag im August. In der Werkstatt war es entsetzlich schwül. Die Näherinnen stöhnten unter der Hitze, und Karola machte gerade die letzten Stiche an einem Festtagsgewand. Auch Alena war bei ihnen in der Werkstatt. Sie war es leid, allein drüben im Haus zu sitzen. Das Haus blitzte in neuem Glanz, aber was nützte es, wenn niemand dort lebte? Das Leben fand in der Werkstatt statt. Alena besaß geschickte Hände und nähte die Borten an die Kleider. Gerade machte sie eine Pause und wedelte sich mit einem Stückchen Stoff Luft zu.

Karola schwitzte so stark, dass sie die Tür aufmachen wollte, damit Luft hereinwehte, als sie plötzlich lautes Trommeln vernahm. Sie horchte gespannt. Auch die anderen Näherinnen lauschten mit angehaltenem Atem dem gleichmäßigen Klang der Trommeln. Seit Wochen schon lag eine seltsam angespannte Stimmung in der Luft. Die Frauen in der Werkstatt redeten selten über die Gefahr, die ihnen womöglich drohte, dennoch war sie überall spürbar. Karola wollte gerade nach draußen gehen, um nachzusehen, was das Trommeln zu bedeuten hatte, als Wenzel Czernin mit hochrotem Kopf zur Tür hereinkam, bewaffnet mit einer alten Muskete.

«Es ist so weit!», rief er mit schriller Stimme. «Ihr müsst Euch bewaffnen!» Dann hielt er inne, um nach Luft zu schnappen. «Die allgemeine Wehrpflicht wurde am heutigen Tage ausgerufen. Die Trommler verkünden gerade das königliche Dekret. Alle Bürger sollen auf die Verteidigung der Stadt vorbereitet und bewaffnet sein. Jetzt werden wir es den Habsburgern zeigen. Sollen sie nur kommen!» Sein Blick blieb an der hochschwangeren Alena hängen. «Ich kenne Euch doch. Was habt Ihr denn hier zu suchen?», fragte er und trat drohend einen Schritt näher.

«Ich bin Eure Schwiegertochter, und ich wohne hier im Haus, bis mein Mann Pavel aus dem Krieg zurück ist», gab Alena zurück und sah den Mann verunsichert an.

«Und das da ist mein Enkelkind?», fragte er nun betont freundlich und zeigte auf ihren Bauch. Alena nickte eingeschüchtert, woraufhin der Alte seiner Schwiegertochter vorschlug, bei ihm in der Langen Gasse zu wohnen, bis Pavel zurück wäre. Alena sah hilfesuchend zu Karola.

«Alena bleibt bei mir», sagte Karola prompt. «Das Kind kann jeden Tag zur Welt kommen, und da ist sie unter uns Frauen besser aufgehoben. Das müsst Ihr doch verstehen, oder kennt Ihr eine Hebamme?»

Schnaufend wandte sich Wenzel Czernin von seinen Schwiegertöchtern ab und holte stattdessen mit ausladender Geste ein königliches Dekret aus seinem Wams. Er deklamierte es, als habe er es selber verfasst: «Im Fall der Bedrohung haben sich die Männer und Söhne beim Kleinseitner Rathaus einzufinden. Der Alarmfall wird durch Trommeln angekündigt, und die Männer und Söhne begeben sich umgehend zu dem jeweiligen Sammelpunkt, um dort weitere Anweisungen abzuwarten. Die Frauen und Kinder werden versteckt und nicht auf die Straßen gelassen. Der Ungehorsam gegen diese Anordnung wird mit fünf Schock Groschen bestraft.»

Karola spürte plötzlich ein verdächtiges Kitzeln im Hals. Es war so komisch anzusehen, wie wichtig er sich machte. Das Kitzeln in ihrem Rachen wurde stärker, und sie zog es vor, nach draußen vor die Türe zu flüchten, bevor ein böser Lachanfall sie überkam.

«Das gilt auch für die verräterische Habsburgerin unter uns!», schnaubte er, während er sich ihr in den Weg stellte. Sie aber machte einen Bogen um ihn und ging zielstrebig weiter. Dabei sah sie flüchtig in die Gesichter der Näherinnen – alle

Augen waren auf sie gerichtet. Es war totenstill. Man hätte eine Nadel fallen hören können.

Draußen atmete Karola ein paar Mal tief durch. Der Lachreiz war vorüber, da flog die Tür auf. Wortlos baute sich der Alte vor Karola auf und starrte sie hasserfüllt an. Sie hielt seinem Blick stand. Eine Weile standen sie sich so gegenüber. Regungslos und kampfbereit. Karola war fest entschlossen, sich nie mehr von diesem Kerl anfassen zu lassen. Das schien er in ihrem Blick zu lesen, denn er traute sich offenbar nicht, die Hand gegen sie zu erheben. Stattdessen bellte er mit drohender Stimme: «Bei meinem Leben, eines verspreche ich Euch: Sollte meinen Söhnen durch die Hand eines Habsburgerknechtes ein Leid geschehen, dann werde ich es Euch heimzahlen. Und wenn ich Euch eigenhändig erwürgen müsste!»

Karola wurde heiß und kalt, aber sie erwiderte mit fester Stimme: «*Falls* Ihr das noch erleben solltet! Denn seid sicher, wenn mein Habsburger, wie Ihr ihn nennt, erfährt, was Ihr mir einst angetan habt, dann glaube ich nicht, dass er Euch ungestraft davonkommen lässt!»

Wenzel Czernin hob nun doch die Hand, als wollte er sie schlagen, aber dann ließ er sie kraftlos sinken. «Ihr seid mit dem Teufel im Bunde, aber kein Wunder. Ihr seid eine Hure, eine Lutheranerin und eine Deutsche!», flüsterte er verächtlich. Dann drehte er sich um und entfernte sich schnellen Schrittes.

Karola stand noch eine ganze Weile regungslos da. Einerseits hatte sie diesen Kampf gewonnen, andererseits wusste sie selbst nicht mehr, was sie hoffen sollte und was nicht. Natürlich wünschte sie sich und ihren Glaubensbrüdern, dass sie nicht von dem unversöhnlichen Ferdinand überrollt würden. Wenn er die Stadt einnahm, würde er sich mit Sicherheit an den Protestanten rächen. Sie empfand seine Haltung als feindlich und bedrohlich, aber musste sie deshalb alle Habsburger hassen, nur weil dieser eine blind vor Hass gegen sie und ihresgleichen war? Der Mann, den sie liebte, gehörte zu Ferdinand und den Seinen. Musste sie Matthias verabscheuen, weil er zu den erklärten Feinden ihrer Glaubensbrüder zählte? Wie Karola es auch drehte und wendete, tief in ihrem Innern hoffte sie nur eines: dass ihm nichts geschah!

Schweren Herzens kehrte sie schließlich in die Werkstatt zurück. Alena und Tereza schienen sie schon ungeduldig zu erwarten.

«Bin ich froh, dass er Euch nichts angetan hat. Als er Euch folgte, musste man das Schlimmste befürchten!», rief die Magd erleichtert aus.

«Du hast den Mut einer Löwin», brachte Alena bewundernd hervor, und auch die anderen Näherinnen zollten ihr Anerkennung, weil sie sich dem Alten widersetzt hatte.

Gedankenverloren nahm Karola das Dekret zur Hand, das ihr Schwiegervater auf einem Tisch hatte liegen lassen, und vertiefte sich in das Papier. Es hatte insgesamt achtzehn Artikel. Allesamt Verhaltensmaßregeln für den Fall, dass die Habsburger die Stadt Prag angriffen. Alles war bis in die letzte Kleinigkeit geregelt. Sogar das Benehmen der Bürger. Wenn sie am Sammelpunkt eintrafen, war ihnen sämtliches Geschrei untersagt, auch unflätiges Gerede, Fluchen, gegenseitiges Plündern, unnütze Schießerei sowie Trunkenheit.

Nachdenklich legte Karola das Dekret zur Seite. Das also hatten die Bürger zu tun, wenn der Feind die Stadt angriff. Und sie als Frau hatte sich im Haus zu verstecken, wenn der Feind kam, und mit ihm Matthias … Ob er sie je als Feindin ansehen konnte? Sie konnte es jedenfalls nicht!

56

Der Tag der Niederkunft rückte näher, und Pavel war immer noch nicht zurück. Und nicht nur das. Er hatte keine einzige Nachricht geschickt, und Alena weinte sich an so manchem Abend in den Schlaf. Karola versuchte sie zu trösten, aber es wollte ihr nicht recht gelingen. Sie warteten nun täglich darauf, dass sich das Kind seinen Weg auf diese Erde bahnte. Der September war vorüber, und Alenas Leib wuchs zu einer riesigen Kugel heran.

Täglich gelangten neue Gerüchte über die Habsburger Truppen nach Prag. Die Nachrichten über Gräueltaten beider Lager übertrafen einander an Grausamkeit. In der Stadt aber nahm alles seinen friedlichen Gang. Das Übel kam von draußen: die Verwundeten, die Geschundenen und die Flüchtlinge. Und jede Menge Söldner.

Das änderte sich schlagartig an diesem frühen Oktobertag, als das Gerücht, Buquoy würde eine Stadt nach der anderen erobern, zur Gewissheit wurde. Auch in die friedliche Werkstatt, in der bislang fernab der Schlachten weiter fleißig gearbeitet worden war, drangen nun entsetzliche Einzelheiten des Krieges, der außerhalb der Prager Stadtmauern tobte und sich der Stadt erbarmungslos näherte.

Ludnica, eine der Näherinnen, kam an diesem Tag schreckensbleich zur Arbeit und brach sogleich in Tränen aus. Es dauerte eine Weile, bis sie überhaupt sprechen konnte: «Es waren die Kaiserlichen, die haben geplündert und getötet», berichtete sie schluchzend. «Meine Schwester konnte mit zwei Kindern entkommen, aber das Kleine haben sie einfach durchbohrt. Sie haben die Stadt Pisek überfallen und alles niedergemacht, ganz gleich, ob Jung oder Alt, Arm oder Reich.»

Karola hörte den Schilderungen der Näherin entsetzt zu.

«Welche Truppen waren es denn?», fragte sie schließlich mit bebender Stimme.

«Ich glaube, es waren die Horden des Grafen Buquoy», erwiderte Ludnica voller Hass.

Karola zuckte unmerklich zusammen. Kinder und Frauen? Ihr wurde übel bei dem Gedanken, dass Matthias womöglich einer von ihnen gewesen war.

«Bitte, fragt Eure Schwester, wessen Truppen es waren, die Pisek überfallen haben», bat Karola die Näherin und versuchte, sich nicht anmerken zu lassen, wie elend ihr zumute war. Sie schaffte es nicht einmal mehr, mit der Nadel in den Stoff zu stechen, ohne zu zittern. Schließlich lief sie vor die Tür. Die treue Tereza folgte ihr.

«Was ist mit Euch geschehen? Habt Ihr den Teufel gesehen?», fragte sie besorgt.

Karola stöhnte auf. «Es sind Buquoys Truppen, die solche Gräueltaten begehen. Ich stelle mir vor, er wäre unter ihnen und …» Sie stockte.

«Dazu wäre der junge Herr niemals fähig. Glaubt mir! So wie bei den Unsrigen nicht alle gut sind, so sind bei den Feinden nicht alle schlecht. Nehmt doch den Kleidermacher. Er vertritt unsere Sache, aber er ist ein böser Mann. Mag der junge Herr auch auf der falschen Seite stehen, er wird sich nicht so versündigen.» Tereza blieb erschöpft von dieser langen Rede vor ihrer Herrin stehen und streckte ihr die Hand entgegen: «Ich lege sie ins Feuer für ihn!»

«Und ich bete, dass du sie dir nicht verbrennst», erwiderte Karola tonlos.

«Kommt, lasst uns zur Kirche hinübergehen. Vielleicht können wir ein Gebet sprechen. Dass alle unbeschadet aus diesem Krieg zurückkehren. Und dass der junge Herr sich nicht versündigt!», schlug Tereza vor.

Karola überlegte kurz und sagte schließlich: «Wenn ich es

mir recht überlege, ist es lange her, dass ich ein Gotteshaus von innen gesehen habe. Also lass uns beten.»

Vorher aber ging sie zu Alena ins Haus und fragte sie, ob sie mitkommen wollte. Die werdende Mutter lächelte. «Geht nur. Ich möchte nicht mehr hinaus. Ich kann mich ja nicht einmal mehr richtig bewegen.»

Karola ermahnte sie, sich lieber hinzulegen. Dann rückte sie ihre Haube zurecht, unter der sie ihre Haare in der Werkstatt verbarg, und holte sich ihre Schaube aus dem Haus. Nicht weil es zu kalt gewesen wäre, sondern weil sie in ihrem alten Kleid nicht in die Kirche gehen wollte. Ich muss mir unbedingt ein neues nähen, beschloss sie, während sie sich die Schaube aus edlem Tuch überwarf und damit das zerschlissene Gewand verdeckte.

Schweigend machten sich Karola und Tereza auf den Weg zur Kirche. Überall in den Gassen standen Händler, die aufgeregt miteinander und mit ihren Kunden sprachen. Überall wurde nur über das eine geredet: Was wohl geschehen würde, wenn die Habsburger die Stadt angriffen? Karola spürte, wie sich in ihrem Kopf alles zu drehen begann. Kannte sie Matthias wirklich? Ob er trotz seiner Liebe zu ihr ein Tier war, das Kinder und Alte niedermetzelte? Nein, nein und nochmal nein, je mehr sie darüber nachgrübelte, desto weniger vermochte sie zu glauben, dass er an solchen Gräueltaten beteiligt sein könnte. Plötzlich hatte sie das tiefe Bedürfnis, auf dem Weg zur Kirche am Haus der Sahrenburgs vorbeizuspazieren. Tereza war alles andere als begeistert von dem Vorschlag ihrer Herrin, aber sie folgte ihr trotzdem, wenn auch nur widerwillig.

Karola spürte, wie ihr Herz schneller schlug, als sie das Palais der Sahrenburgs am Ende der Gasse auftauchen sah. Fast hätte sie kehrtgemacht, aber dann ging sie doch ohne zu zögern weiter. Mir kann nichts Böses widerfahren, redete sie sich zu.

«Ich habe Angst, die alte Hexe könnte ihre Hand nach Euch ausstrecken und Euch in ihrem grenzenlosen Hass hinter die kalten Mauern zerren», flüsterte Tereza.

Gerade als sie auf der Höhe des prächtigen Portals angelangt waren, kamen ein paar bewaffnete Männer fluchend aus dem Haus. Sie trugen eine Kiste. Karola wurde weiß im Gesicht. Was schleppten sie aus dem Hause Sahrenburg? Ihre Kiste? Ihre Schatulle? Nein, diese war viel größer als jene, in der der Schmuck ihrer Mutter aufbewahrt war. Der Schmuck ihrer Mutter? Den hätte sie beinahe vergessen. Karola blieb vor Schreck wie gelähmt stehen. Sollte sie es wagen, anzuklopfen und auf ihr Recht zu pochen? Da ertönte eine ihr wohlbekannte Stimme. Schreiend und keifend beschuldigte Maria Sahrenburg die Männer, ihr wertvolle Waffen gestohlen zu haben. Einer von ihnen drehte sich um und schrie zurück: «Weib, so wie Ihr Euch aufführt, müssen wir ja glauben, dass Ihr tatsächlich mit den Feinden gemeinsame Sache machen wollt.»

«Ihr dürft sie nicht an Euch nehmen! Sie sind noch von meinem Mann. Mit denen hat er in Raab tapfer Seite an Seite mit dem Grafen Schwarzenberger gekämpft! Für unser Land!», kreischte sie.

Karola erschrak bei ihrem Anblick. Maria Sahrenburg war noch hohlwangiger geworden, noch bleicher im Gesicht, und sie hatte dunkle Schatten unter den hervorstechenden Augen, die wie Irrlichter wild funkelten. Einer der Soldaten trat nun einen Schritt auf die Alte zu und sagte in schneidendem Ton: «Befehl vom König. Allen Katholiken werden zu unserer Sicherheit die Waffen entzogen, besonders Euch, denn wir wissen sehr wohl, wo sich Euer Sohn zurzeit befindet. Bei Buquoys Mörderbanden! Und es wäre doch Wahnsinn, wenn wir zuließen, dass er sich an diesem Arsenal bediente, um rücksichtslos Prager Bürger niederzustrecken.»

Karola spürte, wie ihr die Knie weich wurden. Sie taumelte und musste sich an Tereza festhalten, um nicht zu stürzen. *Mörderbanden* nannte der Soldat die Truppen, mit denen Matthias gemeinsam kämpfte ... Sie konnte den Gedanken gar nicht zu Ende denken, weil Maria Sahrenburg sie in diesem Augenblick erkannte und mit ihren knochigen Fingern auf sie zeigte. Aus Leibeskräften brüllte die Alte: «Ergreift Euch dieses Weib, das meinen Sohn verhext hat!»

Der Soldat drehte sich um und kam auf Karola zu. «Was redet die Alte da? Seid Ihr auch katholisch?»

«Nein», erwiderte Karola knapp. «Ich bin Protestantin.»

«Dann ist der Fall doch geklärt!», stellte der Soldat knapp fest. «Die Alte ist nicht bei Sinnen!» Er warf der Sahrenburgerin einen verächtlichen Blick zu. «Macht, dass Ihr in Euer Haus kommt, und seid froh, dass wir Euch nur die Waffen weggenommen haben. Das nächste Mal holen wir uns Euer Hab und Gut!»

Tereza, die Karola die ganze Zeit gestützt hatte, flüsterte: «Kommt, lasst uns gehen. Es würde mich nicht wundern, wenn sie sich gleich in den Leibhaftigen verwandelte.»

Karola folgte ihr mit zitternden Knien. Die Angst saß ihr tief in den Knochen. Sie würde die Alte nicht nach der Schatulle fragen. Nicht jetzt jedenfalls.

«Annas Blag! Annas Blag!», kreischte die Sahrenburgerin hinter ihnen her.

Karola hörte das Geschrei noch, als sie schon längst am Ende der Gasse angekommen waren. Die Lust, auf den Markt zu gehen, war ihnen gründlich vergangen.

Als Karola und ihre Magd wieder nach Hause kamen, lag Alena bereits in den Wehen. Tereza eilte sofort los, um die Hebamme zu holen. Das Kind, das so lange gewartet hatte, weil es wohl nicht in eine ungewisse Zukunft hineingeboren werden wollte, brauchte nur wenige Stunden, um auf diese

Welt zu kommen. Es war ein kräftiges Mädchen mit rotblonden Haaren.

«Ich nenne sie Karola», sagte Alena schwach, aber glücklich.

57

Die kleine Karola ließ alle im Haus vergessen, dass sich Unheil über der Stadt zusammenbraute. Nach und nach blieben die Kundinnen aus. Wer hatte schon die Muße, sich in diesen unsicheren Zeiten mit neuen prächtigen Gewändern zu schmücken? Stattdessen mussten sich Karola und die Näherinnen mit Beinkleidern für die Soldaten beschäftigen.

Anfang November wurde Karola noch einmal von der Gräfin Voltany – dieses Mal ohne ihren Mann – in der Werkstatt aufgesucht, aber sie kam an diesem Tag nur, um bestellte Ware abzuholen.

Die Gräfin zögerte, sich die neuen Gewänder überhaupt anzusehen. Dabei hatte Karola gerade ein besonders prachtvolles Kleid entworfen, das sie nun vergeblich anzupreisen versuchte.

«Es ist entzückend!», rief die junge Gräfin begeistert aus, als sie doch einen Blick riskierte, bevor sie wieder in eine gedämpfte Stimmung verfiel. «Wozu brauche ich ein Festgewand, wenn es gar keine Feste mehr gibt? Der ganze Hof wartet nur darauf, was als Nächstes geschehen wird. Einige packen sogar schon ihre Reisetruhen. Die Königsfamilie selbst soll ja immer noch ausharren, in der Hoffnung, dass alles gut wird. Stellt Euch vor, man sagt, selbst die englischen Diplomaten, die König Jakob, der Vater der Königin, gesandt hat, versuchen auf dessen Schwiegersohn einzuwirken, dass er sich mit Ferdinand einigt. Unser König aber soll sich angeblich standhaft weigern und stattdessen immerzu versichern, dass er den böhmischen Ständen durch Treueschwur verpflichtet ist. Das ehrt ihn, aber warum hat er dann seinen ältesten Sohn aus der Stadt gebracht? Der Bruder meines Mannes hat uns das im Vertrauen mitgeteilt. So ganz sicher scheint er sich des Sieges wohl nicht mehr zu sein. Oder was denkt Ihr?»

Karola zuckte mit den Achseln und bemerkte zögernd: «Es wird so vieles vermutet in diesen Zeiten. Weiß man, ob es stimmt? So soll ja Buquoy mit seinen Truppen bereits vor Prag stehen.» Sie versuchte, sich ihre Erregung nicht anmerken zu lassen. Auch wenn die junge Gräfin Anezka viel Unnützes daherredete, so erfuhr sie über den Bruder ihres Mannes auch hin und wieder wirklich wichtige Neuigkeiten. Und deshalb hatte Karola wie nebenbei Buquoy erwähnt, in der vagen Hoffnung, etwas mehr darüber zu erfahren, wo sich Matthias derzeit befand.

«Ach, der kann uns als Gegner nicht mehr gefährlich werden!», entgegnete die Gräfin triumphierend und unterstrich ihre Worte mit einer wegwerfenden Handbewegung.

Karola musste an sich halten, um die junge Gräfin nicht gleich mit ungeduldigen Fragen zu überfallen. So atmete sie erst einmal tief durch und fragte betont beiläufig: «Warum sollte er uns nicht mehr gefährlich werden? Er soll doch so manche Schlacht erfolgreich geschlagen haben.»

«Schon, aber nun soll es ihn selbst erwischt haben. Man behauptet, er müsse wegen einer Verletzung sogar auf einer Trage transportiert werden. So einer wird uns wohl kaum gefährlich werden. Außerdem werden täglich Hunderte seiner Soldaten von Krankheiten dahingerafft …» Die Gräfin kicherte laut auf, bevor sie verschwörerisch fortfuhr: «Ich werde Euch ein Geheimnis anvertrauen.» Sie senkte die Stimme und wurde ganz ernst. «Wenn der Hof Prag verlassen muss, was wir zwar nicht glauben, weil die Armeen müde sind und die Kämpfe frühestens im Frühjahr fortgesetzt werden, dann werden der Graf und ich uns anschließen …»

Karola hatte ihr nur noch mit halbem Ohr zugehört. *Seine Soldaten werden von Krankheiten dahingerafft* … Dieser Satz ging ihr nicht mehr aus dem Kopf. Die bange Frage, ob Matthias überhaupt noch lebte, schnürte ihr die Brust zu.

«… und darum hat der Graf mir erst einmal verboten, mich mit weiteren Gewändern zu beschweren, denn wir wollen ja alles mitnehmen, was wir besitzen», verriet die junge Gräfin und verabschiedete sich eilig, nachdem ihr der Knecht die bestellten Kleider – vier an der Zahl – abgenommen hatte. Die Vorstellung, wie viele Reisekisten sie wohl benötigen würde, heiterte Karola ein wenig auf, aber nur für einen winzigen Augenblick. Sie hatte Angst um Matthias.

In dieser Nacht fand Karola keine Ruhe. Sie wälzte sich unruhig von einer Seite auf die andere. Immer wieder musste sie daran denken, was wohl mit Matthias geschehen war. Doch gleichzeitig machte sich ein schlechtes Gewissen in ihr breit, weil sie so gar nicht daran dachte, wie es wohl Jan im Krieg erging. Schließlich war auch er Soldat und schwebte in ebenso großer Gefahr wie Matthias. Mit dem einen Unterschied: Jan war als Verteidiger ihres Glaubens in die Schlacht gezogen, Matthias als erklärter Feind ihrer Konfession.

Und auch die Frage, ob es wohl einen Angriff der Kaiserlichen geben würde oder ob darüber noch ein kalter Winter vergehen würde, ließ Karola keine Ruhe. Wenn sie es sich so richtig überlegte, glaubte sie nicht daran, dass es die kaiserlichen Soldaten vorzogen, den kalten Winter über vor der Stadt zu lagern, anstatt ihn hinter den Stadttoren warm und sicher zu überstehen. Draußen war es wieder ungemütlich geworden. Die Kälte hatte Prag in ihren eisigen Krallen, wie vor zwei Jahren. Vielleicht war der letzte – ungewöhnlich milde – Winter tatsächlich ein Zeichen der Natur gewesen, dass etwas Unheilvolles drohte. Karola wälzte sich stöhnend in ihrem Bett hin und her und zwang sich, nicht mehr daran zu denken, was die Zukunft wohl bringen würde.

58

Völlig zerschlagen und mit müden Augen betrat Karola am nächsten Morgen die Werkstatt. Um sich ein wenig abzulenken, begann sie, an einem Kleid aus feinem grünem Batist für sich selber zu nähen. Sie wusste zwar nicht, zu welchem Anlass sie es tragen sollte, aber allein die Beschäftigung mit diesem Gewand stimmte sie etwas zuversichtlicher und ließ sie ihre entsetzlichen Träume der vergangenen Nacht vorübergehend vergessen … Matthias, wie er von einem Schwerthieb getroffen zu Boden sackte … das Blut um seinen leblosen Körper ausgebreitet wie ein See … Nur ein einziges Mal in der letzten Nacht war ihr Jan erschienen, wie er ruhig und gefasst auf den Lauf einer Luntenschlossmuskete zugeschritten war … dann ein Schuss und nichts mehr … Sie hatte ihn nicht sterben sehen.

An diesem Tag war es seltsam still in der Werkstatt. So wie Karola selbst. Eine unerträgliche Spannung lag in der Luft. Karola spürte, wie sich in regelmäßigen Abständen ihr Magen zusammenzog und Panik von ihr Besitz ergreifen wollte. Sie versuchte ständig, sich selbst zu beruhigen, aber das half wenig. So richtete sie ihre Aufmerksamkeit noch mehr auf das neue Kleid, um sich nicht in Gedanken an Tod und Verderben zu verlieren.

So verging Stunde um Stunde. Karola nähte nahezu verbissen an ihrem Kleid, bis die Tür der Werkstatt mit einem

Mal von außen aufgerissen wurde. Als Karola ihn erblickte, ahnte sie, dass etwas Schreckliches geschehen war.

«Sie haben uns vernichtend geschlagen. Ganz plötzlich tauchten sie aus dem Nichts auf, obwohl doch wir oben auf dem Berg die bessere Stellung innehatten. Und dann ging das Gemetzel los», stammelte Pavel. Er stockte. Dann schlug er die Hände vors Gesicht und schluchzte auf.

Karola sprang von ihrem Schemel auf und stürzte zu ihm. Wie schlecht er aussah! Heruntergekommen, zerrissen und krank, doch das war alles nicht so wichtig. Sie streichelte über sein volles Haar und murmelte: «Schon gut, es ist ja schon gut.» So wie ihr Vater es früher gemacht hatte, wenn er sie trösten wollte.

«Ein Meer von zerfetzten Leibern ... Ich sah plötzlich nur noch Musketen, und die anderen, die nicht getroffen waren, rannten um ihr Leben. Die Stadt ist voll von ihnen. Sie sind geflüchtet. Zu Tausenden. Mich hat einer von den Kaiserlichen angesehen, die Muskete im Anschlag, aber dann hat er sie sinken lassen. Vielleicht, weil ich ein Prediger bin. *Lauf*, hat er gerufen, *lauf um dein Leben!* Ich aber habe den Sterbenden Trost gespendet, solange ich konnte. Erst dann habe ich mich mit den letzten aufständischen Soldaten hinter den Mauern der Stadt in Sicherheit gebracht.»

Wieder schluchzte er laut auf. Er hatte seinen Kopf an ihre Schulter gelehnt, doch dann sah er unvermittelt auf und blickte ihr in die Augen. Unter Tränen stammelte er: «Karola, er ist tot. Ich habe ihn kurz vor der Schlacht noch gesehen, wir haben uns umarmt wie früher, alles Übel zwischen uns war wie weggeblasen. Dann kamen sie, und er hat sich ihnen tapfer entgegengestellt ...» Pavel brach ab, weil ihm die Stimme den Dienst versagte.

«Aber woher weißt du, dass er tot ist?», fragte Karola tonlos. In ihrem Innern war es eiskalt geworden.

«Ich habe einen seiner Kameraden im Arm gehalten, als er starb. Seine letzten Worte waren: *Deinen Bruder hat der Schuss einer Muskete getroffen, und er ist neben mir zusammengesackt.* Nachdem der Soldat seinen letzten Schnaufer getan hat, bin ich über das Schlachtfeld gestolpert, aber außer fremdem Blut und zerfetzten Leibern habe ich nichts gefunden. Die Vögel flogen tief über das Schlachtfeld. In freudiger Erwartung eines üppigen Mahles.»

Pavel stolperte zu einem Schemel, ließ sich darauffallen und schlug erneut die Hände vors Gesicht.

Erbarmungswürdig sieht er aus, schoss es Karola durch den Kopf, als sie es endlich begriff: Jan war tatsächlich sehenden Auges in den Tod gegangen! Bei diesem Gedanken liefen ihr Tränen über die Wangen.

«Du bist Vater geworden», sagte sie irgendwann mit belegter Stimme.

Pavel murmelte nur: «Wofür? Kann mir einer sagen, wofür? Wir sind doch alle Brüder. Wofür?» Er blickte Karola an und presste gequält hervor: «Wo sollen wir hin mit unserem Kind? Jetzt, wo alles vorbei ist?»

«Sie heißt Karola, und sie ist ein kräftiges Geschöpf. Komm, geh hinüber zum Haus und gib deiner Frau die Kraft, die sie jetzt braucht.»

Pavel hatte sich gerade schwerfällig von seinem Schemel erhoben und sich zu einem kleinen Lächeln durchgerungen, als eine der Näherinnen laut zu jammern begann: «Wir sind vernichtet!» Immer wieder stieß sie hervor: «Wir sind vernichtet!»

Schlagartig erkannte Karola das ganze Ausmaß der Katastrophe, die vor den Toren der Stadt am Weißen Berg geschehen war. Die Kaiserlichen hatten gesiegt und würden früher oder später als Herrscher in Prag einziehen. «Geht alle schnell nach Hause zu euren Familien», befahl sie mit matter Stimme.

Mit vor Schreck erstarrten Gesichtern standen die Näherinnen auf und eilten nach draußen.

Karola nahm Pavel bei der Hand. «Komm, ich begleite dich ins Haus.»

Er zögerte. Dann blickte er ihr in die Augen. «Karola, hast du meinen Bruder jemals wirklich geliebt?»

Karola erwiderte kaum hörbar: «Mein Herz gehörte einem anderen. Vom ersten Tag an.»

Pavel nahm sie in den Arm und drückte sie fest an sich, bevor er ausrief: «Und nun will ich meine Tochter sehen. Der Name gefällt mir ausgesprochen gut.»

In der Tür stießen sie mit dem alten Czernin zusammen, der mit dem Schlachtruf «Wir müssen kämpfen bis zum letzten Blutstropfen!» auf den Lippen in die Werkstatt stürmen wollte. Als er Pavel und Karola Arm in Arm vor sich sah, verstummte er und sah die beiden fassungslos an.

«Wo ist dein Bruder?», fragte er, ohne seinen Sohn zu begrüßen.

«Vater», begann er mit schwacher Stimme und atmete schwer. «Jan ist tot.»

Wenzel Czernin starrte seinen Sohn an und schrie wie von Sinnen: «Du willst mir doch nicht sagen, dass du unversehrt zurückgekehrt bist und ihn hast sterben lassen?»

«Vater …»

«Du elender Feigling! Du bist mit den anderen geflüchtet und hast ihn den Habsburgern zum Fraß vorgeworfen, aber das erlaube ich nicht. Geh mir aus den Augen und kämpfe!»

«Es gibt nichts mehr zu kämpfen», erwiderte Pavel schwach.

In diesem Augenblick blieb der Blick des Alten an Karola hängen. «Ihr verdammter Habsburger hat meinen Sohn getötet! Und jetzt werde ich sie töten!», rief er aus und hastete wie ein Irrsinniger aus der Werkstatt.

«Du kannst hier nicht bleiben!», keuchte Pavel, nachdem er sich von dem Schrecken erholt hatte, aber Karola erwiderte nur tonlos: «Ich werde nicht vor ihm weglaufen. Er wird mir nichts antun. Glaube mir.»

Kaum hatte sie ihre Worte zu Ende gesprochen, da kehrte der Kleidermacher Wenzel Czernin mit einer alten Muskete bewaffnet zurück und zielte auf Karola.

Sofort sprang Pavel von seinem Schemel und baute sich schützend vor ihr auf. «Wenn Ihr sie erschießen wollt, dann müsst Ihr zuerst mich töten!», rief er aus.

«Du willst diese Hure also beschützen? Ich habe es mit eigenen Augen gesehen, wie sie in den Armen des Feindes gelegen hat. Und jetzt geh mir aus dem Weg!», schrie der Alte.

«Bitte tu, was er sagt», flehte Karola. «Bitte!»

Zögernd ging Pavel einen Schritt zur Seite, aber so, dass er rechtzeitig hinzuspringen konnte, wenn der Vater seine Drohung wahr machen sollte.

Karola stand ganz ruhig vor ihrem Schwiegervater. Nichts an ihr bebte. Nicht einmal ihr Herz klopfte heftiger als sonst. Allein ihre Augen sprachen.

Wenzel Czernin funkelte sie an, aber dann wandte er den Blick abrupt ab und ließ die Muskete sinken. «Der Teufel soll dich holen!», schrie er und hetzte fluchend aus der Werkstatt.

Pavel atmete erleichtert auf. «Wie hast du das nur gemacht?»

Karola zuckte nur mit den Achseln und zog ihn energisch aus der Werkstatt.

«Dieses Mal ist es noch gutgegangen, aber hier bist du nicht mehr sicher. Weder vor ihm noch vor den Habsburgern», sagte Pavel besorgt.

«Mach dir um mich keine Sorgen. Ich habe keine Angst»,

erwiderte Karola mit klarer Stimme, als sie zum Haus hinübergingen.

«Er … er ist bei den Kaiserlichen, nicht wahr?» Pavel blieb abrupt stehen.

Karola nickte. «Ich weiß auch nicht mehr, was ich denken soll. Er ist mein Feind, und dennoch schlägt mein Herz für ihn. Was ist, wenn er an den Gräueltaten von Pisek beteiligt war?»

Pavel sah sie voller Erstaunen an, bevor er zögernd bemerkte: «Aber er gehört doch nicht zu den Söldnern.» Jetzt war es an Karola, ihn entgeistert anzublicken.

«Es waren die Söldner, ausgehungert und heruntergekommen, die geplündert und gemordet haben. Buquoy hat das zu verhindern versucht und die Plünderer schwer bestraft … Wie dem auch immer sei … Der Krieg ist Teufelswerk. Es gibt kein Gewissen, es zählt nur das nackte Überleben!» Er hielt inne und stöhnte auf. «Alle haben den Glauben auf ihre Fahne geschrieben, aber ich glaube nicht, dass der Herr im Himmel gutheißt, dass wir uns gegenseitig abschlachten. Das mag der einfache Söldner glauben, aber ich befürchte, den Kriegsherren geht es nur um Macht und Ländereien.»

«Aber sie wollen uns unseren Glauben nehmen! Ferdinand ist doch unser Feind!», widersprach Karola trotzig.

Pavel sah sie lange prüfend an. «Aber liebst du deinen Habsburger deshalb weniger, nur weil er einer von ihnen ist?»

Karola spürte, wie sie rot wurde. Ohne eine Antwort von ihr zu erwarten, nahm er ihre Hand und betrat mit ihr das Haus.

Alena war in der Diele damit beschäftigt, den Esstisch zu säubern. Im Arm trug sie die kleine Karola. «Pavel!», rief sie erleichtert aus. «Pavel!» Strahlend lief sie ihm in die Arme.

Er wusste gar nicht, wem er zuerst seine Aufmerksamkeit schenken sollte, diesem kleinen Wesen mit den wachen Augen oder seiner Frau, die vor Freude zu schluchzen begann. Er küsste sie abwechselnd, bis das Mädchen zu schreien anfing. Bestimmt kratzten die Bartstoppeln.

Karola beobachtete das Wiedersehen mit gemischten Gefühlen. Was würde sie darum geben, wenn sie sich Matthias auch so innig und mit reinem Herzen in die Arme werfen könnte!

«Wir müssen die Stadt verlassen!», verkündete Pavel nun mit fester Stimme. «Packt eure Sachen. Wir haben nicht mehr viel Zeit, bis die mörderischen Horden in Prag einfallen!» Mit diesen Worten blickte er zuerst Alena an und dann Karola.

«Ich bleibe. Mir wird nichts Böses geschehen», entgegnete Karola entschlossen.

«Ich weiß, ich kann es dir nicht ausreden, aber meine Familie und ich müssen gehen. Mein Kind muss fort aus dieser Stadt.»

Alena schluchzte laut auf. «Bitte, komm mit uns!», bettelte sie, aber Karola schüttelte schwach den Kopf. Nichts auf dieser Welt konnte sie davon abbringen, in Prag auszuharren, seit sie wusste, dass Matthias bald in der Stadt sein würde, wenn er noch am Leben war. Trotzdem vergoss sie bittere Tränen, als sie wenig später Pavel, Alena und die kleine Karola mit einem Handwagen und einem alten Gaul davonziehen sah.

Pavel drehte sich noch einmal um und rief: «Pass gut auf dich auf, große Karola!»

59

In der folgenden Nacht wurde Karola durch ein lautes Pochen an der Haustür und aufgeregte Stimmen in der Diele geweckt. Wer kann das so spät noch sein?, fragte sie sich, zog sich rasch an und eilte hinunter. Schon auf der Treppe erkannte sie eine der Stimmen. Sie gehörte unverkennbar dem Tuchmachermeister Ebert, der mit Tereza redete.

Karola erschrak fürchterlich, als sie ihn dort unten in der Diele stehen sah. Er stützte sich auf einen Stock. Sein Gesicht war blass, und aus seinen Augen blitzte nicht mehr der Schalk, sondern die nackte Angst.

«Da seid Ihr ja endlich, liebe Karola», begrüßte er sie, wie gewohnt, in scherzhaftem Ton. «Ich dachte schon, Ihr würdet den Krieg in Prag verschlafen.»

«Was macht Ihr hier mitten in der Nacht?», fragte Karola neugierig. Dabei ahnte sie, was ihn herführte.

«Mein Versprechen einlösen», erwiderte er knapp und fügte hinzu: «Ihr solltet nur Eure Wertsachen mitnehmen. Neue Kleider könnt Ihr Euch in Amberg nähen.»

Karola sah ihn entgeistert an. «Heißt das etwa, dass der König und sein Hofstaat fliehen?»

«So würde ich das nicht sagen. Friedrich hält sich derzeit in der Altstadt auf. Zusammen mit seinen Nächsten im Haus eines ihm ergebenen Bürgers, weil jeden Augenblick zu erwarten steht, dass die Habsburger Horden wie die Ratten in die Kleinseite einfallen. Auch wenn das letzte Wort noch nicht gesprochen ist, wir sitzen alle auf gepackten Truhen, seit wir wissen, was am Weißen Berg geschehen ist. Ich denke, spätestens morgen früh geht es los in Richtung Neuenburg. Darum rate ich Euch: Packt und haltet Euch bereit. Und, Karola, ich denke, Euer Mann, der Medicus, sollte auch mitkommen.» Der Tuchmachermeister sah sie verlegen an, als er den Medicus erwähnte.

«Mein Mann?», fragte Karola in einem unverfänglichen Ton, als wüsste sie nicht, dass er Ebert das Leben gerettet hatte.

Der Tuchmachermeister senkte die Stimme. «Ihr habt einen guten Mann. Ich habe ihm Unrecht getan. Es ist inzwischen etwas geschehen, das ich … das mich zu ewiger Dankbarkeit …»

«Schon gut», unterbrach Karola Eberts Gestammel und fügte tonlos hinzu: «Mein Mann hat sein Leben auf dem Schlachtfeld gelassen.»

«Gott hab ihn selig!», entfuhr es Ebert, doch kaum hatte er sich von dem Schrecken erholt, trieb er Karola schon zur Eile an. «Dann packt sofort und kommt mit mir. Eine Frau allein in Prag. Nicht auszudenken. Wisst Ihr, was sie mit Euch machen? Die Truppen des Bayern und des Franzosen, die lauern doch nur darauf, sich alles in dieser Stadt zu nehmen, was sie kriegen können.»

Karola atmete tief durch. Mit dem Franzosen hatte Ebert wohl Buquoy gemeint. Das hieß, wenn Matthias noch lebte, könnte er vielleicht schon morgen in der Stadt sein. Eine innere Stimme – so klar wie ein Gebirgsbach – riet ihr in aller Deutlichkeit, in Prag auszuharren, bis er gekommen war. Diese Entscheidung war wider alle Vernunft, aber ihr Herz ließ ihr keine andere Wahl.

«Lieber Meister Ebert, ich weiß es zu schätzen, wie sehr Ihr um mein Wohl besorgt seid, aber es gibt gute Gründe, warum ich hierbleiben muss.»

«Ihr seid nicht bei Sinnen! Ich werde Euch niemals allein zurücklassen. Wie soll ich, wenn ich überhaupt jemals Amberg erreichen sollte, Eurem Onkel unter die Augen treten? Wenn ich ihm erzähle, ich habe seine Nichte in den Wirren des Krieges zurückgelassen, dreht er mir den Hals um. Das wollt Ihr doch nicht verantworten, oder?»

«Ich weiß Euer Angebot zu schätzen, aber ich kann nicht. Ich muss noch auf jemanden warten.» Karola seufzte.

«Warten? Auf wen wollt Ihr jetzt noch warten? Wen Ihr noch zu erwarten habt, ist allenfalls ein Habsburger.»

Karola nickte schwach.

Ebert sah sie entgeistert an.

«Jetzt sagt bitte nicht, dass Ihr freiwillig auf einen Habsburger wartet!», entfuhr es ihm. «Wisst Ihr, was der mit Euch macht?» Ebert machte eine eindeutige Bewegung in Richtung ihrer Kehle. «Und vorher … o Gott, Kind, das kann ich nicht zulassen.» Erschöpft hielt er inne und sah sie erwartungsvoll an.

«Ich liebe ihn», offenbarte sie ihm leise ihr Geheimnis.

«Eine Liebe zwischen einer Lutheranerin und einem Habsburger, liebes Kind, das kann es nicht geben, nicht in diesen Tagen. Es ist zu viel geschehen. Rettet Euch!»

Karola stieß einen tiefen Seufzer aus. «Ihr habt recht. Mit jedem Eurer Worte habt Ihr recht. Es gibt keine Zukunft für ihn und mich, aber ich muss ihn noch einmal sehen. Und mein Herz sagt mir, dass er kommen wird. Er wird kommen, um mich aus der Stadt zu bringen …»

«Ein Habsburger als Euer Retter? Entschuldigt, aber wenn es nicht so traurig und gefährlich wäre, müsste ich lachen.»

«Ich will ihn nur noch ein einziges Mal sehen. Danach, so verspreche ich Euch, mache ich mich auf den Weg zu meinem Onkel, aber wenn ich jetzt nicht auf den Ruf meines Herzens höre, dann werde ich mich mein Leben lang fragen: *Wäre er gekommen, um mich zu retten? Oder nicht?*»

«Karola, Ihr seid von Sinnen, aber der Mann, der von Euch geliebt wird, ist zu beneiden. Aber wenn er sich dieser Ehre nicht würdig erweist, werde ich zurückkommen, um ihm eigenhändig den Kopf abzuschlagen.»

Karola lächelte, obwohl ihr eher zum Heulen zumute war. «Ihr müsst Euch beeilen. Ich danke Euch für alles. Ich bin sicher, wir werden uns in Amberg wiedersehen.»

Rasch drehte sie sich um, damit er ihre Tränen nicht sehen konnte. Sie wollte es ihm nicht noch schwerer machen – und sich selber auch nicht.

60

Da es an den beiden folgenden Tagen in der Stadt wider Erwarten ruhig geblieben war, begab sich Karola am dritten Tag, einem grauen Novembermorgen, wieder wie gewöhnlich in die Werkstatt. Auch fast alle Näherinnen waren zur Arbeit erschienen. Natürlich sprachen sie voller Aufregung nur über das eine Thema: Wann würde der Sturm in der Stadt losbrechen? Karola war froh, dass sie zur Arbeit gekommen waren, denn es tat gut, die Ängste mit anderen zu teilen. Dass etwas Unheilvolles geschehen würde, wenn die Stadt erst von Soldaten überschwemmt war, davon waren alle überzeugt.

Karola versuchte, ihre Näherinnen auf andere Gedanken zu bringen. «Lasst uns prächtige Kleider nähen und der Dinge harren, die kommen werden.»

Eine der Näherinnen widersprach ihrem Vorschlag heftig: «Herrin, es hat wenig Sinn, Kleider für die Damen zu nähen. Entweder sind sie mit dem Hofstaat geflüchtet, oder sie haben sich verkrochen. Bei ihren innigen Beziehungen zu den Aufständischen werden sie bestimmt so bald keine solch prachtvollen Gewänder mehr benötigen. Und das gilt für all die feinen Damen des Hofes.»

Das leuchtete Karola ein. «Ihr habt ja recht. Also mache ich euch einen anderen Vorschlag. Seht euch nur um, wie schmutzig die Werkstatt ist. Überall liegt Handwerkszeug herum. Wir werden die Werkstatt heute wieder zum Glänzen bringen. Was meint ihr?»

Die Antwort war zustimmendes Gemurmel von allen Seiten, und schon waren fleißige Hände dabei, Stoffreste vom Boden zu kehren und Scheren einzusammeln. Sie waren fast mit dem Aufräumen fertig, als plötzlich die Tür aufgerissen wurde und zwei finster dreinblickende bewaffnete Kerle eintraten.

«Was für ein herrlicher Anblick! Hier ist ja noch mehr zu

holen als Geld und Gold!», rief der eine auf Deutsch aus und blickte lüstern von einer jungen Frau zur anderen. Er konnte nicht ahnen, dass Karola jedes Wort verstand.

«Ich sage den anderen Bescheid!», frohlockte sein Kumpan und rieb sich vor lauter Vorfreude die Hände.

«Halt!», befahl Karola mit schneidender Stimme. «Ihr geht nirgendwohin!»

Der Soldat drehte sich grinsend um, doch als er Karola erblickte, verging ihm sein feistes Grinsen. Sie hatte die Hände in die Hüften gestemmt und funkelte den Mann mit jenem Blick an, der schon Wenzel Czernin das Fürchten gelehrt hatte.

«Du willst dir doch von diesem Weib nicht den Spaß verderben lassen?», lästerte der andere Soldat.

«Wascht Euch erst einmal, bevor Ihr den Mund aufmacht und Euch überhaupt vor uns Frauen sehen lasst», schimpfte Karola und musterte verächtlich die zerfetzten Beinkleider des Soldaten, bevor sie ihn genauso anfunkelte wie zuvor seinen Freund. Karola konnte förmlich sehen, wie die Farbe aus seinem Gesicht wich.

Zuerst wollte er nach seinem Schwert greifen, aber dann ließ er es stecken und trat einen Schritt zurück. «Komm! Hier gibt's nichts zu holen», sagte er mit heiserer Stimme zu seinem Kumpan und fügte, um seinen Stolz zu wahren, mit aufgeblasenem Ton hinzu: «Die sind doch alle hässlich wie die Nacht!» Dabei zog er ein Gesicht, als würde er sich gleich vor Angst in die Hosen machen. Als die beiden mit dem Rückzug zögerten, trat Karola noch einen Schritt auf sie zu, ohne den Blick von ihnen zu nehmen. Daraufhin stolperten die bayrischen Soldaten nach draußen, und Karola sah ihnen zufrieden hinterher.

Sie erschrak allerdings, als sie hinüber zum Haus blickte. Eine Horde fremder Soldaten lud Kisten auf einen Wagen.

Karola wollte gerade hinüberstürmen, als Tereza sie am Ärmel festhielt. «Bitte, seid vernünftig. Zweien von ihnen könnt Ihr die Stirn bieten, nicht aber zwanzig!»

Karola musste wohl oder übel einsehen, dass ihre Magd recht hatte.

«Wie gut, dass ich Jans Geld hier in der Werkstatt versteckt habe», murmelte sie, und sie beschloss, noch heute in die Neustadt hinüberzugehen, um Jans letzten Wunsch zu erfüllen.

Als es Abend geworden war und die Näherinnen die Werkstatt verlassen hatten, machte sie sich unauffällig zum Gehen bereit.

«Was habt Ihr vor?», wollte Tereza wissen. «Draußen ist es gefährlich!»

«Ach, ich will nur eine Besorgung machen.»

«Warum belügt Ihr mich? Ich sehe es Euch an der Nasenspitze an.»

Karola sah ein, dass es zwecklos war, ihren Plan vor Tereza geheim zu halten. Seufzend erzählte sie ihr von Jans letztem Willen.

Wie sie befürchtet hatte, versuchte ihre Magd sie mit aller Gewalt davon abzubringen. «In den Gassen wird es die Hölle auf Erden sein! Die Feinde sind in der Stadt!», warnte sie ihren Schützling eindringlich.

«Aber ich habe es ihm versprochen. Das Mädchen braucht das Geld dringender denn je», erwiderte Karola trotzig.

«Was geht Euch diese Hure an? Dass Ihr Euer Leben in Gefahr bringt?», schimpfte die treue Magd.

«Es ist alles, was ich je für Jan tun konnte!»

Murrend griff Tereza nach ihrem wollenen Tuch. «Dann begleite ich Euch.»

Karola war nicht erfreut darüber, aber wie sollte sie es verhindern? Tereza würde sie um keinen Preis allein gehen lassen. So machte sie sich daran, die Hälfte der Taler, die in einer

Kiste unter dem Stoff versteckt waren, in einen Beutel zu schütten und an sich zu nehmen. Bei jedem Schritt klirrte es verdächtig.

«Damit kommen wir nicht einmal bis zur Karlsbrücke!», zeterte Tereza.

«Du hast recht. So nicht!», rief Karola aus, kippte die Taler auf den Tisch und umwickelte jede einzelne Münze mit einem Stoffrest. Nun klapperte nichts mehr verräterisch. Sie sah ihre Magd an und lächelte verschmitzt.

«Und nun komm mit ins Haus und gib mir Kleidung von dir», bat sie und betrachtete Tereza prüfend. «Du siehst viel zu ordentlich aus.» Sie nahm einen Kohlestift und malte ihr schwarze Farbe ins Gesicht. «Verreib es gut.» Dann schwärzte sie ihr eigenes Gesicht und folgte Tereza in deren Kammer.

Die Soldaten hatten schlimm gewütet im Haus. Alles, was wertvoll war, hatten sie mitgenommen, einige Möbelstücke sinnlos zerstört. Nur die Kammern der Dienstboten hatten sie unberührt gelassen. Wie ausgestorben lagen sie da. Die Knechte und Mägde waren offenbar mit ihren wenigen Habseligkeiten rechtzeitig aus dem Haus geflohen.

61

Als Karola und Tereza sich wenig später auf den Weg in die Neustadt machten, sahen sie bemitleidenswert aus. Die Haare zerzaust, die Kleidung verschmutzt und eingerissen. Den Beutel mit den Münzen hatten sie in einem Korb verstaut und unter Reisig versteckt.

«So wird uns keiner daran hindern, in die Neustadt zu gelangen, geschweige denn den Drang verspüren, uns auszurauben oder gar anzufassen», flüsterte Karola, als sie vor sich eine

Horde Soldaten beobachteten, die wohl gerade überlegten, welches Haus sie als Nächstes plündern sollten.

Trotzdem klopfte Karolas Herz bis zum Halse, als sie sich an den heruntergekommenen Männern vorbeidrückten. Doch sie schienen unsichtbar für die Soldaten zu sein und konnten unbehelligt an ihnen vorbeigehen.

Karola war inzwischen doch recht froh, dass sie nicht allein unterwegs war. Überall lauerte das Grauen. Vor einem der Häuser lag ein Soldat auf dem Rücken. Seine weitaufgerissenen Augen schienen zu fragen: Warum? Die Bewohner des Hauses hatten sich offenbar gegen die Plünderung gewehrt. Vor einem anderen Haus lag ein feiner Herr – seiner Kleidung nach zu urteilen ein Habsburger – auf dem Pflaster in der Gasse. In seinem Rücken klaffte eine Wunde. Auch die vielen Soldaten, die ihnen unterwegs noch begegneten, boten ein jämmerliches Bild. Und nicht nur das. Sie dünsteten Schwaden von Schweiß und anderen üblen Gerüchen aus. Sehen so die stolzen Sieger aus?, schoss es Karola durch den Kopf. Sie schob das Tuch bis über die Nase, damit sie den bestialischen Gestank nicht länger einatmen musste.

Sie waren kurz vor der Karlsbrücke angelangt, als ihnen ein Mann entgegentorkelte, der aus Leibeskräften und wie ein verletztes Tier brüllte. Erst auf den zweiten Blick erkannten sie mit Schrecken, dass er bis auf ein paar Fetzen keine Kleidung mehr am Körper trug. «Da … da kommen sie mit ihren Musketen. Rettet euch!», schrie er in einem fort und rannte dabei, als wäre der Teufel hinter ihm her. Dann sahen sie seine Verfolger. Es waren zwei Soldaten. Sie blieben außer Atem stehen, um nach Luft zu schnappen. Im Vorbeigehen konnte Karola hören, was sie redeten.

«Er hat sich alle Kleider vom Leib gerissen. Der Irre», sagte der eine.

«Kein Wunder. Sein Bruder ist neben ihm in seinem Blut

ersoffen. Trotzdem sollten wir ihn kriegen, bevor in der ganzen Stadt herum ist, dass unsere Soldaten den Verstand verloren haben», gab der andere schnaufend zurück, bevor sie ihre Verfolgungsjagd fortsetzten.

In der Altstadt bot sich ihnen ein ähnliches Bild. Überall lungerten Soldaten herum, aber sie gehörten zu den Aufständischen. Die Kaiserlichen hatten bislang nur die Kleinseite überschwemmt. Die Verlierer schienen jedoch genauso abgekämpft, müde und hungrig zu sein wie die Sieger auf der anderen Seite der Moldau.

Karola und Tereza waren erschöpft, als sie schließlich vor der Schenke ankamen. «Vertrauenerweckend sieht das ja nicht gerade aus», flüsterte Karola ihrer Magd zu.

«Habe ich nicht gesagt, dass es keine besonders gute Idee ist, zu den Dirnen zu gehen, besonders an einem Tag wie diesem?», knurrte Tereza unwillig.

In diesem Augenblick trat ein alter Mann aus der Tür des windschiefen Hauses. «Was lungert ihr dummen Frauenzimmer denn hier herum?», raunzte er sie unwirsch an und fügte nicht minder mürrisch hinzu: «Los, verschwindet! Die Schenken sind geschlossen. Bald werden die Kaiserlichen hier sein. Weiber und Kinder gehören versteckt!»

Karola fasste sich trotz des grimmigen Aussehens des alten, zahnlosen Mannes ein Herz und erkundigte sich nach einem ungarischen Mädchen.

«Hier gibt es keine Mädchen!», schimpfte er, doch Karola ließ sich nicht einschüchtern.

«Ich suche Zsofia.»

Täuschte sie sich, oder war er nun ein wenig verunsichert?

«Wenn Ihr darauf anspielen wollt, dass es hier Huren geben soll, so irrt Ihr Euch. Euch sollte doch bekannt sein, dass Hurenhäuser unter Strafe verboten sind.»

«Sehen wir so aus, als wollten wir ein verbotenes Hurenhaus

ausheben?», fragte Karola vorlaut. «Ich suche dieses ungarische Mädchen, um ihm etwas zu bringen. Und wenn Ihr mich nicht hineinlasst, dann bleibe ich so lange hier draußen stehen und schreie in alle Welt hinaus, dass hier ein Hurenhaus verborgen ist, bis Ihr es Euch anders überlegt.»

«Unverschämtes Weibsbild!», schimpfte der Alte, humpelte zur Tür zurück und gab ihnen ein Zeichen, ihm zu folgen. Durch dunkle, verwinkelte Gänge gelangten sie schließlich in das obere Stockwerk des Hauses. An einer Tür machte er halt und brummelte: «Da hinein! Aber nur eine!»

Karola betrat mit dem Korb in der Hand die düstere Kammer. Im flackernden Schein einer Kerze erkannte sie ein rotblondes Mädchen. Es lag auf einem Bett und sah Karola ängstlich an.

«Wer seid Ihr?»

«Seid Ihr Zsofia?»

«Ja, das bin ich, aber was wollt Ihr von mir?»

Karola trat einen Schritt auf das Mädchen zu und blieb erschrocken stehen. Ihr Gesicht war über und über mit einem blassroten Ausschlag überzogen.

«Woran seid Ihr erkrankt?», fragte Karola mitfühlend.

Die junge Hure verzog das Gesicht zu einem gequälten Lächeln. «Fragt doch nicht so scheinheilig! Was kann das wohl sein?»

«Ich weiß es wirklich nicht», erwiderte Karola und trat mutig an das Bett heran.

«Gut, ich verrate Euch, woran ich leide, und Ihr verratet mir, wer Ihr seid. Das ist die französische Krankheit, die mich nun doch nicht verschont hat. Und wer seid Ihr?»

Karola schluckte. Sie hatte noch nie zuvor von dieser Krankheit gehört, aber eine innere Stimme hielt sie davon ab, die Hure mit weiteren Fragen zu quälen oder sich ihr zu nähern.

«Ich bin Karola, die Frau von Jan Czernin.»

«Ihr?» Zsofia setzte sich kopfschüttelnd auf. «Er hat Eure Schönheit gepriesen, aber Ihr seht, mit Verlaub gesagt, wie ein hässliches Bettelweib aus.»

Karola musste wider Willen lächeln. «Die kaiserlichen Soldaten sind heute auf die Kleinseite vorgedrungen. Sie plündern, was das Zeug hält, und nehmen sich auch sonst, was ihnen nicht gehört. Da wäre es allzu leichtsinnig gewesen, in einem Seidenkleid mit feinfrisierten Haaren durch die Gassen zu stolzieren.»

«Das ist klug von Euch, aber sagt, hat es ihn auch erwischt? Ist er etwa auch erkrankt? Seid Ihr deshalb hier, um mich zur Rechenschaft zu ziehen, weil ich ihn angesteckt habe?»

Karola holte tief Luft, bevor sie erwiderte: «Mein Mann ist nicht krank. Er ist auf dem Schlachtfeld geblieben.»

Die Augen der jungen Hure füllten sich mit Tränen. «Ich habe versucht, ihn davon abzubringen, aber er wollte nicht hören. Als ob er den Tod gesucht hätte …» Sie blickte Karola aus fiebrigen Augen vorwurfsvoll an. «Und nur, weil Ihr ihn abgewiesen habt. Wie kann man nur so grausam sein?»

«Ich habe ihn nicht geliebt, und er hat es vom ersten Tag an gewusst, aber er wollte es nicht wahrhaben. Und heute komme ich, um seinen letzten Willen zu erfüllen», erwiderte Karola erstaunlich ruhig. Sie griff in den Korb und holte ihr Mitbringsel hervor. Stück für Stück befreite sie die Taler von den Stoffresten und stapelte sie auf dem Schemel neben Zsofias Bett. Die sah stumm und ungläubig zu.

«Er hat mich gebeten, Euch dieses Geld zu bringen, für den Fall, dass er nicht wiederkommt. Es gehört Euch.»

Zsofia sah Karola mit offenem Mund an. «Ihr habt den langen, gefährlichen Weg hierher nur gemacht, um mir das Geld zu bringen? Wenn ich Euch damit nicht in Gefahr bringen würde, würde ich Euch die Hände küssen, denn das hier kann mein Leben retten. Verzeiht, dass ich Euch beleidigt habe, aber jetzt weiß ich, dass Ihr wahre Herzensgröße besitzt. Ich habe das nur gesagt, weil …» Sie brach in lautes Schluchzen aus.

Karola begriff in diesem Augenblick, dass es hier um weit tiefere Gefühle ging, als sie vermutet hatte. «Ihr habt ihn geliebt, nicht wahr?», fragte sie leise.

Zsofia nickte unter Tränen.

Karola fragte sie, ob sie noch etwas für sie tun könne.

Die junge Hure antwortete schluchzend: «Ihr habt mehr für mich getan als je ein Mensch zuvor. Bis auf Jan!»

Karola zuckte unmerklich zusammen. Sie musste fort von hier, und zwar schnell. So tief hatte sie dieser Fremden gar nicht ins Herz blicken wollen. Sie wünschte der jungen Frau alles Gute und machte sich mit Tereza eilig auf den Rückweg. Sie waren schon wieder in der Nähe ihres Hauses, als sie zwei Männer in deutscher Sprache lauthals streiten hörten. Vor dem prächtigen Palais eines Edelmannes lagerten Horden von kaiserlichen Söldnern, die nur darauf warteten, dass ihr Anführer endlich das Zeichen zum Plündern gab. Der bayrische Hauptmann aber stritt mit dem Eigentümer des Palais, der sich ihm tapfer in den Weg gestellt hatte. «Seid Ihr taub?», schrie der Edelmann. «Ich bin ein katholischer Kaisertreuer!»

«Das kann jeder behaupten. Wir sind hungrig und müde und holen uns jetzt, was wir brauchen.» Er gab seinen Soldaten das ersehnte Zeichen, und die stürmten johlend in das Palais. Sie scherten sich nicht darum, dass der katholische Edelmann sie zur Hölle wünschte.

«Es macht keinen Unterschied mehr. Ob Freund oder Feind», raunte Karola ihrer Magd zu, während sie, ohne sich noch einmal umzudrehen, weitereilten.

62

Obwohl Karola und Tereza dort draußen in den Gassen nichts geschehen war, atmete die Magd erleichtert auf, als sie endlich die Haustür hinter sich geschlossen hatte.

«Bevor sie die Werkstatt plündern, werde ich flugs die andere Hälfte des Geldes verstecken, damit wir die Mittel haben, nach Amberg zu fliehen», sagte Karola und versuchte, sich mit dem braunen Tuch den Kohlenstaub aus dem Gesicht zu reiben. Ohne Erfolg. Sie verwischte ihn nur. «Ich werde das Geld hier im Haus verstecken. Das haben sie bereits geplündert, und sie werden es gewiss nicht noch einmal verwüsten», raunte sie, bevor sie zur Werkstatt hinüberschlich und wenig später mit der Kiste und einigen Stoffresten unter dem Arm zurückkehrte.

Fein säuberlich wickelte sie Taler für Taler in den Stoff ein, verstaute ihren Schatz in dem leeren Korb unter dem Reisig und entschied, den Korb neben den Küchenherd zu stellen. Sollten doch noch einmal Plünderer kommen, kämen sie sicherlich nicht auf den Gedanken, im Reisigkorb nach Gold und Geld zu suchen.

Als Karola ihr Werk beendet hatte, fragte Tereza zögernd: «Und wie soll es überhaupt weitergehen? Ihr werdet doch nicht etwa in diesem Haus bleiben wollen?»

«Nein, das will ich nicht. Und auch nicht in dieser Stadt. Ich habe nur noch etwas zu erledigen, bevor wir nach Amberg aufbrechen.»

«Und was habt Ihr vor?», hakte Tereza nach, als ahnte sie schon, auf wen ihre Herrin noch warten wollte.

Karola senkte den Kopf, damit ihre Magd nicht sah, dass sie rot geworden war.

«Ihr glaubt doch nicht etwa, der junge Herr kommt her und rettet Euch aus dem Elend, oder doch?», fragte Tereza lauernd.

«Er wird sicher kommen, und mein Herz sagt mir, dass ich die Stadt nicht eher verlassen darf, bis ich ihn wiedergesehen habe.»

Tereza schnaufte missbilligend. «Von wem habt Ihr das nur? Eure Mutter war so anmutig, so liebreizend und so …» Sie stockte. «… so entsetzlich stur, wenn sie sich etwas in den Kopf gesetzt hatte!»

Karola musste lachen. «Dann weißt du ja sicher, dass es keinerlei Sinn und Zweck hätte, wenn du noch weiter dagegen redest.» Und sie fügte listig hinzu: «Du hältst ihn doch für einen Ehrenmann, nicht wahr?»

«Ja, schon!»

«Siehst du!»

«Aber die Zeiten haben sich geändert. Er weiß ja noch nicht einmal, dass Euer Mann auf dem Weißen Berg geblieben ist.»

«Einmal Ehrenmann, immer Ehrenmann. Er wird mich retten wollen, komme, was da wolle!», säuselte Karola und lächelte versonnen in sich hinein. Dass die Magd sich ob der Unvernunft ihrer Herrin an den Kopf fasste, nahm Karola gar nicht mehr wahr.

In den folgenden Tagen rührten sich die beiden Frauen vorsichtshalber nicht aus dem Haus. Sie lebten dort inzwischen ganz allein, denn die Dienstboten waren nicht zurückgekehrt. Auch die Näherinnen waren nach dem Einfall der kaiserlichen Horden auf die Kleinseite nicht mehr zur Arbeit erschienen. Karola und Tereza waren sich einig darüber, dass es in dieser Lage, in der die Prager Städte mit plündernden Soldaten überschwemmt wurden, zu gefährlich war, auszugehen.

Sie hofften sehr, dass nicht neue Plünderer zu ihnen kommen und hier zwar kein Hab und Gut, aber zwei Frauen ohne männlichen Schutz vorfinden würden. Karola hatte zur Vorsicht die alte Muskete bereitgestellt, mit der ihr Schwiegervater vor nicht allzu langer Zeit auf sie angelegt hatte. Sie konnte sie zwar kaum heben, geschweige denn bedienen, aber sie gab ihnen trotzdem das beruhigende Gefühl, sich im Notfall verteidigen zu können.

Sie hatten Glück. Die Tage vergingen, und niemand behelligte sie. Manchmal hörten sie den Lärm, das Johlen der Soldaten und auch Schüsse draußen in den Gassen, aber niemand klopfte an ihre Tür. Karola schaffte es in diesen Tagen immerhin, ihr eigenes Kleid fertig zu nähen. Erst als ihre Vorräte zur Neige gingen, beschlossen sie, sich hinauszuwagen und in die Stadt zu gehen.

Gerade als sie das Haus verlassen wollten, begehrten Fremde lautstark Einlass. Es waren vier bewaffnete Männer, die gut gekleidet waren und keine wüsten Gesellen zu sein schienen.

«Wir sind gekommen, um Eure Waffen einzusammeln», erklärte der Anführer in strengem Ton.

«Wir haben keine Waffen», erwiderte Karola hastig. Sie wollte den Fremden nicht ins Haus lassen, aber der Mann schien ihr nicht zu glauben.

«Durchsucht das Haus!», befahl er seinen Männern und drängte sich an Karola vorbei in die Diele. Seine Männer folgten ihm.

«Und was ist das?», fragte er zornig, als er die Muskete erblickte. Sogleich nahm er sie zur Hand.

«Die brauchen wir, um uns gegen die kaiserlichen Plünderer zu verteidigen!», erwiderte Karola mit fester Stimme.

Der Fremde kniff die Augen zu Schlitzen zusammen und hob die Stimme. «Von wem sprecht Ihr, Weib? Es gibt keine kaiserlichen Plünderer! Es gibt nur Sieger, die sich das nehmen, was ihnen zusteht. Und wir sind dazu verpflichtet, den Prager Bürgern alle Waffen abzunehmen. Gebt zu, Ihr wolltet sie gegen die Kaiserlichen richten, oder?»

Karola trat ihm mutig entgegen. «Wie ich schon sagte. Ich werde sie gegen jeden richten, der in mein Haus eindringt und mir mein Hab und Gut stiehlt. Gleich, ob kaiserlich oder nicht.»

Der Fremde sah sie geringschätzig an. «Ihr seid bestimmt eine Protestantin!»

Karola bemerkte Terezas warnenden Blick, aber sie ließ sich nicht einschüchtern. «Ja, das bin ich!», sagte sie mit Stolz in der Stimme.

Der Fremde musterte Karola noch einmal von Kopf bis Fuß, dann packte er die Muskete und brüllte seine Männer an: «Kommt, wir gehen!» In der Tür drehte er sich noch einmal um, zog ein Papier aus dem Wams, las kurz darin und sagte drohend: «Ihr solltet schnellstens Eure Sachen packen. Dieses Haus gehört dem Kleidermacher Czernin, der im Verdacht steht, mit den Aufständischen gemeinsame Sache gemacht zu haben. Es steht auf unserer Liste und wird alsbald den Eigentümer wechseln. Und der Kleidermacher wird in den Kerker wandern. Er wird schon gesucht. Habt Ihr ihn versteckt? Vielleicht seid Ihr ja auch Verräterinnen, die mit dem Winterkönig im Bunde waren! Deshalb hört auf meinen wohlgemeinten Rat. Verlasst die Stadt, solange Ihr noch könnt, denn sie werden Euch kriegen. Alle! Das Haus hat jedenfalls in zwei Tagen unbewohnt zu sein! Und wenn die Unsrigen den Kleidermacher hier finden sollten, dann gnade Euch Gott!»

«Bitte durchsucht es. Ihr werdet keinen Kleidermacher finden!», sagte Karola und machte mit finsterer Miene eine einladende Handbewegung.

Mit den Worten «Unverschämtes Frauenzimmer!» wandte sich der Habsburger zum Gehen und ließ die Haustür mit einem lauten Knall hinter sich zufallen. Karola und Tereza sahen einander erschrocken an.

«Ich glaube, das war keine leere Drohung. Sie werden uns in den Kerker werfen, wenn sie uns beim nächsten Mal noch vorfinden», zeterte Tereza. Die Lust, in die Stadt zu gehen, war den beiden Frauen gründlich vergangen.

Karola stieß einen tiefen Seufzer aus. «Du hast recht. Wir sollten wirklich nicht mehr allzu lange warten. Gib mir nur noch diesen einen Tag Zeit. Wenn er heute nicht kommt, machen wir uns morgen gleich in der Frühe auf nach Amberg. Das Geld im Korb wird sicher reichen, dass wir beide aus der Stadt fliehen können.»

Tereza erklärte sich schweren Herzens bereit, noch einen Tag zu warten. So lange würde sie ohnehin zum Packen der Reisekisten benötigen.

Wenig später saßen die beiden Frauen vor den Resten eines Bratens, als es zaghaft klopfte. Tereza gab Karola ein Zeichen zu schweigen, aber die war schon aus dem Zimmer gegangen.

Vorsichtig öffnete Karola die Tür. Vor ihr stand ein Mann mit lockigem schwarzem Haar, einem kantigen Gesicht und einer stattlichen Figur. Karola hatte das Gefühl, ihr Herz würde einen Moment lang aussetzen.

«Komm lieber ins Haus», bat Karola ihn tonlos.

«Aber dein Ehemann … Ich möchte dich und auch deinen Mann sicher aus der Stadt bringen …», presste er hervor.

«Außer Tereza und mir ist niemand mehr im Haus», erwiderte Karola und zog ihn kurzentschlossen am Ärmel in die Diele hinein.

«Der junge Herr!», rief Tereza aus und strahlte Matthias an, als wäre er ihr eigener verlorener Sohn, der endlich nach Hause zurückkehrte, doch dann behauptete sie, in der Küche zu tun zu haben, und ließ die beiden allein zurück.

«Wie ist es dir im Krieg ergangen?», fragte Karola verlegen und sah zu Boden.

Matthias antwortete nicht, sondern suchte nur ihren Blick.

Als sie sich endlich anzusehen wagten, konnten sie nicht mehr an sich halten. Sie flogen einander in die Arme und küssten sich. Wieder und immer wieder. Es war wie ein einziger Rausch, bis sich Matthias völlig außer Atem von ihr löste und stöhnte: «Das dürfen wir nicht!»

Karola, noch ganz bezaubert von den leidenschaftlichen Küssen, lockte ihn mit heiserer Stimme: «Noch einmal!» Und wieder lagen sie sich in den Armen und küssten sich. Karola spürte das Brennen in ihrem Bauch und genoss es.

Schließlich ließen sie sich erschöpft auf zwei Schemel fallen, und Matthias sagte mit ernster Stimme: «Lass dich ansehen! Du bist dünn geworden. Und so blass!» Wieder riss er Karola an sich und murmelte: «Ich hätte dich nicht zurücklassen dürfen. Niemals!»

«Warst du in der Schlacht am Weißen Berg dabei?», fragte Karola und sah ihn aus großen Augen an.

Matthias nickte.

«Bitte erzähl mir davon!»

Er räusperte sich, bevor er zögernd zu berichten begann: «Es war ein fürchterliches Durcheinander. Niemals hätten wir damit gerechnet, den Sieg zu erringen, aber plötzlich wurde zum Angriff geblasen, und glaube mir, wären nicht so viele der Aufständischen vor uns hinter die sicheren Mauern der Stadt geflüchtet und wären ihre Verbündeten rechtzeitig zum Ständeheer gestoßen, wir hätten sie niemals so vernichtend geschlagen. Wir waren doch selber überrascht. Andere behaupteten allerdings, wir hätten den Sieg nur errungen, weil Gott mit uns war, aber das vermag ich nicht zu glauben. Es wird nicht in seinem Sinne sein, dass sich Christenmenschen gegenseitig niedermetzeln. Ich habe versucht, an gar nichts zu denken und einfach nur zu kämpfen, aber ich konnte es nicht. Es war die Hölle am Weißen Berg.»

Während er mit belegter Stimme über die Schlacht sprach, hatte er ihre Hand genommen.

«Mein Mann war auch am Weißen Berg», sagte Karola leise.

«Dein Mann … Ich hatte ihn einen Augenblick lang vergessen. Verzeih mir!» Hastig zog er seine Hand weg, als würde er sich verbrennen.

«Er ist tot. Er ist auf dem Weißen Berg geblieben», murmelte Karola.

Matthias sah sie ungläubig an und stammelte aufgeregt: «Aber … aber das heißt ja, dass du … dass du frei bist? Dass du mit mir kommen kannst? Als meine Frau! Ich werde nie wieder Soldat werden, solange ich lebe. Man hat mir eine Stellung im Kleinseitner Rathaus angeboten. Die werde ich annehmen. Du konvertierst, wirst meine Frau, und wir ziehen in das Palais und gründen eine Familie. Ach, Karola, wie sehr ich mir das gewünscht habe!»

Karola wurde leichenblass. «Du glaubst doch nicht etwa, dass ich jemals in das Haus deiner Stiefmutter zurückkehren werde?»

Matthias erschrak. «Nein, sie wird das Haus natürlich verlassen. Ich wohne zurzeit mit einem Teil meiner Leute drüben im Palais. Als die Plünderer selbst vor unserem Haus nicht haltgemacht haben, da war es endgültig um ihren Verstand geschehen.»

«Man hat dein Haus geplündert?», fragte Karola fassungslos.

«Sie wollten es, aber ich hatte gerade Besuch von einem General, der ihnen Einhalt geboten hat. Glaub mir, das war eine glückliche Fügung. Auch die Offiziere, die Generäle und unsere Befehlshaber nehmen sich, was sie bekommen können. Deshalb wird es höchste Zeit, dass wir heiraten, damit dir nichts geschehen kann.»

Karola stockte der Atem. Da war sie nun am Ziel all ihrer Träume angekommen, musste nur seine Hand ergreifen, aber sie konnte nicht. Sie würde nicht so einfach in dieser Stadt weiterleben können, in der ihr Glaube nichts mehr galt. Wenn sie jetzt ihrem Glauben abschwor, so wie sie es einst für die Liebe zu Matthias getan hätte, würde sie all die verraten, die dafür gekämpft hatten. Nein, das würde sie sich nie verzeihen. Sie mochte sich zwar in diesem Augenblick noch nicht vorstellen, was der Verzicht für sie bedeuten würde. Sie wusste nur eines: So einfach, wie Matthias es sich vorstellte, war es nicht.

Matthias riss sie ungestüm in seine Arme und wiegte sie zärtlich. Dabei redete er tröstend auf sie ein. «Meine Mutter wird fort sein, bevor du einen Fuß in mein Haus setzt. Ich würde es dir nicht zumuten, auch nur eine Nacht mit ihr unter einem Dach zu verbringen. Sie ist nämlich dem Wahn verfallen, dass du ...» Er unterbrach sich hastig. «Tereza nehmen wir natürlich mit!»

Karola aber ließ sich nicht so einfach ablenken, sondern fragte streng: «Welchem Wahn ist deine Mutter verfallen?»

Matthias streichelte ihr sanft über das Haar, während er zögernd antwortete: «Sie glaubt, dass du an allem schuld bist.»

«Sie hasst meine Mutter und meinen Vater, den sie einmal geliebt hat ...» Sie stockte.

Seine Hand strich zärtlich über ihren Nacken. Diese Berührung jagte ihr heiße Schauer durch die Lenden, und plötzlich verschwamm alles um sie herum. Worte, Farben, Formen ... Sie betete, dass er niemals aufhören würde, sie zu streicheln, und schmiegte sich ganz eng an ihn. Sie stöhnte leise auf, und wieder fanden sich ihre Lippen. Ihre Küsse wurden immer leidenschaftlicher, und als Matthias sie fest an sich drückte, wusste sie, dass sein Körper in Flammen stand, und sie wusste auch, dass sie mit ihm zusammen verbrennen wollte. Ihr Herz schlug wie wild. Sie würde ihn nicht wegschicken, ohne dass sich ihre Körper endlich vereint hatten. Was danach sein würde, daran wollte sie nicht denken. Es gab nur noch sie und ihn. Sie wollte nicht eines Tages sterben, ohne das erlebt zu haben, was Terezas Körper einst zum Glühen gebracht hatte.

Sie musste es tun: sich dem Mann schenken, nach dem sie sich verzehrte.

«Komm», flüsterte sie, nahm seinen Arm und zog ihn sanft mit sich fort. Matthias sah sie mit glasigen Augen an. Er wollte etwas sagen, aber er konnte nicht.

63

Mit zitternden Knien ging Karola die Stiege hinauf. Oben angekommen, nahm sie Matthias bei der Hand und führte ihn zu der Kammer, in der sie einst genesen war. Genau hier wollte sie sich ihm hingeben, damit das Schreckliche, das sie hier erlebt hatte, für alle Zeiten ausgelöscht war. Genau hier, wo Jan einst versucht hatte, sich mit ihr zu vereinen, wollte sie Matthias ihren Körper schenken.

Zusammen ließen sie sich auf das Lager fallen. Ihre Münder und Hände fanden sich wie von selbst. Und während sie sich immer leidenschaftlicher küssten, wanderte seine Hand zu ihrem Mieder. Er versuchte, es zu öffnen … vergeblich. Karola ergriff sanft seine Hände und führte sie. Gemeinsam öffneten sie das Kleid. Als sie schließlich nackt vor ihm lag, stand er vom Bett auf und betrachtete sie begehrlich.

Karola spürte bei seinem intensivem Blick die Hitze in ihrem Bauch aufsteigen und ließ nicht den Blick von ihm, als er sich die Stiefel, das Wams und die Hose auszog.

Sie stöhnte leise auf, als er sich wieder neben sie legte und anfing, sie überall zu berühren. Ihre Brüste, ihren Bauch, ihre Oberschenkel. Ganz langsam ließ er die Finger zwischen ihre Schenkel gleiten, die sie ihm bereitwillig öffnete. Sanft, ganz sanft, berührte er sie dort, bis es plötzlich zu kribbeln begann und dann wie ein heißer Strahl durch ihren Bauch schoss. Sie schrie auf. Alles zuckte in ihr. In diesem Augenblick spürte sie, wie er ganz vorsichtig in sie eindrang. Und dann wieder und immer wieder. Dabei küssten sie sich, rangen nach Luft, stöhnten und keuchten, bis Matthias sich aufbäumte und einen heiseren Schrei ausstieß.

Sie lagen eine ganze Weile nebeneinander, ohne ein Wort zu sprechen. Ihre Hände waren ineinander verschlungen. Schließlich beugte Matthias sich über sie, sah sie zärtlich an und flüsterte: «Ich würde dich am liebsten gleich mitnehmen. Ich habe Angst, dich hier allein zu lassen.»

«Ich bin doch gar nicht allein», widersprach Karola schwach und streckte sich wohlig. Ihr ganzer Körper war von ihm erfüllt. Von seinen Berührungen, seinen Bewegungen, seinem Geruch … «Jetzt danke ich Gott, dass ich all die Zeit auf dich gewartet habe», murmelte sie mehr zu sich selbst.

Täuschte sie sich, oder sah Matthias sie fragend an? Sie ahnte, was er in diesem Augenblick dachte. «Ich habe ihm nicht gehört. Er hat es ein einziges Mal gewaltsam versucht, aber seine frevelhafte Tat nicht vollendet.»

Matthias streichelte ihr liebevoll über die Wangen. «Ich werde dich nie wieder verlassen. Ich werde dich noch heute aus diesem Haus bringen.» Er erschrak beim Anblick ihres Gesichtes, dessen Züge sich bei seinen Worten merklich verdunkelt hatten.

«Karola, wenn es etwas gibt, das ich wissen sollte, bitte sprich!», bat er sie. Er hatte plötzlich das Gefühl, dass sich ein Klumpen in seinem Magen bildete. Er spürte deutlich, dass Gefahr drohte. Und dass er aus diesem Himmel womöglich schneller, als er denken konnte, in die Hölle fahren würde.

«Ich … ich … nein, ich werde nicht, jetzt nicht mehr …», hörte er Karola stammeln.

«Karola, was ist mit dir? Sag mir bitte die Wahrheit!»

«Ich kann dich nicht heiraten. Ich werde deinen Glauben

nicht annehmen. Das kann ich nicht mehr tun nach allem, was geschehen ist.» Voller Verzweiflung sah sie ihn an.

In seinem Kopf ging alles durcheinander. Das konnte doch wohl nicht ihr Ernst sein. Ihre gemeinsame Zukunft durfte doch nicht an ihren unterschiedlichen Konfessionen scheitern. Nach alledem, was sie durchgemacht hatten. Nichts hatte ihre Liebe zerstören können. Und jetzt das?

«Aber … das kann nicht sein … das …», stotterte er und fügte hastig hinzu: «Dann bleibst du eben Protestantin.» Er blickte in ihre Augen, in denen er nichts las als die reine Liebe zu ihm.

«Matthias, die Zeiten haben sich geändert. Dein Habsburger Kaiser und nun wieder König von Böhmen, dieser Ferdinand, wird nicht dulden, dass wir Protestanten in Prag weiterhin unseren Glauben ausüben. Er wird uns verfolgen und Rache üben für die Schmach, die er durch unsere Glaubensbrüder erlitten hat.»

Matthias versuchte verzweifelt, ihr die Bedenken zu nehmen. «Das siehst du viel zu schwarz. Ich werde dich doch beschützen.» Dabei wusste er genau, dass sie recht hatte. Wie oft hatte er die Offiziere und Generäle darüber reden hören, was man mit den Protestanten machen würde, wenn man sie erst besiegt hatte. Und trotzdem wollte Matthias es nicht wahrhaben.

«Ich bleibe nicht in dieser Stadt, wenn es so weit kommt. Und du kannst keine Protestantin mehr heiraten. Dann würde es dir unter deinem Ferdinand nämlich auch schlecht ergehen.»

«Das heißt, du wirst mir dein Jawort nicht geben?», fragte er tonlos.

Er hörte sie verzweifelt aufstöhnen. «Doch, ich will, nur allzu gern, aber dazu müssten wir die Stadt gemeinsam verlassen. Nach Amberg gehen. Zu meinem Onkel.»

«Noch gehört Amberg dem Calvinisten!», erwiderte er empört. «Du glaubst doch nicht, dass ich Friedrich, dem größten Verräter aller Zeiten, hinterherreise und meine geliebte Stadt verlasse, jetzt, wo wir gesiegt haben und ich dringend hier in der Stadt gebraucht werde?»

Karola funkelte ihn wütend an. «Aber ich soll hier leben, in einer Stadt, die morgen nur noch katholisch ist? Unter lauter Feinden? Beäugt? Ausgestoßen? Gehasst?» Auch ihr Ton war lauter geworden.

«Du übertreibst!», entgegnete Matthias wider besseres Wissen. Wie oft hatte er munkeln hören, Ferdinand sei nur noch von dem einen Gedanken besessen: Rache! Und dass die Aufständischen sich bloß nicht einbilden sollten, mit dem Kopf auf den Schultern aus dieser Sache herauszukommen. Nein, man sprach sogar davon, dass Ferdinand eine Liste erstellt hatte, wer hingerichtet werden sollte! Aber das würde er ihr gegenüber nicht zugeben. Nicht jetzt, wo sie sich weigerte, seine Frau zu werden. Der Gedanke daran, dass sie den Glauben über ihre Liebe stellte, kränkte ihn. Sie musste ihn doch inzwischen gut genug kennen. Niemals würde er von ihr verlangen, dass sie sich den Glauben aus dem Herzen riss, aber dennoch, sie hatte vollkommen recht, wenn sie behauptete, dass er in den Zeiten, die jetzt kamen, keine Protestantin mehr würde heiraten können. Früher oder später würde man Karola zwingen, zum katholischen Glauben zu konvertieren.

Matthias stand abrupt auf, zog sich wortlos an und blickte noch einmal voller Verzweiflung in ihre Richtung. «Karola, bitte, den Lutherischen wird nichts geschehen. Das haben sie immer wieder betont. Und das würde auch Georg von Sachsen gegen die Unsrigen aufbringen. Glaube mir doch! Als meine Frau kann dir nichts geschehen.»

Karola rang nach Luft. Statt bedingungsloser Liebe funkelte jetzt nur noch blanker Trotz in ihren Augen. «Du willst also nicht mit mir gemeinsam diese Stadt verlassen?», fragte sie.

«Nein!», bellte er, und dabei wollte er nichts lieber, als sie sofort bei der Hand nehmen und sie gegen ihren Willen aus diesem Haus schaffen. Warum sollten sie sich trennen, jetzt, wo sie sich eben erst gefunden hatten? Und das wegen des Glaubens? Nein! Er überlegte, ob er sich noch einmal zu ihr hinunterbeugen und sie küssen sollte, aber da war sie bereits zornig aus dem Bett gesprungen und begann, sich ebenfalls anzukleiden. Matthias hatte das Gefühl, als würde damit die letzte Brücke, über die er eben noch hatte gehen wollen, vor ihm zusammenstürzen.

Mit einem Mal kam ihm ein furchtbarer Gedanke. «Hast du das schon gewusst, bevor du mit mir in diese Kammer gegangen bist? Hast du gewusst, dass das erste zugleich das letzte Mal sein würde? Sag die Wahrheit!» Er zitterte am ganzen Körper und sah sie flehend an.

Karola hielt seinem Blick stand. «Ja! Ich wollte nur dieses eine Mal mit dir zusammen sein!», schleuderte sie ihm entgegen.

Matthias drehte sich daraufhin wortlos um, stolperte die Stiegen hinunter und hetzte durch die Diele ins Freie hinaus. Er hörte sie noch hinter ihm herrufen, aber da war er bereits aus der Tür. Ihre Worte hatte er nicht mehr verstanden, aber sie hatten verzweifelt geklungen.

Wie betäubt lief er ein paar Schritte die Gasse entlang, doch dann hielt er inne. Nein, so durften sie nicht auseinandergehen. So nicht! Wer weiß, was sie mir noch hat sagen wollen. Ich muss sie um Verzeihung bitten. Ich liebe sie doch, dachte er. Entschlossen drehte er sich um, doch da spürte er nur noch einen stechenden Schmerz in seinem Rücken.

64

Wenzel Czernin wagte nicht, sich von dem sicheren Tod des Habsburgers zu überzeugen, geschweige denn, noch ein weiteres Mal zuzustechen, weil er ganz in der Nähe das Gejohle von Soldaten hörte. Wenn die einen Calvinisten mit einem Dolch in der Hand vorfanden, wie er sich über einen Habsburger beugte, in dessen Rücken eine Wunde klaffte, würden sie kurzen Prozess mit ihm machen.

Also machte er sich lieber aus dem Staub, so schnell er nur irgend konnte. Sein Herz pochte, und doch war er von tiefer Genugtuung erfüllt. Endlich hatte er ihn gerichtet, den vermaledeiten Habsburger. Er war stolz auf seine Tat. Sehr stolz sogar. Er hatte Glück gehabt: Der Habsburger war ihm ja förmlich wie eine faule Frucht vor die Füße gefallen. Er war nämlich schon fast beim Haus gewesen, als er den Habsburger hatte herauskommen sehen. Und wo war er gewesen? Bei seiner Buhle natürlich! Da hatte er gar nicht lange überlegen müssen, was zu tun war. Gut, dass er in diesen Zeiten stets einen alten Dolch verborgen unter seinem Wams mit sich führte. Er hatte schon die Verfolgung des Kerls aufnehmen wollen, als der plötzlich stehen geblieben und einfach umgekehrt war. Er, Wenzel, hatte sich gerade noch hinter eine Häuserecke retten können, doch da war der Habsburger bereits arglos an ihm vorbeigegangen. Ein kräftiger Stich nur, und der Mann war umgekippt wie ein morscher Stamm. Endlich! Mit dieser Tat hatte er Jans Tod gerächt! Am liebsten würde er die Hure auch gleich richten, aber dafür blieb ihm keine Zeit mehr. Sie waren ihm auf den Fersen, und er wollte sich nur holen, was ihm gehörte. Was dieses verdorbene Weib anging, musste er diesmal noch die Vernunft walten lassen. Er war nämlich nur aus einem einzigen Grund hier: Er wollte das Geld zurück, das er einst Jan gegeben hatte, aber ohne diesem Frauenzimmer zu begegnen. Er würde es heimlich suchen müssen.

Leise schlich er in das Haus. Alles war still. Er ging die Stiegen hinauf, denn er wollte oben in ihrer Kammer anfangen, doch da vernahm er ein lautes Schluchzen. Er überlegte kurz, ob er nicht die Tür aufreißen und ihr zurufen sollte: *Ich kann dir einen echten Grund geben, heiße Tränen zu vergießen, denn dein Habsburger liegt verblutet in der Gasse,* aber er ging hastig zurück und beschloss, lieber unten mit der Suche zu beginnen. Und zwar in der Küche. Hoffentlich ist der Stich tief genug, dachte er, als er den Dolch, den er immer noch in der Hand trug, prüfend betrachtete. Ein wenig Blut klebte wohl daran, aber es hätte nach seinem Geschmack gern ein wenig mehr sein können. Er wischte ihn an seinen dunklen Beinkleidern, so gut es ging, sauber. Bis auf einen dunklen Rest gelang es ihm, und er wollte die Waffe nun eilig unter dem Reisig verschwinden lassen. Er schob die oberen Zweige beiseite, doch als er den Dolch in den Korb legen wollte, fiel ihm ein Stofffetzen ins Auge. Als er ihn zur Hand nahm, rutschte ein Taler heraus und landete klirrend auf dem Boden. Der Alte warf einen gründlichen Blick in den Korb. Seine Augen funkelten vor lauter Gier, als er begriff, was es mit den Fetzen auf sich hatte. Hier also hatten die Weiber sein Geld versteckt! Er nahm einen Taler nach dem anderen heraus und ließ sie in den Taschen seines Wamses verschwinden. Zum Schluss steckte er den Dolch in den Korb und deckte ihn mit dem Reisig zu. Erleichtert wischte er sich den Schweiß von der Stirn.

Jetzt musste er das Haus nur noch ungesehen verlassen. Als er die Diele durchquerte, stellte er mit einem prüfenden Blick fest, dass nicht nur die teuren Zinngefäße verschwunden waren, sondern auch allerlei Hausrat. Er runzelte die Stirn und stieß verächtlich aus: «Diese verdammten Plünderer!», und verließ eilig das Haus.

Zum Glück wusste er, wo er sich verstecken würde, denn eines kam für ihn nicht infrage: aus der Stadt seiner Väter zu flüchten. Nein, Wenzel Czernin war felsenfest davon überzeugt, dass König Friedrich bald wieder Einzug auf der Burg halten würde. Seite an Seite mit den englischen Truppen, die König Jakob seinem Schwiegersohn nun endlich sandte, würde er die Stadt endgültig aus den Klauen der Habsburger befreien. Ja, so stellte der Kleidermacher sich die Zukunft vor! Und dann würde Gericht gehalten über die Verräter! Er rieb sich die Hände vor Vergnügen bei dem Gedanken, wie er Karola später als Habsburger Hure anschwärzen würde. Mit Glück würde er sogar noch ihre Hinrichtung erleben. Jedenfalls würde er alles dafür tun, dass man sie verurteilte.

In diese Rachegedanken versunken trat er auf die Gasse hinaus und wollte den Weg einschlagen, den er gekommen war, doch da sah er sie schon. Die Habsburger Knechte, wie sie sich über einen der Ihren beugten. Über den Habsburger Hurensohn! Der Alte machte auf dem Absatz kehrt und spazierte so unauffällig wie möglich in die andere Richtung davon.

65

Karolas Tränen versiegten in dem Augenblick, in dem sie sich vorstellte, dass Matthias bestimmt noch heute zurückkehren würde, um sich mit ihr zu versöhnen. Und dann – dessen war sie sich nun sicher – würde sie mit ihm gehen, wohin er auch immer wollte. Schließlich liebten sie sich. Es musste einen Weg geben. Es musste!

Als Tereza in die Kammer trat, fragte sie erstaunt: «Ist der junge Herr schon fort?» Eifrig fügte sie hinzu: «Ich habe die Kisten gepackt. Wir sind zur Abreise bereit.» Erst jetzt sah sie, dass ihr Schützling geweint hatte, und sie fragte zögernd: «Was ist geschehen?»

Karola erzählte ihr, was vorgefallen war und dass ein Wort das andere gegeben hatte. Sie ließ nichts aus, auch nicht ihre harten Worte. Nur dass sie sich Matthias hingegeben und es noch keine Sekunde lang bereut hatte, behielt sie vorerst für sich. Dabei konnte sie kaum an etwas anderes denken. Noch immer schwelte ein Brand in ihrem Schoß. Jedes Mal, wenn sie nur daran dachte, wie er in sie eingedrungen war, durchzuckten kleine Blitze ihren ganzen Körper. Aber darüber konnte und wollte sie nicht reden. Noch nicht.

«Und nun?», fragte Tereza lauernd. Als sie Karolas zu allem entschlossenen Blick sah, jammerte sie entsetzt: «Ihr werdet doch nicht etwa? Nein, Ihr wollt doch nicht etwa hierbleiben? Sie werden uns aus dem Haus prügeln, uns in den Kerker stecken, wenn nicht gar Schlimmeres!»

Karola runzelte nachdenklich die Stirn, doch dann huschte ein Lächeln über ihr Gesicht. «Nun beruhige dich schon. In diesem Haus können wir natürlich nicht bleiben, aber ich habe doch noch ein anderes. Es hat meinem Schwiegervater niemals gehört, sondern nur Jan und mir. Und uns wirft man keine Nähe zu den Aufrührern vor. Also kann man es uns auch nicht wegnehmen. Verstehst du?»

Tereza schüttelte den Kopf. «Aber … aber wir haben doch gar keinen Schlüssel. Damit ist doch der Kleidermacher auf und davon.»

«Uns wird sicher eine Lösung einfallen, wenn wir erst mit unseren Sachen in der Langen Gasse sind.»

Tereza schlug die Hände über dem Kopf zusammen und zeterte: «Warum seid Ihr nur immer so entsetzlich stur?»

«Sorge dafür, dass wir morgen einen Wagen haben», gab Karola grinsend zurück. «Und vergiss nicht, Jans Taler einzupacken!»

Kopfschüttelnd verließ Tereza die Kammer ihrer Herrin, kam aber schon wenige Augenblicke später mit hochrotem Kopf zurück. «Euer Geld!», sagte sie und rang nach Luft. «Euer Geld ist weg!»

Karola wurde blass. «Meinst du, der Alte hat es sich geholt? Er ist der Einzige, der von dem Geld weiß und das Haus kennt.»

Tereza kämpfte mit sich, ob sie ihrer Herrin das, was sie soeben statt des Geldes im Korb vorgefunden hatte, zeigen sollte. «Ja, Herrin», murmelte sie nur.

Karola warf ihr einen prüfenden Blick zu. Ihrer Magd schien der Diebstahl sehr nahe gegangen zu sein, denn sie machte einen verstörten Eindruck. «Liebe Tereza, nimm es dir nicht so zu Herzen. Wir sind nicht darauf angewiesen. Ich habe jeden Taler, den der Alte mir früher zugesteckt hat, zurückgelegt. Damit können wir uns über Wasser halten, bis Matthias uns holt. Und nun kümmere dich um die Kutsche, damit wir unser Hab und Gut nicht in die Altstadt *tragen* müssen.»

«Ja, Herrin», brummte Tereza und wandte sich gedankenverloren ab.

Karola blieb ratlos zurück. Was ist nur in sie gefahren?, fragte sie sich.

Die Kutsche kam am nächsten Morgen pünktlich vorgefahren. Karola saß schon auf ihrem Platz, da fiel ihr etwas ein. «Er muss doch wissen, wo ich bin, wenn er wiederkommt», flüsterte sie Tereza zu.

«*Wenn* er wiederkommt», brummelte Tereza in sich hinein, aber Karola hatte es dennoch verstanden.

«Ich weiß es!» Lachend bat sie den Kutscher zu warten, sprang vom Wagen und ging auf das Nachbarhaus zu. Sie kannte den protestantischen Pelzhändler, weil er sie mit den Fellen für Schauben beliefert hatte. Sie hatte aber nur selten ein persönliches Wort mit ihm gewechselt. Deshalb war sie ein wenig verlegen, als er ihr die Tür öffnete.

«Wir müssen das Haus verlassen. Ihr wisst sicher, dass mein Schwiegervater unter dem Verdacht steht, aktiv am Aufstand beteiligt gewesen zu sein», begann sie vorsichtig das Gespräch.

«Ja, ja, die Spatzen pfeifen es von den Dächern, dass ihm Gefängnis droht und dass er auf der Flucht ist, aber unter uns: Sind wir in den Augen der Sieger nicht alle verdächtig? Mein Haus wurde bereits zweimal geplündert. Ich würde meine Familie gern aus der Stadt bringen lassen, aber außerhalb Prags soll es noch schlimmer sein.»

«Ich werde hinüber in die Lange Gasse ziehen», verriet Karola ihm nun. «Dort steht mein Elternhaus. Das haben sie mir noch nicht genommen. Ich habe gehört, sie verschonen die Lutherischen.»

Der Pelzhändler sah sie zweifelnd an. «Noch. Wir Lutherischen erfahren zwar überall Schonung, aber freut Euch nicht zu früh. Das machen sie doch nur, weil sie es dem Sachsenkönig versprochen haben. Der hätte lieber mit dem Pfälzer gemeinsame Sache machen sollen, als sich mit dem Habsburger zu verbünden. Das nenne ich Verrat, aber trotzdem werde ich über kurz oder lang dort hingehen. Nach Sachsen. Es ist nur noch eine Frage der Zeit, wann sie auch uns die Häuser nehmen.»

Karola stöhnte auf. Wahrscheinlich hatte er recht. Trotzdem würde das nichts an ihrer Entscheidung ändern, in der Stadt zu bleiben, auch nicht, als der Nachbar unvermittelt zu schimpfen begann: «Was sind das nur für Zeiten! Gestern Nacht sind Bewaffnete in mein Haus gedrungen und haben mich verdächtigt, einen Habsburger hinterrücks niedergestochen zu haben. Nur weil er vor meinem Haus lag. Natürlich würde ich sie gern einzeln meucheln, aber allein, da fehlt mir der Mut. Sie hätten mich beinahe mitgenommen. Zum Glück konnte meine Frau bestätigen, dass ich gestern keinen Fuß vor die Tür gesetzt habe.»

«Das waren sicherlich aufständische Söldner, die sich tagsüber verstecken und sich nachts an den Habsburgern rächen», erwiderte Karola rasch. Sie musste bei seinen Worten daran denken, wie Tereza und sie auf dem Rückweg von ihrem Ausflug zur Neustadt den Edelmann in der Gasse hatten liegen sehen. In seinem Rücken die klaffende Wunde. Karola fröstelte, und sie vergrub ihr Gesicht noch tiefer im schützenden Kragen der Schaube.

«Ihr habt recht. Es sind schlimme Zeiten», murmelte sie und fügte hastig hinzu: «Aber ich habe eine Bitte. Wenn in den nächsten Tagen ein junger habsburgischer Herr nach mir fragen sollte, bitte meuchelt ihn nicht, sondern sagt ihm, wo ich zu finden bin.»

Der Pelzhändler sah sie prüfend an. «Ihr seid also in der Langen Gasse zu finden. Ich werde es ihm ausrichten, aber es kann gut sein, dass wir auch bald reisen werden. Nur, damit Ihr Euch keine falschen Hoffnungen macht.»

Karola bedankte sich artig und kehrte zur Kutsche zurück. Sie war sich sicher, dass Matthias sie schon in den nächsten Tagen aufsuchen würde.

Sie hatten bereits die Karlsbrücke überquert, als Karola ihrer Magd von dem erstochenen Habsburger erzählte. «Und stell dir vor, er wurde in unserer Gasse gefunden. Nur wenige Schritte von unserem Haus entfernt. Und wir haben nicht einmal einen Schrei gehört.»

Tereza wurde kalkweiß. «Und Ihr seid sicher, er ist erstochen worden?», fragte sie mit heiserer Stimme.

«Ja, der Pelzhändler sagte, er wäre niedergestochen worden, doch nun beruhige dich bloß. Es ist nicht schlimmer als das, was wir auf unserem Weg in die Neustadt mit angesehen haben. Was ist denn los mit dir? Du siehst plötzlich so aus, als wäre der Tod hinter dir her.»

«Nein, nein. Es ist nichts!», erwiderte Tereza rasch. «Es ist nur ... Das verdammte Schaukeln der Kutsche tut mir einfach nicht wohl.» Dann schwieg sie und sah in aller Deutlichkeit jenen Dolch vor sich, den sie gestern im Reisigkorb anstelle des Geldes vorgefunden hatte. Und an diesem Dolch hatte etwas Dunkelrotes geklebt. Das Blut des jungen ...? Tereza mochte den Gedanken gar nicht zu Ende denken und nahm sich fest vor, ihren Verdacht auf keinen Fall laut auszusprechen, um ihre Herrin nicht unnötig zu erschrecken. Insgeheim hoffte sie, dass der junge Herr Karola möglichst bald in der Langen Gasse aufsuchte und die beiden sich wieder vertrugen. Und dass sie dann heiraten und eine Familie haben würden. Vielleicht konnten sie dann sogar alle drüben im Palais wohnen. Natürlich ohne die Sahrenburgerin! Dann musste das Kind eben katholisch werden. Wenn die Alte erst einmal fort wäre, würde sie, Tereza, sich um den Haushalt kümmern. Ja, das war ganz nach ihrem Geschmack. Sie stieß einen tiefen Seufzer aus. Es durfte auf keinen Fall Matthias Sahrenburg sein, den man in der Gasse vor dem Haus des Pelzhändlers gefunden hatte. Karola sollte niemals das erleiden müssen, was ihr selbst widerfahren war. Dass sie den Mann, dem sie alles gegeben hatte, niemals mehr wiedersehen würde ... Auch wenn Karola es ihr nicht verraten hatte, Tereza hatte es auf den ersten Blick gesehen. Das fiebrige Flackern in ihren Augen, die sinnliche Ausstrahlung und das verklärte Lächeln ihres Schützlings. All das rührte mit Sicherheit nicht von dem Streit mit Matthias, von dem Karola ihr freimütig berichtet hatte, sondern von der Glut der Liebe.

Tereza konnte den Gedanken nicht zu Ende denken, weil die Kutsche in diesem Augenblick in der Langen Gasse hielt und sie sich beim Anblick des geliebten Hauses eine Träne aus dem Augenwinkel wischen musste.

66

Der Einzug in das verwahrloste Haus hielt einige Überraschungen für Karola und ihre Magd bereit. Die Haustür war nicht verschlossen. Der Salon bot ein Bild der Verwüstung. Er sah aus wie die verlassene Werkstatt eines Kleidermachers. Überall lagen Stoffreste und Werkzeuge herum. Tereza versprach ihrer Herrin, alles wieder so herzurichten wie in den Zeiten, als ihr Vater noch gelebt hatte, doch Karola winkte müde ab. «Lass es uns als Werkstatt nutzen und nur aufräumen. Ich kann mir die Zeit des Wartens gut mit Nähen vertreiben. Wir haben ja genügend edle Stoffe in unseren Kisten mitgenommen. Das gibt wunderbare neue Kleider.»

«Für wen?», fragte die Magd bitter.

«Für dich! Ja, ich werde ein prächtiges Gewand für dich nähen», sagte Karola lachend, aber Tereza teilte ihre Begeisterung nicht. «Ich möchte nicht in Seide gekleidet sein. Stellt Euch vor, ich ginge damit auf die Straßen. Man würde mich verhöhnen. Wenn Ihr etwas für mich nähen wollt, dann eine weiße Bluse mit weiten Ärmeln und einem Band, einen Rock aus grauem Linnen und ein Mieder in derselben Farbe. Das trugen die Mägde im Hause Sahrenburg stets. Und das würde mich wohl ansprechend kleiden.»

Karola umarmte ihre Magd übermütig. «Das sollst du bekommen. Du wirst die schönste Magd im Hause Sahrenburg sein …» Und schon war sie damit beschäftigt, das graue Linnen zusammenzusuchen.

Tereza wandte sich hastig ab, damit Karola ihre feuchten Augen nicht sehen konnte. Sie war gerührt und besorgt zugleich. Bitte, lass es nicht den jungen Herrn sein, betete sie stumm und ging seufzend in die Küche. Dort musste sie feststellen, dass die Vorräte im Hause fast vollständig aufgebraucht waren. Schließlich fand sie im Vorratsraum noch einen Kapaun, der ihr halbwegs essbar erschien. Mit Feuereifer machte sie sich daran, ihn schmackhaft zuzubereiten, und trug ihn zusammen mit einem Krug Wein zu Karolas Stube. Dieser Raum war als Einziger von den zwischenzeitlichen Bewohnern verschont geblieben.

Die beiden Frauen hatten gerade zu Ende gegessen, als sie auf einmal über sich ein kratzendes Geräusch vernahmen. Und dann noch einmal. Diesmal lauter als zuvor. Dann herrschte wieder Stille. Sie hielten den Atem an. Über Karolas Kammer war nur noch ein unbewohnter Dachboden.

«Ratten?», fragte Tereza ängstlich.

«Wir werden sehen», erwiderte Karola entschlossen, griff nach einem Schemel und ging hinaus. Der Dachboden war nur über eine klapprige Leiter zu erreichen, an deren Sprossen Staub und Spinnweben klebten. Es war gar nicht so einfach, die Leiter mit einem Schemel in der Hand zu erklimmen.

Ängstlich folgte Tereza ihrer Herrin bis zum Fuß der Leiter. «Da hinauf bekommt Ihr mich nicht!», rief sie entsetzt aus. «Und Ihr klettert auch nicht auf das morsche Ding. Kommt! Es war sicher nur eine Maus.»

Karola aber war bereits oben und dort auf die Holzbohlen des Dachgeschosses gestiegen. Es war so finster, dass sie nach einer Kerze rief.

«Ich klettere da nicht hinauf! Niemals. Das könnt Ihr nicht von mir verlangen», jammerte Tereza.

«Komm, es ist nichts. Überzeug dich selber!», rief Karola hinunter.

Widerwillig stieg Tereza die Leiter hoch. Ihre Kerze hielt sie so fest umklammert, als könnte die ihr Halt geben. Als das flackernde Licht auf den leeren Dachboden fiel, schrie sie laut auf. Und auch Karola fuhr der Schreck in alle Glieder. In einer Ecke kauerte eine Gestalt, deren Gesicht sie nicht erkennen konnten, weil sie in ein dunkles Tuch gehüllt war.

«Zeig dich, du Spitzbube!», rief Karola und trat mutig einen Schritt auf die Gestalt zu, die sich nun zögernd die Decke vom Gesicht zog. Karola blieb wie angewurzelt stehen und blickte in die ängstlichen Augen von Wenzel Czernin.

«Werdet Ihr mich den Habsburgern ausliefern?», fragte er mit bebender Stimme.

«Kommt erst einmal herunter!», befahl Karola und kletterte hinter Tereza die Leiter hinunter.

Der Alte folgte ihnen. Er sah schrecklich aus. Geradezu verwahrlost. «Werdet Ihr mich den Habsburgern ausliefern?», wiederholte er tonlos.

«Ja, genau, damit Ihr die Strafe bekommt, die Ihr verdient!», antwortete Tereza wütend, was ihr einen strafenden Blick von Karola einbrachte. Die Magd aber ließ sich nicht beirren und schimpfte: «Seid Ihr noch einmal im Haus gewesen und habt das Geld meiner Herrin aus dem Korb genommen?»

Wenzel Czernin schüttelte den Kopf. «Welches Geld?»

«Sie meint das Geld, das Ihr Jan geschenkt habt. Es ist weg. Habt Ihr es Euch genommen?», fragte Karola streng.

Ihr Schwiegervater tat empört. «Natürlich nicht! Aber wenn Ihr einen Vorwand benötigt, um mich meinen Häschern in die Arme zu treiben, dann gehe ich lieber freiwillig», erwiderte er in beleidigtem Ton.

«Gut.» Karola seufzte. «Ihr könnt in einer der Kammern wohnen, bis Ihr eine Möglichkeit findet, aus der Stadt zu flüchten.»

«Ihr wollt diesem Menschen doch nicht etwa Unterschlupf gewähren?», mischte sich Tereza aufgebracht ein. Sie glaubte ihm kein Wort. Sie war fest davon überzeugt, dass er der Übeltäter war. Und wenn er das Geld genommen hatte, dann hatte er auch den Dolch im Reisigkorb versteckt. Und wenn er an jenem Tag, an dem der Habsburger getötet worden war, einen blutigen Dolch versteckt hatte, dann … Tereza wollte den

Gedanken nicht zu Ende denken, aber sie würde dem Alten auf den Zahn fühlen.

«Wenn Ihr das Geld nicht genommen habt, so habt Ihr bestimmt nichts dagegen, wenn ich zur Sicherheit dort oben einmal nachsehe.»

Wenzel Czernin verschränkte die Arme vor der Brust und sagte seelenruhig: «Nur zu!»

Karola sah ihre Magd nur fragend an, doch die war bereits flink wie ein Wiesel die wacklige Leiter hinaufgeklettert. Wenig später kam sie fluchend und von Kopf bis Fuß mit Staub bedeckt wieder herunter.

Karola wunderte sich über ihr Verhalten. «Ob du ihm jetzt wohl die kleine Kammer herrichten könntest?», fragte sie streng.

Tereza nickte unwillig und sagte schroff: «Folgt mir!» Zögernd ging der Kleidermacher hinter der Magd her.

Karola blieb kopfschüttelnd stehen. Sie verstand Tereza nicht. Ganz wohl war auch ihr nicht dabei, jenen Mann, der ihr so viel Leid zugefügt hatte, unter ihrem Dach zu beherbergen, aber wie sich Tereza benahm, das war höchst merkwürdig. Das alles durfte doch kein Grund sein, ihn seinen Häschern auszuliefern.

Darauf sprach sie ihre Magd sogleich an, als diese wenig später mit verkniffenen Lippen ihre Stube betrat und fauchte: «Ich habe alles zu Eurer Zufriedenheit erledigt. Und wenn Ihr es mir befehlt, werde ich auch noch ein Kämmerchen für Maria Sahrenburg herrichten!»

«Für mich ist das auch kein Vergnügen, aber soll ich ihn deshalb auf die Straße jagen, damit sie ihn in den Kerker sperren können?»

Tereza schob trotzig die Unterlippe vor und sagte kein Wort. Sie würde ihrer Herrin erst dann von ihrem Verdacht erzählen, wenn sie das Geld bei ihm gefunden hatte. Sie war fest entschlossen, ihn unter strenger Beobachtung zu halten und notfalls seine Kammer auf den Kopf zu stellen. Und wenn sie den Beweis in Händen hielt, würde sie nicht zögern, ihrer Herrin zu sagen, was sie wusste. Bis dahin würde sie das Kind damit verschonen.

67

«Er kommt nicht mehr!», sagte Karola eines Morgens mit Tränen in den Augen, nachdem sie wochenlang vergeblich in der Hoffnung gelebt hatte, dass Matthias sie in der Langen Gasse aufsuchen würde. «Ob ich zum Haus der Sahrenburgs gehen und mit ihm reden soll?», fügte sie leise hinzu.

Tereza erschrak. Das durfte auf keinen Fall geschehen. Nicht auszudenken, dass Matthias wirklich jener tote Habsburger war und das arme Kind diese Nachricht von der grausamen Stiefmutter ihres Geliebten erfuhr! Nein, Tereza brauchte endlich Gewissheit. Seit Wochen versuchte sie, Wenzel Czernins Kammer zu durchsuchen, aber er ging niemals aus. Tag für Tag hockte der Alte in der kleinen Kammer und brütete vor sich hin. Das Essen, das sie ihm auf Karolas Geheiß brachte, rührte er kaum an.

«Wartet noch ein paar Tage, vielleicht hat er Euch aufsuchen wollen, aber Euch nicht mehr vorgefunden, und der Pelzhändler war bereits fort», sagte Tereza rasch. «Und wenn er in drei Tagen nicht da ist, dann lasst mich zum Hause Sahrenburg gehen und ihm eine Nachricht bringen.»

«Das würdest du für mich tun?», fragte Karola, und ihre Augen strahlten.

Tereza kratzte sich nachdenklich am Kinn. Drei Tage, das war nicht viel Zeit. Da half nur eine List. Und Tereza fiel auch schon etwas ein, womit sie den Alten aus der Kammer würde locken können. Karola würde sie jedoch nicht in ihren Plan einweihen. Das war zu gefährlich.

So ging die Magd an diesem Tag auf den Markt, in der Hoffnung, der Kleidermacher würde ihr nachher die Geschichte, die sie sich ausgedacht hatte, auch abnehmen. Sie konnte sich ein Grinsen nicht verkneifen. Wenn das klappte …

«Worüber freust du dich so?», fragte Karola, die sie begleitet hatte, um sich ein wenig abzulenken. «Mir scheint, du bist die Einzige weit und breit, die guter Stimmung ist.»

Tereza blieb ihrer Herrin jedoch eine Antwort schuldig. Sie waren jetzt beim Stand des Fischhändlers angelangt. Er unterhielt sich gerade hinter vorgehaltener Hand mit einem vornehmen Herrn. Als er bemerkte, dass sie nicht mehr allein waren, unterbrach er sich, doch dann erkannte er Karola. Sie waren früher in dieselbe protestantische Kirche gegangen. Er hob die Hand zum Gruß und redete im Flüsterton weiter.

«Ich habe es doch gewusst, dass dieser Ferdinand ein blutrünstiger Hund ist.» Der feine Herr nickte zustimmend und raunte verschwörerisch: «Ich hätte ihm an ihrer Stelle nicht über den Weg getraut. Wie konnten sie nur so dumm sein, der Einladung auf die Burg zu folgen? Es war doch klar, dass er sie einsperren und umbringen lassen würde.» Der Fischhändler wollte gerade etwas erwidern, als plötzlich ein lautes Gröhlen zu hören war. Erschrocken fuhren die beiden Männer und auch Karola herum. Ein Betrunkener stand mitten auf dem Markplatz und rief mit schwerer Zunge aus: «Dieser Protestantenfeind, dieser Jesuitenknecht! Siebenundzwanzig unserer Tapfersten will er richten!» Er verstummte erst, als ihn zwei Habsburger flugs in ihre Mitte nahmen und wegführten.

«Was hat Ferdinand vor?», raunte Karola dem Fischhändler zu.

Während er einen Karpfen abwog, flüsterte er ihr zu, was

in der Stadt geredet wurde. Von dem Rachedurst Ferdinands, den er mit diesen grausamen Urteilen gegen die Anführer des Aufstandes befriedigen wolle. «Angeblich hat er einige Urteile im Nachhinein sogar noch ein wenig zum Besseren, andere zum Schlechteren für die Aufständischen verändert. So geht das Gerücht, dass der Graf Schlick, dem laut Urteil zuerst die Hand abgehackt und der dann gevierteilt werden sollte, nun *nur* noch geköpft wird und man ihm dann die Hand abschlagen werde.» Karola hörte ihm mit offenem Mund zu.

«Und wer jetzt seinen Kopf retten will, der muss Wohlverhalten an den Tag legen …», endete er seinen Bericht. Und schon nickte der Fischhändler einem hinzutretenden Habsburger ehrerbietig zu. «Frischer Fisch auch für Euch, gnädiger Herr.»

Der Edelmann blieb stehen, und der Händler legte Karolas Karpfen zur Seite und bediente zuerst den Habsburger. Als der gegangen war, nahm er Karolas Karpfen wieder zur Hand. «Wir können von Glück sagen, dass wir Lutherische sind. Wir haben noch eine Schonfrist, aber wer weiß, wie lange noch. Er ist besessen! Stellt Euch vor, was er mit dem armen Jessenius macht. Dem wird, bevor er geköpft wird, noch die Zunge herausgeschnitten, und hernach soll er gevierteilt werden.»

Karola wurde übel. Tereza, die dem Ganzen stumm vor Entsetzen gelauscht hatte, sah einige Soldaten auf den Stand zukommen, die Karola mit anerkennenden Blicken maßen. «Herrin, lasst uns bitte weitergehen», sagte sie und deutete unauffällig auf die herannahenden Soldaten.

«Du hast recht. Lass uns auf dem schnellsten Wege nach Hause gehen. Mir ist nicht ganz wohl unter diesen Männern», flüsterte Karola.

Der Händler zischte verächtlich: «Das sind die Soldaten Waldsteins, die sollen das Volk im Zaume halten.» Besorgt fügte er hinzu: «Und nun geht schnell. Sie haben, so scheint es, lange keine schöne Frau mehr gesehen.»

«Ob sie wirklich befürchten, es könnte ein neuer Aufstand ausbrechen? So wie die bewaffnet sind!», bemerkte Karola, aber Tereza zuckte nur mit den Achseln und zog sie mit sich fort.

Eilig machten sie sich auf den Heimweg. Überall in den Gassen lungerten verwahrloste Soldaten herum, und es waren auch wesentlich mehr Bettler unterwegs als zuvor. Dazwischen tauchten immer mehr gutgekleidete Soldaten auf, die offenbar in Scharen in die Stadt gekommen waren, um die morgige Hinrichtung zu bewachen.

Als sie den Altstädter Markt erreichten, sahen sie, wie ein unheimlich wirkendes Gerüst aufgebaut wurde. «Dort wird Ferdinand seinen Rachedurst mit ihrem Blut stillen», flüsterte Karola ihrer Magd zu, die keine Anstalten machte, sich den Richtplatz genauer anzusehen.

«Kommt! Schnell fort von hier!», forderte sie ihre Herrin ängstlich zum Weitergehen auf.

Karola konnte sich nur mit Mühe von dem Anblick losreißen. Da humpelte ein altes Weib auf sie zu und zerrte an ihren Röcken. Karola drehte sich erschrocken um und blickte in ein bekanntes Gesicht. Dieses Mal griff Jitka jedoch nicht sogleich nach Karolas Hand, sondern fragte einfach nur, wie es ihr ergangen sei. Karola zuckte mit den Schultern und fragte stattdessen verwundert: «Aber was macht Ihr in der Altstadt?»

Die Alte lachte. «Ich habe einem Edelmann vorhergesagt, dass sein Weib sich in andere Betten legen wird. Es war leider ein hoher Herr aus dem Kleinseitner Rathaus. Er hat mich aus der Stadt geworfen, aber heute und morgen ist ohnehin hier das bessere Geschäft zu machen. Im Anblick des Todes wird sicher so mancher wissen wollen, wie es um seine eigene Zukunft bestellt ist. Aber Ihr seid mir noch eine Antwort schuldig. Wie ist es Euch ergangen?»

«Ihr hattet gar nicht so unrecht mit dem, was Ihr vorausgesagt habt», gab Karola zerknirscht zu.

Wieder lachte Jitka. «Ja, was dachtet Ihr denn? Dass ich ein verfluchter Scharlatan in Weiberröcken bin? Vielleicht wollt Ihr mich noch einmal nachsehen lassen.»

«Fort mit Euch!», schimpfte Tereza, die das Hutzelweib schon die ganze Zeit böse angefunkelt hatte. «Was fällt Euch eigentlich ein, so vertraulich mit meiner Herrin zu reden?»

«Lass nur, Tereza, sie ist eine alte Bekannte von mir.» Karola wollte ihr eine Vierundzwanzig-Kreuzer-Münze geben, aber Jitka verzog das Gesicht und sagte herablassend: «Ich möchte keine Münze des Winterkönigs. Habt Ihr nichts anderes?»

Tereza holte tief Luft und schimpfte: «Ihr belästigt meine Herrin!», doch da hatte Karola die Münze schon blitzschnell gegen ein paar Groschen ausgetauscht und Jitka die linke Hand gereicht. Die Alte nahm sie und vertiefte sich in die Innenseite. «Der Tod, mein Kind, der Tod kommt noch einmal zurück. Seht Euch vor. Aber Ihr könnt ihm entkommen!»

«Macht meiner Herrin doch nicht solche Angst!», schimpfte Tereza, aber da hatte Jitka schon flugs die Hand der Magd ergriffen und betrachtete deren Handlinien. Plötzlich huschte ein Schatten über ihr Gesicht.

Karola fragte erschrocken: «Was seht Ihr?»

Die Alte verzog den zahnlosen Mund daraufhin zu einem breiten Grinsen und krächzte: «Ein langes Leben. Ich sehe ein langes Leben!»

Karola holte einen Taler aus ihrem Beutel und reichte ihn der Alten. «Für so eine gute Nachricht wollen wir uns doch nicht lumpen lassen.»

Jitka aber warf einen abschätzigen Blick darauf. «Seht doch nur. Schon wieder Friedrich. Diese Taler werden überall aus dem Verkehr gezogen.» Karola nahm den Taler zurück und gab der Alten stattdessen drei Groschen, die diese hastig ergriff und grußlos davoneilte.

Karola drehte sich noch einmal um und sah, wie Jitka stehen geblieben war und sich bekreuzigte.

Tereza bekam nichts davon mit. Sie schimpfte in einem fort über die alte Hexe, die die Menschen mit ihrem dummen Zeug narrte.

«Ha, ein langes Leben! Als könnte sie mir damit Honig um den Bart schmieren. Sie kann allenfalls in der Hand erkennen, wie lange man sie nicht gewaschen hat.»

Kaum dass sie zu Hause angekommen waren, zog sich Tereza unter einem Vorwand in ihre Kammer zurück. Ihr sei übel, sagte sie ihrer Herrin. In Wirklichkeit klopfte sie bei Wenzel Czernin an, der überrascht war, die Magd zu dieser Tageszeit vor seiner Tür zu sehen.

«Was gibt es?», brummte er mürrisch.

«Ich habe eine Nachricht von einem der Euren. Ich kenne den Namen des Mannes nicht, aber er zog mich auf dem Markt in eine Ecke und fragte, ob es wahr sei, dass der Kleidermacher bei uns Unterschlupf gefunden habe. Ich sagte nichts, aber er befahl mir, Euch zu sagen, dass Eure Mitstreiter bis morgen neue Beinkleider benötigen. Ich soll sie ihm zum Markt bringen. Drei an der Zahl.»

Der Alte sah sie verwirrt an, aber dann erhellte sich sein finsteres Gesicht. «Sie brauchen meine Hilfe. Ich habe es doch immer gesagt: Der Tag der Rückkehr naht. Noch ist nicht alles vorbei. Noch nicht.» Er stürzte aus der Tür, blieb dann noch einmal stehen und verlangte aufgeregt: «Bring mir reichlich zu essen in die Werkstatt. Ich werde arbeiten und brauche eine kleine Stärkung!»

Erst als seine Schritte verhallt waren, atmete Tereza erleichtert auf und betrat, ohne zu zögern, seine Kammer.

68

Augustin Lobowitz stand mit stolzgeschwellter Brust im Salon der Sahrenburgs. Maria Sahrenburg sollte die Erste sein, die erfuhr, dass man ihn nunmehr zu einem Gelehrten am Klementinum machen wollte. Er hatte sie noch gar nicht zu Gesicht bekommen, seit er aus der Verbannung zurückgekehrt war. Als sie den Raum betrat, erschrak er. Sie schien um Jahre gealtert.

«Was für eine Freude, Euch wiederzusehen, mein lieber Lobowitz», begrüßte sie ihn, und der Anflug eines Lächelns huschte über ihr verhärmtes Gesicht.

«Die Freude ist ganz auf meiner Seite», erwiderte er und platzte sogleich mit der guten Nachricht heraus.

«Dann seid Ihr ja endlich am Ziel Eurer Wünsche!», sagte sie mit einem seltsamen Unterton, der ihn sofort aufhorchen ließ. Und schon fügte sie streng hinzu: «Aber habt Ihr da nicht einen Dienst vergessen, den Ihr einer guten Freundin erweisen wolltet?»

Lobowitz erstarrte. Er wusste zwar nicht, worauf sie genau anspielte, aber dass es nichts Gutes verhieß, erkannte er an seinem Unwohlsein, das ihn bei ihrem Anblick überfiel. Aus ihren verzerrten Zügen sprach der Wahnsinn. «Ich weiß nicht, was … was Ihr meint», stammelte der Jesuit und versuchte krampfhaft, seine Angst zu verbergen. Er fühlte es in jeder Pore, dass ihm etwas Unangenehmes bevorstand.

«Ihr seid am Ziel Eurer Wünsche, aber ich bin es nicht. Mein Sohn Matthias liegt in einem Hospital. Man hat von hinten auf ihn eingestochen. Lange Zeit lag er auf Leben und Tod. Und kaum war er dem Leben näher als dem Tod, da hat er einem Knecht, der ihn in alter Verbundenheit dort besuchte, aufgetragen, einer gewissen Person am Kleinseitner Ring eine Botschaft zu überbringen, aber die gewisse Person, die er als seine Braut bezeichnete, wohnte dort nicht mehr. Der ahnungslose Knecht erzählte mir davon. Ich dachte zunächst, sie sei aus der Stadt geflüchtet, aber dann sagte mir der Knecht, sein Herr habe ihn nun in dieser Angelegenheit in die Lange Gasse geschickt, in der Hoffnung, sie dort zu finden. Ich habe dem dummen Knecht weismachen können, ich würde ihr persönlich die Nachricht überbringen. Er händigte sie mir aus. Tränenreich schilderte mein Sohn diesem Weib, dass er einen Anschlag auf sein Leben nur knapp überlebt habe und dass er sich, wenn er denn erst genesen sei, nie wieder von ihr trennen werde. Ekelhaft! Dem Knecht gaukelte ich vor, dass ich diese Person zu uns ins Haus holen werde, damit sie ihren Geliebten empfangen könne, wenn er aus dem Hospital kommt. Der Gute war ganz gerührt, als ich ihn bat, dass er es dem Herrn nicht sagen möge, weil es dann keine Überraschung mehr sei. Und stellt Euch vor: Ich habe herausgefunden, dass in jenem Haus in der Langen Gasse tatsächlich zwei Weibsbilder hausen.»

«Ihr sprecht in Rätseln», knurrte Bruder Lobowitz, der sich beim besten Willen keinen Reim darauf machen konnte.

Plötzlich trat sie ganz nahe an ihn heran. Der Jesuit zuckte angeekelt zurück, denn ihr Atem roch nach Krankheit.

«Ich spreche von Karola Kusenius», zischte sie.

Lobowitz lief rot an. Jetzt fiel ihm alles wieder ein, doch er wollte eigentlich nicht an sein Versagen erinnert werden.

«Lieber Lobowitz», gurrte sie nun, «ich wünsche Euch alles erdenklich Gute für Eure Zukunft, aber ich glaube, Ihr kommt nicht umhin, Euer Versprechen einzulösen.»

«Welches Versprechen?» Der Jesuit wurde blass.

«Ihr wollt Gelehrter werden, und ich möchte dieses Weib für immer und ewig loswerden.»

Allmählich dämmerte es Lobowitz. Sie verlangte von ihm, dass er diese verhasste Lutheranerin aus dem Wege schaffte. Sonst würde sie sein Geheimnis ausplaudern.

«Gut, ich werde sie noch heute aus Prag wegbringen», schlug er eilfertig vor.

Ihre Antwort war ein höhnisches Lachen. «Wegbringen?» Sie gluckste. «Wegbringen? Ihr glaubt doch nicht, dass ich mich noch einmal darauf einlasse, oder? Ich spreche davon, dass ich sie niemals wiedersehen will.»

Lobowitz stutzte, aber dann wurde ihm klar, was sie von ihm wollte. «Ihr verlangt doch nicht etwa von mir, dass ich sie …?» Er traute sich nicht, das Unglaubliche auszusprechen.

«Genau, mein lieber Lobowitz. Lasst sie für immer verschwinden!»

«Und wie soll ich das anstellen?», fragte er tonlos.

In diesem Augenblick trat Sophie, die Magd, ein und brachte das Essen. Den Hirsch für Euch!, wollte sie gerade sagen, aber die Worte blieben ihr im Halse stecken. Die Herrschaften waren so in ein Gespräch vertieft, dass sie sie übersahen. Und was sie redeten, verschlug ihr die Sprache.

«Das, mein lieber Freund, ist Eure Entscheidung. Ich sage Euch, wo die Lutheranerin mit ihrer Magd wohnt. In der Langen Gasse. Und ich schwöre Euch: Wenn mein Stiefsohn früher dort ist als Ihr, dann werdet Ihr niemals am Klementinum unterrichten! Entweder Ihr schafft sie fort, oder Ihr bleibt für immer der arme Bruder Augustin.»

«Gut, ich werde mich ihrer annehmen.»

Was die Sahrenburgerin nun erwiderte, ließ Sophie das Blut in den Adern gefrieren. «Passt auf! Sie soll sterben, und zwar so, als habe sie sich selber das Leben genommen, damit mein Stiefsohn, auf dessen Wohlwollen ich angewiesen bin, keinen Verdacht schöpft, aber vorher, und nun hört gut zu, soll sie leiden! Und Ihr werdet mir hernach jede Einzelheit berichten!»

«Aber wie soll ich das denn bewerkstelligen?», fragte der Jesuit entsetzt.

«Lasst Euch etwas einfallen!»

Sophie zog sich unbemerkt zurück. Sie überlegte fieberhaft. Was sollte sie nur tun?

Als sie kurz darauf den Wein brachte, zitterte sie immer noch am ganzen Körper. Da spürte sie plötzlich, dass jemand nach ihrem Arm griff. Es war der Jesuit, der sie drohend fragte: «Warst du nicht eben schon am Tisch?»

Maria Sahrenburg runzelte die Stirn. «Sicher, sie hat den Braten gebracht, aber nun lasst ihren Arm los!»

Lobowitz ließ Sophie widerwillig los und zischte: «Solltest du unser Gespräch mit angehört haben, kann ich dir nur raten, es zu vergessen!»

«Ja, Herr!», erwiderte Sophie und knickste ehrerbietig. Kaum dass sie das Zimmer verlassen hatte, brach sie in leises Schluchzen aus. Sollte sie es trotzdem wagen, den Herrn im Hospital aufzusuchen und ihm Kenntnis von dem schrecklichen Plan seiner Mutter zu geben? Da hörte sie auch schon die Stimme ihrer Herrin. «Sophie!»

Hastig trocknete sie sich die Tränen und trat ein.

«Sophie, hast du etwas gehört von dem, was wir hier besprochen haben?», fragte Maria Sahrenburg.

Die Magd nahm all ihren Mut zusammen. «Herrin, ich weiß nicht, wovon Ihr sprecht. Ich erlaube mir niemals, Euren Gesprächen zu lauschen. Ich habe doch nur den Braten aufgetragen, dann den Wein, und da hat er mich schon grob am Arm gepackt …» Zur Bekräftigung ließ sie ihren Tränen freien Lauf.

«Schon gut. Geh jetzt!»

Rasch verließ die Magd das Zimmer.

«Glaubt Ihr nun, dass sie nichts gehört hat?»

«Ich würde sie beobachten. Man weiß nie …», knurrte der Jesuit.

Beide schwiegen eine Zeit lang. Schließlich fragte er: «Und wann soll ich es erledigen?»

Maria Sahrenburg lächelte bösartig. «Heute noch!»

Lobowitz sah sie empört an. «Aber heute ist die Hinrichtung, und die will ich mir nicht entgehen lassen.»

«Dann erledigt es auf dem Weg dorthin. So seid Ihr schon in der richtigen Stimmung, um zu genießen, wie die Köpfe der Verräter rollen! Aber hieß es nicht, die Menschen müssten in ihren Häusern bleiben, damit es nicht zu einem neuen Aufruhr käme?»

Lobowitz schnaufte schwer und erklärte gequält: «Die Ausgangssperre ist aufgehoben. Man möchte es doch lieber nicht im Geheimen erledigen. Die abschreckende Wirkung ist um ein Vielfaches größer, wenn das Volk mit eigenen Augen sieht, was mit den Verrätern geschieht.»

«Dann kann ich Euch nur wünschen, dass Ihr Euch nach getaner Arbeit vergnügt. Und bedenkt: Der Tod soll wie eine Todsünde aussehen, und sie soll vorher leiden. Hört Ihr? Leiden!»

«Leiden», wiederholte Lobowitz müde, doch dann hellten sich seine Züge auf. Er hatte eine Idee, wie sich Arbeit und Vergnügen hervorragend miteinander verbinden ließen.

69

Tereza hatte die Kammer von Wenzel Czernin gründlich durchsucht, aber sie war nicht fündig geworden. Weder unter seinem Bett noch in der Truhe, nirgends eine Spur von dem Geld. Sie legte alles wieder so hin, wie sie es vorgefunden hatte, und begab sich zu ihrer Herrin. «Ich glaube, ich habe mich geirrt», murmelte sie zerknirscht. Oder sollte sie ihr anvertrauen, was sie wusste, obwohl ihr der Beweis fehlte?

Da hörte sie sich bereits sagen: «Es gibt etwas, das Ihr wissen solltet. Ich habe die Kammer des alten Czernin durchsucht. Ich war sicher, er hat das Geld genommen. Ich habe ihm erzählt, dass ich alte Weggefährten von ihm getroffen hätte, die Beinkleider von ihm wünschten. Er denkt, der Pfälzer käme zurück, und sie würden siegen.»

Karola sah ihre Magd kopfschüttelnd an. «Du hast seine Kammer durchsucht, weil du ihn immer noch für den Dieb des Geldes hältst?»

Tereza senkte den Kopf und seufzte: «Nein, weil ich ihn für einen Mörder halte.»

«Für einen Mörder?», wiederholte Karola fassungslos.

Tereza räusperte sich, bevor sie weitersprach: «An jenem Morgen, nachdem Matthias Euch besucht hat, fand ich, als ich das Geld hervorholen wollte, einen Dolch im Reisigkorb versteckt. An der Klinge klebte etwas Dunkelrotes. Und als Ihr mir von dem niedergestochenen Habsburger vor dem Nachbarhaus erzählt habt, da hatte ich gleich so eine Ahnung, aber ich wollte Euch nicht beunruhigen. Verzeiht, aber ich vermute, dass Euer Schwiegervater den jungen Herrn gemeuchelt hat.»

«Deshalb ist er nicht gekommen!», brachte Karola heiser hervor. Dann rang sie nach Luft, stand von ihrem Stuhl auf, begann zu taumeln und sackte schließlich zu Boden.

«Kommt, mein Kind, wacht auf!», flehte die Magd, doch als sie Karola nun aufzurichten versuchte, schlug diese die Augen schon wieder auf. «Er ist tot! Deshalb ist er nicht gekommen!», stammelte sie.

«Ich bringe Euch in Euer Bett», sprach die Magd beruhigend auf ihre Herrin ein. Widerspruchslos ließ Karola sich zu ihrer Kammer führen, doch dann blieb sie abrupt stehen. «Ich will Gewissheit!», sagte sie entschieden.

Tereza blickte sie fragend an. «Aber wie wollt Ihr sie bekommen?»

Karola drehte sich wortlos um und ging geradewegs zur

Werkstatt, die einmal die gute Stube des Hauses gewesen war, riss die Tür auf und schrie: «Ihr habt ihn erstochen! Gebt es zu!» Mit diesen Worten war sie bei ihm und funkelte ihn gefährlich an.

Der Alte zuckte zusammen. «Wen habe ich erstochen?»

Karola spie es förmlich aus: «Den, den Ihr stets verächtlich *den Habsburger* genannt habt. Den einzigen Mann, den ich jemals geliebt habe. Matthias Sahrenburg!»

In Wenzel Czernins Blick lag nichts als bloße Verachtung.

«Ach, *den Habsburger*? Ja, der lief mir sozusagen in meinen Dolch. Nachdem er sich mit Euch, wie ich annehmen musste, in Unkeuschheit gesuhlt hat. Ich musste ihn bestrafen für diese Sünde. Und es hat mir großes Vergnügen bereitet, ihn mit dem Dolch zu durchbohren.»

Karola hob die Hand und schlug ihm mit voller Wucht mitten ins Gesicht. «Und Ihr glaubt, Ihr wäret ein Auserwählter!», schrie sie. «Da irrt Ihr Euch gewaltig, denn sowohl Gott als auch Euer Calvin verabscheuen feige Mörder, die wehrlose Opfer von hinten meucheln. Ihr werdet nicht in den Himmel kommen, nein, für Euch ist ein Platz im Höllenfeuer vorgesehen! Dort werdet Ihr schmoren bis in alle Ewigkeit! Und nun raus hier!» Wenzel Czernins Blick wurde mit einem Mal leer. Als wäre seine Seele einfach fortgeflogen.

«Morgen früh seid Ihr fort. Ich möchte Euch nie wiedersehen», fügte Karola tonlos hinzu. Sie spürte, dass ihr gleich die Tränen kommen würden, und diesen Anblick wollte sie Matthias' Mörder nicht gönnen. Sie drehte sich um und ging schwer atmend hinaus. Hinter sich hörte sie Tereza brüllen: «Fort! Habt Ihr nicht gehört, was meine Herrin gesagt hat?»

Wie von ferne vernahm sie auch noch seine Antwort: «Ich gehe, aber erst, wenn ich das letzte Beinkleid fertig habe.»

Mit letzter Kraft drehte sich Karola noch einmal um: «Wenn ich morgen früh aufwache, will ich Euch nicht mehr sehen!»

Mit Mühe schaffte sie es noch bis zu ihrer Stube. Dort ließ sie sich auf ihr Bett fallen und fing hemmungslos zu weinen an. Sie wollte noch immer nicht glauben, dass Matthias sie niemals mehr in die Arme nehmen würde. Und in all ihrer Trauer fühlte sie die Dankbarkeit, dass sie sich ihm hingegeben hatte. Damit würden sie für immer vereint sein. Mit diesem Gedanken schlief Karola schließlich erschöpft ein.

Sie schreckte hoch, als sie von draußen das gleichförmige Geräusch von Trommeln vernahm. Sie sprang aus ihrem Bett, eilte zum Fenster und sah in die Morgendämmerung hinaus. Waldsteins Soldaten zogen durch die Gasse. Dann plötzlich ertönte lauter Kanonendonner. Karola ahnte, was das zu bedeuten hatte. Sie hatte sich gerade wieder ins Bett gelegt, weil ihre Beine so sehr zitterten, dass sie sich kaum aufrecht halten konnte, als eine dunkle Gestalt in ihr Zimmer trat. Sie trug die Soutane der Jesuiten. Karola wollte schreien, aber da hielt er ihr schon den Mund zu und zischelte: «Keinen Laut!» Sie hatte die Stimme schon einmal gehört und fragte sich, wann und wo, doch das Mondlicht, das in ihre Kammer schien, gab ihr die Antwort. In seinem Gesicht prangte das schwarze Mal.

«Wenn du nicht freiwillig mitgehst, werde ich dir ein Mittelchen geben, das dich ein wenig gefügiger macht.» Er holte ein kleines Keramikgefäß aus einem Beutel und öffnete es. In diesem Augenblick stieß sie ihn von sich, sodass ihm das Gefäß aus der Hand glitt, zu Boden fiel und zerbrach.

«Du dummes Weib!», zischelte er. «Steh auf! Ich werde dir ein unvergessliches Schauspiel bieten!» Er zerrte sie aus dem Bett. «Du tust jetzt einfach, was ich dir sage!», befahl er, während er unter der Soutane ein Messer hervorholte und die Klinge im Mondlicht blitzen ließ. «Du gehst mit! Und keinen Ton mehr! Ich schwöre bei Gott. Solltet du dich widersetzen, dann steche ich zu!»

Beim Anblick des Messers stand Karola wortlos auf und zog

sich Kleid und Schaube über das Nachtgewand. Dann folgte sie ihm stumm hinaus in den kühlen Junimorgen. Sie würde erst einmal tun, was er verlangte, denn sie spürte in jeder Faser ihres Körpers, dass er bereit war, sie zu töten.

Lobowitz trieb Karola zur Eile an. «Schneller! Sonst wirst du das Beste noch verpassen!»

Er schubste sie vor sich her, bis sie den Altstädter Ring erreicht hatten. Schon von ferne leuchtete das mit schwarzem Tuch überzogene Gerüst. Wie ein Fanal des Todes! Als sie näher kamen, lag der Richtplatz in seiner ganzen Grausamkeit vor ihnen. Auf dem erhöhten Galgengerüst standen dunkle, vermummte Gestalten und zwischen ihnen der Henker neben einem Richtblock, als könnte er es nicht erwarten, die Verurteilten zu hängen, zu köpfen oder zu vierteilen.

Lobowitz schob Karola durch die stumme Menge, die sich hinter den Soldaten versammelt hatte. Hunderte von ihnen schirmten den Richtplatz gegen den Pöbel ab. Karola sah flüchtig in einige Gesichter. In den meisten konnte sie Angst und Trauer lesen. Trotz der vielen Menschen war es gespenstisch still. Die Hinrichtung hatte bereits begonnen, aber nicht einmal ein Raunen ging durch die Menge. Die Prager Bevölkerung schien wie gelähmt.

Karola aber nahm das alles nur wie durch einen Nebelschleier wahr. Zu ihrer großen Erleichterung konnte sie von dem Platz, an dem sie nun stand, nicht genau erkennen, was am Richtblock selbst geschah. Das schien auch Lobowitz zu bemerken, denn er wurde nicht müde, sie ganz nach vorne zu schubsen. Jetzt verdeckte ihnen nur noch ein schwerbewaffneter Soldat die Sicht auf den Richtplatz.

«Ob Ihr wohl ein wenig beiseitetreten könntet?», fragte Lobowitz den jungen Mann unverfroren. Der fuhr wütend herum, aber als er den Jesuiten erblickte, raunte er ihm vertraulich zu: «Wisst Ihr, Bruder, ob einer von den Ketzern da oben noch den rechten Glauben angenommen hat? Eure Brüder sollen sich in den letzten Stunden ja redlich darum bemüht haben.»

Lobowitz lachte gehässig. «Sie sterben als Ungläubige, aber ich habe hier das Liebchen eines Aufständischen fangen können. Meint Ihr, Ihr könntet uns einen freien Blick auf den Richtblock verschaffen? Damit sie allen erzählen kann, dass es bloß keiner wagen soll, sich unserem Kaiser noch einmal zu widersetzen?»

«Aber sicher, Bruder», grunzte der Soldat und trat beiseite. Lobowitz packte Karola grob am Arm und zog sie neben sich.

«Oho!», zischte der Jesuit und pfiff durch die Zähne. «Augen auf! Da kommt der alte Sulevice.» Er lachte dreckig. «Der Mann wird bald neunzig. Den müssen sie wohl auf den Block heben.»

Karola schloss die Augen. Bloß nicht hinsehen, sagte sie sich, dann würde sie das alles unbeschadet überstehen, doch da hörte sie Lobowitz schon bösartig bellen: «Mach die Augen auf, du ketzerisches Frauenzimmer! Sonst werde ich sie dir öffnen!»

Erschrocken riss Karola die Augen auf und versuchte, zur anderen Seite zu blicken, aber da hatte Lobowitz ihr den Kopf bereits zum Richtplatz gedreht.

Sie wurde Zeugin der Hölle auf Erden: Ein alter Mann kniete vor dem Richtblock und legte seinen Kopf darauf. Er tat es ruhig, anscheinend ohne Angst, mit der Haltung eines Edelmannes. Mit einem Gebet auf den Lippen. Das konnte sie zwar nicht hören, aber es war an seinen Lippen abzulesen. Über ihm stand hochaufgereckt der Henker, das blitzende Schwert in der Hand. Er holte aus und hieb dem Edelmann in den Nacken, aber der Kopf wollte nicht rollen. Blut quoll hervor, aber der Kopf war noch immer mit dem Rumpf verbunden.

Karola biss sich auf die Lippen, bis ihr eigenes Blut lief.

Der Henker stutzte, besah sich die Klinge des Schwertes und reichte es einem seiner schwarzgekleideten Gehilfen. Ein anderer gab ihm ein neues Schwert, das er nun durch die Luft sausen ließ. Mit einem einzigen Hieb trennte es dem Edelmann den Kopf vom Rumpf.

Es floss noch mehr Blut. Karola spürte, wie ihr schwarz vor Augen wurde und sie zu schwanken begann.

«Bringt sie bloß weg von hier, Bruder. Kranke Weiber sind das Letzte, was wir hier gebrauchen können!», hörte sie den Soldaten noch fluchen.

70

Karola ließ sich von dem schwarzen Mal widerstandslos aus der Menge führen. Ihr war schrecklich übel, und in ihrem Kopf war alles leer. Trotzdem konnte sie mühsam einen Fuß vor den anderen setzen, während Lobowitz sie stützte. Die meisten Menschen, an denen sie vorüberging, sahen sie mitleidig an, aber es gab auch einige wenige, die schadenfroh feixten: «Das war doch erst der Anfang …!», und: «Ihr werdet das Schönste verpassen. Unseren Jessenius!»

Diese Bemerkungen machten Karola so wütend, dass sie ihnen am liebsten in ihre Ohrfeigengesichter geschlagen hätte. Die Wut brachte sie wieder auf die Beine. Ihr wurde klar, dass sie kämpfen musste.

Sie hatten den Platz nun verlassen. «Was habt Ihr mit mir vor?», fragte Karola, um ihn abzulenken.

«Ich gar nichts!», entgegnete der Jesuit ungerührt. «Aber du wirst aus freiem Willen einen Becher mit dem zerstoßenen Samen des Wüterichs zu dir nehmen.»

Karola erstarrte innerlich. Alles am Wüterich war giftig. Das wusste jedes Kind.

«Ich werde ihr in allen Einzelheiten berichten, wie du gelitten hast, als der Kopf des Alten nicht rollen wollte», höhnte er.

In diesem Augenblick begriff sie, dass sie sterben sollte, und sie begriff auch, wer dem schwarzen Mal den Auftrag dazu erteilt hatte. Sie musste um ihr Leben laufen, und sie musste eines für sich nutzen: den Moment der Überraschung! Der Jesuit stützte sie immer noch, aber mit einem Ruck befreite Karola sich blitzschnell aus seinem Griff, raffte ihre Röcke und rannte los. Wie sie gehofft hatte, dauerte es einen Augenblick, bis sie seine Schritte und sein Keuchen hinter sich vernahm. Sie aber lief, so schnell sie konnte, die Lange Gasse hinunter bis zu ihrer Haustür und riss sie auf. Sie spürte ein Ziehen an ihren Röcken, aber mit letzter Kraft befreite sie sich von seinen gierigen Händen und schlug ihm die schwere Eichentür vor der Nase zu. Sie schaffte es sogar noch, den Schlüssel im Schloss umzudrehen.

Mit pochendem Herzen weckte sie Tereza, um ihr von dem unheimlichen Jesuiten und seinen Mordplänen zu berichten.

«Wir müssen die Stadt verlassen!», jammerte die Magd. «Wir müssen die Stadt unbedingt verlassen!»

Karolas Herzschlag hatte sich gerade wieder halbwegs beruhigt, als sie schwere Schritte auf der Treppe vernahmen. «Das ist er!», schrie sie voller Entsetzen auf. Sie lauschte mit angehaltenem Atem.

«Nein, die Schritte entfernen sich. Es wird der alte Czernin sein, der unser Haus für immer verlässt», bemerkte Tereza.

«Komm, lass uns lieber nachsehen», schlug Karola zitternd vor. Leise öffneten sie die Tür und schlichen die Treppe hinunter bis in die Diele. Es war nichts zu sehen. Alles war still.

In diesem Augenblick flog die Haustür auf, und Lobowitz

stürzte herein, vor sich einen zeternden Wenzel Czernin. «Lasst mich los! Ich habe mit den lutherischen Weibern nichts zu schaffen. Ich bin einer von Euch.»

Lobowitz aber packte den kleinen Mann am Genick und keuchte: «Kein Wort mehr, verstanden? Glaubst du Wicht, ich bin des Lesens nicht mächtig?» Drohend wedelte er mit einer Flugschrift, und er fügte feixend hinzu: «Aber danke, dass du mir die Tür geöffnet hast!» Dann wandte er sich Karola zu. «So schnell sieht man sich wieder!», begrüßte er sie böse grinsend.

«Was wollt Ihr?», fragte sie und versuchte, sich ihre Panik vor diesem Teufel in Menschengestalt nicht anmerken zu lassen.

«Dich!», entgegnete Lobowitz. «Und dabei haben wir gleich noch einen schönen Fang gemacht. Einen Ketzer. Er hatte in der Tasche eine Flugschrift, die nach der Rückkehr des Winterkönigs schreit. Darauf steht der Tod!» Wortlos holte Lobowitz ein Messer unter seiner Soutane hervor und stieß es Wenzel Czernin direkt ins Herz. Der sackte lautlos zusammen. Das schwarze Mal bückte sich, drehte es dem Alten noch einmal im Leibe herum und zog es mit einem einzigen Ruck heraus.

Mit dem Messer in der Hand ging er drohend auf die beiden Frauen zu. Schritt für Schritt. Ganz langsam und siegesgewiss. Tereza stellte sich vor Karola, breitete die Arme aus und schrie: «Wenn Ihr das Kind wollt, müsst Ihr zuerst mich töten!»

Höhnisch lachend trat Lobowitz noch einen weiteren Schritt auf die alte Magd zu.

«Halt!», schrie Tereza noch einmal aus Leibeskräften, aber da rammte Lobowitz ihr das blutige Messer mit voller Wucht in die Brust. Stöhnend sackte die treue Magd vor ihrer Herrin zusammen.

Karola stieß einen unmenschlichen Schrei aus. Sie bemerkte nicht einmal, dass Lobowitz einen Schwamm aus seinem Beutel hervorholte und ihn ihr blitzschnell auf das Gesicht drückte. Binnen weniger Augenblicke fühlte sie ihre Glieder schwer werden. Sie wurde so müde, so entsetzlich müde!

Als sie aufwachte, spürte Karola ein lautes Hämmern in ihrem Kopf. Er drohte zu zerplatzen. Sie konnte kaum die Augen öffnen, weil das Pochen bis in ihre Lider drang. Im ersten Augenblick wusste sie nicht, was geschehen war. Das Letzte, woran sie sich erinnerte, war das Schwert des Henkers, das den Kopf des alten Edelmannes mit einem Hieb vom Rumpf getrennt hatte.

Dann hörte sie auch noch eine Frau stöhnen, und es verging eine ganze Weile, bis sie begriff, dass sie selbst jene Frau war. Langsam, ganz langsam versuchte sie, die Augen zu öffnen, aber es war so schwer, so entsetzlich schwer. Und dann der Schmerz, dieser furchtbare Schmerz!

Ganz von ferne murmelte eine unheimliche Stimme. Karola meinte, Beschwörungen herauszuhören, aber so sehr sie sich auch bemühte, sie verstand beim besten Willen nicht, was die Stimme sagte. Noch einmal versuchte sie, angestrengt zu lauschen. Es war weder Deutsch noch Böhmisch, aber es kam ihr entfernt bekannt vor. Verzweifelt versuchte sie, sich an das Geschehene zu erinnern, aber es wollte ihr einfach nicht gelingen. Da war das Schwert des Henkers gewesen und dann das viele Blut.

Das unheimliche Gemurmel wurde lauter. Mit einem Mal ahnte sie, was es war. Gebete in lateinischer Sprache!

Karola nahm all ihre Kraft zusammen. Sie musste endlich die Augen öffnen. Es brannte und schmerzte ganz fürchterlich. In diesem Augenblick erkannte sie auch die unheimliche Stimme, die jetzt zu singen begann. Das schwarze Mal!

Wie von Zauberhand lichtete sich der Mantel des Vergessens. Sie erinnerte sich plötzlich an alles, was geschehen war.

Wie der Jesuit sie zur Hinrichtungsstätte geschleppt hatte, wie sie ihm entkommen war und wie er sich dann Einlass verschafft hatte …

Karola mochte gar nicht weiterdenken. Tränen rannen ihr aus den Augenwinkeln. Jetzt konnte sie endlich die Augen öffnen, aber sie wollte es gar nicht mehr, denn sie ahnte, dass es noch eine weitere Hölle auf Erden gab als den schwarzbespannten Galgen am Altstädter Ring. Und in der schien sie sich gerade zu befinden!

Es gab da etwas, an das sie auf keinen Fall denken wollte, obwohl das grausame Bild sich ihr geradezu aufdrängte: Tereza, wie sie sich vor sie gestellt hatte und wie dieser Teufel erst dem Alten das Messer ins Herz gestoßen hatte und dann …

Tereza!, schrie es in Karolas Innerem verzweifelt. Sie erinnerte sich nun auch wieder an den Schwamm, den das schwarze Mal ihr auf das Gesicht gedrückt hatte.

Ihr war nach Schreien zumute, nach lautem Schreien, aber sie fürchtete, es würde ihr nichts nützen. Wenn sie richtig vermutete, war sie in der Gewalt des mörderischen Jesuiten.

Karola überlegte fieberhaft. Was sollte sie tun? Sich in ihr Schicksal ergeben oder erst einmal versuchen herauszufinden, in welcher Lage sie sich überhaupt befand?

Sie hielt die Augen geschlossen. Offensichtlich lag sie auf einem Bett.

Vorsichtig öffnete sie die Lider ein wenig und blinzelte. Das Erste, was sie wahrnahm, waren die flackernden Kerzen. In ihrem Schein zeichnete sich an der Wand der dunkle Schatten ihres Peinigers ab. Schnell schloss sie die Augen wieder. Sollte sie sich weiter ohnmächtig stellen? Sicher, eine Ohnmacht konnte sie ihm noch eine Zeit lang vortäuschen, aber half ihr das etwas? Wäre es nicht besser, dem Teufel in die Augen zu sehen?

Lobowitz aber nahm ihr die Entscheidung ab, indem er sich

zu ihrem Ohr hinunterbeugte und hämisch raunte: «Ich weiß, dass du wach bist!»

Karola erschrak zutiefst und riss die Augen auf. Das schwarze Mal war zum Greifen nahe.

«Was wollt Ihr von mir?», fragte sie mit heiserer Stimme.

«Wir beide haben noch eine Rechnung offen, weil du mir entkommen bist, aber ich denke, die ist jetzt beglichen. Wenn es nach mir gegangen wäre, hätte ich es bei unserem kleinen Ausflug zur Hinrichtung belassen. Aber dann hätten wir uns noch ein bisschen länger vergnügt und ein paar Gehenkte betrachtet», entgegnete er mit einem teuflischen Grinsen im Gesicht.

«Dann geht doch!», antwortete Karola und versuchte, mutig zu klingen.

Lobowitz aber lachte laut. «Du fragtest, was ich von dir will! Das habe ich dir nun wahrheitsgemäß beantwortet, aber ich habe einen Auftrag zu erfüllen. Es gibt jemanden, dessen Seelenheil davon abhängt, ob du tot bist oder lebst.»

«Maria Sahrenburg», flüsterte Karola tonlos.

«Genau! Du hast sie ja kennengelernt und weißt, dass ihr Hass grenzenlos ist.»

«Aber warum macht Ihr Euch die Hände schmutzig? Ihr seid ein Mann Gottes! Könnt Ihr das denn verantworten vor unserem Herrn?» Ihre Stimme bebte.

«Wir beide, Karola Kusenius, du und ich, wir haben keinen gemeinsamen Gott. Und ich kann dir nur raten, mach das, was ich dir sage. Dann geht es schneller. Steh auf!»

Als Karola nicht gehorchte, zog er sie unsanft vom Bett hoch – von dem Bett in ihrer Kammer, wie sie jetzt feststellte –, setzte sie auf einen Stuhl, reichte ihr einen Becher und befahl: «Trink!»

Karola sah ihn aus schreckensweiten Augen an. «Ihr glaubt doch nicht, dass ich den Trank freiwillig zu mir nehme?» Sie holte aus und wollte ihm den Becher aus der Hand schlagen, aber er war schneller.

«Damit hast du kein zweites Mal Erfolg. Diesen Becher hüte ich, und wenn ich dir den Inhalt Schluck für Schluck einflößen muss.» Mit diesen Worten stellte er das Gift auf dem Tisch ab und fuhr geschwind herum. In der Hand hatte er plötzlich ein Seil. Schneller, als sie denken konnte, hatte er ihr die Hände auf dem Rücken gefesselt.

Karola aber funkelte ihn an und fragte ihn voller Verachtung: «Was hat Euch die Sahrenburgerin dafür versprochen? Geld? Meinen Schmuck?»

Wieder lachte der Jesuit hässlich auf. «Du dummes Frauenzimmer. Ich tue es für Gott!»

«Gott wird Euch dafür in der Hölle schmoren lassen!», erwiderte sie scheinbar unerschrocken.

Er lachte noch einmal laut auf.

«Nein, Gott braucht mich am Klementinum, damit ich den jungen Brüdern sein Wort verkünde, aber da du es ja nicht mehr ausplaudern kannst, verrate ich dir noch ein kleines Geheimnis. Die feine Maria Sahrenburg erpresst mich. Sie hat mich in der Hand. Sie sah mich mit einer Schwester bei unkeuschen Handlungen. Und du kannst dir denken, dass ich mit diesem Stigma behaftet wohl kaum an einem Jesuitenkolleg lehren dürfte, aber …»

Ohne zu überlegen, hatte Karola ihm ins Gesicht gespuckt.

Er wischte sich ihren Speichel mit Todesverachtung ab und geiferte: «Jetzt fängt die Sache an, mir Spaß zu machen!»

71

Matthias Sahrenburg war erleichtert, dass er von dem feigen Anschlag auf sein Leben nur eine noch nicht ganz verheilte Wunde behalten hatte. Sogar reiten kann ich wieder, dachte er befriedigt. Er hätte noch ein paar Tage im Hospital bleiben müssen, aber er hatte es nicht mehr ausgehalten. Die anderen Kranken redeten seit Tagen von nichts anderem, als dass man sich bitter an den Protestanten räche. Allein die Vorstellung, Karola könnte als angebliche Mitverschwörerin irgendwo in einem Kerker schmoren, ließ ihn nicht ruhen. Vielleicht war sie ja auch schon aus der Stadt geflohen. Der Knecht, den er mit einer Botschaft losgeschickt hatte, hatte sie weder am Kleinseitner Ring noch in der Langen Gasse ausfindig machen können. Und dann die seltsame Nachricht von Sophie, die ihn soeben erreicht hatte. Sie hatte in aller Herrgottsfrühe einen Stalljungen mit einem Pferd zu ihm geschickt und ihn dringend gebeten, er solle sofort ins Palais kommen und auf keinen Fall zu seiner Mutter gehen, sondern sie erst in der Küche aufsuchen. Da hatte es für Matthias kein Halten mehr gegeben. Er fragte sich, was das alles zu bedeuten hatte.

Als er dem Knecht im Hof des Palais die Zügel in die Hand drückte, stutzte er. Es war Klemens, jener Knecht, den er mit den Botschaften für Karola beauftragt hatte. Täuschte er sich, oder sah der Knecht ihn wie eine Erscheinung an.

«Was ist mit dir?», fragte Matthias.

«Ich … ich dachte … Eure Mutter meinte, Ihr bliebet noch ein paar Tage, und nun hat sie doch noch gar nicht Eure Braut …», stammelte er.

«Wovon redest du?»

Klemens zögerte, bevor er schließlich sagte: «Eure Mutter wollte zu Eurem Empfang Eure Braut herbeiholen und bat mich, ihr Eure Botschaft nicht zu überbringen …»

Matthias unterbrach ihn schroff: «Wo ist meine Braut?»

«In der Langen Gasse, aber Eure Mutter wollte selber hinüberfahren …»

Matthias hörte nicht mehr zu. Wie der Teufel eilte er in die Küche und fragte nach Sophie, aber niemand wusste, wo sie war. Nur dass die Herrin ihr gestern überraschend eine Kammer in ihrer Nähe zugewiesen hatte. «Ich habe sie heute in aller Frühe gesehen, wie sie zum Stall ging, aber dann kam sie nicht wie gewohnt in die Küche», rief eines der Küchenmädchen aufgeregt.

Matthias wurde blass. Dass seine Mutter in dunkle Machenschaften verstrickt war, lag auf der Hand. Er musste auf der Stelle herausfinden, was genau sie im Schilde führte.

Er traf seine Stiefmutter im Salon an. Als sie ihn erblickte, stand ihr der Schrecken ins Gesicht geschrieben. «Was machst du denn schon hier? Du solltest auf dem Krankenlager liegen! So wirst du nie genesen!», stammelte sie.

«Mutter, was hat sich Euer teuflisches Hirn nun wieder ausgedacht?», fragte er drohend.

Maria Sahrenburg tat empört. «Hat dein Verstand gelitten?», gab sie verächtlich zurück.

In diesem Augenblick klopfte es, und Sophie trat ein. Als sie Matthias erblickte, wurde sie rot. «Junger Herr …», brachte sie heraus, bevor ihre Herrin ihr über den Mund fuhr. «Schweig!»

Sophie zögerte. Sie sah gehetzt von einem zum anderen, doch dann sagte sie hastig: «Eure Braut ist in der Langen Gasse. Schnell, reitet hin, bevor es zu spät ist … Sie will sie töten …»

Maria Sahrenburg stürzte sich auf ihre Magd, aber Matthias ging dazwischen. «Wage es ja nicht, ihr auch nur ein Haar zu krümmen!» Dann schubste er seine Stiefmutter zur Seite und zog die Magd mit sich fort. «Hab keine Angst, Sophie, du stehst unter meinem Schutz! Geh auf schnellstem Wege zum Advokaten Stefek und sage ihm, dass ich ihn erwarte, und kehre nur mit ihm zusammen zurück.»

Wie ein Wahnsinniger ritt er wenig später durch die Gassen. Als er am Altstädter Brückenturm vorbeikam, musste er sich durch einen Menschenauflauf drängeln. Alle gestikulierten aufgeregt und zeigten nach oben zum Turm. Als Matthias einen Blick zurück riskierte, wollte ihm fast das Herz stehenbleiben. Am Brückenturm waren Köpfe aufgespießt. Angeekelt gab er seinem Pferd die Sporen.

Außer Atem kam er in der Langen Gasse an, und ihm schwante Übles. Das Haus war nicht verschlossen.

«Karola!», rief er, als er in die Diele trat, doch es blieb totenstill. Plötzlich hörte er ein leises Stöhnen. Matthias ging dem Geräusch nach, stolperte dabei über den leblosen Körper eines alten Mannes, und dann sah er auch schon Tereza auf dem Boden liegen. In ihrer Brust klaffte eine Wunde, aus der Blut tropfte. Sie hatte die Augen geschlossen und stöhnte, aber das Stöhnen wurde immer leiser.

«Tereza!», rief Matthias. Er hockte sich neben sie auf den Boden, hob ganz vorsichtig ihren Oberkörper an und hielt die alte Frau im Arm. Wieder stöhnte sie leise auf.

«Um Himmels willen. Tereza!», flüsterte Matthias. Sie murmelte etwas, doch er konnte sie nicht verstehen.

«Wo ist Karola?», fragte er verzweifelt.

«Sie … sie …», stöhnte die sterbende Magd.

Dann fing sie zu röcheln an. Matthias versuchte, sie zu beruhigen. «Es wird alles gut, es wird doch alles gut», murmelte er, aber dann verstummte das Röcheln, und er dachte schon, sie hätte ihren letzten Atemzug getan, aber sie atmete noch flach. Er betete, dass sie ihm noch würde sagen können, wo Karola sich befand. «Es wird gut, es wird alles gut», wiederholte er schwach.

Plötzlich öffnete sie die Augen. Es waren die brechenden Augen einer Sterbenden. Sie versuchte, tief Luft zu holen. «Junger Herr …», presste sie mühsam hervor. Dann hielt sie inne, und das Röcheln wurde stärker. «Ihr müsst sie retten!»

«Aber wo ist sie?», fragte Matthias verzweifelt. Er fühlte, dass es die letzten Atemzüge der alten Magd waren.

«Junger Herr …?», hörte er sie röcheln. Sie unterbrach sich, bevor sie mit rasselndem Atem herausbrachte: «Der Jesuit!»

Weiter kam sie nicht. Ihr Kopf sackte zur Seite. Matthias hielt Tereza noch einen Augenblick lang in seinem Arm, bevor er sie sanft auf den Boden gleiten ließ und ihre Augen für immer schloss. Dann erhob er sich hastig und dachte angestrengt nach. Wo konnte Karola sein? Sein Kopf dröhnte. Er musste eine Entscheidung treffen, und er ahnte auch schon, wohin Lobowitz Karola verschleppt hatte. Ins Klementinum. Er musste auf dem schnellsten Wege dorthin reiten!

Er war schon bei der Tür, als er ein merkwürdiges Geräusch vernahm. Zögernd drehte er sich um.

72

Karola konnte sich nicht mehr wehren. Ihre Hände waren festgebunden. Die Gelenke schmerzten. Jener Becher war ganz nah an ihrem Mund. Ihr wurde übel. Es roch nach Mäusekot. Sie konnte auch nichts mehr sagen, denn wenn sie den Mund öffnete, würde er ihr sogleich das Teufelszeug einflößen. Darauf wartete er doch nur. So biss sie die Lippen fest zusammen.

Lobowitz redete in einem fort auf sie ein, beleidigte sie in der Hoffnung, dass sie sich endlich wehren und den Mund freiwillig aufmachen würde. «Du solltest dem Ketzertum abschwören, bevor du den Giftbecher nimmst!», höhnte er.

Dann stockte er und betrachtete sie von Kopf bis Fuß. Plötzlich bekam sein Blick etwas Lüsternes. Karola erschauderte. Schon fasste er mit einem einzigen Griff unter ihre Röcke. Mit groben Händen tastete er nach ihrem Körper und ließ die Hand an den Innenseiten der Schenkel nach oben gleiten.

«Ihr habt schönere Schenkel als die Schwester!», geiferte er. «Vielleicht sollte ich Euch noch ein wenig beglücken …» Er zog seine Hand weg und sah sie fordernd an.

Am liebsten hätte sie ihm «Fahrt zur Hölle!» entgegengeschleudert, aber sie schwieg eisern.

«Ich frage dich noch einmal, ob du freiwillig abschwörst? Du wirst verstehen, dass der Herr mir nicht verzeihen würde, wenn ich mich an einer Lutheranerin verginge.»

Karola fiel es immer schwerer, den Mund zu halten, aber sie durfte nicht schreien. Dann war sie verloren. Sie durchschaute ihn. Er redete nur deshalb so widerlich daher, damit sie den Mund öffnete. Der Jesuit war jetzt einen Schritt zurückgetreten und sagte bedauernd: «Es ist ein Jammer, aber ich darf es nicht tun. Dann könnte dein Geliebter, der überall nach dir sucht, Argwohn schöpfen, wenn er dich eines schönen Tages im Tode vorfindet. Er soll doch denken, dass du es aus Kummer darüber getan hast, weil es für euch keine Hoffnung gibt in diesen Zeiten …» Er lachte höhnisch und näherte sich ihr wieder. «Komm, trink! Je schneller der Becher geleert ist, desto schneller sind deine Qualen vorüber!»

Karola hatte das Gefühl, ihr Herzschlag würde aussetzen. Er sprach von Matthias! Und so wie er von ihm redete, gab es keinen Zweifel, dass er lebte. Sie musste kämpfen, aber wie? Ein Schrei wäre ihr sicherer Tod. Da spürte sie, wie ihr Fuß gegen etwas Hartes stieß. Verstohlen blickte sie an sich hinunter. Es war ein Schemel. Mit zusammengebissenen Lippen sah sie ihren Peiniger voller Verachtung an, während sie versuchte, den Schemel mit beiden Füßen in ihre Gewalt zu bekommen. Sie schwitzte, weil sie die ganze Zeit in sein Gesicht sah, während sie möglichst unauffällig mit den Füßen arbeitete. Sie blickte auf sein schwarzes Mal und dann in seine Augen, in denen sie lesen konnte, dass er sie besiegt zu haben glaubte. Als sie den Schemel endlich fest zwischen beide Füße gepresst hatte, zögerte sie nicht, sondern warf ihre Beine hoch und schleuderte ihm den Schemel entgegen. Der prallte an ihm ab und landete mit lautem Poltern auf dem Boden.

«Du hast es so gewollt!», schrie er und versuchte, ihr mit der einen Hand den Mund zu öffnen und mit der anderen das Gift einzuflößen.

In diesem Augenblick flog die Tür auf.

Mit zornverzerrtem Gesicht stürzte Matthias sich auf den Jesuiten. Karola schrie auf. Lobowitz erholte sich blitzschnell von seinem Schrecken und wollte die Gelegenheit nutzen und das Gift in ihren geöffneten Mund schütten, doch Matthias riss ihn in letzter Sekunde weg. Der Becher fiel hinunter und zerbrach. Dann holte Matthias aus und streckte seinen Gegner zu Boden. Eine Weile kämpften die beiden Männer keuchend miteinander. Karola beobachtete entsetzt jede ihrer Bewegungen, und sie sah, wie Lobowitz nun geschickt unter die Soutane griff und sein blutbesudeltes Messer hervorholte. «Matthias! Er hat ein Messer!», warnte Karola ihn, aber da hatte der Jesuit es Matthias bereits an dessen Hals gesetzt. «Rühr dich nicht. Sonst bist du schneller tot, als du denken kannst!», zischte Lobowitz. Matthias schaffte es jedoch, ihm das Messer aus der Hand zu schlagen. Seine Wut verlieh ihm beinahe übermenschliche Kräfte. Der Jesuit sprang vom Boden auf und wollte Matthias erneut angreifen, doch auch ihm gelang es, aufzuspringen und seinen Gegner mit einem Schlag niederzustrecken. Im Fallen stieß Lobowitz mit seinem Kopf gegen eine Tischkante. Er stürzte zu Boden und blieb regungslos auf dem Rücken liegen. Um seinen Kopf herum breitete sich eine Blutlache aus.

Matthias beugte sich zu ihm hinunter. «Von dem hast du nichts mehr zu befürchten … Wenn ich nicht im letzten Augenblick das Poltern vernommen hätte …», brachte er tonlos heraus und befreite Karola von ihren Fesseln. Schließlich setzte er sich erschöpft zu ihren Füßen auf den Boden. Er war ganz bleich geworden, und Karola erschrak zu Tode, als sie hinten auf seinem Wams einen roten Fleck entdeckte. «Matthias? Deine Wunde. Ich glaube, sie blutet», hauchte sie.

Matthias versuchte zu lächeln. «Sorge dich nicht. Das ist nur noch ein kleiner Schnitt. Aber ich konnte ja schlecht im Hospital warten, bis man dich aus dem Weg geräumt hat.»

Karola erwiderte sein Lächeln. «Sag, was soll ich tun? Dir die Wunde neu verbinden, einen Wundarzt holen …?»

«Du könntest mich küssen», erwiderte er, und schon lagen sie sich in den Armen, aber nicht lange, weil Karola vor lauter Sorge um ihn diesen Kuss nicht genießen konnte. «Soll ich nicht doch einen Wundarzt holen?»

Matthias seufzte. «Nein. Was wird der wohl tun, wenn er uns hier mit einem toten Jesuiten vorfindet? Wir müssen die Stadt noch vor Anbruch der Dunkelheit verlassen haben. Bevor man mich als Mörder verfolgt!»

«Dann lass uns gehen», sagte Karola entschieden.

«Nein, noch nicht. Wir wollen nichts überstürzen. Wir brauchen ein zweites Pferd, einen Wagen und Geld.»

«Ich habe nur noch ein paar Taler», erwiderte sie kleinlaut, doch dann fiel ihr ein: «Die Schatulle, die hatte ich ganz vergessen. Die Schatulle, die noch im Besitz deiner Mutter ist.»

«Dann werde ich sie jetzt holen.» Stöhnend stand er auf.

Karola warf einen besorgten Blick auf seinen Rücken, aber der Fleck auf seinem Wams war nicht größer geworden. «Du kannst unmöglich zum Palais reiten. Deine Mutter wird dich verraten, dich in den Kerker bringen lassen …»

Matthias nahm sanft ihre Hände und sah ihr fest in die

Augen. «Noch weiß niemand, was geschehen ist. Vertraue mir. Ich habe nur noch mein nacktes Leben, das ich um keinen Preis leichtfertig aufs Spiel setzen werde. Aber ich werde es nicht dulden, dass du wie ein Bettelweib mit einem Mörder aus der Stadt flüchten musst. Du sollst mitnehmen, was dir gehört. Wir werden es gut gebrauchen können. Und ich bin es dir schuldig, dieses Mal für dein Recht zu kämpfen und zu siegen!»

Karola sah ihn mit großen Augen an. Dann nickte sie schwach. «Ich habe keine Angst. Ich weiß, dass du unversehrt zurückkehren wirst und dass uns nichts mehr trennen kann.»

Matthias strich ihr über die bleichen Wangen und drückte ihr einen sanften Kuss auf die Lippen, bevor er zur Tür eilte. «Pack nur das Nötigste ein!», rief er ihr zu.

«Pass auf dich auf!», gab sie ihm mit auf den Weg und versuchte, nicht gar so ängstlich zu klingen.

Als seine Schritte verhallt waren, atmete Karola tief durch und warf einen flüchtigen Blick auf den Jesuiten, bevor sie aus einer Ecke ihre Reisetruhe hervorholte. Sie tat, was Matthias verlangt hatte, und füllte die Truhe nur zur Hälfte. Dann zog sie ihr verschmutztes Kleid aus und kleidete sich in ihr neues grünes Gewand. Schließlich schleppte sie die Truhe die Stiegen hinunter in die Diele.

Erst jetzt fiel ihr wieder ein, was für ein Anblick sie dort unten erwarten würde. Sie stellte die Truhe ab und stieg über den toten Wenzel Czernin hinweg, um zu ihrer Magd zu gelangen. Eigentlich wollte sie ihn keines Blickes würdigen, schließlich hatte er ihr grausame Dinge angetan, aber sie konnte nicht anders. Seine vor Entsetzen weit aufgerissenen Augen zeigten, dass er längst in der Hölle schmorte. Trotzdem war es ihre Christenpflicht, ihm zumindest eine Decke über sein starres Gesicht zu legen.

Zitternd hockte sie sich neben Tereza und betrachtete

sie. Es gab Karola ein wenig Trost, dass Terezas Gesichtsausdruck nicht angsterfüllt, sondern friedlich war. Während sie die Magd ansah, hielt sie stumme Zwiesprache mit ihr. Und da fiel ihr etwas ein, was sie noch für ihre Magd würde tun können. Sie dachte an das neue Gewand, das sie für Tereza genäht hatte. Es hing noch in der Werkstatt. Mit klopfendem Herzen holte sie Bluse, Röcke und die prächtigsten Stoffe, die sie finden konnte, herbei. Dann entkleidete sie die Magd bis auf die Unterröcke und zog ihr die weiße Bluse, die Röcke aus grauem Linnen und schließlich das Mieder an. Tereza sah prächtig darin aus. Noch einmal betrachtete sie ihre treue Magd, bevor sie deren Körper in die Stoffe einwickelte, bis er ganz darin verschwunden war.

73

Als Matthias am Palais seiner Familie angekommen war, bat er als Erstes den Knecht, ihm die beiden besten Pferde zum Ausreiten und einen Wagen fertig zu machen, jemanden zum Advokaten Stefek zu schicken und ihn umgehend herzubringen. Außerdem verlangte er nach einer Kutsche und zwei starken Knechten, die eine Reise für ihn antreten sollten. «Und sage bitte einer der Mägde, sie möge ein paar Sachen der Herrin in die Reisetruhe packen. Nur das Nötigste!», befahl er, bevor er weitereilte.

Ohne anzuklopfen, betrat Matthias das Gemach seiner Mutter. Sie kniete am Boden und betete.

«Los, steht auf!» Unsanft riss er sie am Arm hoch. «Gebt mir die Schatulle!»

«Welche Schatulle?»

«Das Erbe von Karola Kusenius!»

«Der Schmuck gehört mir!», kreischte die Alte.

«Gebt mir sofort die Schatulle!»

«Aber dir gehört sie nicht!»

«Aber Karola Kusenius, die ich im letzten Augenblick vor Eurem feigen Anschlag retten konnte.»

«Ich glaube dir kein Wort. Bruder Augustin …» Sie schlug erschrocken die Hand vor den Mund.

«Euer Jesuit ist tot!»

Mit schreckensweiten Augen sah Maria Sahrenburg ihren Stiefsohn an. «Hilfe, Mörder! Hilfe, Mörder!», schrie sie.

Matthias packte seine aus Leibeskräften schreiende Stiefmutter und hielt ihr den Mund zu. «Zum allerletzten Mal. Gebt mir die Schatulle!», herrschte er sie an.

«Wo ist das Weib? Ich will sie sehen!»

«O nein, Ihr werdet meine Braut nie wieder zu Gesicht bekommen!»

Matthias streckte ihr ungerührt seine Hand entgegen. «Die Schatulle bitte! Oder ich lasse die Knechte alles durchsuchen!»

Stumm deutete Maria Sahrenburg auf ihre Truhe.

Matthias ging ohne zu zögern darauf zu und klappte den Deckel auf. Obenauf lag jene Kiste, die er sofort erkannte. Er nahm sie vorsichtig heraus und öffnete sie.

«Wo ist der Rest?», fragte er.

Wortlos näherte sie sich der Truhe, holte eine zweite Kiste hervor und stellte sie auf den Tisch. Matthias' Blick aber blieb an einer Zeichnung hängen, die unter der Kiste gelegen hatte. Vorsichtig nahm er das Papier heraus und blickte auf den Entwurf eines festlichen Gewandes. Er ahnte, was Karola dort gezeichnet hatte. Vorsichtig steckte er das Papier in sein Wams. Dann öffnete er die zweite Kiste und kippte den gesamten Inhalt in Karolas Schatulle.

«Das überlebe ich nicht!», hörte er seine Stiefmutter murmeln. «Der Gedanke, dass sie es in ihren Händen hält, bringt mich um! Herr, tu doch etwas!»

In diesem Augenblick klopfte es, und eine junge Magd gab Bescheid, dass die Reisekiste fertig gepackt sei.

«Ich bringe Euch noch zur Kutsche!», sagte Matthias nun und zog seine Stiefmutter nach draußen. Sie weigerte sich mitzukommen, aber er schleifte sie vor das Palais. Dort warteten eine Kutsche und zwei Knechte. Matthias hob seine Stiefmutter, die sich immer noch mit Händen und Füßen wehrte, auf die Kutsche und bat den einen der beiden Knechte, sie festzuhalten. «Ihr müsst wissen, sie hat den Verstand verloren. Passt auf, dass sie euch nicht wegläuft!»

«Mörder! Mörder!», schrie sie, doch der starke Knecht ließ sich das nicht zweimal sagen. Er packte die strampelnde alte Frau mit eisernem Griff.

«Herr, wohin soll die Reise gehen?», fragte Klemens.

«Fahrt zum Kloster Chotesov bei Pilsen zu den Barmherzigen Schwestern. Und sagt ihnen, es käme bald ein großer Geldsegen auf sie zu. Der macht es ihnen sicherlich schmackhaft, die fromme Maria Sahrenburg bei sich aufzunehmen.» Ohne sie eines Blickes zu würdigen, ging er ins Haus zurück.

Es machte ihn ein wenig unruhig, dass Stefek noch immer nicht eingetroffen war. Vielleicht hat man ihn inzwischen als Mitverschwörer angeklagt, dachte Matthias noch, als der Advokat mit einem strahlenden Lächeln auf den Lippen auf ihn zutrat.

«Ich dachte schon, man sei Euch an den Kragen gegangen», begrüßte er Stefek erleichtert.

«Aber wer wollte sich schon an einem guten Katholiken vergreifen?», erwiderte der Advokat schmunzelnd.

Wider Willen musste Matthias lächeln. Dieser Mann würde immer und überall überleben. Dann wurde er wieder ernst. «Ich möchte Euch bitten, mein Palais zu verkaufen, und bitte, verwaltet den Erlös, bis Ihr wieder von mir hört. Ich möchte Euch außerdem bitten, den Knechten und Mägden bei Euch Arbeit zu geben oder sie Euren neuen Freunden anzuempfehlen. Und gebt ein Zehntel des Erlöses an die Schwestern von Chotesov. Gern dürft Ihr selbst das Haus erwerben, aber nur zu einem anständigen Preis!»

«Aber wo werdet Ihr hingehen?»

Matthias atmete tief durch. «Nach Wien», log er, und das Herz wurde ihm schwer. Als Mörder eines Jesuiten konnte er nicht mehr dorthin zurück! Hastig wandte er sich zum Gehen, damit der Advokat nicht bemerkte, dass es kein jubelnder Abschied war.

«Wartet! Habt Ihr etwas von Karola Kusenius gehört?», rief ihm der Advokat hinterher.

Matthias kämpfte mit sich, aber dann drehte er sich seufzend um und sagte dem guten Stefek die Wahrheit: «Wir werden die Stadt gemeinsam verlassen.»

«Gott sei Dank!», murmelte der Advokat erleichtert.

74

Es war noch hell, als Karola und Matthias Prag Richtung Westen verließen. Auf dem Weg aus der Stadt hinaus waren sie an den zur Abschreckung ausgestellten Resten eines Hingerichteten vorbeigekommen. Karola vermutete, dass es ein Teil des armen Jessenius gewesen war, den man gevierteilt hatte. Stumm betete sie für ihn.

Matthias hatte vorgeschlagen, noch eine Weile zu reiten, um die Stadt möglichst weit hinter sich zu lassen. Auf dem kleinen Wagen, den sein Pferd zog, war nicht nur die Reisetruhe verschnürt, auch die arme Tereza hatten sie darauf gebettet, um sie vor der Stadt zu begraben. Sie sprachen nicht viel, sondern ritten meist schweigend nebeneinander her. Nur eines wollte Matthias unbedingt wissen: «Wer war eigentlich der tote alte Mann in deinem Haus?»

Karola seufzte. «Es war der Kleidermacher Czernin, der Vater meines Mannes Jan. Er hat dir den Dolch in den Rücken gestoßen.»

Matthias nickte stumm.

Es war schon dämmrig, als sie ein Dorf erreichten. Zu ihrem Schrecken mussten sie feststellen, dass bis auf eine Scheune alles zerstört und niedergebrannt worden war. Karola fröstelte, denn ihr war unheimlich zumute, als sie an den zerstörten Häusern und Hütten vorbeiritten. Irgendwo ganz in der Nähe schrie ein Käuzchen, und von Ferne drang ein heiseres Heulen zu ihnen. Es war nicht zu unterscheiden, ob es sich um einen Hund oder einen Wolf handelte.

«Ich würde vorschlagen, dass wir in der Scheune dort unser Nachtlager aufschlagen», sagte Matthias, der sein Pferd zum Halten gebracht hatte und abgestiegen war. Karola stimmte ihm zu, stieg von ihrem Pferd, nahm es bei den Zügeln und folgte Matthias zur Scheune.

«Schau, da!», rief Matthias plötzlich aus und deutete auf ein Stück Land. «Ein Acker, auf dem die Erde locker ist.»

Karola spürte einen Kloß im Hals. Nun hieß es Abschied nehmen. Sie nickte stumm. Matthias band sein Pferd an einen Baum und begann, mit den Händen zu graben. Karola tat es ihm gleich. Wenngleich die Erde des Ackers locker war, brauchten sie einige Zeit, um ein entsprechend großes Loch zu graben. Dann hob Matthias den Leichnam der Magd vom Wagen, legte ihn hinein und bedeckte ihn mit der schwarzen Erde des Ackers. Karola faltete die Hände und murmelte: «Du hast es geahnt, gute Tereza, nicht wahr? Schon als die Alte dir aus der Hand gelesen hat. Da hast du gewusst, dass der Tod dich bald holen wird. Deshalb hast du dich auch so aufgeregt, als sie dir ein langes Leben prophezeit hat. Ich habe mich noch einmal umgedreht und gesehen, dass sie lügt, aber ich wollte es einfach nicht wahrhaben.»

Lange standen Matthias und Karola Hand in Hand da. Inzwischen hatte sich die Dunkelheit über ihnen ausgebreitet, aber der Mond und die Sterne gaben ihnen genügend Licht.

«Komm, lass uns gehen.» Matthias zog Karola sanft von Terezas letzter Ruhestätte fort.

«Es wäre in ihrem Sinn, dass wir gemeinsam fortgehen. Du warst bis zuletzt ihr junger Herr», brachte Karola heiser hervor.

«Wir werden uns nicht mehr trennen.» Matthias setzte schmunzelnd hinzu: «Nun muss ich dich wohl so nehmen, wie du bist. Ich habe dich schließlich entführt. Sonst ziehst du noch vor Gericht, wenn ich mich weigere, dir das Jawort zu geben.»

«Das war ein ganz böser Raptus, nicht wahr, Herr Rechtsgelehrter?», flüsterte Karola zurück und versetzte ihm einen zärtlichen Stoß in die Rippen.

«Ich habe noch ein Geschenk für dich.» Matthias holte die Zeichnung des Hochzeitsgewandes aus seinem Wams. Sie konnte es kaum glauben. Es war der zweite, der schönere Entwurf, den sie bei ihrer Flucht aus dem Hause Sahrenburg zurückgelassen hatte. Sie wollte ihm um den Hals fallen, aber da fragte Matthias schon ungeduldig: «Wohin wollen wir morgen eigentlich ziehen?»

Karola erwiderte prompt: «Nach Amberg natürlich!»

«Doch nicht zu den Calvinisten!», erwiderte Matthias empört und fügte versöhnlich hinzu: «Aber wer weiß, wer dort herrscht, wenn wir die Stadt erst einmal erreicht haben. Und wer weiß, ob man dort einen Habsburger überhaupt in Lohn und Brot nimmt.»

«Mach dir keine Sorgen um unseren Lebensunterhalt. Ich werde mich als Kleidermacherin verdingen.» Karola lächelte.

Matthias runzelte die Stirn. Dann nahm er ihr vorsichtig die Zeichnung aus der Hand und betrachtete sie lange im Mondlicht. «Es ist ein wahrhaft prächtiges Gewand.»

Glossar

Bruderzwist – Gemeint ist der Erbfolgestreit zwischen dem Habsburger Kaiser Rudolf II. (der seinen Sitz nicht in Wien, sondern in Prag hatte) und seinem jüngeren Bruder Matthias. Matthias marschierte 1611 in Prag ein, nahm seinen Bruder gefangen und übernahm den Thron. Matthias residierte dann aber in Wien.

Böhmische Konfession – Confessio bohemica. Evangelische Bekenntnisschrift der Ultraquisten, Lutherischen und der Böhmischen Brüder mit dem Ziel, eine evangelische Landeskirche zu errichten. Diese Schrift wurde 1575 Maximilian II. vorgelegt, aber erst 1609 durch den Majestätsbrief von Rudolf II. in Böhmen anerkannt.

Böhmische Brüder – Religiöse Gemeinschaft. Deren Mitglieder leisteten keinen Kriegsdienst und übernahmen keine Ämter. Sie wurde im Dreißigjährigen Krieg fast völlig vernichtet.

Buquoy – auch «der Franzose» genannt. Graf Karl Bonaventura von Buquoy, Oberbefehlshaber der kaiserlichen Armee, siegte in der Schlacht am Weißen Berg, starb 1621 an den Folgen einer schweren Kriegsverletzung.

Blattern – Pocken.

Calixtiner – siehe Ultraquisten.

Christian von Anhalt – Führer der böhmischen Armee. Vorher war er Statthalter in der Oberpfalz in den Diensten Friedrichs. Er soll entscheidend dazu beigetragen haben, dass Friedrich die böhmische Krone annahm.

Defenestration – Zweiter Prager Fenstersturz. Am 23. Mai 1618 drangen Protestanten, erbost darüber, dass gegen ihre Rechte aus dem Majestätsbrief verstoßen worden war, in die Burg ein. Dort hielten sie unter dem Vorsitz des Grafen Thurn eine improvisierte Gerichtsverhandlung ab, verurteilten die kaiserlichen Statthalter Martinitz und Slavata zum Tode und warfen sie aus dem Fenster, den Schreiber Fabricius gleich hinterher. Die drei entkamen, obwohl hinter ihnen her geschossen wurde, in das Haus einer strenggläubigen Katholikin.

Der Bayer – Herzog Maximilian von Bayern. Ferdinands Verbündeter gegen Friedrich von der Pfalz. Siegte am Weißen Berg und soll das besiegte Prag später mit einer Kriegsbeute von 1500 Wagen voller Gold und Kunstschätze verlassen haben.

Der Pfälzer – Friedrich V. von der Pfalz. Der Calvinist nahm die ihm von den böhmischen Ständen angebotene Krone an und wurde König von Böhmen. Seine Herrschaft dauerte aber nur etwas über ein Jahr (1619–1620), was ihm den Spottnamen «Winterkönig» einbrachte. Als dieser ging er auch in die Geschichte ein. Er floh mit seiner Familie nach der Niederlage vom Weißen Berg aus Prag und kehrte niemals mehr dorthin zurück.

Dorn – Werkzeug zum Erweitern von Löchern im Stoff.

Ferdinand der Steiermärker – Kaiser Ferdinand II. (seit 1619). Er wurde 1617 zum König von Böhmen gekrönt, obwohl sein Cousin Matthias noch lebte. Sein unversöhnlicher Hass gegen die Protestanten war berüchtigt. Er war ein Verfechter der Gegenreformation. 1619 wurde ihm von den Ständen die böhmische Krone aberkannt und dann Friedrich gegeben. Nach dem Sieg der Katholischen Liga über die Protestanten in der Schlacht am Weißen Berg ging er mit aller Härte gegen die Protestanten vor und begann mit der Rekatholisierung Prags.

Graf von Thurn – Heinrich Matthias Graf von Thurn war einer der führenden Köpfe des böhmischen Aufstands. Er gehörte zu den Protestanten, die am 23. Mai 1618 zur Burg zogen, eine improvisierte Gerichtsverhandlung abhielten, die kaiserlichen Statthalter Martinitz und Slavata zum Tode verurteilten und anschließend aus dem Burgfenster warfen. Thurn wurde Führer des Ständeheers, mit dem er gegen Wien zog.

Große Schlosskirche – St. Veitsdom.

Hussiten – Anhänger der Lehre von Jan Hus, die nach dessen Verbrennung 1415 aus öffentlichen Ämtern ausgeschlossen werden sollten. Es kam 1419 zum Aufstand und zum ersten Prager Fenstersturz. Die Bewegung spaltete sich in die Calixtiner (Jan Ziska) und die radikaleren Taboriten (Martin Huska). Letztere wurden von Ziska schließlich aus der Stadt Prag gejagt und auszurotten versucht. Es folgten die Hussitenkriege. Der Reichstag 1512 verlieh den Hussiten (nun Ultraquisten) die gleichen Rechte wie den Katholiken.

Jesuitenkolleg – Klementinum in Prag. Die Jesuiten erhielten 1556 ein verfallenes Kloster von Maximilian II., das sie als Gegenuniversität zur ultraquistischen Karls-Universität aufbauen sollten. Die Jesuiten mussten Prag 1618 verlassen, kamen aber bald nach dem Sieg der Katholiken zurück in die Stadt.

Joachimsthaler – Guldengroschen, wog eine Unze, trug unter anderem das Wappen der Herren von Schlick und den böhmischen Löwen. Von 1566–1750 Reichstaler des Heiligen Römischen Reiches.

Karfunkel – rote Edelsteine.

Kirche der Heiligen Dreifaltigkeit – Sie wurde 1613 als lutherische Kirche auf der Kleinseite geweiht, von den aus Prag fliehenden protestantischen Predigern 1622 verlassen und 1624 im Zuge der Rekatholisierung Prags den Karmelitern übergeben. Heute ist es die Kirche St. Maria vom Siege.

König James – König Jakob (engl. James) I. von England (seit 1603). Er war Sohn Marias Stuarts und Schwiegervater Friedrichs (Winterkönig), dem er aber keine nennenswerte Unterstützung für seinen Kampf gegen die Habsburger Herrschaft in Böhmen zuteilwerden ließ.

Kraftbrot – Marzipan.

Mansfeld – Peter Ernst II. von Mansfeld. Protestantischer Heerführer im Dreißigjährigen Krieg. 1620 verriet er vor der Schlacht am Weißen Berg die böhmischen Truppen, in deren Sold er noch stand.

Majestätsbrief – In dieser Urkunde sagte König Rudolf II. den evangelischen Ständen 1609 die ungehinderte Ausübung ihres Glaubens zu.

Muntehe – Ehe als Rechtsgeschäft zwischen den Familien. Die Frau suchte sich den Ehemann nicht aus, sondern wurde gegen einen Brautpreis verkauft.

Prädestinationslehre – Gemeint ist Calvins Prädestinationslehre. Danach hat Gott allein beschlossen, was mit den Menschen geschieht. Den einen ist das ewige Leben bestimmt, den anderen die ewige Verdammnis.

Roupov – Wenzel Wilhelm von Roupov, Führer des Direktoriums, das gleich nach dem Fenstersturz die Regierungsgeschäfte übernahm.

Rumpolt – Marx Rumpolt, Leibkoch des Mainzer Kurfürsten, Verfasser eines der ersten gedruckten Kochbücher 1581.

Sachsenkönig – Johann Georg I. von Sachsen. Herrscher über das lutherische Sachsen. Er nahm die ihm angebotene böhmische Krone nicht an, denn er lehnte eine Verbindung zum Calvinismus strikt ab und erkannte die katholische Habsburgerherrschaft ohne Wenn und Aber an. Er verbündete sich sogar kurzfristig mit Ferdinand gegen Friedrich.

Schaube – eine Art Mantel, weit und faltig, vorne offen und meist mit Pelzkragen.

Schlacht am Weißen Berg – die große Entscheidungsschlacht zwischen Protestanten und Katholiken. Am Weißen Berg (tschechisch: *Bílá Hora*) unterlagen am 8. November 1620 die böhmischen Stände unter ihrem König Friedrich V. von der Pfalz und dessen Heerführer Christian I. von Anhalt den Truppen der Katholischen Liga, die von dem Generalissimus Karl Bonaventura Graf von Buquoy angeführt wurden.

Scultetus – Abraham Scultetus war Hofprediger Friedrichs von der Pfalz, verantwortlich für den Bildersturm im Prager St. Veitsdom im Dezember 1619.

Sulevice – Kaplir von Sulevice stammte aus einem altehrwürdigen böhmischen Rittergeschlecht. Er war während des Aufstands Mitglied des Direktoriums und einer von den am 21. Juni auf dem Altstädter Ring hingerichteten Aufständischen. Er war am Tag der Hinrichtung 86 Jahre alt.

Ultraquisten – Anhänger einer hussitischen Glaubensrichtung, auch Calixtiner genannt. Nach 1530 Spaltung in Altultraquisten und Neuultraquisten (die sich stark an Luthers Lehren orientierten).

Unehrliche – Sie übten gesellschaftlich geächtete Berufe aus.

Veruntreute Söhne der Heimat – So hießen die Prager, die während der protestantischen Regierungszeit aufseiten der Habsburger kämpften.

Waldstein – Der 1583 geborene und aus dem alten böhmischen Adelsgeschlecht derer von Waldstein stammende spätere Feldherr Wallenstein war mit seinen Soldaten für den reibungslosen Verlauf der Hinrichtung der böhmischen Ständeführer zuständig. Sie sollten verhindern, dass ein neuer Aufstand ausbrach. Seine Eltern waren Ultraquisten, er selbst wurde zum Teil von Böhmischen Brüdern erzogen und konvertierte etwa 1602 zum Katholizismus.

Wüterich – hochgiftige Pflanze, auch bekannt unter dem Namen Schierling.

Mein besonderer Dank und mein Respekt gilt den tschechischen Autoren Michal Šroněk und Dr. Jaroslava Hausenblasová. Deren ins Deutsche übersetztes wunderbares Buch mit dem Titel «Gloria & Miseria – Prag und der Dreißigjährige Krieg» war mir eine unendlich große Hilfe dabei herauszufinden, wie die Prager Bürger den Ausbruch des Dreißigjährigen Krieges wirklich erlebten. Weiterhin danke ich meiner Familie, die stets volles Verständnis dafür aufgebracht hat, wenn ich in meinen Gedanken mehr in den Jahren 1618–1621 war als im Hier und Jetzt.

Die Kleiderform, die Karola Kusenius entwirft, ist meiner Phantasie entsprungen. Es ist wohl anzunehmen, dass es in den Jahren 1618–1621 eher dem modischen Trend entsprach, die Taille nach oben zu verschieben.

Tiana Faber

Marina Fiorato
Die Glasbläserin von Murano

Venezianisches Glas: kostbar wie Gold. Um sein Geheimnis zu wahren, wurden die Glasbläser auf die Insel Murano verbannt. Fast vierhundert Jahre später stößt die junge Leonora Manin auf das Erbe ihrer Familie. Sie ahnt nicht, wie eng die Vergangenheit mit ihrer eigenen Zukunft verknüpft ist ...
rororo 24400

Historische Romane
Jahrhunderte der Liebe und Romantik

Cornelia Kempf
Die Gladiatorin

Die germanische Sklavin Anea wird zur Gladiatorin ausbildet und muss in der Arena gegen Männer und Löwen kämpfen. Sie überrascht alle durch ihre Stärke und Unerschrockenheit – doch sie ahnt nicht, dass der härteste Kampf ihr noch bevorsteht ... rororo 24470

Sabine Wassermann
Die Teufelsmalerin

Mainz 1631: Seit 13 Jahren wütet der große Krieg, Hexenfurcht geht um in deutschen Landen, und der Malerstochter Henrietta wird bei Todesstrafe verboten, den Pinsel zu führen. Doch ihr Vater ist schwerkrank, und sein Meisterwerk wartet auf die Vollendung. Da besetzen die Schweden die Stadt ... rororo 24491

BW 9/2

Weitere Informationen in der Rowohlt Revue *oder unter* www.rororo.de